本书由成都大学文明互鉴与"一带一路"研究中心资助出版

唐诗疑难详解

张起 张天健 著

成都大学文明互鉴与『一带一路』研究中心学术丛书

杨玉华 主编

中国社会科学出版社

图书在版编目（CIP）数据

唐诗疑难详解/张起，张天健著.—北京：中国社会科学出版社，2024.1

（成都大学文明互鉴与"一带一路"研究中心学术丛书）

ISBN 978-7-5227-1313-7

Ⅰ.①唐… Ⅱ.①张…②张… Ⅲ.①唐诗—诗歌研究 Ⅳ.①I207.22

中国国家版本馆 CIP 数据核字（2023）第 021823 号

出 版 人	赵剑英
责任编辑	张　潜
责任校对	王丽媛
责任印制	王　超

出　　版	中国社会科学出版社
社　　址	北京鼓楼西大街甲 158 号
邮　　编	100720
网　　址	http://www.csspw.cn
发 行 部	010-84083685
门 市 部	010-84029450
经　　销	新华书店及其他书店

印　　刷	北京明恒达印务有限公司
装　　订	廊坊市广阳区广增装订厂
版　　次	2024 年 1 月第 1 版
印　　次	2024 年 1 月第 1 次印刷

开　　本	710×1000　1/16
印　　张	45.5
字　　数	590 千字
定　　价	228.00 元

凡购买中国社会科学出版社图书，如有质量问题请与本社营销中心联系调换
电话：010-84083683
版权所有　侵权必究

作者与父亲张天健、母亲伍玉瑛在一起

成都大学文明互鉴与"一带一路"研究中心学术丛书编辑委员会

顾　　问	曹顺庆　张　法　项　楚
	谢桃坊　姚乐野　曾　明
主　　任	刘　强　王清远
副 主 任	杨玉华
委　　员	何一民　王　川　潘殊闲　谭筱玲
	袁联波　张　起　代显华　张学梅
	魏红翎　李　敏　马　胜　诸　丹
	周翔宇
主　　编	杨玉华
副 主 编	魏红翎　周翔宇
秘　　书	李天鹏　黄毓芸

成都大学文明互鉴与"一带一路"研究中心学术丛书总序

习近平总书记指出:"文明因交流而多彩,文明因互鉴而丰富"。"文明互鉴"是构建人类命运共同体的人文基础,是增进各国人民友谊的桥梁,是维护世界和平与推动人类社会进步的动力,而"一带一路"则是文明互鉴的重要路线、渠道和阵地。尤其是在时逢"百年未有之大变局"的今天,在多元文化碰撞、交流日益密切的时代语境下,实施"一带一路"倡议,促成各国文明、文化的交流、互鉴、共存,以消除不同文明圈之间的隔阂、误解、偏见,对于推动国家整体对外交往及中华优秀文化的传承、传播、创新,建构"美美与共、和而不同"的全球性文明,乃至建构人类命运共同体都具有紧迫的现实意义和深远的历史意义。

成都是一座具有4500年文明史、2300多年建城史的城市,是中国首批24座历史文化名城之一,有着悠久厚重的历史文化积淀,创造过丰富灿烂的文明成就,形成了"创新创造、优雅时尚、乐观包容、友善公益"的天府文化精神。成都又是"南方丝绸之路"的起点,从古蜀时代开始,就形成了文化交流、互鉴的优良传统,留下了文明互鉴、互通的千古佳话。作为"一带一路"节点城市、"南方丝绸之路"起点城市，成都在新时代建构人类命运共同体的文明互鉴与"一带一路"倡议中占有重要地位，扮演着重要角色。必当趁势而上、大有作为。

成都大学是一所年轻而又古老的学校，其校名可追溯到1926年以张澜先生为首任校长的"国立成都大学"。虽然1931年后即并入国立四川大学，但却取得了骄人的成绩，不仅居四川三所大学（国立成都大学、国立成都师大、公立四川大学）之首，而且在全国教育部备案的21所国立大学中，也名列第七。并且先后有吴虞、吴芳吉、李劼人、卢前、伍非百、龚道耕、赵少咸、蒙文通、魏时珍、周太玄等著名教授在此任教。因此，成都大学乃是一所人文底蕴深厚、以文科特色见长的高校。即便从通常所认为的1978年建校算起，也仍然产生了白敦仁、钟树梁、谢宇衡、常崇宜、曾永成"五老"，并且都是以传统的文史学科见长的教授。成都大学作为成都市属唯一的全日制本科院校，理应成为成都文明互鉴、对外交往、文化建设以及提升国际化水平的重镇和高地。

站在新的历史起点上，成都大学在实施"五四一"发展战略，实现其高水平快速可持续发展的进程中，如何接续其深厚人文传统，再现文科历史荣光，建成成都文化传承发展创新高地，在成都世界文化名城及"三城""三都"建设中，擘画成大方案、提供成大智慧、贡献成大力量，就成了成大人的光荣使命和重大责任。因此，加强与兄弟院校的合作，特别是依托四川大学的高水平学术平台、师资、项目，借智借力，培育人才，建设学科，积累成果，不断发展壮大成都大学的人文社会科学，就成了不二选择。

正是在这样的背景下，成都大学进一步强化拓展与四川大学的合作，在其"中华多民族文化凝聚与全球传播省部共建协同创新中心"

下成立"成都大学文明互鉴与'一带一路'研究中心"（以下简称"中心"）。"中心"以中华多民族优秀传统文化研究的学科体系、学术体系和话语体系建构为基础，旨在为促成中华优秀传统文化与多元文化对话、互鉴及未来的创新发展而搭建支撑平台、凝聚社会共识、建立情感纽带，指导引领成都大学文科高水平建设和高质量发展。中心立足西南、心系天下，充分发挥成都作为"一带一路"节点城市、"南方丝绸之路"起点城市的独特优势，以学术研究为依托，以理论研究、平台构建、学科培育、人才培养、智库建设为抓手，积极参与构建当代中国国家文化，就文明互鉴、"一带一路"倡议、中华优秀传统文化的传承、传播、创新做出实质性的贡献。

要实现上述目标，需要搞好顶层设计，精心编制中长期规划，汇聚和培育一支高水平人才队伍，立足成都大学人文社科的现实基础和优势，久久为功，集腋成裘，推出一批高水平的标志性研究成果，充分彰显学术创新力，逐渐提高"中心"的影响力。因此，编撰出版"成都大学文明互鉴与'一带一路'研究中心学术丛书"就成了重点工作和当务之急。

"成都大学文明互鉴与'一带一路'研究中心学术丛书"每年从成都大学人文社科教师专著中遴选，并全额资助出版。每年一辑，一辑八种左右。开始几辑不分学科系列，待出版的专著积累到一定数量或每年申请资助出版专著数目较多时，方按学科类别分为几个系列。如天府文化系列丛书、成都大学学术文库、重点优势学科研究系列丛书（如古典学、文艺学、比较文学等）。资助出版的著作为专著、译著、古籍整理（点校、注疏、选注等），以创新性、学术性、影响力为入选标准。力求通过10年的持续努力，出版80部左右学术著作，使丛书在学界产生较大的规模效应和影响力，成为展示成都悠久厚重历史文化积淀、中国人文社科西部重镇丰硕成果的"窗口"和成都大学深厚人文传统、雄厚社科实力和丰硕"大文科"建设成就的一张靓丽名片。合抱之木，起于茎寸。百年成大，再铸辉煌！但愿学界同仁都来爱护"丛书"这株新苗，在大家精心浇灌壅培下，使之茁壮成长为参天大树！

杨玉华

2021 年 11 月 6 日

于成都濯锦江畔澡雪斋

序

  2018年"上海书展"期间,父亲和我合著的《唐诗解密》出版了。书展最初在福州路书店,环境逼仄、人流拥挤,每到上海总要去书店闲逛,那里是我在华东师范大学求学时常去之处,留有青春美好的记忆。后来书展搬到复兴路上海展览中心。这次我恰好在沪上,开幕次日,便去了现场,偶遇复旦陈尚君先生《唐诗求是》签名售书,见背景字幕"让唐诗回到唐朝",便随人流排队购书,到陈老师面前,自我介绍"四川来的"。他说:"去年的唐代文学年会是在成都召开的,明年在上海,欢迎你参加。"时间匆促,未能再做交流。

  我父亲张天健先生,在唐诗领域涵泳数十年,时常提醒我"人情练达"以积累深广人生经验,超然远览,自会"世事洞明";研究求索,沉吟其中,含英咀华,必有心得。清人姚鼐"衡文"提出义理、考据、辞章,即今人说的思想、史料与文本。所谓考据,就是据史咨访,去伪存真,还原唐诗本来面目。所谓义理,就是训释古义,探求精准道理,说明经义名理。对唐诗则是探寻真义,澄清是与非,以史释诗,以诗识史。《唐诗疑难详解》涵盖广泛,如对"李白《月下独酌》'永结无情游'解密""杜审言《和晋陵陆丞早春游望》之疑""杜甫《不见》'匡山读书处'在哪里""晚唐遗珠'一瓢诗人'唐求""李贺以《雁门太守行》谒韩愈之疑"等都做了有理有据或有趣的解答。即便"杜甫六段为官生涯"长达两万余字，亦非宏观大论，而是细读文献的考据。

下面谈谈研究中的一些体会。

首先，唐诗辨疑要回到历史场景，观照考察，方能找到眉目。个人认知是逻辑起点。第一，科举最关键，它引起的移风易俗，对贵族社会的改变尤要知悉；第二，"内库烧为锦绣灰，天街踏尽公卿骨"，禄山之乱、朱泚之乱、黄巢之乱，使传统社会瓦解，章炳麟《与简竹居书》"中唐以来，礼崩乐坏，狂狡有作，自己制则，而事不稽古"，唐前后期的分别，亦要判明；第三，要知晓科举冲击下，自魏晋以来贵族门当户对的血缘婚姻，初唐良贱不婚的严厉律法，在平民士人对名门女子的求娶下解体，三两代人混血即可阻断贵族社会延续；第四，行卷投献之风，亦不可忽视，它能告诉你为何那么多唐人只有一两首诗流传之谜，原来并非今人以为的散佚，而是他们本就不以诗为业，作为科举工具达到目的便罢手了；第五，牛李党争，即传统势力与平民新贵之争，平民力量的最后胜利，意味着唐诗"正能量"开始走下坡路，旨趣由杜甫这样具有家国情怀与责任感的贵族对传统的捍卫，转向中唐晚末士人对个人利益的逐求；第六，追而溯之，还要认识魏晋士人仕途蹇厄，履迹山林，归隐田园，促进了山水诗、田园诗，给予了唐诗厚赐；第七，要理解齐梁诗歌，给予唐人的人性解放，可以说没有梁陈宫体诗便不会有初唐"四杰"，这股力量尤不可小觑；第八，还须知道宋明以来世人多喜改窜唐人诗歌的事实，给唐诗带来的雾霾；等等，皆是我们关注的重大问题，诗人、诗歌是历史的投影，解开唐诗之秘的钥匙在此。

其次，对杜甫的再认识。第一，须细察杜集，揣摩他为何从参加科第以后才保留自己的诗歌编集，这说明什么？刻意为之！再明白不过，别人不敢这样做，诗人可以如是编！如此，疑云可除，你会恍然，原来是他的自编。杜诗编集问题，宋人即已开始邀功作伪。第二，还须思考，宋人杜甫诗谱如何得来，比如吕大防《子美诗年谱》就是依据杜甫自编集而来。虽然王洙打乱杜集原貌，改变体例重新编次，但杜集诗题线索始终清晰，轻易便可析出。比较李白编年之困难，宋人为何不能叙其伦次，述其出处行藏？就是因为李白无自编集。宋人也"吃柿子捡软的捏"，不愿啃硬骨头，观宋代"研李""研杜"之冷热，即可知悉，自编集提供了方便。

  杜甫一生经历科举、得官、流放、再得官，每个关节不可谓不重要、不坎坷。如何突破传统认识？父亲要我细读诗歌，用人生经验去揣摩体悟，终于探明对杜甫的三大误识。第一，科举二度失利，"野无遗贤"，并非世人以为的李林甫忌惮新人策对揭其阴恶，可笑理由实不可取，没考取就是没考取。继而发现"献赋春试"时间在天宝十载，非各种年谱所说的天宝十一载，相应地授官时间提前一年，在太子府兵曹参军也就实实在在一年，并非今人以为授官即遇安史之乱无法履职，这关涉他与肃宗的君臣关系，并可解释禄山之乱时他为何直接投奔肃宗勤王。第二，华州去官，更是千古误解，"致君尧舜上，再使风俗淳"，深具儒家责任感的诗人何以主动辞官？肃宗罢官才是真相！房琯事件所有人皆得平反，唯独不原谅杜甫。细究个中原因，杜甫出身东宫，是肃宗的人，对反对他的行为，自然不甘，才有罢官流放之罚。第三，华州罢官、陇蜀流放，自乾元二年（759）立秋至宝应元年（762）初夏肃宗驾崩，有近三年无官，代宗即位，平反昭雪，结束流放，严武启动请官程序，召补京兆功曹，因吐蕃扰京，阻滞阆州不能入朝。广德二年（764）春严武再镇蜀，改节度参谋，随严武参加近一年平乱战争，蜀中平定，因功授检校工部员外郎，出蜀赴朝履职，途中消渴病发不能进，沉疴夔州，后病日深，小舟代步，已不能返朝。

可见诗人晚年是带官行走，并非各种《杜甫传》所记载的流离失所，漂泊无依。他不是困窘者、穷愁者，由此还原真实杜甫，杜谱须再次考订，杜传须推倒重来，杜诗须重新解释。

　　在古代文学研究中，杜甫杜诗研究向来是"显学"。近年，在党中央马克思主义中国化及恢复优秀传统文化的时代洪流中，杜甫及其诗歌研究更成为公认的"热点"。《唐诗疑难详解》中杜甫专题便解决了困惑学术界千年并导致杜诗难解的问题。在历史真实的体系里，抓住世受国恩，忠君爱民，家国天下，忧国忧时，杜诗其实不难解。所谓研究，要能引发连锁反应，推动学术进步，解决学术难题，丰富学术内涵，其中尤其是那些重大而长期被人误解的问题。以"杜甫华州流放"为例，《唐诗疑难详解》填补了文学史对"杜甫遭逢流放"的认知空白，厘清了杜甫个人史中关键的环节，纠正了千古错谬，还了诗圣真相，这就是研究杜甫之意义。我们相信，对真相的追索会引发一系列诗人诗歌研究的重新出发，"杜甫华州流放说"会引起对时代、诗人、文本的再思考，重建属于杜甫的真实的个人史、心灵史研究。

　　最后，唐前期是一个崇文扬武、激动人心的时代，也是传统贵族最后的盛世，像杜甫这样的贞正之士在后世并不多见，关注这个活力四射的时代就是关注民族历史最好的时光，以后汉唐强盛的基因被改变，儒家文化勇毅的血脉在流失，直到崖山宋灭。这是华夏文明之殇，鲁迅批判的奴性，唐代是见不到的，即如底层黄巢这样的商人，也有铁血精神。崖山之后，"惶恐滩头说惶恐，零丁洋里叹零丁"，传统被割裂，典章被篡改，文天祥就义留言"读圣贤书，所学何事，而今而后，庶几无愧"。鲁迅说华夏脊梁断裂，就是唐以后贵族传统断裂。唐朝创造了华夏民族无上荣光，对外开放，胡汉合流，民族共同。这个时代远去后，它的优秀传统至今未能恢复。精神消亡是可怕的，鲁迅批判的国民性，正是元明以来产生的，故恢复文化传统当追溯到汉唐。

从传统学术而言，近年研究唐诗的名著仍是三十多年前的《唐诗百话》，而我有幸在学生时代便认识了施蛰存老师，他的书稿付印前由寝室同学誊抄，还记得那些卡片上的秀逸字迹，及一张张稿笺纸。每抄一专题施老师便给几元报酬，可不是小数，当时师范生每月的伙食费才十九块五。"学高为师，身正为范"，施老师无论学问还是为人都垂示了我。《唐诗疑难详解》也受施老师治学方法启示，"浅者深入，深者浅出"，每一专题皆沉潜涵泳，参互考寻，按《唐诗解密》体例，精心构筑，以"探问"形式金针度人，答疑解难，在"解疑中审美，审美中解疑"。每一首唐诗，每一道难题，都是一座隐秘花园。好书讲求雅俗共赏，但愿《唐诗疑难详解》做到了；好书经得起社会和岁月检验，但愿《唐诗疑难详解》能如此。

稿成于春天，烟雨迷蒙，草生木长。书中新说，敬希读者批评指正，以俟再版修正。

张　起

二零一九年二月，于一百五十年不遇的

烟雨江南松江寓居

目录

第一辑　唐诗拾疑

杜甫《槐叶冷淘》"碧鲜俱照箸"之疑	/ 1
李白《邺中王大劝入高凤石门山幽居》"抱子弄白云"之疑	/ 11
王勃《送杜少府之任蜀州》"五津""杜少府"揭秘	/ 19
杜审言《和晋陵陆丞早春游望》之疑	/ 28
李白《月下独酌》"永结无情游"解密	/ 33
关于秦韬玉《贫女》与"贫女诗"现象	/ 39
杜甫《饮中八仙歌》"逃禅"之疑	/ 45
关于杜甫《佳人》及君臣关系问题	/ 49
岑参《白雪歌送武判官归京》"瀚海"之疑	/ 56
关于王梵志之疑	/ 63
高适《别董大》创作时地之疑	/ 77
苏味道《正月十五夜》与神龙政变之秘	/ 85

· 1 ·

杜甫《不见》"匡山读书处"在哪里	/	95
郑谷《蜀中》"云藏李白读书山"与李白读书台之疑	/	103
王翰《凉州词》是"酒壮行色"吗	/	109
女诗人李季兰与"湖州诗会"	/	118
王之涣《凉州词》几个重要疑点揭秘	/	126
关于凉州曲与梁州曲之疑	/	133
关于杜甫《旅夜书怀》及编次之疑	/	138
关于杜甫的科举人生	/	145
张继《枫桥夜泊》"夜半钟声到客船"时间之疑	/	161
张说《幽州夜饮》"不作边城将,谁知恩遇深"之疑	/	166
关于李季兰的一首佚诗	/	171
卢纶《塞下曲》"月黑雁飞高"之疑	/	176
关于李商隐《题僧壁》诗的因缘	/	178
关于《渡桑乾》作者之疑	/	184
关于杜甫《三绝句》"会须上番看成竹"之疑	/	189
关于杜甫《宿府》"永夜角声悲自语"之疑	/	196
关于元稹"变节"之疑	/	202
李商隐《梓州罢吟寄同舍》"同舍"是谁	/	216
关于唐诗中的胡笳	/	221
李贺以《雁门太守行》谒韩愈之疑	/	227
关于贾岛是否登第之疑	/	232
关于唐诗中的"停烛""停灯"	/	242
关于晚唐遗珠"一瓢诗人"唐求	/	247
关于"李白一斗诗百篇"	/	257
杜甫华州是弃官还是流放	/	262
关于张籍"一曲菱歌敌万金"与比体诗	/	284

为何唐诗中多写到"五陵"	/ 288
关于科举与"先辈"之秘	/ 294
《幽居冬暮》是李商隐罢废后之作吗	/ 297
关于雍陶籍里之疑	/ 302
关于唐诗与幕府	/ 309
关于唐诗与三国	/ 315
唐代快手诗人和慢手诗人	/ 323
关于唐代早慧诗人	/ 326
关于韩、孟诗歌优劣之争	/ 338
温庭筠"词客有灵应识我,霸才无主始怜君"之疑	/ 352
关于杜甫的为官生涯	/ 361
杜甫《丽人行》"珠压腰衱稳称身"之疑	/ 393
元稹《连昌宫词》创作时间及原因揭秘	/ 401
关于孟郊《游子吟》创作时间之疑	/ 409
杜牧《江南春》"南朝四百八十寺"揭秘	/ 415
关于杜牧《清明》诗之疑	/ 420
关于李商隐的"无题"诗	/ 424
关于唐诗中"青门"在何处	/ 429
关于唐诗人的名号异闻	/ 433
关于唐诗分期	/ 448

第二辑　唐诗杂说

唐诗与初唐四杰	/ 455
唐诗与吴中四士	/ 465
唐诗与文章四友	/ 470
王昌龄与七绝圣手	/ 475

刘长卿与五言长城	/ 478
唐诗与大历十才子	/ 483
唐诗与芳林十哲	/ 491
唐诗与三罗	/ 497
上官仪与"上官体"	/ 499
中唐"元和体"	/ 502
中唐"新乐府"	/ 510
中唐"长庆体"	/ 521
李贺与"长吉体"	/ 526
韩偓与"香奁体"	/ 529
唐代的"试帖诗"	/ 535
唐代的"应制诗"	/ 539
唐代"边塞诗"辨疑	/ 543
唐代的"寓言诗"	/ 551
唐代的"咏物诗"	/ 555
唐代的"咏史诗"和"怀古诗"	/ 558
王建与《宫词》	/ 562
新乐府下的《竹枝词》与《杨柳枝词》	/ 566
唐诗与曲子《忆江南》	/ 577
唐诗中的"问答诗"	/ 583
唐诗中的"叠字诗"	/ 587
唐代的"行卷诗"	/ 591
唐诗中的"示儿诗"	/ 602
关于陈子昂的风骨、兴寄与意气	/ 608
关于韩愈的诗歌艺术	/ 628
关于白居易评韦应物五言诗"高雅闲淡"	/ 639

关于唐诗变体 / 648
关于唐代歌诗 / 651
关于"诗史"正义 / 654
关于杜诗与天府文化的相互阐述 / 663
关于唐代"歌行体" / 675
关于《秦妇吟》的歌行写作艺术 / 680
关于皮日休陆龟蒙的"杂体诗" / 687
选才机制、诗歌演进及"唐诗之变" / 692

后　记 / 706

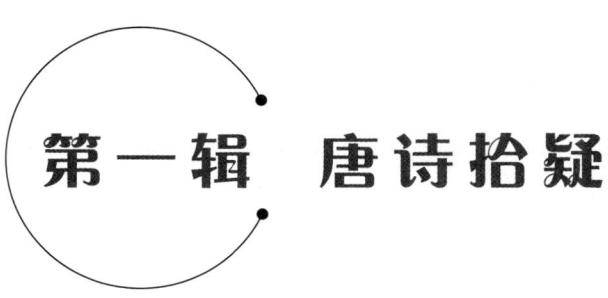

杜甫《槐叶冷淘》"碧鲜俱照箸"之疑

问：杜诗"槐叶冷淘"是何种食物？许多注本解作凉面，凉面能"碧鲜俱照箸"吗？

答：确如此，《汉语大词典》也笼而统之，"一种凉食。以面与槐叶水等调和，切成饼、条、丝等形状，煮熟，用凉水汀过后食用"。显然违背常识，冷面饼如何下咽？那槐叶冷淘到底是什么，先看诗。

青青高槐叶，采掇付中厨。
新面来近市，汁滓宛相俱。
入鼎资过熟，加餐愁欲无。
碧鲜俱照箸，香饭兼苞芦。
经齿冷于雪，劝人投此珠。
愿随金騕褭，走置锦屠苏。
路远思恐泥，兴深终不渝。
献芹则小小，荐藻明区区。
万里露寒殿，开冰清玉壶。
君王纳凉晚，此味亦时须。

"槐叶冷淘"是夏日朝会，皇帝赐食之物。据《唐六典》"太官令夏供槐叶冷淘。凡朝会燕飨，九品以上并供其膳食"。《唐六典》成书于开元二十六年（738），说明其在初盛唐即是宫廷清凉特供。联系寒食禁火习俗，冷食古已有之，不独宫廷，此诗写的便是大历二年（767）杜甫在夔州民间见到的冷淘。

诗中有详细做法，将采摘的槐叶捣碎，与米浆、红莒粉调匀，入鼎过熟，凝固后凉水浸漂，色泽鲜碧，冰清玉洁，形如玉壶。仇兆鳌《杜诗详注》"以槐叶汁和面为冷淘"，杨伦《杜诗镜诠》"槐叶味凉苦。冷淘，已熟面名。盖以槐叶汁和面为之"，均释为冷面。

问：分明是四川米凉粉做法，怎么可能是冷面？

答：确乎研读至此，会生疑"碧鲜俱照箸"，能照箸的，是冷面吗？关键是"新面"并非今人理解的"小麦面粉"，而是红莒粉。只有冷淘作凉粉解，才可"碧鲜照箸"。如民国柴小梵《梵天庐丛录·凉粉》中所言。

> 江浙人炎夏必食凉粉，盖取草熬汁，其草名鬼馒头，以布澄滤渣滓，而和以米浆，倾于器中。候冷，则自凝结如玄冰，和饴糖食之，冷如嚼雪，热中者顿觉肺腑皆清。……尝考古人食品中有所谓冷淘者，疑即今凉粉之类。少陵有《槐叶冷淘》诗云……味诗意，固即今凉粉无疑，则其来固远。广东罗浮山，有凉粉草者，茎叶秀丽，香犹檀藿，以汁和米粉煮之，止饥，名仙人冻。山人种之连亩，当暑售之，此草又与江浙所有者不同矣。

邓之诚《骨董琐记·冷淘》中也提过。

《默记》言欧阳公胥夫人乳媪，年老不睡，善为冷淘。富郑公素嗜之，每晨起，戒中厨具冷淘，则郑公必来。冷淘殆即今之凉粉也。何光远《鉴诫录》：冯涓与王锴小酌，巡故字令错，举一字三呼，两物相似。锴令曰：乐乐乐，冷淘似馎饦。涓曰：已已已，驴粪似马屎。似馎饦者，或言其形制也。

文中"冷淘似馎饦"，馎饦，汤饼。基本确证冷淘即成团的凉粉，不是面条；从前人诗文"冷淘"几与"汤饼"相连，也可断定非面团类食物。按常识冷面团既嚼不烂，也非清凉之食。

问：从制作和形状，我也倾向四川凉粉。

答：凉粉主料为红苕粉加米浆，而非小麦面粉，这就与面条、面团之解无关了，只有凉粉才晶莹嫩滑、碧绿鲜明，"经齿冷于雪"。从字面看，面粉是不能"淘"的，制作米凉粉，则先要冷水浸泡大米，这是头道工序，故以"淘"命名。今四川米凉粉便是这种做法，"淘"是指制作前浸漂大米，再磨成米浆。又据《汉语大词典》，"淘"还有一义，指"以液汁拌和食品"，即加入红苕粉拌和为"淘"，因制作中"淘"特别突出，古人便以之命名。"冷"为最后环节，冷却凝固，为"更冷"则用冰降温，故"冷"亦进入食品命名。制作中随时令添加槐叶就是槐叶冷淘，菊花就是甘菊冷淘，薄荷就是薄荷冷淘。

问：何以用"槐叶"制作？

答：此诗虽作于夔州，思念的却是长安槐叶冷淘。初夏槐叶是制作的上佳原料。此时盛夏将至，将槐叶冷淘存储于深井，以备消暑，正合时宜。唐人日华子《诸家本草》中说槐叶"清肝泻火，凉血解毒"，可治气血不通。槐树分布关中，易采易摘，《诗经》有采食植物传统，所以"青青高槐叶，采掇付中厨"，令人联想到采摘芣苢时的情景，《诗·周南》"采采芣苢，薄言掇之"。

唐代冷淘，延至宋代，苏轼有《二月十九日携白酒鲈鱼过詹使君食槐叶冷淘》"枇杷已熟粲金珠，桑落初尝滟玉蛆""青浮卵碗槐芽饼"，"槐芽饼"即槐叶凉粉。王十朋集注"槐芽饼，即序所谓槐叶冷淘也。盖取槐叶汁溲面作饼，即鲜碧色也"。

直到明末还有"槐淘"凉粉，钱谦益《谢德州张太守送酒》"香翻乳酒倾云液，油点槐淘泻玉盘"，一个"泻"点明其像今天川人用刮子刮出的"旋子凉粉"。

问：杜甫写作此诗有何别意？

答：当然诗人之意不在简单冷淘制作。永泰元年（765）四月诗人去蜀，赴长安履工部员外郎，半途消渴病（糖尿病）发作，身体急遽衰弱，卧病云安、夔州不能进。事见《客堂》自述。他无力北归，忧心如焚，日日北望朝廷，思念新君，在此心情下以"夔州冷淘"献至尊。

杨伦说"此所谓一饭不忘者也"（《杜诗镜铨》）。追而溯之，这一思想早已出现在《奉赠韦左丞丈二十二韵》中，"常拟报一饭"，是他对韦济的感激，后被苏轼概为"一饭未尝忘君"。这关涉到诗人的总体评价。毋庸置疑，杜甫是历史上最伟大的诗人，但也存在分歧，焦点便在"忠君"问题上。苏轼两次提到这个评价，一次是在《王定国诗集叙》中，"古今诗人众矣，而杜子美为首。岂非以其流落饥寒，终身不用，而一饭未尝忘君也欤"；另一次在《与王定国》书信中，"杜子美困厄中，一饮一食，未尝忘君，诗人以来，一人而已"。苏轼对这一评价充满自信，认为切中肯綮。杜甫对后世影响那么大，如何评价，确实很难。说他是人民诗人不准确，说他是现实主义诗人也不全面，我给他的评价是在贵族社会走向平民化的历史巨变中的一位末世贵族诗人。这自然与苏轼的判断是相合的，其情怀是贵族情怀，其思想是儒家思想，所以"忠君"是基本立场。这没什么不对。家国情怀，是他身上优秀的古老传统价值观的全部体现。传统文化有一套自身的鲜明逻辑，核心是血缘文化，然后是血缘建立的伦理，在人伦之上才有社会良好秩序，这是治世的显著特征，由这一传统逻辑衍生的各种风习附着其上，形成鲜活的、有机的文化生态系统。所谓乱世便是破坏这一文化逻辑，不遵血缘人伦，伦理混乱社会自然无序。所以他一生切齿痛恨乱臣贼子犯上作乱，他被称为"诗史"就是因为具有孔子《春秋》大义，而非现实主义精神。今人评说他"愚忠"都是庸俗之见，并未看到他旗帜鲜明地反对动乱，大仁大义的思想本质，这才是"诗史"核心，也符合其家庭传统——杜预就是"治春秋学，有《左传》癖"的学者。对古老价值观的守持，使他非常重视风俗，风俗是对社会秩序的形象考量，民淳俗厚，社会自然美好。所以他立志"致君尧舜上，再使风俗淳"。

对秩序的固守，需要一个共同遵守的观念来统一思想，这便反映于忠君上，只有人人忠君，天下才不乱。乱世最显著的特征就是没有统一的思想，人心浮乱，世风不古。杜甫遇到的世道就是如此，所以他坚守古老价值，对背离统治者设计初衷的科举极为不满，认为它动摇社会公序良俗，在慈恩塔眼前的景象"烈风无时休"，令他"登兹翻百忧"，"俯视但一气，焉能辨皇州"，"君看随阳雁，各有稻粱谋"（《同诸公登慈恩寺塔》）。如何改变乱象，唯有统一思想维护秩序，这便是忠君。有了君王，一个族群就不乱，自然有法度，他当然要忠君。苏轼正是通过抓住国家社会这一要领来提炼总括杜甫精神的。那些批评他"愚忠"的声音确乎是乱世之下由叛逆教育滋生出来的人心不古、"造反有理"的杂音。我们嗤之以鼻。杜甫的所有行为均建立于古老传统价值体系上，天子有难，他忠勇勤王，"麻鞋见天子，衣袖露两肘"，"涕泪授拾遗，流离主恩厚"（《述怀》）；百姓有难，他以贵族情怀哀痛，"安得广厦千万间，大庇天下寒士俱欢颜"（《茅屋为秋风所破歌》）。所以他忧君，必然忧民。他在"一饭不忘君"中包孕"一饭不忘民"，以君子之道，行直臣之忠，尽谏臣之职。

实际他并不"愚忠",他敢于指出肃宗的错误,甚至因此遭受肃宗打击报复而失官,我另有《杜甫华州去官考》考述他不是"主动辞官",推翻了宋以来《新唐书》错误逻辑,兹不赘述。肃宗对玄宗忤逆不孝,他有两首《杜鹃行》对此进行了含蓄的批评。他深知上梁不正下梁歪,天子不孝天下乱,因此他委婉批评,他看清真相的诗歌是安史之乱中刺向乱世的一道闪电,有唐一代再无他人,这是愚忠吗?他的《杜鹃行》是建立在维护血缘秩序文化基础上的发抒。而肃宗对其打击报复乃至迫害,令他流离失所,他委婉倾诉,以《琴台》隐笔,表面赞颂千古传诵的真情至爱,却暗含期许,"茂陵多病后,尚爱卓文君",殷殷期望修复君臣关系,"归凤求凰意,寥寥不复闻",又有屈原离骚之忧,但肃宗始终不给机会。诗人是多么聪明,巧借咏史抒发心意,又为尊者讳,"诗史"之名正是一点一滴铸就的,可惜传统解诗多停留于赞美爱情。这一杜甫独创的技法被李商隐破解并融会贯通。

诗人处于历史大转折时期,安史之乱对传统贵族的消灭,科举兴盛对传统社会的解构,使得平民取代贵族掌持社会,他像孔子一样遭逢乱世,克己复礼,忠君爱民,不以己悲,无私无怨,千古一人。所以我的结论是他是远去的古代社会最后的末世贵族诗人,自然"一饭未尝忘君"是最知己的评价。

宋元明清,他一饭未尝忘君得到士人认可,递相传述。但近代以后,西方激进主义思潮横行,虽未否定诗人,却背离了确凿的认知,也就变相曲解了诗人,在叛逆激进环境下以愚忠讥讽他,实际上我们需要这一忠贞精神抵御叛乱纷起的世道。在激进主义叫嚣的时代需要这种忠君报国的思想以清醒自己,心存厚念,平复心中私欲!

以末世贵族情怀作为重诠杜诗的密码,从诗中发现隐微书写的深层意义,展开关于本诗题旨及杜甫思想的钩沉,还原真实诗人,还其本来面目，是我们的责任。

问：经你一说，醍醐灌顶，豁然开朗，他确乎代表传统文化中最优秀的部分。这首诗是怎样与"一饭未尝忘君"关合的？

答：早在北宋王禹偁《甘菊冷淘》便有"子美重槐叶，直欲献至尊"，是对诗人忠君的赞誉。联系诗歌来看，他在夔州民间尝到这种小鲜，虽身在夔州，却心系朝廷，故一旦吃到，过去一切记忆都重现了。诗人是享受过朝会燕飨的，昨日荣光再现，他急切表述心迹，希望回到君臣美好的岁月。因此，想到万里之外的露寒殿，那是宫廷冷藏食物之地，"开冰清玉壶"，场景是多么令他挂怀啊！林洪《山家清供》"不唯见诗人一食未尝忘君，且知贵为君王亦珍此山林之味。旨哉，诗乎"，读出了"与民同乐"的思想。诗人病困于夔州，无力返朝，思念君王，这便是一代诗圣，即使一首小诗，也有忠义寄予其中。

这首触景生情的诗，分两部分。上部分触景，却不写夔州民间制作，而是回忆皇家御制，显示了一位贵族不凡的品位。"中厨"，内厨房，形容宫廷御制，并非某些选本作动词"厨中"解。制作的是凉粉，故要将红苕碾磨成粉末，"汁滓"是槐叶与米浆，再"入鼎过熟"。冷却后，"经齿冷于雪"，色泽照箸。彼时皇帝正宴群臣，故有"加餐"慰劝，可见君王垂爱之情。当然宫廷凉粉只是一道点心，还有主食"香饭苞芦"，可见他参加的是一场盛宴，由于长安才克复，故为素餐。

下部分，由往岁转至眼前，诗人养疾夔州，看见凉粉，思念君王。他"愿随金騕褭，走置锦屠苏"，快马致意，送上屠苏酒。古俗于正月初一饮屠苏酒避瘟疫。俗谓"屠，屠绝鬼气；苏，苏醒人魂。"初盛唐长安贵族多享用，如卢照邻《长安古意》"汉代金吾千骑来，翡翠屠苏鹦鹉杯"。其文化意义，见萧梁宗懔《荆楚岁时记》"正月一日……于是长幼悉正衣冠，以次拜贺。……进屠苏酒、胶牙饧。次第从小起"，

"岁饮屠苏，先幼后长，为幼者贺岁，长者祝寿"。诗人写此俗用意是赞美讲礼守序的淳厚风习，切合他"再使风俗淳"的理想。顾况《岁日作》"手把屠苏让少年"，可见唐人观念，"屠苏"有礼让之风。诗中用于朝廷宴饮则是为了赞美君臣和睦，彬彬有礼。由诗人快马送屠苏推知，他曾参加长安光复后乾元元年（758）正月初一肃宗组织的庆祝盛宴，所以在夔州才要再送屠苏酒。"路远思恐泥，兴深终不渝"，由于路途遥远，担心自夔州进贡"冷淘"腐化变质。这正是"一饭未尝忘君"的执着境界。虽然"献芹则小小"，诗人相当自信，"荐藻明区区"。以"献芹""荐藻"作荐献贡品，在他看来合乎古道，这些食物是"可荐于鬼神，可羞于王公"的，符合他"君臣节俭足，朝野欢呼同"（《往在》）的主张。当年他参加宫廷宴聚，也仅是凉粉、香饭、苞芦，通于其俭德思想，彼时刚收复长安，更应素食。今人说他"献芹"，意在刺君王，批评君王不接受自己的建议，是自嘲发牢骚，便从根本上否定了此诗的忠厚。此解很不着调，与诗人憧憬君臣相悦相反，与宴聚氛围矛盾。诗中他认为芹、藻之类食物正是古代君王食用的，也是祭献鬼神的，正合他坚守古道，恢复风俗之理想。

问：我有种感觉，"自蜀还朝受郎职"的诗人，真的从夔州托人进献了冷淘，那此诗就是有端，是纪实，不是无端抒情，更非目前学术界既背离诗旨又脱离史实的泛解。

答：分析至此，杜甫用了"献芹""荐藻"等典故，暗示他确实在夔州进献过冷淘。否则，便不会采用这些典故，而且也契合乾元元年正月初一他参加的那场素餐御宴。

再看诗尾"万里露寒殿，开冰清玉壶"，想象进献的冷淘储存于露寒殿，其凝脂形状如晶亮"玉壶"。诗人希望他的礼物"君王纳凉晚，此味亦时须"，这难道不是一位贵族身在夔州，心驰魏阙的拳拳赤子心吗？"呦呦鹿鸣，食野之苹"，此诗有《小雅·鹿鸣》之忠厚，《毛诗序》"《鹿鸣》，燕群臣嘉宾也。既饮食之，又实币帛筐筺，以将其厚意，然后忠臣嘉宾，得尽其心矣"。

问：看来诗分两部分，前写君王对臣子赐食之恩，后写臣子对君王赤诚回报。

答：正是。但遗憾这般君臣互动，赤子情怀却被后人曲解。浦起龙《读杜心解》挖苦《槐叶冷淘》道，"诗只是从野人献芹子脱出。前详制食之美，后致入献之情。此等题必要说到奉君，亦是老杜习气"，颇为轻慢无礼，不以为忤。此时诗人已卧病夔州两年，还有此心，感人肺腑。安史之乱后，百废待兴，国家尚未从乱离中走出，他心怀美好，憧憬未来，期望复还昔岁盛景，是此诗心迹吧！他在成都有《野人送朱樱》"西蜀樱桃也自红，野人相赠满筠笼。数回细写愁仍破，万颗匀圆讶许同。忆昨赐沾门下省，退朝擎出大明宫。金盘玉箸无消息，此日尝新任转蓬"，也是这种情感。可参证。"无消息""任转蓬"说明其处在流放中，却"数回细写愁仍破，万颗匀圆讶许同"，心系朝廷多么赤诚！

问："万里露寒殿，开冰清玉壶"，盛夏可能储存冰吗？

答：露寒殿，就是宫廷冰室。贵族夏日有饮冰避暑之习，杜诗"花月穷游宴，炎天避郁蒸。砚寒金井水，檐动玉壶冰"（《赠特进汝阳王二十韵》）便是随汝阳王李琎夏日避暑。"砚寒金井水"，可知寒冰储藏在深井；"檐动玉壶冰"，可见冰块送来引起帘动的景象。

据《周礼·天官冢宰》"凌人，掌冰。正岁十有二月，令斩冰，三其凌。春始治鉴，凡外内饔之膳羞，鉴焉。凡酒、浆之酒醴亦如之。祭祀，共冰鉴。宾客，共冰。大丧，共夷槃冰。夏，颁冰，掌事。秋，刷"。郑玄注："凌，冰室也。""鉴，如甑，大口，以盛冰，置食物于中，以御温气。""暑气盛，王以冰颁赐，则主为之。"可知西周有冬季凿冰窖藏之习，如《豳风·七月》"二之日凿冰冲冲，三之日纳于凌阴"，之后全年膳羞、宾食、丧祭都会用到冰。如夏四月后，暑气盛，王颁冰赐群臣。时令至深秋，不用冰，便须清除冰窖，等待冬天储藏新冰。

唐人储冰之习，据《唐会要》"贞元元年十二月九日敕：立春日，前内外两井纳冰，总二千五百段，每段长一尺，厚一尺五寸，宜令府县勾当，澄滤静洁供进"。

天子赐冰百官乃是特别垂爱。白居易有《谢恩赐冰状》。

> 伏以颁冰之仪，朝廷盛典；以其非常之物，用表特异之恩。况春羔之荐时，始因风出。当夏虫之疑日，忽自天来。烦暑迎消，清飙随至。受此殊赐，臣何以堪？欣骇惭惶，若无所措。但饮之栗栗，常倾受命之心；捧之兢兢，永怀履薄之戒。以斯惕厉，用答皇恩。谨奉状陈谢以闻。

作为左拾遗，杜甫有此恩遇。如晚年《多病执热奉怀李尚书（之芳）》"思沾道暍黄梅雨，敢望宫恩玉井冰"。"玉井"，露寒殿藏冰之井。韦应物感颂皇恩赐冰，有《夏冰歌》。

> 出自玄泉杳杳之深井，汲在朱明赫赫之炎辰。
> 九天含露未销铄，阊阖初开赐贵人。
> 碎如坠琼方截璐，粉壁生寒象筵布。
> 玉壶纨扇亦玲珑，座有丽人色俱素。
> 咫尺炎凉变四时，出门焦灼君讵知。
> 肥羊甘醴心闷闷，饮此莹然何所思。
> 当念阑干凿者苦，腊月深井汗如雨。

韦诗"碎如坠琼方截璐"，乃天子开冰，与杜甫夔州所进冷淘拌和，便是"开冰清玉壶"。

问：啊，夔州进献原来有如此传统逻辑。最后请讲一下你的考证结论。

答：此诗学术界均认为作于大历二年（767）初夏夔州瀼西，实属谬误。

这是一首回忆诗，诗人在夔州看见民间制作凉粉，想到当年出任左拾遗时参加肃宗组织的宴会。至德二载（757）九月长安光复，乾元元年（758）正月初一料肃宗必有宴群臣的"开新"庆贺，上半部分便回忆此事；从下半部分欲献"屠苏酒"来看，诗的写作时令并非初夏，而是正月初一，时间是云安移夔州的次年（767）。说明诗人一刻未曾忘怀朝廷和君王。虽然采用了"高大上"的槐叶冷淘，但并不表明是初夏，仅是个宫廷凉粉名称而已。凉粉一年四季皆可制作，故长期以来学术界将其定于瀼西初夏之作是错误的，应予以纠正。他回忆的是槐叶冷淘，眼见的却是夔州冷淘。他在大历二年正月初一进献屠苏酒与夔州凉粉，虽是冬天，仍恐路途遥远食物腐坏，所以才说"路远思恐泥"。由此亦可判定绝非夏日进贡，此物不适合夏天长途运输。由杜牧"一骑红尘妃子笑，无人知是荔枝来"可以判定唐代邮驿有快马加鞭递送货物的传统，凉粉与荔枝均不耐储存，既然夏天可传递荔枝，冬天何不可递送凉粉？我推测诗人是通过夔州驿站快递的，凭他还朝受郎职的身份亦可做到。他在诗末希望凉粉储藏于露寒殿，待到盛夏供代宗皇帝享用。赤心可鉴！

问：谢谢，确是大历二年正月初一"献至尊"之作。

李白《邺中王大劝入高凤石门山幽居》"抱子弄白云"之疑

问：李白《邺中王大劝入高凤石门山幽居》"抱子弄白云"，明人朱谏《李诗选注》解为"抱子嬉游于白云之间",我颇不理解,何以抱着子女游山玩水?

答:从内容看,朱谏"抱子嬉游于白云之间,弦琴而歌以发清响,陶陶然有余乐矣",确未解通。诗人刚经历赐金还山,焉有此乐。先看诗。

　　　　　一身竟无托,远与孤蓬征。
　　　　　千里失所依,复将落叶并。
　　　　　中途偶良朋,问我将何行。
　　　　　欲献济时策,此心谁见明。
　　　　　君王制六合,海塞无交兵。
　　　　　壮士伏草间,沉忧乱纵横。
　　　　　飘飘不得意,昨发南都城。
　　　　　紫燕枥下嘶,青萍匣中鸣。
　　　　　投躯寄天下,长啸寻豪英。
　　　　　耻学琅琊人,龙蟠事躬耕。
　　　　　富贵吾自取,建功及春荣。
　　　　　我愿执尔手,尔方达我情。
　　　　　相知同一己,岂惟弟与兄。
　　　　　抱子弄白云,琴歌发清声。
　　　　　临别意难尽,各希存令名。

　　诗写在离开南都(河南南阳)的旅途,一面是"王大"入山的劝诱,一面是皇帝辞退的不甘;既有"抱子弄白云"的反思懊悔,又有"飘飘不得志"的郁结难抒。

　　"欲献济时策,此心谁见明",正是他最初离开朝廷的焦虑心照。他自南阳北上经石门山(河南平顶山叶县)遇见好友王大,对幽居劝慰，他心有不甘，"壮士伏草间，沉忧乱纵横"，诗中是他一贯的纵横家思想，现实虽"飘飘不得意"，仍坚持"富贵吾自取，建功及春荣"。

由"昨发南都城"提供的线索，可知他在叶县高凤石门山附近写下此诗。诗题"王大"即王昌龄。此时王昌龄尚未贬至龙标，故可知诗作于天宝三载至七载之间。

问："抱子弄白云"，"抱子"可解作东晋炼丹家葛洪吗？

答：确乎葛洪号抱朴子，孤立来看，"抱子"似乎为抱朴子，但与诗意不相合。虽然李白有神仙家思想，但亦要明白此时他刚经历赐金放还，结合眼前遭遇，他已有幡然悔悟之意。故以神仙家思想解"抱子弄白云"是皮相之见。

问：你的看法呢？

答：我以为"抱子弄《白云》，琴歌发清声"，是诗人借《诗经》"抱子"、古曲"白云"典故反思自己在宫中的荒唐行为。这才典事合一，符合彼时诗人遭遇的解释。

第一，先说"抱子"，指有儿婴之年。《大雅·抑》"借曰未知，亦既抱子"。马瑞辰《毛诗传笺通释》"此诗'抱子'……犹言生子也"。诗的主题《毛诗序》云"《抑》，卫武公刺厉王，亦以自警也"。实际是卫武公刺周平王无能，愤其不能恢复镐京之旧。结合诗人被辞退经历，他颇有痛悔之意，期盼再回皇帝身边，正是恢复镐京之旧。故朱谏"抱子嬉游于白云之间，弦琴而歌以发清响，陶陶然有余乐矣"，完全解反了，遭遇解雇的诗人何乐之有？

第二，再说"白云"，即白云歌，唐以前广为流行的曲名。自汉至唐，多为诗人采用，或填词入乐翻唱，或托名抒情，如李白《白云歌送刘十六归山》、皎然《白云歌寄陆中丞使君长源》皆旧题新咏。白云歌最早出现战国《穆天子传》，后演绎出多重含义。一是本义为西王母唱给周穆王的离别歌，有赠别祝福之意。二是南朝时《白云歌》增加了游仙之意。鲍照《白云篇》"情高不恋俗，厌世乐寻仙"。三是降至唐代出现了刺周天子荒淫之意，如白居易《八骏图》"《白云》《黄竹》歌声动，一人荒乐万人愁"，李白《大猎赋》"哂穆王之荒诞，歌《白云》之西母"。由此，结合"抱子"的自悔，"白云"当指李白在宫中耽于逸乐，行事荒诞。

但唐以后少有注家发现这些典义。"抱子弄白云"就是过了"抱子"年龄还行为不检，嬉游逸乐。诗人颇为后悔，是对宫中浪荡生活的反思吗？是痛改前非，冀望回到朝廷吗？所以此诗是紧紧围绕赐金放还之作。只有此解才合诗人被玄宗解雇的悔恨交加，巧用典故自责自警，自然地引出末句"各希存令名"，留下美名以图再受皇帝征用。当年诗人入宫，正是因美名传扬。这些相互的关联更加证明诗歌作于天宝三载以后。

"弄《白云》"，即抚琴而歌。"白云歌"三重含义，若解为西王母赠别之意，此时诗人与王大重逢又将离别，意虽通，却与"抱子"不切；若解为游仙之意，又与诗旨无关，诗人遭遇放还正觅机重返朝廷；只有第三重含义作荒唐行为之解，最切合被皇帝辞退的悔恨。所以诗人懊悔宫中荒唐，才是诗的隐微之旨。不仔细看还真难看出。无疑这是李白一生中最重要的诗歌，你以为呢？

再看下句"琴歌发清声"。紧承"抱子弄白云"，既然《白云》是古曲，在诗人抚弄下自是"发清声"。"清声"，急促之声。诗人急迫地想改变被朝廷抛弃的现状。清声，又是高洁情怀，清美声誉的代言。经过"白云"自悔反思，洗心革面后就是内心澄澈的"清声"。前呼后应，一以贯之。如果真如朱谏解作"抱子嬉游于白云间"，那下句如何回应？

问：明白了。此诗自悔的隐微之旨，可以看作对玄宗诉衷肠吧？

答：正是。天宝三载遭遇辞退后，他有系列隐含心曲、微词托意的吐诉，如《赠汪伦》"李白乘舟将欲行"，离开朝廷；"忽闻岸上踏歌声"，民间热情与宫廷冷漠对比；"桃花潭水深千尺"，隐喻宫廷深似海；"不及汪伦送我情"，以"村人"汪伦深情厚谊伤玄宗薄幸。见微知著，以民间刺朝廷，以汪伦讽玄宗。故《赠汪伦》是"赠玄宗"。再如《南都行》。

南都信佳丽，武阙横西关。
白水真人居，万商罗廛阓。
高楼对紫陌，甲第连青山。
此地多英豪，邈然不可攀。
陶朱与五羖，名播天壤间。
丽华秀玉色，汉女娇朱颜。
清歌遏流云，艳舞有馀闲。
遨游盛宛洛，冠盖随风还。
走马红阳城，呼鹰白河湾。
谁识卧龙客，长吟愁鬓斑。

诗把南都描绘得像长安，可见他并不甘落寞。此诗亦可照见诗人离开宫廷后的行踪，先到东都，再到南阳，然后去梁宋（开封商丘）见高适、杜甫。南都之行可见他急于调适被玄宗抛弃的心情。南都，光武帝旧里，在洛京之南。诗人去光武奋迹之地，说明他不甘自弃，有东山再起之意。李白最为崇拜诸葛亮，南阳又是诸葛起家之地，"谁识卧龙客，长吟愁鬓斑"，希望再被朝廷认识。《南都行》可与《邺中王大劝入高凤石门山幽居》"耻学琅琊人，龙蟠事躬耕"积极求进的思想相通。这系列诗旨的关联，均可参证他向玄宗婉诉款曲的努力。

问：此诗还"一诗多题"，何以出现这一现象？

答：确乎，"一诗多题"现象，是宋人喜改动唐人诗造成的。唐诗大多诗题详尽，通观杜诗即可知悉。杜诗与李诗不同，杜诗是诗人生前自编，一生行状，一目了然。由杜集很容易就可得到诗人的年谱，很大原因便是诗题详尽。而李诗是诗人身故后，友人所辑，编选混乱，不能显示生平行状，导致许多诗很难编年。

此诗系年就被后人置于不同时期，比如定于开元十四年、开元十八年或开元二十七八年，莫衷一是。其实诗题"王大"，与李白结识在开元二十八年（740）秋，王大谪赴岭南北归，两人在巴陵（湖南岳阳）相遇。故，诗当作于这之后。元人萧士赟说，诗作于天宝十四载，"按此诗其作于禄山将反之际乎，当禄山欲反之时，朝廷上下皆知其状，独明皇不然之。太白亦欲言而不敢，聊因诗以发舒其忧国之情乎"（《李太白集分类补注》）？禄山反唐，李白已云游十余年，早已是道士，王大也贬至龙标多年，萧说当予排除。

你提到"一诗多题"，概之如下。

第一，《邺中赠王大劝入高凤石门山幽居》，宋蜀本、缪本、王琦注本均作"邺中赠诗"。

第二，《邺中王大劝入高凤石门山幽居》，咸淳本《李翰林集》、萧士赟《李太白集分类补注》、朱谏《李诗选注》、郭云鹏《分类补注李太白集》则表明"王大籍贯邺中"。

第三，《邺中赠王大》，胡震亨《李诗通》，下注"一作《邺中王大劝入高凤石门山幽居》"，可两题又相互抵牾。

从诗人辞退后，去洛阳、南阳、梁宋，可知"赠"是宋人改题。"昨发南都城"，南都在洛京之南，邺中在洛京之北，一天之内无论如何也走不到，自然邺中（河北临漳）遇王大赠诗更不可能，故"邺中相赠"，误。

"邺中"，据欧阳忞《舆地广记》，唐河北道，天宝元年改邺郡

（河北临漳）；南阳，唐山南道，属邓州。查《历代舆地沿革图》卷七《唐地理图志》，两地相距千里，却能发现，南阳北上颍川（许昌）官道有叶县，李白道友元丹丘隐此。元丹丘天宝五载（746）隐居长安东南子午谷，六载移石门山，所以诗最早当作于天宝六载（747）。在叶县石门他又遇王大，鉴于李白遭遇辞退的处境，王大以幽居相劝。如此，诗题便是"叶中赠王大劝入高凤石门山幽居"，才讲得通。故我怀疑"邺中"或是"叶中"之笔误，可能是后人编集时的音近误写。

本是十分清晰的诗，由于没有编年，又一诗多题，导致争无定论。将"邺中"改作"叶中"便契合诗歌内容了。这或是后人抄写诗题时音近造成的笔误。即便没有误抄，就"邺中"而言，在太行山北，也切合王大"旧居太行北"，此地为王大籍贯，则诗题"邺中王大劝入石门山幽居"也通。

问：明白了，保留"赠"，则邺中要改叶中，《叶中赠王大劝入高凤石门山幽居》才通；去掉"赠"，则邺中为王大籍贯，诗题应为《邺中王大劝入高凤石门山幽居》。

答：上面"叶中"笔误"邺中"，纯然猜测，要解决"一诗多题"，还得辨析出一个最准确的题目，我认为《邺中王大劝入高凤石门山幽居》才是原璞。这就须考证王大籍贯。

开元天宝诗人只有王昌龄称"王大"，王昌龄开元末为江宁丞，岑参有《送王大昌龄赴江宁》；孟浩然有《初出关旅亭夜坐怀王大校书》，王昌龄开元十五年（727）及第，授秘书省校书郎，"王大校书"便是他。

第一，王昌龄游过石门山吗？他有《郑县宿陶太公馆中赠冯六元二》"幽居与君近，出谷同所骛。昨日辞石门，五年变秋露"。"幽居"当是开元十五年（727）登第后，至开元二十二年（734）举博学宏词科前，曾居五年，再辞别石门参加博学宏词考试。这就关联起来了，王昌龄以自己的经历劝告遭遇辞退的李白入石门隐居。

第二，王昌龄籍里。有四说，殷璠《河岳英灵集》称太原人；《旧唐书》称京兆人；《新唐书》称江宁人；《博异志》称琅琊人。到底哪里？受门阀士族风气影响，唐人习用郡望。王昌龄自称"旧居太行北，远宦沧溟东"，太行北即其郡望；又自称"故园今在灞陵西"，乃移居之地，故可称京兆人。《新唐书》称江宁人，只是曾居官于此。《博异志》琅琊人也有所本，虽为晚唐传奇，但涉及祖籍料不至妄说。综合看，王氏有两支，琅琊王迁江南，远离隋唐政治中心，已没落；而宗家河东太原王很盛，王昌龄即出这一支，算顶级士族。

问：但籍贯均无邺郡？

答：未必。虽无邺郡之说，但说他是邺郡人并无不当。邺郡有漳河，《水经注》清漳水、浊漳水皆出太行北麓，南流邺郡。《水经》"浊漳水出上党长子县西发鸠山，……又东出山，过邺县西"。郦道元注"昔魏文侯以西门豹为邺令也，引漳水溉邺，民赖其用。……咸成沃壤，百姓歌之"。这块沃土在太行山东北，古谚"漳河水东渐，太行气西来"。结合他"旧居太行北"，李白诗题"邺中王大"便在这一区域。又，《博异志》作琅琊人虽无据，但隋唐琅琊治所在沂州，离邺郡不远，亦可旁证他是邺中人之说。故《邺中王大劝入高凤石门山幽居》指邺中为王昌龄祖籍才是原璞。"邺中赠王大"当是伪题。

第三，王昌龄与李白交集。开元二十七年（739）昌龄谪岭南，开元二十八年秋赦还，在巴陵（湖南岳阳）结识李白，有《巴陵送李十二》。开元二十八年（740）冬，赴江宁丞。天宝三载（744）四月秩满回长安，与辛渐、李白等过从甚密。李白天宝三载夏秋离京，昌龄见证了李白被辞退的经过，知道他的痛苦。这又关合起来了，才有此诗王大相劝和李白婉拒。

由二人交游时间，此诗当作于放还初期，即天宝三载至七载。为何呢？天宝七载（748）王昌龄又一任三年秩满（因昌龄资料绝少，不知天宝三载至七载任何职，今人普遍认为他一直在江宁丞，不妥），左迁龙标尉，殷璠《河岳英灵集》云"奈何晚节不矜细行，谤议沸腾，垂历遐荒"。到龙标便不易出来了，这次处罚很重，殷璠不便明说，只说"使知音者叹惜"，可见事情之严重。八年后，至德元载（756）出龙标还故里，经亳州被刺史闾丘晓杖杀。故李白作诗时间可确定在天宝三载至七载之间。

回到本诗，从《历代舆地沿革图·唐地理图志》看，叶县在南阳北上大梁（河南开封）的路上，正合"昨发南都城"。前一天李白由南阳出发，后一天便在叶县遇见昌龄。"一身竟无托，远与孤蓬征。千里失所依，复将落叶并"。"一身无托"，暗示诗人失宠放还；"复将落叶并"，二人同病相怜。这不是李白放还遭遇又是什么呢？显然是天宝三载以后的心照。

再参看元丹丘足迹，天宝六载隐居石门，故李诗只能作于天宝六载（747）。石门地属颍川之南，李白有《题元丹丘颍阳山居》《寻高凤石门山中元丹丘》，告别元丹丘有《颍阳别元丹丘之淮阳》。相互参证，李白离开南阳曾逗留石门山，王昌龄亦相会于此，他拒绝大家的建议，告别二人，至淮南。可能离开前有一个别宴，作《将进酒》抒发他的不开心。这一年是天宝六载。天宝七载在扬州听闻昌龄贬龙标，作《闻王昌龄左迁龙标遥有此寄》"扬州花落子规啼，闻道龙标过五溪"，又可印证李白离开石门至淮南的行迹。你以为呢？

问：啊，名作《将进酒》与《邺中王大劝入高凤石门山幽居》均作于天宝六载叶县石门山，我要好好思考。

王勃《送杜少府之任蜀州》"五津""杜少府"揭秘

问：《送杜少府之任蜀州》诗题"蜀川""蜀州"之别，哪种正确？

答：王勃曾客剑南，在成都留下《送杜少府之任蜀州》。但诗题、五津、蜀州之相互关系从未说清，从而导致"蜀川"之讹。先看诗。

> 城阙辅三秦，风烟望五津。
> 与君离别意，同是宦游人。
> 海内存知己，天涯若比邻。
> 无为在歧路，儿女共沾巾。

王勃年少成名，出太原王氏，世为贵姓，在初唐贵族掌控社会的现实下，本有极好前途，但乾封三年（668）一篇《檄英王鸡》触碰了王室"兄弟相残"的禁忌，高宗震怒，被废黜。总章二年（669）游蜀，在蜀中完成此诗，名句"海内存知己，天涯若比邻"流芳千古。初唐诗在涤荡六朝宫体余风后，有了人生感悟，哲理思考，洋溢着新兴阶级意气风发的进取精神。此诗诗思壮阔，亦不例外。

诗的几处疑点中，"五津"是打开疑窦之钥匙。明确"五津"范围，即可解开杜少府往任之所，也可判定送人在成都而非长安，还可辨明诗题"蜀州""蜀川"正讹。

唐诗选本注释"五津"，均引用自《华阳国志·蜀志·蜀郡》。

> 其大江自湔堰下至犍为有五津：始曰白华津，二曰里津〔按：此处各本有万里津、里津或皂里津。我以为应定为皂里津，据《寰宇记》岷江古名"皂江"，江边有里，故名皂里。北周《周地图记》"（新津）县城，故皂里江津之所"。万里津殊为不妥〕，三曰江首津，四曰沙头津，……五曰江南津。

但解读时，却以现代地域概念来理解"五津"，采古人材料，以今日地域思维比附。如《文学评论》刊载《蜀川与蜀州辨考》时，将五津扩大到乐山犍为，"似'蜀川'一名其地理范围就是指嘉州之地"。

这样杜少府赴任之所就在川南乐山，不在川西蜀州。

问：确乎，正确做法应以古人地域观念去稽考、还原。

答：错乱的地名认识，还出现在郁贤皓主编的《中国古代文学作品选》中。一是"五津：岷江从灌县到犍为县间的五个渡口"，已扩展至川南数百里河道上五个古渡；二是采用诗题《送杜少府之任蜀川》，割裂了"五津"与"蜀州"关系，编者不知"蜀川"与"五津"并无关联；三是认定送杜少府"时王勃在长安"，为何不能在成都送人？

问：这些都是以今日行政区划理解《华阳国志》的"五津"。你是崇州人，又常年沿岷江往返崇州、新津、彭山一线，熟悉实情。你的看法呢？

答：首先须辨明"五津"在哪个区段，才能确定诗题作"蜀川"还是"蜀州"。

"五津"实际在蜀州境内。蜀州，汉称江原县，唐称蜀州，宋称崇庆，元以后称崇庆州。岷江出山，流经川西平原，其西即蜀州之域。与东岸成都遥望。"五津"就是这个冲积平原上五个古渡，范围在蜀州境内，今崇州市至新津县的岷江上，约七十里［按明《一统志》"新津在州（崇庆州）东南七十里"］，因地属古蜀核心区域，垂拱二年（686）武则天赐名蜀州。蜀州即傍依岷江而成，诗题当然为"蜀州"。

关于蜀州，王文才教授《六朝江原故址及侨置郡县考》对其来龙去脉曾作考索。考证时限在六朝，正好在王勃使用"五津""蜀州"之前。

据《元和郡县图志》"蜀州"总叙。

《禹贡》梁州之域，秦灭蜀为蜀郡，在汉为郡之江原县（蜀州）也。

秦灭蜀后，在成都置蜀郡，蜀州则为隔江相望的蜀郡江原县，江原武则天时改蜀州。据考证汉代江原治所在今崇州江源乡大庙村，此处既有通成都的官道，又紧傍岷江，隋唐在此设泗安乡，有川西坝子最大佛寺泗安寺，杜甫每次由成都去蜀州访友都要经此，有《暮登泗安寺钟楼送裴十迪》，杜诗泗安古渡疑为《华阳国志》的五津之首"白华津"。

对于汉代的江原，常璩最为权威，他便是江原县人，《华阳国志》载：

> 后有王曰杜宇，教民务农，一号杜主。时朱提有梁氏女利游江源，宇悦之，纳以为妃。移治郫邑，或治瞿上。七国称王，杜宇称帝，号曰望帝。

郦道元《水经注》也载："望帝者，杜宇也，从天下。女子朱利自江源出，为宇妻。遂王于蜀，号曰望帝。"两书所记江源（蜀州）物殷俗阜，乃古蜀文明中心，又称"江源文明"，即今崇州。《崇庆县志》"'原'与'源'通，时因误以为县域位于岷江之源，故名"。江源即江原。按，古人以江水出山后起算，故蜀州之地为岷江"江源"，非今人以为始于松潘。在古人观念中上游没有文明，蜀州为"江源文明"之始，可这一问题即便今天做巴蜀文化研究的学者都未悟出。

据王文才考证，到了六朝，江原曾改郡，领县有江原、临邛、晋乐、徙阳、汉嘉。从王先生考证来看，江原管辖整个岷江西岸。这里是常璩故乡，《华阳国志》所记"江原五津"亦最准确，"大江自湔堰下至犍为有五津"，"五津"确在江原境内。今人将五津扩展到犍为，便是文中这段话。

到了隋开皇三年（583），悉罢诸郡，以州统县；大业三年（607）又改州为郡。王勃生于贞观二十三年（649），时逢郡改州，州复改郡，虽尚未有"蜀州"官方称谓，在诗题中采用习称"蜀州"又未尝不可。今人认为"蜀州"应为"蜀川",持据为垂拱二年才置"蜀州",王勃已亡故十年,故诗题不可能出现"蜀州"。

再看"蜀川",古代并无用例。"蜀川"泛指蜀地川流。王勃连友人所往都不知吗?结合诗中"五津"来看,地点明确,友人就在江原任官。故诗人有可能按时行的州、郡杂称,自创"蜀州"来称江原,他没有理由去用"蜀川"。

今人诗题作"蜀川",还因李昉《文苑英华》也作"蜀川"。我认为李昉未必正确,宋人有改窜唐人诗的陋习。王勃"五津"已点明杜少府赴任之地"江原",怎可取用毫无关联的"蜀川"?杨慎《丹铅录》说"唐人皆指蜀州为'五津'"。蜀州正是由岷江贯穿,唐人去常璩的东晋不远,当有所承。故诗题"蜀州"才恰当。

综上,蜀州即江原,其地便是岷江冲积形成的川西平原,及纵贯域内的岷江五个古渡。"五津"与"蜀州"实为互文,"五津"即杜少府任职之地。

问:明白了,"五津"在蜀州境内,杜少府行经望达之地,便在蜀州,诗题自然是"蜀州"非"蜀川"。但《华阳国志》"大江自湔堰下至犍为有五津",不是到了乐山犍为吗,怎么说在蜀州境内呢?

答:是的。要进一步确证"五津"仅在今崇州至新津岷江河段,还须分辨《华阳国志》"犍为"所在。

今唐诗选本均误以为犍为即乐山犍为。其实汉代"犍为郡治"在新津。常璩生于晋永平元年(291),活动于成汉时期,彼时新津地界正是犍为郡治,故常璩所指犍为即后来的新津。

关于犍为郡,《华阳国志》"汉武帝建元六年(前135)开西南夷,分巴、蜀,置犍为郡",道光版《新津县志》"元鼎二年(前115)置武阳县,属犍为郡",武阳县即后来的新津。又,汉昭帝始元三年(前84)"南夷数叛",犍为郡治移至武阳。所以犍为郡设在新津。

经东汉、三国、晋、刘宋，近五百年犍为郡治均在武阳县。唐李吉甫《元和郡县图志》"新津本汉犍为郡武阳县也，故城东七里"。西魏时犍为还曾侨置江原境内（《四川郡县志》），所以常璩提到的犍为并非今乐山犍为，"大江自湔堰下至犍为"其范围就在蜀州地界。

清代这一段岷江还有五大渡口，青城渡（徐渡）、三盛渡（三渡水）、江原渡（擦耳岩）、邓公场渡（又称沙头津。按，疑为《华阳国志》涉头津）、新津渡（即皂里津）。清代五津仍然在崇州至新津一线，只是名称不同罢了。

问：明白了，犍为郡治在武阳，又曾侨置蜀州，并非今人观念中的犍为县。

答：是的。唐代蜀州与新津县的领属关系，新津县与犍为郡的重合关系，犍为与江原的侨治关系，可确定"五津"便在蜀州。诗题"蜀州"与首联"五津"互为照应；若诗题"蜀川"，则与"五津"不存在任何关联。王诗"城阙辅三秦"，是点明成都与周边的关系；"风烟望五津"，则又点明了蜀州与成都距离不远，登城阙便可隐约遥望。杜少府要渡大江赴任，故言"风烟望五津"。

确定五津后，杜少府的衙署便在蜀州，王勃送人之地就当在成都非长安。游蜀的王勃与杜少府相会于成都，然后送他至蜀州赴任。经推测，杜少府的行程为出成都西门，过"五津"之首"白华津"前往蜀州。唐时"白华津"在蜀州泗安（今崇州安阜乡），泗安在成都通蜀州的官道上，杜甫曾在此写下《暮登泗安寺钟楼送裴十（迪）》。

    暮倚高楼对雪峰，僧来不语自鸣钟。
    孤城返照红将敛，近市浮烟翠且重。
    多病独愁常阒寂，故人相见未从容。
    知君苦思缘诗瘦，大向交游万事慵。

明清时这条官道已上移十里，至上游羊马镇，即国道318线，今人多以为此道为隋唐官道，误。过"白华津"便是蜀州地界，杜少府就在蜀州任职，故有诗人"风烟望五津"的描写。泗安古渡地势坦平，岷江潮润氤氲，此处风光，杜甫描述为"近市浮烟翠且重"，可与王勃描写会通。

问：关于杜少府你有什么新见吗？

答："杜少府"，诸家注本都说"杜少府，不详"，实际仍有蛛丝马迹可查。由《旧唐书·王勃传》"父友杜易简常称之曰：'此王氏三珠树也'"及《旧唐书·杜易简杜必简传》，当时长安王杜两家关系非同一般，在初唐贵族交游中，杜易简交往有裴行俭、王福畤，杜审言交往有苏味道，王勃交往有吏部尚书李敬玄等人，李敬玄与裴行俭同掌选事十年，裴行俭二女又嫁苏味道、王勮。由他们交游联姻可知这些政治家族的相互关联，所以能进入王勃诗的杜少府，必非普通文人，一定是在初唐有较高社会地位的关陇贵族，这个杜少府要么是杜易简，要么是杜必简（审言）。而杜审言咸亨元年（670）擢第，王勃正在蜀中漫游，则在成都送的杜少府很可能便是杜审言。当然送杜易简也有可能，易简是王勃父亲的好友，咸亨年间由考功员外郎贬开州（四川开江）司马，是否又改蜀州少府，或有可能，那么王勃在成都送的人就可能是杜易简。当然，这些据史料的推测，尚待有力证据。所以这个杜少府不简单，他或为杜甫祖父杜必简，或为杜甫堂祖父杜易简。两兄弟中我倾向于杜审言。

问：考出杜少府，令我惊讶，我得好好领悟。作为崇州人，杜审言、杜甫祖孙均与蜀州有关联，我挺骄傲。另，王勃送人之地，也要推翻旧说吗？

答：到此已可判定送人之地必在成都，不是长安。历代注家都认为此诗作于长安，长安三秦为辅，帝都气象，"城阙辅三秦"已然点明。王勃京城高第，授朝散郎，署沛王府，正值年少气壮，此诗气象壮阔，正合长安送行。

　　我认为理由并不服人。一是王勃入蜀后诗文没有因沛王府斗鸡事件消沉。二是若无游蜀经历，他何以熟悉蜀地风候？三是清人已疑惑，长安送人何以能望见风烟五津？

　　但在成都城楼望五津是可能的，五津在成都西郊蜀州，诗中"城阙"特指成都，不是长安。考"城阙"一词，《说文》云"阙，门观也"。何注昭公二十五年《公羊传》"天子外阙两观，诸侯内阙一观"。证明"城阙"非帝王居地专指。王勃诗文多次出现"城阙"，并非专指长安，如他在蜀中的《梓州玄武县福会寺碑》云"金堤迥邑，玉峡长澜；城阙纷乱，江山耸盘"。

　　问：既然成都送友，"辅三秦"讲不通吧？

　　答：别忘了成都规模宏大，堪比长安，扬雄《蜀本记》"蜀王据有巴蜀之地，本治广都樊乡，徙居成都者也。巴与蜀仇，求救于秦，秦惠王二十七年遣张仪与司马错等来蜀，遂置蜀郡，仪筑成都，以象咸阳"。可见成都自古便以都城规模营建。左思《蜀都赋》"既崇且丽，实号成都……华阙双邈，重门洞开"，用"城阙"当之无愧。

　　《三辅黄图》"阙，观也。周置两观，以表宫门，其上可居，登之可以远观，故谓之观"。所以，成都"城阙"像长安城巍峨高耸，可登高观远，自然便可在城楼遥望远郊风烟中的五津。杜甫在西郊草堂写过"窗含西岭千秋雪"，诗人在成都都能望见一百七十里外大邑西岭雪山，那么王勃在成都西郊城楼上也能依稀望见四十里外岷江渡口。所以"城阙辅三秦，风烟望五津"一联不是分指长安和蜀地。另外，长安有三秦相辅，《史记》"项籍灭秦后，分其地为三，名曰雍王、塞王、翟王号三秦"。成都亦有三州相辅，蜀州、彭州、简州环拱，这三州唐以前均曾号郡（《四川通志》），故"城阙辅三秦"未尝不是慨叹成都之壮丽。又《华阳国志·蜀志》"益州以蜀郡、广汉、犍为为'三蜀',土地沃美,人士俊乂,一州称望"。左思《蜀都赋》"三蜀之豪,时来时往"。故成都配得上"城阙辅三秦"的赞语。

又"与君离别意,同是宦游人",何能算"游"?宦游有二指,一是做官后离家在外;二是在官场日久,升沉不定。按王诗游者应当在外,如一在长安,一在蜀中,更不能说"同是宦游人";再作推想,王勃此时若未履蜀,何能准确描绘蜀地风光?所以各注本以"城阙"指长安,勃必在长安送友,推不通。

自然,诗的系年当在入蜀之后。他在成都遇到及第后的"宦游人"杜审言去蜀州,以诗相送顺理成章。故诗当系于咸亨三年(672)。

王勃《入蜀纪行诗序》"总章二年五月癸卯,余自常(长之误)安观景物于蜀,逆出褒斜之隘道,抵岷峨之绝径。超玄溪、历翠阜,迨弥月而臻焉"。《春思赋》"咸亨二年余春秋二十有二,旅寓巴蜀"。逆推二年,可知他入蜀时二十岁,风华正茂,履历山川,描绘形胜,诗序碑文都写了不少。这首诗首联就是蜀地山川形胜的概括描绘,"城阙辅三秦",他与杜审言即将分别,雄丽的城楼在二人身后,他们不约而同抬头,赞叹成都像长安一样巍峨。"风烟望五津",两人登上堪比长安的城阙,遥天展望川西平原。所以,首联看似矛盾的统一,却证明了在成都送友人之作。首联蜀地风物确定了,若以为入蜀前他就能作这样的描绘,又怎么可能呢?确定了五津在蜀州,诗题又何能用蜀川?

最后串一下诗意,王勃与杜少府走到城下,抬头望见高耸的城阙,感叹多么像长安城啊,二人登上城楼,遥望风烟五津,即将赴职之地。王勃说"无奈与你离别,我俩都是在外游宦的人"。杜审言说"天下太小,在此遇见知己,即便再远的川西坝子,也像我们两家在长安比邻而居"。在城楼上,两位青年才俊达成共识,分手之时,无须儿女情长，泪洒衣裳。

问：你从地方文史入手，独辟蹊径，让我对诗趣味很浓。

答：近来我的一位学生张荣瑜与我探讨"城阙"所指，他提出应指"蜀州"，这个见解新颖，不失为一种新思路，现照录于下：

城阙，指有高楼的城墙。《诗·郑风·子衿》"挑兮达兮，在城阙兮"。孔颖达疏云："谓城上别有高阙，非宫阙也。"人们以为此诗中"城阙"指京都长安，但从事理上讲，以京都辅助郊县的说法讲不通。故此诗中的"城阙"应指蜀州。在此基础上，将下一句解释为"风烟过五津"，"望五津"正是诗人与杜审言一起过五津所见，如此意思更加通顺，且更合他"送行不送别"之题旨。此说学术界从未讨论，或可纠正千余年来的错误认知。

杜审言《和晋陵陆丞早春游望》之疑

问：杜审言《和晋陵陆丞早春游望》"淑气催黄鸟，晴光转绿苹"，各个选本翻译都不同，怎样准确理解诗句？

答：《和晋陵陆丞早春游望》是杜审言名作，被明胡应麟评为"初唐五言律第一"。原诗如下。

> 独有宦游人，偏惊物候新。
> 云霞出海曙，梅柳渡江春。
> 淑气催黄鸟，晴光转绿苹。
> 忽闻歌古调，归思欲沾巾。

审言诗把江南春景次第，安排得极有层次，不愧大家手笔。你提到的"淑气催黄鸟，晴光转绿苹"确乎有多种翻译，如以下几种。

一是，倪海曙《唐诗的翻译》"初春的温暖催促黄莺歌唱，水面上的浮萍，在阳光下快乐地打转"。

二是，社科院文研所《唐诗选注》"春天到了，黄莺活跃起来；晴朗的阳光下，苹草转绿"。

三是，金性尧《唐诗三百首新注》"和暖的气候催着黄莺的啼叫；水上的绿苹在阳光下摇动着光泽"。

四是，汪贞干《〈唐诗三百首〉词义辨难》"一派和暖之气催着黄莺百啭歌唱，灿烂的阳光照着水上的浮蘋绿光转闪"。

比较来看，分歧在"转绿苹"上。倪海曙译为阳光使得浮萍在水面打旋，译出了运动感；《唐诗选注》译作苹草颜色转绿，突出色彩新；金性尧译成绿苹摇动光泽；汪贞干译为浮蘋绿光转闪。四种解译各有理解，都存在问题。

实际上杜审言可不像上面那么随意，"晴光转绿苹"，乃是用典，取自《礼记·月令》，季春三月"萍始生"。清人王尧衢《古唐诗合解》解释为"绿苹之叶为春光所转而生也"，意思是蘋叶因春光到来而再生。转，转生、再生。此解才合审言之意。这样"转生的绿苹"就照应了首联"偏惊物候新"，此诗中间两景联都在突出物候"新"。

再来看四家添枝加叶的翻译，倪海曙的翻译讲不通，"晴光"非流水，如何"转"得动浮萍；金性尧的绿苹在阳光下摇动光泽，忽略关键"转"字；汪贞干解为阳光照耀下浮蘋绿光闪转发亮，"转"成了"闪烁"；《唐诗选注》译为阳光下苹草转绿，"转"的是颜色，并无"再生""更生"含义。以上四家均不如王尧衢《古唐诗合解》"蘋叶转而再生"精当。

读此联能感受到诗人用字推敲功夫之深湛。再如"淑气催黄鸟"，是诗人对陆机《悲哉行》"蕙草饶淑气，时鸟多好音"的提炼。

问：啊，真是一字千金。请谈谈杜审言写作此诗的情况。

答：此诗所有注本皆说作于永昌元年（689）前后，诗人已宦游近二十年。我独不同意。为何如此？武则天光宅元年（684）九月代睿宗临朝称制，这是历史大事，次年正月改元，杜审言即写下此诗，故诗当作于垂拱元年（685）早春。女皇执政，故言"偏惊物候新"。"新"，既是时令新，又是时代新。诗中物象皆有女性色彩，如"云霞""梅柳""淑气""绿苹"。此时距诗人登第已十五年矣，仍在外宦游。故借武则天当政，以"归思"表达对新朝征用的渴望。

问：真是石破天惊之见。还有进一步论述吗？

答：杜审言咸亨元年（670）进士，作为杜预后裔，自恃才高，傲世见嫉，历任县尉、县丞。垂拱元年（685）在江阴任职。诗题晋陵陆丞，即陆元方，字希仲，苏州吴县（1995年撤销）人，世为著姓，曾在晋陵任县丞；天授元年（690）安辑岭外，升殿中侍御史、凤阁舍人；长寿二年（693）任鸾台侍郎同凤阁鸾台平章事；证圣初（695）贬绥州刺史，寻为春官侍郎，转天官侍郎、尚书左丞。圣历二年（699）复为相，官终文昌左丞。二人垂拱元年唱和时，都未显达，在江南做县丞类属吏。

据《旧唐书》陆元方证圣初（695）其为天官侍郎，大量选拔朋从，所谓朋从都是门第较高的朋辈，自称"阴德于人多矣"，遭受弹劾。故推测杜审言得到朝廷征召，回洛州任洛阳丞，后再入朝授著作佐郎，或与陆元方拔荐有关。

晋陵（江苏常州）唐属江南东道毗陵郡，这里是陆元方家乡。杜审言在江阴，与陆是同郡邻县僚友。这次唱和，陆元方《早春游望》已流失，杜审言的和诗便是《和晋陵陆丞〈早春游望〉》。

诗首联即很含蓄，"独有宦游人，偏惊物候新"，在外宦游，忽然惊悉武则天临朝称制。"偏惊"，既惊讶女子称制，又惊奇江南物候更新。中间两联"云霞出海曙,梅柳渡江春","淑气催黄鸟,晴光转绿苹",全是女性物象组成,女子执政带来新气象,表达诗人对武则天临朝的赞赏。尾联"忽闻歌古调,归思欲沾巾",听说了武后新政,诗人热泪盈眶,迫切"思归"。贵族情怀的"古调",可理解为倡导传统。科举制下贵族垄断地位动摇,社会撕裂,诗人巧借"古调"表达对恢复传统社会的期望。此时他已宦游十五载,门高名盛,却远离京洛,在江阴小县为官,这对名门之后的杜审言而言,心有不甘,抒发了一位贵族希望得到征召的愿望。至此,我联想到王勃《送杜少府之任蜀州》诗句"同是宦游人""儿女共沾巾",而杜审言的"独有宦游人""归思欲沾巾"或出自此,更可确证王勃送杜少府的诗是给审言的。

又,结合他登第十五年仍在宦游,与"建安七子"王粲非常相似,诗中忽起的"古调",还可解为怀才不遇的书愤。有此经历的王粲不被刘表重用,蹉跎荆州十五载,建安九年(205)秋登荆州麦城(湖北当阳),写下《登楼赋》,把忧时伤事、眷恋故乡、怀才不遇结合起来,发出"人情同于怀土兮,岂穷达而异心。唯日月之逾迈兮,俟河清其未极"之慨。所以"古调"是诗眼,是解诗钥匙,是诗人忧思的寄托。陆机《悲哉行》有"伤哉客游士,忧思一何深""愿托归风响,寄言遗所钦",只是杜审言把这一命意用得出神入化的巧妙。解读此诗,万不可停留于怀旧、思乡情切的肤浅层面。诗尾寄言武则天,期待召唤。初唐诗总伴随哲理,此诗新世界与旧传统对立统一,激荡诗人内心,掀起大波。江南物候虽新却非吾土;闻古调怀"归思"渴望征召才是目的。

杜审言借陆元方原唱抒发个人宦游的感慨,早春天气,同友人游览新世界,想的是朝廷召唤,早日结束宦游。这一点杜甫与乃祖情怀完全相同。诗人取意王粲《登楼赋》:"虽信美而非吾土兮,曾何足以少留;遭纷浊而迁逝兮,漫逾纪以迄今。情眷眷而怀归兮,孰忧思之可任？"相同的感兴，使此诗思绪沉忧。从审言傲物的个性，门第出身，却宦游达十五载，苦楚俱在诗外，对新朝充满期待。

问：此诗还有著作权之争，又作韦应物诗，为何这样？

答：确乎，《全唐诗》韦应物杜审言名下均录此诗，这又涉及宋明以来窜改唐诗的陋习问题。但今传《杜审言集》有此诗，《韦苏州集》则未收。属于谁，不言自明。韦应物《和晋陵陆丞早春游望》与杜审言文字略有出入。

独有宦游人，偏惊物候新。
云霞出海曙，梅柳渡江春。
淑气催黄鸟，晴光照绿苹。
忽闻歌苦调，归思欲沾巾。

最关键用典"晴光转绿苹"被改作"晴光照绿苹"；"忽闻歌古调"改为"忽闻歌苦调"。比较看，"古调"比"苦调"好，因为是和陆丞，又是在他家乡游春，焉能称"苦调"？杜审言宦游十五载，可以"苦"，但晋陵郡陆丞的诗就不该"苦"了。"转绿苹"也好于"照绿苹"，化用江淹《咏美人春游》"江南二月春，东风转绿苹"，又切《礼记·月令》季春三月"萍始生"的典故。是否韦应物在苏州做刺史，此诗便要归他？我要说所谓韦应物诗，都是后人故意窜改附会。

杜审言诗颇有贵族分寸及初唐诗自然哲理的风调。中唐之后，贵族式微，诗歌气脉已弱是不争事实。韦诗虽恬淡高远，擅长写景和描写隐逸生活，但已渐失初盛唐贵族的浑厚之气，这是时代变化的必然，真气已散，非人力可收。就此而言，也非韦应物诗。杜审言是五言律诗奠基者，杜甫云"吾祖诗冠古"，"冠古"如何理解？不是杜甫骄傲，是其祖诗歌，尤其五律具有贵族之气，保有一种古调。这首诗可看出杜审言在初唐五律探索与成熟上的极深用功与杰出贡献。方回《瀛奎律髓》说"律诗初变,大率中四句言景,尾句乃以情缴之。起句为题目。审言于少陵为祖,至是始千变万化云"。作为律诗形成发展的关键人物,审言诗具有示范之征,从这个意义上说,恐非中唐诗歌。

李白《月下独酌》"永结无情游"解密

问:李白《月下独酌》"永结无情游",许多注本都作"月、影没有知觉,不懂感情,李白与之结交,故称'无情游'",岂非矛盾吗?

答:要解"无情游",须先解"无相亲",方可得出正确认识。《月下独酌》其一如下。

> 花间一壶酒,独酌无相亲。
> 举杯邀明月,对影成三人。
> 月既不解饮,影徒随我身。
> 暂伴月将影,行乐须及春。
> 我歌月徘徊,我舞影零乱。
> 醒时同交欢,醉后各分散。
> 永结无情游,相期邈云汉。

这是诗人一次月下独酌,作于天宝三载(744)三月咸阳,刚经历赐金放还,诗人心情苦闷,面对残酷现实,他邀请明月,借酒忘忧。赐金还山,是诗人人生大坎,就如杜甫华州去官,都是被迫离开朝廷,离开人主。诗人一气连续写下四首诗,可见其焦灼心情。细读此诗,是诗人被弃后,向玄宗婉诉心曲。试图改变皇帝的决定,但覆水难收。这才是诗的真谛。可惜古今都解错了这组诗。

诗中惊世骇俗的奇想"对影成三人",最为人称道,索解亦多,如清人李家瑞《停云阁诗话》考索。

> 李诗"举杯邀明月,对影成三人",东坡喜其造句之工,屡用之。予读《南史·沈庆之传》,庆之谓人曰:"我每履田园,有人时与马成三,无人则与马成二。"李诗殆本此。然庆之语不及李诗之妙耳。

《唐宋诗醇》也说"陶潜云'挥杯劝孤影',白意本此"。奇特艺术思维逻辑或来自前人启示,但也不是随便什么人能想出的,故沈德潜惊呼"此种诗人不易学"(《唐诗别裁》)。诗人取用陶渊明《杂诗·其二》诗意,"气变悟时易,不眠知夕永。欲言无予和,挥杯劝孤影。日月掷人去,有志不获骋",节气变了,便能领悟时序更易,不眠才知夜长,欲要倾吐愁思,却无人应和,只能举杯对着只身孤影。时光流逝,壮志难酬。这首向玄宗表达心意的"月下独酌",竟与陶诗惊人一致。这便是他遭遇辞退后内心孤独的写照,也是诗人人生转关最重要的诗。

再从《停云阁诗话》的索解来看,《南史·沈庆之传》"我每履田园,有人时与马成三,无人则与马成二",又有归隐田园之深意。由此化出"对影成三人",告诉玄宗,你不用我,我就归隐田园了。完全符合诗人遭遇放还变故的实情。所以诗应该提到如此高度来读。

长期以来,认为李白诗直,杜甫诗曲;李白诗浅,杜甫诗深,都是因为没有读懂李白的内心,这一观念该改一改了。面对朝廷抛弃,诗坛"双子星"都采用了含蓄委婉的春秋笔法,不相伯仲。只是李白被读浅了。

问:这才是不脱史实的解诗,李白真意在此。可如此重要的诗历来被泛解。

答:是的。任何诗歌都不是无缘无故产生的,背后必有深层原因。这就须与他遭遇玄宗辞退相观照,"三月咸阳城,千花昼如锦"(《月下独酌》其三),可知放还发生在三月,离开宫廷后他到了咸阳,在此写下这组诗。唐代双子星"李杜"都遭遇过朝廷弃置,杜甫是"独立万端忧"(《独立》),李白是"独酌无相亲",可知他们内心多么愁苦。

所以《月下独酌》是诗人生命中非常重要的诗歌,"无相亲""无情游"均指向辞退事件。"无相亲"不是没有亲人朋友,"相亲"特指君王的恩爱。正因为"独酌无相亲"才"兀然就孤枕"(《月下独酌》其三)。帝王的冷落,令失宠的诗人发出痛苦呻吟,"谁能春独愁,对此径须饮","穷愁千万端,美酒三百杯","愁多酒虽少,酒倾愁不来"。愁不来,即愁不归。所以,唐诗选本把这组诗讲成表现诗人旷达乐观、狂荡不羁、天真自由的浪漫精神,以月为友,对酒当歌,及时行乐是不准确的。"万事固难审",它是向玄宗倾诉内心的重要政治诗歌。

问:这才符合诗人遭遇,那些撇开历史环境的泛解,都是误导,并非李白诗旨。

答:李白遭遇辞退,观其平生,主要还是儒家思想不足,更多道家、神仙家、纵横家思想,而这些思想本质就是自由不羁,相比儒家循规遵矩而言,道家、神仙家、纵横家不是治国者所需要的,放还便是必然。

问:既然愁苦,诗人何以要"永结无情游"呢?

答:"永结无情游",《唐诗鉴赏辞典》的解释如下。

最后二句,诗人真诚地和"月""影"相约:"永结无情游,相期邈云汉。"然而"月"和"影"毕竟还是无情之物,把无情之物,结为交游,主要还是在于自己的有情,"永结无情游"句中的"无情"是破,"永结"和"游"是立,又破又立,构成了最后的结论。

显然是以今天的认知解"无情"。关于"无情",《汉语大词典》有几种解释。

第一,虚伪不实。《礼记·大学》"无情者,不得尽其辞"。

第二,没有情义,没有感情。《汉书·公孙弘传》"齐人多诈而无情,始为与臣等建此议,今皆背之,不忠"。这便是许多唐诗选本采用的解释。

第三,不留情。如杜甫《江头五咏·栀子》"无情移得汝,贵在映江波"。

第四,无意。

近来我又看到一种新解,汪贞干《〈唐诗三百首〉词义辨难》将"无情"解为"大自然""月",进而确定"无情游"为"自然友""明月友"。

问:啊,愿闻其详。

答:汪贞干参考多种唐诗注本,将"无情游"各家解读总结为三类。

第一,将"无情"解为"忘情""尽情"。

第二,将"无情游"解为"超乎世俗的交游"。

第三,将"永结无情游"解为"物我无情……相期醉梦之中"。

他认为这些注解均错误。

此"无情"指自然或自然物。如李白《大堤曲》"春风复无情",韦庄《金陵园》"无情最是台城柳",李贺《金铜仙人辞汉歌》"天若有情天亦老"即言天是无情者,杜牧《金谷园》"流水无情草自春"。以上"风""柳""天""水"等自然物俱言"无情"。月亮是自然物,故李白诗中的"无情"指月亮,月出月落是自然现象，是按自然规律运动，同太阳一样"历天又复入西海"，也同草木一样，"草不谢荣于春风，木不怨落于秋天"（俱见李白《日出入行》）。草木荣枯不以谁的意志为转移，荣不感谢春风，枯不怨恨秋天，月亮也是同样的，它是不因谁对它喜爱不喜爱而独立存在的客体。

问：明白了，"自然"通"无情"，故"无情游"通"自然游"；"游"即"友"，故"无情游"等同于"明月友"。这样"永结明月友"下接"相期邈云汉"才得当。

答：是的。此解在古人诗中，并不鲜见。如金末元初，段成己《翌日二子见和复韵以答》"年年八月如今夕，永结无情汗漫游"，"无情"便指"明月"。原诗如下。

> 香雾霏霏晚渐收，冰轮碾破一天秋。
> 便邀东海骑鲸客，同上西家拍酒楼。
> 不向此时拚一醉，更于何处散千愁。
> 年年八月如今夕，永结无情汗漫游。

这是对明月诗人李白的回应，"便邀东海骑鲸客，同上西家拍酒楼"，"骑鲸客"指李白，"永结无情汗漫游"出自"永结无情游"。"汗漫游"，世外之游，形容漫游之远，如杜甫《奉送王信州崟北归》"复见陶唐理，甘为汗漫游"。到了明代，陈献章《晓枕》"永结无情游，相期八纮外"，八纮，《淮南子·墬形训》指八方极远之地。故"无情"接"八纮"，"无情"亦作自然物、大自然解。

问：看来古人都认为"无情游"是"明月友""自然友"。

答：未必。李白是明月诗人，便要作大自然、明月解吗？汪贞干看似新颖的解释也有问题。还得关联李白遭遇辞退的不幸来索解，首先须知这组诗是写给玄宗看的,他在做最后的努力。

《礼记》有"无情者不得尽其辞,'大畏民志',此谓知本"。意思是置身事外,就不能完全领会其义,"敬畏民意",这便是知根本。

李白取用的正是《礼记》典义,他向玄宗传递心曲,我以后就是那个"无情者",离开皇帝便再也不能为朝廷服务,所以"无情游"在于"不得尽其辞"。又用"永结"加强抒情,可见诗人对宫廷的眷恋不舍。

但李白之后,到了南宋,朱熹把《礼记》此段意思解错了,"情,实也。引夫子之言,而言圣人能使无实之人不敢尽其虚诞之辞",导致《汉语大词典》将《礼记》"无情"解释为"虚伪不实"。以朱熹的地位,他对"无情"的错误解释,使得后人不敢引《礼记》"无情"的原意去解释李白的"无情游"。

最后再强调一下,李白引用《礼记》"无情"典故,是说离开玄宗,如置身事外,再也不能领会皇帝的心意、为朝廷服务,故是"永结无情游";自己与玄宗君臣相会,则如云泥殊路,"相期邈云汉"。诗人是多么痛苦,多么无奈,多么不舍!

问: 明白了,"无情游"不是"明月友"。诗人在做最后挽回的努力,它的意思更深,须联系诗人遭际方可察知。

答: 李白诗集不像杜甫自编,杜集开创了按自己经历编次的先河,李诗由朋友分体归类编辑,所以无年谱。今所见年谱皆由后人猜测缀合,许多诗都不能准确编年。比如《古风五十九首》其二"蟾蜍薄太清,蚀此瑶台月。圆光亏中天,金魄遂沦没。蟫蛛入紫微,大明夷朝晖。浮云隔两曜,万象昏阴霏。萧萧长门宫,昔是今已非。桂蠹花不实,天霜下严威。沉叹终永夕,感我涕沾衣"。推求诗意,乃是失宠后的抒发,当作于天宝三载遭遇赐金放还时,可与《月下独酌》相互对读。还有其八"投阁良可叹,但为此辈嗤",其九"富贵故如此,营营何所求",其十六"吴水深万丈,楚山邈千重",不与诗人遭遇结合,是解不出其中的深湛意义的,只能作不着边际的泛抒情解。

关于秦韬玉《贫女》与"贫女诗"现象

问:秦韬玉《贫女》很有名气,但对"共怜时世俭梳妆"的解释却有分歧。

答:确乎存在不同解释,此句关涉对《贫女》认识的深浅。先看诗。

> 蓬门未识绮罗香,拟托良媒益自伤。
> 谁爱风流高格调,共怜时世俭梳妆。
> 敢将十指夸偏巧,不把双眉斗画长。
> 苦恨年年压金线,为他人作嫁衣裳。

方回《瀛奎律髓》说"此诗世人盛传诵之",为何如此轰动?一定不同于今人认识。当回到晚唐现实来理解方能觅得感人原因。

最根本的一条便是一位士人面对堕落社会的态度,是随之沦落,还是恪守传统;是沉没下流,还是保有高贵心灵,秦韬玉给世人做了回答。诗中"谁爱风流高格调,共怜时世俭梳妆""敢将十指夸偏巧,不把双眉斗画长"都是关键诗句。

第一,先说颔联"谁爱风流高格调,共怜时世俭梳妆"。

"俭梳妆",多解作俭朴妆容。如章燮《唐诗三百首注疏》"时世不逢,难期丰裕,梳妆宜从俭也";金性尧《唐诗三百首新注》"意谓共惜世事艰难,而妆饰从俭,作者的时代也已至晚唐,按白居易《新乐府》有《时世妆》诗中描写的实非俭妆,恰恰是另一种形式的'淡妆',所谓时世妆即最时髦的打扮之意,故未取"。然而这些都是时过境迁的望文生义。

俭，《说文》"俭，约也"，本义为自我约束，不放纵。但俭又通"险"，奇特，怪异。如《南史·周弘正传》"险衣来者以赏之"，险衣，奇异服装。所以俭妆，可解为险妆，怪异的装扮。

回到中晚唐，韩国《夹注名贤十抄诗》收有唐文宗大和五年（831）进士李远佚诗六首，其中一首《转变人》"绮城春雨洒轻埃，同看萧娘抱变来。时世险妆偏窈窕，风流新画独徘徊。场边公子车舆合，帐里明妃锦绣开。休向巫山觅云雨，石幢陂下是阳台"。该诗描写了巴蜀演唱昭君故事的情景，"转变人"即演唱变文的艺人，她的妆容正是"时世险妆"。可知诗人取用的是具有时代气息的词语"俭妆"，绝非俭朴的装扮。《唐会要》"唐文宗下诏，禁高髻，俭妆，去眉，开额"。隋唐以来胡风东渐，至唐文宗时代已有意识地要扫除胡化现象，恢复华夏旧制。《唐会要·卷三十一》大和六年六月一则奏折"妇人高髻险妆，去眉开额，甚乖风俗，颇坏常仪，费用金银，过为首饰，并请禁断其妆梳篦等。伏请勒依贞元中旧制。仍请敕下后，诸司及州府榜示，限一月内改革"。王谠《唐语林·卷一》"（李）晟治家整肃，贵贱皆不许时世妆梳"。所以"俭妆"即是"时世妆"，白居易《时世妆》也警示"儆戎也"，"元和妆梳君记取，髻堆面赭非华风"，它是一种乖风俗"非华风"的梳妆。文宗所禁奇异装扮，正是白居易反对的"时世妆"，从元和到大和一直风行如故，遭到诏书厉禁。士人眼里，这种风潮俚俗鄙陋，不能登大雅之堂。在晚唐世风日下的形势下，更有必要扫除这股歪风邪气。顺便说一下，大唐这种"非华风"妆容还传到日本，日本艺伎至今还保留着这种妆容，即鹅翅眉，樱桃小口，如玉肌肤。或可反观唐代流行的俭妆。

理解真正意义之后，再来看"谁爱风流高格调，共怜时世俭梳妆"，社科院文研所《唐诗选》"有谁欣赏不同流俗的格调，又有谁与贫女一起共爱简朴的梳妆呢"显然不合事实。这一联解释应是"谁喜爱风流高雅的格调呢？大家都爱时髦异样的梳妆"。我自高格调，他人俭梳妆，秦韬玉有此高洁情怀，在晚唐堕落的社会风气中，弥足珍贵，这是诗歌感人一因。

第二，再看颈联"敢将十指夸偏巧，不把双眉斗画长"。

承接上联也说妆容。此联翻译在 20 世纪 50 年代还曾引起争论。倪海曙《唐诗的翻译》译作"我敢用十个指头比手工的巧妙，不愿意把两道眉毛画成妖怪模样"；芝子在《光明日报》第七期"文学遗产"撰文《读〈唐诗的翻译〉》批评，"我以为原诗中的'敢'字分明是'岂敢'的意思，与下句'不'字为互文。不应译为正面语气的'我敢'"；而后柯晚山在《光明日报》第十八期"文学遗产"发表的《关于几首唐诗的翻译》中质疑芝子，"上句的'敢'与下句的'不'，分明是一正一反，原译不错，倒是芝子同志认作'岂敢'解释，似须还作商酌"。到了 1978 年北京出版社《唐诗选注》译为"敢于在劳动上称长，不愿在梳妆打扮上争胜"。1981 年《唐诗鉴赏辞典》则为"'敢将十指夸针巧，不把双眉斗画长。'我所自恃的是，凭一双巧手针黹出众，敢在人前夸口；绝不迎合流俗，把两条眉毛画得长长的去同别人争妍斗丽"。把"贫女"看作劳动妇女，颇为表相。

还得回到晚唐，诗人面对堕落社会，表达了绝不同流合污的决心，及恢复传统、重振世风的情怀。此联仍在说化妆，前一句贫女说自己化妆技艺高强，敢与人夸耀"偏巧"，"偏"，极端，正合俭妆。下一句说自己画眉技艺再高也不愿与庸俗之辈争奇斗艳画俭妆，表达坚守传统的意志。此联才高与洁癖的统一，正是贫女自画像。

晚唐传统道德崩塌，此诗以小见大，挽狂澜于既倒，唤起有识之士警醒，故"世人盛传诵之"。

问：诗人写出引人共鸣的诗歌，原因是什么？

答："世人盛传诵之"，确乎离不开晚唐社会背景。经历初唐胡风南埃、盛唐安史之乱及中晚唐朱泚之乱、牛李党争后，贵族式微，黄巢反唐，更"天街踏尽公卿骨""甲第朱门无一半"。随科举普及，晚唐崛起了数量众多的寒门士子，社会给了这类士人向上的机会，但岗位总是不够满足士子的需求，科举成了千军万马过独木桥。这条路上，能靠读书改变命运的是少数，寒贫士子啧有烦言，满腹牢骚。晚唐许多诗人都是其中的失败者、落水者，或经历数十次科举登第，或最终放弃，处士终生。许多士人便产生了"贫女"心态，如雍陶、皮日休、陆龟蒙、聂夷中、曹邺、刘驾、罗隐、杜荀鹤等，对世风日下、怪诞不经、传统失落的现状不满，他们既经历了"苦恨年年压金线，为他人作嫁衣裳"的科举失败，又有对社会"俭梳妆"的忧虑，所以《贫女》能引人共鸣，《唐诗鼓吹注解大全》"此韬玉伤时未遇，托贫女以自况也"。

再看秦韬玉生平行状，生卒年皆不详，字中明，或云京兆人，或云郃阳（陕西合阳）人。从不甚明确的记载来看，他确实不是科举竞争的成功者。据说他出生尚武世家，父亲为左军军将。少有辞藻，累举不第，后依附权宦田令孜，官丞郎判盐铁。黄巢窃据长安，韬玉从僖宗入蜀，中和二年（882）特赐进士及第，编入春榜。田令孜又擢为工部侍郎、神策军判官。这番经历被时人讥为"巧宦"，不知所终。

晚唐许多诗人留下的生平记载都与秦韬玉差不多，都未得到社会应有的尊重，所以都有"贫女"心态，此诗自然会得到响应。从他们不如意的人生来看，"贫女"是这一群体的自况。

问：这个群体中许多人都写过"贫女"吗？

答：确乎中晚唐有一批诗人作"贫女诗"，孟郊、张碧、郑谷、薛逢、李山甫，他们从个人遭际出发，无论近体、古体，都有贫女题材。如薛逢的科举诗《贫女吟》。

残妆满面泪阑干,几许幽情欲话难。
云髻懒梳愁拆凤,翠蛾羞照恐惊鸾。
南邻送女初鸣佩,北里迎妻已梦兰。
惟有深闺憔悴质,年年长凭绣床看。

清张世炜《唐七律隽》说"负才而不见用,犹负色而不见怜,此其旨也。其赋贫女者,借贫女以比己之不遇耳"。薛逢为人激切,恃才褊忿,屡忤权贵,此诗是诗人对个人困窘着意观照的结果,也反映了中晚唐大批科第失意者的怨怼心态。

问:看来"贫女"是中晚唐普遍譬取的对象。

答:是的。如张碧《贫女》"岂是昧容华,岂不知机织。自是生寒门,良媒不相识"。李山甫《贫女》"平生不识绣衣裳,闲把荆钗亦自伤。镜里只应谙素貌,人间多自信红妆。当年未嫁还忧老,终日求媒即道狂。两意定知无说处,暗垂珠泪湿蚕筐"。看二人生平,李山甫咸通中累举不第,依魏博幕府为从事,又曾逮事乐彦祯、罗弘信父子。张碧屡举进士不第,里居、生卒年均无记载。在中晚唐士人心中"贫女"便是科举失败、仕途塞塞的象征及譬喻之物。他们"刻琢穷苦之言"的诗歌与初盛唐时风相左,诗歌题材与衰微时代紧密相连。如刘驾《赠先达》"贫女皆罢织,富人岂不寒",吴融《鲛绡》"云供片段月供光,贫女寒机柱自忙","贫女""寒机"十分淡冷,反映了那个时代士人普遍的心境,再无宋玉《九辩》那种"坎廪兮贫士失职而志不平"的激昂意气,也无魏晋时应璩《杂诗》"秋日苦促短,遥夜邈绵绵。贫士感此时,慷慨不能眠"的感动。

不满现实社会的堕落现状,另辟蹊径,复古求新,当数孟郊。他既从乐府民歌中汲取营养,又追慕屈、宋取象譬喻的传统,以浅俗风格展开,如《贫女词寄从叔先辈简》。

蚕女非不勤，今年独无春。
二月冰雪深，死尽万木身。
时令自逆行，造化岂不仁。
仰企碧霞仙，高控沧海云。
永别劳苦场，飘飘游无垠。

诗以简淡之笔，代言形式，勾画贫女遭遇，寒苦深沉，但不失理想志气。独特的人生体验，使孟郊诗矫激，有一种峭冷壮气。他深受屈子取象譬喻的影响，但身处贵族社会与平民社会递交的巨变时期，中国历史已判然分别，古代社会正远去，平民时代正到来，致其取譬引喻的情趣发生变化，并影响了众多贫寒诗人。

问：可以总结秦韬玉《贫女》了吧？

答：是的，有了上面的认识，再看这首《贫女》，更能深刻地直击晚唐社会现实。诗以未嫁贫女独白诉来，她生长于蓬门荜户，又遇"时世俭梳妆"的恶劣风气；但她坚持自守，不与恶俗时风"斗画眉"。可这么心灵高雅的贫家女，却无人赏识，更映照出社会的堕落腐朽。"苦恨年年压金线，为他人作嫁衣裳"，再次概括出身寒门，风流高格，迥出时流的贫女，却年年成为新嫁娘的陪衬。不为世用，说出了多少志士无奈。

中晚唐以后，基本就是这样，科举扩张，朝廷没有更多职位提供给士人；中央对地方失控，方镇割据，大量饱学之士进入幕府，终年为人捉刀献策，个人却无上升途径。此诗便是这一现象的写照，"为他人作嫁衣裳"也成了千古名句。

问：确为意蕴丰富，托兴可哀的好诗。

答：再补充一点，贫女诗的兴寄传统，继承了屈原的"香草美人"，引类譬喻，却反其道而行，屈子《离骚》多兴美人，诗人则出以贫女，均为《诗》取兴比譬传统。自汉以降，多宗屈子诗法，屈原在美人之外，又以弃妇抒情，故情感上哀婉缠绵，如泣如诉。这一观念影响了中晚唐这批诗人的构思，以贫女隐喻，发无奈之声，深契中晚唐现实。

杜甫《饮中八仙歌》"逃禅"之疑

问：杜甫《饮中八仙歌》"逃禅"何以有多种解释？

答：开元年间，在长安达官名流中盛行饮酒，《饮中八仙歌》便是描绘李白、贺知章、李适之、李琎、崔宗之、苏晋、张旭、焦遂的饮酒趣闻。八人任性放诞，逞才驰逐，诗传神写照，托酒见性，展现了他们的气质风貌。先看诗。

> 知章骑马似乘船，眼花落井水底眠。汝阳三斗始朝天，道逢麹车口流涎，恨不移封向酒泉。左相日兴费万钱，饮如长鲸吸百川，衔杯乐圣称避贤。宗之潇洒美少年，举觞白眼望青天，皎如玉树临风前。苏晋长斋绣佛前，醉中往往爱逃禅。李白一斗诗百篇，长安市上酒家眠。天子呼来不上船，自称臣是酒中仙。张旭三杯草圣传，脱帽露顶王公前，挥毫落纸如云烟。焦遂五斗方卓然，高谈雄辩惊四筵。

这是快意的诗，诗中人物不讲伦类，闳大不经，绝无温柔敦厚之诗教。

关于创作时间，宋人黄鹤说"此诗当是天宝间追忆旧事而赋之，未详何年"。黄鹤局限于其时代认知，实际是诗人天宝六载于长安应举至天宝十四载所作之诗。若还要缩小范围，当在天宝六载至九载献赋之间。黄希黄鹤父子《黄氏补千家注纪年杜工部诗史》虽曾逐首稽考系年，但他们未必知道杜集本为诗人自编，从诗集显示的生平行状来看，严丝合缝。杜集概貌，后人无法调整，调整便会出现矛盾。所谓宋人编年本实际就是诗人自编本原貌。

此时诗人刚到长安，急于扩大名声，虽然祖籍杜陵，世为显著，但居官在外，杜依艺时已由襄阳落籍巩县（河南巩义），自杜审言随高宗、则天政治中心东移洛阳已六十余年，此时他急于重振家声，《奉赠韦左丞二十二韵》诸篇皆是恢复家声的努力，借韦家恢复杜家。长安杜陵杜氏韦氏分居樊川杜曲、韦曲一带，对李唐政坛有重要影响力，有"城南韦杜，去天尺五"之说。他在长安广泛接触，《赠特进汝阳王二十韵》也有借名人扩大知名度之意，毕竟杜家离开长安太久。自然这也是《饮中八仙歌》写作中原因。也就是说，"八仙歌"的初衷是借名人效应扩张杜家在长安的影响。

从"衔杯乐圣称避贤"，引用李适之天宝六载《罢相作》诗，考虑李诗时效性因素，推测《饮中八仙歌》作于天宝七载（748）可能性最大。而作于之后的理由几无。只有初到长安的人，才有恢复家庭在长安影响的迫切感。此时诗人刚结束"裘马轻狂"的"快意"漫游，所以在题材选择上不受传统诗教约束，从思想状况一致性上推测，诗也当作于初入长安不久。以后他考取科第走上儒家诗教道路，便很少有这样的题材了。所以《八仙歌》是杜集中很显眼、很另类的诗。

问：明白了，诗人初入长安最急迫的事便是恢复家声，诗当作于天宝七载长安。

答：是的。但此诗绝非这么简单，须明白诗人天宝六载已有两次科第未中，显然他产生了被人轻看的感觉，唐代什么社会？重门第传统，重个人名气，可此时他还未进三大礼赋，尚未得到天子垂重。故有借《饮中八仙歌》书愤之意，诗中人物皆是不得意者。唐汝询《唐诗解》说"藉令八人而当圣世，未必不为元恺之伦，今皆流落不偶。

知章则以辅太子而见疏，适之则以忤权相而被斥，青莲则以触力士而放弃，其五人亦皆厌世之浊而托于酒，故子美咏之，亦有废中权之义云"。所以此诗的诗旨，并非今人认为的展现了盛唐士人精神面貌，而是诗人怀才不遇之愤。故诗当作于第二次科举失利后。

问：从未有此见，各种唐诗赏析都错了。真是醒人之见，确为不得志之作。"逃禅"就是"逃避禅修"吗？

答："苏晋长斋绣佛前，醉中往往爱逃禅"确有争议。《汉语大词典》"逃禅"，一是"逃出禅戒"，二是"遁世修禅"。因此存在是逃入还是逃出，是"避世参禅"还是"逃避禅修"的歧义。

无论何种结论都要回到历史中求真释疑。先从历史认知看，清人注杜多解为"逃避禅修"。如王嗣奭《杜臆》"逃禅，盖学浮屠术而善饮酒，自悖其教，故云。而今人以学佛者为逃禅，误矣"。仇兆鳌《杜诗详注》"持斋而仍好饮，晋非真禅，直逃禅耳。逃禅，犹云逃墨、逃杨，是逃而出，非逃而入"。今冯至编选，浦江清、吴天五合注的《杜甫诗选》；萧涤非《杜甫诗选注》，都从此说，逃避修禅，几为定论。

其实杜诗客观表述，不否定苏晋长斋礼佛，又承认他醉中修禅。杜甫有一首《偪仄行赠毕曜》"方外酒徒稀醉眠"，方外，世俗之外，指超然世俗礼教的僧人、道士，可见唐代僧道饮酒很平常。

问：看来王、仇之说有误。

答：是的。一是唐人语境"逃禅"就是向佛修禅，如牟融《题寺壁》"闻道此中堪遁迹，肯容一榻学逃禅"。再看宋人，王庭圭《赠黄伯成》"痛饮长斋拟八仙，醉中谈辩亦逃禅"，邓深《十四夜赏月》"君饮不多须强饮，何妨醉里却逃禅"，看来醉酒、逃禅是以为常的。"醉逃禅"并无明、清时那般约束。再如张祈《吏隐堂为郑参议题》"花间有酒可逃禅，客至忘吾还隐几"，李纲《次韵题乐全庵赠邓季明》"宾来聊一醉，醉中亦逃禅"更明确逃禅、饮酒习为故常。二是最初宋人注杜,"逃禅"皆是参禅事佛,未见异议。杜修可、赵次公、郭知达诸家注《饮中八仙歌》都是"逃去而禅坐"。自王嗣奭、仇兆鳌注解后,"逃禅"释为逃避参禅已成主流,但仍有浦起龙《读杜心解》及日本学者森槐南《杜诗讲义》将"逃禅"释为"逃于禅"。

再从诗意看,也应是避世修禅。一是"苏晋长斋绣佛前,醉中往往爱逃禅","长斋"已点明苏晋长期斋戒修身。"往往",可表示频率常常,或地点处处。此处表"常常",所以"长斋"和"往往"是顺承或因果关系。但不会是转折关系,这样行为逻辑不通。由此,上下句不存在转折关系,故苏晋并非在做与长斋相悖的事,也不会乘醉逃避禅修。二是结合整篇人物看,"八仙"情性乖张、行为荒唐,他们要么流落不偶,牢骚满腹;要么厌恶俗世,散淡闲逸。他们是一群乖诞的反传统酒徒,也是盛世见废者。传统文化中不得志者往往有魏晋风度,远离嚣世,故作旷达,"饮中八仙"不依常规的怪异行为,便与"竹林七贤"无二。酒精作用下,他们古怪不可理喻,唯有从不可理喻去解,才解得出真意。苏晋醉中参禅事佛自然也是出格的。长斋事佛,醉中参禅,正是在矛盾的对立统一中才能更好地与魏晋风度相合。我们不能以常理、常识去考量他们不同常人的反逻辑异行。

"逃禅"就佛家而言,取的是逃入禅门之意。苏晋既喜禅,又怎会逃避呢?宋人李纲《送钱申伯如邵武》"醉乡我已成真隐,君亦逃禅学苏晋",更明确杜诗"苏晋逃禅"之意。

最后补充一点,苏晋,出身权门,武则天朝臣苏珦之子。在长安颇负盛名,杜甫天宝六载到长安时,早于开元二十二年谢世。《旧唐书》有传。

晋,数岁能属文,作《八卦论》,吏部侍郎房颖叔、秘书少监王绍宗见而赏叹曰:"此后来王粲也。"弱冠举进士,又应大礼举,皆居上第。先天中，累迁中书舍人，兼崇文馆学士。玄宗监国，每有制命，皆令晋及贾曾为之。晋亦数进谠言，深见嘉纳。俄出为泗州刺史，以父老乞辞职归侍，许之。

由此段材料，可知苏晋一家世显贵，年少能文；二有政绩，深得嘉赏。故知他纯粹是内心慕禅，怎能解为"逃避禅修"呢？他有《过贾六（贾曾）》诗"主人病且闲，客来情弥适。一酌复一笑，不知日将夕。昨来属欢游，于今尽成昔。努力持所趣，空名定何益"，可见他已参透人生并厌世，既然厌世怎么会"逃"呢？他逃禅之事最被宋人揄扬，如李弥逊《史德夫作渚云亭苏养直有诗余初未识苏次其韵以寄之·其一》"逢人但说逃禅晋，句里风烟带九秋"，元末丁鹤年《逃禅室与苏伊举话旧有感》"不学扬雄事草《玄》，且随苏晋暂逃禅"，若是逃避禅修，后人何以如此称许？

问：明白了，唐人"逃禅"最初是遁世向禅；后人望文生义，"逃离禅修"确乎曲解了杜诗原意。

答：是的。"逃禅"非"脱禅"，是"入禅"。再细加推究，苏晋选择"在世禅修"，从他"父老乞辞归侍"孝举，可知红尘未了。在尘世领悟禅意，不避饮酒十分正常。晚唐诗僧可朋，号醉髠，"好酒，贫无以偿酒债，以诗赒之"（《唐诗纪事》）。因酒否定修禅，曲解"逃禅"，可休矣。

关于杜甫《佳人》及君臣关系问题

问：杜甫《佳人》，是罢官流放后向皇帝曲陈其情之作吗？

答：这是华州去官后，乾元二年（759）秋刚到秦州之作。彼时诗人尚未从肃宗对他罢官流放的忧伤中走出，又得为尊者讳，故采用婉曲比兴手法发抒。先看诗。

> 绝代有佳人，幽居在空谷。
> 自云良家子，零落依草木。
> 关中昔丧乱，兄弟遭杀戮。
> 官高何足论，不得收骨肉。
> 世情恶衰歇，万事随转烛。
> 夫婿轻薄儿，新人美如玉。
> 合昏尚知时，鸳鸯不独宿。
> 但见新人笑，那闻旧人哭。
> 在山泉水清，出山泉水浊。
> 侍婢卖珠回，牵萝补茅屋。
> 摘花不插发，采柏动盈掬。
> 天寒翠袖薄，日暮倚修竹。

此诗前人评价甚多，如明末清初黄生《杜诗说》从乐府"感于哀乐，缘事而发"及《诗经》"美刺"的传统认知。

"在山"二句，似喻非喻，最是乐府妙境。末二语，嫣然有韵。本美其幽闲贞静之意，却无半点道学气。《卫风》咏《硕人》，所以刺庄公也，但陈庄姜容貌服饰之美，而庄公之恶自见。此诗之源盖出于此。偶然有此人，有此事，适切放臣之感，故作此诗。全是托事起兴，故题但云《佳人》而已。后人无其事而拟作与有其事而题必明道其事，皆不足与言古乐府者也。

《唐诗鉴赏辞典》则认为："诗的主人公是一个战乱时被遗弃的女子。在中国古典文学的人物画廊中，这是一个独特而鲜明的女性形象。""杜甫很少写专咏美人的诗歌，《佳人》却以其格调之高而成为咏美人的名篇。……诗人以纯客观叙述方法，兼采夹叙夹议和形象比喻等手法，描述了一个在战乱时期被遗弃的上层社会妇女所遭遇的不幸，并在逆境中揭示她的高尚情操，从而使这个人物形象更加丰满。"

这种停留诗面的解释，看似实在却不落实处。离开诗人遭遇，一本正经解诗，都是误人子弟。鲁迅《"题未定"草（七）》说："世间有所谓'就事论事'的办法，现在就诗论诗，或者也可以说是无碍的罢。不过我总认为倘要论文，最好是顾及全篇，并且顾及作者全人，以及他所处的社会状态。这才较为确凿。要不然，是很容易近乎说梦的。"解读此诗不可忽视诗人动机、写作背景及譬喻中寄托的幽隐之意。今学术界普遍认为，杜甫因灾荒饥馑不得已主动辞官，以此认知此诗，便会犯人云亦云之错，只能作脱离诗人本意的"通解"。

对诗人遭遇的认识，关键在"君臣关系""去官"以及如何认识"诗史"内涵上。

问：依你之见，此诗是认识诗人政治遭遇的一扇窗户？

答：应该说是无数窗户中的一扇。回到《佳人》，唐汝询《唐诗解》说。

> 此诗叙事真切，疑当时实有是人。然其自况之意，盖亦不浅。夫少陵冒险以奔行在，千里从君，可谓忠矣，然肃宗慢不加礼，一论房琯而遂废斥于华州，流离艰苦，采橡栗以食，此与"倚修竹"者何异耶？吁！读此而知唐室待臣之薄也。

唐汝询从"唐室待臣之薄"解，比较符合实际。但"疑当时实有是人"又错谬，实际"佳人"就是杜甫，他借"佳人"典故隐身其中，并非简单取譬引喻。司马相如《长门赋》"夫何一佳人兮，步逍遥以自娱"，写陈皇后见废之事，杜诗之意不言自明。

从诗人出身看，世为显族，儒学传家，门风不坠。在初盛唐重门第的传统下，他自视甚高，故才在诗中自况"绝代有佳人，幽居在空谷"。初唐社会的向上活力主要是贵族贡献，这无可置喙，杜诗忧国如家，反映了他强烈的责任感和极高的文化教养。他所奉之儒，并非汉代经学后世俗化的儒，而是孔子对西周社会总结下的儒，他非常尊崇秩序，向往圣王世道，以古制今，"致君尧舜上，再使风俗淳"；他反对分裂，痛恨乱臣贼子，把血缘、风俗、礼义作为考量社会的标准，重视淳风厚俗和亲情孝道。他以古礼古制处世行事，在《杜鹃》中说"圣贤古法则，付与后世传"。但他面对的却是不尊孝道的人主，肃宗打击玄宗旧臣，将父亲深锁太极冷宫，皆为不孝。所谓"冷宫"是皇宫背后面北而开的宫殿，终日不见阳光，故言冷宫。对此，他以《杜鹃行》做了深婉严肃批评。应该说，他的不幸遭遇与肃宗政治阴心紧密相关。

第一，君臣关系。

杜甫得官于天宝十三载（754），为东宫兵曹参军。《官定后戏赠》"不作河西尉，凄凉为折腰。老夫怕趋走，率府且逍遥。耽酒须微禄，狂歌托圣朝。故山归兴尽，回首向风飙"，自注"时免河西尉，为右卫率府兵曹"。左右卫率府兵曹乃"东宫武官"，掌兵仗仪卫。这是诗人首次与肃宗扯上关系。在率府他有《夏日李公见访》，李公，黄鹤《黄氏补注杜诗》"按宗室世系，当是李炎，时为太子家令"。太子曾遣李炎慰问诗人，彼时君臣关系很好。这也就能解释灵武登基他即刻北上勤王的行为。今人罕知杜甫在太子府任职一年，错以为天宝十四载冬授官即回奉先（陕西蒲城）省家。东宫期间他有《魏将军歌》"万岁千秋奉明主，临江节士安足数"，也是初次为官，人生得意之歌。至德二载（757）四月逃出长安再度凤翔勤王，《喜达行在所》"司隶章初睹，南阳气已新。喜心翻倒极，呜咽泪沾巾"，此时君臣相惜。但很快在处理房琯上出现了分歧，他效仿古代死士以抗争，但"帝自是不甚省录"。从此他被疏远，七月作《述怀》"汉运初中兴，生平老耽酒。

沉思欢会处，恐作穷独叟"，可知君臣欢会已告结。八月赶出凤翔，回鄜州长假。这便可理解《佳人》"自云良家子，零落依草木"的痛苦了。

第二，去官。

凤翔疏远后，被迫省亲，作《月》"只益丹心苦，能添白发明"，《留别贾严二阁老两院补阙》"田园须暂往，戎马惜离群"，诗心甚苦。他是有记载的肃宗处理房琯案第一位官员。被长假，他有抱怨，但很含蓄，如《独酌成诗》"兵戈犹在眼，儒术岂谋身。共被微官缚，低头愧野人"。他也有相期，《收京三首》"万方频送喜，无乃圣躬劳"。返京后又作《腊日》《端午赐衣》等感遇诗。但终究肃宗要树威，要打压旧臣。乾元元年（758）春中书舍人贾至出汝州刺史；五月，宰相张镐出荆州长史；六月，事件中心人物房琯被贬邠州刺史，国子祭酒刘秩出阆州刺史，京兆少尹严武出巴州刺史，吏部侍郎韦陟出绛州刺史。左拾遗杜甫虽出身东宫，亦未获宽容，出华州司功参军。是年又流李白夜郎。可次年（759）所有人皆获平反另用，连从璘叛乱的李白都获免赦，唯有杜甫反遭"去官"，可见肃宗怨毒之深。此间他在长安写《义鹘行》，在华州写《瘦马行》，两首奇诗均有所托，乃是自画对抗皇帝疏救房琯的英勇行为。离长安时有《至德二载甫自京金光门出间道归凤翔乾元初从左拾遗移华州掾与亲故别因出此门有悲往事》"近得归京邑，移官岂至尊。无才日衰老，驻马望千门"，悲酸令人唏嘘。这一"望"竟成永诀。出华州路上《题郑县亭子》"更欲题诗满青竹，晚来幽独恐伤神"，有些事可以记载青史，但为尊者故，又不能言说，更为幽独伤神，他只能"独立万端忧"（《独立》）。在华州他思念昔日同僚，故作《至日遣兴奉寄北省旧阁老两院故人》。

其一

去岁兹辰捧御床，五更三点入鹓行。

欲知趋走伤心地，正想氤氲满眼香。
无路从容陪语笑，有时颠倒著衣裳。
何人错忆穷愁日，愁日愁随一线长。

其二

忆昨逍遥供奉班，去年今日侍龙颜。
麒麟不动炉烟上，孔雀徐开扇影还。
玉几由来天北极，朱衣只在殿中间。
孤城此日堪肠断，愁对寒云雪满山。

这是诗人对左拾遗职位孜孜矻矻、恋恋不舍的回忆。在华州有《洗兵马》关心王事，渴望中兴，讥刺肃宗，"安得壮士挽天河，净洗甲兵长不用"。他倦了，想得到安宁，《夏夜叹》"物情无巨细，自适固其常"；但肃宗惩罚又接二连三追至，又作《立秋后题》。

日月不相饶，节序昨夜隔。
玄蝉无停号，秋燕已如客。
平生独往愿，惆怅年半百。
罢官亦由人，何事拘形役。

这是他极其重要的诗，堪称人生大坎，涉及"去官"解读。此诗发出许多信号，"罢官亦由人，何事拘形役"，"罢官"是由他人，非自己之故；何事何故，形骸为之拘束、役使，劳心伤神受缚呢？当时诗人被免官流放大事折磨得形神憔悴，哪里是学术界认为的主动辞官？更非关中饥荒之故。《新唐书》不言罢官，明显为尊者讳。这就涉及《新唐书》与杜诗谁真实的问题了，古人治史凡为尊者隐恶均取天灾托词，于是"逃荒弃官"便被《新唐书》坐实了。其实诗人委婉的"罢官亦由人"，已道明真相。《秦州杂诗》亦有暗示，"满目悲生事，因人作远游"。何以满目悲事？是谁让他远游边地？都是罢官流放的必然结果。远游，春秋笔法，即流放，罢官之后流放。在秦州《有怀台州郑十八司户》"性命由他人，悲辛但狂顾"，何以独怀郑虔，因为遭遇一致，具是罢官，又得为尊者讳，不能直说，只能借怀人发抒，"呼号傍孤城，岁月谁与度""夫子嵇阮流，更被时俗恶"，可以说肃宗就是那不尊礼法的恶俗之人。凡此种种，均当得起《佳人》描述："世情恶衰歇，万事随转烛。夫婿轻薄儿，新人美如玉。合昏尚知时，鸳鸯不独宿。但见新人笑，那闻旧人哭。"

第三，诗史。

"诗史"概念最早出于《本事诗》，孟棨有衡量标准，以孔子治史为对照，由于杜甫作诗与孔子治《春秋》合辙，故称诗史。我以为诗史内涵有三。一是秉笔直书，二是微言大义，三是言王事为尊者讳。孔子以《春秋》维护社会秩序，孟子《滕文公下》说："孔子成《春秋》而乱臣贼子惧。"《左传·成公十四年》说："《春秋》之称，微而显，志而晦，婉而成章，尽而不污，惩恶而劝善。非圣人谁能修之？"可今人所谈"诗史"并非上面原则，而是广义的，即包含一切纪实的诗，就是今天称为现实主义的部分，如《哀王孙》斑斑血泪的纪实，《月夜》家庭骨肉的分离，《三川观水涨》去鄜州避寇举家逃难遇水的惊恐，均是实录。我认为这些诗说现实主义可，但不能概为诗史之作。杜诗质变，是在华州之难后。《本事诗·高逸》"杜逢禄山之难，流离陇蜀，毕陈于诗，推见至隐，殆无遗事"，孟棨"诗史说"，专指禄山之乱、华州罢官流放后，在陇、蜀达到《春秋》标准的诗。孟棨"诗史"之见是高明的，诗人后期春秋笔法的诗，即是"推见至隐"最为狭义的"诗史"，沉郁顿挫，微言大义，委婉出之。所以真正意义的"诗史"是在放逐陇蜀后，涉及君臣关系又得为尊者讳，愁闷难解，忠君缱绻，勃郁难抒，只能以比兴手法转述幽情，如这首秦州《佳人》；

到了蜀地,借古蜀神话传说吐诉款曲的诗,如《杜鹃行》《石镜》《琴台》《石笋行》等,都符合孔子《春秋》言王事、隐讳其事、微言大义、褒贬人物的特征,尤其在君臣问题上诗人最擅长以古蜀神话婉转出之。读这些诗,要剥去神话传说外衣,方可见得真章。这才是符合《春秋》的"诗史"之作。

问:确乎《佳人》包含了君臣关系破裂、去官流放、诗史言王事、微言大义诸多因素。尤其不知流放,杜诗差不多都要解错。

答:除了这些因素,写作上则是借鉴屈原"香草美人"以比兴取譬传统,以"佳人"自况。"绝代有佳人,幽居在空谷",自己算得上佳人,但现实却见弃于君王,被流放秦州山谷。"关中昔丧乱,兄弟遭杀戮。官高何足论,不得收骨肉",直写丧乱、个体无奈。"夫婿轻薄儿,新人美如玉。合昏尚知时,鸳鸯不独宿。但见新人笑,那闻旧人哭",以"赋"法写佳人婚变,暗示肃宗打击父亲旧臣,扶植新人的政治斗争,及自己被肃宗罢官的事实,虽极度委屈,还得为尊者讳。"在山泉水清",佳人在朝的欢乐;"出山泉水浊",佳人被弃的痛苦。"侍婢卖珠回,牵萝补茅屋",清贫而不堕落,流放而不失志。"摘花不插发,采柏动盈掬",不改贵族操行。"天寒翠袖薄,日暮倚修竹",天寒日暮,世乱时艰,仍高远自洁,伫盼佳音。远在天末的诗人,以幽谷佳人写出了个人政治心灵史。

问:受益颇多。可许多赏析却背离诗人苦心,这便是解读中的"隔"。陈沆《诗比兴笺·卷三》"放臣弃妇,自古同情;守志贞居,君子所托","佳人"是诗人罢官流放后为尊者讳的寄托,非有是人。

岑参《白雪歌送武判官归京》"瀚海"之疑

问:岑参《白雪歌送武判官归京》"瀚海",长期以来何以众说纷纭？

答：主要是不了解西北地理状貌。"瀚海"之解，莫衷一是，皆因时移世易，环境巨变之故。有必要回到初始，探究"瀚海"到底指什么，它在哪里。先看诗。

> 北风卷地白草折，胡天八月即飞雪。
> 忽如一夜春风来，千树万树梨花开。
> 散入珠帘湿罗幕，狐裘不暖锦衾薄。
> 将军角弓不得控，都护铁衣冷难着。
> 瀚海阑干百丈冰，愁云惨淡万里凝。
> 中军置酒饮归客，胡琴琵琶与羌笛。
> 纷纷暮雪下辕门，风掣红旗冻不翻。
> 轮台东门送君去，去时雪满天山路。
> 山回路转不见君，雪上空留马行处。

岑参诗风刚健婀娜，才锋驰突，此诗亦大气盘旋，景象鲜明。20世纪八九十年代"瀚海"曾引发较广泛关注，常见解释有五。一是匈奴称山为"瀚海"，它是"杭海""杭爱"的译音，阿尔泰山支脉（岑仲勉）；二是"瀚海"在继承突厥语的维吾尔语中，指山谷背阴处（柴剑虹）；三是《汉语大词典》最常见的"瀚海"即荒漠戈壁；四是指"海"，北方大湖，"翰海，北海名也"（裴骃引如淳注）；五是"瀚海"指代驻守北庭的"瀚海军"。

唯独没有指明它是特指具体地域的一个巨大的湖泊，承担着数万军民生活用水。

问：该赞同哪种说法？你说特指一个具体地域的湖泊，又在哪里？

答：先辨识各解。

第一，认为"瀚海"是突厥发音"hang hail"的汉字注音。《史记》有"登临翰海",岑仲勉认为既云"登临",则是"山"非"海"。"瀚海"即突厥语音"杭海""杭爱"。他又据突厥语"日"(kün)"月"(ai)推测"瀚海"可能由"日月"并读(kün-ai)而来,"瀚海"可能是"日月山"。柴剑虹《瀚海辨》引岑仲勉《自汉至唐漠北几个地名之考定》中的观点,瀚海当即今蒙古杭爱山不同音译,"杭海""杭爱"都是"hang hail"的音变。他又进一步认为"杭海"并不专指某座山,而是当时突厥人对"高山峻岭中的狭隘深谷"的通称,被霍去病登临后,用于专称蒙古杭爱山了[《学林漫录(二集)》]。

若指杭爱山,诗便解不通。岑参第二次参幕封常清时作下此歌,诗题"送武判官归京",杭爱山古名燕然山,在蒙古中部,位于北庭东北方,长安在北庭东南方,恰为反向,武判官回京行程断不会先往北方突厥地,再南下经长城绕道,而应直接往东南直行,因此,不会过杭爱山。岑参所在北庭,与杭爱山隔着阿尔泰山脉,杭爱山平均海拔3000米,阿尔泰山脉主要山脊在3000米以上,单凭眼力是望不到杭爱山的,又怎会看见它的"百丈冰"呢?因此"瀚海"并非杭爱山。

第二,维吾尔语是古突厥语的现代后裔,今维吾尔语仍习惯将陡峭山崖形成的陂谷称"hang",将陂谷幽静处称"hang heil",将山谷背阴处称"hang hiron"。

"瀚海"指山谷背阴面,对吗?首先,现代维吾尔语与古突厥语有亲缘关系,但已完全不同,用今维吾尔语含糊的语音与"瀚海"比附,即使有与突厥语相近的读音与意义,仍不足以支撑这一观点。其次,"瀚海"一词,出自《史记·卫将军骠骑列传》"封狼居胥山,禅于姑衍,登临翰海",可就能判断"瀚海"为突厥音吗?难道不能是汉语词汇吗?汉代主要受匈奴威胁,而突厥统治蒙古高原隋唐才出现。故"瀚海"一词出现可排除突厥音。至于岑仲勉《自汉至唐漠北几个地名之考定》说"抑翰海之称,传于汉世,其后竟寂寂无闻,逾千百年,迄元乃复传于我国",更是牵强。"瀚海"词意一直流传有序,南北朝孔稚珪《白马篇》"横行绝漠表,饮马瀚海清",祖珽《从北征诗》"祁山敛雾雾,瀚海息波澜",鲍照《冬日诗》"瀚海有归潮,衰容不还稚",均与杭爱山或山谷背阴处无涉。海就是海,山就是山,"山""海"对照思维在唐人诗歌里更明白,如高适《燕歌行》"校尉羽书飞瀚海,单于猎火照狼山"。又,即便"登临翰海",也不指山,从中原看蒙古高原湖泊当然是"登临"!故岑仲勉、柴剑虹这两种解释均可排除。

第三,将瀚海解为"沙漠",最常见。但我不赞同。"瀚海"两汉时原本指北方大湖,如霍去病击匈奴左地,出代郡塞两千余里,登临翰海而还,一定是具体的。后环境变化,霍去病登临的翰海或已干涸不存,故魏晋时由定指转为泛称漠北一切水域。降至隋唐,西北军防形势严峻,"瀚海"指称范围已扩至大漠以西湖泊。卢照邻《结客少年场行》有"追奔瀚海咽,战罢阴山空",马戴《送和北虏使》有"日入流沙际,阴生瀚海边",诗技思维均是"瀚海"对"阴山","流沙"对"瀚海"。可见唐代并无"沙漠"之义。将"瀚海"释为山、戈壁、沙漠,在唐人诗文中是不合语境的,如李世民《饮马长城窟行》"瀚海百层波,阴山千里雪",王维《燕支行》"叠鼓遥翻瀚海波,鸣笳乱动天山月"。"瀚海"与"水波"系在一起,显然为水域。岑参有一首《陪封大夫宴瀚海亭纳凉》,据诗题,岑参、封常清等人是去纳凉。而沙漠炎热干燥,何来凉意?必是广阔水域,故《白雪歌送武判官归京》"瀚海"沙漠之义当排除。

补充一点常识,西域只要有淡水湖、适合生存,都有人迹,而且大的湖泊周围必定会筑城,如虞羽客《结客少年场行》"龙城含宿雾,瀚海接遥天"。西域交通即由这些"瀚海"串成,如皇甫冉《送客》

"城下春山路，营中瀚海沙"，写的便是军城外道路及路边靠湖的沙滩。循道而行，诗人们会看见一个又一个"瀚海"，将其记入诗中。所以才有如此多的诗人写下它，更坐实了唐人笔下它就是水域。作荒漠解，人迹罕至，瀚海又怎会时时出现于诗人笔端呢？这便更说明唐诗中瀚海是诗人活动的湖泊。无论胡人还是唐军都依瀚海而居。

第四，泛指"海"，即北方大湖。由《史记》霍去病登临的具体高原湖，到南北朝裴骃《史记集解》引三国如淳注"翰海，北海名也"，再到唐司马贞《史记索隐》引北魏崔浩"北海名，群鸟之所解羽，故云翰海"，我认为此解最为准确。湖边聚集大量鸥鸟，鸟群脱羽时羽翰漫天，翰，羽毛，故称翰海，本是描述海边鸟群鼓翅奋翼景象，后加三点水，作"瀚海"，可见是汉语词汇，哪有突厥语音？这种组词方法还出现于王昌龄《从军行》中："青海长云暗雪山，孤城遥望玉门关。黄沙百战穿金甲，不破楼兰终不还。"青海，并非今人所指的"青海湖"，也非今青海地区，青海与玉门关相距千里，今人从地理学上解释不清，于是以诗人想象、夸张的手法作牵强关联。这都是把诗中"青海"当作今地域上的青海省来解。譬如《唐诗鉴赏辞典》"青海地区，正是吐蕃与唐军多次作战的场所"。实际上王昌龄时代，青海地区吐蕃尚未对唐朝构成威胁，故王昌龄诗不可能写"青海地区战争"。此处"青海"组词与"瀚海"一样，都是形容北方和西北地区的大湖，再如杜甫《有感·其二》"慎勿吞青海，无劳问越裳"，亦是此类组词。"青海"即指湖泊的颜色；"瀚海"即形容湖边候鸟云集。

第五，军队名称。北庭"瀚海军"，长安三年（703）改烛龙军置。结合诗句"瀚海阑干百丈冰"，"阑干"维吾尔语即驿站，那么句意当是瀚海军驻地冰天雪地。虽可疏通，但古人诗法讲究对句，"瀚海阑干百丈冰，愁云惨淡万里凝"，"百丈冰"接"万里凝"，"瀚海"连"愁云"，故"瀚海"不能代指军队。"阑干"与"惨淡"，均是形容词,"阑干",湖岸纵横散乱貌,"惨淡",天色昏暗不明,故"阑干"不能作驿站解。但"瀚海军"倒提示我,瀚海边驻扎着军队,这更证明军城都筑建在湖边,西域道路是沿一个又一个湖泊延伸的,这就给诗人提供了视野及诗材,如陶翰《出萧关怀古》"孤城当瀚海,落日照祁连"。

问:辨析至此,你的见解呢?

答:从创作背景看,岑参有两次西域经历,第一次天宝八载(749)至十载(751),在安西四镇节度使高仙芝幕;第二次天宝十三载(754)至至德元载(756),在北庭都护、伊西节度使封常清幕先后任判官、支度副使。第二次从军,他写了十余首轮台诗。

那么轮台是否就是北庭?据李吉甫《元和郡县志》北庭都护府,长安二年(702)由庭州改置,治所在州南外城金蒲县(新疆吉木萨尔县北破城子),轮台县在北庭西四十二里,正好为都护府屏障,北庭主要大军驻扎在此。联系诗歌内容,《送武判官归京》描写的景物都是较近视野范围内可直观到的,如"白草""锦衾""铁衣"等,具有"阑干百丈冰"的瀚海,也应在诗人视线内;"中军置酒饮归客""轮台东门送君去",那瀚海就在"东门"诗人目力所及处。

问:啊,你竟然考出了瀚海确切位置。

答:"轮台"在北庭都护府西四十二里处,"东门"正好向着北庭,《元和郡县志》"帐门皆向东开门,向慕皇风也",城外便是瀚海。还可作如是推想,既然轮台军称"瀚海军",轮台这个湖泊一定很大,才可驻军,且能满足轮台和庭州(金蒲县)两地军民用水。唐代边防都是集中驻防,封常清部队驻扎轮台与北庭,相距四十二里,"瀚海"就是介于两地的大湖。

岑参《陪封大夫宴瀚海亭纳凉》可参证,"细管杂青丝,千杯倒接蓠。军中乘兴出,海上纳凉时。日没鸟飞急,山高云过迟。吾从大夫后，归路拥旌旗"。凉亭以瀚海而名，可知驻军附近的大湖就叫"瀚海"，"瀚海亭"亦在海边。诗中"海上纳凉时""山高云过迟"，展示了这里的环境，南面天山横亘，湖边浅丘环绕，轮台便在瀚海西面的浅丘台地上。由于湖水有吸热功能，他们在水边逗留到"日没鸟飞急"，更证明瀚海就在驻地旁。

筑城需大量淡水，水资源匮乏的半干旱区城镇更会依水而建。当时北庭城内有不少人口，据《元和郡县志》"庭州，北庭。……管瀚海军，北庭都护府城中。长安二年初置烛龙军，三年，郭元振改为瀚海军，开元中盖嘉运重加修筑。管兵一万二千人，马四千二百匹焉"，可知瀚海军一万二千人驻扎北庭和轮台。如此庞大军队，需有充足水源供应，可这里是温带大陆性气候，单靠降水，难以维持军民用水，如何解决用水问题？据王蕾《唐朝时期新疆地区的水利资源开发初探》说："唐军在焉耆、龟兹、于阗屯田后，在原有基础上开荒种地，兴修水利。今天在于阗发现了不少唐代大型渠道，设计精妙，如在策勒县北乌曾塔提至丹丹乌里克遗址。"大量沟渠和坎儿井的修建，对邻近湖泊有调蓄作用，十分利于屯垦区湖泊蓄水。夏季大量融冰和降水，更利于补充和维护当地湖泊。王维《送平澹然判官》"瀚海经年到，交河出塞流"，即有河水注入湖泊。夏天积水，形成大湖；冬季枯水，河床裸露，自然现出"阑干"地貌。综上诸端，"瀚海阑干"形容湖泊冬季枯水期冰封状貌，岸边狼藉乱石像波浪连绵。

问：明白了，"瀚海"是确指的，就在轮台东与北庭西之间。它保证了两座军城用水。

答：是的。《陪封大夫宴瀚海亭纳凉》"日没鸟飞急，山高云过迟"，夕阳沉没，归鸟匆匆，一行人傍晚才回去，亦佐证了瀚海距离两城均不远。这个叫"瀚海"的湖泊，经千年蒸发，已成荒漠，今更难索其踪。

可以总结了,《陪封大夫宴瀚海亭纳凉》既有瀚海亭,那轮台东门外便是水域,"军中乘兴出,海上纳凉时。日没鸟飞急,山高云过迟",轮台在诗中称"山",可见轮台是一台地,适合筑城驻防。瀚海便是轮台下的湿地湖泊。这就可提出新说,夏天积水,形成轮台边大湖,冬天枯水,水岸裸露"阑干"。这样瀚海就局限于轮台与北庭了,还可进一步提出"轮台""瀚海"是唐人专称。从郭元振改烛龙军为瀚海军,亦可证明瀚海是西域大型淡水湖,不然何以容纳人数众多的军队驻防?"瀚海"与"轮台"一样,当是唐人专称,不然何以军队要以它命名?由此可以结论,瀚海自汉代以后指湖泊泛称,到岑参时已变成专称。轮台与北庭(金蒲县)驻军称瀚海军,便已证明两地间夹着瀚海。说到瀚海,唐人都会想到轮台与北庭。

问:所以,瀚海很广大。

答:轮台与北庭选址一定依自然条件而定,首须满足生存需求,且是数万人畜饮水,它夏季水量丰沛,冬季即使水位下降,也能保障驻军基本需要。那么这一定是方圆数十里的大湖。除了瀚海,据《元和郡县志》北庭以北十八里有蒲类县拱卫其北,"因蒲类海为名",说明北庭存在湖泊群。可以展开诗意想象了,冬季,裸露的湖岸在寒潮暴雪下才有"阑干"奇景。瀚海广大且深,才有封冻后湖面的"百丈冰"。由岸边"阑干冰"的薄,到湖中央"百丈冰"的厚,构成了诗人对冬季北庭瀚海的完整描写。故岑参诗是眼见的实景描写,并非今人常说的浪漫主义想象。

关于王梵志之疑

问:能写出"城外土馒头,馅草在城里。一人吃一个,莫嫌没滋味"的王梵志,正史不载,只零星笔记提到。即便零星记载也能感受到他的存在和影响，但又从未把他说清过。

答：确实是谜一样的存在，身世不清不楚，可能是生活在中亚的汉人，约为南疆外今阿富汗巴基斯坦一带，为佛教人士。他从未履迹中土，各种史籍才没记载他。后来他的诗传入中土，最早注意他的是王维，称来自葱岭以西的诗"梵志体"，实际就是白话形式的诗。《敦煌写本王梵志诗集原序》称"不守经典，皆陈俗语"，显然未受中土文人诗影响，包括儒家思想文化。他的诗宣讲佛教道理，及西域佛文化氛围下汉人的生活常识与处世观念。看不见与中土诗歌的关联，说是古体，实为白话诗，世传江南十八首王梵志近体，但我估计是江南士人据诗意的修改版，适应内地阅读习惯。江南地区对王梵志的接受，原因有二，佛风盛行与魏晋风度传统。后来出现的寒山、拾得，身世也不清楚，甚至说拾得是捡来的。他们的佛教世俗诗，别出时流，这种现象说明，内地与西域长期存在文化互通，或许葱岭以西本就存在一个等同中土的汉文化区。

问：笔记材料，既有西域人又有中原人之说，你选择西域汉人，有何理由？

答：是的，我们常常遇到如唐人卢藏用说的"年代悠邈，故老或遗；真诠缅微，后生何述"（《衡岳十八高僧序》）。王梵志材料只有几则，见仁见智，在有限材料上重新认识，确乎不易。还原王梵志，其身世尤为重要，我想还得回到历史中求是。要让唐诗回到唐朝，诗人回到唐朝，对历史的认知与掌握是前提，只有不同于他人的历史判断，方能获知属于王梵志的身世。

说一下我的史地观，我以为华夏文明实际就是"青藏高原文明"，中华文化就是山岳文化，这是由地理形态决定的，与西方地中海文明不同，两条南北丝绸之路围绕青藏高原形成环形闭合的文化圈，即是证据。远古以来华夏文化几围绕青藏高原循环，它不是开放的，而是内向的，紧紧吸附于青藏高原。在这一文化大区内部，又分东西两大区域，即儒文化区与佛文化区。王梵志诗属于唐诗西文化区域，故更多佛教元素。只是初唐大食文明东渐，西域及中亚原生汉人迁离后，后人不知当时的情况，误把王梵志作为内地诗人看待，而又解释不清这一现象，不能说明他的诗歌为何与唐诗不同，造成千古疑案。无论解释诗歌还是文化现象，都需要学术想象，清楚这个道理，王梵志不是不可解释。

问："王梵志系卫州黎阳人"，今人已确证并达成共识。哪有你说的疑问？

答：我知道，是1958年公布的《王道祭杨筠文》，这便是你说的确证。陈允吉2006年在《复旦学报》发表《论敦煌写本〈王道祭杨筠文〉为一拟体俳谐文》已证其非，明确《王道祭杨筠文》为戏作。"它绝不是一条史实材料，若拿来考订王梵志的生平、时代，就难免会进入与探涉目标暌违的误区。"宋初那一区域失陷后，隔绝状况，使得中土再无一条材料涉及王梵志，更说明他是生活在中原之外的汉族诗人。

问：那请谈谈你的见解。

答：先从现有材料辨析。

第一，最早记载王梵志身世的是乾符中范摅《云溪友议》。

> 梵志者，西域人，生于西域林木之上，因以梵志为名。其言虽鄙，其理归真。所谓归真悟道，徇俗乖真也。

范摅吴县（苏州，1995年撤销）人，布衣处士，终身未仕。他长期生活在江浙一带，说明王梵志的诗在晚唐江南民间颇有市场。从隋末到晚唐时间跨度如此之长，而史又不载，说明他的诗是外来的，是长时间断断续续流入中土的。可能随佛教文献流入。每一批流入都有新鲜度，故才持续时间如此长久。另一原因是中晚唐社会板荡，佛风盛行，他的诗讲佛教为人处世之道，估计也是流行之因。尤其越近晚唐越流行，有点像变文流传的情况。

范摅录王梵志十八首，皆为近体，这有些矛盾，他生活在葱岭以西，且敦煌保留下来的抄本均是古体，推测这十八首绝句应为江南士人改动，以应江南吟诵习惯，非梵志原诗。这相互矛盾的材料，说明敦煌抄本才是原璞，更印证诗是自西域流入。范摅材料已明确他来自西域，这是准确的，经隋末至晚唐长时间传入，唐人是知晓他来自中亚的。可五代又出现"卫州黎阳（河南浚县）人"之说。

第二，五代严子休《桂苑丛谈》载梵志身世。

> 王梵志，卫州黎阳人也。黎阳城东十五里，有王德祖者，当隋之时，家有林檎树，生瘿，大如斗。经三年，其瘿朽烂。德祖见之，至撤其皮。遂见一孩，抱胎而出，因收养之，至七岁，能语。问曰："谁人育我，复何姓名？"德祖具以实告："因林木而生，曰梵天。后改曰梵志。我家长育，可姓王也。"作诗讽人，甚有义旨，盖菩萨示化也。

严子休号冯翊子，可知是冯翊（陕西韩城）人。今人对王梵志身世说法均从其转出。这看似正史笔法的小传，完全不真实，排除神异情节，也不足信。五代写隋朝事，为何隋人的诗到五代才引起关注？只能说明梵志诗是零星被人带入中土的，有个积少成多的过程。这反倒更加证明他的诗来自中亚。到了五代又不知他为何方神圣，于是有了这段传奇身世。

有一点信息很珍贵，《桂苑丛谈》告诉我们王梵志是隋人，也就是说，迟至隋末唐初已有他的诗了。时间跨度如此长，梵志诗时隐时现，只能是一点一点从外流入的。且初盛唐并无编集，诗集出现于唐末，只能证明他非中土人士。王维知道这种西域诗，称"梵志体"。在王维那里就是"和尚体"，借俗讲佛，劝惩令善，类似唐代俗讲，那么王梵志可能就是俗讲中称的"俗讲僧"。这就使他在中原士林影响很小，局限于沙门。中晚唐随"俗讲"流行，借俗传经，文体形式除变文，还有韵文，梵志诗应该就是俗讲韵文。所以唐末五代才受到中土真正欢迎，并传至日本，如《日本国见在书目录》载《王梵志诗》二卷，成书便在唐末。何以唐末五代王梵志大热？除上诸因素外，还因大食文明东来，迫使西域汉人及佛徒迁向中土，王梵志全貌才为时人知晓。且《桂苑丛谈》"树瘿生孩"故事也指向西域，中原没有这类故事。据陈允吉《关于王梵志传说的探源与分析》，"树瘿生人"母题源自佛经。考虑到佛教退回中土的轨迹和梵志诗的佛教元素，亦可推出他是由西域流入中土的。所以这则材料也指向葱岭地区。王梵志果为卫州人，其诗当在中原流传，何以藏于敦煌边鄙之地，江南却只现十多首？

也有说"卫州黎阳人"，"黎阳"为"颇黎山阳"缩语。据《新唐书·西域志》"吐火罗……北有颇黎山，其阳穴中有神马，国人游牧牝于侧，生驹辄汗血。其王号'叶护'"所记地域，与王梵志生活区域相符，约在葱岭以西颇黎山南麓某地。当然，《桂苑丛谈》材料或虚或略，黎阳为颇黎山之阳只是推测，非确证。

第三，提到"梵志体"的是盛唐王维。他有《与胡居士皆病寄此诗兼示学人二首》，题下自注"梵志体"，却是五言排律，并非梵志体。梵志体是以诗偈在佛徒中传播的，讲佛理可效梵志体。但这并不足以证明它在盛唐就十分流行，实际情况是几无影响。很简单，诗体不合唐人对诗歌形式的苛严要求，只是雅言之外的口头诗偈而已，这又足证它不是中土产生的。当时的王梵志并不像今人吹捧的那么高，今人揄扬并非历史真实，毕竟初盛唐是贵族社会，积极上进是主流，兼以刚从三百年分裂中统一，王梵志思想并不为社会所接受。故初盛唐几无诗人提及。

　　我想王梵志或是一种现象，在西域存在已很长久，那里是华夏文明西文化区，在其他文明未到来之前，主要为汉藏语系佛徒生息之地。如此则梵志诗应早于隋末。7世纪后其他文明东渐，佛教才退回中土，其中在葱岭以西的莲花生大师一支逃向青藏高原，此后西藏便有了藏传佛教。更多佛徒逃回中土，这种迁离在10世纪初达到高潮，梵志诗亦随僧人进入中原。晚唐五代社会崩陷，士人苦闷，他的诗便有了接受基础。

　　实际上唐人观念中，7世纪前西域属华夏文明范畴，玄奘西游壮举本质上就是中华东西文化圈的一次汇通。那里主要生息着汉藏血统的华夏民族，也有蒙古高原迁徙来的游牧民族以及波斯胡人，但那里的文明以华夏文明为主是没有异议的，巴米扬大佛可为其证。佛教由汉藏血统的释迦族王子创立，也经近年基因测序确认。难怪初唐印度要大规模灭佛，在印度人意识中佛教乃属异族创造，这次灭佛使佛教在印度转入地下，出现了密宗。大批汉藏人种的佛教徒逃离恒河平原，进入印度河流域（此为华夏文明圈，印度女学者卡丹尼近年考证发表，古印度河流域文明与印度文明无关，属于古华夏文明，印度河主要在巴基斯坦，其上游即我国狮泉河，考古发现其文明与巴基斯坦与印度均无关，最初以为是灭绝的无主文明，后来随大量文物出土，发现其象形文字印章文化及器物，与华夏商代甲骨文十分接近，可见其地属于华夏文明圈，即古华夏文明是印度河、黄河的跨流域文明），到了葱岭以西的巴基斯坦和阿富汗高原生息。梵志诗在西域长久流传的事实，正好反映了那一地区华夏文明的存在，他们的生活方式打上了深深的中华烙印。

　　所以王梵志属西域中亚汉族诗人是没问题的，其诗歌价值使我们观察到葱岭地区的主要文化就是华夏文化，那里的汉藏民族与中土的生活常识、观念完全一样。若说王梵志的当代意义，这就是他的巨大意义，确证了我们长期以来猜测的一些东西的存在，包括巴米扬大佛也是汉藏佛徒杰作。张大千20世纪30年代末远涉敦煌摹写壁画，后来又在印度观摩到风格迥异的壁画，更坚定了他对中亚及敦煌佛教壁画的认知，看出端倪，得出结论"敦煌绘画是中国人自己的艺术"，而敦煌壁画又与中土画风不同，也就是说他悟出了中亚文化与中华文明乃是一体，属于华夏文明的西半区，而与印度毫无关联。从葱岭以西到东皆是中华文化的部分，即佛文化区。这样敦煌壁画及密室遗存、王梵志诗均属中华西区的灿烂文化。这一观点还可得到证实，2020年8月18日《中国国家地理》发文如下。

近年，在位于克什米尔的印度河上游地区，中国学者在寻访佛教岩刻的过程中发现，当地佛教岩刻不仅数量众多，而且这里岩刻中的佛本生故事图像，跟我国敦煌254窟中的两幅知名壁画高度相似，虽两地远隔数千里，却近似姊妹篇。

历史上，早期的原始佛教反对偶像崇拜，也不给佛陀造像。后来随着大乘佛教的兴起，佛教造像最早出现于古代的犍陀罗（白沙瓦）地区，该地区一度是佛教文化的中心。而印度河上游的佛教岩刻分布密集区——克什米尔的齐拉斯至吉尔吉特一带，也恰恰属于犍陀罗辐射的"大犍陀罗文化圈"。犍陀罗作为一个古代地理概念，之所以闻名于世，是因为它创造出了风格独特的犍陀罗佛教艺术，这是一种融合了印度文明、伊朗文明、希腊文明、北方的草原文明，乃至东方的汉文明等混合文化因素的佛教艺术潮流——中国的石窟造像就深受它的影响。

从地缘文明来看，唐人对那一区域的认识恐怕是高于今人的，统治层面，唐太宗以儒道释统一中华；民间层面，玄奘西行，或许在他心里华夏文明就是由两个区域构成,东半区的儒文化区与西半区的佛文化区,佛教也是华夏文明的一部分,故才千难万险求法取经,并在弘福寺翻译弘扬。唐人以儒家为主干,佛道二家做补充,构筑了辉煌的唐文化。佛教在中土兴盛,虽时有排佛灭佛事件,但不影响许多人既是诗人又是僧人,如贾岛、皎然。这不能不说是太宗弘扬佛法政策的作用。

第四,盛唐后再次提到他是诗僧皎然。《诗式·骇俗》引梵志诗。

我昔未生时,冥冥无所知。
天公琼森我,生我复何为?
无衣使我寒,无食使我饥。
还你天公我,还我未生时。

皎然一直生活在江南,可见江南僧徒中有梵志诗传播。此诗文意虽浅,但行文起伏跌宕,措辞惊世骇俗,"天公琼森(强生)我"已非常人所能道,而"还你天公我"则更匪夷所思,明显未受儒家温厚敦厚诗教文化影响。"无衣使我寒,无食使我饥"极言生存之艰。"还你天公我",句式怪异,是否有中亚以西地区影响?这种句法中土少见,中唐孟郊、韩愈有尝试。皎然作"骇俗"诗例,说它"外似惊俗之貌,内藏达人之度",把它题作《道情诗》,即蕴含道家思想,感化世人的诗。可见西域中亚汉藏居住区域,还流行来自蜀地山区具有古羌文化特征的道教。这也可证明南丝绸之路是文化传输的又一通道,它绕过喜马拉雅山南麓,由藏南进入葱岭高原。

第五,梵志诗最早抄本为中唐法忍写本,大历六年(771)五月抄成。推测抄本可能是随佛经夹带传入,亦不排除僧人去西域录回。但其并未流布,到宋初二百年间仅一二文人记录梵志诗十八首便可知。

第六,降至五代,何光远《鉴诫录》引介梵志诗,系改窜《云溪友议》而来，无新材料。到两宋，又有零星引用，如黄庭坚引录两首；费衮《梁溪漫志》引九首，八首重复《云溪友议》，他称赞王梵志"词朴而理到"；陈岩肖《庚溪诗话》载一首。说明宋人便已极少见到梵志诗。

可以总结了，以上便是唐宋时王梵志及其诗的大体面貌。盛唐以前除王维提及"梵志体"外，再无人提到，估计与王维开元二十四年（736）调监察御史，奉命出塞，任凉州河西节度判官有关。其他出塞官员未提梵志可能与他们不信佛，无接触有关。而王维是佛教居士，估计出塞后接触到西域僧人吟诵梵志诗偈，故最早由他说出"梵志体"。到了中晚唐，凡提梵志诗，皆出江南，如皎然《诗式》、范摅《云溪友议》，这与江南佛风昌盛有关，也说明梵志诗传入后，长安儒士不感兴趣，诗体也不合中土诗歌传统，倒是江南处江湖之远，在民间流传，但数量不多，只搜罗到十多首，无法编集，故两《唐书》未刊介其诗集。

《宋史·艺文志》记《王梵志诗集》一卷，到底多少首无法得知，从上面记载数量看，不过二十多首。但《王梵志诗集》肯定不止这些，其余来自哪里？这是千古之谜，因为诗集很快灭失了，所以即便宋人也未看见。我倒有分说，《宋史》记录的诗集其实就是后来的敦煌集子。它深锁密窟，故漫长的一千年中无人得见。据张锡厚《王梵志诗校辑》，它是开宝三年（970）正月阎海真写本。可作结论，梵志诗在西域成集，宋初传回敦煌十多个写本，其中一部被人带入中土，即《宋史·艺文志》记录的集子，再灭失。

问：诗集在西域编就，如何传入敦煌的？

答：7世纪以前葱岭生活着大量汉藏佛徒，现代基因测序也称葱岭以西地区为华夏民族基因库之一。一个民族必然背负与它相应的文明，佛教在印度绝迹已说明一切，佛教就是汉藏语系族群创立的，既然在印度无法立足，苦海无边，那就变通，回头是岸，从早期佛教中心摩揭陀国，大批汉藏血统的佛徒迁徙至葱岭高原生息。但其他文明在7世纪后也东渐至大量佛徒生活的葱岭地区。天宝十载（751）秋高仙芝曾率三万唐军阻击，怛罗斯唐军惨败，"士卒死亡略尽，所余才数千人"。从此力量倒悬，唐人失去葱岭地区。8世纪末吐蕃占据北庭、安西，在两大文明间形成阻隔，数十年后吐蕃失去北庭、安西。此后大批西域佛徒迁回内地，除了带不走的摩崖石刻造像，能带走的佛经都带走了。梵志诗写本亦随之流入，故敦煌有十多个本子。在佛徒走出南疆荒漠时，他们把大量佛经文献留在敦煌这一西域与中土交界的佛教中转站，封存莫高窟，梵志诗集亦得以幸存，还有部分西域流传的唐人诗抄也回流保存了下来，如李白《惜罇空》、韦庄《秦妇吟》等。其中一部梵志诗集在敦煌稍做停留，继续东行，终于回归中原，但此时已是五代，宋初它很快进入秘府内库，才有后来记入《宋史·艺文志》的《王梵志诗集》一卷（已失传）。今只余敦煌写本。

关于这条迁逃通道的存在，学者刘平说"古时从于阗国（新疆和田），有条捷径通到克什米尔。克什米尔最好的地方就是高原上那块盆地，斯利那加，当时的罽宾国，西汉以前这个地方应该有很多黄种人或者是藏人"。我认为直到初盛唐那里仍生息着大量华夏族，那些失传的唐诗在那里的存在可证。葱岭的汉藏佛徒，是产生王梵志现象的广泛基础。也因为这条捷径而造就了敦煌密窟。

问：如此推论，符合逻辑。敦煌石窟原来这么来的，且是逃向中土的佛徒封存的。你这说法有些让我无法接受。

答：正因为无封存具体时间，才可推知可能是其中某批走出南疆的佛徒恐慌埋藏的，时间应在宋初。五代时回鹘在葛逻禄（碎叶河一带）建立喀喇汗国，接受东渐中亚的大食文明。宋初几十年，喀喇汗国越葱岭据疏勒（喀什）灭丝绸之路南道的于阗，与北道信仰佛教的高昌回鹘对峙。自此大食文明在西域佛文化区传布生根。敦煌石窟便是这数十年中迁往中土的佛徒封存的。这样推考有争议，但不这样无法还原王梵志。他真是卫州人吗？仅凭这句话，就认可？但按"卫州黎阳人"的逻辑更无法推演。

最后补说一下，敦煌封存的原因就是文明的冲突。葱岭过来的僧徒一出险境便将大量文献存于敦煌这一重要中转站。10世纪是其他文明进入西域的高峰，河西走廊也不安全了，西域发生了什么令敦煌僧人必须封存的事件，今已不可考知。敦煌秘藏有大量吐蕃文书，由吐蕃占据西域的时间，可推知大批僧徒恐慌迁向内地是在吐蕃失去西域控制后的9世纪末和10世纪，转移的过程可能长达数十年。由此我们可推想在逃回中原的路途中还有许多埋藏点，不止敦煌一处。也不只是经书等软文，可能还有不便携带的物件。如1905年库车东南渭干河一条支流，德国人格伦威德尔便发现了坍塌的泥封洞窟。看来这种封藏形式是当时迁离的佛徒共识。这条渭干河上有克孜尔石窟、库木吐拉石窟等。我相信或许还有更多尘封秘密尚未发现。

何以在敦煌发现王梵志，我想你已清楚。原因便是7—10世纪，其他文明东进，佛教徒把佛经与梵志抄本及其他西域带来的文物封于敦煌，才有莫高窟千年洞藏。尤其以佛经为多，可能当时西域存在类似"焚书坑儒"的毁佛现象。基于讨论的问题，这或是敦煌秘密。

敦煌石窟艺术与葱岭以西佛教岩刻图像的关系，是回归关系，映照了那里曾生活大量汉藏语系的华夏族群，确证那里曾是华夏民族故地之一。

问：你对敦煌石窟封禁的见解，我没听人说过，很启人思考。

答：回到王梵志，所以他的诗是西域诗，以佛教为主，也有道家思想，诗的形式符合生息于葱岭的汉人的表达习惯，不同于中土雅言的表达方式。他感化世人的诗，其中的道教思想，为何去了葱岭？那时的葱岭广布着汉藏人种，他们背负华夏文化在那里生活，自然也包含道教思想在那一地区的存在。故皎然以为梵志诗是道情诗。实际那一区域盛行的是佛教，所以他以宣扬佛理为主。

    饮酒是痴报，如人落粪坑。
    情知有不争，岂合岸头行。

  饮酒不好，就如人掉入粪坑，这是佛家说的愚痴，道理谁都懂，岂可岸边行，不接受教训呢？世俗的生活道理与佛理结合点化众生。可知西域佛教是要戒酒的，中土佛教则不然，如杜甫《饮中八仙歌》，苏晋"醉中往往爱逃禅"。

  问：元明清王梵志诗的情况如何？

  答：元明清无新发现（诗集还藏于敦煌密窟）。康熙时冯班《钝吟杂录》录了一首，但施蛰存《唐诗百话》已证是改写自《云溪友议》，"怀疑冯班是取《云溪友议》所载妄自改窜，并不是他见过《王梵志诗集》"。冯班《钝吟杂录》梵志诗如下。

    辛苦因他受，肥甘为我须。
    莫教阎老判，自取道何如？

  范摅《云溪友议》收录如下。

    苦痛教他死，将来自己须。
    莫教阎老判，自想意何如。

  诗中"阎老"再次提醒我王梵志不是中土诗人，"阎王""阎罗"唐诗人几无使用这一概念之例。我只查到拾得多次使用"阎王""阎罗"，而拾得身世也不清楚，他是西域诗僧吗？在中土与王梵志一样是子虚乌有的存在吗？寒山有两首诗使用"阎老"，其中一首"梵志死去来，魂识见阎老"，诗中何以写进梵志，寒山也来自西域吗？都是身世不明，那就一切皆有可能。寒山诗全为古体，只有一首绝句"家有寒山诗，胜汝看经卷。书放屏风上，时时看一遍"，而且还是拾遗，来自老僧相传；其余全是王梵志白话诗的特征。拾得诗也全是古体，全无中原近体影子，这很反常，不排除他们的诗均传自西域。

一个奇怪现象，笔记里，寒山、拾得这两个生平籍里模糊的人，都在浙东天台山出现，说明江南佛风很盛，不排除西域来的僧人选择浙东南而留下生活痕迹。综合三诗僧，都是谜一般的存在，只有诗歌是真实的，身世来无踪去无迹。王梵志未履中土，只是诗部分流入，但并非今人以为的广泛流传，即便在佛风昌炽的江南也只有十多首，难以编集，他的诗集出现于中土应该是在吐蕃退出西域，大食文明东渐的五代，由僧徒带入；拾得到了中土，故他的诗歌流传比王梵志多，风格完全是梵志体；寒山也到了中土，他的诗歌内容与梵志几无区别。

光绪二十六年（1900）敦煌密室发现，《梵志诗集》大白于天下。这就是我前面说的，宋初传入的《王梵志诗集》，唐人是看不见全本的。我推测五代时诗被西域僧避祸带到内地，留在敦煌，供人抄写，再入中原，就是《宋史》记载很快又失传的那部诗集。留于敦煌的则随佛经在特殊情况下封存于石窟了。

问：你的推考求索很有启发。施蛰存《唐诗百话》也犯难，"唐宋人笔记、诗话中所录存的数十首王梵志诗，均不见于敦煌诸写本中，这一情况亦极可研索。难道王梵志诗有许多不同的传抄本，各人所见都不同吗"？

答：施先生未找到答案，提出疑问，但我已帮他解决了。很简单，就是前面所揭秘的，王梵志有诗传入中土，但在抄写中改窜是极可能的，说不定还伪托假造，此其一。其二，"梵志体"不合中土阅读接受心理，被人改为近体，怎会与敦煌本原璞一致呢？其三，敦煌本是在五代其他文明东渐中传入的完本，唐人怎可见到？所以敦煌本才堪信任。

梵志诗不是中土风格的诗，是西域白话诗，俗称口语顺口溜，近于古体。所以施蛰存说"第一卷诗共九十二首，都是五言四句的古诗，有几首也近似绝句"，再可证明王梵志是西域汉诗的创作者。他的西域诗，施蛰存说"文辞朴素到没有诗味，既无兴感，亦无形象思维"。但施蛰存把它看成中土"民间通俗文学"是我所不同意的。晚唐变文宣讲佛理韵散结合，结尾总是五言四句的佛家"诗偈"，即是梵志体形式。由此推测，他曾为葱岭佛寺写过诗偈，才在五代被僧人带回敦煌，这或是一种可能。在其他文明东渐过程中，迁徙中土的佛徒最应该带走的便是佛教文物。

问：最后一问，《唐诗百话》说"用诗的形式来宣传道德观念或宗教思想，在东西方各国古典文学中都有。在古希腊的一部诗选《花束集》中，特别有一个门类，称为'说教诗铭'又称'格言诗铭'，所收录的也是这样的诗"，难道西域曾受古希腊文学的影响？

答：很好的问题，唐诗中没有这类说教诗。王梵志正好生活在葱岭中亚，他比内地更先接触这类西方文学思维样式，再由他的诗输入大唐中土也就合于逻辑了。

关于这个文化影响的问题，我们可以找到一些旁证，比如巴米扬大佛，即是来自古希腊雕塑样式。这里是佛国梵衍那国，地处丝绸之路，为往来希腊、波斯、印度的咽喉，有许多寺庙，在2—9世纪是佛教兴隆的重要地区，《大唐西域记》记载的"先王所建伽蓝"便在此。贞观三年（629）玄奘西行，约在四年（630）经巴米扬，见到"伽蓝数十所，僧徒数千人"，"城东二三里伽蓝中有佛入涅槃卧像，长千余尺"。建于5—6世纪的巴米扬实际为石窟群，内部壁画精美，其中"王城东北山阿，有立佛石像，高百四五十尺，金色晃曜，宝饰焕烂"，便是西大佛，其东为东大佛"释迦佛立像高百余尺"。佛像长相至今未可知，9世纪佛徒迁离后，鼻子便被人凿掉了，这就给我们以想象，这里曾生活大量汉藏语系的佛徒，佛的鼻子是否长得像汉人，有华夏文化基因？佛像毁面，是否故意抹去族群特征？鄙以为完全可能。佛像最具族群特征的便是鼻子。回到王梵志，从巴米扬大佛接受古希腊过来的雕塑形式看，完全是地缘因素；同理，梵志诗也会受西方这种说教格言类的文学影响。

高适《别董大》创作时地之疑

问：高适《别董大》中的"董大"是谁？

答：《别董大》是名诗，千百年来它豪迈激扬的"莫愁前路无知己，天下谁人不识君"家喻户晓。先看诗。

其一

十里黄云白日曛，北风吹雁雪纷纷。
莫愁前路无知己，天下谁人不识君？

其二

六翮飘飖私自怜，一离京洛十余年。
丈夫贫贱应未足，今日相逢无酒钱。

高适所别之"董大"，许多选本作"其人其事不可考"。但敦煌密窟发现后，它另一诗题又大白于天下，即《别董令望》（敦煌残卷，伯希和2552）。

敦煌密窟是五代入宋时封存的，大约是大食文明东渐，西域佛徒迁离之时。就是说迟至晚唐，诗题仍是"别董令望""别董大"并存。敦煌唐诗都是自西域的文化回流。由此推测，"别董令望"或才是原题。"董大"即"董令望"。

　　唐人李颀也写过"董大",《听董大弹胡笳,声兼语弄,寄房给事》作于天宝五载(746),房琯升任给事中,请友人听董大弹琴。从诗题看,房琯琴师在李颀笔下叫"董大",与《旧唐书·房琯传》董庭兰以高超琴艺受知于房琯的门客关系一致。他是改造音乐的高手,能以"琵琶弦乐"弹拨"吹奏管乐"胡笳。

　　再看高适《别董大》"天下谁人不识君",董大一定有不凡之处,让天下人都听说过。但他并非官员,凭什么让人知道自己呢?那就得有一技之长。结合李颀诗中董大就是琴师董庭兰,高适笔下的董大又天下知名,故可推知高适所别董大,即董庭兰。敦煌写本中的董令望,或为董庭兰字号。令望,《大雅·卷阿》"颙颙卬卬,如圭如璋,令闻令望",郑玄笺"人闻之则有善声誉,人望之则有善威仪"。

　　问：从高适"别董大"、敦煌本"别董令望"到李颀"听董大弹琴",诸事形成的锁链看,确乎是一人。他何以"天下谁人不识君"?

　　答：董大名气,除琴师身份外,还卷入了一场宫廷斗争,与肃宗清洗父亲旧臣有关。据《旧唐书·房琯传》至德二载(757)房琯在凤翔常"听董庭兰弹琴,大招集琴客筵宴,朝官往往因庭兰以见琯,自是亦大招纳货贿,奸赃颇甚"。房琯因此遭宪司弹劾,入朝自诉,被皇帝斥退,贬为散官太子少师。

　　董庭兰还出现在杜甫疏救房琯作的自辩状中。

　　　　而琯性失于简,酷嗜鼓琴。董庭兰今之琴工,游琯门下有日,贫病之老,依倚为非,琯之爱惜人情,一至于玷污。臣不自度量,叹其功名未垂,而志气挫衄,觊望陛下弃细录大,所以冒死称述。(《奉谢口敕放三司推问状》)

是知，董大卷入了肃宗制造的最大冤案，名声自是天下皆知。董庭兰受贿，房琯罢相，如张镐所言"琯大臣，门客受赃不宜见累"。所谓受贿定罪，其实是肃宗清洗玄宗旧臣的阴谋、借口。

不论是非曲直，董大出现在如此重大的历史事件中，足以说明肃宗时代他已名闻天下。

问：董大果真受贿了吗？

答：明人钱谦益曾关注这一史事，为之辩诬。《钱注杜诗》杜甫《奉谢口敕放三司推问状》有"董庭兰"笺注，引宋人朱长文《琴史》。

"薛易简称：'庭兰不事王侯，散发林壑者六十载，貌古心远，意闲体和，抚弦韵声，可感鬼神矣。天宝中，给事中房琯，好古君子也，庭兰闻义而来，不远千里。'余因此说，亦可以观房公之过而知其仁矣。当房公为给事中也，庭兰已出其门，后为相，岂能遽弃哉？又赂谢之事，吾疑谮琯者为之，而庭兰朽耄，岂能辩释，遂被恶名耳。房公贬广汉，庭兰诣之，公无愠色。唐人有诗云：'七条弦上五音寒，此乐求知自古难。唯有开元房太尉，始终留得董庭兰。'"

钱按："薛易简以琴待诏翰林，在天宝中，子美同时人也，其言必信。伯原《琴史》，千载而下，为庭兰雪此恶名，白其厚诬，不独正唐史之谬，兼可以补子美之阙矣。"

从《旧唐书·房琯传》贺兰进明诬陷房琯、与肃宗打击上皇旧臣背景看，朱伯原《琴史》"吾疑谮琯者为之"，董庭兰是无辜受贺兰进明罗织构陷，以打击房琯。《琴史》卷四《董庭兰》引唐宣宗大中时期诗人崔珏《席间咏琴客》"七条弦上五音寒，此艺知音自古难。唯有河南房次律，始终怜得董庭兰"，诗记录了房琯、董庭兰的知音关系。

即便罢相,也未破坏二人友谊,后来他追随房琯去了蜀中广汉。这就与高适蜀中《别董大》产生了关联,可证此诗作于蜀中,而非今人认为早年高适居宋州之作。

与房琯、杜甫同时代的戎昱,还听过董庭兰弟子"杜君"弹胡笳,《听杜山人弹胡笳》"绿琴胡笳谁妙弹,山人杜陵名庭兰。杜君少与山人友,山人没来今已久。当时海内求知音,嘱付胡笳入君手。杜陵攻琴四十年,琴声在音不在弦。座中为我奏此曲,满堂萧飋如穷边"。杜山人是董庭兰学生,他弹奏的胡笳,即李颀笔下董大改编的胡笳琴曲,并且诗还透露,董庭兰是长安杜陵人。

至此,高适诗"莫愁前路无知己,天下谁人不识君",即董庭兰无疑。房琯罢相发生在至德二载五月十日,时高适兼御史大夫、扬州大都督府长史、淮南节度使,刚平息李璘之乱,虽人在广陵,但朝中发生重大变故,作为御史大夫,专掌监察执法,应该很了解经过,故也知道董大受贿委屈之事。他明白罢免房琯所加罪名,实际皆是用以掩盖罢相的真相罢了。因对董大遭遇的同情,才有后来在蜀中重逢以"别董大"相赠。

问:那《别董大》就不是各本所言作于居梁宋时的作品啦?

答:是的。《别董大》一般认为作于宋州,刘开扬《高适诗集编年笺注》、周勋初《高适年谱》均系于天宝六载(747)。而此时董庭兰正在长安依附房琯,李颀诗可为证,生活并未落魄困窘,不符合"六翮飘飖私自怜,一离京洛十余年"。故当否定。

今人将诗系于天宝六载的原因,由"一离京洛十余年"推算而出。高适二十岁入长安求仕,"举头望君门,屈指取公卿",铩羽而归;开元二十三年(735)再赴洛阳应试,又无功而返。从此时算起,"一离京洛"加"十余年",到写作此诗,正好天宝六载。所以系于天宝六载宋州为今人共识。如游国恩《中国文学史》"高适在梁宋时期,虽然生活贫困,作风却非常豪侠浪漫……如《别董大》",袁行霈《中国文学史》"如《别董大》……这样的诗,若没有亲临边塞的生活体验,是不容易写出来的"。

问:游国恩、袁行霈这样脱口而出,凭感觉论诗不可取。你的看法呢?

答:确乎。每首诗后都有隐秘历史,诗的史貌不应忽视,更不能割裂为二,单独论诗。我认为综合诸端,诗当作于广德二年(764)正月蜀中,为高适还朝时临别赠言。高适正月离开,正是蜀中最寒冷季节,才有"十里黄云白日曛,北风吹雁雪纷纷"的描写,非袁行霈说的游边之作,也非游国恩所说宋州之作。

问:你将诗推至高适蜀中之作,那就很晚了,广德二年是他去世前一年。

答:所以还得回到诗中。先释《其一》。

第一,"十里黄云白日曛,北风吹雁雪纷纷"。首二句各本均释为写景。刘开扬《高适诗集编年笺注》"首二句景色令人凄伤",唐汝询《唐诗解》"云有将雪之色,雁起离群之思,于此分别殆难为情"。

但在此须辨明,既知董大为琴师,再来看这两句,写景之外又多一层,可能写琴音。只有解作琴音,才合身份。唐人写音乐,多以景色喻之,如戎昱《听杜山人弹胡笳》"胡天雨雪四时下,五月不曾芳草生",李颀《听董大弹胡笳》"空山百鸟散还合,万里浮云阴且晴。嘶酸雏雁失群夜,断绝胡儿恋母声。乌孙部落家乡远,逻娑沙尘哀怨生。幽音变调忽飘洒,长风吹林雨堕瓦。迸泉飒飒飞木末,野鹿呦呦走堂下",对琴声都做了生动比喻,表现力丰富、感人。因此,再看高适这两句,就不一定写景,而是写董大琴声凄婉绝响。依其琴师身份,此处景与音二者兼得。

第二,"莫愁前路无知己,天下谁人不识君"。据刘开扬《高适年谱》:

764年，甲辰，代宗广德二年。高适六十一岁。正月，奉召还长安。为刑部侍郎。转左散骑常侍，加银青光禄大夫，进封渤海县侯，食邑七百户。

广德二年（764）正月别董大，听凄婉琴声，又在冬日阴沉天气中最后一次听，更觉凄凉。分手之际，高适并不悲伤，全然没有千丝万缕的离愁别绪，他满怀激情鼓励友人迎接未来。高适此去是还朝受封，故能说出颇具豪情的赠言。

蜀中五载，是高适显达时期；宝应二年（763）二月升任剑南节度使兼成都尹。而董大呢？早在至德二载（757）五月就因房琯事件流落民间。作为著名乐师，他的去向在哪里？颇值玩味。结合战乱形势，北方肯定不能去，只有蜀地、江南相对安全。安史之乱中，宫中乐人流落方向便是这两地。

朱长文《琴史》有董庭兰去向，"房公贬广汉，庭兰诣之，公无愠色"。房琯最后为官是上元元年（760）任汉州（四川广汉）刺史；广德元年（763）离蜀赴京，病逝阆州。所以董大最终流落在成都。再看高适，乾元二年（759）入蜀为彭州刺史，彭州距广汉数十里，必有交道；广德二年（764）正月高适奉召还朝，与房琯同在蜀中三年。房琯去世，高适成了董大的依靠。很快高适也将还朝，故有"别董大"。

至此，"莫愁前路无知己，天下谁人不识君"的意思就明白了。此时不是董庭兰要走，是高适要离开。我推测，高适这样说，二人或有约定，高适还朝替董大受贿之事申冤，恢复名节。故才安慰说，别愁前途，我会继续帮助你，你受房琯事件委屈，朝中谁不知道啊？如此理解，或才愈为接近诗的真相。高适性格豪爽，他在彭、蜀二州一直帮助杜甫，他们曾是一同搏战科场的战友。如此重情的高适离蜀前，必然会告别董庭兰。告别时就有承诺，你的处境我牢记于心，我们是知己。你的将来，我已做安排。我虽走了，蜀中谁人不识你呢？异地他乡，此时最想听的，便是高适这两句话。可惜高适返京一年便亡故了。这年为永泰元年（765）正月。以后再无董大的消息。所以有史籍在给董大定卒年时就定于永泰元年。这也反证了《别董大》是记录二人晚年在蜀事迹的诗。至此，或已解开了诗歌。你以为呢？

问：蜀中相别，有道理。那《其二》呢？

答：下面释《其二》。

第一，"六翮飘飘私自怜，一离京洛十余年"。这两句少有争议，一般认为是写高适自己，如陈铁民《高适岑参诗选评》。我认为应是写董大，写他蒙受房琯罢相之难。"六翮飘飘私自怜"，六翮飘飘，凌风飞翔。《战国策·楚策四》"奋其六翮而凌清风，飘摇乎高翔"，可却落难蜀中。而宝应二年（763）高适镇蜀，任剑南道节度使兼成都尹，位高权重，雄霸一方，故此句指董大处境，非高适也。

"一离京洛十余年"包含了由安史之乱引发的一个历史事件"房琯罢相"。天宝十四载（755）安史之乱爆发，长安沦陷，玄宗幸蜀，自那时算起，到高适广德二年（764）作《别董大》，正好"十余年"。诗中"京洛"，既非指西京，也非指东都，而是特指皇帝。"一离京洛"连起来便是禄山之乱以来，离开玄宗皇帝已十载，故此句颇有为天宝唏嘘遥想之念。

"房琯事件"，至德元载（756）十月战败陈涛斜（陕西咸阳东）为祸起，从门客受贿开刀，董庭兰成了打击房琯的借口。许多人受到株连，如刘秩、严武、贾至、杜甫，杜甫甚至被削去官职。事件中杜甫最为刚烈，抗颜直谏，几至受戮，正是这一行为导致他罢官华州，流放陇蜀。房琯也一降再降，被贬为汉州刺史。董庭兰则流落民间。从时间看，杜陵人董大"一离京洛"，当在长安城破之时，所以"一离京洛十余年"是写董大的经历。

问:"一离京洛十余年"指董庭兰,不是高适。目前还没人这样解释吧?请继续。

答:是的。下面解最后二句。

第二,"丈夫贫贱应未足,今日相逢无酒钱"。此二句朴实无华,醇厚动人。对大丈夫而言,没有酒钱又何妨?磨难还不够,激励董大直面现实,不要自甘堕落。

我认为这才是高潮,压卷之言。比之"莫愁前路无知己,天下谁人不识君"境界更高。但其意义亦被疏忽。

董庭兰曾在房琯门下受贿,不管后人如何为之白冤,但事实客观存在。高适彼时正兼御史大夫,专掌监察百官和执法之务,自然知道董大问题。《旧唐书·高适传》云,高适"尚节义,逢时多难,以安危为己任""负气敢言,权幸惮之",可见诗人秉性耿直,敢于批评人。如此,这两句大实话就是对董大的劝诫。高适说,董大呀,人穷不能失志,大丈夫贫贱又怎样?要做到贫贱也不放弃理想、道德和为人原则。孟子云"富贵不能淫,贫贱不能移,威武不能屈,此之谓大丈夫"。你不要动摇自己。"应未足",可解为并不情愿,也可解为还不够,就算"无酒钱"又如何?不可因贫穷而志短。老友临歧,赠言最为珍贵,可从儒家文化解出精义。殷璠《河岳英灵集》称高适"多胸臆语,兼有气骨",这两句赠语,坚定不移,能为志士增色,替游子揾泪。

"今日相逢无酒钱",其实不管高适地位还是董大技艺,都不至于无酒钱。末句有古人言"贫"言"穷"传统。"贫穷"是个微妙的词,作为士人,他们言"贫"言"穷"多是指"困守",仕途无着时的状态。所以往往夸大其词。追而溯之,来自儒家用世传统,孔子说"君子固穷",孟子发挥"穷则独善其身",穷与达对应,"穷"是没有功名时的状态,"穷"就得修身,求取更大成功。与今人理解的"物质贫乏"不同。丈夫言贫言穷,与利无关。王勃"穷且益坚,不坠青云之志",便是指不能进身时。所以唐诗言"贫"言"穷",是没有条件进身的士人喜欢夸张放大的常态。孟郊诗哭穷,杜荀鹤诗言贫,均是这种传统风尚。所以在理解此诗写作情况时,要认识到高适已是蜀中长官,"丈夫贫贱应未足,今日相逢无酒钱",无论贫富,地位如何变迁,都不改变友谊。这是高适对董大表达的真情,诗法何其婉转。此时,一对老友已步入暮年,高适六十一,董庭兰六十四,高适豪情相激,宽慰好友:"不要悲伤,你的本领如'六翮'大雕,我们都喜欢你的才华,丈夫落魄不足惧,相逢没有酒钱又何妨?"

《别董大》被定为高适未显达之作,原因之一就是认为早年诗人贫困,才"相逢无酒钱"。其实物质上高适一直不贫穷,祖父高偘官居三品,封平原郡公,父亲高崇文"位终韶州长史"。家世显赫,承受祖荫,才有实力支持他年轻时"西游长安""北出燕赵""东征齐鲁"。这是一般士人做不到的。

问:作于蜀中新说,耳目一新。

苏味道《正月十五夜》与神龙政变之秘

问:苏味道《正月十五夜》一般作描写节庆来解,准确吗?

答:这是一首描写神龙元年(705)正月十五洛阳灯火的诗,展示了武则天末年士民欢乐、普天同庆的荣景。但鲜有人知表面繁荣下却暗流汹涌,险象环生。先看诗。

火树银花合,星桥铁锁开。
暗尘随马去,明月逐人来。
游伎皆秾李,行歌尽落梅。
金吾不禁夜,玉漏莫相催。

此诗前人评价极高，方回《瀛奎律髓》"味道武后时人，诗律已如此健快。古今元宵诗少，五言好者殆无出此篇矣"。

问：苏味道，武后时人，神龙改元在洛阳，《唐诗鉴赏辞典》为何解释在长安？

答：确乎。且看《唐诗鉴赏辞典》。

这首诗是描写长安城里元宵之夜的景色。据《大唐新语》和《唐两京新记》记载：每年这天晚上，长安城里都要大放花灯；前后三天，夜间照例不戒严，看灯的真是人山人海。豪门贵族的车马喧阗，市民们的歌声笑语，汇成一片，通宵都在热闹的气氛中度过。

这是马茂元脱离史实的疏忽。我们可从几点予以辨析。

第一，武则天时期政治中心在洛阳，不在长安。她是比初唐皇帝更有大局观的女皇。从地缘政治看，长安属关陇地区，得之可望天下，却难守成。洛阳地占中原中心，可统率四方，防止北方游牧部族南下。显庆二年（657）十月高宗"循皇后武氏之请"巡幸洛阳，诏改东都。永淳元年（682）定居洛阳。一系列政治措施，换来数十年洛阳繁华，为开元盛世打下基础。光宅元年（684）武后临朝称制，永昌元年（689）改"神都"。载初元年（690）改周，定都洛阳。众多达官显贵、社会名流云聚洛阳。《正月十五夜》正是写洛阳灯火。

第二，神龙之变中宗清洗则天旧臣，苏味道被贬眉州刺史，故诗当作于被贬之前的神龙元年（705）。中宗接班并未立即移驾长安，据《资治通鉴·唐纪》神龙元年正月初一改元，十五普天同庆，之后发生政变，二十四日传位李显，二十五日中宗登基，是年十一月武则天病崩上阳宫。神龙二年（706）十月九日中宗还驾西京。而苏味道则以阿附张易之，贬死眉州，故不可能写长安正月十五灯火。综合诸端，苏诗作于神龙元年（705）正月十五未贬之时，记录神龙改元洛阳城张灯结彩官民同庆的场景，有庆贺改元之意。

第三，诗中"星桥铁锁开"，马茂元解释：

> 由于到处任人通行，所以城门也开了铁锁。崔液《上元夜》诗有句云："玉漏铜壶且莫催，铁关金锁彻明开。"可与此相印证。城关外面是城河，这里的桥，即指城河上的桥。这桥平日是黑沉沉的，今天换上了节日的新装，点缀着无数的明灯。灯影照耀，城河望去有如天上的星河，所以也就把桥说成"星桥"了。

将"星桥"说成长安护城河上的桥，灯影相照，有若星河，桥便成了"星桥"。其实是洛阳星津桥。洛水横贯城南，筑有多座桥梁。据清徐松《唐两京城坊考》"东京·洛渠"条，洛水有"星津桥、天津桥、黄道桥、中桥、浮桥"。所以诗中"星桥"是星津桥。星津、天津、黄道三桥，由南而北，正对北岸皇城端门，当时三桥习以"天津桥"统称。由于正对皇城南门，平时实行宵禁，桥头两端夜间落锁禁行。是年正逢神龙改元，士民欢庆，"金吾弛禁，特许夜行"，故"星桥铁锁开""金吾不禁夜"。

问：明白了，诗写的是神龙元年正月十五洛阳夜间张灯结彩庆祝改元盛况。我还看见此事有一个诗话，真假如何？

答：是中唐刘肃《大唐新语·文章》将苏味道诗改为一则诗事。

> 神龙之际，京城正月望日，盛饰灯影之会。金吾弛禁，特许夜行。贵游戚属及下隶工贾，无不夜游。车马骈阗，人不得顾。王主之家，马上作乐以相夸竞。文士皆赋诗一章，以纪其事。作者数百人，唯中书侍郎苏味道、吏部员外郭利贞、殿中侍御史崔液三人为绝唱。味道诗曰："火树银花合，星桥铁锁开。暗尘随马

去,明月逐人来。游伎皆秾李,行歌尽落梅。金吾不禁夜,玉漏莫相催。"利贞曰:"九陌连灯影,千门度月华。倾城出宝骑,匝路转香车。烂漫惟愁晓,周旋不问家。更逢清管发,处处落梅花。"液曰:"今年春色胜常年,此夜风光正可怜。鸤鹊楼前新月满,凤凰台上宝灯燃。"文多不尽载。

《大唐新语》张冠李戴,既然记载的是洛阳神龙元年正月十五灯会,并有数百人参加的诗会,何以列举崔液《夜游诗》写的不是洛阳?诗中"鸤鹊楼""凤凰台",均与洛阳无关。"鸤鹊楼",一是指"武帝建元中作,在云阳(陕西淳化西北)甘泉宫外";一是指南朝金陵楼阁名,李白《永王东巡歌》其四"春风试暖昭阳殿,明月还过鸤鹊楼"。同样,"凤凰台"一是指长安宫中池台楼阁,《三辅黄图·未央宫》"武帝时,后宫八区,有昭阳、飞翔、增城、合欢、兰林、披香、凤凰、鸳鸯等殿";二是古台名,在金陵。可见"鸤鹊楼""凤凰台"非洛阳地标。既如此,崔诗并非作于神龙初的洛阳,与苏诗非同时同地之作。从崔液另五首,也可看出其诗作于长安。我要特别指出,此时尚无上元节,崔液原题为"夜游诗",《上元夜》是以后有了"上元节"由宋人改窜的。观唐人诗凡涉及"上元"多与仙道、年号有关,正月士民欢庆多用"正月十五""正月望日""正月望夜",即便要写这日灯火,不用"正月十五"也要用"影灯夜",就是没有"上元节"。唐代此日未成节,但有官方不定期活动,如长庆时徐凝《奉酬元相公上元》"出拥楼船千万人,入为台辅九霄身。如何更羡看灯夜,曾见宫花拂面春"。到了晚唐,外地也出现观灯活动,如薛能写徐州《影灯夜》"十万军城百万灯,酥油香暖夜如烝。红妆满地烟光好,只恐笙歌引上升",已有节日味道。形成节日,当在五代以后,平民社会,贵族活动下移,大量百姓参与,且非官方,已定期。

再看《大唐新语》引郭利贞诗,不能因"更逢清管发,处处落梅花"与苏诗"行歌尽落梅"都有《落梅曲》,便肯定其诗是在洛阳神龙元年之作。还要看到诗中"九陌连灯影,千门度月华",九陌指汉代长安城中九条大道。《三辅黄图·长安八街九陌》"《三辅旧事》云:长安城中八街,九陌"。同样,千门,胡三省注"汉武帝起建章宫,度为千门万户,后世遂谓宫门为千门"。既然指向长安,我们便不能武断郭利贞诗写的是洛阳灯火。郭诗后人给安上《上元》诗题,须知彼时无上元节。

《大唐新语》排除崔液、郭利贞后,只有苏味道诗明确写神龙元年正月十五夜灯火盛况。故可以肯定这则诗话是刘肃据苏味道诗拼凑编造而成。反过来又说明苏诗影响与接受之广泛,才被捏造故事流于后世,这实际是对苏诗的推广。

补充一点,苏诗立意甚高,与其地位有关,以宰相身份亲自动笔歌颂圣朝盛世。武周时期苏味道官至同凤阁鸾台平章事,跻身相位,他擅长应制,《正月十五夜》的题材写来得心应手,此诗便是脱胎应制诗风格。没有应制历练,就没有此诗。诗人咏神都灯火盛况,镂金错彩,绮而不艳,韵致流溢,《瀛奎律髓汇评》冯舒赞叹"真正盛唐"。没有特殊身份、深居台阁、肩负使命以及一定的人生阅历是写不出来的,故才历来为人传诵。虽出于陈隋旧习,但蓄意含情,推事及物,已大异于六朝。近人宋育仁《三唐诗品》称"初唐之古芳","火树银花,时留俊赏,然丰肌靡骨,无复陈隋"是对此诗的高度肯定。

问:谢谢,解得深透。由苏味道诗题看,唐代确乎尚无一年一度"上元节",只有"正月十五"不定期的欢庆。此诗便为庆贺改元而作,更多与政治关联。

答:可检点有记载的唐代官方"正月十五"灯火来说明这个问题。神龙政变,中宗复位,神龙二年移驾长安,百废待兴,并无精力举行大型欢庆，到景龙四年（710）一切理顺后，才组织了一次长安盛大灯火欢会。据《旧唐书·后妃上》"正月望夜，帝与后微行市里，以观烧灯。又放宫女数千，夜游纵观，因与外人阴通，逃逸不还"。可见君臣士民是何等纵逸。正月十五的大型欢庆是武则天时期繁荣的写照，这一举国欢庆形式在武则天神龙时只是临时活动，尚未定期定制，以后才逐渐成为惯例。如玄宗先天元年八月登基，次年正月十五举行大庆，据张鷟《朝野佥载》。

睿宗先天二年正月十五、十六夜，于京师安福门外作灯轮高二十丈，衣以锦绮，饰以金玉，燃五万盏灯，簇之如花树。宫女千数，衣罗绮，曳锦绣，耀珠翠，施香粉。一花冠、一巾帔皆万钱，装束一妓女皆至三百贯。妙简长安、万年少女妇千余人，衣服、花钗、媚子亦称是，于灯轮下踏歌三日夜。欢乐之极，未始有之。

这次盛会，一连三日。先天二年（713）正月是玄宗登基后第一个重大庆典，自然隆盛。又据《旧唐书·严挺之传》"先天二年（713）正月望夜，胡人婆陀请夜开门燃百千灯，睿宗御延喜门观乐，凡经四日"。盛会由西域僧建议举办，还邀请上皇睿宗参与游乐。这是玄宗借佛教张灯传统与先天政治结合的一次盛会，可以成为佛教在中土世俗化的生动例子，后世遍及各地的"燃灯寺"与佛教张灯不无关系。但这次灯会政治色彩大于佛教燃灯习俗。这些带政治色彩的举国大庆皆在神龙之后，便更证明，"正月十五"成为皇家大庆日是武则天选定的。当然也有传统因素，是日民间佛道二家均有张灯之举，朝廷与民同乐自然选定此日。

回到苏诗，神龙元年正月十五有庆祝改元的政治含义，武则天已预感政变将至，她不仅改元，还安排了一个普天同庆的盛典，以图增强向心力、凝聚力，巩固政权。这一日又是天子祭祀专享，有汉武祀太一传统，武则天神龙大庆显然又借取汉代天子祭祀特权，选定这日，当时真是时不我待，情况紧迫，有宣告于野心家、阴谋家之意，这几日洛阳山雨欲来风满楼。

问：神龙元年正月十五欢庆还有这般政治意义？

答：是的，其宣誓皇权的象征意义可追溯至汉代天子"祀太一"传统。据《史记·乐书》"汉家常以正月上辛祠太一甘泉，以昏时夜祠，到明而终"。祀太一，即禋祀昊天上帝。此俗来自周礼，据《周礼·春官宗伯第三》。

> 大宗伯之职，掌建邦之天神、人鬼、地示（地神）之礼，以佐王建保邦国。以吉礼事邦国之鬼神示，以禋祀（祀天神之名）祀昊天上帝（昊天：天之总神；上帝：南郊所祭受命帝，即五帝中的苍帝），以实柴（祀日月星辰、五帝等的祭名）祀日、月、星、辰，以槱燎（积柴加牲体于其上而燔燎之）祀司中、司命（司中、司命：文昌宫第五星第四星，司中主赏功，司命主灾咎）、风师、雨师，以血祭祭社稷、五祀、五岳，以狸沉（将牲与玉币埋在地下或沉于水中以祭之）祭山林川泽，以疈辜（祭名，劈牲之胸，析其体以祭四方小神）祭四方百物。

汉武帝昏夜燃灯祭祀，正是遵从周礼"火烛燎天"的禋祀。据《周礼·秋官·司烜氏》"凡邦之大事，共坟烛庭燎"。郑玄注"坟，大也。树于门外曰大烛，于门内曰庭燎，皆所以照众为明"。再溯之，宫中灯火称"庭燎"，如《诗·小雅·庭燎》有"夜如何其，夜未央，庭燎之光"。庭燎之习，据明宋濂《孔子庙堂议》考证，"古者朝觐会同与凡郊庙祭飨之事皆设庭燎，司烜共之，火师监之，其数则天子百，公五十，余三十，以为不若是则不严且敬也"。汉武帝庭燎祭天，奠定了后来正月十五燃灯的基础，所以武则天在神龙之变即将发生时，特意举办了这次灯会,甚至改元,也有防止政变的目的。唐人徐坚《初学记·卷四》说"《史记·乐书》曰'汉家祠祀太一,以昏时祀到明',今人正月望日,夜游观灯,是其遗事"。

　　武则天以汉武帝祀太一的传统巩固自己的皇权地位,又借势民间佛道二教燃灯之俗,以普天同庆,笼络人心。若我推论成立,则正月十五成为官方有组织的与民同乐的大型活动就从武则天始。神龙元年的洛阳灯火竟藏着一段秘辛,关系一场惊天的宫廷政变。苏味道肩负则天使命以《正月十五夜》颂圣,所以神龙之变后他要被中宗贬死眉州。他政治站位错了。

　　问:看来苏诗不简单,与神龙政变前后的政治形势关涉很深。

　　答:所以此诗不能简单解读,更不能以后来出现的"上元节"解读。除了苏诗描绘的这次政治意义神龙灯会外,到了中唐,远离政治中心的民间也出现了灯火活动,一般由地方官主持。这就为后来的"上元节"打了基础,由皇家铺展到民间才可成节俗。如白居易《正月十五日夜月》。

　　　　　岁熟人心乐,朝游复夜游。
　　　　　春风来海上,明月在江头。
　　　　　灯火家家市,笙歌处处楼。
　　　　　无妨思帝里,不合厌杭州。

　　诗写江南杭州正月十五张灯盛事,"岁熟人心乐,朝游复夜游",自然是庆丰年之意。中晚唐社会已转向,平民时代来临促进了地方正月十五夜游风俗的兴盛。帝都又如何呢?张祜《正月十五夜灯》"千门开锁万灯名,正月中旬动帝京。三百内人连袖舞,一时天上著词声"。既有"千门开锁万灯名"的盛况,又有"三百内人连袖舞"声映长空的浩大。

问：看来中晚唐"正月十五"已有节日雏形，但仍不能称节日吧？

答：所谓节日一定是自上而下的。最初是贵族活动，后来民间模仿，形成惯例，自然成了特殊日子。由苏诗看，成为后世节日，神龙元年皇权介入、大张旗鼓，算是开了好头。

下面说一下李商隐的《正月十五夜闻京有灯恨不得观》。

> 月色灯光满帝都，香车宝辇隘通衢。
> 身闲不睹中兴盛，羞逐乡人赛紫姑。

此诗也未用"上元节"，李商隐因牛李党争，作为李党成员被排斥在外，诗作于大中二年（848）正月十五桂林。诗人借不能亲睹盛事，发抒无限遗憾的心情，政治寓意明显，为被清洗的贵族势力及自己鸣冤。

看得出，这日除长安灯火、香车宝辇外，在桂林则有"赛紫姑"活动，即迎紫姑神赛会。紫姑，据梁宗懔《荆楚岁时记》"今州里风俗望日祭门。先以杨柳枝插门，随杨柳枝所指，仍以酒脯饮食及豆粥插箸而祭之，其夕迎紫姑神，以卜将来蚕桑，并占众事"。可见"迎紫姑"是南人习俗。诗人时在桂林幕，看到的与屈原所见何其相似，诗人不同凡俗，这里不是朝廷，故言"羞逐"。"羞逐"表达了诗人在牛李党争中被唐宣宗驱逐的愤懑。牛李党争实为传统贵族与平民新贵之争，唐宣宗支持平民新贵，打击代表传统势力的李党。传统价值观损毁、社会道德沦丧、贵族社会远去、平民时代来临、唐王朝衰亡，宣宗负有重要责任。在诗人心里贵族活动与平民活动不言自明，此诗前后对比，向往朝廷却流落民间，颇有屈原离骚之意味。

实际上，此诗还暗合武则天遭遇神龙政变之史事，神龙改元，正月十五大庆，开放夜禁，火树银花，仍没有阻止政变发生。商隐以"紫姑"典故伤悼武则天。据宋刘敬叔《异苑》"世有紫姑神。古来相传，云是人家妾，为大妇所嫉，每以秽事相次役，正月十五日感激而死。故世人以其日作其形，夜于厕间或猪栏边迎之。祝曰：'子胥不在，是其婿名也，曹姑亦归，曹即其大妇也，小姑可出戏。'捉者觉重，便是神来。奠设酒果，亦觉貌辉辉有色，即跳跃不住。能占众事，卜未来蚕桑。又善射钩，好则大舞，恶便仰眠"。商隐诗最为婉曲，这个忧愤而死的女子，何尝不是武则天的写照？她本想借正月十五夜"中兴"，却劳而无功招来政变，其命运即如"紫姑"正月十五激愤而亡，故言"羞逐"。

问：哦，商隐诗还有如此深婉曲意？

答：是的，李商隐一生都在追怀伤悼逝去的贵族社会。他学杜便是学"诗史"的春秋笔法，既言王事，又为尊者讳；既让乱臣贼子惧，又表达忠勇勤王的贵族情怀。正月十五庆祝活动，始于武则天，这天又牵涉一场宫廷政变。活动结束七天，李显发动政变，武则天退位。李商隐诗既可看成他遭遇的屈原之难，也可从他匠心的"紫姑"典故看出武则天的结局，忙活一世，所有功业都归还夫家，真有"羞逐乡人赛紫姑"的悲哀。

问：明白了，神龙灯会对后世影响既是自上而下始于武则天的，又是上下互动逐渐共遵的，上下长期相互作用，成了后世节日。但其在唐代确乎还谈不上真正意义的节日。苏味道诗也不是那么简单，它涉及一场政变，它甚至是肩负使命的一首政治诗。李商隐作为有唐一代末世贵族诗人，最喜追忆和描绘初盛唐贵族史事，这是传统贵族的责任感，可惜"此情可待成追忆"，所以当他在桂林知悉帝都灯火，必然联想到神龙元年武则天那次开先的洛阳灯会。

答：是的，是的。作为追随武则天的罪臣，苏味道必不见容于李唐王室，史家自然会以"脂韦其间""苟度取容""苏模棱"诬之，不堪程度如对杜审言"恃才謇傲""欢喜舞蹈"的诋毁。历史任人毁誉，真相在不言中，不在史家笔下。

· 94 ·

苏诗显然奉旨而为，诗风平和温婉，可窥当时执政者心理，亦可见形势之陡峻。然树欲静风不止，这并不能平复统治集团内部的矛盾，更不能阻止"神龙革命"的到来。写这种诗，李家复辟，其命运便是贬死眉州。

杜甫《不见》"匡山读书处"在哪里

问：杜甫规劝李白的《不见》几定于流成都后作。你的看法呢？

答：确凿无误的结论未必正确，任何结论都值得质疑。要回答你的问题，须辨明"匡山读书处"在哪里，还须将诗歌还原到历史事件中去，结合当时的情况，才可考出真相。

《不见》作为杜诗名篇，弘扬儒家惺惺相惜、亲亲相匿的兄弟亲情观，广为后世传诵。但诗不单是表达对李白的同情、担忧和规劝，还隐藏着一段被人忽略的历史事件。先看诗。

不见李生久，佯狂真可哀。
世人皆欲杀，吾意独怜才。
敏捷诗千首，飘零酒一杯。
匡山读书处，头白好归来。

此诗直抒见解，相当于一份写给肃宗的担保奏疏，印证了李璘谋乱被杀后杜甫参与营救李白的事实。

问：何言奏章，有什么关系？

答：千古以来，均把诗系于乾元三年（760）入蜀后，在成都怀念李白。实属大谬。此诗当作于乾元元年（758）六月出华州司功参军前。

彼时杜甫正在朝中，肃宗身边，他不假藻饰写出此诗就是要将李白案情公诸天下，一是给旁观者（社会舆论）看，二是给浔阳狱中的李白看，三是给肃宗看。造成不能杀的舆论。最后一联相当于以左拾遗身份担保。诗起作用没有？当然起了。

　　且看至德元载（756），十二月李璘擅领水军东下，李白在永王军营作《永王东巡歌》歌颂东巡。这次擅动，李璘遭到朝廷征剿，至德二载二月璘兵败被杀，其党羽薛镠、李台卿、韦子春伏诛，李白囚系浔阳。这年杜甫为左拾遗，有条件向肃宗求情，但兹事体大，又不得不处理，最终乾元元年（758）七月李白在浔阳获长流夜郎处分。但这仅是象征性的一次流放，很快乾元二年（759）即获赦免。所以肃宗给了杜甫面子，不杀李白，又做了惩罚。李白流放夜郎之时，杜甫却出华州参军，从此永诀帝王，因此《不见》写作时间可定于至德二载（757）杜甫任左拾遗至乾元元年（758）李白流放前。从时间上看，正是杜甫在拾遗位置上。可历史吊诡，罪人李白"两岸猿声啼不住，轻舟已过万重山"轻松愉快，得意获释之时，杜甫却无奈地在华州被肃宗罢官流放，"满目悲生事，因人作远游"。忠直之臣见弃，反映出朝廷内外混乱的现实。造成这种无序局面，除了安史之乱的影响，另一罪魁便是唐肃宗，他不尊人伦秩序，侵夺上皇权利，驱逐父亲旧臣，幽禁玄宗。世风败坏，肃宗当负重大责任。杜甫遭弃，与肃宗君臣矛盾不可调和，也就在于他看清肃宗不孝行为，没有在大臣前树立正面榜样，而是排斥旧臣，造成上下失序、人心疏离。他力保房琯，就是对肃宗的剧烈抗争。肃宗怎能原谅杜甫？他只能让杜甫越离越远，远到西南夷地，眼不见心不烦。加之杜甫又以《不见》反对诛杀李白，可以想见肃宗对他的不满程度。因此肃宗的态度是，其他人都可平反，唯独出于自己太子府的杜甫不予平反。杜甫是传统人伦价值观的捍卫者，反对清洗玄宗旧臣，等于批评皇帝不孝，亦等于对肃宗皇权合法性的质疑。在唐肃宗看来，杜甫行为尤不可恕，是对他的背叛，才有华州罢官流放陇蜀的惩罚。

问：杜甫保过房琯，竟还保过李白的命！历代均认定诗作于上元二年成都，你却说作于左拾遗期间？

答：我明白你的焦虑，因为打破了你惯常的认知。附逆从璘之罪大矣，而今人认识严重不足，薛镠、韦子春凡拥戴永王的尽皆诛除，有诗公开颂扬东巡的李白又何得脱罪？对照《不见》看，杜甫疏救的整个过程严丝合缝。

我所据有三。一是杜甫流秦州时，连续有《梦李白二首》，诗中情感正是杜甫流放后，不知李白音讯产生的担忧，"江南瘴疠地，逐客无消息"，生怕李白半路受戮，显然是在《不见》疏救李白之后的进一步关怀。《天末怀李白》"应共冤魂语，投诗赠汨罗"，唐代双子星"李杜"均遭遇屈原厄难，杜甫不计个人处境之安危而关心友人，这种儒家情怀，在乱世中尤为宝贵。二是看李白赦免后的经历。乾元二年（759）秋冬李白获得自由，随即顺江疾下，《早发白帝城》即当时心情。他不是溯流还乡，而是返舟江南，回到江夏、浔阳、宣城、金陵一带，为何这样？杜甫疏救他时有承诺，所以李白行程无不关合《不见》"匡山读书处，头白好归来"对他去向的要求。三是"匡山"。匡山在哪里，可以决定此诗时间。匡山就在囚系李白的浔阳狱旁，它就是庐山，也称匡庐。因此杜甫在左拾遗任上奔走呼号，为之辩解脱罪，朝堂上为李白求情，最好的结果自然是从此归隐，不问政治。归隐何处？正好旁边有匡庐，所以"匡山读书处，头白好归来"多合逻辑。至于"来"，是杜诗的春秋手法，李白下山从璘反叛，是"去"；此诗又是写给肃宗看的，自然李白改过自新当是"归来"。李白下庐山从璘，现叛乱已平，当回匡庐读书思过，所以诗人要求李白"归来"中肯。如此重要的救命诗，自然每一字都有深意。《左传·成公四十年》："《春秋》之称，微而显，志而晦，婉而成章，尽而不污，惩恶而劝善，非圣人谁能修之?"《不见》正合此法。

问：经你发微探幽，《不见》似有此意，惩恶劝善，难怪杜甫是唐代"诗史"。看来历代解读《不见》之错讹，就在不解"匡山"在哪里，自然不明杜诗之意。请谈谈历代匡山之辩。

答：好的。"匡山"解释历代存有分歧。一说"匡山"为彰明（四川江油）大匡山。宋人杜田《杜诗补遗》"白厥先避仇，客居蜀之彰明，太白生焉。彰明有大小匡山，白读书于大匡山，有读书台尚存……所谓匡山，乃彰明之大匡山，非匡庐也"。另一说"匡山"在济南槐荫区东北隅，今济齐路北侧匡山。元好问《济南行记》"匡山，齐河路出其下，世传李白读书于此"。

问：两说尤以济南匡山最为乖谬吧？

答：两说皆错谬。"匡山"并不是江油大匡山，也非济南匡山，而是江西庐山。

先说济南匡山。今人所见匡山南麓石碑上刻着"太白读书处"五字，左下落款"甲子仲秋朱庆澜"。有杜诗为铺垫，有元好问证言，又有石刻作证，济南匡山李白读书处似不容置疑。但仅凭"太白读书处"寥寥数字就充当证据，有附会之嫌。

题字者朱庆澜1924年才在此题刻，石碑全无可信度。虽元好问有李白于济南匡山筑堂读书之说，又有元末明初郑潜《济南名泉歌》"匡山书声已绝响，大明湖光犹曳绨"，但都无实据。况元人距唐人已远，无法证其实。历史上"济南匡山说"不乏质疑，计有功《唐诗纪事》便说："学者多疑太白为山东人，又以匡山为'匡庐'，皆非也。"清人董芸《匡山》诗也说"头白归来约未忘，隐居曾建读书堂。少陵诗句犹堪证，莫把筐山当大匡"。

那李白究竟在济南匡山读过书吗？据清王琦《李太白年谱》和今人黄锡圭《李白编年史目录》，李白自天宝三载（744）离开长安后，曾寓居任城（山东济宁）多年，其间有游历济南的经历。《古风·其二十》"昔我游齐都"即为李白游济南登华不注山的回忆，"游"而非"居"。济南紫极宫是他授道箓之地，时间极短，只是举行仪式，《奉饯高尊师如贵道士传道箓毕归北海》可证。他还曾游泛鹊山湖，有《陪从祖济南太守泛鹊山湖三首》，唐人好联宗叙谱，从祖李太守只是接待过他而已。可知，他并未长居济南，也未曾在匡山读书。

问：那"匡山"指江油大匡山的观点呢？

答：此观点获得几乎所有人的肯定，以萧涤非《杜甫诗选注》为代表，理由如下。第一，李白是蜀人，非九江人，如指匡庐，"归来"二字讲不通；第二，杜甫此时在成都，极欲与李白相见，如指匡庐，不合情理；第三，庐山虽六朝已有匡山之称，但唐人一般皆称庐山；第四，李白一生浪游各地，为何独独希望他回到庐山去呢？

我对此有不同看法。

其一，先说萧涤非第一点，李白虽非九江人，但杜诗"归来"庐山也有依据。一是针对李白已在庐山隐居，却又下山从璘叛乱，杜甫呼唤他迷途知返，当然"归来"庐山是不二之选。二是李白从璘下山前有《别匡山》"莫怪无心恋清境，已将书剑许明时"，自然奉劝他"匡山读书处，头白好归来"。杜诗字字皆有意，春秋笔法，不认真理解难以窥见真章。这是杜诗难解之例。因此，我们不能简单判定诗在成都作，"归来"一定指"归蜀"。其实此诗作于朝中，"归来"又怎能指"归蜀"？

其二，对于"杜甫此时身在成都，极欲见李白，望李白归庐山于情不合"的问题，不能仅靠常理猜测，简单判断，应结合两人当时的处境和留下的证据（诗歌）进行分析。李白一生游历，晚年常发归隐之志，对庐山更为钟情，他有多首赞美庐山的诗，以抒发盼归之情。如《望庐山瀑布水·其一》"且谐宿所好，永愿辞人间"，《望庐山五老峰》"九江秀色可揽结，吾将此地巢云松"。安史乱中他已隐庐山，但又应李璘之征，他多次提及此事，如《赠王判官时余归隐居庐山屏风叠》"大盗割鸿沟，如风扫秋叶。吾非济代人，且隐屏风叠"。从璘失败后，他在《为宋中丞自荐表》中自辩："属逆胡暴乱，避地庐山，遇永王东巡胁行，中道奔走，却至彭泽。"在《流夜郎永华寺寄浔阳群官》中写道："写意寄庐岳，何当来此地。"这些都表明李白对庐山的钟爱，也与《不见》"归来匡山"相合。樊晃《杜工部小集》序"（杜甫）常蓄东游之志，竟不就"。晚年《昔游》有"胡为客关塞，道意久衰薄。妻子亦何人，丹砂负前诺。虽悲鬓发变，未忧筋力弱。扶藜望清秋，有兴入庐霍"。回忆流秦陇，有负妻儿，最后一句"入庐霍"，"庐霍"是庐山和霍山合称，这就证明杜甫规劝李白回归，心目中想的理想之地便是名山"庐山"，这样《不见》与《昔游》形成锁链，所指当非江油大匡山。这就从又一角度解释了何以杜甫规劝他回归庐山。自然这些句子也表明杜甫遭遇肃宗罢官，遣放秦州，意兴阑珊，君王无道，曾一度生出归隐"庐霍"之意。所以就这些来说，杜甫心中理想的归隐地是庐山，呼唤李白"归来"当在庐山。

其三，唐人并不如萧涤非说的只称庐山，两种称法交并。如李白《送二季之江东》有"匡山种杏田"，王琦注"匡山，即庐山也"。韩愈《游西林寺题萧二兄郎中旧堂》"偶到匡山曾住处，几行衰泪落烟霞"，诗题"游西林寺"，西林寺在庐山北麓。白居易《题浔阳楼》"大江寒见底，匡山青倚天"，诗题"浔阳楼"，在今九江浔阳区，此处可近观长江，远眺庐峰。李绅《趋翰苑遭诬构四十六韵》"溢浦潮通楚，匡山地接吴"，诗中"匡山"无疑指庐山。

问：为何诗中李白"读书处"不指江油呢？

答：首先，杜诗"读书"不一定指少年读书时，故可排除所谓江油读书处。其次，成年隐居地也可称"读书处"，就此也要排除简单武断为江油匡山读书处之说。再次，此诗写作时，李白刚在庐山隐居过一段时间，据《李白年谱》天宝十四载（755）安史之乱爆发，李白与妻子宗氏南奔避难。春在当涂。旋闻洛阳失陷，中原横溃，乃自当涂返宣城，避难剡中（浙江嵊州市）。至溧阳（江苏溧阳），与张旭相遇。夏至越中，闻郭子仪、李光弼河北大胜，又返金陵。秋，闻玄宗奔蜀，遂沿长江西上，入庐山屏风叠隐居。李白隐居庐山期间筑有书堂，一说在五老峰，一说在香炉峰，虽具体位置不确，但都在庐山范围内。《庐山志》"白在庐山题咏颇多，并筑书堂于五老峰"。《正德南康府志》"李白书台在五老峰下，唐李白过此，爱其峭，叹曰：'天下壮观也！'因筑堂读书于此也"。《桑纪》"香炉峰下有李太白书堂，李太白书堂在青玉峡西一里所，今废"。综上诸端，李白曾在庐山读书，可以推断杜诗所言"匡山读书处"应指庐山，无论如何都推演不到少年生活地绵州彰明。

问：历代最确凿无疑的绵州江油匡山被你动摇了？

答：是的。再回到诗歌，此诗看似朴实无华，其实经心琢磨，谋篇布局饱含深意，因为可能是奏章诗，谏言进劝，字字平实，虽微言却深藏大义。所以《不见》被人曲解，这也是杜甫感叹缺少知音的原因，在他还在世时就存在不能神会杜诗的问题。晚年他在《南征》中慨叹"百年歌自苦，未见有知音"，便是指他的心声没人读懂，即使肃宗也没有读懂，或故意不懂，与他起了隔阂，将他永久疏放在外。所以他"老病南征日，君恩北望心"，"老病"即是当年与肃宗结下的心病，而受流放但忠直之臣一日不敢忘君，所谓"一饭未尝忘君"。不这样理解，基本上读不懂杜甫。对于今人，除了须理解杜甫一生关枢君臣关系外，还须了解"诗史"的春秋笔法、微言大义，以及为尊者讳的辗转婉曲。不围绕君臣关系，是看不懂杜诗委婉笔意的。所以感叹"歌苦无知音"。自然，这首《不见》被误解的命运亦然。

问：谢谢，我已理解你的读杜心法。抓住世受国恩，家国情怀，杜诗不难理解。

答：还有补充，"读书处"于唐人已是心照不宣，而只读书不求仕，当然是隐居。至德元载（756）秋，李白本已隐庐山读书，但他经不住诱惑，冬又入李璘幕，有《别匡山》。至德二载（757）正月永王擅引舟师东下，他作《永王东巡歌》相颂。同年二月兵败，他因参与叛军被囚系浔阳狱。此事朝廷内外影响恶劣，李白辩称受到胁迫，又通过崔涣、宋若思通关翻案。为了脱罪，至德二载十二月上皇至蜀返京，大赦天下，此时他又颂《上皇西巡南京歌》，算是对《永王东巡歌》的纠正。他上永王歌、上上皇歌，就是不敢上肃宗诗，可见此事由肃宗一手处理。终因随附永王东巡被判罪长流夜郎（贵州桐梓）。乾元元年（758）秋自宿松发赴夜郎。《不见》便是这之前写的，"佯狂真可哀""世人皆欲杀"，可见当时社会舆论鼎沸，这也可在他获赦"两岸猿声啼不住"中得到印证。而此时杜甫在做什么呢？至德二载（757）四月，他冒死赴凤翔（陕西宝鸡）投奔王师；乾元元年（758）六月出为华州司功参军。诗有时效性，所以《不见》应作于李白从璘被判流放前，此时社会上下谤议横生，朝廷杀与不杀相互争锋。诗大约作为在李璘兵败、李白被收监至乾元元年夏朝廷下旨流放之间。很显然，这是一首救命诗，其时杜甫正在肃宗身边做左拾遗，推测应该是写给皇帝看的，诗才有意义，相当于奏疏效果。在杀与流放中，杜甫主张不杀，并且规劝李白经历李璘事变后还是"归来"先前的庐岳隐居吧，不要再参与朝廷政争，这也是游说唐肃宗不杀李白的一条理由——人是可以改造的。所以诗的时间还可精细到至德二载十一月杜甫回长安后，至乾元元年六月离开朝廷出华州之前。

罪人李白乾元二年（759）秋获赦，忠臣杜甫却在立秋被肃宗褫夺俸禄，革去官职，流放天末（秦州）。历史吊诡，倒错是非，《新唐书》作者却反诬具有"致君尧舜上，再使风俗淳"理想的诗人因关中饥馑主动"弃官逃荒"。良币被逐，真是诗人之不幸，亦是肃宗一生洗不掉的污点！杜甫乾元三年（760）正月到成都，此时李案已了结，从时效性而言，再无写诗救人之必要。所以说《不见》作于成都，乃大谬不然之言。自然，江油匡山之论可平息矣。

郑谷《蜀中》"云藏李白读书山"与李白读书台之疑

问：千百年来广为流传的蜀中"李白读书台"是否存在，它又在哪里？

答：这是流传甚广的传说，无论真假，是否附会，你提出的问题都不小，毕竟是名人效应引出的一段佳话。这种文化现象值得探究。

读书是一种文化境界，皎然《送顾处士歌》"安贫日日读书坐，不见将名干五侯"。哪里适合读书？自然是山中清净处，如元稹《感梦》"读书灵山寺，住处接园篱"。李白读书处自然也在山林。它最早出现于杜甫《不见》"匡山读书处，头白好归来"。匡山，有两处。一处是庐山，又叫匡庐，自古名山。庐山功能有三。一是供人游览抒怀，韦庄《和李秀才郊墅早春吟兴十韵》"匡庐云傍屋，彭蠡浪冲床"。二是供人退隐避居。庐山地理位置，见周繇《送江州薛尚书》"匡庐千万峰，影匝郡城中"，不远不近的距离，正好满足古人远处江湖，近及市朝的理想。如白居易《江楼早秋》"匡庐一步地，官满更何之"，许棠《题张乔升平里居》"匡庐曾共隐，相见自相亲"。三是提供读书自修环境，如《高僧传》卷六《晋庐山释慧远》"（释慧远）及届浔阳，见庐峰清静，足以息心，始住龙泉精舍"。另一处是绵州彰明（四川江油）大匡山，亦名大康山。今人基本认为杜诗"匡山读书处"指的便是江油李白读书处。

· 103 ·

我认为此说不当。《不见》"匡山读书",正是绝大多数唐人指的隐居庐山,有劝诫李白之意,此诗特为李白从永王兵败俘囚而作,规劝李白何必汲汲功名,还是回到从璘前的庐山读书处。哪里来哪里去。目的是让李白避隐,与绵州匡山无关联,彼时李白正被囚系浔阳狱。所以诗中"读书处"哪里是今人说的彰明大匡山?

问:那么蜀中有无读书处?

答:有,我并不排除蜀中"李白读书处"的存在。李白故里绵州彰明确有匡山,也正好被人用于《不见》注脚。这是千古错案,当要明察,所以我多说两句。

回到蜀中,读书处是否存在,又在哪里?

我认为李白一生读书处,至少有三。一是江油大匡山,少年读书处;二是彭山象耳山读书台,青年时期游历读书处;三是匡庐,晚年从璘前卧病庐山读书处。

问:越来越有趣味,愿闻其详。

答:今天只说象耳山读书台。据南宋祝穆《方舆胜览》载:

> 磨针溪,在眉州象耳山下。世传李太白读书山中,未成,弃去。过是溪,逢老媪方磨铁杵,问之,曰:"欲作针。"白笑其拙。老妪曰:"功到自然成耳。"太白感其意,还卒业。媪自言姓武。今溪旁有武氏岩。

象耳山在蜀中有两处。

一处在眉山县治西五里象耳乡,但据五十年代在此从事农林工作的唐诗专家张天健先生说,他也奇怪,此地为平原,并无高山,更与李白读书台无关联。钱云华《彭山县象耳山"李白读书台"小识》说,曾有学者前往考察,眉山象耳山始名于清代,当予否定。

另一处在彭山县(今四川省眉山市彭山区)江渎乡象耳村境内,

因山形似象耳得名。宋以来流传李白读书台在此。但仅凭宋人之说还不够，还得看唐人怎么说。

广明元年（880）黄巢陷长安，郑谷随唐僖宗奔蜀，在蜀四年遍访名胜古迹，《蜀中》三首写尽蜀中名贤，风俗景物。其一：

> 马头春向鹿头关，远树平芜一望闲。
> 雪下文君沽酒市，云藏李白读书山。
> 江楼客恨黄梅后，村落人歌紫芋间。
> 堤月桥灯好时景，汉庭无事不征蛮。

"马头春向鹿头关，远树平芜一望闲。雪下文君沽酒市，云藏李白读书山"这是写在成都北面德阳鹿头山远眺成都平原，依稀仿佛望见平原尽头李白读书山。诗人观察太准确了，象耳山恰在成都平原南端。诗人目光掠过平原，目击之处，既有城市里文君酒肆，又有平原尽头象耳山李白读书台。郑谷诗足证晚唐已有李白读书台的故事流传，其方向与今传绵阳江油读书处正好反方向。

问：李白读书处并非空穴来风？

答：是的。先给象耳山定位。嘉庆《眉州志》"唐天宝元年改隆山县曰彭山，又改眉州为通义郡"。唐《通义志》云"峨眉摄于前，象耳领于后"。这是指唐代眉州位置。按州治坐北朝南规定，峨眉山当在眉山之南，故言"摄于前"；象耳山该在眉山之北，故言"领于后"。象耳山也确在眉山以北彭山境内。还可知，象耳山与峨眉山在唐时齐名，都是佛教名山，它们在这段川西岷江处是一上一下的关系。靠近成都、处于上游的象耳山则更繁盛。

回到郑谷诗，彭山象耳山在成都南面，诗人在成都北面鹿头关上举目瞭望，地理位置十分吻合，诗句顺序井然有序。

问：真是惊人发现。请谈谈象耳山，及李白选择象耳的原因。

答：象耳山位于眉山市彭山县（今彭山区），海拔1236米。此地为"八百寿"彭祖家宅，史传彭祖长寿，又擅房中术，倒是印证了这里物产富饶、人烟稠密。南北朝时已是佛教圣地。由象鼻山、象耳山、擦耳岩组成，密林耸翠，荆竹万竿。"象耳"旁有一岩宽约十丈，刻象耳二字，字径约二尺。象耳寺隋唐叫大圣寺，坐落在象耳根上。象，佛教吉祥灵物。这也是大圣寺选址的主要因素。从交通看，山下江口镇是出蜀水路要冲，有自汉以来川西平原最大古渡彭山渡，十分繁忙，近代改由公路才转萧条。这也是建寺条件，面对繁忙水道，背靠幽静青山，进退两便，利于传播佛音。近年又考古发现张献忠沉银，说明至明末这里仍是交通要冲。

历史上象耳山有许多名人吟诗题留，文化厚重，是吸引李白来此读书的原因。象耳山关子口为蜀中古战场，兵家必争，李白通纵横之学，必然来此参观。《通鉴》"后汉建安十九年（214），赵云由外江取犍为（郡），奇兵越武阳山地取成都"；《华阳国志》"晋桓温由武阳取成都，百五十里，渡大江"都是攻打这条道。这一带东邻锦江（今成都府河），南连江口镇武阳茶市，水运极便，陆路有象耳彭家桥—关子门—楼子山—江口，往前延伸便可至嘉州。

象耳寺规模宏大，历代参佛修禅居士极多。前身大圣寺，建于南北朝，唐代已有九楼十八殿，房屋百间，数百僧众互不相识，"鸣钟晓吃饭，骑马关山门"。据唐道量大师《续高僧传》，大圣寺高僧，隋有法泰、唐有道会，德行高超，学问文章过人。这也正适合李白读书修身，他结交僧人或与这段经历有关。

李白之前，初唐玄奘来蜀，在大圣寺随道会（579—649）修习大乘佛教三年。武德五年（622）二十四岁的玄奘在此受戒。武则天大兴佛寺，大圣寺今仍有唐代摩崖石刻三十一龛，大小佛像一千一百余尊。特别是寺右山岩边观音，庄严曼妙，背面石龛云彩、水纹、游龙还可分辨。至今山下还有观音乡，可知川西地区佛教昌盛以这里为中心，沿岷江扩散。这些都是青年李白游历选择之地。

唐大圣寺为川西名寺，明曹学佺《蜀中广记》《蜀中名胜记》均载李白在此读书事迹。《蜀中名胜记》云"杨佑甫《彭山十事记》有……四日宝砚、磨针二溪，五日太白读书台，并刻李白石刻题诗"。

问：还有证据证明李白读书台在此吗？

答：有。象耳寺一千多年历史，至今尚存历代留题二十七幅。据《彭山县志·舆地·碑目》有李白诗："夜来月下卧醒，花影零乱，满人襟袖，凝如濯魄于冰壶也。"是否李白真迹，姑且不论，至少可确定是唐人诗句。前蜀王建谏议大夫杜光庭（850—933）游寺，见上面留题，便写下《读书台》"山中犹有读书台，风扫晴岚画障开。华月冰壶依旧在，青莲居士几时来"。所以李白象耳山读书事迹可上溯至晚唐。

又，清嘉庆《彭山县志·古迹》"象耳摩崖，在治北三十里，即象耳山。层崖峭壁，神工鬼斧，奇态万状。上刻李白留题'藤萝蓊蔚中，恍然有蛟龙盘拏之势'"。象耳山武氏岩刻有"磨针溪"三字，据《四川通志》"县东北二十五里有磨针溪，在象耳山下。相传李白读书山中，学未成，弃去，适过其溪，逢老媪方磨铁杵，问何为，曰欲作针耳，李白感其言，遂还卒业。媪自言武姓，旁有'武氏岩'"。种种蛛丝马迹，都把李白读书处固定在此。明代眉州太守许仁有"万仞青山势欲催，秋岚晴锁读书台。山灵好似长呵护，有待仙才又再来"。清代什邡县令胡德琳有"顽铁磨成钺，石乳滴成溜。濯魄向冰壶，花乡满襟袖。仙人犹读书，废学嗟余陋"。

问：传承有序，可以坐实了。

答：是的。李白青年读书处在象耳山可以去疑了。象耳山有南宋十七幅摩崖石刻，第五幅"篮舆来自石苍路，喜得幽人陪杖屦。应是山灵泽旱苗，不关居士随轩雨"落款"宋孝宗淳熙十六年（1189）"。彭山文管所帅希彭说，据诗可知在南宋初李白已是这里的护佑神。1984年彭山县（今四川省眉山市彭山区）立碑"李白读书台"，2004年眉山市立碑"象耳吹风"。

最后补充一下，正因为在此读书，对山下岷江及附近平羌三峡十分熟悉，他才有《峨眉山月歌》"峨眉山月半轮秋，影入平羌江水流。夜发清溪向三峡，思君不见下渝州"的描写，晚年在江夏（湖北武昌）回忆平生写的"江带峨眉雪，川横三峡流"（《赠江夏韦太守良宰》），这两首早年与晚年的诗都是"峨眉""三峡"对举。这些细微的关联，许多注释家并不知晓，将"三峡"误为"夔州三峡"，实际李白从未与夔州发生联系。象耳山—岷江平羌三峡—峨眉山，三点一线，不足百里，明白这些才能正确解释诗中"三峡"便是"平羌三峡"，绝非今人注本中巴东三峡。

他早年《登锦城散花楼》"暮雨向三峡，春江绕双流"，从"双流"与"三峡"关系看，"三峡"也是指象耳山下游平羌三峡，非学术界认为的"巴东夔州瞿塘峡、巫峡和西陵峡的合称"。"双流"，据《史记·河渠书》李冰凿离堆"穿二江成都之中，此渠皆可行舟，有余则用灌溉，百姓飨其利"。二江合流处即象耳山下江口镇，今国家文物局张献忠沉银考古处。由"双流"合江再到下游"平羌三峡"，约三十里。如此连贯关系，此句才疏解得通。

再看《春感》"茫茫南与北，道直事难谐。榆荚钱生树，杨花玉糁街。尘萦游子面，蝶弄美人钗。却忆青山上，云门掩竹斋"，这是青年李白游成都进呈益州长史苏颋的诗。首联"茫茫南与北，道直事难谐"，故乡在北，读书在南，成都为圆心。颔颈联"榆荚钱生树，杨花玉糁街。尘萦游子面，蝶弄美人钗"，是成都街景描写。尾联"却忆青山上，云门掩竹斋"，在城中怀念"云门掩竹斋"的象耳山大圣寺，借以告诉苏颋读书事，以图拔荐。

以上二诗，均能坐实李白在象耳山读书、生活。没有这段经历，不熟悉环境，他写不出这些诗句。

问：你由"读书台"说到"平羌三峡"的解读，确存因果关系。不明白他的活动区域，解释"三峡"便失之千里。这也反证他确曾在象耳山生活过一段时间。

王翰《凉州词》是"酒壮行色"吗

问：王翰《凉州词》"古来征战几人回"，怎么解才恰当？

答：此诗长期以来通行说法是出征前以酒壮行色。如刘永济《唐人绝句精华》"此写从军将士临发之情事也"。沈祖棻《唐人七绝诗浅释》"次句写正要开怀畅饮的时候，马上的乐队已经弹起琵琶，催人出发了"。日本前野直彬、石川忠久《中国古诗名篇鉴赏辞典》"这是一幅战前瞬间痛饮狂欢的画面"。

真是这样吗？我不以为然。先看诗。

> 葡萄美酒夜光杯，欲饮琵琶马上催。
> 醉卧沙场君莫笑，古来征战几人回。

问：你不同意他们解释，有何高见？

答：确乎不同意他们的观点。他们都犯了一个错误，就诗解诗，割裂诗歌背景因素，离诗的本貌越来越远，如何让唐诗回到唐朝？

实际上战争诗写作可分为事前、事中、事后，既可写战前，也可写战争进行时，还可写战后。这些都是战争诗范畴。若以此立论，再结合诗歌发生的史实背景，"古来征战几人回"，写的便是战后王师凯旋，分享胜利果实，尽情享用战利品的欢乐场景。高歌王师胜利，你以为如何？

问：哦，写王师凯旋？这真是别开生面。

答：不必讶异，别人皆说写战前即将出征，我们何不可把目光投向战后，聚焦欢庆胜利呢？首句"葡萄美酒夜光杯"，很明显，享用缴获的战利品，胡人叛军主帅使用的器物夜光杯加葡萄美酒，有什么不妥吗？这葡萄美酒是胜利的酒、欢乐的酒、庆功的酒！次句"欲饮琵琶马上催"，缴获的战利品正要享用，围观的军士弹起"马上琵琶曲"，为之助兴。催，起哄，催促快饮。这西域的琵琶谁敢说不是缴获的敌人战利品呢？"醉卧沙场君莫笑"，刚结束一场大战，那就放纵自己吧，醉卧沙场又何妨？是对前二句的回应，那可不是饮一杯，杨炯《送临津房少府》有"弦奏促飞觞"，主人公饮到了酣醉，此句进一步深化"饮"的程度，这是多么重大的胜利换来的欢乐啊！"古来征战几人回"，这不是王师奏凯、欢庆胜利又是什么呢？主人公高兴没有死在战场，不是贪生怕死，是英勇杀敌换来胜利，为自己见证王师凯旋、得胜归来而抒发的极致欢乐情感！这是参与者的自豪！

王师凯旋、班师还朝，自西周以来，就是中华民族很重要的传统情怀，也是文学的重大题材，不如此不能准确解释王翰诗旨。

问：有道理。有史实凭据吗？

答：当然。先排除学者谭优学错误观点，他认为诗人身在凉州（甘肃武威）"亦其时之作"。我就不明白了，诗题《凉州词》就一定作于凉州，非要写凉州事吗？谭优学显然又是今人思维，离开历史背景，无心之言。要避免孤立解诗，须联系诗人生平看。

王翰生平一直模糊不清，考其行迹者亦多，闻一多、谭优学、傅璇琮等，但由于不能确定生年坐标，一切便无定论，更不能确定他参加了哪场战争。

先考生平。闻一多《唐诗大系》定翰生卒年为687—726年，不知所据。先说生年。第一,王翰好友杜华,出身江东名门,颇有魏晋风度,华母崔氏云:"吾闻孟母三迁。吾今欲卜居,使汝与王翰为邻,足矣!"(《唐才子传·卷一》)杜华又是岑参好友,岑参《敬酬杜华淇上见赠,兼呈熊曜》有"只曾效一官,今已年四十",开元二十五年(737)岑参二十岁至长安求仕不成,遂走京洛,漫游河朔。此诗便是经古卫国之地淇上作。他与杜华、胞兄岑况一起做客淇上(山东临清)县尉熊曜处。四人泛舟淇水"纵酒兼弹棋"。开元二十五年杜华四十岁,逆推四十年,杜华当生于武周神功元年(697)。杜母以王翰为邻,料王翰、杜华同辈,年龄相若。第二,天宝七载(748)杜甫《奉赠韦左丞丈二十二韵》回忆年少在洛阳"李邕求识面,王翰愿卜邻",开元十一年(723)杜甫十二岁,李邕年近五十,王翰与杜华年龄相当,约二十五,杜诗讲究匀称,五十岁李邕"求识面",二十五岁王翰"愿卜邻",则可推出王翰约生于圣历元年(698)。当时这些响当当的贵族都居住在洛阳,杜甫自然知道杜华择邻而居,王翰也曾与杜家为邻。可能洛阳贵族中盛行"孟母三迁"的良好风气。第三,《旧唐书·文苑》王翰交游中祖咏"常在座",祖咏生于圣历元年(698)洛阳,可知二人在洛阳是年纪相近的好友。祖咏开元十二年(724)进士,与王翰同年及第。徐松《登科记考》、傅璇琮《唐代诗人丛考·王翰考》以为王翰景云元年(710)登第,非是。他们所据《唐才子传》本非信史,颇多伪谬。祖咏有《汝坟秋同仙州王长史翰闻百舌鸟》《寄王长史》,二人既是科场战友,登第后又均受张说举荐。

综合有限材料,可推出王翰约生于武周圣历元年(698)。《旧唐书》王翰有传。

> 王浣,并州晋阳人。少豪荡不羁。登进士第,日以蒲酒为事。并州长史张嘉贞奇其才,礼接甚厚。浣感之,撰乐词以叙情,于

席上自唱自舞，神气豪迈。张说镇并州，礼浣益至。会说复知政事，以浣为秘书正字，擢拜通事舍人，迁驾部员外。枥多名马，家有妓乐。浣发言立意，自比王侯；颐指俦类，人多嫉之。

说既罢相，出浣为汝州长史，改仙州别驾。至郡，日聚英豪，从禽击鼓，恣为欢赏，文士祖咏、杜华常在座，于是贬道州司马卒。

问：《旧唐书》人物传未见他参与军事啊！

答：且听我慢慢道来。王翰出身太原王，世为显著，武周时居洛阳，与杜华、祖咏为友。开元五年（717）大食文明进入中亚地区，昭武九姓被迫内迁，散居太原之北，称六州胡。并州长史张嘉贞上表朝廷，置天兵军震慑。张嘉贞兼天兵军大使，王翰约二十岁征入张嘉贞幕。开元七年（719）张嘉贞还朝为相，张说检校并州大都督长史兼天兵军大使，王翰留在幕中，有了参军事经历。边事结束，开元九年（721）张说复相位，王翰随张说进长安。开元十年（722）正月玄宗巡幸洛阳，张说、王翰又随到洛阳。此时王翰已成名，杜甫才十一岁。王翰在洛阳与杜甫家比邻而居，"王翰愿卜邻"便是指此。五月王翰再随张说出巡朔方，平定"康愿子之乱"。约在开元十二年（724）登进士第，时年二十六岁，累官通事舍人。开元十五年（727）张说致仕，十八年（730）去世；王翰出汝州长史，改仙州别驾，坐贬道州司马，从此再无诗人音讯。以三年秩满计，他并未被召回长安，估计最迟开元二十二年（734）年已去世。他大约活了三十六岁，留诗不多；又因过早谢世，交游开元后期活跃诗人不多，行状也就不甚清楚。

问：经你梳理，王翰经历清晰了。他随张说平定叛乱的事迹两《唐书》均漏记，应该补入吧？

答：是的。这一问题王元明先生《唐诗名篇新论》（《王翰〈凉州词〉其一新探》）曾做过考证，开元七年（719）张说出任并州长史兼天兵军大使，王翰在并州幕，参加了一系列边事活动。第一次，出并州北安抚突厥、九姓降户。据《旧唐书》张说传：

> 八年秋，朔方大使王晙诛河曲降虏阿布思等千余人。时并州大同、横野等军有九姓同罗、拔曳固等部落，皆怀震惧。说率轻骑二十人，持旌节直诣其部落，宿于帐下，召酋帅以慰抚之。副使李宪以为夷虏难信，不宜轻涉不测，驰状以谏，说报书曰："吾肉非黄羊，必不畏吃；血非野马，必不畏刺。士见危致命，是吾效死之秋也。"于是九姓感义，其心乃安。

作为重要幕僚，推知王翰参与了抚慰。第二次，开元九年（721）平定叛胡康待宾。据《旧唐书·张说传》：

> 九年四月，胡贼康待宾率众反，据长泉县，自称叶护，攻陷兰池等六州。诏王晙率兵讨之，仍令说相知经略。时叛胡与党项连结，攻银城、连谷，以据仓粮，说统马步万人出合河关掩击，大破之。追至骆驼堰，胡及党项自相杀。阻夜，胡乃西遁入铁建山，余党溃散。说招集党项，复其居业。副使史献请因此诛党项，绝其翻动之计，说曰："先王之道，推亡固存，如尽诛之，是逆天道也。"因奏置麟州，以安置党项余烬。

此次围剿，朝廷调度北方诸军协同作战，计有朔方大总管王晙、陇右节度使郭知运、朔方道防御讨击使王毛仲、天兵军大使张说。由主力王晙生擒康待宾，开元九年七月斩于长安西市。陇右节度使郭知运战后去世，《凉州曲》正是他此次献进的战利品，即叛胡康待宾的本子。这在郭茂倩《乐府诗集》那里就已不知来历。所以玄宗得到的《凉州曲》不是凉州的曲子，而是昭武九姓康国的乐曲。王翰此时不属于郭知运陇右幕，故其《凉州词》与凉州（甘肃武威）无关，不是谭优学讲的作于凉州。开元九年九月张说复宰辅，王翰同行返朝。开元十年正月玄宗巡幸洛阳，张说、王翰随侍；四月敕命张说朔方军节度大使；五月入朔方巡边，行前玄宗以《送张说巡边》壮行，张说应以《将赴朔方军应别》，在洛阳大臣纷纷奉和，有卢从愿、宋璟、源乾曜、张嘉贞、苏晋、贺知章等二十二人，盛况空前，既是诗林盛会，又是军事动员大会，王翰在场，有《奉和圣制送张尚书巡边》。

> 紫绶尚书印，朱軿丞相车。
> 登朝身许国，出阃将辞家。
> 不惮炎蒸苦，亲尝走集赊。
> 选徒军有政，誓卒尔无哗。
> 帝乐风初起，王城日半斜。
> 宠行流圣作，寅饯照台华。
> 骑历河南树，旌摇塞北沙。
> 荣怀应尽服，严杀已先加。
> 业峻灵祇保，功成道路嗟。
> 宁如凿空使，远致石榴花。

由此可知，张说巡边，王翰在侧。这是他第三次参加军事行动。据《旧唐书·张说传》：

> 明年（开元十年），又敕说为朔方军节度大使，往巡五城，处置兵马。时有康待宾余党庆州方渠降胡康愿子自立为可汗，举兵反，谋掠监牧马，西涉河出塞。说进兵讨擒之，并获其家属于木盘山，送都斩之，其党悉平，获男女三千余人。于是移河曲六州残胡五万余口配许、汝、唐、邓、仙、豫等州，始空河南朔方千里之地。

这一次朔方军直捣叛胡巢穴木盘山（宁夏盐池），擒获康愿子及其家属送洛阳受戮。推测此次战争缴获了康愿子财物，葡萄美酒、夜光杯、琵琶等。

张说两次参加平定康待宾、康愿子叛乱，有诗《巡边在河北作》。

去年六月西河西，今年六月北河北。
沙场碛路何为尔，重气轻生知许国。
人生在世能几时，壮年征战发如丝。
会待安边报明主，作颂封山也未迟。

再清楚不过，"去年六月西河西"平康待宾，"今年六月北河北"剿康愿子。

问：明白了，王翰收获的战利品均为胡人之物。虽然王翰参与了对康待宾与康愿子的平叛，但你怎么知道葡萄酒、夜光杯、琵琶的主人是谁？

答：这很好分辨。对康待宾的战争，张说天兵军并非主力，是王晙朔方军生擒康待宾，王翰不在王晙军中，自然无缘享受战利品。而在平定康愿子的战争中，王翰参与始终，他诗中描写的葡萄酒、夜光杯、琵琶，正是张说大军俘获康愿子的战利品。而且夜光杯这类极其珍稀的用品，胡人首领才配享有，故可确知夜光杯乃康愿子私物。你以为如何？

问：你竟考出《凉州词》作于开元十年（722）对康愿子之战，歌颂王师奏凯，尽情欢饮，正是盛唐之音。那《凉州词·其二》呢？风调完全不同。

答：其二如下。

秦中花鸟已应阑，塞外风沙犹自寒。
夜听胡笳折杨柳，教人气尽忆长安。

此诗是联章姊妹篇,康愿子作乱在开元十年八月,很快被击溃,解往东都问斩。张说班师还朝,王翰随返长安。故其二当作于开元十一年(723)春。"秦中花鸟已应阑,塞外风沙犹自寒",前一年平定康愿子之战还历历在目。诗中"塞外"与《旧唐书》所载康愿子"西涉河出塞"相合。诗人追击叛军到了塞外,那么其一所写剿灭叛军也在"塞外"。当时朔方已深秋,"夜听胡笳折杨柳,教人气尽忆长安"的记忆还那么鲜明,转眼已是长安春景。这就更加证明诗人随张说平定康愿子之事。你以为呢?

还有补充,其一实际写的不是唐军士兵饮酒,是诗人自己享用这葡萄美酒与夜光杯,《旧唐书》王翰"豪荡不羁""日以蒲酒为事",因此面对葡萄美酒夜光杯诱惑,诗人举觞畅饮,又有一层意思,这是王师的胜利,更要尽饮。而谁在旁边以"琵琶马上曲"助兴相催呢?我以为解为主帅张说更好,诗人正要豪饮,张说见状让人拿来康愿子琵琶,以《马上曲》为之伴奏,催他痛饮。这样更凸显他们的豪情与友谊。所以沈德潜《唐诗别裁》评此诗"故作豪饮旷达之词,而悲感已极"是不合实情的。哪有悲感?这又是一例脱离史实,随口而出的评诗。

有人说这是唐军出征前的畅饮,相当于送行酒,"古来征战几人回",生离死别,即便催人出发的琵琶奏起,也要痛饮,哪管它"醉卧沙场"?这有几处讲不通,一是葡萄酒、琵琶、夜光杯均为胡人之物,何以在即将出征的唐军士兵手里?二是夜光杯这样的宝器,在外艰苦行军征讨的士兵可能享用吗?三是大战在即,允许饮酒吗?种种均推不过去。有人说这是军中生活,没有这么浪漫奢华,只有艰苦寂寞的军旅生活,"夜听胡笳折杨柳"不是说明了艰苦吗?那么此番狂饮酣醉,就非军营生活常态,它只能是取得一场大胜,缴获敌军主帅物品后,尽情享用胜利果实的放纵。享用"葡萄美酒夜光杯"的是王翰,不是士兵。

不破不立，由于拘泥旧说，闻一多、谭优学、傅璇琮均未取得进步。考了半天，结论是"但据现在所能掌握的材料，还无法考知其确切的生卒年"，又说点别的，就过去了。其他解释《凉州词》者，更是孤立地就诗论诗，不清楚诗人生平事迹，便下笔赏析，这种猜谜法，永难有准确结论。最后还原一下。

王翰，约生于圣历元年（698），出太原著姓，开元五年（717）前居东都洛阳，因武则天定都之故，城中显贵云集，王翰与杜家邻居。开元五年二十岁在并州开始入幕生涯，先后在张嘉贞、张说天兵军幕。随张说参加三次边事活动。开元十年（722）在张说朔方军中作《古长城吟》，并写下平定康愿子，歌颂王师奏凯的《凉州词》。一生依附张说，张说评价"王翰之文，有如琼林玉斝，虽烂然可珍，而多有玷缺。若能箴其所阙，济其所长，亦一时之秀也"（《大唐新语》卷八）。他性格狂傲，将海内文士百余人分九等，第一等仅张说、李邕和他自己（《封氏闻见记》）。他几无朋友，这也是他生平缺失难考的原因。约在开元十二年（724）登第，随后举直言极谏，调昌乐（河南濮阳）尉，又举超拔群类科，张说荐为秘书正字，擢通事舍人、驾部员外郎。他的朝中生活，有《奉和圣制同二相已下群官乐游园宴》可证。开元十五年（727）玄宗"诏说致仕"，但王翰并未如《新唐书》说的"说罢宰相，翰出为汝州长史，徙仙州别驾"。开元十七年（729），玄宗"复拜（张说）尚书左丞相、集贤院学士"，王翰有诗《奉和圣制送张说上集贤院学士赐宴得筵字》，可知开元十七年他仍在朝廷。开元十八年（730）十二月张说去世，他才失去庇护。出汝州长史当在开元十九年（731）春。以此计算，他改仙州别驾，贬道州司马，三年后再无被召回信息，推知他最迟卒于开元二十二年（734），大约在世三十六年。

女诗人李季兰与"湖州诗会"

问：女诗人李季兰一生在江南，何以说她是"三峡人"？

答：此说来自《唐才子传》"季兰，名冶，以字行，峡中人，女道士也"。"峡中"便是《唐诗大辞典》说的"生于长江三峡一带，何州县不详，后长期寓居江浙"。

李季兰，又名李冶，一作"李裕"，约生于开元十八年（730），兴元初（784）以附逆诛杀，享年约55岁。《唐才子传》说她六岁能诗，咏蔷薇"经时未架却，心绪乱纵横"，父亲以其年小，以"架"附会"嫁"，性情不宁，将她送入剡中（浙江新昌）玉真观为道士。她交游文士，一生在江南度过，最后四年滞留长安，遇朱泚反唐，被迫上诗，为德宗扑杀。

至于"三峡人"之说，《唐才子传》本就舛误极多，仅凭《从萧叔子听弹琴赋得三峡流泉歌》便度其籍贯，殊为不妥。从诗题"赋得三峡流泉歌"看，是命题诗，诗云"妾家本住巫山云，巫山流泉常自闻。玉琴弹出转寥夐，直是当时梦里听。三峡迢迢几千里，一时流入幽闺里。巨石崩崖指下生，飞泉走浪弦中起。初疑愤怒含雷风，又似呜咽流不通。回湍曲濑势将尽，时复滴沥平沙中。忆昔阮公为此曲，能令仲容听不足。一弹既罢复一弹，愿作流泉镇相续"。明显是因题假托，应合琴声意境，抑或弹琴曲女子本为三峡人。总之，《唐才子传》《唐诗大辞典》均误，她实为湖州乌程（浙江吴兴）人。

就此诗看，她在女诗人中确属雄峻。明黄周星《唐诗快》将该诗选为"快诗"，称"此诗似幽而实壮，颇无脂粉习气"。她更擅五言，高仲武《中兴间气集》评其"自鲍照以下，罕有其伦。如'远水浮仙棹，寒星伴使车'，盖五言之佳境也"。胡震亨《唐音癸签》誉为"大历正音"。

问：评价甚高。她是江南颇为活跃的诗人吧？

答：是的。大历中在湖州，她与皎然、刘长卿、陆羽、崔涣、萧叔子等谈诗论道，唱和往还，经常围绕她举行诗会，几可称唐代"湖州诗派"。她还不避俗见，与朱放、阎伯钧互达真情。在开放的唐人眼中，这没什么，但宋元以后被腐儒污为"风情女子"。

问："湖州诗派"之说很新颖，为何以她为中心？

答：这要从两方面看。

第一，彼时寺院道观是文人游聚之地，所以"湖州诗派"几以她或皎然为中心展开。唐代观寺最大功能便是提供了一个公共场所，解决了文士聚会问题。

唐皇室尊奉道教，后妃公主、名门闺媛于道观修行者比比皆是，她们着道袍戴道冠，称"女冠"。上行下效，蔚然成风，白居易《玉真张观主下小女冠阿容》"绰约小天仙，生来十六年。姑山半峰雪，瑶水一枝莲。晚院花留立，春窗月伴眠。回眸虽欲语，阿母在傍边"。道观并非清净地，才貌出众的女子，修行交际兼之，李季兰就属此类"交际花"女冠。玉真观偏处浙东，但东晋以来人文荟萃，李季兰颇受熏陶，翰墨音律造诣极深。女冠身份未能约束她浪漫的心性，独特环境给了她展示诗才的机会，也给了她开放的性格。

据《唐六典》卷三《户部尚书》"凡道士给田三十亩，女冠二十亩。僧尼亦如之"，在当时不失为一种谋生之策。比如薛涛营妓脱籍后，着道装隐居；出身闾里的鱼玄机为妾被弃而入道门。唐风宽松，入观后，诗酒应酬并未中断，更平添了几分风雅。只要有才情，女冠身边总聚集着文士，这些客人之间也来往密切，道观成了社交场所，女冠成了他们联系的纽带。

第二，自衣冠南渡，大量北方文化巨室迁徙江南，这里几成三百年汉文化皇都。这样的文化积淀，即便隋唐统一，大批文化家族迁离后，仍保留下厚重的文化基因。江南文化家族有两类。一类是九品中正制的门阀世家，传承有序，几围绕王朝中心太湖而定居；一类是魏晋风度的文化隐士，他们要更偏离政治中心，多隐身浙东南的佳山秀水。大批文化名士在山阴求田问舍，浙江成了隐居不仕之地。这些文化家族也给江南注入了儒风雅俗、魏晋风度，如王子猷"雪夜访戴"。

剡中即浙江嵊县（今嵊州市）一带，水木清华，物产丰饶，自晋室南渡，就文风鼎盛，名士辈出。彬彬之盛，莫不集中于此。这里远离政治中心，远离战乱，玉真观地远幽谧，景色宜人，又有隐士文化传统，吸引了许多文士。李季兰自然成了诗会中心人物。由于处江湖之远，会聚于此的文人多为不得志者，他们过着半隐生活，诗歌内容自然是魏晋遗风，感兴吐诉，不受约束。其中李季兰魏晋风度之外江南女儿多情率直的性格最为显著，比如《蔷薇花》"深处最宜香惹蝶，摘时兼恐焰烧春"。

问：想必她有许多这类大胆披露心迹的诗吧？

答：是的。如《柳》"舞腰渐重烟光老，散作飞绵惹翠裾"，《春闺怨》"百尺井栏上，数株桃已红。念君辽海北，抛妾宋家东"，这是女性意识自觉的怨曲，钟惺《名媛诗归》以道德目光评判，"殊难为情"。再看《结素鱼贻友人》"尺素如残雪，结为双鲤鱼。欲知心里事，看取腹中书"，所以高仲武诋毁她"形器既雌，诗意亦荡"，这是以封建礼教约束江南的魏晋风度。她活得真实，受魏晋遗风影响，敢于披露心迹，表达情感。唐诗的真，便在于此。宋以后，理学道统强加，诗失去了真趣，即是宋诗不如唐诗的关键原因。

她的女儿情态，在《感兴》中便可窥见。

朝云暮雨镇相随，去雁来人有返期。
玉枕只知长下泪，银灯空照不眠时。
仰看明月翻含意，俯眄流波欲寄词。
却忆初闻凤楼曲，教人寂寞复相思。

诋毁者认为失德之处，均是脱离环境迂腐之论。须知她生活在江南，这里三百年的文化核心便是魏晋风度，"越名教而任自然"，率直任诞，清俊通脱。饮酒、吟诗、服药、清谈和纵情山水是魏晋名士留给江南的文化财富。比如"竹林七贤"不滞于物，不拘于礼，相约林泉，饮酒纵歌，肆意酣畅，便在江南得到激赏。以"名教"批判和要求李季兰的"魏晋风度"差不多是驴唇马嘴。江南士人自信风流，既特立独行，又喜雅集，这矛盾的统一集中体现于江南女儿李季兰身上，她既未失德，也不失行，她身上充分显示了魏晋风度在后世的影响。永和九年（353）王羲之、谢安、孙绰等四十一位名士咸集山阴（绍兴）兰亭修禊，曲水流觞，饮酒赋诗，留下兰亭佳话。以李季兰为中心的"湖州诗派"便是对这种雅会的继承。也由于"湖州诗派"影响力及魏晋风度，李季兰得到高仲武认可，入选《中兴间气集》，"虚名达九重"，传入朝廷，受到德宗征召。

问：看来"湖州诗派"文采风流。她的感情生活如何？

答：从李季兰留下的诗看，她并未一直做女冠，后来回到家乡，在湖州生活，江北广陵也留下她的行迹。

与她结交的文士有朱放，襄州襄阳人，祖籍吴郡（苏州），字长通。居汉水之滨，安史之乱迁剡溪、镜湖。与李季兰、刘长卿、皇甫冉、皇甫曾、顾况及皎然，皆有交游。晚年辞官返吴，贞元五年（789）卒于扬州。顾况称他"能以烟霞风景，补缀藻绣，符于自然。……离声乐友之什，情思最切"（《右拾遗吴郡朱君集序》），这种诗风正是湖州诗派风格。朱放过着半官半隐的生活，多次被征辟，有《别李季兰》"古岸新花开一枝，岸傍花下有分离。莫将罗袖拂花落，便是行人肠断时"。他走后，李季兰有《寄朱放》"望水试登山，山高湖又阔。相思无晓夕，相望经年月。郁郁山木荣，绵绵野花发。别后无限情，相逢一时说"。是忘了男女性别的魏晋风度，还是恋情表白？见仁见智。今人认为他们是恋人，主要从这首诗转出，再无别证。是爱情诗吗？我不置可否，鲁迅说"经学家看见《易》，道学家看见淫，才子看见缠绵"。

问：李季兰还有一密友陆羽吧？

答：据《陆文学自传》，陆羽也颇具魏晋风度，自称："盖今之接舆也。""上元初，结庐于苕溪之湄，闭关对书，不杂非类，名僧高士，谈宴永日。常扁舟往山寺，随身惟纱巾、藤鞋、短褐、犊鼻。"苕溪在吴兴季兰家乡，上元为760年，时空皆交合，但陆羽与李季兰的关系，史料不记，来自一个传说，即陆羽初为弃婴，被竟陵（湖北天门）龙盖寺智积禅师收养。寺西村中卜居一饱学儒士李公，李公曾为幕府僚员，后弃职，在龙盖山开馆授徒，与积公相契。积公请李公夫妇哺育弃婴，李公女儿季兰刚满周岁，就依季兰取名季疵，待若亲子。不久李公返回湖州。

陆羽自述避禄山之乱，"至德初，秦人过江，予亦过江"。避居江南是否因早年与李季兰相识？不可遽下断语，毕竟为传说。

在湖州，陆羽与皎然、季兰煮雪烹茶，谈诗论艺。李季兰有《湖上卧病喜陆鸿渐至》"昔去繁霜月，今来苦雾时。相逢仍卧病，欲语泪先垂。强劝陶家酒，还吟谢客诗。偶然成一醉，此外更何之"。这是幼年结成的姐弟情，还是后人据诗意改写的李季兰情事？至少一点，我相信，被说成与陆羽有不同寻常的恋情关系，乃是以讹传讹的误会，有必要正本清源。

问：《唐才子传》录有皎然诗"天女来相试，将花欲染衣。禅心竟不起,还捧旧花归",还称"其谑浪至此",也被人看成李季兰情事。

答:一个僧人一个道姑,就更不可信了。皎然俗姓谢,谢灵运十世孙,出家吴兴(浙江湖州)苕溪杼山妙喜寺,能放弃世家子弟地位的人,怎会为一女冠动情?后世甚至编排出李季兰感叹的诗句"禅心已如沾泥絮,不随东风任意飞"。这几乎成了她滥情的证据,不是赞扬,是故意贬损。这其实是北宋释道潜的诗,《子瞻席上令歌舞者求诗戏以此赠》"底事东山窈窕娘,不将幽梦嘱襄王。禅心已作沾泥絮,肯逐春风上下狂"。

综观季兰诗,并非什么爱情诗,就是传统诗法而已,没有特殊意义。李季兰不介意,倒更显她的魏晋风度。这可能是在他们多次诗会中唱和、较技罢了。

李季兰交游很广,《全唐诗》收录她与人酬赠的诗,有僧人、官员、名士,他们多因与季兰谈诗论道而成为朋友。第一,现存有名姓的诗题有《寄校书七兄》(一作送韩校书)、《送韩揆之江西》(一作送阎伯钧往江州)、《道意寄崔侍郎》《送阎二十六赴剡县》《得阎伯钧书》《寄房明府》等。寄崔侍郎诗与李白《送崔十二游天竺寺》内容相近,估计与李白晚年在江南送的是同一人崔涣。至德二载(757)崔涣被罢为余杭太守,正合季兰、李白所送之人。季兰诗以道法排解崔涣忧怀,情谊深见。能接触崔涣,更证明她是江南名人。《得阎伯钧书》中的阎伯钧,即阎士和,代宗户部侍郎阎伯屿从父弟。若说有爱情,只有阎伯钧最像恋人,但无阎伯钧诗证,故不能断言他们是恋人。阎伯钧在湖州诗会中地位重要,与皎然、包何、李嘉祐等均有唱和。寄房明府诗,房明府亦皎然好友,皎然有《哭吴县房耸明府》,李嘉祐有《送房明府罢长宁令湖州客舍》,都指向湖州。这些有名有姓、对象真实的诗,推测应是各种诗会燕集的酬唱。第二,她也有许多不具对方姓名的诗题,细读,不是无端感兴,都可看出她的社会交往。因此,湖州还真有诗会传统,如此来看,大历以后就存在着以李季兰为中心的具有魏晋风度的"湖州诗派"。

问:他们的"诗会"有证据吗?

答:有。

第一,她有《从萧叔子听弹琴赋得三峡流泉歌》,可证曾参加一次文人听琴聚会,被指定创作"三峡流泉歌词"。萧颖,士人称萧夫子,萧叔子是萧颖士吗?他大季兰十余岁,与季兰关系非同一般的阎伯钧曾受业萧颖士,颖士卒,作《兰陵先生诔》《萧夫子集论》,盛推其文章。萧颖士也有魏晋风度,官终扬州功曹参军,正合李季兰寓居广陵事迹。由三人关系,那么此次雅集当发生在扬州。

第二,她有《恩命追入留别广陵故人》,这是得到德宗征召入朝的诗,地点扬州,临行与诗友留别,也可看出她日常的诗会情况。

第三,《中兴间气集》载有一则乌程(浙江湖州)开元寺诗会,她与友人即席赋诗,谈笑风生,毫无禁忌:"(季兰)尝与诸贤集乌程开元寺,河间刘长卿有阴重之疾,乃诮之曰:'山气日夕佳',长卿对曰:'众鸟欣有托'。举座大笑,论者两美之。"刘长卿犯"阴重之疾"(疝气),"山气"谐音"疝气",对这种男性隐疾,一般女子是讳言的,更不敢取笑。她却公然以为话题调笑,而长卿也报以调笑语,戏谑取笑,书袋掉得雅谑,赢得"举座大笑,论者两美之",可见江南魏晋遗风。故《唐诗纪事》云"刘长卿谓季兰为女中诗豪"。

乌程开元寺,正是皎然在湖州召集诸友说诗论学的场所。刘长卿任吴中长洲尉,尝参加"湖州诗会",据《太平寰宇记·苏州长洲县》"长洲苑,在县西南七十里。孟康曰,以江水洲为苑也"。长洲与乌程(湖州)正是近邻,方便往来交流。

第四,湖州诗会名气之盛,孟郊有《送陆畅归湖州因凭吊故人皎然塔陆羽坟》"森森雪寺前,白苹多清风。昔游诗会满,今游诗会空"

"江调难再得，京尘徒满躬"。孟郊小季兰约二十岁，回忆故乡诗会，无限唏嘘。确证大历以来湖州存在着一个由士人组成的诗会，他们兴趣投合，钦慕魏晋风度，诗歌风格相近，用后世术语归为"湖州诗派"未尝不可。

第五，湖州诗会传统延续后世，清代在环太湖东南地区出现了"浙西词派"，在太湖北端宜兴出现了"阳羡派"，都有结社唱和的诗会传统。可为旁证。

问：《唐才子传》说"天宝间，玄宗闻其诗才，诏赴阙，留宫中月余，优赐甚厚，遣归故山"。说法正确吗？

答：认为她入宫是玄宗召唤，错谬。考其生年在开元十八年（730），则天宝间她风华正茂，诗名尚不足大，何能征召？何能自称"仰愧弹冠上华发，多惭拂镜理衰容"的老妪？实为德宗发出召唤。在她中年，诗名太盛，入选御进本《中兴间气集》，达于朝廷，被德宗召入宫中。《中兴间气集》选录至德初（756）到大历末（779）的诗作，可知她在建中初入朝。启程前，她有《恩命追入留别广陵故人》"无才多病分龙钟，不料虚名达九重。驰心北阙随芳草，极目南山望旧峰。仰愧弹冠上华发，多惭拂镜理衰容。桂树不能留野客，沙鸥出浦谩相逢"。"桂树不能留野客"，她自知此去留不了宫中，"野客""虚名"正是她对自我魏晋风度的写照。她流落江湖，再未回乡。朱泚叛乱，德宗出逃，她滞留长安，因诗名太大，被朱泚索要献诗，她有《陷贼寄故人》可证并未失节，但却被赵元一《奉天录》指责"时有风情女子李季兰上泚诗，言多悖逆""皇帝再克京师，召季兰而责之，曰'汝何不学严巨川？'有诗云'手持礼器空垂泪，心忆明君不敢言'，遂令扑杀之"。皇帝贪生怕死，季兰身陷贼中，被迫献诗，竟让一弱女子承担责任。公平吗？该谴责的是不自省的一国之君！

王之涣《凉州词》几个重要疑点揭秘

问：王之涣《凉州词》有几处疑点长期以来未能搞清。第一个问题，诗题"凉州词"是原题吗？

答：《凉州词》最早见芮挺章《国秀集》，但是否原题，颇堪怀疑。据王元明《唐诗名篇新论》(《王之涣〈凉州词〉其一新探》) 考证，《国秀集》还选录了高适一首《和王七度玉门关上听吹笛》，与王之涣诗高度关合。先看高适和诗。

> 胡人吹笛戍楼间，楼上萧条海月闲。
> 借问落梅凡几曲，从风一夜满关山。

再看王之涣诗。

> 黄河远上白云间，一片孤城万仞山。
> 羌笛何须怨杨柳，春光不度玉门关。

两诗内容密切关联，都写玉门关上胡人吹奏羌笛，凡两曲，《折柳》《落梅》，"和诗"取的曲子不同，诗意也略有不同，都押删韵。那么王之涣初题应是《度玉门关上听吹笛》。若之涣初题"凉州词"，高适和以"王七度玉门关听吹笛"便不对题。

据岑仲勉《唐人行第录》考证，王之涣便是"王七"。

问：也就是说，入选《国秀集》前，并不叫"凉州词"。原题是如何改为《凉州词》的？

答：芮挺章改题，情况如下。

第一，《国秀集》编于天宝三载（744）。当时社会正流行"凉州曲"。由郭知运开元八年（720）征讨六州胡康待宾获得曲谱进献，玄宗极喜爱此曲，上行下效，引以为尚。《国秀集》是进献本，楼颖《国秀集序》云"可被管弦者，都为一集"，选旨要入乐，芮挺章选之涣三首，《凉州词》《宴词》均有乐曲特征，说明之涣诗已配乐传唱，入选《国秀集》正合"可被管弦"要求。故修改诗题，以应曲名。

第二，王之涣所到玉门关，在唐瓜州晋昌县，远在凉州西北数百里。唐陇右道凉州治所在姑臧（甘肃武威）。玉门关与凉州分属不同地区，初题怎会取姑臧"凉州词"？故初名当是"度玉门"。

第三，从《国秀集》王之涣两首《凉州词》看，并无关联。其二"单于北望拂云堆，杀马登坛祭几回。汉家天子今神武，不肯和亲归去来"，写张仁愿中受降城（内蒙古包头西北）；其一写西北玉门关（隋唐"玉门关"在今甘肃瓜州县双塔堡）。把不同地点、不同时间的诗歌拼合为一组《凉州词》，可见是"配管弦"之需，它们应各有原题。

综上，初题并非"凉州词"，从高适诗题可知之涣原题是《度玉门，关上听吹笛》。二人关系非同一般，同游玉门关，王之涣先"羌笛何须怨杨柳"，高适再和"借问落梅凡几曲"。面对同一场景才可写出关联性强的诗。

问：第二个问题，他们何时游玉门关的？请谈谈创作时间。

答：这次出塞确有约定，可做分析。高适有《蓟门不遇王之涣郭密之因以留赠》，曾到幽州蓟门（北京西）寻找之涣。开元九年（721）王之涣任冀州衡水主簿，开元十年（722）与衡水令李涤之三女结婚，开元十二年（724）秩满去官，居蓟门。高适诗"贤交不可见，吾愿终难说"，什么心愿，是共游塞外之地？"才华仰清兴，功业嗟芳节"，想与之涣出塞建功立业。"逢时事多谬，失路心弥折"，总是事与愿违，因此"行矣勿重陈，怀君但愁绝"。有此愿，便会有二人相约玉门关外，寻找机会。

又《集异记》开元中两人"风尘未偶，而游处略同"，王之涣开元十三年（725）至二十七年（739）赋闲十五载。故无业状况下他们极有可能出游玉门关。

高适《蓟门不遇王之涣郭密之因以留赠》约作于开元十九年（731），这年起至开元二十二年（734），高适北游燕赵。那么他们相约西游当在开元二十二年以后。开元二十三年（735）高适应征赴洛阳考选，所以极有可能开元二十三年（735）落第后与王之涣去了玉门关。而开元二十七年（739）王之涣复出补文安郡文安县尉，三年后卒于任所，已无出游玉门关的条件。故两人同游玉门关，当在开元二十四年（736）至二十六年（738）之间。

问：太晚了吧，王之涣已年约五十。

答：是的，这正是我要论证排除的。此时已近开元末，据靳能《唐故文安郡文安县尉太原王府君墓志铭并序》之涣已"在家十五年"，亲友皆劝入仕，久而乃从。故此阶段在准备复出，不太可能去玉门关冒险，此其一。由墓志可知，之涣开元九年（721）"以门子调补冀州衡水主簿"，十二年（724）秩满，"拂衣去官，遂优游青山"。因此他最有可能在开元十二年去官后游玉门关，此其二。薛用弱《集异记》："开元中诗人王昌龄、高适、王之涣齐名。时风尘未偶，而游处略同。一日，天寒微雪，三诗人共诣旗亭，贳酒小饮……须臾，次至双鬟发声，则曰：'黄沙远上白云间……'"时间上三人旗亭聚会应该比较早，不会在开元末，此时他们风尘未偶，均无功名。而王昌龄开元十五年（727）进士及第，授秘书省校书郎。开元二十八年（740）昌龄已改江宁丞，所以"旗亭诗会"当在开元十五年前，此其三。

综上诸端，旗亭赛诗发生在开元十二年（724）至开元十五年（727）间，最有可能王之涣于开元十二年去官赋闲，开元十三年西游，开元十四年之涣诗《度玉门，关上听吹笛》已遍传长安，再被时人配以凉州曲，成了流行歌曲，被梨园伶人演唱。你以为如何？

问：你竟然把《集异记》"旗亭赌胜"的具体时间考出了。还有进一步高见吧？

答：说到《凉州词》，就要说开元中西凉都督郭知运进献的《凉州曲》。郭知运自开元二年至开元九年去世，在河西作战八年。他参加了平定叛胡康待宾之战，推测缴获的战利品中就有"凉州曲"。郭知运河西瓜州常乐（常乐后改晋昌）人，但他也未曾听过这种稀有之曲，才进献朝廷。若是他早就耳闻过，便不会作为"至宝"进献。这便更证明所谓"凉州曲"来自康国粟特人康待宾，此曲即使在凉州也是稀罕物，又何能称它是凉州的曲子呢？它就是在对"六胡州"战役缴获的战利品中偶然发现的。进入宫廷，得到玄宗欢心，交于教坊翻成中土曲谱，配新词演唱。因纪念凉州都督进献，故名凉州曲，非为凉州出的曲子。王之涣《度玉门，关上听吹笛》写于郭知运开元九年（721）去世后四年，其时康待宾本子正流行长安，之涣诗也新鲜上市，两者关联，使得时人将之涣诗"被之以管弦"，诗题遂改为《凉州词》。这便是芮挺章《国秀集》中的诗题。

所以我倾向，开元十二年（724）之涣秩满去官，正好出游之机，开元十三年他与高适出玉门关，之涣年长，先作"黄河远上白云间"，高适和"胡人吹笛戍楼间"，这样便通脱了，他们将现场听到的羌笛《折柳》《落梅》，各自写入诗中。

问：你竟又把郭茂倩《乐府诗集》中未说清的"凉州曲"的来龙去脉考清了。第三个问题，请谈谈诗的地理环境，及长期未能搞清的"黄河""黄沙"之疑。

答：关于之涣诗的描写与玉门关地域环境不符的问题，长期以来"黄河""黄沙"之争，一直是学术热点。从唐人《国秀集》《集异记》作"黄河"，宋人《文苑英华》等作"黄沙"看，争议焦点为黄河距玉门关千里之遥，"何得为景"？下面谈谈我的考证。

第一，王之涣出游的玉门关，是隋唐玉门关，非汉代敦煌玉门关。隋唐玉门关今已损毁湮沦，但仍可大略判定唐代玉门关的地理位置及环境。玉门关距隋唐瓜州晋昌城不远，位于今疏勒河南岸，关门在遍设烽燧的山间；往西北行走，沿途仍可看见烽燧，唐玉门关便建在汉代"昆仑塞"原址上。据今人李并成实地考察，唐代玉门关在今甘肃瓜州县双塔堡附近，清代在其残址修筑双塔堡时遮蔽了隋唐玉门关。此关从东汉一直延续到唐末。玉门关在晋昌县"疏勒河南岸"提醒我们关门外有河，并非漫漫黄沙。之涣留诗六首，写西北河流均称"黄河"，并非一定指今人观念中的黄河，关外疏勒河便是唐军防线，它由西北流来，河水浑黄，称"黄河"没有什么不当。从军事防御来说，军事堡垒一般均建于有天然屏障的环境，玉门关不可能建于茫茫黄沙之中，疏勒河是最适合的环境，既能防御又能解决士卒的生存饮水问题。所以首句"黄河远上白云间"是符合玉门关真实环境的描写，没有问题。诗人站在关上，视野开阔，向西北望去，疏勒河在众山之中蜿蜒盘曲，不是"远上白云间"又是什么呢？《国秀集》作"直上"不好，除非河流笔直。你以为此解如何？

王之涣既有"黄河远上白云间"，又有"白日依山尽，黄河入海流"的诗句，此种"路漫漫其修远兮，吾将上下而求索"的高举远望思维，影响了小他十三岁的李白，在《将进酒》中翻为"黄河之水天上来，奔流到海不复回"的意境。

第二，高适《和王七度玉门关上听吹笛》也是对玉门关环境的描写。"胡人吹笛戍楼间"即是玉门关上戍楼，"从风一夜满关山"回应王之涣诗景，确认了玉门关不仅有"万仞高山"还有"万重关山"。"楼上萧条海月闲"更是点明玉门关具体环境。你或许要问：玉门关何来"海月"？

玉门关不仅临靠疏勒河，附近还有河流汇成湖泊。"海月"便是形容玉门关以东大泽上的月亮。《元和郡县图志·陇右道下·瓜州》"晋昌县……冥水，自吐鲁番界流入大泽，东西二百六十里，南北六十里，丰水草，宜畜牧。玉门关，在县东二十步"，确证唐晋昌县及玉门关附近有大泽，那么之涣诗又怎能用"黄沙"呢？宋人改窜"黄沙"殊为乖谬。王之涣所见并非茫茫戈壁，而是广袤绿洲和水域。古人筑城一定临水，方可生存。同样高适诗中"海月"，也完全关合玉门关环境。古人"塞外有水便名为海"，海，广大之意。玉门关东大泽，确实配称"海子"。"海月"正是高适特指玉门关东大泽上的明月，这也更加证明他是去了玉门关的，还与之涣同行。由于不察玉门关环境，后来殷璠《河岳英灵集》误将"海月"改为"明月"，高适诗题亦改为《塞上闻笛》，后人便再也看不出是对之涣诗的和作了。

问：你居然考出之涣笔下玉门关不是今人张冠李戴认为的敦煌玉门关。第四个问题，请谈谈《折柳》《落梅》在立意上的分别，各在诗中的作用。

答：敦煌玉门关在茫茫沙漠中，敌军不来，守什么呢？古人都是沿绿洲瀚海而行，所以才有初盛唐集中驻防的沿边防御体系。敦煌玉门关是今人伪命题。下面回答你第四个问题。

宋吴开《优古堂诗话》"《乐府杂录》载：笛者，羌乐也。古曲有《落梅花》《折杨柳》"。二曲便是他们在玉门关听到的羌笛。《折杨柳》古辞魏晋已亡佚，太康末以兵事劳苦，伤春惜别为旨；《落梅花》歌词则抒发高尚旷达志行。

关上何人吹笛？由高适诗知是归顺的胡人。白天，王之涣听关上守卒吹起"苦歌"《折柳》；夜晚，高适在关下听戍楼士兵吹奏《落梅》。他们听到的曲子，南北朝便在胡地流行，如江总《梅花落》"胡地少春来，三年惊《落梅》"。

二人立意略有不同。之涣从《折柳》中听出"怨气"，这是唐军胡人士兵，他的"怨"绝非戍边辛苦，本是当地胡人，那他怨什么？他吹起羌笛，"怨"的是帝君的"春光不度玉门关"。玄宗曾创制羯鼓曲《春光好》，诗人在此一语双关，从归顺唐室的胡人戍卒立场出发，"怨"皇帝恩泽不及苦寒的胡人百姓，"怨"大唐盛世的"春光"未及关外。

高适夜闻《落梅》，取意又不同。如果说之涣游塞听的是"怨春光"，则高适听出了浪漫豪情。此刻胡人士兵吹起笛曲，古乐府中歌词与音乐在意义上不可分割，《落梅花》歌颂梅花，表达乐观情怀，"从风一夜满关山"多么旷达；"借问落梅凡几曲"面对恶劣环境，戍边战士像傲雪凌霜的梅花，投射出盛唐精神气象。正是战士豪迈情怀，笛声才"满关山"。

问： 从"春光不度玉门关"到"从风一夜满关山"，从"怨"转"豪"，从孤单的"怨杨柳"到吹不尽的"凡几曲"，就是他们立意的细微不同吧？

答： 正是。可结论了：之涣诗创作于开元十三年（725），但原题《度玉门关上听吹笛》则为时淹灭。幸有高适《和王七度玉门关上听吹笛》留下原貌。王之涣所度玉门，与凉州无关，两地相距数百里，也非今人所谓的敦煌玉门关。

最后补充一下，之涣，字季凌，《唐才子传》称蓟门人，误。靳能《唐故文安郡文安县太原王府君墓志铭并序》"本家晋阳，宦徙绛郡"，故与绛州王勃同宗，均出太原王氏，三十四岁门荫补冀州衡水主簿，秩满去官。他是太原名人，以"孝闻于家，义闻于友""夹河数千里，籍其高风；在家十五年，食其旧德"。他的诗延续初唐以来贵族的精神境界与宏阔气象，无愧盛唐之音。墓志云"尝或歌从军，吟出塞，皦兮极关山明月之思，萧兮得易水寒风之声。传乎乐章，布在人口"，正是《凉州词》的注脚。

问： 谢谢，四个问题，谈得通透，我已释疑。

关于凉州曲与梁州曲之疑

问：唐诗中"凉州曲""梁州曲"怎么分别？

答：二者均是乐曲名。先说凉州曲。凉州属陇右道，治所姑臧（甘肃武威），地近龟兹（新疆库车）诸国，因此凉州是胡乐流入内地的中转站。南北朝受西域中亚胡乐及佛教音乐传入，西凉乐歌很繁荣，如温子升《凉州乐歌》描述"路出玉门关，城接龙城坂。但事弦歌乐，谁道山川远"。降至隋朝，隋炀帝将西凉乐定为国乐。

到了初盛唐，宫廷演唱"凉州曲"很普遍，如王昌龄《殿前曲》"胡部笙歌西殿头，梨园弟子和凉州"。至中晚唐，杜牧《河湟》"唯有凉州歌舞曲，流传天下乐闲人"，"凉州歌舞曲"流入中土还包含西凉伎，即凉州舞，元稹、白居易都作有《西凉伎》。

能配以凉州管弦的诗便叫凉州词，相当于依凉州曲的唱词，但内容与凉州关联并不大。孟浩然、张籍、耿湋、薛逢、韩琮都以之代题，写过《凉州词》。

问：明白了，凉州盛产歌、舞、乐。乐曲叫"凉州乐"，歌舞叫"西凉伎"，以乐曲套词便叫"凉州词"。

答：有道理，但有误。凉州乐有广义与狭义，唐代《凉州曲》可不是今天学术界认为的那样。玄宗时期采进地方乐曲，从西凉便传入过新乐，开元二年（714）河西节度使杨敬述搜集进献了《凉州大曲》。但它们并非《凉州曲》，只是广义的凉州乐曲，与《凉州词》更无关系。

狭义的《凉州曲》有特定含义，此曲是开元八年（720）讨伐叛胡康待宾战役中缴获的战利品。当时陇右郭知运参与了平定"六州胡"叛乱。郭知运是瓜州常乐（晋昌）人，他也未曾听过这么稀有之曲，

· 133 ·

才作为"至宝"献进朝廷。这《凉州曲》特指来自康国粟特人康待宾，对处于盛世的玄宗来说肯定意义非凡，寓含征服，故《凉州曲》是很狭义的，连郭茂倩《乐府诗集》中都未说清。千百年来人们都把它错为凉州本地之曲，其实它是内附唐廷、迁居"六州"的昭武九姓康国音乐，不是一般胡人音乐，更非已在凉州流行的曲子。

康待宾本子进到宫廷，玄宗便命教坊推广，所配唱词多为边塞词，故《凉州词》多"盛唐之音"。

最早以康待宾《凉州曲》本子作诗的是王翰，"葡萄美酒夜光杯，欲饮琵琶马上催。醉卧沙场君莫笑，古来征战几人回"。诗作于开元十年（722）讨平叛胡康愿子之后，他饮康愿子葡萄美酒，端起夜光杯，弹奏的琵琶，都是康愿子宝物，还以开元八年缴获康待宾《凉州曲》作了这首《凉州词》，极尽其欢。再一位是王之涣，其《度玉门，关上听吹笛》作于开元十三年（725），"黄河远上白云间，一片孤城万仞山。羌笛何须怨杨柳，春光不度玉门关"，被人配以康待宾本子传唱，"神气豪迈"。在他们的影响下，"凉州词"这种新乐府体裁的诗歌，为初盛唐之交的诗坛注入了令人振奋的新气象。康国的曲调，成了中原的"凉州曲"，在内容上成就了唐代壮丽的边塞诗，不愧"唐音"典型。

问：谢谢，竟然考出康国"凉州曲"。第二疑，"梁州曲"又是什么乐曲，存在吗？

答："梁州曲"顾名思义是古梁州地区（汉中四川一带）的曲乐。唐人以"梁州曲"入诗很多，如白居易《宅西有流水墙下构小楼临玩之时颇有幽趣因命歌酒聊以自娱独醉独吟偶题五绝句》"《霓裳》奏罢唱《梁州》，红袖斜翻翠黛愁"，武元衡《听歌》"月上重楼丝管秋，佳人夜唱《古梁州》"。再看李益《夜上西城听梁州曲》。

行人夜上西城宿,听唱梁州双管逐。

此时秋月满关山,何处关山无此曲。

但"梁州曲"是否存在,颇具争议。李益在西受降城(内蒙古巴彦淖尔市)怎么会听到梁州之曲,应该是附近凉州曲才合理,是"凉州曲"误抄吗?再如岑参《凉州馆中与诸判官夜集》:"弯弯月出挂城头,城头月出照梁州。凉州七里十万家,胡人半解弹琵琶……"诗题"凉州馆",诗中却是"月出照梁州",地名错简如此,便可知乐曲上"梁州""凉州"的混杂。

问:看来"梁州曲"面目不清,到底有无?

答:究竟有无"梁州曲",确乎值得怀疑。郭茂倩《乐府诗集》言之凿凿,在《近代曲辞》中引《乐府杂录》:

《梁州曲》,本在正宫调中,有大遍小遍。至贞元初,康昆仑翻入琵琶玉宸宫调,初进曲在玉宸殿,故有此名。合诸乐即黄钟宫调也。

也就是"梁州曲"本非西域曲子,中唐时被康昆仑改造为胡乐琵琶曲。据清人凌廷堪《燕乐考原·宫声七调》考证,"无射宫今为黄钟宫,用凡字者,今琵琶之凡字调也"。所以宫廷燕乐"梁州曲"属黄钟宫"琵琶凡字调",其存在就坐实了。从宫廷采集地方乐曲的传统来看,我是相信有梁州曲的,它就像王城之外的"风乐",一定存在。

问:明白了,"梁州曲"本汉族音乐的燕乐,后经历外族音乐翻为琵琶曲,属"玉宸宫调",它应该是客观存在的,且在宴会上使用。

答:是的。但郭茂倩之后,宋人又不承认"梁州曲"的存在了。

第一,陈旸《乐书》将郭茂倩《乐府诗集》"梁州曲"换成"凉州曲"。

第二，程大昌《演繁露》"乐府所传大曲，惟《凉州》最先出。《会要》曰：自晋播迁内地，古乐遂分散不存，苻坚灭凉始得。汉魏清商之乐传于前后二秦，及宋武定关中，收之入于江南，隋平陈获之。隋文曰：此华夏正声也！乃置清商署，总谓之清乐。至炀帝乃立清乐、西凉等九部，武后朝犹有六十三曲，如《公莫》《巴渝》《明君》《子夜》等皆是也，后遂讹为《梁州》"。

第三，洪迈《大曲伊凉》"今乐府所传大曲，皆出于唐，而以州名者五，《伊》《凉》《熙》《石》《渭》也。《凉州》今转为《梁州》，唐人已多误用，其实从西凉府来也"。

第四，南宋朱弁《曲洧旧闻》、曾慥《类说》也用"凉州"代"梁州"。似乎"梁州曲"不存在又坐实了。

到宋末元初，马端临《文献通考》引《乐书·凉州曲》，又换成《梁州曲》，"咸宁中，有盗窃发张骏冢，得白玉笛。唐天宝中，明皇命红桃歌贵妃《梁州曲》，亲御玉笛为之倚曲"。降至元朝，陶宗仪《说郛》二曲混用，卷十九上称"西凉州""道调凉州"，卷五十二下又称"西梁州""道调梁州"。

综上，宋人开始逐渐认为"梁州曲"是"凉州曲"讹出，否定其存在；元以后二曲分辨上，更是一笔糊涂账。

问："凉州曲""梁州曲"，从地理而言，也不能随便更换吧？

答：是的。古梁州，据《禹贡》"华阳、黑水，惟梁州"。华阳，华山之南，黑水解释多歧，但可肯定是汉中及四川盆地的水系，"厥土青黎"河流才叫"黑水"，我的考证黑水即皂江（岷江），川西平原的黑土，正是《书·禹贡》所说的"厥土青黎"。孔传"色青黑而沃壤"。《文献通考》说"梁州当夏、殷之间为蛮夷之国，所谓巴、𫶕、彭、濮之人也"。这片广袤之地，即"蛮夷之国"古梁州。所以唐人"梁州曲"，可能便是王城乐曲之外的西南夷曲。这样，二曲便清楚了，都是中土之外的曲子。

再看凉州，在西北陇右道。《禹贡》雍州之西界，治所姑臧（甘肃武威），河西走廊东端丝路重镇。元狩二年（前121）汉武帝辟河西四郡，张掖、酒泉、敦煌、武威，汉昭帝置金城，称河西五郡。十六国前凉、后凉、南凉、北凉及隋末大凉于此建都。武德二年（619）置河西节度使，有兵员七万三千人，马八千八百匹。可见凉州非荒凉之地。唐朝屯田屯牧措施，又促进繁荣，武则天长安年间，都督府积贮军粮可支数十年。所以凉州"人烟扑地桑柘稠"，音乐繁盛，"车马相交错，歌吹日纵横"，当得起岑参《凉州馆中与诸判官夜集》"凉州七里十万家，胡人半解弹琵琶"的描写。

综上，"凉州曲"广义上是指西北乐曲，"梁州曲"是指秦岭以南广义的西南夷曲。

问：确乎从不同地区乐曲存在而言，"梁州曲"应客观存在。进入宫廷的，不单是胡乐，还有西南夷曲。

答：这么看是有道理的。集大成的宫廷音乐，既有来自西北的胡曲，也有来自西南古梁州的夷乐。而西南音乐的贡献则被忽略了。所以还得回到起始，正如郭茂倩《乐府诗集》说的，《梁州曲》本是"正宫调中曲名"，分"大遍""小遍"，属典型的汉乐。这样看唐诗中既有《凉州曲》又有《梁州曲》，似也没问题。

又，"梁州曲"是西南民间乐曲，但贞元初被西域乐师康昆仑翻入琵琶调，重新创作，出现胡乐特征，所以被唐诗人"凉州曲""梁州曲"错杂使用，这或是可能的真相。

综上，狭义《凉州曲》是经宫廷整理的康国首领康待宾的外来之曲，狭义《梁州曲》是经西域琵琶乐师康昆仑改造的西南民间夷曲，两者都进入了宫廷乐曲。这才是礼仪之邦笼盖四方应有的包容气魄，盛代"唐音"。

问：在"汉化"与"胡化"交融中，《凉州曲》被汉化了，《梁州曲》则经历了胡化。

答：是的。最后补充一点，"梁州曲"存在与否，唐人心里最分明。李涉《听多美唱歌》"一曲《梁州》听初了，为君别唱想夫怜"，顾况《李湖州孺人弹筝歌》"独把《梁州》凡几拍，风沙对面胡秦隔"，张祜《悖拏儿舞》"春风南内百花时，道唱《梁州》急遍吹"，吴融《赠李长史歌》"翠华犹在橐泉中，一曲《梁州》泪如雨"。"梁州曲"的存在在唐人那里是共识。

关于杜甫《旅夜书怀》及编次之疑

问：杜甫《旅夜书怀》描写的地理环境是哪里？

答：这问题有意思，还涉及杜诗编次。先看诗。

细草微风岸，危樯独夜舟。
星垂平野阔，月涌大江流。
名岂文章著，官应老病休。
飘飘何所似，天地一沙鸥。

诗中"细草微风岸，危樯独夜舟""星垂平野阔，月涌大江流"，从地理特征上看，是描写在成都时所见川西平原夏夜的开阔景象。但历代编次均置于过忠州以后，如仇兆鳌《杜诗详注》编在忠州后云安前。今人也这么看，金性尧《唐诗三百首新注》"当舟经渝州、忠州一带时，写下了这首诗"。中国社科院《唐诗选》"唐代宗永泰元年（765）正月，杜甫辞去节度参谋职务，返居草堂。四月，严武死去，杜甫在成都失去依靠，遂决计离蜀东下。这诗约作于舟经渝州、忠州途中"，明确到川东时作。北京出版社《唐诗选注》"诗中写长江的夜景"。

我认为以上说法均误。今流行的杜诗编次版本，皆为宋人在杜甫自编诗集基础上改易而来，并非杜集原貌。要确定诗作于何时何地，还得从地理环境入手。巴蜀地理，川东以山、峡交并而成，几无"星垂平野阔，月涌大江流"的开阔景象。而川西平原沿岷江（古称大江）展开，地势坦阔，视线低平，正合杜诗意境。川西岷江滩地沙岸方有"细草微风岸，危樯独夜舟"之景，川东峡江地貌只有猛烈的风，更难产生危樯独出的突兀感觉。因此，此诗是诗人永泰元年（765）初夏刚出成都，大约在蜀州（今崇州）至眉州（今眉山）的岷江上所见之星夜。过眉山后两岸山峦渐起收窄，再无此景象。故此诗编次应提前，置于刚离蜀时。

问：真是从未有过的见解，你作为崇州人，对地理环境了解，看来前人编次须得重订。

答：是的。这要说到杜甫最后一年在成都的情况。广德二年（764）严武代高适镇蜀治乱，杜甫被表为节度参谋，再次进入体制，并随严武大军参与平定川西吐蕃之乱。事定后严武为他请功，到永泰元年（765）正月朝廷旌表，授检校工部员外郎。正月初三他辞去参谋职务，准备返京接受郎职，故言"官应老病休"而未休，点到为止。不了解史实，还真难窥破此句。四月严武病逝，杜甫旋即离蜀。途中感兴，写下此诗。

实际上，杜甫自华州罢官后，一直谋求重返朝廷，流放成都依托之人便是严武。第一次送严武至绵州分别，严武不负所托，为之请官京兆功曹，这年为宝应元年（762）十月，若以乾元二年（759）罢官算，他实际失官只有三年余。是年十月双喜临门，又传来收复蓟北的消息，便写下《闻官军收河南河北》"剑外忽传收蓟北，初闻涕泪满衣裳。却看妻子愁何在，漫卷诗书喜欲狂。白日放歌须纵酒，青春作伴好还乡。即从巴峡穿巫峡，便下襄阳向洛阳"。诗透露了他返京行程。但不幸走至阆州，又遇吐蕃犯境，"汉北豺狼满，巴西道路难"，兵荒马乱阻于阆州不能进京；"剑南岁月不可度"，他在阆梓间折返，"东游西还力实倦"。耽误一年无法履职，到广德二年（764）严武领蜀，再表为幕府参军，他实际无官职只有四年半时间，其余均是带官行走。也就是唐肃宗去世后，他就已恢复官职了。这样"官应老病休"才讲得通。

所以可知他流放西南后，无论在成都、梓州还是阆州，无一日不念想着北返长安，回归朝廷。他的《天边行》透露出这种迫切心情，"天边老人归未得，日暮东临大江哭""九度附书向洛阳，十年骨肉无消息"。永泰元年（765）终于有了这个机会，返朝接受工部员外郎，诗便写于此时。

问： 你竟考出他只有四年半无官，这对重新认知他后期诗歌很关键。可惜这样的经历被疏忽，至今学术界还懵懂不知呢！此诗如何作解？

答： 是的，须再强调一下，他在华州是被罢官，在陇蜀是被流放，不能随严武返京是因为处在流放中，没有朝廷征召不能回，故只能送严武至绵州奉济驿而别。在梓州得到京兆尹严武保举京兆功曹，遇吐蕃犯境耽误一年未履职。严武广德二年春督蜀平乱，改为节度参谋，事定后朝廷旌表，论功行赏，永泰元年正月授工部员外郎，由于成都加"检校"。就我理出的这个经历，诗人后期诗歌须重新阐释。那么清晰的经历，年谱为何错了，原因是遭遇肃宗报复后，他要为尊者讳，他入蜀后的诗，凡涉及君臣关系均采用春秋笔法。年谱作者不认真读诗，体系都错了。所以现在学术界论杜诗，都未做到知人论诗，故才有难解之叹。

这次赴京接受郎职，诗人是激动的，想有一番作为。解诗要结合经历解，不知诗人去蜀是受朝廷征召，便会解错。

先看"名岂文章著，官应老病休"。《杜诗详注》"顾注：反言以见意",可见诗人此时文名之盛!老病,年老又是放臣,故言"官应老病休"。可此时朝廷召唤却来了,应休而未得休,可知此次离蜀诗人肩负使命。怎么能像目前学术界所诬称诗人是失去依傍落魄而走呢?不了解诗人真实经历,对他晚年的诗如何解得准确?如《唐诗选》"胸怀经世大志,所以说名岂以文章而著;官实因论事而罢,偏用老病自解"就是看似合理的错解。诗人此行受征召入朝,又怎会自我解嘲自我宽慰呢?还有《杜诗详注》引"黄生曰:圣朝无弃物,老病已成翁,此不敢怨君,引分自安之语。'名岂文章著,官应老病休',此无所归咎,抚躬自怪之语",亦是按错误逻辑的看似正确的揣度。他们都不知诗人晚年一直以朝廷命官行走。

再看"飘飘何所似,天地一沙鸥",描写川西平原滩涂常见的沙鸥,抒发入朝豪情。既然名已文章著,官未老病休,那就要学天地间奋飞搏击的沙鸥。飘飘,飞翔貌,阮籍《咏怀》"焉得凌霄翼,飘飖登云湄";似,嗣,继承,《小雅·裳裳者华》"是以似之"。诗人早年对大型猛禽情有独钟,重其雄姿英发,"引以为类",如《雕赋》"以雄才为己任",这是诗人自我人格的寄托,"鸷鸟之殊特,搏击而不可当,岂但壮观于旌门,发狂于原隰""是大臣正色立朝之义也"(《进雕赋表》)。金性尧说"这两句实仍是《奉赠韦左丞丈》中'白鸥没浩荡,万里谁能驯'意",当是。

问:"星垂平野阔,月涌大江流","星垂",各本注解均有不同,所以现在学术界论杜诗,都未做到知人论诗,故才有难解之叹。

答:此联借景写襟抱,又作"星随平野阔,月涌大江流"。李白《渡荆门送别》有"山随平野尽,江入大荒流",估计"星随"为后人误抄,当排除。"随"不好,野阔"星垂",画面更直观,整个背景被天幕占据。

关于"星垂",各本解释不一。譬如"星"的解释,便很不同。

一是"星光"。如陶文鹏等《唐诗三百首新译》"星光低垂显得原野无比辽阔"。何以解为"光亮"呢？光亮低垂讲不通。二是"星点"。如萧涤非《杜甫诗选注》"因平野阔，故见星点遥挂如垂"。"星点"气象不足，疏星寥落，点状物又怎么"垂"呢？

再看"垂"，也有各种解释。一是注为"如垂""遥挂如垂"。金性尧《唐诗三百首新注》"言平野广阔，远处近地的天边星点如垂"。《唐诗选》"因'平野阔'，故见星点遥挂如垂"。"如垂"是什么？状态模糊，怎么去状物？二是以"垂"释"垂"。如葛兆光《唐诗选注》"暗示了由于星'垂'于平野而更显出平野宽阔，由于月'涌'于江面而更看到江水的奔流。一'垂'一'涌'，虽然一向下一向上，但都与平野、大江成垂直，更衬托了后者的开阔，而前一句静垂，后一句涌动，也互相映衬"。以垂释垂，等于未注。三是注为"下垂"。如程文青《杜甫诗选讲》"他向岸上看，是一片广阔的平野，在那极远的地方，天和地几乎连在一起；远远望去，天上的星下垂得好像接近了地面"。

问：看得出，许多注本含糊其词。

答：是的。此句的关键是"垂"。

第一，垂，由上往下掉落。但星是静态的，除非流星，故当排除。

第二，垂，挂、悬挂、挂下。星是点状物，点状物可"悬挂"，如"萋萋结绿枝，晔晔垂朱英"（王绩《石竹咏》），但这是三维。星星与天幕是二维，不能脱离，故无"挂下来"之意，也要排除。

第三，垂，及、接近、快要。形容星星低矮，似最合诗境。"星垂"状态为快要接近地平线，如此方显原野平远，天穹深阔。如杨凝《夜泊渭津》"远处星垂岸，中流月满船"。

第四，我觉得"垂"，有锥、钉，嵌入之意。如钱起《过王舍人宅》"彩笔有新咏，文星垂太虚"，齐己《月下作》"满空垂列宿，那个是文星"。垂，即钉在、钉入。这正合古人"天人合一"的思维，人间的事迹"钉"在天上。

问：多种义项，似乎都有理，究竟哪种最佳？

答：我以为"钉"最佳。"星垂"，首先"星"不能解作星光、星点，就是实体星星；其次"垂"就是钉入。我想起小时川西平原的夜空，祖母唱的童谣便是天人感应，"青石板，板石青，青石板上钉银钉。银钉亮，照太清，青石板上出文星"。杜诗"星垂"便是这景象。

此联之所以大气，原因有三。一是"繁星"，满天星斗，形成"石板上密布银钉"的气势。二是想象诗人所见景象，群星越接近地平线越繁密，才呈平阔深远貌。三是诗人多方学习，孟浩然有《宿建德江》"野旷天低树，江清月近人"。为何觉得天低得与树那么近？因为野旷。同样道理，同样意境，地平线深远，天似乎就很低，星星自然就及于地了。

其他诗人也用"星垂"，如许棠《送从弟归泉州》"瘴杂春云重，星垂夜海空"，李频《送友人往振武》"碛夜星垂地，云明火上楼"，但都不如杜诗有名。

问：这样讲，"星垂"便明白了。

答：最后解一下此诗。一、二联，借势起兴，细草依岸土而存，危樯有舟而立身，星嵌入天幕而不坠，月可借大江之力涌出。这是诗人还朝途中愉快心情的转化，各种条件成立，才有朝廷征召。三、四联，借景抒怀，我的名声难道只能依托文章才为世人知晓？等到病老就得休官而去吗？这并未发生呀！诗人多么自信。尾联化身精灵，就像那只岷江上搏风击浪的沙鸥，飘飘荡荡在天地间奋飞。诗人所写，也是我20世纪六七十年代，尤其秋冬在川西平原上常见的鹰鹞翻飞景象。

细草、危樯、星月、沙鸥都有依存，诗人的报国情怀亦终有所托，他受到了代宗征召。杜甫因房琯案而不能经世济民，一展抱负，但只有四年。不明就里，诗就要解反。

· 143 ·

诗人所遇，时代丧乱，既有逆臣贼子之乱，亦有上层统治者失德之乱。但作为贵族，诗人不忘初心，"飘飘何所似，天地一沙鸥"！而明人王夫之《唐诗评选》却妄议"颔联一空万古。虽以后四语之脱气，不得不留之，看杜诗常有此憾。'名岂文章著'自是好句。'天地一沙鸥'则大言无实也"，是不解诗人的诬辞。

问：你多次说到杜诗编集问题，我知道，你认为是诗人自编。所谓宋人集杜，并不存在。今人研究却煞有介事，浪费时间精力。说一说这个问题。

答：好的。杜集编年及编纂成就最著者，是南宋黄希、黄鹤父子，《黄氏补千家注纪年杜工部诗史》虽是编年，但他们的时代未必知道其源头——杜集原是诗人自编。在他们之前，杜集已被北宋人故意打乱了次序。

从杜集显示诗人生平行状看，严丝合缝，无疑是诗人自编。仔细思考，宋人为何得不出李白年谱？就是李白未曾自编诗集，后人无法按生平经历编次，便分门别类编纂，因此宋人在李白诗集编年上成就平平，只有南宋薛仲邕凭猜测疏误甚多、内容极简的《唐翰林李太白年谱》一谱，远不如杜诗编年编谱热闹。这就说明宋人并不高明，只因有杜甫自编集给他们提供方便。

最早的王洙就是把他得到的杜集打乱分体重编，否则何以分体中还寓含编年？而且唐人樊晃已说杜甫有集六十卷行于江汉之南，正是诗人晚岁之地，说明是他去世留下的。今人说这见不到的六十卷就是分体或分类本，简直是乱说，分体或分类何以从二十四岁科第始编，为何不见早年诗歌？这明显是诗人按生平经历编的，并非按分类或分体编辑的。只是到了宋人王洙那里，得到诗人自编本，自作主张按隋唐五代通行的编集子习惯，以文体编辑，分体中又可再分类，这便是王洙种的祸。

这次打乱重编，导致以后宋人煞有介事，重新勘定编年。成就较大的有赵次公《杜诗先后解》、黄氏父子《黄氏补千家注纪年杜工部诗史》、蔡梦弼《草堂诗笺》三家。我甚至怀疑除最早王洙打乱杜诗编年体例重编外，可能还存在另外的杜诗自编本，如黄伯思《校订杜工部集》。黄伯思并非研杜专家，但家庭不一般，祖父黄履为北宋变法重臣，历仕五朝皇帝，可能这部杜集是其家传，黄伯思主要成就在文字书法，这更说明黄伯思编年本可能是另一部杜集，与王洙本无关。我感觉有宋一代，始终存在着一部比较清晰的编年杜集，只是宋人作伪抢功，按照各自体例编纂罢了，大概轮廓未失，造成杜诗在整个宋代编与注百花齐放。又如在蜀中可能还存在一部杜甫自编集，那里是他晚年生活之地，所以有赵次公《杜诗先后解》及吕大防杜谱。而鲁訔编年本亦可能得之于他任职的江西。王十朋集注《王状元集百家注编年杜陵诗史》，斑驳错杂，被人列为伪书，虽如此，这种杂乱倒可反证社会上确实存在着从未间断的杜诗编年本。并且这个隐约存在的生平经历顺次，从未有大变动，后人只是稍做一些考证校订工作，几未对杜集做太大调整，保留了原貌。

另外，从"千家注杜"盛况亦可思考出，是基于杜甫自编集提供了深化理解诗人诗歌的方便；而未详生平行迹的李白注释与研究便冷清得多。故几可认定，杜甫在汉魏隋唐流行的文体分类编辑之外，开了按诗人行状经历编次的体例先河，有唐一代他是唯一，并泽被后人。可惜被宋人打乱重编，造成混乱，再被宋人重新编年，归功于己。

关于杜甫的科举人生

问：请谈谈杜甫的科举诗。

答：要谈这个问题，须知他一生经历过三次科第，及科举在唐人生活中的重要地位，还须知大多数人忽略的杜诗编集问题。我说一下你就明白了。唐人诗歌集成有两种情况。一是诗少者，无法编集，但有人搜集，如《国秀集》，其中许多人不以诗为业，写诗的目的明确，就是行卷投献，反映了作诗与科举的关系，这一类几为科第行卷之诗；二是诗歌成就卓著者，自有诗集传世。而编集时从参加科第起编，则杜甫是唯一。如第一首《游龙门奉先寺》，即为科试前夜复杂心绪，"欲觉闻晨钟，令人发深省"，科第是他告别懵懂少年的第一步，此时特意去了祖父去过的寺院，像诗人成年礼；跟着就是《望岳》，是失利后的展思。起编便是与科举有关的诗，是不是之前不写诗？当然不是。如早年的《凤凰诗》，不是他晚年《壮游》回忆，世人是不知的。但他缺而不录，将早年与科第无关的诗都删去不收，说明他心中的标准是从科举开始的诗歌，还说明杜集是他着意自编。唐人人生华章都围绕科第，这说明唐人传下的诗或多或少与科第有关。当然入仕后的诗则展示了科第后的人生交游与为官经历，所以科举与入仕是唐人最重要的人生大事，唐诗当然围绕它展开。

　　杜集诗人生前已编就，是他与家人整理自编。如此完整，只有家人明白其心意。末首《风疾舟中伏枕书怀三十六韵，奉呈湖南亲友》作结，非身边亲人恐不能如此清楚置于最后。后来宋人编杜，如黄氏父子按诗人经历、居行顺序、岁时先后，明显有自编本影子；恶劣的是宋人还植入一些伪诗进去，如蔡梦弼《草堂诗笺》中的《去蜀》。宋人亦于诗人科第时起编，更加肯定是出于杜甫自编，只有他清楚科举对自己意味着什么。可做推测，参加科第犹唐人进入社会的成人礼，此后说话做事要负责了，可能就是唐人观念吧！

　　问：原来杜集存在如此逻辑！从参加科举算起，早期的诗都削去不录。

　　答：是的。下面说科第与唐人的关系。社会进步主要体现于选才机制的变化。长安繁华，个人荣显几系于科第。选才用人历来受统治者重视，如战国军功与养士制，汉代察举与征辟制，魏晋九品中正制，隋炀帝创立具有深远影响的科举制。唐代"士出无寒门"的世袭垄断制衰落，科举勃兴，武则天一举奠定其一尊之位。长安洛阳因此倍显文化繁荣。唐人科举又创新发展出常举与制举。

先说常举。闻一多《唐诗杂论·杜甫》"唐代取士的方法分三种——生徒、贡举、制举。生徒和贡举是两种选士的常法，分别即为已经在京师各学馆，或州县各学校成业的诸生，送来尚书省受试的，名曰生徒；不从学校出身，而先在州县受试，及第了，到尚书省应试的，名曰贡举"。开元二十三年（735）诗人"壮游"吴越后，"归帆拂天姥，中岁贡旧乡"（《壮游》），以贡举身份参加第一次科考，虽挟带"气劘屈贾垒，目短曹刘墙"的气势，却失败了。由于武周时期大量贵族聚集洛阳，玄宗特意将考试安排在洛阳，参加考试的多洛阳世家子弟。这次科举仍沿袭传统，并未受到后来的平民举子浪潮的冲击，成功失败对贵族子弟来讲没什么，以后还有大把机会。因此，落第对意气风发的诗人并无影响，反使他"忤下考工第，独辞京尹堂"，到"齐赵间"父亲为官地"放荡"去了，并写下意气高昂的《望岳》《画鹰》。

再说制举。不定期天子诏行，举非常之士。制举由恩准临时确定科目，一般试对策，由皇帝任命考官或考策官，评阅试卷，定出等第。唐高宗武则天都曾亲临试场，虽皇帝亲试直到开元九年（721）才确定下来，但也足以看出彼时朝廷对制举的重视。其他途径献文章，上著述者，经礼部特试亦同制举。杜甫第二、三次便属此列。他第二次制举，李林甫严格筛选，以"野无遗贤"全军覆没。他非常失望，从《奉赠韦左丞丈二十二韵》"纨绔不饿死，儒冠多误身"、《奉赠鲜于京兆二十韵》"破胆遭前政，阴谋独秉钧。微生沾忌刻，万事益酸辛"、

《赠比部萧郎中十兄》"飘荡云天阔，沉埋日月奔。致君时已晚，怀古意空存"等诗可见一斑。陈贻焮说："举进士不第则应制举，应制举退下则献赋，要求一次比一次高，路子一次比一次窄，他并不像世俗士子那样屡入场屋，非考个进士不可。可见他恃才负气，自视极高，生性是很倔强的。"（《杜甫评传·"应诏"前后》）第三次制举便是天宝九载（750）冬献三大礼赋被玄宗召试文章而授职。

　　补充一下，科举制有利于皇室从士族和豪强手中夺回选取权，巩固集权政治；同时，又提升了选拔人才机制的权威性、影响力；向平民阶层开放，又能够激发庶族子弟读书的积极性，为朝廷选拔积累人才，直至今天各类考试深受影响。当然，科考内容和方法失当引发的"重文轻理"、限制思想等弊端也很明显。

　　对于科举制使贵族社会转向平民社会一说，历来莫衷一是。反对者认为科举出现并不意味着贵族社会终结，恰恰相反，对贵族社会维系更为有效。科举制并未改变贵族掌握权力的事实，只是改变了贵族的生产机制，由过去血缘世袭变为通过考试量化生产。进士出身便已脱离原阶层，有了为官资格，可接受征辟任命。赞成者认为，科举制自诞生以来，统治者不断利用其打击传统势力，扶植平民新贵，造成门阀世族不断衰落的事实，对社会结构、阶层重组改变巨大。我更倾向后者。

　　实际上唐人对科举也存有争议，反对者为传承有序的贵族世家。原因是科举使大量底层士人进入朝廷，这些新贵没有家庭传统，素质低下，人品不高，冲击了初盛唐贵族社会。支持者，有传统贵族也有平民新贵，认为扩大选才，机会均等，竞争是正确的。一般而言，武则天以来皇帝多赞成这种形式，借以打压传统贵族。两股势力，反对者处于下风，牛李党争后，更是平民子弟成为科举的主力，充斥朝廷的几是平民上升的新贵。

问：为何杜甫热衷科第？

答：像杜甫这种世家出身的贵族子弟，非常重视身前身后名，就是要做圣人。他有儒家"立德""立言""立功"的人生追求。对其家族，闻一多《唐诗杂论·杜甫》有一段精彩的描绘，"那政事、武功、学术震耀一时的儒将杜预便是他的十三世祖；那宣言'吾文章当得屈宋作衙官，吾笔当得王羲之北面'的著名诗人杜审言，便是他的祖父；他的叔父杜升是个为报父仇而杀身的十三岁的孝子；他的外祖母便是张说所称的那为监牢中的父亲'菲屦布衣，往来供馈，徒走领色，伤动人伦'的孝女；他外祖母的兄弟，李行芳，曾经要求给二哥代死，没有诏准，就同哥哥一起就刑了，当时称为'死悌'。你看他自己家里，同外家里，事业、文章、孝行、友爱，——立德、立功、立言的人物这样多；他翻开近代的史乘，等于翻开自己的家谱"。这样世代为朝廷效力、人才辈出的家族自然使他从小就有不可一世的气概，"性豪业嗜酒，嫉恶怀刚肠。略脱小时辈，结交皆老苍。饮酣视八极，俗物皆茫茫"（《壮游》）。他抱负远大，"自谓颇挺出，立登要路津。致君尧舜上，再使风俗淳"（《奉赠韦左丞丈二十二韵》），考取功名是不二选择。然而科第受挫，二十四岁洛阳应试落榜；三十六岁长安制举落第；三十九岁献《三大礼赋》；四十岁制举，名声大振。"忆献三赋蓬莱宫，自怪一日声烜赫。集贤学士如堵墙，观我落笔中书堂。"（《莫相疑行》）一位少怀大志的世家子，曾有"放荡齐赵间""诗是吾家事"的豪迈与自负，科第经历，使他对时代的悄然变化、历史即将发生的巨变有了深刻预见，对科举改变传统、贵族社会将一去不返都有超越他人的清醒认识。

问：杜甫三次科第具体情况如何？

答：第一次开元二十三年（735），自吴越归洛进士不第。开元二十二年正月玄宗幸东都，次年科第在崇业坊福唐观举行。主事考功员外郎孙逖。登第有贾至、李颀、萧颖士、赵骅、李华等，杜甫落选，但也与贾至、高适成了好友。

第二次经历开元二十九年（741）父亲病故，偃师守孝后，天宝六载（747）长安制举，遇严选不第。这次失利，后人归罪于李林甫，几本《杜甫传》都说"他暗中阴谋""恐草野之士对策斥言其奸恶"。我以为并非实情。不能因杜诗有"阴谋独秉钧""微生沾忌刻"抱怨，也不能因两《唐书》负面评价李林甫而否定一切。实际此事一是要严选，皇帝安排的制举，重要程度不亚常举；二是此前朝中已有人批评新人不重儒教、素质不高的现象，故要严格；三是李林甫对科第之弊有看法，毕竟站在传统贵族的立场，感受到了平民士人充斥朝廷对传统社会结构的动摇，他说"举人多卑贱愚聩，恐有俚言污浊圣听"，作为贵族保守主义者，自然要层层筛选，稍不合意便否定；四是此次"诏天下通一艺者诣京师"就选，门槛降低，必然严取名实相符者闻奏。结果都未及第。

第三次天宝九载（750）进三大礼赋，十载"试文章"。他献赋"待制集贤院，命宰相试文章"的时间年谱有误，认为献赋在天宝十载（751）春。《资治通鉴·玄宗天宝十载》"春，正月，壬辰，上朝献太清宫；癸巳，朝献太庙；甲子，合祭天地于南郊，赦天下，免天下今载地税"。此时献《朝献太清宫赋》《朝享太庙赋》《有事于南郊赋》，正合圣意。仇兆鳌《杜甫详注·杜工部年谱》、闻一多《少陵先生年谱会笺》中献赋和试文章的时间，均是一样的，以闻一多年谱为例："天宝十载辛卯，公四十岁，在长安，进《三大礼赋》。玄宗奇之，命待制集贤院"，"天宝十一载壬辰，公在长安，召试文章，送隶有司，参列有序"。将献赋时间定为天宝十载（751），试文章天宝十一载（752），极其错谬，影响恶劣，使得莫砺锋《杜甫评传》附录也采用天宝十载（751）之说。但陈贻焮却说："古今诸家杜甫年谱，多将杜甫'奏赋三篇,帝奇之,使待制集贤院'的事订于天宝十载(751),将'命宰相试文章'和'送隶有司,参列选序'的事订于天宝十一载(752)。可商榷。愚意以为,玄宗行三大礼都在十载正月,杜甫献三赋,当在此后不久。玄宗奇之,既'使待制集贤院,命宰相试文章',这年才开始不久,有的是时间,而且考的只是杜甫一人,无须费时准备,按常情推断,这一极简便的考试,绝无推迟到第二年之理。'送隶有司,参列选序'是考后所作出的决定(据《进封西岳赋表》'送隶'二句前有'仍猥以臣名实相副'的话,想此决定已由主考宰相奏请皇帝认可了的)。考试的事既然应该改订在十载,那么,'送隶有司'的事也就要跟着往前挪了。"(《杜甫评传·旅食京华》)陈贻焮《杜甫评传》虽为权威名著,对此事认识仍未周详,说法不妥。他煞有介事的推测,不合历史真相。按常理,皇帝祭祀,国家大事,一般要预告天下,民间则要提前"献礼",岂有陈贻焮说的办完大事才"献礼"之礼?而上海辞书出版社《杜甫诗歌鉴赏辞典·杜甫生平与文学创作年表》便与陈贻焮错误不同,"天宝九载(750)庚寅,39岁,居长安,生计渐困顿。献《三大礼赋》""天宝十载(751)辛卯,40岁,居长安,因《三大礼赋》为玄宗所奇,命待制集贤院"。故天宝九载献礼赋,十载春制举才正确。天宝九载他得知玄宗将祭三礼,提前进献,才叫"献礼"。杜甫有"中间谒紫宸"诗句,献赋后他还受皇帝接见。天宝十载祭祀完毕,遣礼部试文章,长安还沉浸在祭礼欢愉中,便有了这次考试,可见待遇之隆盛。故上面错误认识当纠正。

问:杜诗是如何反映第一次科第的?

答:第一次科第,家庭传统。"奉儒守官"养成他忠君思想与家国情怀。这样的传统世家享受着"生常免租税,名不隶征伐"(《自京赴奉先县咏怀》)的特权。其家风"传之以仁义礼智信,列之以公侯伯子男"(《唐故万年县君京兆杜氏墓志》),"自先君恕、预以降,奉儒守官，未坠素业矣"(《进雕赋表》)，加上"忆昔开元全盛日，小邑犹藏万家室。稻米流脂粟米白，公私仓廪俱丰实。九州道路无豺虎，远行不劳吉日出。齐纨鲁缟车班班，男耕女桑不相失。宫中圣人奏云门，天下朋友皆胶漆。百馀年间未灾变，叔孙礼乐萧何律"(《忆昔》)的盛世社会，以及仇兆鳌所云"古今极盛之世，不能数见，自汉文景、唐贞观后，惟开元盛时，称民熙物阜。考柳芳《唐历》，开元二十八年，天下雄富，京师米价斛不盈二百，绢亦如此。东由汴宋，西历岐凤，夹路列店，陈酒馔待客，行人万里，不持寸刃。呜呼，可谓盛矣"的殷富时代，保障了诗人童年时期的物质与精神需求。深远的门第对他忠君爱民、家国天下的思想的形成尤为重要，祖父杜审言与李峤、崔融、苏味道并称"文章四友"，出生如此家庭，难怪他自豪"诗是吾家事"(《宗武生日》)、"吾祖诗冠古"(《赠蜀僧闾丘师兄》)。诗人一生"不敢忘本，不敢违仁"(《祭远祖当阳君文》)，这份贵族情怀，在安史之乱中越发高昂。他称"臣自七岁所缀诗笔，向四十载矣，约千余篇"(《进雕赋表》)，以"七岁咏诗"标榜，"七龄思即壮，开口咏凤凰""九龄书大字，有作成一囊""往昔十四五，出游翰墨场。斯文崔魏徒，以我似班扬"(《壮游》)，可见其聪明早慧。遗憾《咏凤凰》等，他都删去不收。今人所能看到的一千四百多首都是参加科第后的作品，说明他对早年自恃才气、肆意人生、对社会无用的千余篇诗稿都不保留。从科举起编，故意不收科举前的诗，删去千首，损失巨大，令人心痛。可陈贻焮说："杜甫的诗歌，从漫游齐赵这一时期，才开始有一些篇章得以保留下来。"(《杜甫评传·壮游》)又又是随口之言。关于删诗数量，我做了考证。他在《进雕赋表》里表明"自七岁所缀诗笔，向四十载矣，约千有余篇"，也就是说四十岁考中科举前，已咏有千余篇。而我统计了一下，以天宝十三载四十三岁定官后的《官定后戏赠》倒推，杜集才收八十八首诗，也就是诗人删诗千余首！并不是陈贻焮说的"才开始有一些篇章得以保留下来",而是诗人有意、主动、大量删去的结果。前面我已考证,诗人有意从科举起编。从杜诗编集看,第一卷诗歌是第一次科第后写的,也就是说,他正式保留诗稿是二十四岁后,第一卷都是科第诗,他把这看成踏入社会的成人礼。下面我选第一次科第时期的名篇,略论一二,以观诗人参加科举前后的思想状况。

第一次科举有《游龙门奉先寺》《望岳》《题张氏隐居二首》《房兵曹胡马》《画鹰》诸篇。可证他正式保留自己的诗确是从首次科第开始的,这些诗均记录了其科第感受。"欲觉闻晨钟,令人发深省",这是参加科举的思想变化,诗人正式告别懵懂少年而开悟觉醒,宣告开启求仕生涯,所以将《游龙门奉先寺》编为卷首。可浦起龙《读杜心解》认为应编在开元二十九年(741),这又是打胡乱说,浦起龙连杜集是诗人自编都不知,才会开此黄腔,可见研究杜诗知道杜集是诗人自编有多重要。我前已论明杜集体例、排序就是诗人及家人按生平行状自编,不可打乱次序,如此重要的开篇科举诗,怎样能排到开元二十九年去呢?按理,首次科第便碰壁心情好不到哪里,他却依然延续着自开元十九年开始的漫游吴越的心境,"浪迹于陛下丰草长林,实自弱冠之年"(《进三大礼赋表》),又开始了开元二十四年至二十八年(二十五岁至二十九岁)"齐赵放荡"。对于他"忤下考功第""放荡齐赵间",闻一多写道:"开元二十三年(735)子美游吴越回来,挟着那'气劘屈贾垒,目短曹刘墙'的气焰应贡举,县试成功了,在京兆尚书省一试,却失败了。结果没有别的只是在够高的气焰上又加了一层气焰。功名的纸老虎如今被他戳穿了。果然,他想,真正的学问,真正的人才,是功名所不容的。也许这次下第,不但不能损毁,反足以抬高他的身价。……子美下第后八九年之间,是他平生最快意的一个时期,游历了许多名胜,结交了许多名流。"同时闻一多还想象一位意气风发的诗人形象:"过路的人往往看见一行人马,带着弓箭骑枪,驾着雕鹰,牵着猎狗,望郊野奔去。内中头戴一顶银盔,脑后斗大一颗红缨,全身铠甲,跨在马上的,便是监门胄曹苏预(后来避讳改名源明。)在他左首并辔而行的,装束略微平常,双手横按着长槊,却也是英风爽爽的一个丈夫,便是诗人杜甫。"(《唐诗杂论·杜甫》)闻一多浮想联翩的美丽想象生动了一位青年才俊裘马清狂的生涯。科第失利对他没有任何负面影响。

齐鲁期间写的《望岳》"荡胸生层云,决眦入归鸟。会当凌绝顶,一览众山小";《房兵曹胡马》"所向无空阔,真堪托死生。骁腾有如此,万里可横行";《画鹰》"何当系凡鸟,毛血洒平芜",三首皆是科第诗的延续,是初试牛刀的发抒与感兴,失利并未摧垮一位贵族青年的人生,诗中充满再战文场的理想和浪漫主义气息。

关于《望岳》,蒲起龙说:"杜子心胸气魄,于斯可观。取为压卷,屹然坐镇。"(《读杜心解》)萧涤非分析:"全诗没有一个'望'字,但句句写向岳而望。距离是自远而近,时间是从朝到暮,并由望岳悬想将来的登岳。"(《杜甫诗歌鉴赏辞典·望岳》)莫励锋评价:"这首诗不但体现了意气风发的盛唐精神,而且表现了青年杜甫敢于攀登绝顶、俯视群山的气概和雄心。这是一个可喜的征兆:杜甫这个盛唐诗坛的后起之秀,终将要突过前人而攀上诗国中的顶峰!"(《杜甫评传·广阔的时代画卷与深沉的内心独白》)但他们都未点到原因,背离了诗人内心,这是科举带来的情感抒发。《望岳》表面描绘泰山的雄美壮阔,实为诗人将要征服科举的广阔胸襟和磅礴气势。这个要望之"岳"是诗人未来科第的目标。

《房兵曹胡马》《画鹰》同样写诗人科第的凌云壮志。陈贻焮《杜甫评传·壮游》"杜甫一生最爱咏马、咏鹰,但写的都没有这两首豪迈而乐观"。蒲起龙《读杜心解》评二诗"此(《房兵曹胡马》)与《画鹰》诗,自是年少气盛时,都为自己写照"。《房兵曹胡马》以矫健、遒劲的风格表达青年杜甫锐意进取的精神。孔寿山说《画鹰》"此时诗人正当年少，富于理想，也过着'快意'的生活，充满着青春活力，富有积极进取之心。诗人通过对画鹰的描绘，抒发了他那疾恶如仇的激情和凌云的壮志"（《杜甫诗歌鉴赏辞典·画鹰》）。同样他们也忽略了科举对诗人思想的影响，割裂了当时当境杜甫科举失利的现实。这一时期诗人年轻不谙世事而表现出的昂扬斗志和自负精神，极符合他初涉社会的人生阶段。到第二次科第失利，思想感情便不同了。

问：你把这些诗归为科第诗，有意思，我还没见有人这样说呢。第二次科第的诗呢！

答：杜甫第二次科举已三十六岁，天宝六载（747）西入长安制举。玄宗诏天下凡通一艺以上者赴京就选，再次落第。闻一多《少陵先生年谱会笺》说"李林甫忌文学之士，下尚书省试，皆下之"，这一观点前面已论明，皆后人想当然冤枉李林甫，理由牵强，一位在位十二载的宰相，怎会忌惮新人？

第二次应诏失败打击沉重。从天宝六载落第到九载献赋，其间以投献为主，莫励锋《杜甫评传》说："从现存的杜诗来看，杜甫向权贵献诗之举在他初入长安时就有了，而且一直没有停止。举其要者，如：《赠特进汝阳王二十二韵》一诗作于天宝五、六载间，投赠对象是汝阳王李琎。《奉寄河南韦尹丈人》作于天宝七载（748）至九载（750），《赠韦左丞丈济》《奉赠韦左丞丈二十二韵》两首作于天宝九载（750），投赠对象是由河南尹调任尚书省左丞的韦济。《赠翰林张四学士垍》作于天宝九载（750），投赠对象是宁亲公主的丈夫翰林学士张垍。《敬赠郑谏议十韵》作于天宝十载（751），投赠对象是谏议大夫郑审。"这些投赠诗成了后人对诗人嘲讽、鞭挞的依据，如郭沫若《李白与杜甫·杜甫的功名欲望》等。但闻一多《少陵先生年谱会笺》更赞同钱谦益之说，"当时不得已而姑为权宜之计，后世宜谅其苦心，不可以宋儒出处，深责唐人也"。莫励锋也从此说:"的确,杜甫是投赠非人且有谀辞,但这是被迫写出的言不由衷之词,我们应该多给诗人一些同情而少一些责备。"(《杜甫评传》)我不同意这些名家看法,唐代科举有诗赋科后,主考阅卷,要参考社会评价,看举子平时表现。于是社会兴起行卷之风,将作品装裱成卷投献名流,等同发表。发榜前试官要听取名人评价,取舍裁夺。今天书画装裱垂挂便是唐人遗风。可知当时行卷风气极普遍。二度失利,要取得良好评价,必然投献。他的主动,无可指责。

如天宝七载的投献诗《奉赠韦左丞丈二十二韵》便是落第后内心描述。

纨绔不饿死,儒冠多误身。丈人试静听,贱子请具陈。甫昔少年日,早充观国宾。读书破万卷,下笔如有神。赋料扬雄敌,诗看子建亲。李邕求识面,王翰愿卜邻。自谓颇挺出,立登要路津。致君尧舜上,再使风俗淳。此意竟萧条,行歌非隐沦。骑驴十三载,旅食京华春。朝扣富儿门,暮随肥马尘。残杯与冷炙,到处潜悲辛。主上顷见征,欻然欲求伸。青冥却垂翅,蹭蹬无纵鳞。甚愧丈人厚,甚知丈人真。每于百僚上,猥颂佳句新。窃效贡公喜,难甘原宪贫。焉能心怏怏,只是走踆踆。今欲东入海,即将西去秦。尚怜终南山,回首清渭滨。常拟报一饭,况怀辞大臣。白鸥没浩荡,万里谁能驯?

诗已全无第一次科第《望岳》那般心境,既写出落第窘迫,也道出内心愤懑。陈贻焮《杜甫评传·"应诏"前后》说"从此旅食京华,十年困蹇,就再也不像从前那么'快意'了。应诏一事,实是转关;此前此后,他判若两人"。莫励锋《杜甫评传·旅食京华:对浪漫主义诗坛的游离》写道"从裘马清狂到籴米官仓,诗人的生活产生了一个巨大的落差。从乐观热情到苦闷愤懑,诗人的情绪也产生了一个巨大的落差。于是，杜甫的诗歌也就自然而然地产生了巨大的落差。这个变化就是，杜甫逐渐从理想主义和浪漫主义为主要特征的盛唐诗坛上游离出来了"。闻一多《唐诗杂论·杜甫》对这一时期总结描述："从那以后，世乱一天天的纷纭，诗人的生活一天天的潦倒，直到老死，永远闯不出悲哀、恐怖和绝望的环攻。""三十五以后，风渐渐尖峭了，云渐渐恶毒了，铅铁的穹窿在他背上压逼着，太阳也不见了，他在风雨雷电中挣扎，血污的翎羽在空中缤纷的旋舞，他长号，他哀呼，唱得越急切，节奏越神奇，最后声嘶力竭，他卸下了生命，他的挫败是胜利的挫败，神圣的挫败。他死了，他在人类的记忆里永远留下了一道不可逼视的白光；他的音乐，或沉雄，或悲壮，或凄凉，或激越，永远，永远是在时间里颤动着。"二次科第，在失败事实下，诗歌确实不同《望岳》那般意气风发，而多了中年沉稳，我不认同陈贻焮"转关"说，诗人确实失望了，但不算"转关"，不久他便迎来了更高的人生境遇，受到玄宗青睐，从此仕途平坦。

问：第三次的诗呢？

答：第三次科第已三十九岁，天宝九载（750）进《三大礼赋》，换来再次制举。对两次碰壁的诗人而言，献赋惊动皇帝，获制举待遇，是令人振奋的。后来在《莫相疑行》中仍感慨不已，"忆献三赋蓬莱宫，自怪一日声煊赫。集贤学士如堵墙，观我落笔中书堂"。功成后，他写下《奉留赠集贤院崔于二学士》《同诸公等慈恩寺塔》等科第诗篇。

三次科举磨难增强了诗人的社会责任感。等待吏部授官期间，他写了《兵车行》"车辚辚，马萧萧，行人弓箭各在腰。耶娘妻子走相送，尘埃不见咸阳桥。……生女犹得嫁比邻，剩男埋没随百草。君不见青海头，古来白骨无人收。新鬼烦冤旧鬼哭，天阴雨湿声啾啾"，以旁观者角度，将穷兵黩武、苛捐杂税、妻离子散等画面铺展开来，对现实进行批判。这是一位贵族对百姓苦难的着意观照，他不断将目光投向人民。

天宝十三载得官后，他在右卫率府兵曹任上一年，回家探亲，有《自京赴奉先县咏怀五百字》，诗人转型在继续，"朱门酒肉臭，路有冻死骨。荣枯咫尺异，惆怅难再述"，他已与那些同样身份的权贵有了不同，也不像那些汲汲于个人名利的平民新贵。有了率府经历，再走到民间，强烈对比，使得他民胞物与，令他抒写现实益发强烈。可见科第经历对诗人思想的巨大改变！

问：杜甫深陷科第，他是如何评价这一制度的？

答：第三次科第终于成功，虽未实现"致君尧舜上，再使风俗淳"的初心，但也能与最高层接触，朱东润《杜甫叙论》说"他在天宝十五载以前，已经进入中央，虽然只是一个起码官，已经和中央政权发生了接触。安禄山叛军入京的年代，他在长安度过了艰辛的月日，及至肃宗李亨在灵武称帝以后，收集西北的军队向凤翔进军，杜甫着了麻鞋破衣也到凤翔，官虽然只是八品的左拾遗，但他和当时的同中书门下平章事房琯取得联系，事实上成为参闻中央大政的一员"。

天宝十载（751）秋，为祝贺其科第成功，好友高适、薛据、岑参、储光羲等与他登慈恩塔赋诗。大家登高望远，吐诉胸臆，驰逐才思。慈恩寺是贞观二十一年（647）李治纪念母亲文德皇后而建，在长安东南晋昌坊，显庆元年（656）高宗御书《大慈恩寺碑记》，开元中为及第题名之地。

《同诸公登慈恩寺塔》已对科举有了忧愤之慨。诗并未局限于个人天地，而是站在更高的国家命运层面，忧国忧民。

高标跨苍天，烈风无时休。自非旷士怀，登兹翻百忧。方知象教力，足可追冥搜。仰穿龙蛇窟，始出枝撑幽。七星在北户，河汉声西流。羲和鞭白日，少昊行清秋。秦山忽破碎，泾渭不可求。俯视但一气，焉能辨皇州。回首叫虞舜，苍梧云正愁。惜哉瑶池饮，日晏昆仑丘。黄鹄去不息，哀鸣何所投。君看随阳雁，各有稻粱谋。

这首科第诗卷压同题诸诗。仇兆鳌《杜诗详注》说"同时诸公登塔，各有题咏。薛据诗已失传；岑、储两作，风秀熨帖，不愧名家；高达夫出之简净，品格亦自清坚。少陵则格法严整，气象峥嵘，音节悲壮，而俯仰高深之景，盱衡今古之识，感慨身世之怀，莫不曲尽篇中，真足压倒群贤，雄视千古矣。三家结语，未免拘束，致鲜后劲。杜于末幅，另开眼界，独辟思议，力量百倍于人"。我认为它是诗人反思科举制度的诗，是对科举选人泛滥的不满。"高标跨苍天，烈风无时休。自非旷士怀，登兹翻百忧"出语奇突，气势非凡，将眼前之景与国家命运及科举乱象联系起来，充满忧思。"自非旷士怀，登兹翻百忧"言语含蓄，忧科第之弊。结尾"君看随阳雁，各有稻粱谋"，隐喻那些趋炎附势之徒，各怀谋取稻粱的心术。表达了诗人对科举制下追名逐利之辈的排斥、憎恶。正因如此，此诗便也成了他前期创作的重要诗篇，表达了对科举滥觞的不满。确实，科举是把双刃剑，它使素质不高的人大量充斥朝堂，也排斥了许多门风清华的贵族子弟，使得众多平民士子"朝为田舍郎，暮登天子堂"（元高明《琵琶记》），极大地改变了贵族社会结构，作为贵族诗人他敏锐地察觉到这种变化，此诗正是他对社会失序的忧思，诗人心中一直保留着一份"古意"。这首预判性诗篇，确也预言了后来影响大唐命运的"牛李党争"，即平民新贵与传统贵族之争。

我们还可找到他批判科举的诗，如"有美生人杰，由来积德门。汉朝丞相系，梁日帝王孙。蕴藉为郎久，魁梧秉哲尊。词华倾后辈，风雅蔼孤骞。宅相荣姻戚，儿童惠讨论。见知真自幼，谋拙丑诸昆。漂荡云天阔，沉埋日月奔。致君时已晚，怀古意空存。中散山阳锻，愚公野谷村。宁纡长者辙,归老任乾坤"(《赠比部萧郎中十兄》)。诗是杜甫二度落第后写给表兄的,"漂荡云天阔,沉埋日月奔。致君时已晚,怀古意空存",表达出诗人对科第政策的不满。《奉赠韦左丞丈二十二韵》以"致君尧舜上,再使风俗淳"为追求的诗人却发出"儒冠多误身"的感叹,"儒冠误身"直指科举弊端,这不就是诗人对科第的失望吗?

《自京赴奉先县咏怀五百字》是天宝十三载(754)吏部授官,在太子府兵曹参军任上一年后探亲的感慨,自我嘲讽"许身一何愚",时人奚落"取笑同学翁",可见其内心抑郁、不平。这"许身"便是科第,"愚"字表达了被愚弄的愤怒。

《莫相疑行》"往时文采动人主,此日饥寒趋路旁。晚将末契托年少,当面输心背面笑。寄谢悠悠世上儿,不争好恶莫相疑"。玄宗爱重,肃宗惩罚,这种落差对比,更表明诗人的愤懑失望。此诗作于流放成都时,他遭受的政治灾祸无不是科第造成的。

诗人一生,除漫游吴越与齐赵,有过潇洒一回,其他时期都异常曲折。科第后守选的窘迫,"杜陵野客人更嗤,被褐短窄鬓如丝。日籴太仓五升米,时赴郑老同襟期"(《醉时歌》);为官后的家难,"入门闻号咷,幼子饥已卒。吾宁舍一哀,里巷亦呜咽。所愧为人父,无食致夭折。岂知秋禾登,贫窭有仓卒"(《自京赴奉先县咏怀五百字》),秋禾丰登,幼儿饿毙。随后又与肃宗君臣矛盾不可调和,被罢官流放。一切都起于科第,他所有不幸,皆为科举制所赐!

问:看来科举是重新认识诗人的钥匙。

答:是的。杜甫历来以"忧国忧民"深入人心,他不是穷愁者,他流着堂堂正正的贵族血液,有着中华民族沉积下来的极其珍贵的古老情怀。通过观察诗人早年生活及三次科第诗歌,确能看到与别人所识不同的杜甫。

张继《枫桥夜泊》"夜半钟声到客船"时间之疑

问：张继《枫桥夜泊》"夜半钟声到客船"时间是半夜吗？

答：不单此句，还有"江枫渔火"如何"对愁眠"，"愁眠"是何状态，皆是宋以来聚讼纷纭的疑难、历代热点。但今天我们仍可再出发，尽可能把问题还原到诗人所处现实语境去接近诗歌。先看诗。

> 月落乌啼霜满天，江枫渔火对愁眠。
> 姑苏城外寒山寺，夜半钟声到客船。

张继字懿孙，襄州（湖北襄阳）人，约生于开元三年（715），天宝十二载（753）进士。安史之乱避地江南，大历初返京，曾充洪州（南昌）盐铁判官，约卒于建中初（780）。安史之乱，所幸吴越未受战火焚掠，诗人在姑苏寒山寺写下这首羁旅名诗，抒发个人在社会动荡中的微妙感受以及身处乱世的忧愁。

问：那请先说"愁眠"，无生命的"江枫渔火"怎会愁眠？

答："愁眠"，形容忧虑程度极深，惧怕入睡。情状好比杞人忧天，《列子·天瑞》"杞国有人忧天地崩坠，身亡所寄，废寝食者"，后人又从中转出"伯虑愁眠"。安史之乱张继漂泊江南，为形势所忧，"愁眠"也是战乱中人们普遍的太过忧虑的状态描写，惧怕睡眠中战争来到身边。但也有人认为"眠"是睡觉状态，何来的"愁"？

其实，与张继同时代的韩翃也写过愁眠，如"愁眠客舍衣香满，走渡河桥马汗新"（《送襄垣王君归南阳别墅》），稍早的袁晖《长门怨》"愁眠罗帐晓，泣坐金闺暮"、王諲《闺情》"怨坐空然烛，愁眠不解衣"都有"愁眠"例子，但都是写人的状态。

只有张继写的"江枫渔火对愁眠"，后人解读才莫衷一是。有人提出：无生命的"江枫渔火"（主语），如何有人的"愁眠"状态？或者"江枫"与"渔火"，怎么"相对愁眠"？施蛰存《唐诗百话》疏为"江枫""渔火"拟人化后和旅人相对，"对愁眠"即"伴愁眠"。不过有人又质疑："对"有"伴"的义项吗？我觉得作"朝着"便能解决，"愁眠"是以"愁"状"眠"，即忧愁入眠，故可解为"江枫渔火朝着惧怕入睡的旅人"。

比较有趣的解释是，把"愁眠"解作"愁眠山"，把"乌啼""江""枫"解为三座桥名。这样诗便成了一幅风景画，"乌啼桥、江桥、枫桥、渔火"对着"愁眠山"，解决了无生命情感的事物怎么"愁眠"的问题。

问：解作"愁眠山""乌啼桥""江桥""枫桥"，前两句就成了地名连缀游戏，将诗的艺术审美、诗人的旅思客愁淡化了。

答：是的。这一问题，唐诗专家张天健《唐诗答疑录》有专题讨论，可参阅。

下面我由诗题变化，说一下桥名出现的经过。

"江枫渔火对愁眠"桥名、山名说，我认为皆后人依诗附会。宋人有改窜唐诗的习惯，诗题《枫桥夜泊》便是宋人改动的。《中兴间气集》诗题原是《夜泊松江》，是指张继"在寒山寺下游松江停泊"回忆"上游吴江寒山寺的见闻"。到宋代，诗题被人音讹成《夜泊封江》，由丞相王珪更为《夜泊枫江》，再订《枫桥夜泊》。从中可看出桥名附着于诗题的经过。诗在前，桥在后，所以原诗"江枫"有无"枫桥""江桥"都是可疑的。

同理，"愁眠"为"愁眠山"，后人还言之凿凿，其就是寒山寺对面的山。但"愁眠"是否为山名，无具体文字可考。

最后总结一下，"愁眠"是旅人的愁眠。"江枫渔火对愁眠"实际就是诗人的心理作用，投射到外物、到环境中的移情，感觉一切事物都在愁眠中。只不过，写景物的愁眠，从未见过，十分新鲜，故而成了名句。古人有"杞人忧天"，在这种传统思维下，"江枫渔火"何不可代"江南人"担忧战争而愁眠？这样诗就有时代意义了，"愁眠"是战时普遍的社会心态，也是动乱中一位旅人的家国愁情。

问：明白了。寒山寺"夜半钟"是否存在？

答："夜半钟"有无，从最初欧阳修质疑，到明清探寻，从未停止。

古代夜钟有夜禁钟、警夜钟、分夜钟。夜禁钟，官府禁夜戒行的提醒，当在入夜后敲。警夜钟，宫中代鼓漏促人早起的钟，当在天亮前敲。但"分夜钟"却相当含糊，多以为寺庙半夜所鸣之钟，约为午夜时敲响。如北宋彭乘《续墨客挥犀》。

> 欧公诗话，有讥唐人"夜半钟声到客船"之句，云"半夜非鸣钟时"。时或以谓人之始死者，则必鸣钟，多至数百千下，不复有昼夜之拘。俗号无常钟，意疑诗人偶闻此耳。余后过姑苏宿一院，夜半偶闻钟声，因问寺僧，皆曰"固有分夜钟，曷足怪乎？"寻问他寺皆然，始知半夜钟，惟姑苏有之，诗人信不缪也。

明郎瑛《七修续稿·辩证·半夜钟》"分夜钟，盖半夜打也"。这样解殊为不合理，违背生活常识。但"分夜"一定是指把夜分为两半吗？我是怀疑的。实际上"分夜"是白昼与夜晚的界分，这样它就是入夜时敲的晚钟了。

古代官府夜禁，是两头打钟。如《辞源》"夜禁"条。

> 其夜禁之法：一更三点，钟声绝，禁人行；五更三点，钟声动，听人行。有公事急速及丧病产育之类，则不在此限。

古人分更，始自汉代。皇宫值夜分五班，更换五次，叫"五更"，从此便把一夜分为五更。每更分五点，一更约为今两小时。一更三点相当于晚上八时十二分，五更三点相当于早上四时十二分。也就是说，古代"分夜钟"在晚上八时十二分敲，之后便是"夜禁钟"，然后就不打钟了，直到早上四点以后才又"钟声动"。可见一夜只敲三次钟，"分夜"是分白天与夜晚，并非把夜分为两半。

　　近年有考释者指出，唐代寺院夜半三更确乎不敲钟。张继听到的是五更晨钟。诗歌起首就以"月落乌啼"点明寒山寺敲钟时间在凌晨，不是深夜。因为"月落乌啼"描写的就是月亮西沉、旭日将升的凌晨景象。何以知道"月落"不是指上半夜子时三更月亮落下呢？"乌啼"可证。太阳有"三足乌"，"乌啼"即"三足乌"振翅欲鸣，比喻太阳即将升腾而起。所以诗人听到的不是"夜半钟声"，而是晨钟。考释者还认为，冬至前后日出最迟，此时凌晨四时刚过，下弦月在东边天空，太阳还未升起，仿佛在半夜，若此时有钟声传来正合"夜半钟声到客船"。结合唐人水程行舟多在夜晚，这样经一夜夜航，次日凌晨四时十二分，正好到达寒山寺门前码头听见钟声。

　　但此解最大的问题是不解何为"月落"，何为"月升"，更不知"分夜"是入夜而不是破晓。

　　问：呀，你的解释呢？

　　答：我们尤须联系全诗来推敲，不能局限于别人的辨析。首句"月落乌啼霜满天"不可忽略。"月落"是何时，须讲清楚，这是诗眼。

　　按月相，农历月初形状如钩的月亮叫"蛾眉月"；到了初八，看到月亮西边明亮的半面，就叫"上弦月"。蛾眉月和上弦月只能在傍晚和前半夜看到，半夜时分便没入西方，叫"月落"。下半月的月相依次称"残月"和"下弦月"。残月和下弦月分别出现在黎明和后半夜的东边天空，叫"月升"。所以首句"月落"点明时间，当在上半月农历初八前。施蛰存《唐诗百话》说"半夜里已经月落，想必总在深秋或初冬的下弦"，把"月落"与"下弦"配在一起，误。

前面考释者说"诗人听见的是晨钟"显然错误,"月落"指前半夜,故"乌啼"解为"三足乌"啼鸣,太阳即将升起,不合时间,当排除。

我认为"乌啼"有两解可采。一则可能是大自然中栖乌发出几声啼鸣,在空夜特别刺耳;二则可能是流寓吴越的诗人夜听寺中人弹奏《乌啼引》。元稹有《听庾及之弹〈乌夜啼引〉》"后人写出《乌啼引》,吴调哀弦声楚楚","今君为我千万弹,乌啼啄啄泪澜澜",吴曲乌啼哀切伤怀,与诗人愁眠心境契合。

问:既然"月落"是前半夜,到客船也自然是。

答:这正是我要破解的最关键的"夜半钟声到客船"。欧阳修《六一诗话》说"句是佳句,只是夜半不是打钟时"。夜半真不敲钟?实际上许多人都找到过史料证明,除前面北宋《续墨客挥犀》分夜钟记载,更早如《南史》卷七二,少时读书"常以中宵钟为限",中宵指半夜;唐人于邺《褒中即事》"远钟常半夜,明月入千家",许浑《寄题华严韦秀才院》"今来故国遥相忆,月照千山半夜钟",都可发现南北朝至中晚唐半夜打钟的情况。这是大家都可去查考的资料,没什么稀奇,但结合诗意,似乎还有一种解释是被人们忽略的。

"夜半钟"一定就在半夜敲吗?还得联系首句"月落"来解,上弦月是初八,正好子夜"月落",时间往月初推移,"月落"时间也在往前推移,直到月初"蛾眉月","月落"就在头更三刻,此时刚入夜,约为晚上八时十二分。农历初八前,月出在酉时,约为晚六时;戌时月落,约在八点以后。初八后,到农历十五,便是满月,满月傍晚东升,到次日晨曦中消失,通宵照耀。故诗人所见是初八前寒山寺的夜景,再推则是月初傍晚之景。

再看"半",可表示不完全;也可表示很少;还可通"畔",作界限。所以"夜半",指太阳下山时,昼夜界限,指夜的开始。仔细斟酌,"夜半""半夜"还是有显著区别的,"夜半"即"夜畔","半夜"即"一夜之半"。故张继"夜半钟声到客船"是很明白的。"夜半钟"就是刚入夜,八时十二分的钟声,这便与前面《辞源》"夜禁"条"一更三点,钟声绝,禁人行"的解释相合了。

这样《枫桥夜泊》创作时间及内容便可大致确定了,即农历月初入夜前,诗人尚能隐约见到寒山寺外的景象,八点十二分敲晚钟时,寺外吴江来了最后一船客人。

强调一下,由"夜钟"有夜禁钟、分夜钟,我们可发现,古人入夜敲两次钟。一次是入夜的分夜钟,提醒人们夜到了;一次是夜禁钟,提醒人们禁行。如此才合常理。

问:明白了,古代子时"夜半钟"是不被允许的,只许入夜报时提醒。"夜半"就是夜与昼的分界,以初一"月落"时间为规定,以后每日皆八时十二分准点敲钟。回到诗中,"月落乌啼霜满天",诗人所见客船当是初一能见度最好时,此日月亮酉时升起,戌时落下,乌鹊在霜天中南飞,一切景象还鲜明如昼。

张说《幽州夜饮》"不作边城将,谁知恩遇深"之疑

问:张说《幽州夜饮》是初唐转盛唐"正声",为何明清时评价殊异,选本几不选用?

答:先看诗。

凉风吹夜雨,萧瑟动寒林。
正有高堂宴,能忘迟暮心。
军中宜剑舞,塞上重笳音。
不作边城将,谁知恩遇深。

诗作于开元六年冬（718）幽州任上。开元四年至六年，张说由岳州刺史转荆州长史，又迁右羽林将军，检校幽州都督。幽州，唐北方门户，辖今北京、河北一带，治所在范阳蓟县（今天津市蓟州区）。诗描写边城夜宴，颇有将帅豪情，君臣情分。

但如何看待此诗，确乎明清以来形成两派。

第一，批评者意见。

唐汝询《唐诗解》"此有不乐居边意。……不作边将，安知天子宠遇乎？自宽之词也"。

顾安《唐律消夏录》"边塞之地，迟暮之年，风雨之夜，如此苦境，强说恩遇，其心伪矣。……要说是恩遇，却究竟拗不过'边塞''迟暮''风雨'六字。诗可以观，岂不信哉"。

徐增《而庵说唐诗》"说上说下，总是一个不乐幽州。世称燕公诗为大手笔，吾嫌其尖利。此诗毕竟非忠厚和平之什，不免狭小汉家矣"。

因为不认为它是正声，许多选本便极少选录。即如《唐诗鉴赏辞典》也从负面评，偏见地认为"委婉地流露出诗人对遣赴边地的不满"，"尾联承前而抒情，表面上说能作为边城将领观舞赏乐全赖君主恩惠，实则也是含沙射影表达出了牢骚之意"。但我认为这些观点本身便是乱声，未能持平。

第二，赞扬者评价。

明清以来不乏知音，如叶羲昂《唐诗直解》"结处倒说恩遇，妙甚，远臣不可不知"。

姚鼐《五七言今体诗钞》"托意深婉"。

《唐诗意》"乐处已忘其老，而不忘其君，此正小雅"。

这些赞评多认为诗合乎诗教，忠君爱国，是平正谐和的"雅正之声"。

问：为何有如此迥殊的认识？

答：主要由"不作边城将，谁知恩遇深"引发。且看《唐诗鉴赏辞典》。

"不作边城将，谁知恩遇深！"这十个字铿锵有声，似乎将愁苦一扫而光，转而感激皇上派遣的深恩，以在边城作将为乐、为荣。实际上这最后一联完全是由上面逼出来的愤激之语，他将对朝廷的满腹牢骚，隐藏在这看似感激而实含怨望的十字之中，像河水决堤似的喷涌而出，表现了思想上的强烈愤慨和深沉的痛苦。

此解是脱离事实又看似天衣无缝的通解，完全未顾及诗歌雅正平和。补充一点，19世纪末西方激进主义思潮输入，国人深受其害，抛弃中正平和传统，多偏激、叛逆处世态度。此诗之评便如此，违背传统诗教揣度诗意，其实初唐贵族未必有后世平民社会这般心思。尾联到底是刺讥，还是感恩，还得回到张说与玄宗关系上理解。

问：愿闻其详。

答：张说永昌元年（689）以贤良方正授太子校书郎，历仕武周、中宗、睿宗，李隆基侍读，景云二年（711）同中书门下平章事。因"逸人设计，拟摇动东宫"，张说提出以太子监国。先天元年（712）"又制皇太子即帝位"。不肯阿附太平公主，转尚书左丞，被罢知政事，黜逐东都留司。协助玄宗铲除太平势力，复拜中书令。可知玄宗登基张说立了大功，君臣关系非同等闲。

开元二年（714）张说阻挠姚崇入相，被贬相州刺史，左转岳州刺史。开元四年（716）苏颋为相，为其陈情，迁荆州长史。张说仕途回到了正轨，旋迁右羽林将军，检校幽州都督。此时君臣关系处于修复中，张说何故作"不作边城将，谁知恩遇深"抱怨玄宗呢？因此无论如何找不到张说在幽州怨望之理。开元七年（719）他又检校并州大都督长史兼天兵军大使。故此诗写于开元六年（718）冬。"不作边城将，谁知恩遇深"，便是将调往并州时，感谢玄宗恩遇与信任。这才是正解。此诗正是告别幽州边庭之作，你以为呢？

可见《唐诗鉴赏辞典》之解不合实情。真实君臣关系，如《旧唐书·张说传》所云："始玄宗在东宫，说已蒙礼遇。及太平用事，储位颇危，说独排其党，请太子监国，深谋密画，竟清内难，遂为开元宗臣。前后三秉大政，掌文学之任凡三十年。"他与玄宗还有姻亲关系，次子张垍为宁亲公主驸马；孙女夭折，大历间与承天皇帝李倓冥婚，被追赠恭顺皇后。

再看张说幽州政绩，据孙逖《唐故幽州都督河北节度使燕国文贞公遗爱颂并序》：

　　自受命处此，声振殊俗，终公之代，不敢近边，圣人金城，其在是矣。

　　先是公之未至也，军实耗斁，边储匮少，帑藏乏中人之产，革车无百驷之群。将欲丰之，不其难也？公问以谣俗，因而化之。……一年而财用肃给，二年而蓄聚饶羡，军声武备，百倍于往时矣。……夫戎狄远却，暴禁矣；货食滋至，财丰矣；封守以固，人安矣；师徒不劳，兵戢矣。

他为幽州边防建设做出了杰出贡献，颂文称他"幽州良牧"，哪有牢骚？

问："正有高堂宴，能忘迟暮心"，调任并州天兵军大使，他为何突兀地使用迟暮心？

答："迟暮心"很多选本都作"年老心"，如《唐诗鉴赏辞典》。

诗人说：正是在这风雨寒冷的夜晚，我们在高敞的厅堂中摆开了夜饮的筵宴，但在这样的环境中，我又岂能忘却自己的衰老和内心的悲伤呢？"能忘"句以问句出之，将诗人内心的郁勃之气曲折地表露了出来。这种迟暮衰老之感，在边地竟是那样强烈，挥之不去，即使是面对这样的"夜饮"，也排遣不开。

问题是张说果真那么悲观，有垂老之感，如何做表率？"迟暮"只能喻为晚年吗？如果作"暮年"，此联"高堂宴"与"迟暮心"互为对立，不合现场气氛，与即将主政并州相左。此时诗人已走出人生低谷，被玄宗起用，委以安邦重任，焉有"迟暮心"？张说时年五十一，远未达衰年。此联军中正举办欢送会，作为统帅，"迟暮心"何解？

在具体语境中，"迟暮"还指黄昏。黄昏斟酌，古诗文中极常见。如萧梁张率《对酒》。

对酒诚可乐，此酒复芳醇。
如华良可贵，似乳更堪珍。
何当留上客，为寄掌中人。
金樽清复满，玉椀亟来亲。
谁能共迟暮，对酒惜芳辰。
君歌尚未罢，却坐避梁尘。

"正有高堂宴，能忘迟暮心"正是取黄昏对酒欢宴场景，此联是顺承关系，军中正举行送别宴，莫忘了黄昏对酒，歌赞的正是军中夜饮。"共迟暮"即"惜芳辰"，正是张说的"迟暮心"。军中高堂宴，岂能不豪饮？这才合幽州主帅帐中宴饮将士情形。"高堂宴"与"迟暮心"不是对立，是承接关系，号召将士开怀畅饮，"迟暮心"正是"黄昏对酒"意。所以"迟暮心"是指诗人的欢心。

问： 如此看，确为盛唐正声。

答： 是的。首联"凉风吹夜雨，萧瑟动寒林"，边塞肃杀之景为次联乐观英雄主义的告别宴做铺垫。次联"正有高堂宴，能忘迟暮心"豪纵之饮，既然边地环境那么恶劣，眼前夜宴就当珍惜，既力压首联肃杀之景，又为腹联浩歌狂舞做引导。腹联"军中宜剑舞，塞上重笳音"在剑舞狂欢时，引入笳声，叮嘱将士不忘边防重任。尾联"不作边城将，谁知恩遇深"全篇核心，既告诫戍边将士体会皇帝恩宠，又传音玄宗，自己在边城任务完成得好，深深体会到边防的重要及皇帝的苦心。

边塞诗《幽州夜饮》，真正盛唐正声！胡本渊《唐诗近体》"结法后唯老杜有之，边将宜作是想"。这份忠君情怀，亦见于杜诗，是对张说最精准的赞扬。凭着这份保家卫国、君臣情分，此诗也该进入各类唐诗选本。你以为呢？

关于李季兰的一首佚诗

问： 听说你发现了李季兰的一首佚诗？

答： 是的。李季兰，又名李冶，盛中时期一位重要女诗人。关于她的生平资料极为有限，但在一些书籍中仍留下了痕迹，《松窗杂录》《奉天录》《玉堂闲话》便有零星记载。她是那一时代颇有影响力的诗人，入选《中兴间气集》。近二十年新见文献中，俄藏敦煌文书发现她多首佚诗，如徐俊《敦煌诗集残卷辑考》，荣新江、徐俊发现的《瑶池新咏集》。

但如此负有盛名、以诗为业的李季兰，存诗却极少，就有问题了。必然存在大量佚诗，有待发现。我近来就发现她一首佚诗，却张冠李戴被归于严巨川。佚诗如下：

>　　烟尘忽起犯中原，自古临危道贵存。
>　　手持礼器空垂泪，心忆明君不敢言。
>　　落日胡笳吟上苑，通宵虏将醉西园。
>　　传烽万里无师至，累代何人受汉恩。

此诗原存赵元一《奉天录》，陈尚君先生据以作严巨川诗收入《全唐诗续拾》。《奉天录》有两条相互矛盾的记载，如下。

　　时有风情女子李季兰，上泚诗，言多悖逆，故阙而不录。皇帝再克京师，召季兰而责之曰："汝何不学严巨川？"（季兰）有诗云："手持礼器空垂泪，心忆明君不敢言。"遂令扑杀之。

　　八日，泚于宣政殿僭即大位，愚智莫不血怒。卫者多是军人，周行不过数十，自称大秦皇帝，年号应天。伪赦书云："幽囚之中，神器自至，岂朕薄德所能经营。"彭偃之词。册文，太常少卿樊系之撰。文成，服药而卒。故严巨川诗曰："烟尘忽起犯中原，自古临危贵道存。手持礼器空垂泪，心忆明君不敢言。落日胡笳吟上苑，通宵虏将醉西园。传烽万里无师至，累代何人受汉恩。"

问：你何以看出不是严巨川诗？
答：这涉及对材料的分析与理解。
详勘《奉天录》，两段矛盾纪事，单看后一段，文末粘一诗，与前面叙述没有关联，这随手一粘，是否严巨川诗颇堪怀疑。细察此处内容，赵元一只是找了一首诗作议论。《奉天录》体例特征之一每于叙事前后，不时引诗提点或议论。赵元一找的诗在当时形势下是较为流行的忠义诗。但就是严巨川诗吗？整部《奉天录》就这两处间接提到他，还未提及他是诗人，可以肯定其诗名不如李季兰。作为记事特征的

《奉天录》也未述其事迹。

但李季兰便不同了,事迹确切载于《奉天录》。详勘前一段记事,非常清楚,德宗问季兰:"为何不学严巨川拒不投敌?"季兰以诗回答"手持礼器空垂泪,心忆明君不敢言",这段问与答,逻辑清晰,顺理成章。这首《答德宗诗》,就是李季兰及大多数人面对朱泚淫威的实情。《奉天录》这两段记事中,严巨川只是衬托,不是主角。在诗歌归属这样矛盾的记载中,德宗与季兰的对话才更权威,诗是李季兰的,是她的自救。再从二人诗歌成就看,如此风雅之诗也只有李季兰写得出。且"落日胡笳吟上苑,通宵虏将醉西园",正是她描述自己陷贼所见,在此情况下被强迫作《上朱泚诗》。

据《奉天录》,即使李季兰迫不得已以《答德宗诗》表忠心,德宗仍令人扑杀了她。

问:两则材料,五五开,我倾向第一则,对答逻辑清晰。还有进一步理由吗?

答:我们还可找内容接近或关联的诗歌来考察互证。《全唐诗》现存李季兰没有这类诗,但徐俊、荣新江先生从俄藏敦煌文书发现唐人蔡省风《瑶池新咏集》残卷,有季兰佚诗多首,其中一首《陷贼后寄故夫》如下。

> 日日青山上,何曾见故夫。
> 古诗浑漫语,教妾采蘼芜。
> 鼙鼓喧城下,旌旗拂座隅。
> 仓皇未得死,不是惜微躯。

这个发现太重要了,按赵元一逻辑,严巨川陷身贼中,德宗收京,可因诗宽赦。李季兰一片赤心,为何没有因诗脱险?此诗的发现,可证所谓的"严巨川诗",当是李季兰的。陈尚君《李季兰因写歌颂诗而丧命》评此诗"这里可以视为借喻,借对故夫思念表达对旧朝眷恋。当时身处伪朝,无法直言,借此说新不如故,正是严巨川诗的同样意思。后四句说自己失身战地,生命轻贱,本来也没有特别要珍惜的理由,然叛乱仓促发生,长安沦陷和德宗出逃都瞬间发生,根本来不及做出选择,只能身不由己地苟且存生"。

我同意陈尚君的考证,但不同意他把诗分属两人。也就是说,沦陷后,她写了《陷贼后寄故夫》;光复后,她又写了《上德宗诗》自保。从"苍皇未得死,不是惜微躯"到"传烽万里无师至,累代何人受汉恩",她都未改初心。从连贯性而言,这首佚诗也应归属李季兰。说是严巨川,别无旁证。赵元一,唐史不载,记录多为兵荒马乱中得来,《奉天录序》中他明确讲自己不在皇帝身边,属民间记录,失误难免。

季兰这两首婉诉心曲的诗,都比不上那首《上朱泚诗》的恶劣影响,最终被"扑杀"。时间是兴元年(784),故知《上德宗诗》作于是年。赵元一讲的"遂令扑杀之",我估计不会当场扑杀,是他刻骨仇恨女性的笔法,如称"风情女子李季兰"。季兰应在此后不久遇害。

李季兰《上朱泚诗》"故朝何事谢承朝,木德□天火□消。九有徒□归夏禹,八方神气助神尧。紫云捧入团霄汉,赤雀衔书渡雁桥。闻道乾坤再含育,生灵何处不逍遥"。据《奉天录》"京师号朱泚为'热热尧舜'",正好关合诗中"八方神气助神尧",可证此诗真实性。所幸赵元一"阙而不录"的《上朱泚诗》消失一千二百年后,被今人在俄藏敦煌文献中发现。

问:看来归于严巨川并不属实,可能是赵元一误记。还有理由吗?

答:由于这些诗都在《中兴间气集》之后,又是政治诗,人们是难见到的。尤其这首《上德宗诗》,若非赵元一将其误作严巨川诗,凭他对女性的歧视，称季兰"风情女子"，是断不会录季兰诗的，所幸阴差阳错我们今天见到了。

　　从时人评价，还可找到《上德宗诗》属于她的理由。《中兴间气集》选诗都是彼时最优秀的诗人诗作，是进呈御览的诗，要合于典谟，列于风雅，选季兰，也因她太具盛名，这可看出她的影响力，故连朱泚都要强逼她贺诗。高仲武评她"形器既雌，诗意亦荡"，这"雌"与"荡"说明她有魏晋风度，不亚于男子，所以她写得出《上德宗诗》那种不失尺度、风雅的诗歌。当时，高仲武说她"不以迟暮，亦一俊妪"，可知选诗时，她已暮年，符合我的考证，大历末（779）她约四十八九岁。只有人生经历丰富、受过征召、成熟的人，才可写出"烟尘忽起犯中原，自古临危道贵存"这样类似杜甫儒家忠贞的诗句。故《上德宗诗》亦合于正声。

　　为更直观地说明她的七律诗风，我再列一首《恩命追入留别广陵故人》于此。

　　　　无才多病分龙钟，不料虚名达九重。
　　　　仰愧弹冠上华发，多惭拂镜理衰容。
　　　　驰心北阙随芳草，极目南山望旧峰。
　　　　桂树不能留野客，沙鸥出浦谩相逢。

　　《唐诗纪事》说"刘长卿谓季兰为女中诗豪"，《上德宗诗》配得上"女中诗豪"气质。

　　问：李季兰一生结交名人，严巨川则是寂寂无闻"字里不详"之辈。所以《上德宗诗》归属李季兰是得当的。

　　答：就以她《恩命追入留别广陵故人》《感兴》与《上德宗诗》三首七律对比看，思维、结构、语词色彩、凝重风格、思想情感也完全像出自一人之手。

卢纶《塞下曲》"月黑雁飞高"之疑

问：卢纶《塞下曲》六首，极负盛名，但对其中一首我有疑团未解，请谈谈"月黑雁飞高"全诗的节候、时间是否符合实际。

答：你这疑团是经过认真钻研诗意而后提出的。我们不妨引出原诗。

月黑雁飞高，单于夜遁逃。
欲将轻骑逐，大雪满弓刀。

短短二十字，情景壮绝。此诗是《和张仆射塞下曲》六首之一，对于你所提的疑难，数学家华罗庚也提出过，他写了一首质疑诗。

北方大雪时，群雁早南归。
月黑天高处，怎得见雁飞。

我以为，这首诗并不算违背客观实际。

第一，先谈节候。北方边塞早雪降临比内地早，而北雁南归一般是在深秋或初冬之时，孔颖达《毛诗正义》有明确注述："鸿雁之属，九月而南，正月而北。"更不必说盛唐诗人岑参早记载有"胡天八月即飞雪"。故入冬之前风雪常至在北方是不足为奇的。这时，南归之雁必有在回归途中的，而且不在少数。更何况南归雁中不能排除恋栖迟行、淹留边塞来不及避雪的，这种现象不是偶然，也不违反节候。南飞雁群有灰雁（大雁）、鸿雁、豆雁、黑雁、雪雁、斑头雁、白额雁、小白额雁、红胸黑雁等许多品种，由于种类和繁殖地点、生活习性差异，南迁时间有先有后，有早到的也有迟到的。不少边塞诗人都有雪中见雁的诗句可证。如戴叔伦《关山月》"一雁过连营，繁霜覆古城"，林宽《闻雁》"接影横空背雪飞，声声寒出玉关迟"，这些诗都足以参证北方边塞大雪飘飞时尚能见到雁群南飞。

近又见于气象学家的说法，鸿雁迁飞主要取决于日照时长，并不拘泥于一时一地的雨雪冷暖，大雁南飞主要体现天文属性而非气候属性，所以华罗庚的质疑是不科学的。这些候鸟先时而动，按纬度由北而南，从白露到寒露，启程早与晚，飞行快与慢，都不因雨雪而转移，有的早已到了南方，有的还在风雪途中。长达一月之久的迁飞，便是大雁对行星运行的反应，这种天文意义的规律性，使得大雁迁徙在古人眼里成了预兆节气变化的重要物语之一。它们行程高远，目标远大，领时令之先；它们习性神秘，超脱于气候的时间感知，都使人心生敬意，赋予寄托。

问：明白了，雁南飞不取决于风雪，而决定于天文变化。那月黑之夜怎能见雁飞呢？

答：第二，再谈天黑何能见雁。首先去除一个误解，"月黑"不一定是伸手不见五指的漆黑之夜，从诗的结句"大雪满弓刀"推想，这"逐单于"之夜乃是一个白雪皑皑的夜晚。如此"雪夜"，即便"月黑"，也不会"天黑"，由于雪光的映照、折射，反而使天空的能见度更高，飞雁的剪影自然就比较分明，看到高飞的大雁完全有可能；而鸿雁飞行一般是边飞边鸣，人们稍一抬头，即可见高飞鸿雁，这当然不可能如白天所见清楚，但绝不至于不能见；若是一只孤雁单飞，恐怕是看不见的，但群飞的雁阵大概是可见的；即便看不见，空中雁鸣也在提醒诗人雁阵在头顶掠过，故"月黑雁飞高"是没有问题的。若再深入，"月黑"是眼见，"雁飞高"是耳听，长空雁鸣，这样视觉与听觉就在一句诗中得到了统一。所以，由"月黑雁飞高"引起的节候、时间上的见雁之疑，是可以解释的。

有这一经验常识的诗人，如李颀《从军行》"野营万里无城郭，雨雪纷纷连大漠。胡雁哀鸣夜夜飞，胡儿眼泪双双落"，大漠边营、雨雪连天、胡雁夜飞，都说明雨雪迁徙的存在；而卢纶诗又进一步告诉我们，月黑天高处，也能见雁飞。

问：这个疑我可算释了。但此诗还有一疑，有将"单于夜遁逃"的"夜"作"远"，应是"夜"还是"远"呢？

答：这是一首表现力极强的诗，字句如此之少，诗人锻句炼字若乏功力，此诗当不会长存，或则訾议无穷。我认为，诗人卢纶下笔应是"夜"字。因为单于只有乘月黑而夜遁，才可见单于久在围中；另外，联系下句"欲将轻骑逐"，若为"远"字，"远"而后"逐"，则无及也。一字之别，语意悬远若此，确实够人玩味。此诗"夜"字方衬住诗意，若为"远"字，显然句法不健。故俞陛云《诗境浅说续编》称"月黑雁飞，写足昏夜潜遁之状"。

关于李商隐《题僧壁》诗的因缘

问："诗家总爱西昆好，独恨无人作郑笺"是元好问评李商隐的诗，难以索解吗？

答：确乎。李商隐是一位刻意追求诗美的诗人，他擅长诗歌写作，且擅长骈文，是一位将骈文创作手法刻意带进诗歌创作的特立独行的诗人。他的许多诗歌风格秾丽，构思新奇，尤其一些被后人称颂的爱情诗和无题诗缠绵悱恻、优美动人。特别是他的骈文典重的隐晦迷离、难于索解，所以才有金元诗人元好问的深切体会、一语中的。我在书中许多专题已经道及。

问：何以出现这种"无人作笺"现象，造成李商隐风格的主因是什么？

答：主要是诗人坚守的贵族价值观与个人政治遭遇不被理解与接

受。诗人原籍怀州河内（河南沁阳），祖辈迁荥阳（郑州荥阳）。开成二年（837）进士，做校书郎、弘农尉，十年无迁升。宗室后裔身份，使他在牛李党争中站在传统贵族立场，反对平民新贵势力，但又不幸处于贵族失势即将谢幕的历史阶段，备尝辛酸。后期随李党官员在地方任职。早年文才俊发受牛党令狐楚赏识，后娶李党王茂元女儿，遭受牛党排斥，他不改初心，以一个"最后的贵族"的身份对抗来势汹汹的平民新贵，虽辗转各地幕府做一介书生幕僚而无悔。千古以还，都同情他郁郁不得志、潦倒终生。但我却看见一位末世贵族遵从传统价值观、坚持操守的铮铮铁骨、勇毅人生。他的诗有贵族古典情怀，凄艳绝美，音律圆美婉转，与中晚唐平民诗人大异其趣，所以不被理解。自然，唐祚将沦，价值观断裂，也就"无人作郑笺"了。杜甫是他的楷范，沉郁顿挫，锤炼谨严；齐梁骈体给了他浓艳词华；李贺诡艳导引了他隐词诡寄，最终形成富赡标鲜、深情绵邈、隐事于诗、绮丽精工、独具特征的贵族诗风。

关于"无人作笺"还可解为，他的诗不是不可作解，是中晚唐已进入平民时代，平民意识形态对贵族仇视，而不愿去解他的诗，他是末世贵族诗人，都知道他的诗好，去解便是宣传贵族的传统价值观。故而出现元好问说的不愿解诗现象。

问：呀，"无人作郑笺"还可这样理解，真是从未见过的说法。《题僧壁》也是他经历的反映吧？

答：是的。痛苦的经历，使他不断远离人群，诗风愈加含蓄，在佐东川节度使时期，他已心灰意冷，逐渐对佛教发生兴趣，此诗便是借佛学婉诉心曲。

舍生求道有前踪，乞脑剜身结愿重。
大去便应欺粟颗，小来兼可隐针锋。

蚌胎未满思新桂,琥珀初成忆旧松。

若信贝多真实语,三生同听一楼钟。

大中五年(851)十一月,他被剑南东川节使柳仲郢带到梓州(四川三台),任节度判官。他远离党争风暴中心,在梓州生活四年多,心境逐渐冷淡,再无心力追求仕进。妻子王氏离世是他最大的哀伤,王氏出身豪门,父亲节度使,嫁给他后,仅相守十四载便溘然长逝,这给李商隐身心极大的打击。柳仲郢同情他鳏居清苦,将幕中才貌双绝的乐籍女子张懿仙赐配他,但他对男欢女爱的生活无动于衷,以《上河东公启》谢绝。

商隐启:两日前,于张评事处伏睹手笔,兼评事传指意,于乐籍中赐一人,以备纫补。某悼伤以来,光阴未几。梧桐半死,方有述哀;灵光独存,且兼多病。眷言息胤,不暇提携。或小于叔夜之男,或幼于伯喈之女。检庾信荀娘之启,常有酸辛;咏陶潜通子之诗,每嗟漂泊。所赖因依德宇,驰骤府庭。方思效命旌旄,不敢载怀乡土。锦茵象榻,石馆金台,入则陪奉光尘,出则揣摩铅钝。兼之早岁,志在玄门,及到此都,更敦夙契。自安衰薄,微得端倪。

至于南国妖姬,丛台妙妓,虽有涉于篇什,实不接于风流。况张懿仙本自无双,曾来独立,既从上将,又托英寮。汲县勒铭,方依崔瑗;汉庭曳履,犹忆郑崇。宁复河里飞星,云间堕月,窥西家之宋玉,恨东舍之王昌。诚出恩私,非所宜称。伏惟克从至愿,赐寝前言,使国人尽保展禽,酒肆不疑阮籍。则恩优之理,何以加焉。干冒尊严,伏用惶灼。谨启。

这封书启,除描述其妻离世后抚养子女的窘况,值得留意的是提到自己"兼之早岁，志在玄门，及到此都，更敦夙契。自安衰薄，微得端倪"，"至于南国妖姬，丛台妙妓，虽有涉于篇什，实不接于风流"。牛李党争中他的悲剧是传统贵族全面失势的缩影，已"自安衰薄"，专心向佛，还解释了让人误会的香艳无题诗并无实指对象。这"志在玄门"便是梓州志趣。这封信解开了后人误解他狎邪"近知名阿侯"的说法，都是平民新贵对他的诋毁，他实不近女色。

按说续弦也在情理之中，他却婉言谢绝，独居至死。工作之外大部分时间在长平山慧义寺度过，用节省的俸禄将《妙法莲华经》《题僧壁》凿刻石壁，填金诵佛。

问：《题僧壁》怎么解读？

答： 李商隐用诗，向佛陀倾诉其坎坷经历，涉及与令狐楚、令狐绹的"恩"和"怨"的隐喻。诗作于大中六年（852）梓州。令狐绹大中四年（850）为相，商隐求他荐引，没有音讯，方有此诗。

此诗诗眼在"求道"二字。道，即是佛。有人将诗解为向佛之路有迹可循，为求佛法甘愿舍弃生命，项上人头，一骨一肉，在所不惜。世间大者可压倒粟粒，亦可藏于针尖。正所谓"芥子纳于须弥，须弥纳于芥子"。蚌未成珠已思月圆，琥珀融成转思前梦。今生思来世，今生忆前生。前世、今生、来世，轮转不觉。梵语经声，贝叶相传，醍醐灌顶，听佛寺之钟，唤醒梦中之梦，三生缘会，一夕修成。

但李商隐意不在此。须从其平生遭际解读。

第一，首联"舍生求道有前踪，乞脑剜身结愿重"，是说求取道德的故事很多，有前人踪迹可寻。佛经"萨埵太子舍身饲虎"和"恒伽达舍身求道"便有实践示范，只为结下深深的佛愿。乞脑，《报恩经》"有婆罗门往乞其头，王许之。婆罗门寻断王头，持还本国"。剜身，《报恩经》"转轮圣王为求佛法，有一婆罗门言'若能就王身上剜作千疮，灌满膏油，安施灯炷，然以供养者，我当为汝解说佛法'"。

但商隐诗最是遥深，不能止于此。在佛教故事背后，还很隐晦地藏着"割股奉君"典故，影射被令狐绹责难和抛弃的遭遇。晋公子重耳流亡病重，随从介子推剡割腿上的肉滋补饲主。重耳复辟为晋文公，封爵时却忘了介子推。李商隐同样绞尽脑汁，有重新结交令狐绹的愿望，而结果却如被遗忘的介子推。理解典故的多重同构，商隐幽微之旨的深刻之处方可解开。

第二，颔联"大去便应欺粟颗，小来兼可隐针锋"，读懂颔联，须了解李商隐与令狐楚、令狐绹的关系。在其人生中，楚是"恩"，绹是"仇"，一先一后的关系，令他宦海沉浮不能释然。此联说李商隐在官场，毫无疑问是一粒粟米，要受大官僚欺压，连小到针尖的过失都很难隐藏，暗示党争之酷烈。大中四年（850）令狐绹已是牛党核心人物，任相十年，商隐三次写信恳求提携，都遭冷遇。原因便是商隐在泾原节度幕娶府主之女为妻，王茂元支持李德裕政治主张，商隐被牛党认为投靠李党，背叛师门。李德裕在文宗、武宗朝为相，讨伐割据藩镇政绩突出，是会昌中兴杰出政治家。李德裕主理朝政，令狐绹被外放湖州（浙江湖州）刺史。宣宗登基，打压传统势力，扶植平民新贵，李德裕失势后，商隐为《会昌一品集》作序，可见关系非同一般，对德裕政绩、人品道德高度评价，称"万古良相"。这更激起牛党权势人物刻忌。诸般事件触怒令狐绹，斥责他"忘家恩"。两党之争结果，代表贵族利益的李党彻底失败，传统贵族谢幕舞台，从此进入平民主宰的时代，以致后世书史蚩薄他"诡薄无行"。

客观看商隐遭遇，悲剧在两点。一是生不逢时，处于贵族失势即将退出历史舞台时期；二是作为皇室宗亲，他选择贵族阵营一方。与其他贵族党人不同，他受恩令狐氏，与平民党派牵连千丝万缕，他旗帜鲜明反对新贵势力，情感上又念念不忘令狐家族。这是他一生痛苦的根源，一方面儒家价值观使他倾向贵族立场，另一方面恩义情感又令他无法背弃师恩。所以颔联是他人生逆境的浓缩。

第三，颈联"蚌胎未满思新桂，琥珀初成忆旧松"，用物象隐喻他对恩师培养的感谢。十六岁便在洛阳写出《才论》《子论》，获白居易等官员赞赏，被天平军节度使令狐楚收入门下。令狐楚骈文，与韩愈散文、李白诗文，并列唐代三大家。令狐楚教会他骈文技巧，还资助其家庭，让儿子与商隐一起游学，增广见闻。后又将商隐聘入天平军幕。骈体文要求繁辞丽藻，须涉猎很多典故，从而影响他诗文用典极多，隐晦极深。开成二年（837）令狐绹将他推荐给考官高楷，李商隐终于擢第。令狐楚在宪宗、穆宗两朝为相，开成二年临终，特意召他代写遗表。遗表非普通文书，是呈送皇帝的政治遗言，李商隐以骈体写就，不负重托。

蚌胎，未成熟珍珠。古人以为珠在蚌中，如女子怀胎，与月亮盈亏有关，月望（农历十五）则蚌实，月晦（农历月末）则蚌虚。左思《吴都赋》"蚌蛤珠胎，与月亏全"。他十六岁未达成年如"蚌胎"。"思新桂"，新桂，新月，朔日月相，农历初一出现，他希望由"新桂"成长为一颗饱满"明珠"。进入令狐楚天平军幕，一如蟾宫折桂，自是"蚌胎未满思新桂"。

他号玉谿生，比喻在产玉的山谷生长，这也是自比珠玉。琥珀为松柏树脂化石，陈藏器《木草》"旧产松脂入地千年，化为琥珀。今烧之亦作松气"。张华《博物志》"《神仙传》云'松柏脂入地千年化为茯苓，茯苓化琥珀'，琥珀一名江珠"。他自比琥珀，将恩师喻为老松，有老松才有琥珀，有令狐楚才有自己的诗歌、骈文成就。

问：啊，这首作于梓州的《题僧壁》还有如此弦音，看来讥诮解读李商隐诗与史事相连的人该休矣。这一手法，与杜甫遭逢肃宗罢官流放，才有日后之婉曲相一致。所以他们是递相传承的师徒。当然这需要以受天大委屈为前提。后人没有这般抱屈，学不来。

答：是的。李商隐与杜甫有许多相同之处，如人生沉浮经历同，遭受委屈同，坚守传统立场同，反对科举滥觞同，道德观价值观同，诗歌风格同。回到此诗，这是他向佛祖表达，也是向令狐家族表达，他没有背叛师门，没有忘怀令狐绹过去对他的关照。

第四，尾联"若信贝多真实语，三生同听一楼钟"。贝多，贝叶经。西域中亚用贝树叶抄写经文，故代表佛经或佛陀；真实语，如来的话；三生，佛家前生、今生、来生。此联诗人借佛教不打诳语，进一步诉说真心、真情、真话。如果有缘，三生都愿同听钟声。显然此诗是写给令狐绹看的。寺钟，既切诗题《题僧壁》，又表达佛音永传。前生令狐家有恩于己，今生冤业何必纠缠是非，来生有幸还愿相逢。

一楼钟，闻钟声而觉悟，也在点化令狐绹，超越党争，接纳自己。所以，此诗借题僧壁抒怀，表达曲折心路的寄托是明确的。

问：明白了，这是诗人在东川幕中潜心向佛的顿悟。从自我道德修为，到哀怨不被待见，再到梓州一心向佛的觉悟，串起他一生人事纠葛，情感跌宕。这也是他晚期对自己人生的总结之作。

关于《渡桑乾》作者之疑

问：《渡桑乾》存在两个作者吗？
答：是的。先看诗。

客舍并州已十霜，归心日夜忆咸阳。
无端更渡桑乾水，却望并州是故乡。

诗前半写久客并州，思念象征政治中心的"咸阳"；后半写由并州出发却改渡桑乾水，到了朔方之地。无端，没来由。更渡，改渡。细加体会，十年前远赴并州，为什么？诗人未说。十年后改渡桑乾，去向北方，离"咸阳"更远。这没来由，包含种种无奈。而出乎意料，这久客之地，不知不觉也成了情感寄托。诗充满哲学张力，理想与现实相背离，事与愿违的人生困境。前一矛盾"忆咸阳"尚未解决，后一矛盾"望并州"又来了。诗采用套层结构，时空交织，宛转关情。现代诗人卞之琳《断章》有相似的艺术思维，"你站在桥上看风景，看风景的人在楼上看你。明月装饰了你的窗子，你装饰了别人的梦"。

诗题又作《旅次朔方》，《御览诗》将它收归刘皂名下。宋以后，多归贾岛，如南宋韩淲《仲至除帑辖后移居》"贾岛并州虽客舍，陶潜栗里祇吾庐"，明李东阳《卜居一首东南屏》"买田阳羡苏公计，客舍并州贾岛心"。《唐诗鉴赏辞典》据《御览诗》定为皂诗。

  在许多诗集中，这首诗都归在贾岛名下，其实是错误的。因为贾岛是范阳（今北京市大兴区）人，不是咸阳（今陕西省咸阳市）人，而在贾岛自己的作品以及有关这位诗人生平的文献中，从无他在并州做客十年的记载。又此诗风格沉郁，与贾诗之以清奇僻苦见长者很不相类。《元和御览诗集》认为它出于贞元间诗人刘皂之手。虽然今天对刘皂的生平也不详知，但元和与贞元时代相接，《元和御览诗集》的记载应当是可信的。因此，我们定其为刘作。

问：确实存在归属问题。你的看法呢？

答：先说刘皂，他在中唐并非名人。元和十二年（817）前令狐楚进《御览诗》，皂诗入选四首，此诗首句作"客舍并州数十霜"。除《御览诗》选录，并无其他证据可以证明此诗必属刘皂。不知籍贯，不见客居并州数十霜任何资料，只有孤证。虽是供御览，却无序文说明，编纂粗糙，有无错误很难说。当时正风靡行卷，举子可向多人投献，流传中会否张冠李戴？唐代呈贡集子，均自民间采诗，不排除误录。

《御览诗》选诗三百一十篇，选本一度迷失，到陆游时重出，才二百八十九首，缺逸二十一首，故今传《御览诗》并非原璞，传抄时有否舛错，都值得考究。我不因《御览诗》而贸然定刘皂是唯一作者。否则宋人作贾岛诗又做何解释？王安石《唐百家诗选》、洪迈《万首唐人绝句》、计有功《唐诗纪事》均作贾岛诗。

再看贾岛，范阳人，故乡不在咸阳，是否就当从《御览诗》作刘皂？刘皂是何方人士，咸阳吗？一概不知。贾岛到底客居并州没有，早年出家何处，这才是关键。岛贞元十八年（802）与韩愈初识，才为世人知晓，他已二十四岁，旋又神隐离开。到元和六年（811）再见韩愈，已三十三岁。此前大段空白，做过什么，何处生活，均需求证。

问：逻辑对，有证据吗？

答：我找到贾岛一首《送慈恩寺霄韵法师谒太原李司空》，他在长安送一位僧人去并州，是元和六年到长安后之作。

何故谒司空，云山知几重。
碛遥来雁尽，雪急去僧逢。
清磬先寒角，禅灯彻晓烽。
旧房闲片石，倚著最高松。

诗人给霄韵法师介绍太原。不熟悉，何以告知"碛遥来雁尽，雪急去僧逢。清磬先寒角，禅灯彻晓烽"？对并州地理气候的介绍，可知他曾生活于此。尾联"旧房闲片石，倚著最高松"，便是他的僧舍。并州佛风极盛，几为北朝佛教传播中转站。岛另有《青门里作》"欲问南宗理，将归北岳修"，虽是科举落第牢骚，但"北岳修"倒是提醒我他早年在北岳出家。孟郊《戏赠无本·其二》称他"燕僧"，"北岳厌利杀，玄功生微言"，这里属太行东麓河北曲阳，既离家乡范阳不远，也在太原辐射范围内。这一带皆古并州，又在桑乾河南。"朔雪凝别句，朔风飘征魂",是指贾岛渡桑乾吗?他确乎在并州十年栖,见《秋暮寄友人》。

> 寥落关河暮,霜风树叶低。
> 远天垂地外,寒日下峰西。
> 有志烟霞切,无家岁月迷。
> 清宵话白阁,已负十年栖。

完全是北方画面,这便是他三十三岁前"十年栖"的生活。既有客居经历,自然便有"客舍并州已十霜"。他还直接写到"桑乾河",《夜集田卿宅》"翻鸿向桂水,来雪渡桑乾"。

我还可给出证据,他与雍陶曾共同搏战文场,凭他们的私交及友谊,雍陶有《渡桑乾河》"南客岂曾谙塞北,年年唯见雁飞回。今朝忽渡桑乾水,不似身来似梦来",写诗人身处北方心系家乡的忧愁。与岛诗同题,彼时贾岛三十多岁,雍陶二十多岁。故可排除刘皂。

问:那何以无端渡桑水,日夜忆咸阳?

答:这便要看诗写于何时了。元和六年(811)春,岛再会韩愈,还俗,追随至长安,始求仕进。故诗当作于元和六年后。令狐楚奉敕将其编进《御览诗》在元和十二年(817)前。则诗当作于此间。这阶段正是积极求进的时期,以此心态写作,必然是"归心日夜忆咸阳"的人生追求。补充一下,读岛诗,感觉僧人功名念望很重,还俗追求仕进,并不全是韩愈劝勉,主要来自自身动力,为了提升个人社会地位。中唐以后平民士子都看到科第改变人生的机会。但各自走的路不同,有人凭隐居博取名声,有人学道走终南捷径,他以僧人还俗求进,为吸引权贵注意,两次做出"推敲"事不令人意外。

长庆四年(824)韩愈去世,他便巴结令狐楚。宝历元年(825)《送令狐相公》"慷慨知音在,谁能泪堕巾"。可见作为平民士人他已改依元和党争的平民新贵领袖令狐楚，成了牛党追随者。但元和十二年（817）令狐楚选《御览诗》，并不熟知贾岛。彼时他刚还俗求仕，故《渡桑乾》很可能是科举行卷诗，流传中极易张冠李戴。编进《御览诗》时二人不相识，便很可能误作刘皂。

问：令狐楚为何青睐这首《旅次朔方》？

答：令狐楚出身敦煌令狐氏，父亲令狐承简太原功曹。贞元七年（791）及第前他便生活在此。贞元十一年至元和四年（809），李说、郑儋、严绶等为河东节度使，均征辟他为掌书记。除贞元八年至十年为桂林从事，未曾离开太原。河东节度使主要防御突厥，统辖天兵军、大同军、横野军、岢岚军、云中守捉，及忻州（定襄郡，山西忻州）、代州（雁门郡，山西代县）、岚州（楼烦郡，山西岚县）三州郡兵，管兵五万五千。军情紧急时，他也会渡桑乾水。秦建都咸阳，诗以咸阳象征政治中心，作为河东掌书记自然心系咸阳。故此诗能引起他强烈的感应，掀起心中波澜。这是令狐楚选它的主因。

问：前人曾讨论《渡桑乾》诗旨，你如何理解？

答：认识诗旨，还真不易，不小心就理解浅薄了。一般多认为是客愁思乡。将思乡主题解得刿目怵心的是王世懋《艺圃撷馀》。

一日偶诵贾岛《桑乾》绝句，见谢枋得注云："旅寓十年，交游欢爱，与故乡无异。一旦别去，岂能无情？渡桑乾而望并州，反以为故乡也。"不觉大笑。拈以问玉山程生曰："诗如此解乎？"程生曰："向如此解。"余谓此岛自思乡作，何当与并州有情？其意恨久客并州，远隔故乡，今非唯不能归，反北渡桑乾，还望并州又是故乡矣。并州且不得住，何况得归咸阳？此岛意也。谢注有分毫相似否？程始叹赏，以为闻所未闻。

其实，这种认识层次还是肤浅的。通观全篇，皆用古地名。并州，

· 188 ·

古九州之一,在政治中心司隶(古地域名)正北。咸阳,秦都,自是政治中心之喻。桑乾水,北方古水名,具有相当于黄河的军事防御隐喻。结合贾岛元和六年还俗求仕,将诗的主旨看作诗人抒发政治怀抱更为得当。尤其多次落第,其心思更是"归心日夜忆咸阳",但科举现实又由不得他,连引路人韩愈也四次科举才登第。多次落榜,离心中目标越来越远,不是"无端更渡桑乾水"又是什么呢?是他应举的心路历程吗?我想,可以说,是!无数次失望,令他想到早年出家的并州,是再回去做僧人吗?所以"却望并州是故乡",诗人对人生产生了怀疑。

《唐诗鉴赏辞典》否定此诗为贾岛所作,有一个理由,"此诗风格沉郁,与贾诗之以清奇僻苦见长者很不相类"。这评判不准,"清奇僻苦"主要指贾岛五言诗,不能用来衡量这首七绝。我找到一首他写于普州(四川安岳)的诗,《夏夜登南楼》"水岸寒楼带月跻,夏林初见岳阳溪。一点新萤报秋信,不知何处是菩提"。从诗语组织、语气平和看,极为相似,倒是符合温良诗教。也许佛教经历,令他平和不激。

最后看唐人评贾岛。马戴《雒中寒夜姚侍御宅怀贾岛》"如何异乡思,更抱故人心",难道不是贾岛诗意的五言表述?"微月关山远,闲阶霜霰侵",关山不是在并州更北吗?无可《秋寄从兄贾岛》"昔因京邑病,并起洞庭心",完全是"归心日夜忆咸阳",忆而不能,那就"并起洞庭心"寄远江湖。

关于杜甫《三绝句》"会须上番看成竹"之疑

问:杜甫成都《三绝句》如何解读?

答:此诗是上元元年(760)至宝应元年(762)卜居草堂之作。远离中原战乱及君臣矛盾,虽在流放中仍有暂得心静忘忧的喜悦。从内容判断，诗人已在草堂居住较长一段时间，对周边物事已谙熟，推知应作于宝应元年（762）初夏。原诗如下。

其一

楸树馨香倚钓矶，斩新花蕊未应飞。
不如醉里风吹尽，可忍醒时雨打稀。

其二

门外鸬鹚久不来，沙头忽见眼相猜。
自今已后知人意，一日须来一百回。

其三

无数春笋满林生，柴门密掩断人行。
会须上番看成竹，客至从嗔不出迎。

　　《三绝句》从自然界取物寄意，解读此诗一定得联系诗人遭遇，及宝应元年春夏发生的皇权更迭大事，方可领会诗人拳拳忠谨之意。

　　杜甫因房琯案，遭逢屈子之难。他本出于"奉儒守官"又诗教流芳世家，"尝拟报一饭"却遭弃用，内心之忧焚可以想见。古今皆谓他因逃荒而主动辞官，我独不认同，杜甫不是虚伪的人，也不会口是心非，他在秦州讲得很清楚，"所贵王者瑞，敢辞微命休"，根本不会辞官，可《新唐书》视而不见，诬陷诗人千年。即使远遭秦州仍"血以当醴泉，岂徒比清流"。他不迂腐愚忠，一腔热血期望"再光中兴业，一洗苍生忧"。这份儒家忧国忧民的情怀、身为贵族的责任感，贯穿杜甫一生。这是认知杜诗的基础。

　　诗歌艺术上他擅长应时应景之法，于其中深蕴真情真意，这也是解读他后期此类诗歌之枢要。

　　宝应元年（762）初夏肃宗驾崩，代宗经历宫廷血雨腥风即位，此诗便是因时应事而作，故当是宝应元年四月二十代宗登基后作。

其一，忧花落，惜花飞，既然要零落，宁愿"醉里"莫"醒时"。联系诗人遭遇肃宗贬废一事，既无法可施，则莫如置之度外。然而真可相忘于江湖吗？《杜臆》"将楸树比反覆小人。……楸似松柏而有花无子，故以比交之鲜终者"，有道理，但不完全。我以为此诗意在哀挽肃宗。至德元载（756）七月灵武即位，宝应元年（762）四月十八去世，只短短五年半。所以诗人不念旧恶，借落花痛悼人主。至于"楸似松柏而有花无子，故以比交之鲜终者"，理解为君臣关系之危，亦未尝不可。这是个有瑕疵的人君，他限制父亲，逼迫玄宗迁宫西内，离散身边亲信，皆是忠厚的杜甫所要直言批评的，故以楸树喻之，此乃人臣之正色。"不如醉里风吹尽，可忍醒时雨打稀"，不愿听到皇帝去逝消息。

其二，鸬鹚去久乍见，欣然祝之，期然盼之。《杜诗详注》"物本异类，视若同群"，显然不够。"自今已后知人意，一日须来一百回"，金圣叹《杜诗解》"本是最无文理语，却写得将朋友为金宝性命一片意思出"，联系诗人遭遇，鸬鹚去久乍见，希望抓住乍现之机，君臣修好，欲其常来，得到一日百回眷顾。《读杜心解》云"盟鸬鹚也"。《杜诗镜铨》"二首一片无赖意思，有托而言，字字令人心醉"，皆是解人语。此诗谈的是机遇，门外旧鸬鹚不来，沙头新见相猜，猜的是新君，这又燃起诗人的希望，发出"一日须来一百回"的急切呼唤，至诚至恳，乃是希望新君召见。

其三，护新笋而不迎客，掩柴门而断行人，期待上番勤王，再看成竹。一心护笋，休管他人闲言碎语。《杜诗解》"不单云不出迎，而云'从嗔不出迎'，便写尽恶客叫噪之恶，主人双眼之白也"。此解不当。联系杜甫期盼，肃宗在世不回应他忠心，今朝新笋出，一扫阴霾，诗人高兴拟再"上番"辅佐新君。正如他《凤凰台》所盼"图以奉至尊，凤以垂鸿猷"。"无数春笋满林生"意寓新世界到来。此乃拳拳护主之心。

《三绝句》明写自然，随物使性，却顿挫有致，礼仪有度，不失儒家忠厚。后人评价甚高，《杜诗详注》"杨慎曰：'楸树'三绝句，格调既高，风致又韵，真可一空唐人"。

问：你的新解已超越前人。"会须上番看成竹"中的"上番"如何作解？

答：上番，《汉语大词典》有两解。轮番值勤；初生，头回。

第一，初番；头回。多指植物初生。唐杜甫《三绝句》之三："无数春笋满林生，柴门密掩断人行。会须上番看成竹，客至从嗔不出迎。"仇兆鳌注："《杜臆》：'种竹家初番出者壮大，养以成竹，后出渐小，则取食之。'赵注：'上番，乃川语。'"唐元稹《赋得春雪映早梅》："飞舞先春雪，因依上番梅。"清赵翼《杨舍寓斋平池中荷花一夕大雨众蕊皆淹》诗："竹非上番笋，荼已第二纲。"

第二，谓轮替值勤。唐吴兢《贞观政要·慎终》："杂匠之徒，下日悉留和雇；正兵之辈，上番多别驱使。"宋吴自牧《梦粱录·大内》："小园子、快行、亲从、辇官、黄院子、内诸司司属人员等上番者，俱聚于廊庑，祗候服役。"《警世通言·拗相公饮恨半山堂》："且如保甲上番之法，民家每一丁，教阅于场，又以一丁朝夕供送。"

先看作"初番、初生"解。

王嗣奭《杜臆》"种竹家前番出者壮大，养之成竹，后番出者渐小则取食之。'上番'乃前番者也"。

郭知达《九家集注杜诗》"赵云：蜀人于竹言上番则成竹，又曰上箘笋，下番则不成竹，亦曰下箘笋"。

江蓝生《实用全唐诗词典》"上番""指植物初生"。

以上解释，虽可疏通，但《其三》诗意全变，客来想看，主人护笋不出迎。变成主、客皆不乐意。刘宏煦《唐诗真趣编》"天下不如意事大抵如此，乃明明作悠谬之想，妄诞之谈"。我不认同。就诗解诗，即景解景，没有顾及诗人内心，并未回答诗人何以要写这些大自然景物，用意何在。

问：你认为该作"轮流值勤"解？

答：是的。作"轮番更替"解，如明唐元弦《杜诗攟》"三绝句'会须上番看成竹'，上番犹言分班也。以笋多，恐人盗去，故严护之耳"。

萧涤非《杜甫诗选注》"番字读去声，上番，亦唐人方言，犹轮番。唐时兵制，兵丁每年依道路远近要轮番去京师当宿卫。《新唐书·兵志》：'二千里外为十二番，皆一月上（十二个月轮到一次）。'看，是看守、看护的意思。杜甫爱竹，所以如此"。

胡震亨《唐音癸签》"似用意屡屡看之"。

以上注解也未深入，解为轮番看护周围新竹，逗留表面，未能读懂杜诗，不知杜甫要守护新主。为啥要用"上番"？别忘了他天宝十三载（754）已是率府兵曹，并任职一年，自然有"上番"宿卫经历，诗人此处是特意关联。诗人在太子府任职一年是我的考证发现，目前学术界尚无人知晓，故这组诗基本解得不正确。

问：你的解释更近诗歌本意？

答：萧涤非等人见解虽佳，但毕竟在肤浅的第一层，须知诗人最长春秋笔法"微而显，志而晦，婉而成章"，岂是一句"杜甫爱竹，所以如此"就可解决的？因后人对当时杜甫的内心期盼体悟不够，未能注意到宝应元年春夏朝廷中发生的重大变故，故均是蜻蜓点水。

要理解此时诗人内心，一定得结合朝廷人君更迭大事，诗人此时一如既往最想的便是"勤王"，他在诗中使用"上番"，与"初番""初生"无关，而与唐代府兵制的"上番"结合，才最契诗人期望。

诗人在成都，回京辅佐君王，当是"上番"。

问：真是新论。那"上番"相当于去京城"上班"吧？请谈谈唐代府兵规定。

答：府兵起源西魏而盛于唐。贞观十年（636）太宗改革府兵制，所有军府均直隶皇帝十二卫府和东宫六率府，改称折冲府。折冲府分上府一千二百人，中府一千人，下府八百人，负责宿卫、镇戍和征战。府兵二十一入幕，六十出军，户籍仍归州县，挂籍军府，平日务农，当轮番抽调卫府或边镇服役时，才集中过军人生活。它是兵农合一的军事制度。轮流到京宿卫，称"番上"。

再看府兵"番上"规定，见《新唐书·兵志》。

> 凡当宿卫者番上，兵部以远近给番，五百里为五番，千里七番，一千五百里八番，二千里十番，外为十二番，皆一月上。若简留直卫者，五百里为七番，千里八番，二千里十番，外为十二番，亦月上。

"番"，分班。"十二番"就是分十二班，一班五人，轮流宿卫，番期一月，称"月番"。十二番，每番每年轮值一次。轮值次数由距离京师远近而定。路途越远，番次越多，上番就越少；路途近，则反之，如"五番"五个月轮一次，一年就得两次。

补充一点，不仅府兵要分班按次赴京宿卫，番户、杂户上番服役番数也要分次。番户一年三番，杂户二年五番。番户一年共上番七十五日，每次二十五日，年满十六当番；若不愿上番，可纳资代役。比番户身份更低的官奴婢，则是长役无番。

问：看来唐代"番"制细而杂。

答：是的。"番"有"轮班""班次"或"班""组"之义；组词有"番上""上番""下番""番役"等。

第一,"番上",府兵定期轮番值勤制,近年发现"番上"不仅指京城宿卫,服役范围还包括州府值守。甚至工匠、文武散官等均须定期到有关部门"番上"。轮值服务,称"番役"。

第二,"上番",就是"上值""当值",去做某班次的"番役",相当于今天"上班""值班"之义。但唐代"上番"特指调京城服役。杜诗"会须上番看成竹"即此义。

第三,"下番",结束番期,又称"下日""下值",相当于今"下班"之意。

问:"上番"如何与"会须上番看成竹"关联?

答:实际我已破解诗中"上番"之义。代宗登基,诗人渴望还朝辅助新君。所以诗中乃取"上番服役"之义,与他一贯的勤王行为一致,也与他"致君尧舜上,再使风俗淳"的理想合辙。

最后解释一个秘密,他选用"上番看成竹",还与第一段为官经历有关。右卫率府兵曹参军是东宫负责看守兵甲器杖、管理门禁锁钥的官员,亦要管理"赴番"府兵的武器、钥匙发放。所有地方军府均直隶皇帝十二卫府和东宫太子六率府,"番上"太子府的宿卫人员每月必然要与杜甫交接。他是东宫直接管理"上番"府兵的官员。有此经历,"上番看成竹"只能解释为诗人希望回去"上番"守护新君。"成竹",新登大位的人主。目前学术界不知诗人在东宫工作一年,便解不出此意。

宋以后,出现许多写"上番竹"的诗,他们不明杜诗大义,取用初生、头回之义,上番竹,即新竹。如黄庭坚《和师厚栽竹》"大隐在城市,此君真友生。根须辰日斫,笋要上番成";陆佃《和毅夫倒用无字韵春诗》"若教上番成新竹,须戒人家婢与奴";曾几《新种竹有笋》"此君非俗物,今岁有佳儿。径密无人见,僧来报客知。西家应满地,上番欲横枝。添得清声未,君听风雨时"。杜诗"上番看竹"之忠厚，是宋诗不见的。

问：宋人已不解"会须上番看成竹"的深文大义，而这正是杜诗"上番看竹"高妙难解之处。

关于杜甫《宿府》"永夜角声悲自语"之疑

问：杜甫广德二年（764）秋在严武军中写下《宿府》，"永夜角声悲自语"怎么解读？

答：严武与杜甫私交笃厚，肃宗驾崩后，即为杜甫复职请官，授京兆功曹；广德二年春严武再次领蜀，又表荐他剑南节度使参谋，算是被肃宗华州罢官四年半后首次有了实职。但还须明白他受检校工部员外郎，赐绯鱼袋，并非同时，是随严武征剿西川吐蕃叛乱之后的事。这一点古今学者都未搞清，无功不受禄，检校工部员外郎及赐鱼袋，都是对杜甫军功的赏赐。五品以上着绯袍佩银鱼袋，可见王师凯旋杜甫受到朝廷极高的表彰奖掖。代宗能赐此等待遇，一是杜甫出身门第本就高，二是他在玄肃二宗时期忠勇勤王事迹，三是随严武蜀中平乱立功。永泰元年（765）正月王命下达，《春日江村》记此事"赤管随王命，银章付老翁。岂知牙齿落，名玷荐贤中"，这是诗人公职生涯中最为得意的一幕，故"种竹交加翠，栽桃烂熳红"，心情喜悦。这份殊荣离不开严武为之请功，也可看出自华州流放后，严武是帮助他最多的人。如《弊庐遣兴奉寄严公》"迹忝朝廷旧，情依节制尊。还思长者辙，恐避席为门"，哪里是《新唐书》那般丑化二人关系："甫见之，或时不巾，而性褊躁傲诞，尝醉登武床，瞪视曰：'严挺之乃有此儿？'武亦暴猛，外若不为忤，中衔之。"

先看诗。

清秋幕府井梧寒，独宿江城蜡炬残。
永夜角声悲自语，中天月色好谁看。
风尘荏苒音书绝，关塞萧条行路难。
已忍伶俜十年事，强移栖息一枝安。

此诗写"江城"军中一次值宿。时间已近广德二年秋中，值夜是一人，又远离成都家人，故言"独宿"。是年秋天发生了严武对川西叛乱吐蕃的最后一战。

问："江城"在哪里？选本皆注为成都，从诗看不太像成都。

答：你读诗能发现问题。从严武《军城早秋》及诗人《奉和严大夫军城早秋》看，他是随军参战的，江城是指岷江上游杜诗"西山"中的某座军城。确切地说这座军城就是维州（阿坝汶川），严武大军驻扎地。宋初李宗谔把这个问题说清楚了，《图经》"维州南界江城，岷山连岭而西，不知其极。北望高山，积雪如玉，东望成都若井底。一面孤峰，三面临江，是西蜀控吐蕃之要冲"。此即江城形胜，更为重要的是诗提示了我们诗人随军作战、到达维州的事实。这也是学术界迄今未知的、年谱不载的、传记不提的。

这样诗人《西山三首》也要重新编年，西山诗就是写他的讨贼经历。没有这般参战经历，诗不可能这么鲜活感人、栩栩如生，让人仿佛身临其境。尤其"今朝乌鹊喜，欲报凯歌归"，正可证明严武平乱之胜。而若《西山三首》是诗人广德元年（763）在阆州凭想象写高适平西川番乱，则此句就讲不通，广德元年松、维、保三州皆为吐蕃所陷，高适"师出无功"（《旧唐书·本传》）被代宗召还。所以此诗不是广德元年（763）阆州之作，前人编辑杜诗有误，《西山三首》当编于广德二年（764）秋随严武征讨维州之时，是与《宿府》同时之作。

这场平乱秋中结束，诗人有"淹留战伐功"《陪郑公秋晚北池临眺》与"为伴宿清溪"《晚秋陪严郑公摩诃池泛舟》为证，均记录偃甲息兵后的活动。所以诗人全程参与了军事活动，这亦是学术界未知的。《宿府》作于维州，是夜大军在前线，他留守江城大营，故言"独宿"。由于战事紧张，故"永夜角声悲自语，中天月色好谁看"，这场秋日荡寇战争，正好是望日前后，且近中秋，月色正好，却无闲心欣赏。高步瀛《唐宋诗举要》"吴北江曰：'永夜'二句皆中夜不眠凄恻之景"是对诗歌的错误理解，不了解当时战情，不知诗人随军平叛，自然会错意，无法解出诗人心灵深处的壮怀激烈。又如《历代诗法》"写'独宿'之境，真主悲惋。令人想见其枕上踌躇，不能成寐"，亦是隔空打牛，离题万里。从诗人广德二年一系列诗作看，初秋开战，秋中激战，晚秋已在成都庆功。"中天月色好谁看"，当是望日，一季三望日，故可知诗作于是年中秋或前后一二日。

问：呀，你竟考出诗作时间在中秋。《唐诗鉴赏辞典》霍松林不掌握杜甫前线参战经历，也整个解错了。诗中"强移栖息一枝安"又怎么解？

答：所以读书要细，否则不能知人论诗。"强移栖息一枝安"，从技法上讲"一枝"照应首联"井梧"。《庄子·逍遥游》"鹪鹩巢于深林，不过一枝"。晋张华《鹪鹩赋序》"鹪鹩，小鸟也，生于蒿莱之间，长于藩篱之下，翔集寻常之内，而生生之理足矣"。自天宝十四载（755）冬安禄山范阳起兵至宝应二年（763）讨灭史朝义，历时七年又两月的叛乱结束，但吐蕃又崛起内侵，至广德二年（764）诗人写作《宿府》时叛乱已持续十年，故有"已忍伶俜十年事"，而个人命运在这十年中如鹪鹩一般，不可自我把握。此联诗人采用情感色彩强烈的"强移"，实际上又是春秋笔法，为尊者讳，委婉表述被肃宗流放蜀中的事实。关于"强移"，霍松林解为"表明自己并不愿意来占这幕府中

· 198 ·

的'一枝',而是严武拉来的"。我以为其完全不知诗人经历,连华州罢官流放都没搞清楚,解诗又怎会准确呢?

"强移"表现了诗人极度的惋愤,房琯事件中唯一没有平反的就杜甫一人,不仅未平反,反而被追罚撤职,流放蜀中。作为贵族后裔,具有"致君尧舜上,再使风俗淳"理想的儒家诗人,被放逐西南夷地,对他的打击羞辱之大可以想见。"强移"即流放,可知他是被肃宗强迫的,哪里是今人理解的自愿入蜀?如今虽有严武保荐,但并未立即征召还朝,只是将其安排在严武幕中。在这月明中秋夜,诗人想起这些,归期渺渺,悲从中来。颈联"风尘荏苒音书绝,关塞萧条行路难",在这川西高原之夜,想到与代宗音书都绝,与中原道阻难通,所以尾联诗人才借"强移"抒发至为悲愤沉重的心情。

广德二年杜甫流寓蜀中已四年,最为期待天子召唤;严武保举,朝廷只给了参谋之职,没有立即召还。他极度失望,立秋还写过《立秋日雨院中有作》,表达这种失落感,"穷途愧知己,暮齿借前筹。已费清晨谒,那成长者谋",许多人未能读懂这首诗,其实是记写自己政治穷途,严武极力表荐,仍未得天子召唤。可见诗人痛苦多么深沉,又不能直说。

房琯事件后,杜甫诗歌为之一变,由开朗变忧愁,由直抒胸臆到含蓄骟栝,许多事不能直说,为尊者讳,只能寄托遥深,被逼为沉郁顿挫。

问:插一句,为何学术界解读杜诗那么多错误,至今非但未能纠错,还在产生新错,错上加错?

答:这要追溯源头,各种诗人年谱就错了,依错误年谱怎能得出正确认识?譬如杜甫天宝十三载在率府任职,至十四载一年,年谱不计;再譬如华州罢官,流放陇蜀,《新唐书》不知,弄成弃官逃荒;随严武蜀中平乱,到过维州,年谱不知;等等。以上皆是诗人人生要枢,而多数学者连基本事实都弄反了，怎能解出杜诗真谛？

问：回到诗歌，"永夜角声悲自语"之解也有分歧？

答：是的。主要是"自语"解释。20 世纪 50 年代引起争议的是倪海曙《唐诗的翻译》"深夜传来悲壮的号角，我告诉自己说：'战争还在进行'"。不久《光明日报》第七期"文学遗产"发表芝子《读〈唐诗的翻译〉》"按原句是写幕府独宿，但闻角声无人共语的悲凉情景，我以为不必照字面释为自言自语，并且还硬造出一句话来"。《光明日报》第十八期"文学遗产"柯晚山又撰文《关于几首唐诗的翻译》，对此句提出自己的见解。

> 这一句的译文太被"自语"两字所束缚，似乎"自"就须是诗人自己，"语"也非出之人口不可。芝子同志觉得这样的译法不对，但只作为"无人共语"解，仍是不够的。查《仇注杜诗》对这一句的解释为"角声惨栗，悲哉自语"，这条不大明白。照《唐诗三百首》的解释"角声如人自语"，是更自然的。自来诗人喜欢把"物"人格化起来；就"语"字来说："莺语""蛩语"……常见于古代诗篇；古代诗人把"语"字来形容音乐的，如"金堂玉户，丝哇管语"（唐李庚《两都赋·赋东都》），如"筝娇语带秦"（白居易《题周皓大夫新亭子二十二韵》），也甚常见。由此，不难找到这句诗的解释的。

20 世纪 50 年代的争鸣，可看出前人在诗句解释上的严谨扎实。到 20 世纪 70 年代末，中国社科院文学研究所《唐诗选》："这两句写'独宿'时的所闻所见。'永夜'长夜。'角'，一名'画角'，军中号角，其声悲凉激越。上句谓角声终夜不绝，好像自鸣其悲。"再到 20 世纪 80 年代《唐诗鉴赏辞典》霍松林解释此联："长夜的角声啊，多悲凉！但只是自言自语地倾诉乱世的悲凉，没有人听；中天的明月啊，多美好！但尽管美好，在漫漫长夜里，又有谁看她呢？""诗人就这样化百炼钢为绕指柔，以顿挫的句法、吞吐的语气，烘托出一个看月听角、独宿不寐的人物形象，恰切地表现了无人共语、沉郁悲抑的复杂心情。"

霍松林的解释没有进步，不解杜甫遭遇实情，便无法解出诗人本意而陷于大而无当的空洞。其实此句既非"无人共语"，也非"角声自语"，而是"内心悲语"。此联应解为，在永夜角声下，诗人内心悲语；高原中秋朗月，诗人无意欣赏。原因是代宗即位后，诗人理想与现实相矛盾，他祈望代宗召唤，而现实却滞留在外，内与外对照形成的悲凉，即此刻"悲自语"。它不是"自言自语"，而是描述诗人的"悲凉心语"，故"独宿"亦有孤独不得召唤之意。

这种臣子内外之别，这种"悲凉心语"，延续到战后，《至后》中他说"愁极本凭诗遣兴，诗成吟咏转凄凉"，正是"悲自语"；《正月三日归溪上有作简院内诸公》"白头趋幕府，深觉负平生"，幕府虽好，毕竟在外，志不在此。所以"中天月色好谁看"，这样的"中天月色"本应在宫中与天子共赏，但眼下在外，与谁看呢？他有抱怨，《至后》"冬至至后日初长，远在剑南思洛阳。青袍白马有何意，金谷铜驼非故乡"，生怕被朝廷抛弃，"梅花欲开不自觉，棣萼一别永相望。愁极本凭诗遣兴，诗成吟咏转凄凉"，应是严武为他请功后等待佳音的焦虑。这系统的复杂心理，构成这年他的"悲自语"。或许你要问，严武不在身边吗，又是知己，何以"自语"？正是严武多次许愿与举荐，才造成诗人期望落空的失望，当然是"悲自语"，而非"悲共语"。你以为如何？

问：确实赏析诗歌要回到历史真相上。诗人江城值夜的历史背景如何？

答："万方多难此登临"，当时蜀中形势严峻，在川西高原写的

《天边行》"陇右河源不种田，胡骑羌兵入巴蜀"，广德二年春夏在成都幕中准备平乱，有《登楼》"北极朝廷终不改，西山盗寇莫相侵"，词严义正警告吐蕃觊觎。《资治通鉴》卷二百二十三："吐蕃陷松、维、保三州及云山新筑二城，西川节度使高适不能救，于是剑南西山诸州亦入于吐蕃矣。"对西山之乱，杜甫在严武幕中写了《东西两川说》，提出"仍使羌兵各系其部落""兼差堪战子弟向二万人，足以备边守险"等方略。因此战后被授工部员外郎、赐绯色鱼袋与他上《东西两川说》有关，这是他此次平乱最大的功劳。战争取得初步胜利，他又写下《奉和严大夫军城早秋》"秋风袅袅动高旌，玉帐分弓射虏营。已收滴博云间戍，次取蓬婆雪外城"，滴博岭在维州；蓬婆岭在茂州西与吐蕃交界的大雪山（九顶山）外，蓬婆岭本有唐军安戎城，仪凤二年（677）益州长史李孝逸筑建。不久，安戎城为生羌导吐蕃取之，唐屡攻之，六十年不能克。

杜甫所处蜀中形势，如《春远》"数有关中乱，何曾剑外清。故乡归不得，地入亚夫营"，即是他随军平乱的自述，所以才有诗中值夜听江城"永夜角声"，他实际就在前线。

问：谢谢，真知灼见。

关于元稹"变节"之疑

问：总觉得能给杜甫写墓志铭，得到杜家认可，对杜甫有独到认识的人，并非今人说的那么不堪。请谈谈元稹"变节"问题。

答：确实值得重新认识。变节问题来自陈寅恪《元白诗笺证稿》，他不顾元稹《诲侄等书》自述及白居易《和梦游春诗一百韵》"存诚期有感，誓志贞无黩。京洛八九春，未曾花里宿"的友证，从婚仕两方面臧否人物。看似置于中唐社会的分析，实则先入为主，按主观逻辑推演，对元稹甚为不公。月旦人品，谈论是非对错，应了解彼时背景、人物交友，不能以舆论传舆论。须知中晚唐，为争夺社会控制权的政治缠斗——牛李党争长达半世纪，最终平民新贵胜出，平民时代来临必然出现与之相应的价值观，这种带有平民特征的价值观取代了唐前期贵族的价值观，从李商隐、温庭筠、元稹被舆论谤毁即可察知社会之变。甚至传进两《唐书》，从李商隐"俱无持操"、温庭筠"士行杂尘"、元稹"无检望轻"，即知五代、赵宋时期什么人掌控社会，价值观如何。背后是平民势力对贵族的诬害，这些末世贵族未必真如此。就元稹来说，从杜甫家族请他为杜甫写墓志铭，及墓志铭中的价值观便可知其人品，然而却被诬千年。

首先，朋党问题不可不察。元稹、李商隐政治生涯都遇到过这些问题。中唐以来愈演愈烈的政治斗争，本质是传统贵族与平民势力的争斗，社会发生深层变化，固有结构解体，与初盛唐贵族垄断社会的单纯结构已根本不同。寻其因有二。一是科举极大改变传统社会，平民新贵进入上层，传统贵族掌控社会的权力缩小。二是安史之乱冲击，动摇了由贵族构成的社会，平民势力可与之争权夺利，贵族失势是不争的事实。科举制下平民新贵数量激增、势力膨胀，导致中唐以后两个阵营两股势力的百年缠斗。这一深层矛盾，造成社会上层分裂必然体现于派系。对的，派系，这是那一时代每个士人都无法回避的问题，牛李党争中李商隐坎坷人生，派系使他蹉跎锦绣年华与才情，一生沉沦，以一曲《锦瑟》告诉世人"历史断裂"。这场对社会深刻改变的政治斗争起于贞元时期，至大中末以平民势力的最后胜利而结束，它不仅使贵族失去社会掌控权，还改变了世人价值观，即"天下不是你家的"。黄巢之乱便是这一观念注脚；"内库烧为锦绣灰，天街踏尽公卿骨"，便是平民的狂欢。

其次，初盛唐何以没有派系？因为初盛唐是历史上少有的十分单纯的社会，只有传统贵族，且围绕在更大的贵族皇帝身边，自然单纯；又因前朝留下的门第血缘继承制，人际关系简单，几无争端，若有，也是争宠而已。中唐以后一切又都不同，平民势力崛起，打破贵族垄断，形成竞争格局，社会走向复杂，结果便是依附权要，形成党派。

元稹就生活在这一社会巨变期。

问：所以讨论他是否"变节"，真要回到时代中去，看他的出身与派系？

答：正是。初盛唐朝廷清一色传统贵族，传承有序，没有争斗必要，这即孔子说的"克己复礼"，各安其分。官员几围绕皇帝，没有派系，只有亲疏。争端出现是大兴科举对传统冲击的必然结果。

元稹是后世贬议较多的诗人，焦点在人品及依附宦官上。《新唐书·元稹传》"信道不坚，乃丧所守。附宦贵得宰相，居位才三月罢。晚弥沮丧，加廉节不饰云"。过两百多年《新唐书》还酷评如是，将他钉在耻辱柱上。然而这真实吗？

问：能否谈谈"变节"一说？

答：此说来自陈寅恪对两《唐书》元稹传的解读。

> 微之之贬江陵，实由忤触权贵阉宦。及其沦谪既久，忽而变节，乃竟干谀近幸，致身通显。则其仕宦，亦与婚姻同一无节操之守。惟窥时趋势，以取利自肥耳。
>
> 故观微之一生仕宦之始末，适与其婚姻之关系正复符同。南北朝唐代之社会，以仕婚二事衡量人物。其是非虽可不置论，但今日吾侪取此二事以评定当日士大夫之操守品格，则贤不肖巧拙分别，固极辽然也。（《元白诗笺证稿·艳诗及悼亡诗》）

元稹仕宦"工于投机取巧"，男女情感失于道德，无节操之守。此后学术界便继踵发挥。

第一，赞同"变节说"。卞孝萱《元稹"变节"真相》在陈寅恪基础上进一步坐实，元稹科第结识裴垍，以"直道"得到裴垍青眼，被拔为监察御史。元和五年（810）元稹与宦官冲突，被贬为江陵士曹参军，作《思归乐》"我虽失乡去，我无失乡情。惨舒在方寸，宠辱将何惊。……况我三十余，年来未半程。江陵道涂近，楚俗云水清。……身外无所求，眼前随所营。此意久已定，谁能苟求荣。所以官甚小，朝野已势倾"。这次贬谪，并不悲观。元和六年裴垍病逝，元稹失去依靠，便惶惶不可终日，不再"酣歌""负气"。《感梦》"前时予椽荆，公在期复起。自从裴公无，吾道甘已矣"，卞孝萱将怀念裴垍的诗解为"变节"自供状。元和六年与宦官关系很好的严绶任江陵尹、荆南节度使，成了"府主"，严绶非但未对元稹打击报复，反而恩顾偏厚，说明他巴结严绶成功。元和九年（814）严绶移山南东道节度使，征讨吴元济，宦官崔潭峻监军，元稹同行，有《葬安氏志》"适予与信友约淅行，不敢私废"。"信友"，当非严绶，是崔潭峻，可见他已与宦官交结。后依附阉宦魏弘简，至宰相。我要提醒，卞孝萱逻辑，先入为主，认为元稹卑劣，再解读材料附会。

第二，不赞成"变节说"。吴伟斌《也谈元稹"变节"真相》认为裴垍去世，元稹处境困难，但仍与裴垍亲党裴度保持联系，斗争依然旺盛，如"半夜雄嘶心不死"（《哀病骢呈致用》），"为言腰折气冲天"（《送友封二首》），"此生如未死，未拟变平生"（《答姨兄胡灵之见寄》），政治气节未变。他反驳卞孝萱，以斗争方式变化，断定变节不妥。严绶是朝廷派出的官员，与世代相袭的镇将不同，元稹巴结严绶有之，但说成巴结藩镇不实。元稹在江陵有《奉和严司空重阳日》等诗，均普通应酬，并无阿谀奉承。严绶讨淮西，元稹撰写三篇书表文告，斥责割据势力。至于"信友"，指诚实不欺、严守信用的朋友，崔潭峻以内常侍出为监军使，职权在节度使上，元稹青衫从事，怎敢随便称品秩悬殊的崔潭峻为"信友"？江陵以后，他三次遭宦官诬陷打击，外贬长达十四年。崔潭峻身为元和宦党重要成员，坐视不理，想见两人不算"信友"，谈不上依附。

问：你的看法呢？

答：确有澄清必要，事关诗人名节。须放在传统贵族与平民新贵斗争的现实环境下观察。

第一，看出身。白居易《河南元公墓志铭》记载元稹为"后魏昭成皇帝十五代孙"，家世显赫，历代显宦，父亲比部郎中、舒王府长史，母亲荥阳郑氏，中原顶级士族。不能像陈寅恪那样以家贫割裂历史，等同普通家庭。由出身便知，在派系复杂的中唐，他应属传统阵营，与平民势力政治主张不同。作为北魏宗室拓跋部的后裔，他"未染尽汉人习性"，有鲜卑血统的直爽可爱，敢作敢为的个性；作为贵族子弟，又有传统贵族的道德观念。

第二，看"永贞之乱"的政治立场。《旧唐书·元稹传》：

> 稹性锋锐，见事风生。既居谏垣，不欲碌碌自滞，事无不言，即日上疏论谏职。又以前时王叔文、王伾以猥亵待诏，蒙幸太子，永贞之际，大挠朝政。是以训导太子官官，宜选正人，乃献《教本书》。

元稹抨击王叔文集团，反对永贞革新，其实已反映了唐人的态度，与今人对永贞革新的辩护很不一样。韩愈《永贞行》一针见血地指出"小人乘时偷国柄"，对参与官员严厉批评，"郎官清要为世称，荒郡迫野嗟可矜"，"吾尝同僚情可胜"，但破坏皇纲朝纪，"嗟尔既往宜为惩"。对经历安史之乱的唐人来说，这便是"乱源"，颇为敏感。元和元年（806）"拜左拾遗，即日献《教本书》"更表明其反对永贞乱朝的做法。但他与友人韩愈不同，并未断绝与李景俭、刘禹锡、柳宗元的交往，常有诗歌酬唱。由此可见他边界明确，政治是政治，私谊是私谊，较为变通。今人说他"政治主张与永贞革新的主要内容大致相符"纯属臆测，既然政治主张相符，他授左拾遗为何当天便献《教本书》？白居易的《元稹墓志铭》"以权道济世，变而通之"，并非卞孝萱说的对元稹政治变节"讳饰"，倒是反映了元稹不党不群，游走派系之间，任意结交朋友。

永贞之际王叔文、王伾与刘禹锡、柳宗元、李景俭、吕温等十数人"定为死交""言无不从"，群党乱朝、动摇神器已不合初盛唐道德观，细察永贞党羽，实为一场新贵势力排挤传统贵族的变革斗争，如《旧唐书·刘禹锡传》"韩皋凭藉贵门，不附叔文党，出为湖南观察使"。对永贞党人，政治上元稹反对，安史之乱殷鉴不远，朝中主流也是反感警惕的，如韩愈《永贞行》舣排异端，厉言攘斥。后来在江陵，元稹与他们有了交际，如元和六年（811）吕温在衡州贬所去世，葬江陵，他有《哭吕衡州》"雕鹗生难敌，沉檀死更香"。永贞成员悼诗纷纷而来，柳宗元从永州寄来《同刘二十八哭吕衡州寄江陵李元二侍御》。元稹能得到他们的信任，正因为没有派系背景。

元和十年（815）元稹、李景俭自江陵被召回，途中听闻刘禹锡、柳宗元亦被召，虽政治立场不同，但同为逐臣，他题壁蓝桥驿《留呈梦得子厚致用》。

泉溜才通疑夜磬，烧烟馀暖有春泥。
千层玉帐铺松盖，五出银区印虎蹄。
暗落金乌山渐黑，深埋粉堠路浑迷。
心知魏阙无多地，十二琼楼百里西。

大和四年（830），他晚年出镇武昌再经蓝桥，作诗怀念当年逐臣，诗已佚，但刘禹锡《微之镇武昌中路见寄蓝桥怀旧之作凄然继和兼寄安平》却还在。

· 207 ·

>　　今日油幢引，他年黄纸追。
>　　同为三楚客，独有九霄期。
>　　宿草恨长在，伤禽飞尚迟。
>　　武昌应已到，新柳映红旗。

　　刘禹锡与他长期酬赠，如《酬元九院长自江陵见寄》《赠元九侍御文石枕以诗奖之》《酬元九侍御赠璧州鞭长句》《遥和韩睦州（韩泰）元相公二君子》《浙东元相公书叹梅雨郁蒸之候因寄七言》《乐天寄洛下新诗兼喜微之欲到因以抒怀也》。元稹卒后，刘禹锡还在怀念，有《虎丘寺见元相公二年前题名怆然有咏（前年浐桥送之武昌)》《西川李尚书知愚与元武昌有旧远示二篇吟之泫然因以继和二首》。元稹声名人品，友人评价，才最真实。

　　永贞时，元稹年轻，但作为传统世家子弟，他有是非鉴别力，对驾驭人主"大挠朝政"十分反感，说他支持永贞革新皆是对历史认知浅薄的今人无稽推论，想当然附会。

　　他有很深的君臣情结。《永贞二年正月二日上御丹凤楼赦天下予与李公垂庾顺之闲行曲江不及盛观》：

>　　春来饶梦慵朝起，不看千官拥御楼。
>　　却著闲行是忙事，数人同傍曲江头。

　　这是政治上对永贞成员的同情吗？当然不是。在改元新日作诗是对永贞皇帝的怀念，与永贞集团无干；是对顺宗的痛惜，这正是传统贵族的念旧情怀。元和元年正月二日，宪宗登丹凤楼庆祝。元稹心绪复杂，上年朝中走马灯似的发生那么多大事，他无所适从，无限惆怅，是同情刘禹锡、柳宗元贬放吗？或许有之。在改元新日有意以"永贞二年正月二日"题诗，是对顺宗的同情，绝无对王叔文集团的同情。

钱谦益说"正月二日乃宣元和改元赦也，故书以示讥，所谓吾不欲观之矣"。我认为，对贬放刘禹锡、柳宗元、李景俭，政治上他赞成；但改元大赦却无这批重臣，情感上他又同情，故"不欲观之"。这种矛盾心理反可见他为人忠厚坦诚。这才是真实的人性人情。再如《永贞历》。

> 象魏才颁历，龙镳已御天。
> 犹看后元历，新署永贞年。
> 半岁光阴在，三朝礼数迁。
> 无因书简册，空得咏诗篇。

借改历表达对在位仅八月的顺宗极大的同情，自注"是岁秋八月，太上改元永贞，传位今皇帝"。钱谦益称"讽刺深婉"，"诗之最有味者"，"永贞二年正月朔旦为丙寅，是月甲申顺宗卒，相去十（九）日。'后元'谓永贞二年正月二日以后即改元和，历名永贞，止元旦一日，为不父其父也。'无因书简册'，谓自此记注但书元和，惟此历独存永贞二年空名耳！十七卷中有《永贞二年赦》绝句一篇，可以汇观其意"。可见元稹十分仁孝，诗的隐微之旨与杜诗相通，杜甫也曾同情上皇玄宗遭受肃宗迫害。他喜爱杜诗，是有缘分的，都抱持同样的价值观，对人心不古颇为厌恶。有唐一代写永贞的诗人就两位——韩愈与元稹，韩愈谴责永贞党人，元稹同情顺宗。十七天后，正月十九顺宗去世，挽顺宗诗人亦两位——元稹与吕温。可见他同情的是顺宗，与永贞乱党无涉。所以元稹永贞诗怎能像今人所说"表达了对宪宗镇压革新的不满"呢？

第三，为人。他与严绶、宦官崔潭峻、魏弘简关系最为后人诟病，并据以为变节。王拾遗《元稹生平考略》说他"背叛了过去'德济苍生'的信誓，向宦官集团和旧官僚集团靠近了"。

元稹登上政坛正是贞元后期，朝中派系已现，按理他该属传统贵族阵营，但从《旧唐书》元稹传看，他一生行状，确乎不属于任何党派，这样的人怎么存在变节呢？在江陵他被今人污为巴结宦党。我认为严绶江陵尹荆南节度使，崔潭峻荆南监军使，皆其上级，共事五载受礼遇，只是工作交往。这似乎是他的悲剧，大多数时间没有派系保护，都在外放中度过，但他淡然处之，泰然面对。如此认识便是不一样的元稹了，或许才是真相。

下面谈个事例，永贞革新实为新贵势力篡夺控制权，人神共愤，元稹虽官微望轻，仍与韩愈态度一致，坚决反对。韩皋，永贞革新受害者，"凭藉贵门，不附叔文党，出为湖南观察使"。对这一反永贞乱朝的同道人，当他在浙西观察使任上胡作非为时，元稹一样弹劾他。长庆二年李逢吉诬元稹"谋刺裴度"，韩皋奉诏审理，元稹罢相出同州。但今人就从中曲解出韩皋报复元稹，而不顾及当时更为复杂的背景。可决定罢相的，不是韩皋，而是整个朝廷强大的新贵力量。今人于此生是非，小人狭促，于元稹、韩皋为人何其不堪！

他为人谦和，"相门多礼让，前后莫相踰"（《送林复梦赴韦令辟》），这是其送朋友的赠言。自然他也不党不群，无论哪派都不投靠，故不可平白无故地指责他巴结宦党。从初仕校书郎遇永贞之变，到坎坷的为官经历，他都坚守底线，反对各种势力，或许安史之乱给了他一生秉持的政治立场，反对专权擅势，纵恣不制。贞元十七年（801）韦皋"十路伐蕃"，拜检校司徒，兼中书令，封南康郡王，德宗亲撰《南康郡王韦皋纪功碑铭》。韦皋势焰熏天，年轻的元稹警惕，作新乐府《蛮子朝》"自居剧镇无他绩，幸得蛮来固恩宠"，从中可看出他一贯的价值观、政治态度。自然到永贞元年（805），王叔文集团，蒙幸太子，大挠国政，他极其反感，上《论教本书》，根本不是今人认为的与永贞党羽政治一致。

第四，结交及与永贞成员的私谊。

白居易《赠元稹》说他们友谊"一为同心友，三及芳岁兰。花下鞍马游，雪中杯酒欢。衡门相逢迎，不具带与冠。春风日高睡，秋月夜深看。不为同登科，不为同署官。所合在方寸，心源无异端"。元稹对白居易的友情凝结成名篇《闻乐天授江州司马》。

残灯无焰影幢幢，此夕闻君谪九江。
垂死病中惊坐起，暗风吹面入寒窗。

元稹殁后，白居易《祭元微之文》，录元稹《过东都别乐天》其一云"君应怪我留连久，我欲与君辞别难。白头徒侣渐稀少，明日恐君无此欢"。以《哭微之二首》相还，其二云"文章卓荦生无敌，风骨英灵殁有神。哭送咸阳北原上，可能随例作灰尘"。

永贞成员中，他与被贬江陵的李景俭（字致用）友谊最笃，不避"通奸党"之嫌，这又说明他不属于任何党派。江陵"信友"指他。景俭唐宗室后裔，韦丛去世，是他给元稹介绍安氏。《葬安氏志》"始辛卯岁，予友致用悯予愁，为予卜姓而授之"。所以元稹"信友"，并非今人说的崔潭峻、严绶。他哭安氏，"适予与信友约浙行，不敢私废，及还，果不克见"。"浙行"，与李景俭行色匆匆，不敢耽误公事。从悼文看，他很后悔因公未能照顾好安氏。他与"信友"相互唱酬，"潦倒惭相识，平生颇自奇"（《酬李六醉后见寄口号》），"共展排空翼，俱遭激远矰。他乡元易感，同病转相矜"（《纪怀赠李六户曹崔二十功曹五十韵》），"君今虎在柙，我亦鹰就羁……玉色深不变，井水挠不移"（《酬别致用》）"君今困泥滓，我亦坌尘垢"（《说剑》）。元和末李景俭出澧州刺史，元稹在朝中，经他救援改授仓部员外郎，迁谏议大夫。萧俛为相又以"附权幸以亏节，通奸党之阴谋"，被贬景俭建州刺史，又是元稹斡旋，"自郡召还，复为谏议大夫"。李景俭不满宰相王播、杜元颖、崔植等河北平叛错误的决策，带醉往中书省责问，

· 211 ·

即"使酒骂座"事件，景俭再出漳州刺史。元稹也受裴度弹劾，降工部侍郎，无力援助，《别毅郎》"伤心自比笼中鹤，蓊尽翅翎愁到身"。元稹为相后，不惮招怨同列，不顾谏者反对，召还景俭少府少监。景俭宝历中病故，作《祭亡友文》。

第五，勤政。

《文稿自叙》是他勤政总结，概括如下。一作左拾遗上《教本书》《谏职》《论事》等奏疏，致"宰相大恶之"；二补监察御史使东川，令严砺追随者"潜切齿矣"；三分司东都御史台，弹劾不法，令"喑呜者叫噪"；四长庆初，请用兵部郎中薛存庆、考功员外郎牛僧孺，致"他忿恨者日夜构飞语"；五与穆宗筹划兵赋边事，令"外间不知，多臆度"；六穆宗欲用为相，致"巧者谋欲俱废之"；等等。他自元和十五年八月初见穆宗，便"遭罹谤咎"，即便处境艰难，不足两年，仍上兵赋边防状一百十五条，耗费大量精力作"陈畅辨谤之章"，向人辩白。

从自陈中，可知他得罪权宦，受派系诽谤，被人"杂奏"诬陷就有二十多条自辩。这是中唐黑暗之处。但他均归为"明经制之难行，而销毁之易至"，可见其旷怀。这些谤毁进入两《唐书》，误导后人，于"一代才子"不公，使小人得意千载。

白居易独知其心，《元公墓志铭》说："实有心在于安人治国，致君尧舜，致身伊皋耳。抑天不与耶？将人不幸耶？予尝悲公始以直躬律人，勤而行之，则坎坷而不偶，谪瘴乡凡十年，发斑白而来归；次以权道济世，变而通之，又龃龉而不安，居相位仅三月，席不暖而罢去。通介进退，卒不获心。"

问：看来他言行如一，不存在变节。白居易评价公允。

答：无门无派谈何"变节"？他一生跌宕起伏，生前身后受尽谗谤，一千多年了，该为他正名了。

· 212 ·

问：千载流言诽谤。你还有事例辩驳吗？

答：好，举些例子来看。

第一，初为秘书省校书郎，遇永贞事变，他明确反对，当天便献《教本书》提出补救之策，"训导太子宫官，宜选正人"。可见元稹非王叔文成员。任左拾遗数月，"论西北边事，皆朝政之大者，宪宗召对，问方略，为执政所忌，出为河南县尉"。黜他之人，正是他的考官，对他有知遇之恩的裴垍；三年后拔其为监察御史的，也是裴垍。细绎此事，他不是裴垍党人，因冲犯裴垍，谪弃河南；他们没有私谊，只有公事公办。裴垍赏识他的才华，并非朋党。

监察御史任上，他做事果敢；分司东都，得罪宦官，被贬江陵。可见他既非阉宦内党，又无党羽奥援，他是一位孤独斗士，他身上有不党不群的贵族传统。《诲侄等书》说"效职无避祸之心，临事有致命之志"，便是其再贬时的心声，这才是真实的元稹。

第二，《旧唐书》说"以俊爽不容于朝"，受各派打压，流离贬放。如《酬乐天得微之诗，知通州事，因成四首》。

> 荒芜满院不能锄，甑有尘埃圃乏蔬。
> 定觉身将囚一种，未知生共死何如。
> 饥摇困尾丧家狗，热暴枯鳞失水鱼。
> 苦境万般君莫问，自怜方寸本来虚。

被贬放荆蛮、通州十年后无党无派的他终于被召回，令狐楚称赏他"今代之鲍谢也"，他也推荐牛僧孺中书舍人，但并非牛党一派，晚年遭受牛党李宗闵打击，即可鉴知。至此他仍不属于任何党派。五十三年的人生，在朝只短暂两年，但在朝时他立场正义，与杜甫一样，疾恶如仇。如元和十五宪宗驾崩《挽歌词》。

> 天宝遗馀事，元和盛圣功。
> 二凶枭帐下，三叛斩都中。
> 始服沙陀虏，方吞逻逤戎。
> 狼星如要射，犹有鼎湖弓。

《旧唐书·元稹传》有以下记载。

> 荆南监军崔潭峻甚礼接稹，不以掾吏遇之，常征其诗什讽诵之。长庆初，潭峻归朝，出稹《连昌宫词》等百余篇奏御，穆宗大悦，问稹安在，对曰："今为南宫散郎。"即日转祠部郎中、知制诰。朝廷以书命不由相府，甚鄙之。然辞诰所出，夐然与古为侔，遂盛传于代，由是极承恩顾。尝为《长庆宫词》数十百篇，京师竞相传唱。居无何，召入翰林，为中书舍人、承旨学士。中人以潭峻之故，争与稹交，而知枢密魏弘简尤与稹相善，穆宗愈深知重。河东节度使裴度三上疏，言稹与弘简为刎颈之交，谋乱朝政，言甚激讦。穆宗顾中外人情，乃罢稹内职，授工部侍郎。上恩顾未衰，长庆二年，拜平章事。诏下之日，朝野无不轻笑之。

此即后世反复诟病他的材料。其实仍须细读。崔潭峻礼遇元稹，推荐《连昌宫词》，就叫结交阉宦？其实穆宗早在东宫便喜欢他的诗。在此我要为他辩护几句，既无门无派，何不可结交任何人？崔潭峻、魏弘简是宦官便人品低下？皇帝任用他们岂不有问题？崔潭峻不是元稹谪江陵时的上级吗？既代表皇帝监军，何不可交？这是"变节"？今人之推论可笑，没有逻辑。难道因他得罪宦官被贬江陵掾曹，崔潭峻便要迫害他？一码归一码，朝廷既已处罚，崔便不能再私刑官员。故根本不存在"变节"问题，都是今人书生之想，于史不符。至于"诏拜平章事，朝野轻笑"，在此我又得辩护。他外放十年，不党不群，朝中没有朋友,唯一熟悉崔潭峻,没问题吧?何况彼时朝廷派系已起,无门无派"废弃十年"的他又怎能融入派系林立的朝廷呢。不过,细绎史料,有一个人始终独怜元稹,便是穆宗。元稹罢相后,"三司狱未奏,京兆尹刘遵古遣坊所由潜逻稹居第,稹奏诉之,上怒,罚遵古,遣中人抚谕稹"(《旧唐书·元稹传》)。可见朝中各派有多恨元稹,恨无由而生,恨他不党不群,没有站在自己这一队。若非皇帝庇护,后果难以想象。这更说明元稹与他们毫无交道,何来变节,他背叛了谁?

第三,出贬同州(陕西大荔),他写下《同州刺史谢上表》:"无朋友为臣吹嘘,无亲戚为臣援庇。莫非苦己,实不因人,独立性成,遂无交结。""然臣益遭诽谤,日夜忧危,唯陛下圣鉴昭临,弥加保任,竟排群议,擢授台司。"虽孤立无援,但位至台辅,是穆宗赐予的。《谢上表》几为一生概括,忠直而被逐,谗毁由人,颇有屈原、杜甫见放之伤。他一生多数时间在遐方,他最解杜诗,难怪在江陵,子美之孙杜嗣业要请他为杜甫写墓志铭。

这一走又八年,这段岁月,皇帝换得勤,朝中斗争酷烈。他无盟友,无襄助,在外八年,再次证明结党宦官子虚乌有,学术界"变节说"更谈不上,今人煞有介事的论证可休矣。

可以说,他一生秉公执事,不徇私情,器量宽宏,直到晚岁再次入为尚书左丞,"振举纪纲,出郎官颇乖公议者七人"。《旧唐书》评价他"素无检操",有唐一代诬蔑如是,欲加之罪何患无辞,竟无一人为其辩争。他被贬江陵的《诲侄等书》:"吾生长京城,朋从不少,然而未尝识倡优之门,不曾于喧哗纵观,汝信之乎?"此乃真实微之。

问:经你解读,读出了一个千年受诬含冤的元微之,看来我得重新认识他。

答:是的。就通州《感梦》看,自注"梦故兵部裴尚书相公",说明朝中只有裴垍赏识他,再无别的权要欣赏,更说明他在中唐复杂派系之外。即使裴坦在世，他也"往往裴相门，终年不曾履"，又怎会有巴结之事？即便江陵"信友"，也是李景俭，非严、崔，他再贬通州无人出手便很说明问题。种种贬抑，对诗人不公，使其千古含冤。

李商隐《梓州罢吟寄同舍》"同舍"是谁

问：李商隐诗"楚雨含情皆有托"，《梓州罢吟寄同舍》注家一般认为同舍就是梓州同僚。对吗？

答：确乎托意摇深。但我们只要从其人生遭遇、志趣情味出发，索解诗歌并非十分困难。此诗是告别梓州之作。先看诗。

> 不拣花朝与雪朝，五年从事霍嫖姚。
> 君缘接座交珠履，我为分行近翠翘。
> 楚雨含情皆有托，漳滨卧病竟无憀。
> 长吟远下燕台去，惟有衣香染未销。

大中九年（855），梓州节度使柳仲郢将回长安充盐铁转运使，诗人亦要离开，于是给柳仲郢吟唱了此诗，可能是他在梓州的最后一首诗。同舍，指同僚，见杜甫《潭州送韦员外牧韶州（迢）》"分符先令望，同舍有辉光"。从诗歌推知这个"同舍"是李商隐的知己，即柳仲郢。

问：同舍是柳仲郢？这是没有过的解释。请结合诗歌具体分析。

答：确为写给柳仲郢的感谢诗。

首联"不拣花朝与雪朝，五年从事霍嫖姚"。花朝，唐贵族继承前代遗风而来，据清人秦味芸《月令粹编》引《陶朱公书》云"二月十二为百花生日。无雨，百花熟"。又，西晋周处《风土记》"浙江风俗言春序正中，百花竞放，乃游赏之时，花朝月夕，世所常言"。花朝在春季，草木萌青，百花绽放，正是名门贵族出行游赏的时候。唐代花朝习尚并不固定，或二月十五，或二月初二，但尚不能称节。到宋代转入平民社会才称"节"。因其是唐代少数贵族的习尚，谈不上"节"；只有普及平民大众，才能称"节"。宋代花朝节，约在惊蛰春分之间。士民迎花朝，地域不同，时间不定。汪灏《广群芳谱·天时谱二》引《诚斋诗话》"东京二月十二曰花朝，为扑蝶会"，又引《翰墨记》"洛阳风俗以二月二日为花朝节"。南宋吴自牧《梦粱录》临安因循旧习"仲春十五日为花朝节，浙间风俗，以为春序正中，百花争望之时，最堪游赏"。

"花朝"，注家多解释为百花盛开的春晨，泛指大好春光。李商隐用典非常细腻，他绝不仅指春暖花开的季节，这实为唐代上层贵族们特有的活动。用典是尊崇传统、尊重风俗的产物，出现于西周贵族，以祖先定制的典谟要求自己，不遵从典章故实，天下无章可循，将是乱世。作为末世贵族诗人的他尊崇传统、重视风俗，诗中一鳞半爪皆有出处，这也是晚唐乱世，他以一己之力坚持传统、改造乱世，虽然力量薄弱，但他的示范，使后世古典诗歌特别讲求用典传统。

雪朝，亦是李商隐时代存在的贵族习尚。南朝萧纲有《雪朝诗》"落梅飞四注，翻霙舞二袭"，写雪朝日的景致。白居易《雪朝乘兴欲诣李司徒留守先以五韵戏之》"梁园应有兴，何不召邹生"，梁园，指西汉梁孝王东苑，贵族文士会聚游赏之地；邹生，指邹衍，精音律，吹律能使地暖而禾黍滋生。可见雪朝日有贵族冬集传统，但注入邹衍故事，又寄托了盼望万物复苏的聚会主题。杨巨源有《春雪题兴善寺广宣上人竹院》"皎洁青莲客，焚香对雪朝"。延至明代，钱谦贞《仲雪见示花朝二诗依韵奉和》"阳春绝调人间少，莫怪花朝变雪朝"，还可见到"雪朝"一词。但这一贵族习尚，后世并未转成雪朝节。李商隐诗法细腻，遵从传统，花朝、雪朝相配，细加体会，独有神韵。单解此句便是从春到冬，但在诗人那里却具有花朝雪朝的贵族文化意蕴。

霍嫖姚，原指霍去病，抗击匈奴，封嫖姚校尉，后借指守边将领。李商隐在梓州节度判官近五年，东川远离京城，壤接吐蕃，实际以此典隐喻自己参加的是戍边工作。可叶葱奇《李商隐诗集疏注》却说"'五年从事'幕府以来，不问'花朝'与雪后，彼此没有一天不和'珠履翠翘'的人相接近的"，这便降低了诗歌的严肃意义，违背了诗人本意。本是歌赞柳仲郢，却成了讥讽。这里以"霍嫖姚"代指东川节度使柳仲郢，因此花朝与雪朝指二人共同的志趣活动。

颔联"君缘接座交珠履，我为分行近翠翘"，承首联而来。君，指柳仲郢。珠履，指珠饰之履。典出《史记·春申君列传》"春申君客三千余人，其上客皆蹑珠履"。借典故赞扬梓州节帅柳仲郢如春申君豪爽好客，座上宾都是脚穿珠履的达官显贵。

翠翘，古人头饰，状若翠鸟尾上长翎。韦应物《长安道》"丽人绮阁情飘飖，头上鸳钗双翠翘"，白居易《长恨歌》"花钿委地无人收，翠翘金雀玉搔头"，但他们都指向女子头饰。李商隐此处可不同于韦应物、白居易直接用于妇女，他"近"的是男子，在梓州幕他既已婉拒柳仲郢为他续弦的好意，此时又在幕中议事，怎会突兀地近女色呢？王苗《珠光翠影：中国首饰史话》有以下记载。

  翠翘是古代男子头上的一种饰品。《说文解字》："翘，尾长毛也。""翠"是翠鸟。古人把翠鸟尾巴上的长毛戴在发髻或冠上称为翠翘。《妆台记》中"周文王于髻上，加珠翠翘花，傅之铅粉（脸上涂着白粉）"。把这种鸟羽插戴在发冠上，可以给男子平添几分英武之气。现在传统戏曲中的武生都成双的戴着这种头饰，使人物更加美化和戏剧化。（第四章"以礼当先的周代首饰"）

所以苏雪林等人对李商隐的情恋事迹推考不可靠，李商隐实际不近女色，虽然许多诗采用女性意象。直排为行，所谓"分行"是"左右陈行，戒我师旅"（《大雅·常武》）。此处是幕中场景，我在幕主座下两边分行就座，靠近头戴翠翘的显赫人物。有注本把"分行"解为酒筵前舞行。此句便成"我只好去接近头戴翠翘的俏装女人"。我以为不妥，此联就是写李商隐与柳仲郢幕中议事的日常情景及他们共有的孤高自矜的贵族志趣。

颈联"楚雨含情皆有托，漳滨卧病竟无憀"。楚雨，楚地之雨，《高唐赋序》"旦为朝云，暮为行雨"，巫山神女缥缈高唐、变幻莫测，实际为人神之间永恒的距离，表达可望而不可即的遗憾。"楚雨"含蕴极广，包括不能实现的一切理想，以及蒙幸后分离的相思之苦。此句是说怀着伤感、饱含相思的楚雨，都是有所寄托的。自己与柳仲郢如楚女含情，以心相托，但现实又不得不分别。表面看是切题，但这更是一位屈原似的贵族的忧伤情怀，他伤怀的不是自己，而是牛李党争中败绩的贵族，伤悼逝去的锦绣岁月，这是他对晚唐社会的深切体会，美好事物总是短暂，如楚王神女的幽会。而这一情感柳仲郢与他心灵相通。此句与"此情可待成追忆，只是当时已惘然"异曲同工，皆要放在牛李党争背景中看。我发现中晚唐帝王，只有武宗同情贵族，出现了短暂的"会昌中兴"。宣宗则极力支持平民势力打击传统贵族，晚唐平民的胜利，责任在宣宗。此时已大中九年，"楚雨含情"诉说了多少贵族的无奈。武宗中兴，只短短五年便驾崩，对贵族而言便如"蒙幸"后的分别，永无相会。历史确如此，宣宗逼迫贵族退出历史舞台，牛李党争以平民的胜利宣告结束。

漳滨，指漳水之滨，建安刘桢《赠五官中郎将·其二》"余婴沉痼疾，窜身清漳滨"，后用为卧病典故。唐玄宗逸句"昔见漳滨卧，言将人事违"，漳滨又有人事相违之意。"漳滨卧病"正是在党争中他受到排挤打击所致。无憀，无所依赖，他在牛李党争中已无依靠，在梓州却获得"窜身清漳滨"的安静生活，表达其对柳仲郢五年关照的感谢。

这"同舍"不指柳仲郢又指谁呢？还有一层意思，他与柳仲郢都是宣宗登基后被抛弃的传统贵族，他们再无皇帝可依托，便只能寄身梓州，远离王城，故映照了贵族失势的现实。

"有托"对"无憀"是他对残酷现实的体会，亦是一位贵族拳拳之心的写照，在牛李党争中平民势力容不下他。他重病卧床的痛苦又能依傍谁，寄托谁呢？李商隐患有"疾疢"，这种热病，须长期卧病在床，故"漳滨句"是一语双关。处于危厄境地，竟然无所寄托，无可依靠，是多么伤心绝望！是柳仲郢给了他依靠。此句隐含"美疢不如恶石"的典故，《左传·襄公二十三年》："臧孙曰：'季孙之爱我，疾疢也；孟孙之恶我，药石也。美疢不如恶石。夫石犹生我，疢之美，其毒滋多。'"联系李商隐的坎坷人生来解，令狐绹对他犹季孙美疢，柳仲郢于他则是"药石"依托，对比多么强烈！

明人宋濂《赠惠民局提领仁斋张君序》"苟失其养，内感于七情，外感于六气，而疾疢即生焉"。李商隐"疾疢"，与他受牛党打压长期压抑的心情有直接关系，也与令狐家族对他的冷酷有关；间接原因便是晚唐乱世纷扰，各种人心欲望释放，造成他对现实的恶劣体悟。这与孔子、杜甫遇到的世道完全一样，所以精神上他们一脉同气。

问：这正是"漳滨卧病竟无憀"含蓄深婉之处，不细加分析看不出来。

答：尾联"长吟远下燕台去，惟有衣香染未销"。长长感叹一声，我将离别梓州。燕台，指战国燕昭王筑黄金台，用以招贤纳士，后为君王大臣礼贤典故。陈子昂写于冀北的《登幽州台歌》，为志士仁人怀才不遇登临而怆然涕下。诗中"燕台"自然是指邀请他的柳仲郢。李商隐多次幕府生涯，曾对燕台充满希望，如《偶成转韵七十二句赠四同舍》"此时闻有燕昭台，挺身东望心眼开"，诗作于大中四年（850）春卢弘正徐州幕，诗人虽遭遇党争，仍然相信人才终会被招纳。这首同样叙述与幕主情谊,写于大中九年(855)离开梓州幕职的告别之作,情感已大变,对前途再无憧憬,发出"长吟下燕台"的长叹。深一层看,"燕台"又指贵族历史舞台,可宣宗支持平民新贵,影射贵族遭受排斥的现实,诗人发出悲吟叹息。所以诗又着意观照贵族远去的背影。

"惟有衣香染未销",要离开梓州,真舍不得这身官袍,只好带着香味未消的袍服离开。衣香,用荀彧事典。荀彧仪容伟美,好熏香,久而久之身带香气。《襄阳记》"荀令君至人家,坐处三日香"。他以此典赞美柳仲郢的情谊,引为志行芳洁的知友;"染未销",指难忘梓州岁月。同时此句还观照现实,宣宗扶植新贵,社会腐坏,唯有被抛弃的贵族还有传统儒家价值观、道德观的幽香。

问:想不到解得这么精彩。"同舍"真是柳仲郢。商隐诗内涵丰富,又总与平生经历与情感勾连,还不忘照应现实。

答:确乎。用典、诗文更加含蓄艺术。他擅长典故,将人生遭遇与之结合,具有托物托事、委婉抒情的风格。

关于唐诗中的胡笳

问:请谈谈唐诗中的胡笳。

答:这要先说隋唐的"胡化"现象。北方游牧民族南下,可推至战国,赵长城即当时华夏抵御防线,后来的农牧分界线。这条防线失效后,汉武帝又以强大军事崛起,固守疆土。两晋五胡乱华及西域文化东传后,中原出现胡化。转到隋唐,外来文化更占了半壁。陈寅恪《唐代政治史述论稿》"若以女系母统言之,唐代创业及初期君主,如高祖之母为独孤氏,太宗之母为窦氏,即纥豆陵氏,高宗之母为长孙氏,皆是胡种,而非汉族"。鲁迅说"唐室大有胡气"(《书信集·致曹聚仁》)。

　　胡文化深度融入,也引唐人反思。陈鸿祖《东城老父传》"今北胡与京师杂处,娶妾生子,长安中少年有胡心矣。吾子视首饰靴服之制,不与向同,得非物妖呼",将长安首饰靴服之变斥为"物妖"。清赵翼《陔余丛考·着靴》"朝会着靴,盖起于唐中叶以后",靴为朝服,履反为亵服,这种改变可见胡文化输入之一斑。

　　这是坏事也是好事,陈寅恪《李唐氏族推测之后记》"李唐一族之所以崛兴,盖取塞外野蛮精悍之血,注入中原文化颓废之躯,旧染既除,新机重启,扩大恢张,遂能别创空前之世局"。

　　问:"胡化"更多地给中土注入了新事物、新元素吧?

　　答:是的。唐文化实为江南汉文化与北方胡文化在长安的汇集。大量胡地器物传入中原,出现了带"胡"字的词语,如胡笳便是一种胡人笛子。据宋陈旸《乐书》:

　　　　胡笳似觱篥而无孔,后世卤簿用之。盖伯阳避入西戎所作也,卷芦叶吹之也。

　　解释过简,实际上胡笳包括觱篥、羌笛、羌管等。这类管乐器音调苍凉辽远,唐人便以哀笳、悲笳、凝笳呼之。王维在凉州河西节度判官任上,有《双黄鹄歌送别》"悲笳嘹泪垂舞衣,宾欲散兮复相依";杜牧《边上闻笳》"何处吹笳薄暮天,寒垣高鸟没狼烟"。胡笳入诗,使唐诗有了荒凉边气,异域情味。

　　追而溯之,胡笳汉代已流入,汉魏时主要在鼓吹乐中担任合乐。鼓吹乐有两种乐器,打击乐器(鼓)与吹奏乐器(角、排箫、笳、横笛等)。合奏便称鼓吹,原为域外音乐,嘹亮雄壮,进入中原后便用于军乐或宫廷、官府仪仗、宴飨等大型活动。在充分与汉区音乐融合后,中土便有了自己的鼓吹乐,成了乐府、太常机构的乐种。

问：既然胡笳多与鼓乐器合奏，那"鼓吹"与"横吹"又怎么区别？

答：鼓吹与横吹，据《乐府诗集》卷二十一"横吹曲，其始亦谓之鼓吹"，区别主要在乐器，"有箫、笳者为鼓吹"；"有鼓、角者为横吹，用之军中，马上所奏者是也"。今甘孜阿坝藏传佛教大型活动时，雄壮的鼓角吹奏形式便是横吹遗响。据《晋书·乐志》：

> 胡角者，本以应胡笳之声，后渐用之横吹，有双角，即胡乐也。

"横吹曲"以"胡角"为乐器，一般用于军乐，有激励行军打仗之意。横吹表演形式，有骑吹，即骑在马上演奏。横吹曲代表作即是魏晋以后亡逸的《新声二十八解》。

"鼓吹曲"采用"胡笳"，一般凯旋献俘时用，有庆功之意。鼓吹曲常用于卤簿（仪从和警卫队伍）。隋唐鼓吹乐，据《旧唐书·音乐志》载，"铙吹部"用于凯乐时，又别增乐器如筚篥、铙等，骑吹形式，"鼓吹令丞前导，分行于兵马俘馘之前。将入都门，鼓吹振作，迭奏《破阵乐》等四曲"。

隋唐"大横吹部"，包含角、节鼓、笛、箫、筚篥、笳等乐器，用于行军作战；"小横吹部"则是大横吹曲减去节鼓，用于凯旋卤簿。分析其中乐器，我们可以看见，大小"横吹部"都有"胡笳"的影子。

问：明白了，横吹行军作战用，鼓吹凯旋献俘用。还有一种"燕乐"，又是什么乐？

答：燕乐是隋唐出现的一种时代新乐，是由汉族俗乐与胡乐融合而成的宫廷乐。沈括《梦溪笔谈》"先王之乐为雅乐，前世新声为清乐，合胡部为燕乐"。上述鼓吹与横吹也被燕乐吸收、改造、融化。所以燕乐有许多胡人乐器，如琵琶、箜篌、筚篥、笙、笛、笳、羯鼓、方响等。燕乐主要为宫中宴乐聚会时使用,营造欢乐氛围。

问:唐代有哪些胡笳曲?

答:唐代以胡笳吹奏的笛曲,最著名为南朝《落梅曲》与北朝《折杨柳歌》,这两个曲名,在唐诗中最常见。

还有一种笛曲《筚篥歌》,也出现在唐诗中。以觱篥笳管演奏,音声悲凉感伤。如段安节《乐府杂录》"筚篥者,本龟兹国乐也。亦名悲篥,有类于笳也"。白居易有《小童薛阳陶吹〈筚篥歌〉》。唐文宗擅长筚篥,还制作了《文溆子》,据卢言《卢氏杂说》"文宗善吹小管(筚篥)。时法师文溆为入内大德,一日得罪流之。弟子入内,收拾院中籍入家具辈,犹作法师讲声。上采其声为曲子,号《文溆子》"。

玄宗制作过一曲《雨霖铃》,张野狐以觱篥演奏。参见郑处诲《明皇杂录》。

> 明皇既幸蜀,西南行,初入斜谷,属霖雨涉旬,于栈道雨中闻铃,音与山相应。上既悼念贵妃,采其声为《雨霖铃》曲,以寄恨焉。时梨园子弟善觱篥者,张野狐为第一。此人从至蜀,上因以其曲授野狐。洎至德中,车驾复幸清华宫,从官嫔御多非旧人。上于望京楼下命野狐奏《雨霖铃》,曲未半,上四顾凄凉,不觉流涕,左右感动,与之歔欷,其曲今传于法部。

另补充一点,唐人还擅长把胡笳笛曲改成琴曲,即由吹改为弹。据欧阳予倩《全唐诗中的乐舞资料》"在琴曲中有胡笳十八拍,又名胡笳弄,大胡笳,是描写西域情调的一个乐曲,唐诗中所说的'弹胡笳'当指用琴弹奏这个乐曲而言"。如李颀《听董大弹胡笳,声兼语弄,寄房给事》,写的便是琴师董庭兰弹奏改编的琴曲"胡笳弄"。

问:胡笳在唐诗中有何作用?

答:第一,借胡笳悲声表达悲凉心境。胡笳凄凉之音可起到强化情感的作用，如唐太宗《望送魏徵葬》"哀笳时断续，悲旌乍舒卷"，胡笳特有的哀切，在送葬时能够渲染出凝重气氛。这一送葬吹笳形式至今仍在西北地区传承。再如杜甫《遣怀》。

> 愁眼看霜露，寒城菊自花。
> 天风随断柳，客泪堕清笳。
> 水净楼阴直，山昏塞日斜。
> 夜来归鸟尽，啼杀后栖鸦。

乾元二年（759）诗人被肃宗罢官，流放秦州，写下这首《遣怀》，"天风随《断柳》，客泪堕清笳"，令人伤怀的清笳、客泪、断柳曲（《折杨柳》），浓化了诗人的忧愁。

第二，借胡笳营造慷慨激昂的边音。李唐王室马上夺江山，初盛唐用兵频繁，时代精神激励世家子弟慷慨赴边。如王昌龄《胡笳曲》"自有金笳引，能沾出塞衣"，充满英雄主义气概。卢照邻有《战城南》。

> 将军出紫塞，冒顿在乌贪。
> 笳喧雁门北，阵翼龙城南。
> 雕弓夜宛转，铁骑晓参驔。
> 应须驻白日，为待战方酣。

借汉初与匈奴战争典事，歌颂唐军将士一脉相承的汉武精神，"笳喧雁门北，阵翼龙城南"，烘托了保家卫国战争的壮丽。杜审言有《送崔融》。

> 君王行出将，书记远从征。
> 祖帐连河阙，军麾动洛城。

> 旌旆朝朔气，笳吹夜边声。
> 坐觉烟尘扫，秋风古北平。

别开生面，想象崔融前线稳坐中军，运筹帷幄的威武。可惜唐代贵族继承的汉代勇毅神武精神，在宋代平民社会遗失了。

第三，借笳声悠远、孤独特征，抒发思乡之情。崔融《关山月》"夜夜闻悲笳，征人起南望"，笳声总是引动征人故土之思。骆宾王有《晚度天山有怀京邑》。

> 忽上天山路，依然想物华。
> 云疑上苑叶，雪似御沟花。
> 行叹戎麾远，坐怜衣带赊。
> 交河浮绝塞，弱水浸流沙。
> 旅思徒漂梗，归期未及瓜。
> 宁知心断绝，夜夜泣胡笳。

诗对怀想中的京洛匆匆掠过，落笔绝域之地，苍凉之景。"宁知心断绝，夜夜泣胡笳"，借胡笳泣思乡，但战争未了，"旅思徒漂梗，归期未及瓜"，不是荣归故里时。

问：唐诗中的胡笳情结，值得思考。

答：是的。有几点。一是两晋以来，中原"胡化"未绝，深刻融入汉文化。二是自汉王朝远去，"汉家天子"神武精神失落，分裂导致汉民族积弱三百余年，深深刺激唐人神经，使他们在边塞诗中引胡笳抒发保家卫国之情。三是胡地传入的胡笳，最初以鼓吹军乐形式存在，虽为胡人乐器，但因声调激越、悠远，解放了唐人心灵，注入了马背精神。四是大量胡器在隋唐的存在已是事实，追新逐异，汉化改造，不再把胡笳看成外来器物，羁旅客愁需要它抒解。

李贺以《雁门太守行》谒韩愈之疑

问：李贺为何以《雁门太守行》谒韩愈？
答：先看诗。

> 黑云压城城欲摧，甲光向日金鳞开。
> 角声满天秋色里，塞上燕脂凝夜紫。
> 半卷红旗临易水，霜重鼓寒声不起。
> 报君黄金台上意，提携玉龙为君死。

晚唐张固《幽闲鼓吹》有以下载。

> 李贺以歌诗谒韩吏部，时为国子博士分司，送客归，极困。门人呈卷，解带旋读之，首篇《雁门太守》曰："黑云压城城欲摧，甲光向日金鳞开。"却援带邀之。

这是中晚唐流传的以诗谒见故事。韩愈年长李贺二十二岁，元和四年（809）他分司东都兼判祠部时，李贺才十九岁。祠部属礼部，掌祭祀之事，算文化部门。此前韩愈为国子监博士，奖掖后进，贞元十九年（803）及第的李蟠便是《师说》嘉勉的弟子，故有李贺慕名参见。

这不单是爱才的问题，还因李贺诗深深触动韩愈的心。安史之乱后，社会动荡，人心涣散，皇帝权威下降，镇将纵恣，自擅一方。作为提倡儒学道统的诗人，韩愈有强烈的社会责任感。元和十四年（819）宪宗拜迎佛骨，试图以佛教重聚人心，解决社会问题，他以《论佛骨表》奏陈"佛不足事"，表达反佛明儒的坚定立场。韩愈以儒立国的主张是前后一致的，当年永贞之乱，他以《永贞行》英勇无畏地与王叔文集团战斗的精神，令人感佩。他把这些"变革者"看为安史之乱后朝廷内部的又一乱源，予以坚决驳斥。所以李贺诗歌出现时，他尤为振奋，即刻相见。时代正急切需要这样激励人心、振奋精神的宏大作品。李贺诗达到了"一代文宗"国子监博士的检验标准。

此时韩愈正分司洛阳，作为国子监文化官员，他知道儒家凝聚人心、安邦定国的重要性；永贞之乱后，他更知道时代急需投袂荷戈、效死疆场的神武精神，可以想见韩愈为李贺诗所震惊。可是后人却不以为然，如王得臣《麈史》："庆历间，宋景文诸公在馆，尝评唐人之诗云：'太白仙才，长吉鬼才。'其余不尽记也。然长吉才力奔放，不惊众绝俗不下笔。有《雁门太守》诗曰：'黑云压城城欲摧，甲光向日金鳞开。'王安石曰：'是儿言不相副也。方黑云护此，安得向日之甲光乎？'"同样文章大手，却有完全相反的看法。降至明代杨慎加入争论，《升庵诗话》"或问：此诗韩、王二公去取不同，谁为是？予曰：宋老头巾不知诗，凡兵围城，必有怪云变气，昔人赋鸿门有'东龙白日西龙雨'之句，解此意矣。予在滇，值安凤之变，居围城中，见日晕两重，黑云如蚊在其侧，始信贺之诗善状物也"。

问：看来还是在诗艺认知上的分歧？

答：表面看是诗艺上的争议，但深层看，韩愈与王安石、杨慎的鉴别并不在同一轨道。还是回到诗歌写作的目的上来。诗题"雁门太守行"，系乐府旧题，原是颂扬治政有方、保境安民的洛阳令王涣。洛阳有王涣祠，"每食辄弦歌而荐之"（《后汉书》），可见最初是祭祀献歌。这一诗题，与韩愈古文运动挽救社会，"文以载道"，恢复传统价值观的逻辑何其一致。

再看雁门，汉代威胁主要在北方蒙古高原，河北正是以洛阳为中心的中原北方门户，因此雁门关塞担任着庇护汉民族的重任。战国时赵国大将李牧驻守雁门，击败来犯十万匈奴；汉代名将李广、卫青、霍去病皆曾在此与匈奴鏖战。民族意识中"雁门太守"有守土卫国的题旨。到了南北朝，萧纲将它引向边塞题材，三首《雁门太守行》（其三又作褚翔），提炼出马上封侯、戍守边疆的精神，抒写边城激战的胜利，慷慨激昂。一般而言，乐府中，诗与音乐在意义上不可分割，什么曲子，便配内容相关的诗旨。转至唐代，仍依循这一汉民族保家卫国的主题。唐人以"雁门太守"为题作歌，除李贺，还有张祜、庄南杰，均为中晚唐诗人。初盛唐边塞诗，多以律绝古体呈现，反而未见以此题作诗者。中晚唐才将其用作诗题。究其原因，是李贺时代新乐府出现并形成潮流。以《雁门太守行》作歌，李贺是第一人。以旧题作新歌，又沿袭原主题精神，虽与新乐府宗旨不完全相同，但还是与社会竞相摹写乐府诗的潮流一致。诗题是乐府旧题，内容取萧纲开拓的边塞题材，那么李贺就是因袭前人，没有创新吗？非也。在诗中他注入了新的强烈的时代信息，因为他看到安史之乱、永贞之乱以来唐室的内忧外患，需要一种自强精神，他在古题"雁门太守行"中找到了这一精神，这是时代急需的重大发现，他试图以之振起一代雄心。应该说，他在为唐王朝寻找一种失落已久的精神，即马背强悍精神，那一特定历史时期，需要这种壮怀激烈、慷慨悲歌的民族精神，这便是他作歌的本意，被韩愈慧眼识珠；同时他也在警示那些私欲膨胀、不受节制的藩镇，应以大义为重，舍身"报君黄金台"。韩愈正是从这一角度认可李诗的，完全不同于王安石、杨慎们拘囿写景状物的细小问题上。后世也有人神通诗人，看出端倪，如周珽《唐诗选脉会通评林》"今观其全首，似为中唐另树旗鼓者。至末二句，雄浑尤不减初、盛风格。……长吉诗大抵创意奥而生想深，萃精求异，……宜为昌黎公所知重也"。

　　李贺作为唐宗室后裔，他不仅为个人，更有王室代言人的使命感，这便是他诗歌具有宏大主旨的根本原因。元和四年他才十九岁，立意之高，是同龄人不见的，所以"神童"不仅聪明，而且因特殊身份，使他见识高于他人，这才是神童真相。只有聪明没有深刻卓见，那是伪神童。李贺诗几不关心个人得失，更多的是贵族的那份责任感，这也是他高于时人之处。元和八年（813）春他告病回昌谷（洛阳宜阳）休养一段时日。但很快他不甘沉寂，又举足南游，希望在南楚吴越一展才华，不久折回洛阳，应该说他的人生观是积极正面的。"九州人事皆如此"，是他对那一社会的清醒批判。所以清姚文燮《昌谷集注》说"深刺当世之弊，切中当世之隐"，可谓一语中的。

韩愈生活于那一时代，也体会到整个社会缺乏一种昂奋图强的精神，这是他们共同的体会，中晚唐与初盛唐之别就在于精神失落。所以韩愈要旁搜远绍、慎终追远提倡古文运动，苦心改良社会。先是永贞之变，窃弄神器，败坏纲纪人心，韩愈以《永贞行》痛击之，修撰《顺宗实录》，直笔书写警示来者。再是元和四年（809）成德军王承宗欺君作乱，平卢淄青节度使李师道、淮西节度使吴元济纷纷坐大，不受节制。斑斑点点，各种不好的信息汇集于韩愈心中。此时他正分司东都。元和五年（810），魏、郓、幽、镇四藩东都留守，暗中在藩邸蓄养兵士，窝藏逃犯，意图不轨。韩愈挫败他们的阴谋，迫使他们停手。正在此时，得到李贺谒诗，是多么振奋人心，于是即刻召见。

问：有道理！你这样解释就符合实际了，难怪韩愈青眼相看。此诗除思想性与韩愈心心相印外，还有动人之处吧？

答：是的，有符合时代要求的内容还不够，不足以打动韩愈。要入法眼，还有一个因素，就是李贺的诗艺，与韩愈诗观碰合，激起火花，才让韩愈爱不释手。也就是我们常说的伟大的作品，尤其是宏大主题，一定要有与之相配的艺术形式，否则再伟大的思想也传达不出。

李贺诗艺甚高，他的诗概之一字"诡"，正合韩愈"怪奇"的诗歌倡导。这"诡"便是想象奇险，吐属不凡，常有"鬼仙之辞"。齐己《读李贺歌集》称赞"玄珠与虹玉，璨璨李贺抱"，这一诗法也启迪了另一大家李商隐。韩愈主张以古文打破骈文的属对精切,反映于诗也是一"破"字,于"破"中寻求雄奇伟峻、光怪陆离。硬语险词,诗文皆一以贯之。这首《雁门太守行》境界雄奇、辞采斑斓,正合韩愈主张。一、二句"黑云压城城欲摧,甲光向日金鳞开",抓住天象变化,组合诗意,敌军来势如黑云压顶;守军奋起抗敌,如金光万箭穿透黑云,日光下勇士铠甲如龙鳞张开。这是王师,敢用一"鳞"字,天子已化身为一种精神力量伴随军人厮杀。这两句千古名句,后世赞扬最多。周珽《唐诗选脉会通评林》引范梈"作诗要有惊人句。语险,诗便惊人。如李贺'黑云压城城欲摧,甲光照日金鳞开',此等语,任是人道不出"。三、四句"角声满天秋色里,塞上燕脂凝夜紫",声画结合,颇有战地秋声、塞上紫夜的豪迈、浪漫。这不是闲笔,是战士乐观主义的豪情。李贺于紧张战事中从容不迫宕开一笔,显示了卓越驾驭宏大场面的功力。燕脂,亦叫燕支,一种草,作染料叫燕脂。西晋崔豹《古今注·草木》"燕支,叶似蓟,花似蒲公。出西方。土人以染,名为燕支,中国人谓之红蓝"。唐末马缟《中华古今注·燕脂》"盖起白纣,以红蓝花汁凝作燕脂"。红蓝,即燕脂颜色,类如桃花色。所以塞上燕支草在夕阳下黄昏里其红蓝自然凝为紫色。五、六句"半卷红旗临易水,霜重鼓寒声不起",语气严峻,写军败,清黎简批点《李长吉集》"'霜重'句即李陵'兵气不扬'意。写败军如见"。是否就要气馁退缩?末二句告诉我们,"报君黄金台上意,提携玉龙为君死",清杜诏《中晚唐诗叩弹集》"此诗言城危势亟,擐甲不休,至于哀角横秋,夕阳塞紫,满目悲凉,犹卷旆前征,有进无退。虽士气已竭,鼓声不扬,而一剑尚存,死不负国。皆极写忠诚慷慨"。这正是李贺要表达的报国情怀。安史之乱后社会最缺这种为国捐躯的死士精神,这是汉武帝以来形成的神武精神,它关乎的不仅是唐王朝的气数,更是整个民族生存延续的命运。所以前人说以死作结势,结得"陡健",

结得"决绝险劲"。

问：经你解释，我已贯通领会。难怪它是人们喜爱的千古名诗。

答：还有补充。清以来人们解诗，多联系当时历史背景，藩镇猖獗，认为诗实写内战，如陈沆《诗比兴笺》"宪宗元和四年，成德军节度使王承宗自立，吐突承璀为招讨使讨之，逾年无功，故诗刺诸将不力战，无报国死绥之志也"。非是。此种认识出发点便错了。还得紧扣诗题，要知诗人用乐府古题，自南北朝以来"雁门太守行"就是写边塞题材，没有其他，这才是李贺用题逻辑，不以逻辑解诗都是蹩脚的似是而非之见。诗人以一场边塞战争来激励士气，鼓舞人心，试图找回安史之乱后丢失的"盛唐精神"。自杜甫、李贺、李商隐一脉相传，这些有民族气节、社会责任感的贵族诗人无不如此。你以为呢？此诗也并非有人说的，诗人借以宣泄报国无门的苦闷。苦闷吗？不见整篇壮怀激烈、激昂奋发、豪情壮志，真是辜负了长吉一片苦心。从曾益《昌谷集注》"城将陷敌，士怀敢死之志"可知，他看见了对外战争中这份死士的民族精神。故可以肯定是凝聚人心之作，非个人苦闷抒怀。

回到文题，所以韩愈鉴诗在王安石、杨慎之上，并非说王、杨水平不行，而是时代环境改易之故。

关于贾岛是否登第之疑

问：我对贾岛有一疑问，他登第没有，不登第能授长江主簿吗？

答：确是个问题。宋以来均认为贾岛没有登第。你的疑问很好，贾岛家庭并非显族，"祖宗官爵顾未研详，中多高蹈不仕"（《墓铭》），所以诗名虽盛，但《旧唐书》并未立传著录。到了宋代，进入平民时代，社会本质发生根本变化，中晚唐底层诗人受到喜爱，贾岛才进入欧阳修等修撰的《新唐书》。

> 岛字浪仙，范阳人。初为浮屠，名无本。来东都时洛阳令禁僧，午后不得出。岛为诗自伤，愈怜之，因教其为文。遂去浮屠，举进士。当其苦吟，虽逢值公卿贵人，皆不之觉也。一日见京兆尹，跨驴不避，呼诘之，久乃得释。累举不中第。文宗时坐飞谤，贬长江主簿。会昌初以普州司仓参军，迁司户，未受命卒，年六十五。（《新唐书·贾岛传》）

细解传文有歧义，"累举不中第"，即终生未第。若终生未第，"文宗时坐飞谤，贬长江主簿"，便讲不通。"累不第"何以"贬长江主簿"？还与前文"遂去浮屠，举进士"相矛盾。

问：我读到此，也产生疑虑，并非高门望族，又无门荫，怎会突然放长江主簿？

答：再看贾岛卒地普州贡士苏绛受托撰写的《贾司仓墓志铭》。

> 公讳岛，字浪仙，范阳人也。……穿杨未中，遽罹诽谤，解褐授遂州长江主簿，三年在任，卷不释手。秩满，迁普州司仓参军。……片云独鹤，高步尘表。长沙裁赋，事略同焉。攸望遭时，紫泥必降。……会昌癸亥岁七月二十八日，终于郡官舍，春秋六十有四。呜呼！未及浃旬，又转授晋州司户参军。荣命虽来，于公何有？痛而无子，夫人刘氏承公遗旨，粤以明年甲子三月十七日庚子，葬于普南安泉山。虑陵谷变迁，刊石纪时。

读这段墓志，可知《新唐书》传文改抄自此。《墓铭》"穿杨未中，遽罹诽谤，解褐授遂州长江主簿"，颇有春秋笔法，为尊者讳之深意。"穿杨未中"，既已"穿杨"必中第，却遭诽谤而未授官，后来才"解褐"授长江主簿。墓志是清楚的。《新唐书》未能读懂春秋笔法，遂抄为"累举不中第，文宗时坐飞谤，贬长江主簿"。贾岛是否登第之疑由此而始。

问： 明白了，"穿杨未中"应该是登第后未取录。

答： 是的。来看《唐摭言》"无官受黜"条。

贾岛，字阆仙。……又尝遇武宗皇帝于定水精舍，岛尤肆侮，上讦之。他日有中旨，令与一官谪去，乃授长江县尉，稍迁普州司仓而卒。

再看《唐诗纪事》。

字浪仙，范阳人。初为浮屠，名无本。……来洛阳，韩愈教为文。去浮屠，举进士。终普州司户。岛久不第，吟病蝉之句以刺公卿，或奏岛与平曾等为十恶，逐之。诗曰"病蝉飞不得，向我掌中行。拆翼犹能薄，酸吟尚极清。露华凝在腹，尘点误侵睛。黄雀并乌鸟，俱怀害尔情"。大中末授遂州长江簿，初之任，届东川，守者厚礼之。岛献感恩诗曰"鲍革奏冬非独乐，军城未晓启重门。何时却入三台贵，此日空知八座尊。罗绮舞中收雨点，貔貅闻外卷云根。逐迁属吏随宾列，拨棹扁舟不忘恩"。自长江迁普州司仓，方干自镜湖寄诗曰"乱山重复叠，何路访先生。岂料多才者，空垂不世名。闲曹犹得醉，薄俸亦胜耕。莫问吟诗石，年年芳草平"。岛至老无子，因啖牛肉得疾，终于传舍。

综合来看，登第之疑，始作俑者《新唐书》，将"穿杨未中"解读为"屡举不中第"，却又无端"贬长江主簿"。这种违背唐代科举规定的说辞，竟出自《新唐书》传文，误导后世千年。比《新唐书》早的《唐摭言》，"他日有中旨"，非常明确贾岛中第，因触忤皇帝，"令与一官谪去，乃授长江县尉"。《唐诗纪事》"去浮屠，举进士，终普州司户"，亦采信了苏绛《贾司仓墓志铭》中的说法。但"大中末（859）

授遂州长江簿"又是不经考证之言,他会昌二年(842)便已去世。

总之贾岛登第无疑,你以为呢?

问:清楚了。第二疑,由于最为可靠的《旧唐书》无传,很多流传的贾岛事迹真假如何?譬如结识韩愈的"推敲"故事,是否有?

答:无风不起浪,"推敲"故事,或许还真有其事。且听我道来,先说贾岛结识韩愈的经过。据洪兴祖《韩子年谱》,韩愈贞元十七年(801)通过铨选,十八年(802)春授国子监四门博士,回洛阳。贾岛此年在洛阳香山寺为僧,二人相识当在是年。符合《新唐书》贾岛"来东都时洛阳令禁僧,午后不得出。岛为诗自伤,愈怜之,因教其为文"。元和六年(811)韩愈在长安,《送无本师归范阳》"始见洛阳春,桃枝缀红糁",可证他们在贞元十八年春相识于洛阳,后贾岛"遂来长安里,时卦转习坎"。诗中称贾岛"无本",可知元和六年他仍未去浮屠身份,举进士当在元和六年后。

你提到"推敲"冲撞京兆尹队伍的故事,我认为应是真实的,而且事件还传扬长安。农耕时代社会信息本就不多,轰动信息更少,所以贾岛推敲事件必曾尽人皆知,才被采录于案。唐代民间野史传奇,多遵循史传真实的原则,撼采史官所遗。故"推敲"可信度高。贾岛为求仕长期居住长安,具备冲撞条件。据载有两次,一次是长庆三年(823)六月遇韩愈官队,韩愈时为京兆尹;一次是宝历元年(825)遇刘栖楚,栖楚时为京兆尹,不久出为桂管观察使。贾岛有《寄刘栖楚》"友生去更远,来书绝如焚""岁暮傥旋归,晤言桂氛氲"。长庆三年与宝历元年时间很近,即便笔记有出入,也可确证他在这三年至少有一次吟诗冲撞京兆尹队伍。

故可得出结论,贾岛、韩愈相识在洛阳,"推敲"之事发在长安。

问:经你辨识,推敲之事或真有发生。第三疑,"坐飞谤"是否有其事,是何原因?

答：实际上《新唐书》"坐飞谤"亦来自墓志"遽罹诽谤"。苏绛以春秋笔法含蓄概括"长沙裁赋，事略同焉"。

何以与"长沙事同"？贾谊因绛灌谗陷，文帝疏远，在长沙作《吊屈原赋》发抒忧愤。所谓"事同"，是贾岛做了什么而遭遇谗陷？好友姚合《寄贾岛时任普州司仓》"长沙事可悲，普掾罪谁知。千载人空尽，一家冤不移"。方干《寄普州贾司仓岛》"冤气终不散，嘉言徒擅名"。贾岛去世，李频《哭贾岛》"恨声流蜀魄，冤气入湘云"。看来贾岛遭遇影响极大，时人都知，但皆不说明原因。

我倒是从他的经历、政治立场、人物交往及牛李党争背景找到了原因。

第一，与令狐楚的关系。开成二年（837）九月，赴遂州长江县（四川大英）主簿，中途有《寄令狐相公》"策杖驰山驿，逢人问梓州。长江那可到，行客替生愁"。令狐相公即令狐楚。楚时在山南西道节度使任上，紧邻遂州，贾岛入蜀要过令狐辖区，故有此作。是年十一月十二日令狐楚逝世官所。

贾岛小令狐楚十余岁，二人关系非同一般。宝历元年（825）九月令狐楚出任检校礼部尚书、汴州刺史、宣武军节度使及汴、宋、亳诸州观察使。他有《送令狐相公》"慷慨知音在，谁能泪堕巾"，可证两人"知音"关系，说明贾岛已介入党争。诗中"梁园趋戟节"，即指宝历元年九月令狐楚这次宣武军节度使经历，可见他在宝历元年已是牛党的积极追随者。

大和六年（832）二月，令狐楚出任太原尹、北都留守、河东节度使。这段时期，两人关系仍密切。足以见出贾岛的政治立场，始终站在平民新贵的阵营。

开成二年（837）十月，他到达长江县，令狐楚寄赠寒衣已至，贾岛复诗相谢，《谢令狐相公赐衣九事》"长江飞鸟外，主簿跨驴归。逐客寒前夜，元戎予厚衣。雪来松更绿，霜降月弥辉。即日调殷鼎，朝分是与非"。此诗今人认为令狐绹寄衣，误。时绹任右司郎中，与"元戎"身份不合。故为楚寄赠寒衣。诗中贾岛称"逐客"，希望令狐楚为自己"朝分是与非"。再次证明他依附的是牛党。

第二，受杨汝士礼遇。开成二年十月初贾岛经梓州（四川三台）赴任，有《观冬设上东川杨尚书》。冬设，指古代迎冬祭礼。《礼记·月令》："（孟冬之月）立冬之日，天子亲帅三公九卿大夫以迎冬于北郊。"郑玄注"迎冬者，祭黑帝叶光纪于北郊之兆也"。《后汉书·祭祀志中》"立冬之日，迎冬于北郊，祭黑帝玄冥，车旗服饰皆黑"。贵族冬设习尚为唐人所承，如李商隐《陈后宫》"侵夜鸾开镜，迎冬雉献裘"，白居易《三年冬随事铺设小堂寝处，稍似稳暖，因念衰病偶吟所怀》"暖帐迎冬设，温炉向夜施"。

杨尚书，指礼部尚书杨汝士，时任梓州刺史、东川节度使。在梓州，贾岛受邀参加杨汝士主持的冬设祭礼，"逐迁属吏随宾列，拨棹扁舟不忘恩"。杨汝士虽为虢州弘农著姓，但在牛李党争中，受牛僧孺、李宗闵善待，引为中书舍人，亦为牛党。所以他与贾岛在同一阵营。可知贾岛被贬长江主簿，是贵族势力李党所为。

补充一点，唐武宗之前，牛李党争，传统贵族略占上风；唐宣宗之后，平民新贵受皇权扶植，贵族失势，近半世纪的党争以新贵胜利告终。贾岛没有等到宣宗登基便在会昌中兴中离世，故"坐飞谤"来自李党排抵。

第三，由于后人不明被逐真相，演绎了后来的故事。如何光远《鉴诫录·贾忤旨》记载贾岛夺宣宗书卷事。

> 专俟宣宗微行，欲见帝，希特恩，非时及第。及宣宗微行。值玄不在，上聆钟楼上有秀才吟咏之声，遂登楼，于岛案上取吟

次诗欲看。岛不识帝,攘臂睨帝,遽于帝手夺之,曰:"郎君何会耶?"帝惭赧下楼。玄公寻亦归院,岛抚膺追悔,欲投钟楼。帝惜其才,急诏释罪,谓岛曰:"方知卿薄命矣。"遂御札墨制,除岛为遂州长江主簿。

此事系伪造,宣宗时贾岛已去世。但后人不知武宗"会昌中兴"是贵族中兴,宣宗"大中之治"是平民新贵的胜利,所以不辨真相。他们不知宣宗与平民新贵同一战线,故采信了这条宣宗与贾岛对立的信息。如,南宋重编《贾岛集》将"宣宗墨制"放在扉页,又将贾岛"寄令狐楚"的诗题篡改为寄令狐绹,以应此事。唐末以来,此事在诗人中广为流传,如李克恭《吊贾岛》"宣宗谪去为闲事,韩愈知来已振名",崔铤《题贾岛墓》"倚恃才难继,昂藏貌不恭。骑驴冲大尹,夺卷忤宣宗",均是张冠李戴,道听途说。所幸有南宋陈振孙《直斋书录解题》辨非:"与传所称诽谤不同。盖宣宗好微行,小说载岛应对忤旨,好事者撰此制以实之。"

应该说,贾岛与李商隐一样是牛李党争的牺牲品,只不过李商隐是贵族李党,贾岛是平民牛党。

问:排除贾岛忤犯宣宗讹传,"飞谤"确是来自贵族势力的政治迫害。还有进一步考证吗?

答:有。置于牛李党争背景下考辨便一目了然。比如孟棨《本事诗·怨愤》。

贾岛(《韵语阳秋》按:应为裴度)于兴化凿池种竹,起台榭。(岛)时方下第,或谓执政恶之,故不在选。怨愤尤极,遂于庭内题诗曰"破却千家作一池,不栽桃李种蔷薇。蔷薇花落秋风后,荆棘满庭君始知"。由是人皆恶其侮慢不逊,故卒不得第,抱憾而终。

裴度出身显族，代表贵族势力。贾岛《题兴化园亭》讽嘲裴度，自然引起贵族势力愤怒。

他曾作《病蝉》"黄雀并鸢鸟，俱怀害尔情"，刺讽李党考官。此事被定为科场"十恶"。说明党争已进科场，他久未登第也就找到原因了。《唐诗纪事》"岛久不第，吟《病蝉》之句，以刺公卿。或奏岛与平曾等为'十恶'，逐之"。析其原因，正值牛李党争贵族略占上风之时，党争本质是传统贵族与平民新贵之间的权力斗争，贾岛与令狐楚交厚，显然属于牛党，作为寒士他站在牛党立场，以"尘点误侵睛"讥刺传统贵族。如此明显地宣示立场，当然会受到李党排斥，诽谤自然来自敌对阵营。贾岛卷入派系很深。还可参证平曾事，《唐诗纪事》"唐以府元被绌者九人，曾其一也。曾长庆二年同贾阆仙辈贬，谓之举场十恶"。也就是说，长庆二年贾岛等进士已被除名。这正合墓志"穿杨未中"，也与之后长庆三年发生的"推敲"冲撞京兆尹官队时间相合，还证明了他心存怨气，故意冲撞公卿，发泄不满。长安人人尽知。

因此可得结论，贾岛参加科第当在元和六年（811）至长庆二年（822）间，最终穿杨在长庆二年四十四岁。好友姚合元和十一年（816）登第，讲到元和六年后贾岛年年科举情况，"日日攻诗亦自强，年年供应在名场。春风驿路归何处，紫阁山边是草堂"（《送贾岛及钟浑》）。姚贾二人一同科考，贾岛考得更辛苦，如《下第》。

> 下第只空囊，如何住帝乡。
> 杏园啼百舌，谁醉在花傍。
> 泪落故山远，病来春草长。
> 知音逢岂易，孤棹负三湘。

最终，他晚姚合六年，终于穿杨。他不如姚合顺利。姚合名门世家，又行卷李逢吉，引为门生，及第后被授武功主簿，开启仕途生涯。贾岛登第即遭废黜，进士考中不易，所以冤情很重。除名后必再无机会进场屋，李频《哭贾岛》"恨声流蜀魄，冤气入湘云"。所幸其诗艺精进，"无限风骚句，时来日夜闻"。

也许你要问：长庆二年伯乐韩愈不还在吗？但此时他们已分属不同阵营。韩愈当时因谏《论佛骨表》被贬潮州，疏救他的是李党裴度、崔群等人。但同平章事皇甫镈等牛党成员憎恨韩愈，极力反对宪宗复用韩愈，阻止召回。长庆初韩愈任国子监祭酒、兵部侍郎，长庆二年发生"举场十恶"事件，他并未出手襄助已属牛党的新进进士贾岛，便可理解了。

清陈其元《庸闲斋笔记·贾岛墓》总结贾岛"吟苦比孟，名重因韩。遭时多谗，入宫见妒。长沙长江，同才同遇。浮沉一尉，潦倒半生。郁此磅礴，发为精英。绝唱五言，余事千古"。长庆二年剥夺进士籍共十人，连送来的"府元"平曾都未能幸免。此后，贾岛在派系党争中一等便是十五年。

至开成二年（837）牛党占据上风，五十九岁才以进士解褐授遂州长江主簿。他既非"贬长江"，也不是"责授"，更非"逐出关外"；而是唐文宗搞平衡的牺牲品，李党自是一律逐出朝廷，牛党也不能人人重用，以安抚式微贵族。故墓志表述准确，就是"解褐授长江主簿"，这是唐文宗衡量利害的安排。唐文宗对牛李党争有"去河北贼易，去朝中朋党难"无奈之叹。牺牲个人的做法，对贾岛极不公，他一再称"逐客""迁人"，在《谢令狐相公赐衣九事》中请求令狐楚为自己"朝分是与非"，表示不屈服，"雪来松更绿，霜降月弥辉"。

长江秩满，开成五年（840）九月升普州（四川安岳）司仓参军。会昌二年（842）迁普州司户，未受命卒。

问：考证宏富，经你梳理，解了我的疑问。原本夹杂不清的经历清晰了。"飞谤"就来自牛李党争啊！真是醒人之见。贾岛生平五代、宋以来都弄得糊里糊涂，至今未清。看来他前半生受知于韩愈，后半生受惠于令狐楚。其人生旅途绝非世人所说，而是一直有贵人相助，也算幸运。

答：是的。他授长江簿，今人找不到原因，皆归其性格孤傲狂狷，以致遭遇横祸而未及政治斗争是浅薄之见。"无官受黜"更是无稽，违背唐制。这些皆是没有深入史料、读懂史料，离开历史背景的猜测。他在长江县《寄令狐相公》，感谢令狐楚赠衣，"话言声及政，栈阁谷离斜。自着衣偏暖，谁忧雪六花"，可见他沉入党争很深。

贾岛也无须委屈，按唐惯例，进士及第并不能即刻授官，须在吏部再试宏词拔萃入等，方可授尉、簿之类的官。所以朝廷并未降等录用，也满足了他释褐的心愿。若说有意为难，便是指在地区安排上，没有留京。他在长安诗界已有盛名，去长江县远离政治中心，是他不情愿的。但后来长江县平息了他的怨气，"三年在任，卷不释手"。开成四年（839）东川节度使郑复疏决涪江，他作诗《郑尚书新开涪江》"梓匠防波溢，蓬仙畏水干。从今疏决后，任雨滞峰峦""不侵南亩务，已拔北江流。涪水方移岸，浔阳有到舟"，已成能吏。他对长江县充满眷恋，将诗集命名为《长江集》。

贾岛死后，宣宗执政，牛党彻底占了上风。拿贾岛与李商隐比，贾岛阵营最终迎来了转机，而李商隐命运更凄惨。开成二年李商隐登第，正是牛党战胜李党的大转折，是年贾岛被授长江主簿，而李商隐作为末世贵族又站在李党集团，所以他比贾岛更命蹇时乖，毫无希望与机会。大中末长达五十余年的贵族与平民之争结束，平民彻底胜利，从此进入平民掌控权柄的历史时期。贾岛、李商隐站在不同阵营，平民贾岛与贵族李商隐是这场党争的典型缩影。贾岛晚年正是牛党得势走上坡路的起点，李商隐却经历了贵族彻底失败的痛苦。不论站在哪个政治阵营，贾岛、李商隐都经历了相似的遭遇，受到对立党派的打击。李商隐登第十年还是最初官阶，原地转圈；贾岛穿杨十五年才被授主簿，蹉跎岁月。多年后，有齐己《读贾岛集》"遗篇三百首，首首是遗冤。知到千年外，更逢何者论。离秦空得罪，入蜀但听猿。还似长沙祖，唯余赋鹏言"。

问：是的，是的，从他们的诗风也可见出他们不同阵营的分野。

关于唐诗中的"停烛""停灯"

问：请谈谈唐诗中"停烛""停灯"现象。

答：这是唐人的日常口俗语词，但与今天的意思很不相同。它出现于唐诗是在中晚唐，盛唐以前的诗歌未见。

陶亚舒《"停烛""停灯"——唐人习语新探》说："'停烛'是古代诗词中习见的一个语言现象，但在当代才在诠释上受到研究者的重视，并主要是由对中唐诗人朱庆馀名篇《近试上张籍水部》'洞房昨夜停红烛'的解释引发的。"朱庆馀诗如下。

> 洞房昨夜停红烛，待晓堂前拜舅姑。
> 妆罢低声问夫婿，画眉深浅入时无。

问：新婚夜"停烛"似乎不合适吧？

答：按字面理解"停红烛"，就是红烛熄灭，但与洞房花烛夜习俗不合。北周庾信《和咏舞诗》"洞房花烛明，燕馀双舞轻"。那么洞房"停红烛"便不合理，"停烛"怎么讲？晚唐胡曾有一首《玉门关》。

> 西戎不敢过天山，定远功成白马闲。

半夜帐中停烛坐，唯思生入玉门关。

"半夜帐中停烛坐"，怎么熄灯摸黑独坐？殊不合常识。

问：我注意到你说中晚唐才出现这一诗歌词语，为何这样？

答：这一问题，亦可见盛唐以后，社会急遽变化。一是随着贵族式微，诗歌走上平民化道路，更多口俗语被引入诗中，故出现了"停烛""停灯"入诗现象。二是从诗人构成看，中唐倡导走通俗化道路的诗人，或是由平民成长起来的诗人，多有将日常习语入诗的情况。三是唐前期贵族诗人审美品位不同，重视雅言，绝无此类俗词，即便李商隐这样生活在中晚唐的贵族诗人也不采用。

问："停烛"怎么解释？

答：以朱庆馀"停红烛"为例，据陶亚舒统计，各种注本解释如下。

第一，停放、停留或保持。持此说者最多。如马茂元《唐诗选》"停，停放。停红烛，意谓红烛燃点在这里"。《唐诗选》"停留，不吹灭，通夜长明之意"。沈祖棻《唐人七绝诗浅释》"停，停留。停红烛，即让红烛点着，通夜不灭"。钱锺书《宋诗选注》注文同《织妇怨》"连宵停火烛"，说"停火烛：不灭火烛。'停'有相反两意：一、停止或灭绝。例如'七昼七夜，无得停火'（黄庭坚《豫章先生文集》卷二十一《歧奚移文》）；二、停留或保持。例如'逍遥待晓分……明月不应停'（《乐府诗集》卷四十六《读曲歌》之八十六），'停灯于缸，先焰非后焰而明者不能见'（刘昼《刘子》卷五十三《惜时》）。这里'停'是保持"。

第二，点烛。朱金城《白居易年谱》"停烛为唐人习语，应作点烛解"；富寿荪《千首唐人绝句》"停红烛"，"停"也解为"点燃"。

第三，两两对称，一对。任二北《敦煌曲初探·圣旨考与臆说》

"停,有两两对称之意。敦煌曲〔六二四〕'停烛焚香告天地。'朱庆馀诗'洞房昨夜停红烛',同例"。刘逸生《唐诗小札》"停红烛""对称地摆上两支红蜡烛"。但有个问题,洞房花烛可"对烛",日常生活"停烛"也是一对吗?显然此解狭隘。

第四,停分,等分。冯菊年《浅说〈唐诗三百首新注〉的特点》认为"停"释为"停放"欠妥,"洞房花烛的红烛历来都是成双成对的,因而这个'停'字似可作'停分'解,停分之意即平分,对半分,即一对花烛左右对称地停分着",它"标志着夫妻名分的确立,全诗的后三句都就此展开,层层深入,顺理成章"。

但这些解释都是围绕朱庆馀的诗洞房"停红烛"来分析,孤立看问题,并未对"停烛""停灯"展开考察,结论有局限性。如胡曾《玉门关》"半夜帐中停烛坐",就无"对烛"之意。所以将"停红烛"围绕新婚烛火解释,不具普遍性。

问:更具普遍意义的"停烛""停灯"入诗,情况如何?

答:其实"停灯"出现在南北朝,如北齐刘昼《刘子·想惜时》"夫停灯于缸,先熖非后熖,而明者不能见;藏山于泽,今形非昨形,而智者不能知"。缸,灯盏。"停灯于缸"就是把活动"火苗"定在灯盏里,避免吹灭。南朝徐陵《和王舍人送客未还闺中有望》"绮灯停不灭,高扉掩未关",诗中"灯"是"停不灭","扉"是"掩未关",可见"停"是指灯定而"静止不灭","掩"是指门合而"虚掩未关"。诗中"掩门"沿用至今,"停灯"则在后世退出了生活领域。

"停烛""停灯"出现于唐诗中,陶亚舒认为在初唐。虞世南《凌晨早朝》"玉花停夜烛,金壶送晓筹"。但"玉花停夜烛"是"停烛"之意吗?当然不是。诗中"停"前承"玉花",后接"夜烛",指烛花停于烛上的情形。因此,此处"停"与要讨论的习语"停烛"不是一回事。前面说了初盛唐贵族诗人在诗歌中一般不用俗词,虞世南当然不会用"停烛""停灯"这样的俗言俚语。从诗题《凌晨早朝》到内容"重门应启路，通籍引王侯"的庄重都可看出。因此，认为"停烛"初唐便已入诗是错的。

俗词习语入诗，初盛唐贵族重雅言，排斥不用；"停烛""停灯"最早出现于中唐白居易等人诗中。他们引入口俗语，打开了通俗化诗歌的道路。《唐才子传》称白居易"不尚艰难，每成篇，必令其家老妪读之，问解则录"。因此中唐诗歌自白居易一变。可见文学真实反映了社会的转型变迁，由贵族社会转向平民社会，或者说平民社会在取代贵族社会。作为口语词，"停烛""停灯"在整个唐代都存在，初盛唐贵族当道，几无诗人采用；安史之乱后，贵族式微，社会整体品格下沉，反映于文学才不避俚俗，雅言杂语混用。这也反映了中唐社会固有秩序趋向混乱。下面举例。

白居易《岁暮夜长病中灯下闻卢尹夜宴以诗戏之且为来日张本也》"当君秉烛衔杯夜，是我停灯服药时"，此联对句为"卢君秉烛举杯，我却停灯服药"。为突出不同，诗人以同一时间不同的人做不同的事来进行对比表述，"秉烛夜""停灯时"指的正是"同一时间"。再如《衰病》"行多朝散药，睡少夜停灯"，魏晋服丹之风，饵后要行散（散步）挥发药力，故言"朝散药"；服丹后亢奋难眠，故要"夜停灯"。

中唐其他诗人使用"停灯""停烛"，如张籍《宿广德寺寄从舅》"移床动栖鹤，停烛聚飞虫"。"移床"，惊动栖鹤；"停烛"，吸引飞蛾。一动一静，相得益彰。可见"停烛"有让烛光定住之意。晚唐，许浑有《行次白沙馆先寄上河南王侍御》"孤馆闭秋雨，空堂停曙灯"，刘沧有《赠道者》"停灯深夜看仙箓，拂石高秋坐钓台"，方干有《赠赵崇侍御》"闲话篇章停烛久，醉迷歌舞出花迟"。

降至北宋，有王禹偁《赠朱严》"妻装秋卷停灯坐，儿趁朝餐乞米炊"，文同《织妇怨》"不敢辄下机，连宵停火烛"。

综上,"停灯""停烛"始于南北朝,行于唐,终于宋。二者入诗,中晚唐是高峰,北宋渐少,明以后渐绝,这一习语被时代淡出了生活。后来在描述相关情景时,代之以燃灯(烛)、烧灯(烛)、点灯(烛),远离了最初之意。

问:"停烛""停灯"肯定不同于后世"燃灯""点灯"。想听你辨析。

答:还得回到"停"字来解。

一指停止,止息,保持,停放,停泊。如崔颢《长干行》"停船暂借问,或恐是同乡",李白《行路难》"停杯投箸不能食",白居易《琵琶行》"琵琶声停欲语迟"。

二指耸立。

三指总数分成几份,一份叫一停。停分,即均分,等分,各据一半。故才有前面任二白、刘逸生、冯菊年"停烛"作"对烛"之解,但在其他诗例中这就解不通了。

问:有一路径,回到古人生活场景中去解,可以吗?

答:可以。古人口头为何习称"停烛""停灯"?一定有其通义,它折射的是农耕时代古人的生活情景。譬如"停电"完全不同于"停灯",它反映的是现代文明的生活逻辑。所以我们要按古人生活习惯去还原。

灯烛是古人唯一的照明工具,对灯烛的印象,就如对明月的感受,特别鲜明。生活中夜晚活动要"移灯",方可照明行动。移动的烛火并不能带来空间明亮,古人对此经验感受颇深,于是在他们意识中,只有"停灯"才能带来空间的静态光明。早在汉末刘熙《释名·释言语》便有"停,定也,定于所在也"。根据经验,灯动易灭,定而不熄。故南北朝就此义组词,"停灯"即"定灯照明"。如白居易《与僧智如夜话》"笼停半夜灯"就是把灯定于笼中。相对地"秉烛"是移灯游走，如《古诗十九首·生年不满百》"昼短苦夜长，何不秉烛游"。但行走中光亮飘忽，不集中，易熄灭，故需"定灯"，固定光源照明。王建《惜欢》"岁去停灯守，花开把火看"，一静一动，岁要定灯守，花须秉烛（把火）看。当然科学来说，"烛光移动感觉不亮，烛光定住感觉明亮"，这些经验常识都是心理错觉。

问：谢谢，"停灯""秉烛"我都懂了。还有一种"掌灯"呢？

答："掌灯"，本为职官，门阁灯烛掌理者。后用于生活，又作手里举灯，即掌管灯烛之意，如李渔《怜香伴·欢聚》"侍儿们掌灯进房"。掌灯时分，强调天刚黑，不直说，因为天黑自然掌灯才能行动。"掌灯"有用手掌捧着灯盏以防熄灭之意。按逻辑，既然点灯，掌灯，最后才停灯，是古人夜生活"三部曲"，那么朱金城将"停烛"作"点烛"解就错了。三部曲，如仪式般，即点灯、掌灯、定灯，古人界限分明，切不可混淆。"停灯"是最后一部曲。这就是唐人这个习语的通义。相应地"秉烛""把火"也是日常生活中的习语。总之"停灯""停烛"的诞生，背后有复杂的文化机理。

回看各种解释争议，一切迎刃而解。追而溯之，徐陵《和王舍人送客未还闺中有望》"绮灯停不灭，高扉掩未关"就是使灯烛固定，处于静态，才会"定而不灭"。王建《织锦曲》"合衣卧时参没后，停灯起在鸡鸣前"，无论睡在参星后，还是起在鸡鸣前，天都未亮，须定灯照明。

问：谢谢，豁然开朗。唐人之意就是定烛照明。

关于晚唐遗珠"一瓢诗人"唐求

问：晚唐诗人唐求，鲜为人知，湮于诗海。这对于唐代诗歌来说，实不免有遗珠之憾。

答：关于唐求，能研究的资料极少，他的诗遗失很多，《全唐诗》仅录三十五首。他的生卒年已无法翔实考出。至于籍贯，有三说。一说是长安人，居味江（《舆地纪胜》）。明人杨慎则说，"唐求，嘉州沫江人，所谓诗瓢唐山人也"（《升庵诗话·卷八》）。这两说都不确。今据乾隆《崇庆州志·隐逸三十二》引宋人《茅亭客话·卷三》有味江山人一条，论及唐求事则有第三种说法。

唐末蜀州青城县味江山人唐求，至性纯悫，笃好雅道，放旷疏逸，几乎方外之士也。每入市，骑一青牛，至暮醺酣而归。非其类不与之交。或吟或咏，有所得则将稿捻为丸，纳于大瓢中。二十余年不知其数，亦不复吟咏。其赠送寄别之诗，布于人口。暮年因卧病索瓢置于江中曰："斯文苟不沉没于水，后之人得者方知我苦心耳。"浮至新渠，江口有识者云："唐山人诗瓢也。"探得之，已遭漂润损坏，十得其二三，凡三十余篇行于世。

问：你是崇州人，谅必更有发言权了。

答：是的，崇庆州（四川崇州）唐置称蜀州，又称唐安，另据《槐轩杂著》载："唐安西北有味江，泉洌而甘，明藩以酿酒。"经查，味江发源于崇州和平乡大崩槽脑顶山麓，经五马槽流入灌（县）境，至泰安寺折东南流至代家桥折南流入崇州街子乡，至此始出群山，流入平坝。关于唐求居地，1925年在崇州街子乡发现有清道光年间的"唐诗人唐求故里碑"（今存崇州文物管理所），亦证实唐求为蜀州人，其房地约在距味江二十公里处。此地毗邻青城山，唐求诗有"数里缘山不厌难"之句。

所以上面《舆地纪胜》所说籍贯不确；杨慎则是把"味江"误为"沫江"，沫江在嘉州（四川乐山），距崇州甚远。从《茅亭客话》的记载"放旷疏逸""非其类不与之交"可看出，唐求清高傲世、不与世俗同流的个性；从"布于人口"可知，唐求诗流播群众，受人喜爱；从诗瓢寄诗还可知，他苦吟作诗，不愿寂寞一生，不是尘念全消的人。

另外，唐求生平主要活动时间，清杨绍和云，"按《唐山人集》一卷，《书录题解》云与顾非熊同时，《艺文志》《郡斋读书志》《中兴书目》均不载，《延令季氏宋板目》中载之"（《楹书隅录·卷四》）。文中提及其与顾非熊生于同一时期，是事实。《邛州水亭夜宴送顾非熊之官》可佐证。

> 寂寞邛城夜，寒塘对庾楼。
> 蜀关蝉已噪，秦树叶应秋。
> 道路连天远，笙歌到晓愁。
> 不堪分袂后，残月正如钩。

诗叙写唐求和顾非熊的友情，透露了唐求落拓青衫愁怀难遣的思绪。以顾非熊为参照，可大概考出他的一些生平事迹。

顾非熊，顾况之子，见于五代孙光宪《北梦琐言》。《北梦琐言》提示，顾况七十得子，即顾非熊。据陆侃如《中国诗史》，顾况生年为开元十五年（727），姑从其说，则顾非熊生于贞元十三年（797）。再参照《全唐诗》顾非熊小序，"顾非熊，况之子……穆宗长庆中登进士第累佐使府"，误。据《唐摭言·已落重收》非熊"在举场三十年，屈声聒人耳"，不会长庆中及第。由他十八岁元和十年（815）参加科第，加三十年，当是会昌五年（845）及第。据《旧唐书·武宗纪》"谏议大夫、权知礼部贡举陈商，选士三十七人中第"，非熊正切各书记载"陈商榜"中第，时年四十八岁。可知，唐求诗"送非熊之官"当在大中二年（848）非熊登第三年后赴长安应吏部诠选时，唐求的青壮年亦大概在武宗宣宗时期。

再参看《全唐诗》唐求小序："唐求，居蜀之味江山，至性纯慤，王建帅蜀，召为参谋，不就，放旷疏逸，邦人谓之唐隐居。"王建两度使川，帅蜀是第二次使川的昭宗龙纪元年（889）永平军节度使。若此，唐求必有很高寿数。但是否有王建召为参谋事，值得商榷，此其一；王建帅蜀，投奔而来的著名诗人韦庄、诗僧贯休，对唐求必有所知，然何彼此绝无赠答或提及之什，这又是王建不可能召唐求之疑，此其二。

关于其生卒年，还可从李洞那里参证。李洞有《赠唐山人》。

垂须长似发，七十色如鹭。
醉眼青天小，吟情太华低。
千年松绕屋，半夜雨连溪。
邛蜀路无限，往来琴独携。

《全唐诗》李洞小序称："李洞，字才江，京兆人，诸王孙也……昭宗时不第，游蜀卒。"那就可知，李洞游蜀时，唐求已七十岁。再精确一点，李洞僖宗光启初（885）游蜀；昭宗龙纪元年（889）冬自蜀赴京应试；大顺二年（891）裴贽知贡举，李洞献诗"公道此时如不得，昭陵恸哭一生休"，不第，遂失意还蜀卒。由《赠唐山人》诗意可知是初次相见所作，当为光启初（885）。逆推七十年，可知唐求大概生于宪宗元和十年（815）前后。则前面他的《邛州水亭夜宴送顾非熊之官》，大约作于三十三岁，与诗歌内容契合。由李洞见他的寿数推，至少超七十岁以上，则唐求卒年约在昭宗龙纪（889）至天祐（904）间。

从唐文宗太和、开成之后到唐亡的七八十年，文学史上称晚时期。依上述，唐求是生活在中唐将尽至晚唐时期的诗人。这一时期宦竖专权，朋党交争，藩镇跋扈，生灵涂炭，辗转于重重压迫之下，最终引发了乾符元年（874）冬席卷帝国的黄巢之乱，敲响了王朝丧钟。唐求便生活于这由贵族社会往平民社会转型的乱世时期。

问：真令人惊奇，你竟考出他生于元和十年。这是个动乱的年代，川蜀地处偏远，注定唐求是一个生活圈子很狭小的诗人。

答：是的，今存唐求三十五首诗中，按内容可分为隐居、游适、赠别、咏物怀古等，其中以写隐居为主。在这样一个遽变的时代，唐求蹋居一隅，不愿直面惨淡的人生，甘心走上一条避世隐居的道路，诚然是不可取的。

中晚唐士人多爱隐居，其类别一般有三。一曰终南捷径；二曰待时求名，仅以晚唐而论，诸如杜荀鹤、殷文圭等，很早便隐居九华山，发愤励志，求一胜于文场；三曰失意隐遁，或因仕途坎坷，或因宦海浮沉，当其在现实中无路可进时，感愤时世，由此而走向山林。所谓"达则兼济天下，穷则独善其身"，这更为乱世中一般文士容易接受的道路。唐求不属于前两者，是第三种隐者的类型。何以知之？我们先看他的《赠著上人》。

> 掩门江上住，尽日更无为。
> 古木坐禅处，残星鸣磬时。
> 水浇冰滴滴，珠数落累累。
> 自有闲行伴，青藤杖一枝。

唐求韵美禅林，悠然自得，真个喜欢山水，放情山水？果如是，也有他自身的因由，且看《山居偶作》透出此中信息。

> 趋名逐利身，终日走风尘。
> 还到水边宅，却为山下人。
> 僧教开竹户，客许戴纱巾。
> 且喜琴书在，苏生未厌贫。

这是他自喜醒悟过来的心灵自白。诗表现了他对世俗追求的厌倦和否定，所以，从"趋名逐利身，终日走风尘"可知，他和一般寂寞封建文士一样，没有在功名利禄这条路上奋斗出来。如果觅迹寻踪，在他仅存的诗中还有不少断线资证。如《晓发》。

旅馆候天曙，整车趋远程。
几处晓钟断，半桥残月明。
沙上鸟犹在，渡头人未行。
去去古时道，马嘶三两声。

《晓发》目的未云，但残月晓钟，他已碌碌于道途；秦关蜀栈，他往返于这条古道，可能是赴京会试。这是"终日走风尘"的真实写照。然而结果呢？"岁月客中销，崎岖力自招"，甘苦自知之后，无情的现实唤醒了他，"前程何处是，一望又迢迢"（《涂次偶作》）。唐代仕途深重门阀，士林寒族跻身仕途几于望梅止渴，唐求自身的阅历逐渐老于世态，未尝不知此情。他寄友人的诗说，"茫茫驱一马，自叹又何之？出郭见山处，待船逢雨时。晓鸡鸣野店，寒叶堕秋枝。寂寞前程去，闲吟欲共谁"（《发邛州寄友人》）。自身如此，再看别人的遭遇，他于仕途意念更灰，《伤张玖秀才》写得至为沉痛凄婉。

铜梁剑阁几区区，十上探珠不见珠。
卞玉影沉沙草暗，骅骝声断陇城孤。
入关词客秋怀友，出户孀妻晓望夫。
吴水楚山千万里，旅魂归到故乡无。

张玖，谅为家在吴楚的秀才，十上探珠，功名未得寸进，却客死外乡，魂归无所。诗人题为"伤"，亦是自伤，在同情中对压抑人才的弊端寄寓了无言的愤慨。唐求就是在不断碰壁和见他人碰壁之后绝意仕途走向山林，以出世的隐居来消除入世的矛盾。

  问：他的隐居思想和诗歌，还与他的生活和家乡地理环境有关系吧？

  答：正是这样。唐代社会，佛道昌炽。唐求故里在蜀州味江，与青城山毗邻，青城是道家所在地，佛、道均以鄙弃现实为宗旨，它的流播，很自然就和远离尘世的幽山僻水相结合。唐求当其从名利场中退败，便找背离尘世的山水做精神支柱，这样，佛、道的思想便极易战胜他已经脆弱的名利观念，融注进他的身心。他交的是道者，有《赠道者》"披霞戴鹿胎，岁月不能催"；慕的是道观，有《题青城山范贤观》"数里缘山不厌难，为寻真诀问黄冠"；想听的是道经，有《题刘炼师归山》"千山万水瀛洲路，何处烟飞是醮坛"；他的诗更不乏佛家语，如《赠楚公》"曾闻半偈雪山中，贝叶翻时理尽通。般若恒添持戒力，落叉谁算念经功"。对于这位富有悲剧命运的诗人，濡染佛道思想，实则是不满现实的消极反抗。无怪清人吴之英称其诗"悲愤所激"（《重修唐隐居祠碑》），是有道理的。从某种意义上说，不是唐求背离时代，而是时代遗弃了他，他属被时代压抑的一个人才。我们再看他的另一些诗，理致清澈，绝非尘念全消，浑身静穆，他往往以方外人的冷峻眼光，剖析当时腐朽浑浊的社会，富有积极意义。如《和舒上人山居即事》。

> 败叶填溪路，残阳过野亭。
> 仍弹一滴水，更读两张经。
> 暝鸟烟中见，寒钟竹里听。
> 不多山下去，人世尽膻腥。

  诗写山居生活，叶是败叶，光是残阳，继以"弹""读""见""听"，尽力写个人的闲散，更显山居的寂寞，冷寂中已渗透诗人的幽怨。但结句一笔，用"膻腥"写人世，概括了诗人对整个社会腐朽罪恶的认识，诗人有意以冷寂山居衬托不去人世，人世的恶浊就可想而知了。又如《客行》。

上山下山去，千里万里愁。
树色野桥暝，雨声孤馆秋。
南北眼前道，东西江畔舟。
世人重金玉，无金徒远游。

和上述诗歌一样，唐求善用结句，以南北东西可以远游却不能远游对衬，又以因果关系用"金玉"点破社会人心。不用多语，在金钱结成的社会里，又潜藏多少难言的罪恶。诗的第二句末着一"愁"字，可谓传神诗眼，笼罩全篇，把诗人的自我和对社会人生的认识融注一体，他实在是身践方外而心系尘中的诗人。

唐求的咏物、怀古诗，写得也不错，如《庭竹》。

月笼翠叶秋承露，风亚繁梢暝扫烟。
知道雪霜终不变，永留寒色在庭前。

分明写的是竹，但不是单纯的描摹，"知道雪霜终不变，永留寒色在庭前"这是掷地铿锵的诗语。竹坚松劲，写一种坚劲不屈的性格，这显然意有所指。联系诗人看，他淡泊纯悫不与时俗同流的品格，正是他以庭竹自拟形象的写照。他的怀古咏史诗有《马嵬感事》。

冷气生深殿，狼星渡远关。
九城鼙鼓内，千骑道途间。
凤髻随秋草，銮舆入暮山。
恨多留不得，悲泪满龙颜。

起句"冷气生深殿"一笔,揭露玄宗沉湎歌舞酒色。杜牧《阿房宫赋》有"舞殿冷袖,风雨凄凄",言殿中众多舞袖飘拂,带来寒气。唐求不言淫乱而淫乱已在其中。承句"狼星渡远关",指安史之乱。诗用强烈的对应,从因果关系落笔,指斥祸乱咎于帝王。结句的"悲泪满龙颜",不是同情,是婉曲冷峻之笔出之以嘲讽。借古人伤今,诗人对晚唐帝王的昏庸,既是讽喻,又是箴言警策。

问:唐求诗歌的思想性与艺术性都不算特别鲜明,他也非特别有影响力的诗人。

答:这是有原因的。唐求诗受着多方面的局限。首先,他的交往不多,大多是平民层中的山人、处士、秀才、山僧,对上层社会几无接触,对重大的社会变革、社会弊端缺乏了解;其次,他阅历不广,由于贫穷而愤慨"无金徒远游",诗中反映他的游踪仅止于巫山、夔州、长安,近前的邛州;再次,他隐居于蜀地一隅,放浪形骸于山水间,相对减少了得知民间疾苦的机会,何况西蜀在晚唐相对而言,战乱对生产的破坏损失要少一些。上述多方面的局限,使他的诗生活面狭窄,题材不广泛,影响不大,特别是晚唐社会民生凋敝之苦,在他的诗中得不到反映。所以说,他在唐代诗人中不可列为一流诗人,令人遗憾。

唐求的诗有自己的风格特色。辛文房云,"新韵清新,每动奇趣,工而不僻,皆达者之词"(《唐才子传》),颇有道理。唐求是晚唐时期的山水诗人,工于五律,却不同于王、孟。他虽然追慕隐居、道者,却不是枯寂的山水画面。他注意清新自然,注意凝注寒清的气息,显示一位失意隐者热爱山水的灵性。举《古寺》为例。

路傍古时寺,寥落藏金容。
破塔有寒草,坏楼无晓钟。

乱纸失经偈，断碑分篆踪。
日暮月光吐，绕门千寺松。

　　他遣用的"破塔""寒草""坏楼""晓钟""乱纸""断碑"，均是枯寂寒寥之物，但"日暮月光吐，绕门千寺松"，一个"吐"字，使枯寂的物似都复活过来，有了动态的生气，而诗人喜爱的心情已注入诗中。这类结尾的诗还有《送友人归邛州》"鹤鸣山下去，满箧荷瑶琨。放马荒田草，看碑古寺门。渐寒沙上雨，欲暝水边村。莫忘分襟处，梅花扑酒尊"，一个"扑"字，让分别变得温暖。唐求诗受贾岛刻画景物影响，贾岛喜"萤火""蚁穴""行蛇""怪禽"等细小暗僻的事物，清奇僻苦，峭直刻深，如《暮过山村》"数里闻寒水，山家少四邻。怪禽啼旷野，落日恐行人。初月未终夕，边烽不过秦。萧条桑柘外，烟火渐相亲"。元和后他极盛于唐，铸字炼句，尖新狭僻。另一诗人姚合，朴茂工巧，圆稳清润，如《武功县中作·其十一》"县僻仍寥落，游人到便回。路当边地去，村入郭门来。酒户愁偏长，诗情病不开。可曾衔小吏，恐谓踏青苔"。景象荒凉，诗情散诞。诗僧齐己说"冷淡闻姚监，精奇见阆仙"（《还黄平素秀才卷》）。贾姚影响正盛之时，正是唐求诗风的形成期。

　　对这位号称"唐隐居"的幽奇诗人，我们绝不能以佛道者流的隐逸看待，他濡染的道家意识，是一层包裹珍珠的尘翳，正如马克思所语，宗教本身是没有内容的，它的根源不是在天上，而是在人间。挑开尘翳，我们不是仍然看见这位隐居诗人跳动炽热的心吗？

　　问：据知你曾是国内首次研究唐求的人。

　　答：是的，我的相关论文曾刊发于20世纪80年代《社会科学研究》杂志。

关于"李白一斗诗百篇"

问：李白称诗仙，皆知"李白一斗诗百篇"，真的那么厉害？

答：先说由来，这是杜甫《饮中八仙歌》中的描述："李白一斗诗百篇，长安市上酒家眠。天子呼来不上船，自称臣是酒中仙。"那么"一斗"是多少，这便牵涉古人的计量单位——"斗"的概念，以及唐代的酒价、度数等问题。

李白是好酒的诗人，有人统计他写到酒的诗有两百多首，酒是诗中的常见元素。"一斗诗百篇"，就需解释"一斗酒"是多少。作为计量单位，今天一斗约为十六斤，要一个人喝十六斤的水，几乎不可能。故今人的"斗"不同于古人的"斗"。古人量酒的斗，与今人量粮食的斗是不同的概念。

问：古代的"斗"怎么解？

答：《公羊传》"熊蹯不熟，公怒，以斗击而杀之"，晋灵公杀人的"斗"便是手中的酒杯。《史记·项羽本纪》："我持白璧一双，欲献项王；玉斗一双，欲与亚父。会其怒，不敢献。公为我献之。"既然可随身携带，揣在怀中，可见"斗"不大。《大雅·行苇》有"酌以大斗，以祈黄耇"，毛传"大斗，长三尺也"，孔颖达疏"长三尺，谓其柄也……此盖从大器挹之以樽，用此勺耳"。其形状就是舀酒的长柄勺，古人三尺相当于今七十厘米，这是大斗，相当于服虔《通俗文》说的"木瓢为斗"；再从出土青铜斗看，小斗也就是今常用玻璃杯的大小。关于大斗、小斗的形态，李白《襄阳歌》有形容"鸬鹚杓，鹦鹉杯，百年三万六千日，一日须倾三百杯"，又"遥看汉水鸭头绿，恰似葡萄初酦醅"，可见李白夸张"日倾三百杯"，也是葡萄酿的浊酒。

古代酒度数极低，李白在江南曾喝过一种发酵米酒，"吴姬压酒唤客尝"，即压榨过滤的发酵酒，度数在3%—10%，与啤酒（发酵酒）相当，所以《水浒传》才有"十八碗"打虎的故事，造成古人酒量大的错觉。近来我又对李白"吴姬压酒"的"压"有新考证，所谓"压"，即是我们今日人家冬天酿造醪糟，用竹编筲箕在醪糟中按压，流出的酒水，便是醪糟酒，或称米酒。所以"压"不是用重物压，而是以竹器压入酿酒的缸子，排开醪糟，滤出酒液。

综上，"一斗酒"，小斗就是鹦鹉杯，玻璃杯大小；大斗便是鸬鹚杓，鱼鹰大小，相当于小水壶。发酵酒，酒精度数低，与啤酒相似。所以无论大斗还是小斗，他酒量实际不大。

回到《饮中八仙歌》，李白酒量答案就在诗里。李诗喜欢夸张，杜诗比较偏实，写作此诗时，杜甫、李白在天宝三载以后已相处过一段时间，杜甫知道他真实的酒量。他"一斗"便"长安市上酒家眠"，醉得一塌糊涂。所以李白一大杯啤酒的酒精便会醉。但他好炫耀，让人误会他是"酒中仙"。

问：民间常说"李白斗酒诗百篇"，"斗"酒可能吗？

答：斗酒，指"一斗酒"。但"斗"，又有"争"之义，即比酒量。古人饮酒形式有独酌、对酌、斗酒。斗酒之习，古已有之，如《古诗十九首·青青陵上柏》"斗酒相娱乐，聊厚不为薄"。唐人斗酒极为普遍，如岑参"斗酒渭城边，垆头耐醉眠"（《送杨子》），杜牧"游骑偶同人斗酒，名园相倚杏交花"（《街西长句》）。李白与人斗酒，争强赌胜也是有的，如《宣城送刘副使入秦》"斗酒满四筵，歌啸宛溪湄"，斗至兴头，自然"诗百篇"。他晚年流放前回忆长安结群斗酒，"昔日长安醉花柳，五侯七贵同杯酒。气岸遥凌豪士前，风流肯落他人后"（《流夜郎赠辛判官》）。但此句应以杜诗为准，是"李白一斗诗百篇"非"李白斗酒诗百篇"。

问：郑谷《辇下冬暮咏怀》"烟含紫禁花期近，雪满长安酒价高",唐代酒价几何?

答:各时期酒价不同,高是肯定的。不仅郑谷时代,早在乾元元年春(758)杜甫写给同僚毕曜的《逼仄行》中就有"街头酒价常苦贵,方外酒徒稀醉眠。速宜相就饮一斗,恰有三百青铜钱"。

酒价为何"苦贵"?主要是战后,至德二载(757)九月长安才收复。同年十一月杜甫回到长安,诗作于次年春。安史之乱对社会经济造成破坏,短短三两月,物资匮乏局面难以改变,作为奢侈品,酒价自然高。杜诗记载的是特定时期的酒价,但"三百钱"是否确数,值得考究。

宋真宗曾问唐代酒价,僧文莹《玉壶清话》有以下记载。

> 真宗尝曲宴群臣于太清楼,君臣欢洽,谈笑无间。忽问:"麈沽尤佳者何处?"中贵人奏有南仁和者,亟令进之,遍赐宴席。上亦颇爱,问其价,中贵人以实对之。上遽问近臣曰:"唐酒价几何?"无能对者,唯丁晋公奏曰:"唐酒每升三十。"上曰:"安知?"丁曰:"臣尝读杜甫诗曰'早来相就饮一斗,恰有三百青铜钱。'是知一升三十文。"上大喜曰:"甫之诗自可为一时之史。"

降至南宋,陈岩肖《庚溪诗话》:"少陵诗非特纪事,至于都邑所出,土地所生,物之有无贵贱,亦时见于吟咏。如云'急须相就饮一斗,恰有青铜三百钱'。"诗人廖行之也持此看法,《西郊即事》"唐年斗酒价三百,苦贵已起诗翁言"。

问:两宋以"三百一斗"论定唐代酒价。但这是长安光复时期的价格,以此笼而统之认识不妥吧?

答:是的。以杜诗记载作为唐代酒价的认识延续至明清两朝,明人俞弁《山樵暇语》、清人尤侗《艮斋杂说》均持这一看法。但也有疑惑的声音,如南宋赵与旹《宾退录》。

  唐诗人率用此语。如李白"金樽清酒斗十千",王维"新丰美酒斗十千",白乐天"共把十千酤一斗",又"软美仇家酒,十千方得斗",又"十千一斗犹赊饮,何况官供不著钱",崔国辅"与沽一斗酒,恰用十千钱",郎士元《六言绝句》"十千提携一斗,远送潇湘故人",皆不与杜诗合。或谓诗人之言不皆如诗史之可信,然乐天诗最号纪实者,岂酒有美恶,价不同欤?何其辽绝耶!

他发现绝大部分诗歌都采用"一斗十千",困惑同为纪实,白居易记录的酒价为何与杜诗那么悬远。再看周必大的《二老堂诗话》。

  昔人应急,谓唐之酒价,每斗三百,引杜诗"速宜相就饮一斗,恰有三百青铜钱"为证。然白乐天为河南尹《自劝》绝句云:"忆昔羁贫应举年,脱衣典酒曲江边。十千一斗犹赊饮,何况官供不著钱。"又古诗亦有"金樽美酒斗十千",大抵诗人一时用事,未必实价也。

周必大比较审慎,认为"斗三百""斗十千"均是引用典故,都非实价。

  问:用典?出于什么典故?

  答:王嗣奭《杜臆》说"'酒价苦贵'乃实语,'三百青钱',不过袭用成语耳"。典出何处?据北齐阳松玠《谈薮》记述,卢思道曾说"长安酒贱,斗价三百"。这样看来,无论是写实还是用典,杜诗"斗酒三百钱"都是有所据,并非信口雌黄。

其他唐人诗中"斗十千"典,则出自曹植《名都篇》"归来宴平乐,美酒斗十千",其实是夸大。据《神仙传》,汉桓帝时,王远过吴胥门,以千钱与余杭姥酤酒,得酒五斗,每斗二百钱。魏文帝曹丕《典论》说,汉灵帝末年,烽烟四起,百司湎酒,才斗值千文。

问：那长安酒价说不清了？

答：并非。《新唐书·食货志》"建中三年，复禁民酤，以佐军费，置肆酿酒，斛收值三千"。一斛约等于十斗，"斛值三千"，则"斗价三百"，与杜诗相合。

杜甫《逼仄行》作于乾元元年（758）春，刚收复西京三月，经济并未恢复，物资供应短缺，故感叹"街头酒价常苦贵"，这一定是对比开元天宝太平盛世而言。到了乾元二年，据《钱注杜诗》"京师酒贵，肃宗以廪食方缺，乃禁京城酤酒"，可见唐酒已是绝对紧俏品，其价应还在长安光复时"斗值三百"之上。开天时期酒价则要低一些，杜诗确实真实记录了生活。

《新唐书》建中三年（782），虽距乾元元年已二十四年，但经济并未复苏到安史之乱前，酒价也不可能降至战前水平。故三百一斗基本便是安史之乱至建中三年长安的真实价格。又过四年，到贞元二年（786），酒价跌半，据《钱注杜诗》"斗钱百五十"。

综上，唐代真实酒价最高一斗三百青钱，最低一斗"一百五十钱"，大约在这区间波动。

问：谢谢，酒价之疑已解。杜甫邀请毕曜的酒，值"三百钱"，该不是普通酒吧？

答：这确乎可讨论一下。杜诗究竟指的什么酒？唐代制酒，工艺已较南北朝更成熟。初唐有西域传来的酿酒技术，在长安东门曲江一带，有许多胡人酒家，李白《少年行》"落花踏尽游何处，笑入胡姬酒肆中"，胡人酒肆主要出售葡萄酒（发酵酒），估计李白"一斗诗百篇"便是喝的这类酒。但杜甫不会以此酒待客，经历兵荒马乱，长安胡人酒家也遭受重创，故可排除。

初唐，酿造技术出现"烧酒""蒸酒"，这类醇度较高的酒才是贵族饮品，如白居易《荔枝楼对酒》"烧酒初开琥珀香"。据李肇《国史补》武德年间有十三种酒闻于世,如"荥阳之土窖春""剑南之烧春"。唐太宗破高昌(新疆吐鲁番)又得到蒸馏酒技术,"唐破高昌始得其法""用器承取滴露",便是烧酒。出土隋唐文物还出现了15—20毫米的小酒杯,显然是配度数高的烧酒用的。杜诗"速宜相就饮一斗",估计不是这种小杯烧酒,也可排除。

唐酒主要还是米酒,杜甫邀请毕曜会饮的当是此酒。米酒按酿取方式可分清浊。浊酒是低端酒,酿造时间短,成熟期快,酒液浑浊,称贤人;清酒工艺复杂,酒液清澈,出酒少,称圣人。米酒出酒须"压",如"吴姬压酒唤客尝"(《金陵酒肆留别》)。李白留别金陵子弟喝的是何种米酒,从"欲行不行各尽觞"可知,李白与他们举觞畅饮。觞,大酒杯,一觞约为一升,可知喝的是贤人酒,即浊酒。而杜甫邀请的客人身份尊贵,排除浊酒,必是清酒待客。杜甫讲究传统,可以肯定诗中"三百青钱"的酒是清酒,"清"是古人判别酒质的重要标准,如"好酒浓且清"(韩愈《燕河南府秀才得生字》)。这种清酒李白赞为"金樽清酒斗十千",虽夸张,但一定是上品。既然是名贵清酒,以斗量,"斗"必非今天的概念。"一斗清酒"少则鹦鹉杯,最多鸬鹚杓,结合前面"李白一斗诗百篇",他最多一个大玻璃杯清酒的量。

补充一点,优质清酒酝期较长,如王绩《看酿酒》"从来作春酒,未省不经年",但经历叛军血洗的长安,谁家还有酒瓮呢?杜甫乾元元年春能寻觅到一斗清酒,自然疾呼友人。

问:明白了。杜甫邀请友人喝"三百钱一斗"的酒,是米酒,酒中"圣人"清酒,足见他对友情的珍爱。

杜甫华州是弃官还是流放

问:杜甫华州去官真相到底是什么?

答：你问到一个关键问题，这是对诗人有相当了解才会提出的，一般人多会忽略。实际上杜甫遭遇的苦难无不起于此，这是他人生的重要关捩。华州"去官"，两《唐书》均有漏载，后世也无细说。封建时代最重要的是君臣关系，此事关涉诗人事君交友、生平出处的大节，甚至可以说它影响了诗人后半生的运程，对解读杜诗至关重要。因此对这一疑案加以考证很有必要。

问：华州去官，我总有疑问。他是因关中饥荒主动请辞，还是遭受肃宗进一步责罚？他入陇蜀，是主动还是被迫流放？从君臣微妙关系看，我倾向于后者。

答：这个问题，古今学者几众口一词，皆从《新书》，认为是他主动辞官。但我认为杜甫并非这种人。他是纯儒，很忠君，很重传统，"奉儒守官"、报效朝廷是其家族传统。天宝十三载（754）杜甫作《进雕赋表》自述"自先君恕、预以降，奉儒守官，未坠素业矣"，祖父文采风流，"修文于中宗之朝，高视于藏书之府，天下学士到如今而师之"。门风清华，儒学传家，世代官宦。开元二十九年（741）寒食祭祖，《祭远祖当阳君文》"不敢忘本，不敢违仁"。因此道家逃逸、魏晋风度的清士以及伯夷、叔齐不食周粟的迂拙，都与他无关，家族中就无这些基因。他有"致君尧舜上，再使风俗淳"的社会理想，自比"稷与契"，述志诗《奉赠韦左丞丈二十二韵》已表明其人生态度，若无外力逼迫，他怎会无端辞官？

何况忠君爱民的诗人，此前行为已表明一切。天宝十五载（756）禄山陷长安，玄宗奔蜀，肃宗灵武接位，他迁家鄜州，北上勤王，途中陷贼军，被困于长安，作有《哀江头》"少陵野老吞声哭，春日潜行曲江曲"，后冒死窜奔凤翔，"麻鞋见天子，衣袖露两肘"（《述怀》）。如此危境，忠勇的诗人都经历了，怎会因饥灾弃官呢？在华州他作有批评肃宗的《洗兵马》，描写战乱和百姓苦状的"三吏""三别"，国家有难，他怎可因关辅饥荒便弃华州百姓独自逃荒？刚到华州，即埋头工作，作《乾元元年华州试进士策问五首》，代州牧写《为华州郭使君进灭残寇形势图状》，分析形势，仇注云"经国有用之文"。此期他还有《观安西兵过赴关中待命二首》，写李嗣业安西兵马过境讨安庆绪的场面，"竟日留观乐，城池未觉喧"为王师讨贼而高兴；《夏日叹》《夏夜叹》记录了邺城三月兵败后关中久旱无雨的景象，人祸天灾，生灵涂炭，满目萧条，"对食不能餐，我心殊未谐"，化用陆机《为周夫人赠车骑诗》"对食不能餐，临觞不能饭"，忠君忧民之状溢于言表，毫无辞官之志。如此价值观与道德人品，他怎会弃官逃荒？

问：所以"弃官逃荒说"十分无稽，颇不合诗人家庭传统、人生理想及为人处世。

答：华州去官事，先看各家之说。

第一，仇兆鳌考订朱鹤龄《杜工部年谱》。

乾元二年己亥，春，自东都回华州，关辅饥。七月弃官西去。度陇，客秦州。

第二，闻一多《少陵先生年谱会笺》。

乾元二年己亥（759），公四十八岁。春，自东都归华州，途中作"三吏""三别"六首。时属关辅饥馑。遂以七月弃官西去，度陇，赴秦州。

第三，今人王士菁《杜诗今注》，《立秋后题》"罢官二句"下注。

这是说去官之意完全由自己决定，心不为形所役……以明去官之志。

以上不同时期三家皆从主动"去官说"。《汉语大词典》"去官，辞掉官职、离职"。三家中王士菁之说几代表今人理解水平。

问：我总觉得这些说法把"华州事件"简单化，殊不合诗人的理想抱负。

答：弃官说，追本溯源，出自两《唐书》。但两书均距杜甫时代较远，不能说最权威，或就此定案。

《旧唐书·文苑本传》：

> 十五载，禄山陷京师，肃宗征兵灵武。甫自京师宵遁赴河西，谒肃宗于彭原郡，拜右拾遗。房琯布衣时与甫善，时琯为宰相，请自帅师讨贼，帝许之。其年十月，琯兵败于陈涛斜。明年春，琯罢相。甫上疏言琯有才，不宜罢免。肃宗怒，贬琯为刺史，出甫为华州司功参军。时关辅乱离，谷食踊贵，甫寓居成州同谷县，自负薪采梠，儿女饿殍者数人。

《新唐书·本传》：

> 会禄山乱，天子入蜀，甫避走三川。肃宗立，自鄜州羸服欲奔行在，为贼所得。至德二载，亡走凤翔，上谒，拜左拾遗。与房琯为布衣交，琯时败陈涛斜，又以客董庭兰罢宰相。甫上书，言罪细不宜免大臣。帝怒，诏三司推问。宰相张镐曰："甫若抵罪，绝言者路。"帝乃解。甫谢，且称："琯，宰相子，少自树立，为醇儒，有大臣体。时论许琯才堪公辅，陛下果委而相之。观其深念主忧，义形于色，然性失于简，酷嗜鼓琴，庭兰诧琯门下，贫疾昏老，依倚为非。琯爱惜人情，一至玷污。臣叹其功名未就，志气挫衄，觊陛下弃细录大，所以冒死称述，涉近讦激，违忤圣心。陛下赦臣百死，再赐骸骨，天下之幸，非臣独蒙。"

然帝自是不甚省录。时所在寇夺，甫家寓鄜弥年，艰窭，孺弱至饿死，因许甫自往省视。从还京师，出为华州司功参军。关辅饥，辄弃官去。客秦州，负薪采橡栗自给。流落剑南，结庐成都西郭。

两史传皆有重大阙漏。旧书言"出甫为华州司功参军。时关辅乱离，谷食踊贵，甫寓居成州同谷县"，文义不连贯，有脱漏，故意漏言"寓居成州同谷"之因，似有隐情。是肃宗流放吗？是为尊者讳吗？新书则言"关辅饥，辄弃官去"，确为饥荒弃官。比较两书，《旧书》无"弃官"二字，《新书》添加"弃官"，殊难理解。一贯为苍生号寒啼饥的杜甫怎会抛弃关心的黎庶，不负责地弃官逃跑，去过"负薪采橡栗自给"的生活，违背他"奉儒守官"的家训？这也与后来在成都作《茅屋为秋风所破歌》的儒家情怀相悖，遇天灾时，他首先想到的是"自经丧乱少睡眠，长夜沾湿何由彻。安得广厦千万间，大庇天下寒士俱欢颜，风雨不动安如山。呜呼！何时眼前突兀见此屋，吾庐独坏受冻意亦足"。如此前后人格分裂，杜甫做不到，"华州逃荒"几不可能。

追而溯之，《新唐书》"逃荒弃官说"盖自宋人王洙《杜工部集〈记〉》"属关辅饥乱，弃官之秦州"，"弃官说"由此肇端；"逃荒说"则是他据《旧书·肃宗纪》是年关中灾荒记载，增补了弃官原因"关辅饥乱"。从此"弃官逃荒"成为"铁案"。王洙一人误导天下人千年，还引起对华州之后大量杜诗的误读，至今未得匡正。

杜甫去官之因是什么？连《旧书》也不便写出。从自身而言，他无论如何不会主动辞官。天宝十四载（755）他担任右卫率府兵曹参军一年后，回奉先省亲，作《自京赴奉先县咏怀五百字》述志："杜陵有布衣，老大意转拙。许身一何愚，窃比稷与契。居然成濩落，白首甘契阔。盖棺事则已，此志常觊豁。穷年忧黎元，叹息肠内热。取笑同学翁，浩歌弥激烈。非无江海志，潇洒送日月。生逢尧舜君，不忍便永诀。当今廊庙具，构厦岂云缺。葵藿倾太阳，物性固莫夺。顾惟蝼蚁辈，但自求其穴。胡为慕大鲸，辄拟偃溟渤。以兹悟生理，独耻事干谒。兀兀遂至今，忍为尘埃没。终愧巢与由，未能易其节。沉饮聊自遣，放歌破愁绝。"

诗人要求自己向稷、契看齐，为了此志，即使落得一生勤苦、一事无成，也不愿转移志向。只要活着，就怀希望。他说自己何尝没有江海情，潇洒送日月岂不清高？但生逢盛世，怎忍心逍遥？如今朝廷人才盈屋，难道缺少我？葵藿朝太阳，忠诚天性又怎能夺去？惭愧没有像许由、巢父飘然世外，是不愿改变节操。所以，他几不可能辞官逃跑，那么，去官就另有原因。我认为，原因在于与肃宗的君臣关系。《旧书》不记，有为尊者讳的史传传统约束。

其实他自己便在"为尊者讳"，《立秋后题》。

日月不相饶，节序昨夜隔。
玄蝉无停号，秋燕已如客。
平生独往愿，惆怅年半百。
罢官亦由人，何事拘形役。

诗是乾元二年（759）立秋次日作。之前他忧国忧民的《夏日叹》《夏夜叹》均无辞官迹象，立秋即言"罢官亦由人"，可见罢官在立秋日。"节序昨夜隔"，暗示昨日还在官，隔夜就被罢免。那么再追索，"日月不相饶"，除时序更迭外，背后还有日月力量，这不相饶来自谁？观杜诗言及罢官事，仅此一首。如果他为尊者讳，"日月不相饶"便不能单纯解为化用鲍照诗句"日月流迈不相饶"，而是一语双关。"日月"指谁？他别有一番痛楚不能说，此乃春秋笔法。双关还有一层，鲍照下句是"令我愁思怨恨多"，可知诗人对罢官多么痛苦不甘。杜甫重要人生关节的诗全有自注，唯独这首没有，很说明问题，他在为尊者讳。

　　由此看来，《杜诗详注》仇注中朱鹤龄、王嗣奭、仇兆鳌的解释皆失误，"此诗盖欲弃官时作""乃公转念以后一味有高蹈志矣"，这般认识是不解诗人之遭遇。其实诗题已巧妙点明"立秋后作"，古代设官立制、刑杀赦免均要依节序，应四时，《礼记·月令》"孟秋之月……用始行戮。……以征不义，诘诛暴慢，以明好恶，顺彼远方。是月也，命有司，修法制，缮囹圄，……审断决，狱讼必端平，戮有罪，严断刑……是月也，毋以封诸侯，立大官"。董仲舒云，"天有四时，王有四政，庆、赏、刑、罚与春、夏、秋、冬以类相应"。杜甫立秋被免，"秋燕已如客"，所谓"客"，已非朝廷中人，诗隐晦道出肃宗对他"秋后算账"。

　　之前乾元元年（758）由长安出华州途中作《题郑县亭子》，也在为尊者讳，"巢边野雀群欺燕，花底山蜂远趁人。更欲题诗满青竹，晚来幽独恐伤神"。为谁伤神？为"尊者"伤神，苦楚难言，自己的遭遇不可留于"青竹"。所以晚年总结性长诗《壮游》也回避关涉自己人生大节的华州事，"小臣议论绝，老病客殊方"，做左拾遗却不能进谏，反被放逐边荒之地，因此故意跳过华州事，只能独自心中"郁郁苦不展，羽翩困低昂"。杜诗许多"病症"并非身体之病，而当理解为君臣之病。

　　问：他所"病"之人，是罢官背后的强大势力，也是他回避的重要原因，这人便是诗人"为之讳"的唐肃宗吧？

　　答：正是。他在诗中用了"罢官亦由人"，"罢官"二字很重，不是简单贬谪，是革职，可见他与肃宗恩怨已超越房琯事件。肃宗的惩罚一环又一环，对诗人先贬后罢。

　　也许你要问，因政治打击直接罢官，过于严重，之后的永贞之变，重大政治事件，天怒人怨，也仅是长期贬逐。但唯其如此，杜甫才是

· 268 ·

有唐一代最为抱屈的受害者。他遭受皇帝挟私报复,是不能以政治考量的,如逢屈子之难,这一极大痛苦使他在陇蜀成就了"诗史"地位。

杜甫遭遇祸起房琯事件,闻一多《少陵先生年谱会笺》有以下记载。

> 至德二载丁酉,公四十六岁。春,陷贼中。在长安时,从赞公、苏端游。四月,自金光门出,间道窜归凤翔。五月十六日,拜左拾遗。是月,房琯得罪,公抗疏救之。肃宗怒,诏三司推问,张镐、韦陟等救之,仍放就列。六月,同裴荐等四人荐岑参。闰八月,墨制放还鄜州省家。于是徒步出凤翔,至邠州,始从李嗣业借得乘马。归家卧病数日。作北征。十一月,自鄜州至京师。
>
> 乾元元年戊戌,公四十七岁。任左拾遗。春,贾至、王维、岑参皆在谏省,时毕曜亦在京师,居公之邻舍。四月,上亲享九庙,公得陪祀。六月,房琯因贺兰进明谮,贬为邠州刺史。公坐琯党,出为华州司功参军。是秋,尝至蓝田县访崔兴宗、王维。冬末,以事归东都陆浑庄,尝遇孟云卿于湖城县城东。

材料显示,至德二载(757)闰八月初一,杜甫被肃宗遣返鄜州省家,作《北征》,自注"归至凤翔,墨制放往鄜州作"。墨制,指皇帝避开中书门下省用墨笔亲书诏令。肃宗亲自写诏,说明他对杜甫无法容忍,极可能在廷上匆匆草就。但杜甫态度,据罗大经《鹤林玉露》引东坡云:"《北征》诗识君臣大体,忠义之气,与秋色争高。"在他看来,只要正义就要坚持进行不妥协的斗争。皇帝觉其不仅违背圣心,更是站在对立面了,故要匆匆赶走他。正当朝廷有难,百官不足,用人之际,肃宗却在所不惜,可见他对杜甫的痛恨到了何等程度。

光复后诗人回长安,肃宗也给了恩遇,闻一多《会笺》"四月,上亲享九庙,公得陪祀",可谓荣显。仇兆鳌注:"唐史肃宗还京,在至德二年十月，其亲享九庙及祀圜丘，在乾元元年四月。"晚年有《往在》述其盛事，"微躯忝近臣，景从陪群公。登阶捧玉册，峨冕耿金钟。侍祠恶先露，掖垣迩濯龙"。乾元元年五月作感恩诗《端午日赐衣》，但同年六月忽然就出华州。出，也非远贬，是在京畿，华州属上辅之地。这说明肃宗心有愧疚。但出华州司功参军是由皇帝下敕中书门下办理，又可见事态严肃。

　　诗人一生遵从君臣大义，出华州，他无只字怨君。出的原因，我认为是他廷诤不休，与主政者不合。乾元元年（758）肃宗出贾至汝州，贬房琯邠州，下除高适太子少詹事，刘秩、严武等均被逐。朝中发生这么多大事，对处理旧臣，他定会谏诤，如《题省中院壁》"腐儒衰晚谬通籍，退食迟回违寸心。衮职曾无一字补，许身愧比双南金"，认为谏官无忠言以补天子，便愧对皇恩。岑参有《寄左省杜拾遗》"圣朝无阙事，自觉谏书稀"相劝。他并不接受，"斯时伏青蒲，廷争守御床"（《壮游》）。他直言极谏的执着，是肃宗烦恼的，认为对自己清除旧臣、树立权威不利。当时上皇还健在，旧臣与之多少有瓜葛往来，这是肃宗的心病，必须处理。乾元元年，肃宗命杜甫出华州后，同年八月又将李白流放夜郎。上面人物不是玄宗的旧臣，便是永王李璘之人，可见朝廷斗争之酷烈。这批逐臣中唯有杜甫出自东宫，却没有站在肃宗阵营。他去京时作《至德二载甫自京金光门出间道归凤翔，乾元初从左拾遗移华州掾与亲故别因出此门有悲往事》。

　　　　　　此道昔归顺，西郊胡正繁。
　　　　　　至今残破胆，应有未招魂。
　　　　　　近侍归京邑，移官岂至尊。
　　　　　　无才日衰老，驻马望千门。

　　可以看出他的悲凉，而时值朝廷用人之际，便更悲凉。此诗仇注引元人赵汸《杜诗选注》："公虽遭谗黜，而终不忘君，……岂为一身计耶?"又引清人顾宸《杜诗律注》："此公事君交友、生平出处之大节。曰'移官岂至尊'，不敢归怨于君也。当时谗毁，不言自见。"

我认为"当时谗毁，不言自见"，未见得就是肃宗要惩罚他；他反对肃宗做法，自然是"才"不合于"当道者"的悲剧。"移官岂至尊，无才日衰老"，自嘲"不怪君王，怪我才不合道"。

问：明白了，君臣恩怨，导致罢官。这与他后半生诗歌转入春秋笔法的隐讳，成为"诗史"有关联吧？

答：君臣关系非同一般糟糕。这种遭遇与迫害强化了他诗歌的"沉郁顿挫"。说一下我对"诗史"的理解，"诗史"便是微言大义的春秋笔法。一是言王事（春秋），二是语词曲折意含褒贬（笔法），三是让乱臣贼子惧（大义），四是为尊者讳（微言），四者都占了。这是"诗史"枢要。理解诗人称"诗史"的诗，当围绕这个标准，其他解说都误人误己。所以华州罢官，陇蜀流放，成就"诗史"绝非文学史泛解的现实主义诗歌。

君臣恩怨，从杜诗分析外，我还结合史料拟出一条二人交集线索。

第一，杜甫与肃宗关系始于天宝十三载（754）。见《新书》杜甫传。

> 天宝十载，玄宗朝献太清宫、飨庙及郊，甫奏赋三篇，帝奇之，使待制集贤院，命宰相试文章。擢河西尉，不拜，改右卫率府胄曹参军。

左右卫率府参军为"太子武官"，掌兵仗羽卫，设"仓兵胄三曹参军"，从八品下。三曹中，《新书》称杜甫"胄曹参军"，误。题《官定后戏赠》自注"时免河西尉，为右卫率府兵曹"，当从诗人之说。《旧书》称"兵曹参军"，准确。他守选三年，天宝十三载十月得到右卫率府兵曹任命。他在这个岗位履职一年余，有与官员交往的诗多首为证。这一年他还得到休假，多次往返奉先（陕西蒲城）探亲。特别要提到他的《夏日李公见访》，太子曾委派家令李炎看望诗人。这是他们的"蜜月期"。可知，他与肃宗于是年十月有了关系。

做了一年率府参军，到天宝十四载（755）十一月，他又从京城赴奉先探家，作《自京赴奉先县咏怀五百字》。但很多学者读书毛糙，将天宝十三载这年省去，变成天宝十四载官定后，即回奉先探亲。我细致阅读杜集，发现他履了一年职。否则按今人观点，至少有十一首诗无法编年。他北上勤王，而不追玄宗入蜀的行动，便不能准确解释。各家《杜甫传》此处均须纠正讹错。

第二，至德二载（757）春，自长安亡走凤翔，授左拾遗。君臣再次交集。钱谦益《钱注杜诗》卷二《述怀》注述如下。

> 唐授左拾遗诰："襄阳杜甫，尔之才德，朕深知之。今特命为宣义郎、行在左拾遗。授职之后，宜勤是职，毋怠。命中书侍郎张镐赍符告谕。至德二载五月十六日行。"右敕用黄纸，高广皆可四尺，字大二寸许。年月有御宝，宝方五寸许。今藏湖广岳州府平江县裔孙杜富家。

此时肃宗器重，君臣关系坚如胶漆。宣义郎，散官衔，从七品下；左拾遗，职事官，从八品上。由兵曹参军改左拾遗，属升迁。左拾遗"才可则登，不拘阶叙"，虽为从八品上，却是天子近臣，"掌供奉讽谏，扈从乘舆。凡发令举事有不便于时，不合于道，大则廷议，小则上封。若贤良之遗滞于下，忠孝之不闻于上，则条其事状而荐言之"（《唐六典·门下省》）。肃宗把如此责任重大的职位交付于杜甫，就是看中他忠诚，对他充分信任。左拾遗由中书门下二省奉皇帝敕诏颁授，比吏部铨选授官更为尊荣。左拾遗为敕授官，由皇帝授予；旨授官由吏部铨选上报，再下旨颁授，人选非皇帝定夺。

第三，至德二载五月十六日至闰八月初一放还鄜州省家，为房琯事，君臣交恶。《旧书》房琯传有以下记载。

> 上由是恶琯。……宪司又奏弹董庭兰招纳货贿，琯入朝自诉，上叱出之，因归私第，不敢关预人事。谏议大夫张镐上疏，言琯大臣，门客受赃，不宜见累。二年五月，贬为太子少师。

房琯五月十日被贬太子少师，杜甫五月十六日被授左拾遗。《新书》杜甫传有以下记载。

> 拜左拾遗。与房琯为布衣交，琯时败陈涛斜，又以客董廷兰，罢宰相。甫上疏言："罪细，不宜免大臣。"帝怒，诏三司亲问。宰相张镐曰："甫若抵罪，绝言者路。"……甫谢，且称："琯宰相子……酷嗜鼓琴，廷兰托琯门下，贫疾昏老，依倚为非，琯爱惜人情，一至玷污。……"然帝自是不甚省录。

初为谏官，杜甫便以房琯罢相上疏。这是肃宗不愿再提的事，是他对玄宗旧臣有计划的清洗。当初肃宗先登基再通告玄宗的做法，就有违儒家的血缘伦常，这种方式必致私议，因此他借贺兰进明谗毁房琯，以治房琯，平息非议。甚至就是以治房琯达到治上皇的目的。杜甫抓住此事上疏力抗，并非今人说的迂腐，是他看清了肃宗的面目，深思熟虑后，出于一贯的忠勇正义的行为。他知道让房琯恢复相位不可能，但他偏要不可为而为之。也非今人讥嘲的不合时宜，而是表明态度，阻止迫害大臣、迫害上皇。广德元年他在阆州作《祭故相国清河房公文》"太子即位，揖让仓卒"，仍委婉批评太子继位违背伦常。《旧书·肃宗本纪》天宝十五载七月"是月甲子（十三日），上即皇帝位于灵武"。《旧书·玄宗本纪》天宝十五载八月"癸巳（十二日），灵武使至，始知皇太子即位。丁酉（十六日），上用灵武册称上皇，诏称诰。己亥（十八日），上皇临轩册肃宗"。就是说，天宝十五载七月肃宗即位灵武，玄宗八月才知情。有一月时间天下有二主。杜甫如此清醒，令肃宗惧怕，在同年闰八月初一便被墨制放归鄜州省家。路上作《北征》仍在给剿寇献策，反对借用回纥兵马。"凄凉大同殿，寂寞白兽闼"表达对玄宗失国的同情。由此开始，他已与肃宗渐行渐远。《北征》"拜辞诣阙下，怵惕久未出"，他已感到很深的恐惧不安。

第四，至德二载十一月杜甫自鄜州归京至乾元元年六月，继续任左拾遗。同年六月突然出华州司功参军。临别前，作《酬孟云卿》"但恐天河落"，贬因已在其中。是年肃宗处理大批旧臣，我推测他都会上疏阻拦。他在朝廷目睹肃宗对上皇不孝的做法，刚到蜀中便以春秋笔法写下《杜鹃行》，微言大义对肃宗批评质疑。可见他立场之鲜明、态度之坚决。肃宗不敬玄宗，郭湜《高力士外传》有详载。

初，至德二年十一月诏，迎太上皇于西蜀。十二月至凤翔，被贼臣李辅国诏收随驾甲仗。上皇曰："临至王城，何用此物。"悉令收付所由。

乾元元年冬，上皇幸温泉宫。二十日，却归，因此被贼臣李辅国阴谋不轨，欲令猜阻。……上元元年七月，太上皇移仗西内安置，高公窜谪巫州，皆辅国之计也。

据郭湜所记，玄宗自蜀中归至凤翔，即已形于颜色，但尽皆归罪李辅国僭越阴谋，则不可取。这些细节可补史书父子关系不睦之阙失。不尽人子之道，肃宗已失义。

再看《资治通鉴》，唐肃宗至德二载十一月丙申（二十二日）。

上皇至凤翔，从兵六百馀人，上皇命悉以甲兵输郡库。上发精骑三千奉迎。

交出兵甲，方可迎回。但史料为尊者讳，或转嫁李辅国迫害，或言上皇主动缴械。由此可推知，当时朝中有对肃宗行为的微词，而上皇确也晚景凄凉，才有史书记载嫁祸于人。杜甫耿耿于怀，才有三首"杜鹃诗"含蓄批评。

第五，乾元二年立秋，突然毫无征兆地去官。后人皆言"公有高蹈之志"，因其与朝廷不合作的态度。我觉得"高蹈之志"与他不符，杜甫非道家人物，也无杂家思想，他是纯儒。即便流放秦州，仍有《蕃剑》述志"致此自僻远，又非珠玉装。如何有奇怪，每夜吐光芒。虎气必腾趠，龙身宁久藏。风尘苦未息，持汝奉明王"。不忘初心，不失忠义，怎会去官？

是年，被贬邠州一年的房琯被召回，"诏褒美之，征拜太子宾客。上元元年四月，改礼部尚书"（《旧唐书·房琯传》）。被贬巴州的严武也在上元元年迁东川节度使，上元二年擢成都尹、剑南节度使。可见，肃宗对琯党的处罚并不严，是给了出路的。

但他则不同，这一年却反而彻底失官了。为什么？在华州他坚守初衷，如《洗兵马》作于邺城大战前，王师已扫清外围，诗人对未来河清海晏充满期待。但细绎隐意，诗人并不止于"赞"。经历华州之贬、切肤之痛，已知肃宗为人。"鹤禁通宵凤辇备，鸡鸣问寝龙楼晓"，诗在此转向"刺"，此句明"颂"暗"刺"，实际上玄宗自蜀还京，未有如此待遇，岂不是"讽"？"关中既留萧丞相，幕下复用张子房"，再提房琯事。萧丞相、张子房分指房琯、张镐，都有辅宰之才，但实际上二人都被罢相了。又是明"赞"暗"讽"。"不知何国致白环，复道诸山得银瓮"，更讽刺肃宗不明忠直之臣，随意刑罚。此诗是颂诗，但诗人没有"空颂"，对肃宗有美有刺，尤其对待大臣，"攀龙附凤势莫当，天下尽化为侯王"与"关中既留萧丞相，幕下复用张子房"形成对比，肆意赏赐自己人，处理父亲旧臣时却十分残酷。末句"安得壮士挽天河，净洗甲兵长不用"，表达了对肃宗治国的强烈否定。肃宗是看得懂《洗兵马》的。《钱注杜诗》云"《洗兵马》，刺肃宗也。刺其不尽子道，且不能信任父之贤臣，以致太平也"。钱谦益感受到了诗人之心。

> 此公一生出处，事君交友之大节，而后世罕有知之者，则以房琯之生平，为唐史抹摋，而肃宗之逆状，隐而未暴故也。

环视琯党成员，唯有杜甫初心不改，容不下破坏人伦秩序的事，尤其是朝廷高层，所以称他是唐代的孔子，称他的诗是"诗史"，皆是中肯的评价。

第六，上元元年（760）流放成都，作《杜鹃行》。虽罢官已过数月，仍不能释怀，借古蜀神话追记肃宗不尽人子之道。诗如下。

> 古时杜宇称望帝，魂作杜鹃何微细。跳枝窜叶树木中，抢伴瞥捩雌随雄。毛衣惨黑貌憔悴，众鸟安肯相尊崇。隳形不敢栖华屋，短翮唯愿巢深丛。穿皮啄朽觜欲秃，苦饥始得食一虫。谁言养雏不自哺，此语亦足为愚蒙。声音咽咽如有谓，号啼略与婴儿同。口干垂血转迫促，以欲上诉于苍穹。蜀人闻之皆起立，至今教学传遗风。乃知变化不可穷，岂思苦日居深宫，嫔嫱左右如花红。

上元二年（761）再作《杜鹃行》。《钱注杜诗》"上元元年七月上皇迁居西内。高力士流巫州，置如仙媛于归州，玉真公主出居玉真观。上皇不怿，因不茹荤，辟谷，浸以成疾。诗云'骨肉满眼身羁孤'，盖谓此也。移杖之日，上皇惊，欲坠马数四。高力士跃马厉声曰：'五十年太平天子，李辅国，汝旧臣，不宜无礼！'又令辅国拢马，护持至西内。故曰'虽同君臣有旧礼'，盖谓此也"。诗如下。

　　君不见昔日蜀天子，化作杜鹃似老乌。寄巢生子不自啄，群鸟至今与哺雏。虽同君臣有旧礼，骨月满眼身羁孤。业工窜伏深树里，四月五月偏号呼。其声哀痛口流血，所诉何事常区区。尔惟摧残始发愤，羞带羽翮伤形愚。苍天变化谁料得，万事反复何所无，万事反复何所无，岂忆当殿群臣趋。

　　大历元年（766）云安（重庆云阳），再作《杜鹃》。此时代宗已即位，纠正父亲错误，拨乱反正，以工部员外郎召还杜甫。故《杜鹃》乃是还京途中写给代宗的。《年谱》此处说严武暴卒杜甫失去依靠去蜀，完全错误，当予纠正。实际是他风尘仆仆赴京受职，诗如下。

　　西川有杜鹃，东川无杜鹃。涪万无杜鹃，云安有杜鹃。我昔游锦城，结庐锦水边。有竹一顷馀，乔木上参天。杜鹃暮春至，哀哀叫其间。我见常再拜，重是古帝魂。生子百鸟巢，百鸟不敢嗔。仍为喂其子，礼若奉至尊。鸿雁及羔羊，有礼太古前。行飞与跪乳，识序与知恩。圣贤古法则，付与后世传。君看禽鸟情，犹解事杜鹃。今忽暮春间，值我病经年。身病不能拜，泪下如迸泉。

三首杜鹃诗均采用了"诗史"笔法，深含春秋隐意，以蜀人悲杜鹃啼血，杜宇禅位传说，托寓上皇与肃宗之间的恩怨。前两首肃宗在世，虽在流放中，仍坚持批评；即使远离政治中心，也心系朝廷，堪称唐代屈子。这也证明今人"主动弃官说"站不住脚。后一首代宗时期，诗旨已完全不同，此时迫害他的肃宗已亡。见《资治通鉴》卷二百二十二，宝应元年（762）建巳月。

　　甲寅（五日）上皇崩于神龙殿。……丁卯（十八日）上崩。

宝应元年四月，玄宗屈死神龙殿，十三天后肃宗驾崩。所以大历元年作的《杜鹃》是写给代宗的赞美诗。说一下，国内学者至今无人解对"顿挫"，"沉郁顿挫"是一种贵族情怀，顿挫即上下有序、尊卑错落的儒家社会秩序，如"行飞与跪乳，识序与知恩"。诗人此时已获代宗启用，正还朝接受郎官，遗憾"身病不能拜，泪下如迸泉"，一片忠谨之意。此诗写于去蜀后病阻云安，不能进京报天子恩遇，正是"顿挫"之诗。

对比前两首，此首赞美代宗便是谴责肃宗，一褒一贬，诗人多么深婉顿挫。由此我亦得出以下逻辑，疏救房琯是表象，反对肃宗清洗旧臣才是目的，以疏救房琯表达对玄宗的支持，也就引发对肃宗擅自继位的质疑；杜甫最重儒家血脉亲情，将违背伦常看作"乱源"，在华州以《洗兵马》批评肃宗不孝，这些做人原则，左拾遗至华州参军任内都是他"再使风俗淳"的社会理想所坚持的，致使肃宗步步迫害。至此我更觉出杜甫忧心如焚的"乱世"，包含两方面。一是安史之乱，一是人主不尽孝道。百善孝为先，秩序；万恶淫为首，乱源。这两条肃宗与禄山都触犯了。大逆不道与忤逆不孝，皆是违背天下秩序之祸首，这是杜甫终身批判的，自不会见容于肃宗。但他又特别尊崇君臣礼义，不能直接谴责，即使肃宗强逼玄宗退位是事实，也不能提，于是将一腔忧愤化为疏救房琯的抗颜直谏。杜甫之心，别人不知，肃宗却会感知，故有罢官处罚。诗人之苦，"后世罕有知之者"。

问：你这一解，别开生面，真是诗人的知音。难怪肃宗对所有"琯党"都予平反，唯独不放杜甫。

答：是的。在华州，他"独立万端忧"，却讳言不能述。他《至日遣兴奉寄北省旧阁老两院故人》，在冬至怀念同事及左掖生活，流露出无限眷恋与愁情。我估计在君臣关系上他可能托人做过疏通。有《冬末以事之东都,湖城东遇孟云卿,复归刘颢宅宿,宴饮散,因为醉歌》,特意注明"冬末以事之东都",何事?未详。但可推测,"因事"或为肃宗出其华州仍不解恨,再放其长假归故园,此或为一因;洛阳光复,他迫切回故居陆浑庄又是一因。但我以为这些都非主因。按人之常情,诗人内心最为紧迫焦虑的便是修复与皇帝的关系,有乾元元年冬至怀念同僚诗为证,怀念同僚便是怀念朝廷,此时出华州已有六月,君臣关系没有缓和迹象。在湖城(河南灵宝)刘颢宅宴上,他说"且将款曲经今冬,休语艰难尚酣战","款曲"须互通,"艰难"尚努力。他期盼"天开地裂长安陌,寒尽春生洛阳殿"。陌,东西为陌,谁为我沟通长安之路呢?须"天开地裂",实在太难。"岂知驱车复同轨,可惜刻漏随更箭",时过境迁,合辙难求。最后以"人生会合不可常,庭树鸡鸣泪如霰"作结。"冬末以事之东都"已现蛛丝马迹,即沟通肃宗,调和君臣关系。洛阳乃高宗则天时期旧贵族的聚居地。此事非小,如仇兆鳌所言"此公生平事君交友立朝大节也"。但当他转回华州时,却无情地被罢官了。估计肃宗得知有人求情后,更为发怒,才有诗人"罢官亦由人,何事拘形役",这两句,重心在前句,由不得自己;转念后才有"何事拘形役"的通脱。

问: 有趣。乾元元年冬末,他急于往东都见何人?

答: 贺兰进明时任河南节度使,估计不会求他。有个人物,则是要见的,便是高适。刘开扬《高适年谱》有以下记载。

758年,戊戌,肃宗乾元一(至德三)二月改元,复以载为年。高适五十五岁。贬官为太子少詹事,赴洛阳。适后有《同河南李少尹毕员外宅夜饮时洛阳告捷遂作春酒歌》。五月,过睢阳,有《罢职还京次睢阳祭张巡许远文》。夏日,在洛阳,有《同群公宿开善寺赠陈十六(章甫)所居》诗。又有《送崔录事赴宣城》

《送桂阳孝廉》，似亦洛阳之作。

　　759年，己亥，肃宗乾元二。高适五十六岁。五月，出为彭州刺史，有《赴彭州山行之作》。于蜀山中为乱军劫夺。九月，史思明入洛阳。十月，引兵攻河阳城，李光弼率诸将败思明将周挚，擒徐璜玉等，思明遁去。十一月，适有《同河南李少尹毕员外宅夜饮时洛阳告捷遂作春酒歌》。又《同鲜于洛阳于毕员外宅观画马歌》，亦是年冬作。至彭州，有《谢上彭州刺史表》。十二月有《赠杜二拾遗》诗，时杜甫初至成都，寓居草堂寺中。

　　由上可知，杜甫去洛阳时，高适正以太子少詹事的身份分司东都。我推测，他可能是去求高适，去之前特意写了《寄高三十五詹事》，"时来如宦达，岁晚莫情疏"，但"相看过半百，不寄一行书"，未收到高适的回信。所以去了岂有不见之理？只是肃宗那里未能疏通成功。我还相信，在洛阳，高适承诺过帮助他。故乾元二年年底一到成都便收到高适《赠杜二拾遗》，得到物质帮助和精神慰藉，"佛香时入院，僧饭屡过门""听法还应难，寻经剩欲翻"，老弟放弃不愉快吧，"草玄今已毕，此外自己的复何言"。这相互形成的锁链，或可解"冬末以事之东都"之谜。杜诗是诗人自编，他对自己的重要人生关节，都有"自注"，故"之东都"一定非小事。当然这都是据杜甫与高适关系的推测，能否成定论，尚待新材料进一步考论，此处只是抛砖引玉。

　　问：罢官后，他何不能回长安？

　　答：你又问到了关节。他不能回去，一如"罢官亦由人"一样无奈，这是流放，由不得他，自然未再回长安。此处目前国内学者都没看清，傻乎乎兜圈子，找些生活困难不着边际的理由。其实"因人作远游"已隐讳道出，他遭遇屈原似的放逐，这是关乎他日后成为"诗史"的重要内在因素。

问：流放？诗史内在因素？从未有人这么说呀！

答：是的，流放。且看闻一多《少陵先生年谱会笺》分析："是时东都残毁，既不可归，长安繁侈，又难自存。"在秦州有《寄高岑三十韵》"无钱居帝里，尽室在边疆"为证；居秦州是指其侄杜佐居东柯，雨水充足"秋禾有收""因携家徙居焉"。闻一多不知"流放"，煞有介事地分析，真可笑，"无钱居帝里"乃诗人春秋笔法，为尊者讳。闻氏延续《新唐书》辞官逃荒说，故有"惟秦州得雨"适合居家的认识，将诗人放逐简单化为生存。

"得雨"，真是秦州有大自然之"雨"吗？真是为了生存去秦州吗？这只是字面意思，我以为还得回到复杂政治斗争看问题，从君臣关系分析中找到隐含的答案。天子罢免，为何不让归京？原因很简单，怕他回京生事端，议论清洗旧臣、稳定政权的策略。长安不准回，便流去秦州，故才有"满目悲生事，因人作远游"（《秦州杂诗》），一种无奈莫可言述。可以确定，他是被指定去处的，秦州自汉以来即行役戍边的苦寒之地，羌戎杂居，杜诗称其为"天末"，指中原之外，即为天边，有惩罚之意。他形容秦州"迟回度陇怯，浩荡及关愁""西征问烽火，心折此淹留"（《秦州杂诗》）。被放逐秦州的，还有长安高僧赞上人，他们频繁交往，相互慰藉，杜甫写过三首诗送他，《宿赞公房》自注"京中大云寺主，谪此安置"，诗人自己又何尝不是被"谪"呢？仇注引赵汸《杜诗选注》"赞，亦房相之客，时被谪秦州"。两相参证，二人均"因人""因事"去秦州，或为肃宗统一安排。不久又发两百里外同谷，《别赞上人》"我生苦飘荡，何时有终极"，他不愿再流，可肃宗迫害又至，不知何时会停止；《发秦州》他说"生事不自谋""惘然难久留"，这些奔波都非本意。在同谷他暗示"中原无书归不得"（《乾元中寓居同谷县作歌·其一》），命运难自主。入蜀也是肃宗的安排，有《发同谷县》深含微意，"奈何迫物累，一岁四行役。忡忡去绝境，杳杳更远适"，越走越远，由华州到秦州转同谷再到蜀中，故言一年"四行役"。谁役使他？"去住与愿违""焉能尚安宅"，我以为是肃宗加害。据以上推论可知，华州去官非本愿，秦州流放属无奈，入蜀也非他自主决定。可这些都被学术界傻傻地弄反了。所以他们解杜诗如何解得正确，如何不抱怨杜甫难解？此时正逢多事之秋，用人之际，不反对肃宗的王维、岑参均在数月内得到迁升，而杜甫却一步一步远离政治中心。

问：《旧书》"久之，召补京兆府功曹"。朝廷召补在何年？

答：从肃宗对他的仇恨来看，应在肃宗驾崩后，代宗宝应元年（762）征召。他有《奉寄别马巴州》自注"时甫除京兆功曹，在东川"。宝应元年七月杜甫送严武至绵州，严武还朝任京兆尹，即为他请此官。因吐蕃滋扰，杜甫应召阻滞阆州无法出川。广德二年（764）正月，严武再督川，改请节度参谋。他十分欣慰，写下《奉待严大夫》"一生襟抱向谁开"，只有严武最解他的志向，即"兴在骊驹白玉珂"（《奉寄别马巴州》）。

他虽遭放逐，却始终没有怨君失志。在同谷有"血以当醴泉，岂徒比清流"（《凤凰台》）的号呼，不弃理想，不做清流。流放蜀中，从不怨天尤人，诗思壮阔，《赠蜀僧闾丘师兄》"吾祖诗冠古，同年蒙主恩"，他对皇恩只有感激，无个人怨怼；他没有颓废，"穷愁一挥泪，相遇即诸昆""漠漠世界黑，驱车争夺繁。惟有摩尼珠，可照浊水源"，可见少陵旷怀。

罢官流放，千载无人言述，无论钱谦益还是仇兆鳌，或许没有意识到，或许故意疏忽。我抽丝剥茧发现其中真相，在古代血缘伦常政治中，人伦忠孝是执政之基，杜甫对肃宗不敬上皇，违背伦理，及由此引起肃宗最惊怕的政权合法性质疑，戳中了肃宗的痛处，导致其受迫害，在所有瑁党平反后，仍不予平反，反而流放。但两《唐书》均为尊者讳言，诗圣之痛苦千古沉冤。你以为呢？

问：明白，出华州实为"罢官"，再流放陇蜀，直到肃宗驾崩，代宗继位，他才在严武力荐下得以复官，相当于被朝廷正式平反。这期间有四年时间无官。以后又经幕府参谋、蜀中军功授检校工部员外郎，入朝就职。终因途中消渴病发，被阻夔州，仍赤心不改，期待还朝。因糖尿病销蚀身体，不能还朝履职，最后连路都不能行走，在一条独舟中带着无尽遗憾与忧伤离世。那个时代真正辜负了这位五百年一遇的伟大诗人。

答：最后还有补充。杜诗全集实际就是本人编定的，而非宋人编辑。杜甫记录唐代当代史都那么上心认真，形于简册，斑斑可稽，自然不会对个人史不校理。观其全集，一生行状清清楚楚，故研杜者不可不细读其诗，不可不梳理诗歌前后的逻辑关系，诗人生平经历、内心世界方能历历在目。他终身与家人在一起，家人参与诗歌编集是不争事实，即使最后《风疾舟中伏枕书怀三十六韵奉呈湖南亲友》他无法编入，也是身边亲人补编。所以杜诗全集不差分毫地反映了诗人的个人史。至于没有同时代的人作序，叙其平生，是因为他觉得没必要，诗集编年足以充分显示其行状。他的一生事涉君臣关系，非常复杂敏感，有些东西不能说，为尊者讳，更不能由外人叙其遭际。我推测他亲订的诗集因事涉君王，他也有许多不便，比如留下的类似华州罢官流放之谜，稍加用心，都可在诗集中找到答案。

杜集由他自编，我还有一理由，为何从二十四岁第一次科第起编，将七岁至二十三岁的千首积诗一笔勾销？若不是他本人，谁有这个胆子？所以杜甫自编诗集是确定的。相反，宋人连诗人华州罢官细节都未考知，怎么正确理解诗人？一笔糊涂账，何以能编辑出如此精准的诗集？后人对杜集修编，只能把原本清清楚楚的编年，颠倒次序，反而远离真本。所谓宋人编修，甚至渗入并非杜甫的伪诗，如蔡梦弼《草堂诗笺》收入的《去蜀》便是伪诗，至今无人发现这一弥天大谎。

还有人考证他第一次科第所作的《游龙门奉先寺》是置于开元二十三年（735）还是开元二十九年后，真滑稽，连杜甫编集的逻辑都不清楚，却去考证。杜甫取科举开编是有含义的，如我们今天说的成人礼，乃有告别昨天之意，故此诗当置于首。

除诗人自编诗集外，第一位编杜者樊晃，《杜工部小集》集杜诗二百九十首，《序》"宗文宗武，近知所在，漂寓江陵，冀求其正集"。颇堪留意，樊晃已知"正集"存在。北宋王洙搜集九十九卷杜集，编成《杜工部集》，是他自诩的，实际就是杜甫流入民间的自编集子，被他另立标准打乱重编。他在《杜工部集·记》华州罢官大节上，谎称"关辅饥乱，弃官之秦州"，无中生有，成了杜甫不负责任"弃官"谣言的始作俑者，还影响《新书》本传生平。编杜者却未读明白杜诗，王洙是第一人，他杜撰"逃荒"细节，流毒至今，尤不可忍。

问：你这一解，使我想起鲁迅的名言，对杜甫特别适合，"惨象，已使我目不忍视；流言，尤使我耳不忍闻"，千年来诗圣心情就是这样吧！

关于张籍"一曲菱歌敌万金"与比体诗

问：张籍《酬朱庆馀》"一曲菱歌敌万金"，怎么理解？

答：此诗主要体现了张籍的诗观。"菱歌"指南朝乐府民歌，"敌万金"体现了新乐府在诗人心中的价值。此句观照现实，反映了中唐流行拟南朝乐府的盛况。张籍吴郡（苏州）人，贞元十五年（799）进士。交游较杂，既交好韩愈，又与白居易相友，在中唐复杂派系斗争中，这种交往属政治立场不明，为太祝十年未能升迁，后经韩愈举荐为国子监博士，长庆二年转水部员外郎。喜荐新人，朱庆馀、项斯均受其提携。先看诗。

越女新妆出镜心，自知明艳更沉吟。

齐纨未是人间贵，一曲菱歌敌万金。

诗是张籍六十岁时与后辈朱庆馀关于文学风格的一次对话。朱庆馀，越州（绍兴）人，宝历二年（826）登第。长庆中入京应试，以《闺意》行卷张籍，"洞房昨夜停红烛，待晓堂前拜舅姑。妆罢低声问夫婿，画眉深浅入时无"。此诗是一首新奇而含蓄的比体诗。按古礼新娘要拜见公婆，《国语·鲁语下》"古之嫁者，不及舅姑，谓之不幸"。舅姑，指公婆。未行拜堂礼，谓之不幸。杜甫曾记载这一礼俗，《新婚别》"结发为子妻，席不暖君床。暮婚晨告别，无乃太匆忙。君行既不远，守边戍河阳。妾身未分明，何以拜姑嫜"。诗中新妇"暮婚晨告别"，但缺少一环，未能行拜舅姑之礼，身份不明确，所以哀伤。朱庆馀写的正是新娘上堂前的忐忑心情，刘永济《唐人绝句精华》说"此托之新妇见舅姑，以比举子见考官"。

问：何为"比体诗"？

答："比"是《诗经》传统，所谓比体诗，即通篇用"比"的诗。比体表面说的是一件事，实则指另一件事。张籍读到朱庆馀行卷诗，心中一动，"比"得恰当，姿态得体，不恃才妄作，敛德避妒，手法和自己当年为拒李师道邀请而作的《节妇吟》颇为相似；便欣然酬诗，同样以"比体"还之，名句"一曲菱歌敌万金"千古流芳。"菱歌"，赞美来自江南的民歌，足可在长安引领风潮。"齐纨"，不接地气的贵族诗风，未必被人看重。诗反映了张籍的诗观、时代审美趣味及长庆中流行乐府诗的现实。文学观念之变映射社会微妙之变，贵族主宰的时代正在过去，诗人以热情的姿态欢呼新时代的到来。

问：明白了，"一曲菱歌敌万金"概括了一种流行的文学潮流，也是张籍文学观、政治观的体现。这样理解对吗？

答：是的。中唐复古风昌炽，无论"韩柳"古文运动还是"元白"新乐府运动，都产生了很大的社会影响，反映了社会悄然的变化与分歧。中唐的复古其实不同，韩愈倡导借文学恢复贵族传统价值观，白居易则提倡关照底层社会和时事写作。张籍乐府为时所重，与王建并称"张王乐府"。他的好友孟郊更狂热复古，清胡寿芝说"东野五言能兼汉魏六朝体"（《东目馆诗见》），《四库全书总目》说"托兴深微，而结体古奥"。孟郊擅长比兴，以"补风教""证兴亡"为创作宗旨，如《去妇》《古薄命妾》《列女操》《塘下行》均简古质朴，与大历诗风大异其趣，"篇篇皆似古乐府"（《北江诗话》）。明人许学夷评孟郊古体"不事敷叙而兼用兴比，故觉委婉有致，然皆刻苦琢削，以意见为诗，故快心露骨而多奇巧耳"（《诗源辨体》），如《征妇怨》"良人昨日去，明月又不圆"，完全是乐府传统，这般审美在初盛唐是不见的。作为文学同道，张籍深受孟郊影响，也有类似的《节妇吟》。

补充一点，大历时期出现十才子诗风，中正平和，恬淡清雅，一点不奇怪。安史之乱刚结束，社会需要温婉清丽的诗风疗治人心、平复欲望；统治者需要恢复贵族传统，试图回到安史之乱前的平静社会。元和以后社会转型变动，平民新贵势力增长，扬弃大历拘于声律、轻浮高逸的贵族诗风，出现了"一曲菱歌敌万金"的新乐府现象，以另一种形式矫弊图强，探寻社会出路，开风气之先，为迎接平民社会做了精神启蒙，体现了文学改造社会的功能。这便是复古的意义，发扬复古文风，以"补风教""证兴亡"直切时弊。

问：请谈谈张籍《节妇吟》。

答：这是复古风气的一首比体诗。先看诗。

君知妾有夫，赠妾双明珠。
感君缠绵意，系在红罗襦。
妾家高楼连苑起，良人执戟明光里。

知君用心如日月，事夫誓拟同生死。

还君明珠双泪垂，何不相逢未嫁时。

比体层面，诗描写妻子守持节操，坚拒多情男子追求；喻义层面，表达诗人忠于朝廷，不被收买的气节。"节妇"，指守节女子，比喻忠臣；"良人"，指地位高贵的丈夫，比喻君王；"明光殿"，指西汉长安宫殿，比喻朝廷。

张籍的乐府诗，擅长反映时事。诗人自注"寄东平李司空师道"。李师道，指割据藩镇平卢淄青节度使李纳之子，元和元年（806）继承李师古为帅，拥十二州之地，又检校司空、同中书门下平章事，权势炙手。师道为扩充势力，大肆笼络文人、收买官员。此诗便是张籍拒绝他的聘请时所写的，全用比体，情理深婉。元和十年，为逼迫朝廷停止讨伐吴元济，李师道联手成德王承宗，火烧河阴仓，暗杀宰相武元衡，刺伤裴度。元和十三年，淮西平定，李师道惧祸，请献沂、密、海州，随又反悔。后在诸镇大军逼压下，为部下都知兵马使刘悟所杀。

《节妇吟》是张籍匠心独运的政治比体诗，借男女情事，以"节妇"明志："你知道我有夫家，却还以'明珠'引诱我。谢谢你的美意。我住京城，夫君执掌明光殿。你对我有意，但我与夫君誓同生死。拒绝很艰难，只怪相逢太迟。""双明珠"是笼络诗人的诱饵，李师道是炙手可热的强藩，诗人不能峻拒，故极尽婉娈以诗相谢，既要自保，又不想激怒对方。此诗心理细腻，情理真挚，微言大义，展示了诗人坦荡忠贞的情怀。

其实盛唐的高适就作过类似"比体诗"，彼时高适尚未发达，寄身哥舒翰幕下，但种种不得意又使他下决心离开哥舒翰，同样地面对边镇幕府、一方军政大员，高适也只能低声下气，不敢得罪。其《在哥舒大夫幕下请辞退托兴奉诗》中比兴极奇，好的"托兴"建立于得当而巧妙的"用比"之上，诗如下：

> 自从嫁与君，不省一日乐。
> 遣妾作歌舞，好时还道恶。
> 不是妾无堪，君家妇难作。
> 下堂辞君去，去后君莫错。

由此，也可看出张籍《节妇吟》的祖述与遵从。

最后补充一下，任何诗歌都不是无缘无故产生的，都有皈依，动态地反映着文学史的某一部分。《节妇吟》承杜甫《佳人》、孟郊《去妇》而来，唐人这类题材形式又从《陌上桑》《木兰辞》《东门行》出，传至宋代，陈师道《薄命妾》、汪元量《妾薄命呈文山道人》又从张籍《节妇吟》来，洪迈《容斋五笔》说陈师道"全用籍意"。

问： 是有必要再认识汉魏乐府及江南民歌对后世文学沾溉这条线，这才是未曾中断的文学生态。

为何唐诗中多写到"五陵"

问： 唐诗中常见"五陵"，请谈谈这一现象。

答： 这要从文化精神层面看，华夏文化中汉唐精神是一致的，也是撑起华夏民族的主干精神，一统的江山需要"王气"，唐人需要寻找一种强悍的精神气质，如旭日东升的蓬勃力量，与盛世匹配，自然追溯到强大的汉朝。"五陵"自汉高祖迁入关东豪室，积数百年经营，"王气"不散。就唐代而言，五陵居住着大量关陇贵族，他们为建立隋唐基业名满天下，这些豪室巨贾影响着长安政治，唐前期慷慨赴边的几是这些"五陵子弟"，他们志不在读书，而在传扬、践行保家卫国的汉家精神，因此唐诗总少不了"五陵"踪影。

汉高祖九年（前198）郎中刘敬建议以关中沃土设长陵县，徙四方豪贵及外戚，集中管理，既供奉园陵，又移民休养生息。此后每立帝陵置一县，至汉元帝共有安陵、阳陵、茂陵、平陵五县。

西汉"徙民五陵"取得了强干弱枝、防止割据的政治效果。《汉书·地理志下》有以下记载。

> 汉兴，立都长安，徙齐诸田，楚昭、屈、景及诸功臣家于长陵。后世世徙吏二千石、高訾富人及豪桀并兼之家于诸陵。盖亦以强干弱枝，非独为奉山园也。

五陵所在"五陵原"，在关中北原，南临渭水，东西长一百余里，南北宽约四十里，汉唐以来一直是"强本弱枝"的重要安置点，"五陵原"成了豪贵聚居地的代称。此地人文风俗豪奢，据《汉书·地理志下》"五方杂厝，风俗不纯。其世家则好礼文，富人则商贾为利，豪桀则游侠通奸。濒南山，近夏阳，多阻险轻薄，易为盗贼，常为天下剧。又郡国辐凑，浮食者多，民去本就末，列侯贵人车服僭上，众庶放效，羞不相及，嫁娶尤崇侈靡，送死过度"，为唐代"五陵年少"培育了文化基因。

西汉十一帝陵均住着世家大族，宣帝杜陵虽在城南三兆原，仍高官显贵集聚，杜甫、韦应物祖上便居住于少陵原杜曲、韦曲，他们门第高华，家世显赫，有"城南韦杜，离天尺五"称誉，这里文人辈出，晚唐还出了杜牧、韦庄等诗人。

问：所以唐诗少不了这些世家子弟的席位。

答：是的。在唐前半期，传统贵族尚未式微时，长安青年有两类。一类是外来求取功名的寒族士子，另一类便是贵宦之家的"五陵年少"。一南一北，由于出身背景，北方贵胄人家不乏浮薄放荡的纨绔少年，韦应物早年便是他们中的一员。这些勇武的五陵子弟，是长安青年中的另类群体，他们并非一无是处，只是走着不同于其他士人的人生道路。

李唐母系虽为鲜卑血统，但父系以汉为宗，以老子为祖。关陇起事，获汉代留下的"五陵豪杰，三辅冠盖"世家巨族支持。李渊《授三秦豪杰等官教》有以下记载。

> 义旗济河，关中响应，辕门辐凑，赴者如归。五陵豪杰，三辅冠盖，公卿将相之绪馀，侠少良家之子弟，从吾投刺，咸畏后时，扼腕连镳，争求立效。

李渊称赞的"五陵豪杰"即西汉以来关中传承有序的世家豪族，唐人称这些立国勋贵的子弟为"五陵年少"。如张碧《游春引》"五陵年少轻薄客，蛮锦花多春袖窄"。杜牧《咏袜》：

> 钿尺裁量减四分，纤纤玉笋裹轻云。
> 五陵年少欺他醉，笑把花前出画裙。

历史原因，这群少年尚武轻文，行事蛮横，不受礼乐道德约束。如齐己《轻薄行》"玉鞭金镫骅骝蹄，横眉吐气如虹霓。五陵春暖芳草齐，笙歌到处花成泥。日沉月上且斗鸡，醉来莫问天高低。伯阳道德何唾咦，仲尼礼乐徒卑栖"。他们取笑儒家循规蹈矩的读书生活，如崔涂《东晋》"五陵豪侠笑为儒，将为儒生只读书。看取不成投笔后，谢安功业复何如"，谢安功业才是他们的追求，他们继承的是汉武帝时期形成的传统文化中的神武精神。

问：由此看来，文学史对他们的否定性评价也只见其一个侧面。

答：是的。盛世不只需要读书人，家国有难，"五陵年少"的游侠精神与保家卫国的英雄气概不可或缺。如陈陶《水调词》"黠虏迢迢未肯和，五陵年少重横戈。谁家不结空闺恨，玉箸阑干妾最多"，从"空闺恨"角度写"五陵年少"从军，民族危殆，这些簪缨世家挺身而出，做出牺牲，这是另类的家国情怀。实际上，"五陵年少"这个文化角色承接了汉代"神武精神"，相较于初唐以来偃武修文、科第兴国，确是格格不入，但正是大唐的包容才使他们成了独特的存在，他们的生活方式也吸引了诗人注意。如王建《杂曲歌辞·羽林行》。

> 长安恶少出名字，楼下劫商楼上醉。
> 天明下直明光宫，散入五陵松柏中。
> 百回杀人身合死，赦书尚有收城功。
> 九衢一日消息定，乡吏籍中重改姓。
> 出来依旧属羽林，立在殿前射飞禽。

该诗写的是"五陵年少"的两面人生。何以横行无忌？"收城"功业，能将功抵罪。唐王朝内以文治国，推行文治；外以武卫国，崇尚武功。这是唐前期强盛的重要国策。汉民族生息的中原，自先秦就被外族觊觎，国家内乱分裂时，无暇顾及，边防的感受尚不明显，一旦统一，边患问题便凸显出来，所以才有攘外必先安内的传统，也就是内部团结才谈得上边防。唐室统一后，即以边防为重，避免汉武帝重武轻文，施行文治武功，但也要适度保有勇蛮血统的存在，才有"五陵年少"这一让人侧目的群体，谁也奈何不得。他们获得民族、国家、时代不能言说的特别恩宠，令人爱也不是厌也不是。

实际上，中华民族文化精神由两个来源构成。一是孔子总结的儒家思想，它是一种贵族文化精神，自不待言；二是汉武帝时期将士保家卫国、用鲜血凝铸的神武精神，它是汉代的勇毅精神，可惜失落已久，所幸在"五陵年少"身上尚有残留。承平日久，一个民族尤需这种"神武"精神。

问：我发现李白最擅记录这个特殊群体。

答：是的。他有多首《少年行》，每篇皆任侠使气。如《白马篇》。

> 龙马花雪毛，金鞍五陵豪。
> 秋霜切玉剑，落日明珠袍。
> 斗鸡事万乘，轩盖一何高。
> 弓摧南山虎，手接太行猱。
> 酒后竞风采，三杯弄宝刀。
> 杀人如剪草，剧孟同游遨。
> 发愤去函谷，从军向临洮。
> 叱咤经百战，匈奴尽奔逃。
> 归来使酒气，未肯拜萧曹。
> 羞入原宪室，荒径隐蓬蒿。

诗描写了一位"三卫郎"的人生。早年少不更事，近侍天子，出入宫闱，扈从游幸，豪纵不羁，横行乡里；醒事后执戈荷戈，发奋从军，效死疆场；归来使酒任性，轻视功名。基本总结了"五陵年少"三段人生，市井荒唐—从军疆场—功成身退，三段经历皆充斥着自由精神，"事了拂衣去，深藏身与名"（《侠客行》）。这是循规蹈矩的儒家没有的，它是发自贵族的另一种情怀，即汉代凝结的神武精神。李白早年习纵横术，濡染了这种精气神，杜甫《赠李白》"痛饮狂歌空度日，飞扬跋扈为谁雄"，所以这是真实唐诗长廊不可缺少的群体。

毕竟世家子弟，出身不凡，五陵年少也有一定的艺术修养和品位，施肩吾《赠郑伦吹凤管》赞美他们"喃喃解语凤凰儿，曾听梨园竹里吹。谁谓五陵年少子，还将此曲暗相随"。两种境界互补，武侠与文艺，同构了唐前期文治武功的文化精神，也辐射到李白。在某种意义上，李白倾慕、刻画的"五陵年少"就是他人生的自画像，是对自我的肯定，是他对"纵横家"思想的形象解说。

问：李白喜欢描绘五陵年少，原因是什么？

答：第一，李白有复古情怀，追慕汉文化，使他对"五陵豪杰"的人生情有独钟，他们不受典章捆束，纵横尚武的行为与李白洒脱不羁的个性相合。

第二，李白一介布衣，接受的并非全是儒家教育，他在蜀中更多地接受了纵横家、墨家游侠思想，并受蜀地蛮夷文化影响，"壮士伏草间，沉忧乱纵横"，"五陵年少"形象正切合其心。

第三，唐前期贵族主宰，严良贱之别，"五陵年少"几为西汉传承下来的贵族后裔，他们的门第出身为李白所钦羡仰慕。应该说，唐人既羡慕六朝文化世家的气质，又向往"五陵年少"这样的关陇豪强的政治地位。

问："五陵年少"为何消失于晚唐？

答：五陵、五陵原、五陵年少随唐末贵族的远去，彻底从中华文化长河中消失了。五陵原汉室神主之地，陵冢石碣随处可见，又有迁徙至此的六国旧贵族、豪强巨贾，都是当年汉王朝执政的深厚政治经济基础，汇集了汉以来流传有序的世家大族和众多历史遗迹。但来到晚唐，残留给唐人的只是伤心凭吊、不胜唏嘘之地。韦庄《忆昔》：

> 昔年曾向五陵游，子夜歌清月满楼。
> 银烛树前长似昼，露桃华里不知秋。
> 西园公子名无忌，南国佳人号莫愁。
> 今日乱离俱是梦，夕阳唯见水东流。

怀古伤今，叹时代之变。前三联写昔日豪贵生活，繁华盛景。末联陡跌，变徵之音，凄怆悲凉，为晚唐贵族社会的远去发无限惋叹。再如李频《乐游原春望》"五陵佳气晚氛氲，霸业雄图势自分。秦地山河连楚塞,汉家宫殿入青云。未央树色春中见,长乐钟声月下闻。无那杨华起愁思,满天飘落雪纷纷"。尾联用典,写晚唐时人的心理实感,是荣衰转替后的必然惆怅。

问:"五陵原"是曾经的出征壮行地,无数将士一批又一批出五陵原,奔赴边庭。威光不再,神武不再。可惜!

答:没什么可惜。科举、安史之乱、牛李党争,唐人贵族自掘坟墓让位给平民,怪不得他人。入宋以后,跨入平民社会,家国情怀失落,汲汲私利,自然贪生怕死,神武精神随贵族消失,这是宋代积弱不振的核心原因。

关于科举与"先辈"之秘

问:为何中唐以后,唐诗诗题常见"先辈"一词,初盛唐却不见?

答:这个话题有趣,确如你问,语词变迁,映射的是社会变迁。唐诗出现"先辈"一词,如马戴《赠杨先辈》、杜牧《池州送孟迟先辈》、许浑《赠萧兵曹先辈》、杜荀鹤《投郑先辈》。这些诗题都出现在中唐以后,反映了大量平民士人参与科举的事实。

"先辈"称呼主要在科场举子之间。它的出现,照见了社会阶层结构微妙之变,科举取士已由初盛唐贵族把控,转向中晚唐被平民占据。大量求取功名的士子,普遍属平民阶层,没有门第之别,彼此之间便以参加科第先后或登第早迟,分出等次,作为平民举子间的敬称。

细析之,"先辈"称谓仍然沿袭等级社会的思维,非要将同一阶层的人群分出高下;而初盛唐门第之家,社会地位及声望早已固化,故无必要称用它。这便是其在平民举子中流行的逻辑。

问:今天"先辈"已与科第无关,所以人们难以理解这种现象。那么这一具有科举特色的社交词语,是如何形成的?

答：唐人称用"先辈"无关辈分，专用于科场，相当于"科第在先"之意。它是在综合前代"先辈"各种义项的基础上创造的具有科举新义的称谓。

第一，西周时期，"先辈"指依次排列的前者，或在前的批次，并无社交之意，相当于"先批""头批"。如《小雅·采薇》"薇亦作止"，郑玄笺"西伯将遣戍役，先与之期以采薇之时，今薇生矣，先辈可以行也"。

《毛诗序》"《采薇》，遣戍役也"。周文王殷商时，奉殷天子之命，御西戎北狄之乱，守卫中土。文王预先与将士约定采薇出征。薇发芽时，文王说"今薇生矣，先辈可以行也"。这里"先辈"，即按次序排在前面的将士。

唐人取其义项，特用于比自己早参加应试的人，或及第在前者。

第二，到了汉魏，"先辈"仍有"先批"之意，但已开始作为乡里"前辈"敬称使用。察举制长期施行，出现了"同郡先辈""州里先辈""先辈宿儒"等词语。如《三国志·吴志·阚泽传》："泽，州里先辈，丹杨唐固，亦修身积学，称为儒者。"《三国志·魏志·陶谦传》裴松之注引《吴书》"郡守张磐，同郡先辈，与谦父友"。

须注意，只有同一乡籍才便于先后比较。故"前辈"义项，特用于乡里察举在先的孝廉、贤良文学、秀才等儒士敬称，含有对本乡本土"人才"称许之义。

唐人取"察举""同乡""前辈"义项，用于科举，但又突破察举制专用于"同一乡籍"的局限，不分地区，有更广泛赞叹"人才"之义。

第三，降至唐代，去除"同乡前辈"的狭隘，"先辈"一词在同辈之间通用。同辈，身份均是举子，才有先后登第之分。如刘禹锡《送李庚先辈赴选》、孟郊《凭周况先辈与朝贤乞茶》、韦庄《癸丑年

· 295 ·

下第献新先辈》，实际便是对同身份先及第儒士的敬称。

"先辈"使用，细分之，可用在同年同科登第进士之间，相互敬称对方，如许浑《送同年崔先辈》；也可不同年，凡先及第者称"先辈"，如温庭筠《春日将欲东归寄新及第苗绅先辈》。同身份未及第举子之间，应试前相互恭维，则称"必先"。

毋庸置疑，"先辈"称用，因科举而兴。李肇《国史补》卷下"得第谓之前进士，互相推敬谓之先辈"，即先期得第者称"前进士"，敬称"先辈"。到晚唐五代，凡搏战科场的文士都可称"先辈"，如孙棨《北里志》中歌妓莱儿看好光远"聪悟俊少"，科举会一战成名，"是岁冬，（她）大夸于宾客，指光远为'一鸣先辈'"。可知，场屋外的人也可用"先辈"表达对应试举子的祝愿。

第四，近代取消科第后，"先辈"失去科举义项。但青年总要有事做，没有科举可做，便转做革命，于是出现了"革命先辈"，逻辑都一样。今《汉语词典》先辈指年龄或辈分较长的人，或专指已去世的前辈，意思全变，再无古义了。

问：请谈谈中晚唐流行"先辈"的社会环境。

答：从整个社会看，安史之乱后发生了深刻变化。安史之乱前，唐代还保留着古代社会的许多特征，贵族掌控权力，社会主体由关陇集团、山东士族及南渡江南的世家大族构成，他们合流形成唐前期的贵族文化，底层庶黎的存在几可忽略。这些世族门风深厚，数百年传承不辍。他们良贱不婚，门荫蔽护，底层社会几无进身之阶。作为个体，身份早已确认，无须重新认证，贵族之间亦无必要以"先辈"抬升身份，也就不流行这个词语。

杜诗无一例以先辈相称，基本都以头衔冠之，可见盛唐并未使用科举的社交敬称词。

安史之乱沉重打击了贵族利益，导致古代贵族社会一去不返。战后，社会发生根本性变革，主宰权易手，科举把贵族垄断特权分配给平民士子，产生大量新贵，"朝为田舍郎，暮登天子堂"（高明《琵琶记》），彻底改变了中国社会的走向。牛李党争，实际并非党派之争，而是贵族与平民之争，争夺社会掌控权，只不过体现在以牛僧儒为代表的平民势力与以李德裕为代表的传统贵族之间而已。这场党争旷日持久，长达半个世纪，以新贵胜利告终。

中晚唐社会急转弯，大批平民士人获得进身之阶，应试举子出身寒微，有自高身份之需，便取用汉魏"同郡先辈"义项，彼此相称；隋唐科举继承创新察举而来，中晚唐科举兴盛，平民士子袭用汉魏旧称，热衷"先辈"互称，渐为时尚。

问：谢谢，所以这一现象在盛唐以前靠门荫入仕的贵族子弟中几不可闻。

答：正是。

《幽居冬暮》是李商隐罢废后之作吗

问：李商隐《幽居冬暮》是罢职归里之作吗？

答：此诗姚培谦《李义山诗集笺注》评曰"急景颓年，致身料已无分，然夙志未尝忘也"。先看诗。

> 羽翼摧残日，郊园寂寞时。
> 晓鸡惊树雪，寒鹜守冰池。
> 急景忽云暮，颓年浸已衰。
> 如何匡国分，不与夙心期。

程梦星《重订李义山诗集笺注》"此乃大中末废罢居郑州时"。张采田《玉谿生年谱会笺》系于大中十二年（858），"词意颓唐，颇近

· 297 ·

晚境,其殆绝笔也欤"?绝笔未必,但是其晚年罢废之作则无可疑。

问:果是他晚年重要诗歌。大凡"幽居"都追求悠闲宁静,知足保和,为何诗人"幽居"得特别沉重?

答:先看首联"羽翼摧残日,郊园寂寞时",概括诗人仕途蹇涩、理想摧折的事实。退居并不平常,而是羽翼摧折,暗示牛李两党激烈的政治斗争,照应"寒冷的幽居"的题意。"郊园",指城外园林,喻意远离庙堂。按理诗作于刚罢职回乡之时,才有此叹。诗人入仕,恰逢牛李党争生死时期,他选择坚定站在贵族阵营,备受牛党势力猜忌排挤,被诬为"诡薄无行""放利偷合"(《新唐书·文艺传》),"为当途者所薄,名宦不进,坎壈终身"(《旧唐书·文苑传》)。从两《唐书》对其结论,可看出平民新党阵营之强大,也可看出牛李党争末期,贵族势力再无翻身机会,自此以后历史交到平民手中,李商隐亦受新贵肆意诽谤、恶意中伤。流言传之后世,两《唐书》又从平民立场对他酷评。大中六年(852)诗人四十二岁时写给杜惊的《献相国京兆公启》云"若某者,幼常刻苦,长实流离。乡举三年,才霑下第;宦游十载,未过上农"。可知李商隐十年未有迁升,从投书对象看,杜惊也是京兆万年世家大族。现在,在这场影响历史未来走向的旷世斗争中,他深感心力交瘁,如羽翼摧铩之大鹏,无力奋飞;他所固守的贵族价值观斗不过平民价值观,他明白世道变了,只能退守"郊园"(郑州家园),守住贵族最后一抹"夕阳",度过寂寞孤单、郁郁寡欢的晚年。而大中十二年(858)他才四十八岁。

历史种种记录表明,他的诗歌无不把个人遭遇与时代社会变迁关合,这正是杜甫的道路,所以李商隐是学杜第一人。

颔联"晓鸡惊树雪,寒鹜守冰池"。此联可证他是在大中十二年(858)罢去盐铁推官职位的,时间在冬月。此联写景,为诗人回到家乡冬日清晨所见,触目惊心。牛李党争以贵族失败告终,这冷得如铁的晨景,既是一位末代贵族诗人的感受,又是一个时代的隐喻。"晓鸡惊树雪",欲要奋起却严霜覆地;"寒鹜守冰池",欲要退守却冰池环伺。在这种绝境下,没有出路,避无可避,可见诗人的悲愤。

此联以实景喻严酷政治斗争及没落贵族的处境。诗人刚罢职,一个"惊"字,以为还在任上;一个"守"字,豁然明白已退守冷寂生活。"冰池"是对一位末世贵族心境的写照。

颈联"急景忽云暮,颓年寖已衰"。人到衰年,便觉一生过得极快。"急景忽云暮",照应诗题"冬暮"。冬天昼短夜长,一天光景倏然已暮。"急景",义同"短日",指急驰的日光;"颓年寖已衰","寖",渐渐。人到暮年,不知不觉就衰了,尤其罢职幽居的诗人感受更强烈。

尾联"如何匡国分,不与夙心期"。搁置个人不幸,转而焦虑国家前途,这恰恰是传统贵族所具的心灵,与中晚唐那些计较个人得失的平民士子何其不同。"如何匡国分",怎样才能实现自己匡时济世的儒家理想,匡正国家,恢复秩序。"匡国",可见彼时社会之堕落,在诗人心中,国家走上了歧路。"分",职分,尽贵族本分。"不与夙心期",但在新旧党争中却不能与自己平生夙愿相期。尾联诗思沉重,它出自一位性格坚强、勇敢站在贵族阵营的诗人之口,对式微的现实又有许多无奈!这份沉重,与杜甫被流放成都"出师未捷身先死,长使英雄泪满襟"以及李白遭遇辞退"永结无情游,相期邈云汉"的无奈几多相似。

他虽非遗民诗人,也未经改朝换代,但这场旷世的贵族平民之争,实际就是最深刻的改朝换代,他经历了社会本质之变。他是远去的贵族时代的遗民诗人,所以他的诗总能引起后人感兴,尤其是那些经历朝代兴替的人们的异代同心之慨。相对而言,他经历的变迁更比改朝换代、改换门庭深刻,从这一点说,李商隐诗有永恒的哲学意义。

问:这是他废罢后总结之作,也可以说是罢职归乡后第一首诗,所以它才这么鲜明。

答：是的。据晚唐裴庭裕《东观奏记·温庭筠李商隐仕途蹇滞》"（商隐）自开成二年升进士第，至上十二年，竟不升于王庭"，可见酷烈的政治斗争已影响到个人命运，最终他被罢废在大中十二年。这首作于大中十二年冬的诗，倒可证明他不是这年去世，而很可能是大中十四年（860）离世，这样他就享年五十。不像历来认定的那样，殁于大中十二年冬，享年四十八。

大中十四年他在故乡秘密去世。但他的死生还是有人关注的，崔珏《哭李商隐二首》为后人留下极有价值的信息。《其一》："成纪星郎字义山，适归高壤抱长叹。词林枝叶三春尽，学海波澜一夜干。风雨已吹灯烛灭，姓名长在齿牙寒。只应物外攀琪树，便著霓裳上绛坛。""三春"，可指整个春季，也可指春季第三月。如果把李商隐和他的诗歌比喻为"词林枝叶"，那么，三春正是枝叶生长发育、走向繁茂的时候，不得言"三春尽"，可"尽"者，人也。据此可知，他大约亡于春季。《其二》："虚负凌云万丈才，一生襟抱未曾开。鸟啼花落人何在，竹死桐枯凤不来。良马足因无主踠，旧交心为绝弦哀。九泉莫叹三光隔，又送文星入夜台。""鸟啼花落人何在，竹死桐枯凤不来"，闻鸟啼、见花落而问"人何在"，大有亲临吊唁之感，而"鸟啼花落"标志的时令仍然是暮春。

"幽居"家乡的诗人淡出人们视线，谁也不知死讯。不过崔珏登第后，由幕府拜秘书郎，转淇县令。淇县在河南郑州北部，距李商隐最后归宿地荥阳不远，这恐怕是淇县令崔珏可能得到死讯、亲临其境、为之一"哭"的主要原因。

同李商隐唱和的诗人很多，李郢、薛逢、喻凫、温庭筠等，此时大都健在，但他们都没有为李商隐写点什么，原因很简单，他们已同李商隐失去联系，根本不知他死于何时、何地。崔珏是对诗人之死唯一做出反应的当世诗人，因此《哭李商隐》在李商隐研究中的史料价值真值得我们认真开发。

　　由此我得出结论,李商隐并不像历来认定的,死在大中十二年冬,而是死于返乡后的某一个春末,最大可能是大中十四年暮春。这样就可推算李商隐的年龄了。他生于元和六年(811),卒于大中十四年(860),享年五十。

　　问:明白了,《幽居冬暮》是他罢职后的第一首诗,也是他这一年并未去世的力证。那么《锦瑟》就可看成他大中十四年春暮的绝笔吗?

　　答:听我考证。"锦瑟无端五十弦","五十"即他享年五十岁。锦瑟,指绘有织锦纹的瑟,诗人自喻品位不凡的锦绣年华,用锦瑟托之,以应五十弦。锦瑟华年行过五十春,但尚不能确定这便是绝笔,诗歌内容与死亡并无关涉,文采风流,情词并茂,意喻在"幽居"中追忆已经逝去的、美好的、属于贵族的年华。虽非绝笔,但作为五十春纪念作品是没问题的。《锦瑟》暗示他行年已过五十,这样大中十二年冬罢职,十三年四十九岁在世,则必亡故于十四年暮春五十岁时。

　　问:啊,他竟活到了五十岁,这发现还可确定《锦瑟》作于五十岁时,很可能为生日而作。妍艳感伤的贵族情怀是他诗歌的主基调,他学杜抓住了杜甫将个人命运与时代社会运势相关合的做法,与其人生观、价值观、道德观完全相同,精神上与杜甫神合,这就比后世那些只学技法不学杜甫精神世界的诗人高明。所以他是杜甫精神价值的唯一忠实继承者。这才是他学杜的真谛。其他诗人学杜皆是皮毛。

　　答:确乎,李商隐是第一个学杜而被认为非常成功的诗人。他参与政治的立场异常坚定,关切国运,却一生困顿飘零,与杜甫极为相似。由于生不逢时,他始终为贵族式微而哀感,比如写给杜牧的《杜司勋》"高楼风雨感斯文,短翼差池不及群。刻意伤春复伤别,人间唯有杜司勋"。"伤春伤别",隐喻对时代遽变的感伤;"高楼风雨",隐喻政治斗争与时局;"短翼差池",隐喻两人皆曾窘困失援。所以此诗写给杜牧,更是写给自己。面对现实,追怀逝去的贵族时代,他的诗都寄托了伤悼的情怀,如"夕阳无限好,只是近黄昏"(《乐游原》);"天意怜幽草,人间重晚晴"(《晚晴》)。《幽居冬暮》一如既往,感伤得特别沉重。他有贵族的抱负,却遭遇历史千年之变局,无力挽回逝去的岁月,陆龟蒙《书李贺小传后》"玉谿生官不挂朝籍而死",真是出身不凡,却位卑牟促。纪昀说《幽居冬暮》"无句可摘,而自然深至",像这样"自然深至"的完诗,何必在意一鳞半爪、夺人眼目的"名句"呢?

关于雍陶籍里之疑

问:雍陶是中晚唐一位重要诗人,籍贯是成都吗?

答:《唐才子传》及今人多称他成都人,《唐诗大辞典》称他夔州云安人(重庆云阳),其籍贯确乎值得考辨。

说成都人,不仅因他曾出刺简州(四川简阳),更因大量诗歌写到蜀中,尤以南诏入寇的诗,斑斑记录,均可为证。

但便是成都人吗?我看未必。还得从诗歌找线索,须研究者个人生活经验积累,对材料理解判断。

第一,看《云溪友议》记载。

> 雍陶员外,蜀川人也。上第后,稍薄于亲党。其舅云安刘敬之,罢举归三峡,素事篇章,让陶不寄书,曰:"山近衡阳虽少雁,水连巴蜀岂无鱼?"陶得诗悚报,方有狐首之思欤。

蜀川之说是泛称,可见范摅的时代已不知其贯。古人郡望籍里不可随意,故蜀川当排除。但材料仍有可取处,"狐首之思",当可说明他是云安一带的人,这就是《唐诗大辞典》的"夔州云安人"。

"夔州云安"便是定说吗？我看未必。其实他有一首《再下第将归荆楚上白舍人》，按唐人下第归乡的逻辑，其籍里当在荆楚。"穷通应计一时间，今日甘从刖足还。长倚玉人心自醉，不辞归去哭荆山"，"刖足还""哭荆山"，均反映诗人科场失利、失望而归的心情。

第二，简州秩满，再无为官踪迹。按古人辞官归里习惯，推知他当是回归荆楚故里，有《庐岳闲居十韵》为证，"养拙甘沉默，忘怀绝险艰。更怜云外路，空去又空还"，一"去"一"还"，已总结其一生及归宿。庐岳，即庐山。可今有人解说是雅州芦山县，此说建于成都人之上，当误。庐岳非芦山，若在雅安芦山隐息，"空去又空还"便讲不通。庐岳就在荆楚大地，这样他是哪里人已清楚。

第三，看《云溪友议》刘敬之罢举归三峡云安，有诗寄雍陶，"山近衡阳虽少雁，水连巴蜀岂无鱼"，再明显不过，雍陶故山近衡阳，一衣带水连巴蜀，又可证他非成都人。再看《送徐使君赴岳州》"渺渺楚江上，风旗摇去舟。马归云梦晚，猿叫洞庭秋。别思满南渡，乡心生北楼。巴陵山水郡，应称谢公游"，借送人抒发思乡之情。巴陵，即天岳山之北，也属荆楚之地。他有《城西访友人别墅》"澧水桥西小路斜，日高犹未到君家。村园门巷多相似，处处春风枳壳花"，澧水，即长江中游支流，洞庭湖水系，又为一证。

所以辛文房说"陶，字国钧，成都人"当排除。对《唐才子传》应审慎，此书抄录前人资料，莫辨真伪，捏合而成，太多舛误。

问：为何雍陶许多诗歌反映他似乎是蜀人？如《送裴璋还蜀因亦怀归》。

答：值得一辩。先看诗。

客在剑门外，新年音信稀。
自为千里别，已送几人归。

>陌上月初落,马前花正飞。
>离言殊未尽,春雨满行衣。

从诗题看,裴璋还蜀引发他怀归。别人还蜀,他也还蜀?判断不合逻辑。这个"归"未必指成都,他是荆楚人,荆楚即古荆州地区,今湖北、湖南一带,蜀中也有长安至荆楚通道,"客在剑门外"已点明怀归的路线是走剑门蜀道。成都是终点,还是目的地在荆州?都未说明。从诗题上看,他想陪裴璋结伴同行。因此"怀归"不能证明他是成都人。再看《到蜀后记途中经历》"剑峰重叠雪云漫,忆昨来时处处难""自到成都烧酒熟,不思身更入长安",一个"来"一个"到",已说明身份是"客"。再如《峡中行》"楚客莫言山势险",古人"峡中"特指巴楚之交"三峡";楚客,指诗人。你以为呢?

他作于南诏乱蜀时的诗,又似乎证明其家在成都,《蜀中战后感事》"家贫移未得,愁上望乡台",彼时诗人正在长安求仕,他把自己拟想为家在成都的难民,故有"愁上望乡台"。《送蜀客》"剑南风景腊前春,山鸟江风得雨新。莫怪送君行较远,自缘身是忆归人",相送一程又一程,非为归蜀,是引动了他的归思。《自蔚州南入真谷有似剑门因有归思》"我家蜀地身离久,忽见胡山似剑门。马上欲垂千里泪,耳边唯欠一声猿"。诗中"家",不是家乡,是居家。所以在《旅怀》中说"旧里已悲无产业,故山犹恋有烟霞。自从为客归时少,旅馆僧房却是家",荆楚已无产业。但荆楚太大,再缩小范围当是岳州衡州一带。

问:明白了,是衡岳人非成都人。生卒年如何?也有多种说法。

答:先说生年,学术界也未统一。闻一多《唐诗大系》将雍陶的生年定为永贞元和之交(805),今人多沿袭,但不知所据。谭优学《雍陶行年考》考订其生于贞元十二年(796)。谷慧定为元和四年(809)左右。周啸天在闻一多基础上据雍陶《自述》"贫当多病日,闲过少年时"推断其生年在九世纪开初（800）。

唐人正常科第年龄，一般在冠礼（成人礼）后，故雍陶科第最早是在二十岁后。他有《下第》"万事谁能问，一名犹未知。贫当多累日，闲过少年时。灯下和愁睡，花前带酒悲。无媒常委命，转觉命堪疑"。对于"无媒"，充满年轻人的怨怒。再如《离家后作》"世上无媒似我希，一身惟有影相随。出门便作焚舟计，生不成名死不归"。均可看出诗人襟抱宏远，符合二十岁年龄。对科第充满抱怨，是中晚唐士人的普遍心理，如《人问应举》"莫惊西上独迟回，只为衡门未有媒。惆怅赋成身不去，一名闲事逐秋回"。他这类诗歌很多，说明他很长时间都未第。

《送客》"与君同在少年场，知己萧条壮士伤。可惜报恩无处所，却提孤剑过咸阳"，"少年场"即科场，亦证他很早便参加科举竞争。虽初次下第时间未确考，但"再下第"可考定为长庆二年（822）春。有《再下第将归荆楚上白舍人》，"白舍人"指白居易，故诗作于长庆二年。以此为坐标参照，闻一多认为雍陶生于永贞元年（805），十八岁便已经历"再下第"是不对的。再下第时，已隔初登场屋有数年。若是按晁公武《郡斋读书志》说他大和八年（834）进士及第，从再下第算，中间又隔十二年，可见他并非连年科考。故从初试下第到再下第，必有数年之隔。

再从其好友贾岛、姚合生年看，他们年岁相差不太远，贾岛于长庆二年登第（参见我的《贾岛是否登第之疑》）。这样雍陶与贾岛就是科场战友，故友谊笃厚。贾岛四十三登第，可以肯定雍陶比他小，综合起来，雍陶长庆二年再下第应为三十余岁。若是按《郡斋读书志》大和八年陈宽榜及第，加十二年，雍陶四十二岁登第，极符合中唐举子中第的平均年岁——孟郊如此，贾岛亦如此。这样逆推四十二年，则雍陶当生于贞元八年（792）左右，小贾岛、姚合约十二岁，不影响他们结为好友；且诗风相近，姚贾都服膺于雍陶的学识文章。与白居易比，雍陶小约二十岁，正好游于白氏门下。

关于雍陶生年，还有一条，姚合有一首《喜雍陶秋夜访宿》"高人来此宿，为似在山颠"，以"高人"相称，可看出雍陶不会小姚合太多。生年当不会在九世纪（800）以后。

中年及第，还有诗证《自左辅书佐授学官始有二毛之欢因示太学诸生》"夜沐晨梳小镜清，白簪乌帽喜头轻。郗髯新洗尘千点，潘鬓初惊雪一茎。下位枉逢天子圣，闭门虚值太行平。壮心未展颜先变，羞执儒书训学生"。这是近年韩国发现的《夹注名贤十抄诗》雍陶佚诗，可证他及第到授国子毛诗博士已两鬓苍苍，故不可能很年轻及第。

问：看来《郡斋读书志》所载大和八年陈宽榜及第是符合实情的，四十二岁登第。

答：你没有感到我一直使用"若是"吗？所幸韩国发现了《十抄诗》，有一首《送姚鹄及第归西川》"春游曾上大罗天，游罢荣归濯锦川。双泪有恩辞座主，一杯无恨别同年。晓离孤馆星垂栈，晚渡空江雨满船。却到相如题柱处，知君心不愧前贤"。此诗的发现太重要了。它又将雍陶及第时间推后，"一杯无恨别同年"，原来姚鹄才是雍陶及第的证据。姚鹄会昌三年（843）经宰相李德裕推荐，进士及第。"同年"，两人同榜。这样自然关合他另一首佚诗"壮心未展颜先变，羞执儒书训学生"。以生于贞元八年（792）左右算，会昌三年及第时他已五十余岁。《十抄诗》还有一首《代美人春怨》"佳期寂寞风光晚，却羡雕梁莺有窠"，确实很晚才及第，正符合中晚唐进士难考的现实——"五十少进士"。

所以他任了几年侍御史、国子毛诗博士，到大中八年（854）出刺简州，因年岁再无提拔，秩满致仕归乡，年约六十五。有佚诗《崔拾遗宅看猿》"归山须待成功后，撼果摇花姿尔游"，这也是他退休归山

· 306 ·

后优游状态的写照,并与《庐岳闲居十韵》的生活相印证。故他的卒年,当在辞官归故山,闲居庐岳不久,此后再无音讯,时间为大中十二年(858)左右。

问:太神奇,"以诗识人,以诗寻人",你竟考出雍陶重要的生平经历,解决了许多问题。我觉得雍陶诗风很像杜诗,不可忽视他在中晚唐的诗歌成就。

答:我知道你说的是南诏寇蜀诗,整个唐代记录这一历史最详的诗人是雍陶,他继承了"三吏三别"感于哀乐缘事而发的哀怨传统,关注战争,哀叹生灵涂炭,同情百姓不幸。据《资治通鉴·唐纪六十》,这场战争发生于大和三年(829)十一月二十日,南诏嵯颠入寇,边州告急,袭陷巂(西昌)戎(宜宾)二州;二十八日与蜀兵战于邛州南,陷邛州。同年十二月初三嵯颠引兵抵成都,十三日又犯东川梓州。

南诏乱蜀极大地破坏了蜀中的社会经济秩序,给人民带来深重的灾难,导致百姓怨声载道。据唐人孙樵《书田将军边事》:"其所剽掠,自成都以南,越巂以北,八百里之间,民畜为空。""工巧散失,良民歼殄,其耗半矣。"雍陶用他的诗笔,记录了这场惨绝人寰的劫难。如《蜀中战后感事》"岁积苌弘怨,春深杜宇哀。家贫移未得,愁上望乡台"。让人痛心的还有《哀蜀人为南蛮俘虏五章》,直接描写被南蛮掳掠的成都士女。《初出成都闻哭声》"但见城池还汉将,岂知佳丽属蛮兵。锦江南度遥闻哭,尽是离家别国声",直书蜀人离家别国的悲痛。

雍陶是否亲历这场浩劫?有人据雍陶诗认为,他不仅经历,还曾被俘。我不这么认为。据《蜀中战后感事》前部分叙蜀地英雄史,后部分写蜀人遭遇劫掠的伤痛,有谴责镇将不力、批判蜀中长官之意。浩劫之后,"春深杜宇哀",若杜宇失国,百业凋敝,人口骤减,景象荒凉。"家贫移未得,愁上望乡台",可知诗人不在成都。诗始终未涉及个人遭遇,更像是得知蜀地劫难后,对人民疾苦深切同情而写作的。"家贫",也不是指他自己的家,而是蜀中普通平民百姓的家,在战争中无法迁徙避乱。由此可见诗人心胸之宽广,他"愁上望乡台",想到的不是自己。

再看《过大渡河蛮使许之泣望乡国》"大渡河边蛮亦愁,汉人将渡尽回头。此中剩寄思乡泪,南去应无水北流"。这一回望令人气绝。据《资治通鉴》,蛮留成都十日,大掠子女、工技数万及珍货,至大渡河,嵯颠谓蜀人曰"此南吾境也,听汝哭别乡国"。蜀人望乡恸哭,赴水死者以千计。

南诏劫掠,诗人虽不在蜀,但诗中包裹的家仇国恨、伤时忧民,颇得杜甫"安史之乱"诗歌的神髓,以及现实主义记事精神。像这样爱国情怀的诗,还有韩国发现的佚诗《定安公主还宫》"圣朝永绝和亲事,万国如今贺虏平"。

问:家国情怀,颇似杜诗,就此而言他也是中晚唐地位很高的诗人。

答:是的。雍陶诗与姚、贾相近,风格清丽婉转,《云溪友议》称他"自比之谢宣城、柳吴兴也",殷尧藩酬诗"清婉逼阴何"。他奔波求仕,旅游记景之作最多。三人相互影响,惺惺相惜,姚合推许雍陶"高人来此宿,为似在山颠"(《喜雍陶秋夜访宿》)。贾岛清冽,姚合清淡,雍陶清婉,三人的诗都情景俱到。而雍陶诗风又比姚合的平淡婉润,比贾岛的巉刻简易。他自觉学杜,则是姚贾不具有的。

如早年满腔热情登程应举,《离家后作》"世上无媒似我希,一身惟有影相随。出门便作焚舟计,生不成名死不归"。应举途中《路中问程知欲达青云驿》"行愁驿路问来人,西去经过愿一闻。落日回鞭相指点,前程从此是青云",这位斗志昂扬的诗人以为自己能步上青云,如愿以偿。意气风发的诗人已准备好了,这是中晚唐士人少见的高昂气度。

又如《蜀路倦行因有所感》"乱峰碎石金牛路,过客应骑铁马行。白日欲斜催后乘,青云何处问前程?飞蝇一一皆先去,度鸟双双亦远鸣。蹇步不唯伤旅思,此中兼见宦途情",蹇步宦途,颇含哲理。幽居蓬茅的《秋中病居》"幽居悄悄何人到,落日清凉满树梢。新句有时愁里得,古方无效病来抛。荒檐数蝶悬蛛网,空屋孤萤入燕巢。独卧南窗秋色晚,一庭红叶掩衡茅",刻画贫居,仍可读出他退隐后心怀志向、自修其身的高尚情趣。

青年时期游塞,见《塞路初晴》"晚虹斜日塞天昏,一半山川带雨痕。新水乱侵青草路,残烟犹傍绿杨村。胡人羊马休南牧,汉将旌旗在北门。行子喜闻无战伐,闲看游骑猎秋原"。前两联写塞外景色,气氛祥和;颈联转折有力,颂扬王师强大,警告敌人勿擅启边衅;末联秋原闲猎,祝愿边境和平。

最后以《罢还边将》作结。

> 白须虏将话边事,自失公权怨语多。
> 汉主岂劳思李牧,赵王犹是用廉颇。
> 新鹰饱肉唯闲猎,旧剑生衣懒更磨。
> 百战无功身老去,羡他年少渡黄河。

诗写一位罢还边将,胸怀大志却"百战无功",实为诗人长期不第的自我写照,深刻反映了科场士人的无奈,亦印证了前面他五十余岁及第的考证。

答:谢谢,雍陶新说,耳目一新。

关于唐诗与幕府

问:唐人入幕,在解决士人出路问题上起了重要作用吗?

答：是的，特别是中唐以后入幕现象十分普遍，其盛况及意义堪比科举。唐代士人有三条出路，即朝廷提供科举、地方提供入幕、山林提供隐居，解决了唐后期人才拥塞问题。但科举路窄，山林路远，相对说，幕府揽才，给了士人施展才华的平台，也促进了诗文化的繁荣。如胡震亨《诗薮》。

> 唐词人自禁林外，节镇幕府为盛。如高适之依哥舒翰，岑参之依高仙芝，杜甫之依严武，比比而是。中叶后尤多。盖唐制，新及第人，例就辟幕，而布衣流落才士，更多因缘幕府，蹑级进身。要视其主之好文如何，然后同调萃，唱和广。

幕府是初唐行军征讨时在野外设立的幕帐，作为战时指挥所，后逐渐制度化，没有战争，朝廷也允许地方节帅自设府署，即方镇幕府。

问：我发现一个现象，中唐以前文士入幕并不多。

答：唐前期属贵族社会，沿袭魏晋门阀遗风，贵族垄断一切，未给下层士人进身的机会。就连赴边从军的，都是世家子弟。前期科举推行，弊端也明显，杜甫《同诸公登慈恩寺塔》即是对科举造成社会秩序混乱的批判，"君看随阳雁，各有稻粱谋"，底层士人科举成功，破坏单一传统社会，社会结构多元化，乱象横生，诗人忧心忡忡。而一般文士科举之外几无其他途径，李白那样的布衣，没有地方乡贡身份不能科举，于是以纵横游说博名求进，最终凭名气，受玄宗礼遇，供奉翰林。这是底层终南捷径。也有文士参幕游边，但数量稀少。

到了中晚唐情势已变，安史之乱后贵族式微，古老传统渐趋丢失；科举兴盛，平民崛起，取代贵族掌控社会，激发更多平民科第改变命运，但人多路窄，仕途拥挤，于是幕府提供了科举之外的进身机会。

古代社会远去，发生在中晚唐，从此历史断裂两段，以安史之乱、科举取士为标志的对古代贵族社会的摈弃，又经半世纪党争，以贵族失败告终。以后文学世俗化即是这种趋势的反映。中晚唐士人再无初盛唐那种天下为公、闳中肆外的精神境界，转而求取个人名利，导致入幕现象十分普遍。

问：从宏观历史逻辑来说是这样。文人入幕有传统吧？

答："文人入幕"实为春秋战国招贤入幕遗风。战国流行"蓄士""养士"，孟尝君、平原君揽客数千，自为势力。唐代幕府延揽人才，即是传统蓄养之风。唐前期，入幕者以簪缨之家五陵子弟为主，也有少数文人，慷慨激昂，走马赴边；到唐后期，幕府承担了疏解士人出路的功能，入幕从军不再有家国情怀、报国宏志，而是为个人升迁打算。

幕府征辟，也受朝廷诗赋取士时风影响，府主竞相聘用文学人才，不仅培育了文人政治才干，也提高了士人地位。平民士子可凭口舌才智安身立命，诗歌文章富贵闻达。玄宗时期府兵制改募兵制，方镇拥兵自固，招募人才，也是中晚唐文人入幕极为普遍的原因。幕府内部幕主附庸风雅，与幕僚唱和辞章，构成幕中一道人文景观。

问：唐代幕府设置情况如何，是怎样用人的？

答：唐代幕府设置经历了几个阶段。一是初唐行军幕府。将帅征讨，临时开设的府署。二是盛唐边镇幕府。定点设置，主帅称节度使，长期驻守边陲。三是安史之乱，朝廷特许置都统行营统帅幕府，由临时行军统帅领导诸道行营兵马平叛而置。中晚唐止暴治乱沿袭这一制度。四是中唐以后，设方镇幕府，以拱卫京师、防遏变乱为务，"分命节帅以扼要冲"。自开元以来沿边开设节度使的防御体系转向内地，置观察使，"冲要道州"观察使兼节度使，"非冲要道州"观察使兼都团练使，领兵守土。发生战争，则诸道兵马组成行营征讨。唐后期幕府有两种形式——临时行军大总管府与长期方镇使府。这些府主自主聘用人员，佐理戎务，但后期须奏请朝廷批准，重要僚佐由朝廷选派。

隋唐以前各级辟举很普遍。辟举是汉代选拔制，由皇帝或地方长官选拔人才。被辟举者自然成为举荐人故吏（门下），故吏一经辟置即同家臣，称长官府主、举主，生死相依，同患共难。唐朝将州县官吏任用权收归吏部，这种辟举形式转入幕府。到中晚唐，方镇使府相互竞争，幕僚聘举，为吏部分担了消化人才的压力。由于"无出身者"也来竞聘，致使朝廷严令"有出身者"方可入幕，《册府元龟·幕府部》"自是正为幕府之职，皆奏请有出身人及六品以下正员官为之"。辟署对象虽有"出身"限制，但各地节镇并不遵守，区域竞争，令方镇求贤若渴，"未有出身者"仍可入幕，甚至出现"先辟于征镇，次升于朝廷"，出朝入幕与出幕入朝互动局面，大批诗人参与，使唐诗与幕府结下不解之缘。

问：诗人入幕的原因有哪些？

答：第一，建功立业理想的激励。岑参、高适在盛唐宏阔时代精神的感召下，主动融入边塞，充当幕僚，继承汉武以来保家卫国传统，构筑起边塞诗的气象。唐后期宰相三分之二有入幕经历，如权德舆、裴度、柳公绰、李绅、杜佑、令狐楚最终都成就了个人伟业。初唐入幕从军虽不普遍，但仍有诗人参与，如骆宾王《从军行》"弓弦抱汉月，马足践胡尘。不求生入塞，唯当死报君"，上元三年（676）吐蕃入侵，裴行俭西征，辟宾王管记，因母老而憾。宾王下狱，再逢裴行俭西征突厥，献诗《咏怀古意上裴侍郎》。崔融《西征军行遇风》"及兹戎旅地，忝从书记职。兵气腾北荒，军声振西极。坐觉威灵远，行看氛祲息。愚臣何以报，倚马申微力"。玄宗时期，中亚异族大食崛起，唐军失去对西域的掌控，朝廷被迫设置边庭幕府，长期屯兵，形成边军备御兼行军征讨的边防格局，许多士人投身边关，守土卫疆。

盛唐比初唐更加豪迈激荡，投笔从戎，马上封侯，边庭军幕成了士人心中的热土。岑参两次出入高仙芝、封常清幕，远至安西，跟随高仙芝与大食决战。他作《初过陇山途中呈宇文判官》"万里奉王事，一身无所求。也知塞垣苦，岂为妻子谋"。

第二，依附地方权要谋求荣显。中唐以后方镇拥握地方政治经济大权，待遇优厚，文人入幕不再有卫青霍去病保家卫国的精神感召，而是享受"好声妓，频游宴"的幕府生活。开元时期沿边设置节度使，生活艰苦；安史之乱后，转置内地，经济发达方镇为士人首选。如"扬一益二"的江淮、西川地区，为实力盛府，两府皆宰相回翔之地，士人趋附。据苻载《剑南西川幕府诸公写真赞并序》"韦公虚中下体，爱敬士大夫，故四方文行忠信、豪迈倜傥之士，奔走接武，麇至幕下"。而中原板荡，河朔跋扈，西北边庭，驻防任重，这些地区幕府条件艰苦，很难吸引人才。

第三，以入幕为仕途升迁跳板。中晚唐，新进进士乐于外任幕职。盛唐那种豪迈奔放的家国情怀不见了，入幕动机变得现实，科举入仕人多路窄，及第释褐殊为困难。文宗、武宗对入幕"出身"的限制，提升了幕僚地位，幕中既有幕职，又有虚衔，还容易经节帅举荐入朝为官。唐中后期仕途拥滞，方镇人员升迁，甚至比朝廷和地方官员升迁还快。故入幕充职，为"刷羽幕廷，翰飞天朝"。

问：请谈谈入幕诗人的诗。

答：边塞诗。它的出现除社会和时代因素，还与个人体验相关。如高适、岑参、王翰就是有了边塞经历才写出壮丽的边塞诗，他们远赴边庭，挥洒诗才，将边塞生活理想化、乐观化。边塞诗既有汉武时代保家卫国的基因遗传，又有大唐贵族的天真烂漫。高、岑都是著名边塞诗人，他们深入边庭，把盛唐精神融入边庭，对边塞诗题材拓展和风格的形成做出了杰出贡献。高适随军，留下现实主义边塞诗；岑参入幕，因奇诡体验写下瑰玮浪漫的边塞诗。

唱和诗。大历以后入幕者激增，出现幕府诗群，唱和盛行于南方。北方诸镇入幕者稀少，多为个人创作。幕府为诗人提供了诗歌交流场所，幕中弥漫唱和氛围，有府主自身便是诗人，如高适、严武、元稹、武元衡，主宾朋辈经常赠答、联句，诗酒娱乐。宽松的环境，极大激发了诗人的才情。一些幕府唱和还会吸引地方文人、游士参加。

送别诗。幕府促进了人员流动。诗人入幕，便有亲朋作诗相送，以功名相期。如陈子昂《送魏大从军》"匈奴犹未灭，魏绛复从戎。怅别三河道，言追六郡雄。雁山横代北，狐塞接云中。勿使燕然上，惟留汉将功"。入幕送别，除倾诉情感，有的送别诗还如介绍信，具有推荐作用；出幕送别诗，行人带走诗歌，诗便不再局限于一方幕府，流向远方，促进了诗歌的流动、传播。

初盛唐许多佼佼不群的诗作，都与诗人入幕相关。岑参的诗大量描写了西北的山川景物、风习人情，天山、火山、热海、铁关、走马川、轮台等塞堡都历历如见、无比瑰奇，展为山水长卷。高适、岑参等边陲入幕之作并非由文学发展进程刻板规定而出现，而是更多与当时政治、军事制度演变相关。哥舒翰、封常清等边藩幕府都有不少诗人，高适、岑参等奇丽的边塞之歌，正是由于幕府的推动作用而产生的。

中晚唐李商隐卷入党争，挣扎仕进，备受排笮，侧身幕府，幕僚生涯丰富了人生经历。他在幕府的诗色彩多元，在桂管观察使府做幕僚时写于桂州的诗记录了南方习俗，在东川节度使梓州幕府做幕僚时的诗打上了巴山蜀水烙印。他在幕中深情婉曲，含蓄绵缈，用浓艳词华包裹，表述个人心路，创造了朦胧迷离的风格，是他对幕府诗歌的贡献。

问：谢谢。我对幕府制及与唐诗发展的内在关联有了充分了解。

关于唐诗与三国

问：许多唐人都咏过三国人事吧？

答：是的，这一现象贯穿唐代。知名的如杜甫《蜀相》、杜牧《赤壁》，而李商隐《娇儿诗》更深入细节，"或谑张飞胡，或笑邓艾吃"，描绘儿子调皮扮演"张飞黑""邓艾吃"取笑客人。三国风云际会的历史诞生了激荡人心的文学，引导陈子昂标榜汉魏风骨，以风雅兴寄扫荡初唐六朝余风。唐人聚焦三国，有以下原因。

第一，《三国志》及民间传说影响。从孔子治《春秋》，古代士人便有治史读史的传统。陈寿《三国志》裴松之注文，必为唐人熟知，如晚唐诗人李九龄《读〈三国志〉》、李中《读蜀志》。正史之外，民间传说、《裴子语林》《殷芸小说》《世说新语》，这些兼具史学趣味的笔记野史，颇受喜爱。唐人必然受这一文化系统熏染。

第二，隋文帝废九品中正制，建立科举，获取功名成为可能。士子们胸怀经国大志，应对朝廷策问。在科举风气激励下，唐人博览坟籍，满腹经纶，此时去魏三百多年，三国波澜壮阔气象、英雄事迹也必在唐人心中回响。经历南北分裂，无论贵族还是平民士人都在内心寻找强悍基因。

第三，古人有修史传统，官修私撰之风浓厚，因此士人普遍具有较高的史识。汉民族历史几为一部抵御外族入侵的民族生存史，而三国是汉族内部的一次政治分裂，席卷天下，持续五六十年。同样唐代发生了历史上惊天的安史之乱，它惊破贵族繁梦，给唐诗注入了动荡的社会内容和惊心动魄的时代气息。历史对位，勾起唐人同感；三国时期民族撕裂的痛感，英雄悲情，引诗人共鸣。三国乱世释放了人的心魔，犯上作乱，礼崩乐坏，群雄问鼎，逐鹿中原，它也是最具汉文化色彩的内部战争，无论怎样评价这段历史，它少有的强悍，都在经历"五胡乱华""衣冠南渡"的汉民族心中长久激荡鸣响。

第四，三国文化注入唐人血脉，还有历史循环因素。文学上，孟子"五百大运"循环周期律，深刻影响着唐人；魏颢讨论蜀中文人，引以为据，如"是生相如、君平、王褒、扬雄，降有陈子昂、李白，皆五百年矣"（《李翰林集序》）。从司马相如、王褒、严君平、扬雄到陈子昂、李白，恰好应验"五百年必有王者兴"的历史轮回。再看陈子昂史观，虽家处僻远，在梓州射洪封闭环境中受父亲"圣贤四百年遇合"影响，《我府君有周居士文林郎陈公墓志铭》"谓其嗣子子昂曰：'吾幽观大运，贤圣生有萌芽，时发乃茂，不可以智力图也。气同万里而合，不同造膝而悖。古之合者，百无一焉。呜呼！昔尧与舜合，舜与禹合，天下得之四百余年。汤与伊尹合，天下归之五百年。文王与太公合，天下顺之四百年。……赤龙之兴四百年，天纪复乱，夷胡奔突，圣贤沦亡，至于今四百年矣，天意其将周复乎！于戏，吾老矣，汝其志之'"。据此，逆推四百年为周而复始的开端，诗歌演进正好循环至汉魏。汉魏至子昂出蜀四百余年，与陈父历史认识相合。故出蜀后，他高举复古大旗，应合汉魏文风，主张风骨兴寄，直接建安文学。晚唐顾陶《〈唐诗类选〉序》"国朝以来，人多反古"，返"古"，即以复兴古调振起一代唐风，自然包含汉魏文学对唐人的吸引。

问：唐人是如何传扬汉魏文学传统的？

答：建安时期以三曹七子为代表的文人，意气风发，高标"刚劲慷慨"风格；兴寄真情实感；吮吸乐府民歌，朴拙去华，古风雅健。在第一次文人诗高潮中形成的建安风骨，必然遗泽唐人。

第一，初唐陈子昂。南朝汉文化转向江南，但也走上柔弱、婉丽的道路，晋室南渡将汉魏刚健自信、昂奋向上的文化性格丢失殆尽。初唐六朝余风笼罩诗坛。新的王朝需要与之匹配的新风，于是陈子昂标举汉魏风骨，以雅健雄深的文学传统扫荡宫体颓风。他能独标，与家庭因素从小养成的豪族子弟任侠使气的刚健性格相关；蜀地闭塞，古风犹存，使出蜀的陈子昂在文学风范上保持着与中原的疏离，有别于统治中原的六朝时风，故能从传统中找到医治诗坛痼弊的良方，一洗颓靡不振的风习，为迎接盛唐做了准备。也可以说，在初唐江南、巴蜀两股势力的较量中，巴蜀古风改变了初唐。

第二，盛唐"李杜"。三国曹氏文采风流成为吟诵对象，如李白《宣州谢朓楼饯别校书叔云》"蓬莱文章建安骨，中间小谢又清发。俱怀逸兴壮思飞，欲上青天揽明月"，是总结三国以来文学的简史。《将进酒》"陈王昔时宴平乐，斗酒十千恣欢谑"，借失意曹植强颜欢笑，写自己遭遇放还的痛苦。杜甫《丹青引赠曹将军霸》"将军魏武之子孙，于今为庶为清门。英雄割据虽已矣，文采风流今尚存"，对曹氏后人才艺大加赞扬，"英雄割据"为三国历史概括，"文采风流"指曹氏文学风格。作为贵族，杜甫重历史、守传统，敬仰汉魏文学先贤。

第三，中唐"元白"。曹氏父子开创的建安文学深得他们赏识，竞相学习，发扬光大，祭起新乐府大旗，与建安文学存在一脉相承的历史逻辑。在诗歌改造的同时，韩愈古文运动则在散文领域复古以改造六朝骈文，以"载道"的文章给纷争堕落的中唐社会注入儒家正能量。

第四，晚唐李商隐、杜牧等。咏史诗吟咏建安人物，李商隐以个人被弃的遭遇，感怀曹植，《东阿王》"君王不得为天子，半为当时赋洛神"，《可叹》"宓妃愁坐芝田馆，用尽陈王八斗才"。唐彦谦《洛神》慨叹曹植对甄妃的无果相思，鲜有人知，文学史上"洛神"其实象征曹植对皇储的追求，"惊鸿瞥过游龙去，漫恼陈王一事无"。"建安七子"，也为唐人吟诵。杜牧《酬张祜处士见寄长句四韵》"七子论诗谁似公，曹刘须在指挥中。荐衡昔日知文举，乞火天人作蒯通"。温庭筠《过陈琳墓》"词客有灵应识我，霸才无主始怜君"。

问：唐诗如何咏三国人物？

答：第一，咏诸葛亮。李白一身草野之气，早期颇似躬耕南阳的诸葛亮，出蜀后终身不遇。他希望像诸葛亮一样被人发现，《读诸葛武侯传书怀赠长安崔少府叔封昆季》"汉道昔云季，群雄方战争。霸图各未立，割据资豪英。赤伏起颓运，卧龙得孔明。当其南阳时，陇亩躬自耕。鱼水三顾合，风云四海生。武侯立岷蜀，壮志吞咸京。何人先见许，但有崔州平。余亦草间人，颇怀拯物情"。李白对诸葛亮先躬耕南阳后出山用世的一生十分羡慕，也希望崔少府能像理解诸葛的崔州平那样理解自己，"余亦草间人，颇怀拯物情"。李白对诸葛亮的认知可追溯到蜀中时期，他观奇书练剑术均受其影响。《前出师表》"臣本布衣，躬耕于南阳，苟全性命于乱世，不求闻达于诸侯。先帝不以臣卑鄙，猥自枉屈，三顾臣于草庐之中，咨臣以当世之事，由是感激，遂许先帝以驱驰"。这段话很能引发李白同感，他本蜀中一介布衣，跟从赵蕤学纵横术，冀求一将功成。隐居非目的，是求进。而诸葛亮琅琊中下士族，父亲兖州泰山郡丞，在他八岁时去世。诸葛亮随叔父逃避黄巾之难，避乱荆州。东汉察举制，重出身门第。在异乡诸葛亮没有人脉，纵有才干，也被排挤，别说联名举荐。但他编织社会关系，娶得荆襄名士黄承彦女儿。黄承彦为南郡巨族蔡讽女婿，妻家侄儿蔡瑁乃荆州士族之首，妻妹嫁一方霸主刘表。黄家是以孝受朝廷旌表的黄香后裔，乃汉江一带一等士族。黄承彦与襄阳名士庞统、司马徽、徐庶、庞德公交好。诸葛亮借婚姻提升了社会地位。再看李白出蜀也走了同样的人生路，攀附高门，借婚安陆郡公许绍后人——初唐左相许圉师孙女，许家高门望族，簪缨之家。婚后李白学诸葛，在安陆白兆山躬耕隐居，《留别王司马嵩》"余亦南阳子，时为《梁甫吟》"。诸葛亮是幸运的，刘表成了他姨夫，刘备才为他三顾茅庐。这一鱼水谐和景象正是李白渴盼的。但他终未成功，《少年行》抱怨"遮莫姻亲连帝城，不如当身自簪缨"。李白人生败北，我认为主要是因为缺少儒家思想，他一生有纵横家、道家、神仙家思想，就是缺少儒家思想，这是玄宗不采用他的根本原因。

杜甫有二十余首诗吟咏诸葛亮，崇敬这位经国重臣，唐人中找不出第二人。这与他的特殊经历分不开。杜甫与肃宗决裂后，乾元二年（759）被流放成都，这里曾是蜀汉政权中心。虽被弃置，他仍关心王事，希望尽快恢复秩序，"再光中兴业，一洗苍生忧"（《凤凰台》），他特别怀念以西蜀为基地，五伐中原，匡扶汉室的诸葛亮，"日有习池醉，愁来《梁甫吟》"（《初冬》）。"复汉留长策，中原仗老臣。杂耕心未已，呕血事酸辛"（《谒先主庙》），刘备托孤，诸葛北伐，却在五丈原星陨，中兴大计未竟，留下千古恨事。杜甫遭受迫害，"华州去官"，古今皆认为他主动脱离朝廷，但我考证，诗人是贵族，报效朝廷是家庭传统，是一个贵族起码的责任，若说他主动辞官便违背了家风祖训，是为不孝。他脱离朝廷并非主动而是得罪肃宗，遭遇屈原似的放逐。因此事业未竟的遗恨，二人是相通的，《蜀相》"出师未捷身先死，长使英雄泪满襟"是感同身受、异代同心的慨愤，借诸葛感叹自己的不幸。《咏怀古迹》"诸葛大名垂宇宙，宗臣遗像肃清高。三分割据纡筹策，万古云霄一羽毛。伯仲之间见伊吕，指挥若定失萧曹。运移汉祚难恢复，志决身歼军务劳"，《杜诗言志》"此之以武侯自喻，则并其才具气节而一概举似之"。综合看，"李杜"咏诸葛，出发点不同，李白羡慕诸葛成功的人生，想走他的道路；杜甫胸怀大义，惋叹他事业半废，不能光复汉室，与自己不能报效朝廷关联。

第二，咏曹操。《三国志》评"非常之人，超世之杰"。后世评价发生偏移，经历南宋偏安，宋人尊蜀汉为正统，对曹操做了贬抑乃至否定评价。但唐人评价却普遍赞誉，张说《邺都引》"君不见魏武草创争天禄，群雄睚眦相驰逐。昼携壮士破坚阵，夜接词人赋华屋"，称赞他文治武功、成就伟业。孟云卿《邺城怀古》"永怀故池馆，数子连章句。逸兴驱山河，雄词变云雾。……斗酒将酹君，悲风白杨树"。岑参《登古邺城》"武帝宫中人去尽，年年春色为谁来"，为曹操时代嗟叹。

　　第三，咏刘备。《三国志》评"机权干略，不逮魏武，是以基宇亦狭"。刘禹锡《蜀先主庙》"天地英雄气，千秋尚凛然。势分三足鼎，业复五铢钱。得相能开国，生儿不象贤。凄凉蜀故妓，来舞魏宫前"，对刘备功业大加赞赏，褒贬中将蜀亡归咎刘禅。汪遵《南阳》"陆困泥蟠未适从，岂妨耕稼隐高踪。若非先主垂三顾，谁识茅庐一卧龙"，咏赞刘备识才之功。唐人咏刘备，多重君臣鱼水关系。

　　问：我发现唐人咏三国具有鲜明的地域特征，多以巴蜀三国遗存展开。

　　答：是的。巴蜀多山，民风古朴，文化保守，民间崇尚符瑞图谶，文化形态落后中原。异事预兆、天象应验的天命观不仅存于民间，也存于学者中。这是客观地貌在文化上的投射，神秘、诡谲、尚奇。陈寿《蜀书》"国不置史，注记无官，是以行事多遗，灾异靡书"，他也相信"天命有归，不可以智力争也"。这一地域文化心理，感染唐人，使他们将蜀汉灭亡也归因于"天命运势"，如杜甫夔州《咏怀古迹·其五》"运移汉祚难恢复"，薛逢利州《题筹笔驿》"赤符运尽终莫挽"。

　　成都是蜀汉王都，封闭的地理环境，保留了许多三国史迹。相比较，魏、吴地势坦平，在历次改朝换代淘洗中，历史陈迹早已云飞雾散。巴蜀地处中原文化之外，自成系统，交通不便。在唐人心中，蜀地之僻远，如王勃《送杜少府之任蜀州》"海内存知己，天涯若比邻"；行走蜀道的惊险，如骆宾王《送费六还蜀》"万行流别泪，九折切惊魂"。特殊环境使历史面貌变迁缓慢，刘希夷《蜀城怀古》说自古以来蜀中风貌变化少，如"蜀土绕水竹""气色何苍苍""旧国有年代，青楼思艳妆""古人无岁月""阵图一一在","汉庙""秦仓"还在蜀地保存完好。

因此，蜀中三国遗址、蜀人口中三国人事，为唐人提供了诗材。许多出入巴蜀的诗人，如杨炯、陈子昂、张说、岑参、李白、杜甫、窦常、薛逢、李商隐、薛能、罗隐都吟咏过三国题材。元和二年（807）裴度在西川幕中任判官，为武侯祠作下《蜀丞相诸葛武侯祠堂碑铭并序》。唐人在蜀吟咏三国，一是蜀人祭祀诸葛已成风俗；二是刘备君臣建立的鱼水和谐政治应合了唐人理想；三是诗人在蜀地时时感受着这种文化遗存，《三国志》"黎庶追思，以为口实。至今梁、益之民，咨述亮者，言犹在耳"。

唐人巴蜀咏三国，集中三地展开，即成都、夔州、利州。

第一，成都。杜甫印象是"诸葛蜀人爱，文翁儒化成"（《八哀诗赠左仆射郑国公严公武》），巴蜀诸葛庙，以武侯祠最著。唐人常入祠凭吊，如大历二年（767）岑参在西川杜鸿渐幕，游武侯庙，作《先主武侯庙》；大中五年（851）李商隐在东川柳仲郢幕，冬自梓州赴成都推勾狱讼，作《武侯庙古柏》；武少仪元和中在蜀作《诸葛丞相庙》。庙中古柏是他们歌吟的对象。杜甫《蜀相》"丞相祠堂何处寻，锦官城外柏森森"，《夔州歌十绝句·其九》"武侯祠堂不可忘，中有松柏参天长"，他到夔州对成都武侯古柏仍不能忘。大中八年（854）雍陶出刺简州，《武侯庙古柏》"密叶四时同一色，高枝千岁对孤峰。此中疑有精灵在，为见盘根似卧龙"。

第二，夔州。白帝城西武侯庙，大历元年（766）杜甫还朝经此，有《古柏行》"孔明庙前有老柏，柯如青铜根如石。霜皮溜雨四十围，黛色参天二千尺"，借老而弥坚的古柏表达景仰之情。在《诸葛庙》中说"久游巴子国，屡入武侯祠"，原因是憧憬"君臣当共济，贤圣亦同时"，结合杜甫此行返京被授工部员外郎，此句是预祝未来，不知诗人何故出蜀，此句便会解错。他希望像诸葛那样"翊戴归先主，并吞更出师"。可见，杜甫根本不是目前学术界错误认识的，严武去世后失去依靠离蜀，在此须纠正。其他在夔州唐人，如窦常《谒诸葛武侯庙》有"永安宫外有祠堂，鱼水恩深祚不长"，章孝标《诸葛武侯庙》有"木牛零落阵图残，山姥烧钱古柏寒"。

夔州西南七里有八阵图。《嘉话录》八阵图聚细石成堆，高五尺，六十围，纵横棋布，排列为六十四堆，夏天大水冲击淹没，冬季水落平川，万物都失故态，唯独石堆依然。杜甫在此作《八阵图》"功盖三分国，名成八阵图。江流石不转，遗恨失吞吴"。长庆元年（821）因参加"永贞之乱"长期在外的刘禹锡在夔州，有《观八阵图》。

夔州还有永安宫。《方舆胜览》先主庙在夔州东六里。刘备伐吴，败归鱼复（夔州），驾崩永安宫。杜甫《咏怀古迹·其四》"蜀主窥吴幸三峡，崩年亦在永安宫"。刘禹锡也曾在此凭吊，有《蜀先主庙》。

第三，利州（四川广元）。此地有筹笔驿。《方舆胜览》"筹笔驿在绵州绵谷县北九十里，蜀诸葛武侯出师，尝驻军筹划于此"。乾隆年《广元县志·山川》"筹笔驿在县北九十里，诸葛武侯出师常驻军筹划于此。杜牧诗'永安宫受诏，筹笔驿沉思。画地乾坤在，濡毫胜负知'"。《县志》"筹笔怀古"县十二景之一，广元知县张庚谟有诗"江上隐隐筹笔驿，人代速于掣电疾。井龟依然在眼前，忆煞上将行军日""屯田此去何从回，五丈星沉心未灰。赢得偏安绵汉祚，都自神笔筹谋来"。

筹笔驿北通中原，成都汉中必经此。武元衡、薛逢、李商隐、罗隐等在此题诗。大中九年（855）东川节度使柳仲郢被召为吏部侍郎，李商隐随行返朝，留下《筹笔驿》"猿鸟犹疑畏简书，风云常为护储胥。徒令上将挥神笔，终见降王走传车。管乐有才终不忝，关张无命欲何如。他年锦里经祠庙，梁父吟成恨有余"，借筹笔驿，抒发其在激烈党争中志向不遂的感慨。

问：确实，三国人事充实了唐诗题材，汉魏文学扫除了六朝余风，巴蜀地域提供了唐人歌吟场所，反过来唐诗又成了三国历史文化的载体。

唐代快手诗人和慢手诗人

问：唐代的佳话很多，有写诗极快的诗人，也有写诗极慢的诗人，是吗？

答：是的。这两个极端的现象不仅有，而且还存在于著名的诗人中。诗人以诗歌为业，自然会刻意训练自己的业务，或求快或务慢。

快手诗人当首推温庭筠，据孙光宪《北梦琐言》说，温庭筠"才思艳丽，工于小赋，每入试，押官韵作赋，凡八叉手（两手相拱）而八韵成"。这说明他写诗不起草，笼袖拱手八次诗便作好了，其速度之快，异乎寻常。

李白，当然更是快手大家，杜甫称他"敏捷诗千首，飘零酒一杯"，当然是以特快的速度写诗。至于说他"李白一斗诗百篇，长安市上酒家眠"（《饮中八仙歌》），除去夸张成分，也不会妨碍人们对快手诗人的理解。李白在《上韩荆州书》中自述"日试万言，倚马可待"，以先代著名快手文学家"倚马才"东晋袁宏事自喻。万言文字，靠着马背一会儿就可成功，写诗之快就更不必说了。即使有虚妄成分，他远远超常的快速度也是惊人的。

刘言史，也是一位快手诗人。皮日休《刘枣强碑文》有一段记载，说他有歌诗千首，美丽恢赡，除李贺外，世莫能比。他去造访节制镇冀的王武俊，武俊性雄健，颇好词艺，一见刘言史，特别敬重，"武俊善骑射。载先生以贰乘，逞其艺于野。武俊先骑，惊双鸭起于蒲稗间，武俊控弦，弦不再发，双鸭联毙于地，武俊欢甚，命先生曰：'某之伎如是，先生之词如是，可谓文武之会矣，何不出一言以赞耶?'先生由是马上草《射鸭歌》以示武俊"(《唐诗纪事》)。这是王武俊以自己一箭双鸭的射艺有意要考一考刘言史的诗艺，他箭不两发，自然诗就不能反复斟酌吟哦。而刘言史则马都未下，就以马背为书桌立即草就《射鸭歌》。王武俊得诗后，惊佩刘言史快手奇才，更加敬重。这则快捷佳话遍传士林，"马上"这一汉词表达的"立即，立刻，即时"也就为人接受，约定俗成为日常生活中表达"快"的用语了。

孟浩然，他写诗为了练快，千方百计调动主观因素，他有诗自述云，"刻烛限诗成"，用南齐竟陵王典事自我督促，不是快手也得练成快手了。这种以时限作要求的形式，对后代影响很大。嘉庆道光福州民间流行一种"诗钟"活动，便是以时限考校才思敏捷的游戏，最初叫"折枝"。据光绪年间的《惠园诗钟录》跋云："诗钟之名，初不详其所昉，相传闽人好为之，以两题分咏，号曰织锦。汉军赵小鲁直刺（知州）始铸钟，网寸香杵端，香烬杵落，句不成者罚，殆诗钟之所由名欤？"游戏限时限字，不限人数。通常有人出题，有人记录。出题后，在"考场"放一金属盘子，点一炷香，香的下端用线系铜钱一枚，香烧至线上时，线断钱落，金属盘上一声脆响，似鸣钟般，催人交卷，这便是"诗钟"之名的由来。清人徐兆丰《风月谈余录》也云："构思时，以寸香系缕上，缀以钱，下承盂。火焚缕断，钱落盂响，虽佳卷亦不录，故名诗钟云。"这就不是以质论取了。张西厢《闲话诗钟》云："昔人敲钟，规律极严，拈题时，缀钱于缕，焚香寸许，承以铜盘，香焚缕断，钱落盘鸣，以为构思之限，故名'诗钟'，即刻烛击钵之遗意也。"这是比快的诗坛盛会，在福州每年举行成俗。今天考试以敲钟为号，便是诗钟的沿袭。

问：诗林佳话，才思聪颖过人，名不虚传。慢手诗人呢？

答：与此相反，慢工细活的慢手诗人也不少。最著名的慢手要推贾岛了，有一首《送无可上人》诗，颈联云："独行潭底影，数息树边身。"他非常得意，于二句下还自注绝句一首。

　　　　二句三年得，一吟双泪流。
　　　　知音如不赏，归卧故山秋。

他用了三年时间，才酝酿出这两句，一吟便泪流满面；假如知音人不理解，他就只好回故乡高卧，永不作诗了。看，有谁作诗还能比他三年写成两句诗更慢呢？

在唐代，以苦吟著称的诗人许多便是慢手诗人。

孟郊："夜吟晓不休，苦吟鬼神愁。"

卢延让："吟安一个字，捻断数茎须。"

方干："吟成五字句，用破一生心。"

杜荀鹤："一更更尽到三更，吟破离心句不成。"

裴说："莫怪苦吟迟，诗成鬓亦丝。"

他们的吟思之苦，足以证明成诗之慢。这是不容置疑的。这种一丝不苟的艺术精神，转至清代，袁枚《随园诗话·卷五》云："常州顾文炜有《苦吟》一联云：'不知功到处，但觉诵来安。'又云：'为求一字稳，耐得半宵寒。'深得作诗甘苦。"

问：快与慢的诗人孰优孰劣？

答：快与慢不是衡量一个诗人的标尺，也不是衡量一首诗的标尺。要说慢手诗人的诗必然好，那么且看贾岛那首"二句三年得"的诗《送无可上人》。

　　　　圭峰霁色新，送此草堂人。
　　　　麈尾同离寺，蛩鸣暂别亲。
　　　　独行潭底影，数息树边身。

　　　　终有烟霞约，天台作近邻。

　　此诗送的对象无可上人是诗僧，在俗也姓贾，贾岛未还俗时，与之同在长安青龙寺，为从兄弟。此诗为送无可游江南。首联点明送别时间是山雨初霁；次联说无可携上拂尘离寺，暂与俗家亲人于秋蛩声中离别；第三联是三年才吟得的名句，描述无可踽踽独行，唯潭底水影相伴，屡次靠着树边歇息，这不过写了他旅途的孤独；尾联说无可行止在烟霞缭绕的天台山。这首诗确实讲不出什么新意，也谈不上给人以强烈的艺术感染，在唐诗中也算不上优秀之作，在贾岛的诗作中也不是上乘。快手诗人之诗也未必是好诗。唐史载武则天游洛阳龙门，诏从臣赋诗，左史东方虬诗最快先成，武则天便赐给他锦袍；接着又读到宋之问后成的诗，觉得比前者好，于是把东方虬的锦袍夺过来，赏给宋之问，这说明，快手成诗未必是佳作。

　　在快手诗人中，我们承认人的天赋有重要作用；但须明白，快更主要来自慢，没经慢的过程，便无快的速度。我们不能只看到快手天赋的一面，也应看到慢的一面。李白"倚马才""敏捷诗千首"固有颖悟的天赋，但谁又能否认他少年时见老妪"铁杵磨针"的启示而深下慢功夫的过程？他曾经前后拟文选，有不如意者辄焚之。"拟"的过程肯定是"慢"的。杜甫《闻官军收复河南河北》是在狂喜的瞬间以"快手"的姿态下笔成诗，快人快语一气呵成，但他"语不惊人死不休"的艺术追求必是他严肃刻意求工的"慢手"积累。

　　诗是艺术品，单纯、片面以快手、慢手定优劣，妥吗？我看不妥。

关于唐代早慧诗人

　　问：唐代有很多早慧诗人吗？

答：有。关于"早慧诗人",是指那些十多岁,或不足十岁之时便能吟诗,或吟出名篇名句的诗人。想象力惊人和儿童视角给人的是新奇的世界。唐朝是诗歌发展的黄金时代,为大器早成的诗人创造了良好的条件。有名的早慧诗人如初唐骆宾王,七岁便作成《咏鹅》诗,传诵千载。

鹅鹅鹅,曲项向天歌。
白毛浮绿水,红掌拨清波。

在初唐,早慧诗人还有两女孩,一是八岁的徐惠,一是佚名的七岁女子。

徐惠,出身东海徐氏望族,湖州(浙江吴兴)人,五月能话;四岁通《论语》《诗》;八岁时,父亲徐孝德叫她拟《离骚》,她写了《拟小山篇》。孝德见诗大惊,嗣后诗文便盛传于时。唐太宗召入宫为"才人",后迁充容。高宗永徽元年(650)卒,赠贤妃。她才德过人,诗文"辞致赡蔚,文无淹思"。八岁写的《拟小山篇》如下。

仰幽岩而流盼,抚桂枝以凝想。
将千龄兮此遇,荃何为兮独往!

"小山篇"乃淮南小山写的《招隐士》。王逸云:"小山之徒悯伤屈原身虽沉没,名德显闻,与隐士处山无异,故作《招隐士》以彰其志也。"(《六臣注文选》引王逸序)徐惠《拟小山篇》即模仿《招隐士》而写骚体诗。诗旨与《招隐士》类似,它通过比兴手法赞美屈原才德。诗运意颇高远,隐然有伤悼之情,词语凄切感人。

七岁女子,南海人,因能诗被武后召见,令赋《送兄诗》,应声而就。

>别路云初起，离亭叶飞飞。
>所嗟人异雁，不作一行归。

诗用"云起""叶飞"起兴，点明时节，寓托兄妹分离，后联望雁生情，感叹离别。逼出人不如雁，不能与兄同往。诗无一处言送兄，却句句未离送兄，咏云、雁，实则咏人，诗感物兴怀。

苏颋（670—720）是初唐诗人，京兆武功人（陕西武功），幼时即用功，酷爱读书，且反应敏捷，记忆惊人，据说千字之文，过目能诵。他出身宰相世家，幼时父亲苏瑰对他并不看重。一次有人献兔，挂于走廊。父亲叫以死兔为题作诗，他略加思索，随口成诗，父亲大惊异，方另眼相看。《咏兔》云：

>兔子死兰弹，将来挂竹竿。
>试将明镜照，何异月中看。

聪明的小诗人由兔联想用圆镜照兔，联想到神话中的月宫玉兔，其审美想象力确实惊人。据传，一次京兆尹来拜访其父，见小苏颋在旁，叫他以自己官名中的"尹"字为题写一首诗。苏颋机灵地一想，便念出一首字谜诗。

>丑虽有足，甲不全身。
>见君无口，知伊少人。

全篇不见"尹"字，却句句包含"尹"字，每句诗又以双关暗字，调皮地嘲弄这位出难题的京城长官。这位京兆尹听后大吃一惊。

杨容华，华州华阴（今陕西华阴）人，初唐诗人杨炯侄女。聪慧能诗，少年时写的《新妆》如下。

> 啼鸟惊眼罢，房栊乘晓开。
> 凤钗金作缕，鸾镜玉为台。
> 妆似临池出，人疑向月来。
> 自怜终不见，欲去复裴回。

这是她闺房生活的一个片段——早晨梳妆。诗处理极当，早晨被鸟儿惊醒，然后开窗。她没有接下写梳妆的过程，一律省去，只写她头上凤钗的珍贵，照面圆镜的精美。她着重要告知的是她妆成的心情。后四句先写镜中人像从水底而出，十分明丽，又像从月宫下来，反复照镜，是怕还有不满意之处，又怕离开后再也看不到了。诗传出了她真切的爱美之心。

此诗当时就被传诵，有趣的是，杨烱曾将此诗混在自己的几十首诗中去见诗人郑义真，先读容华的诗，郑义真拍手称好；再读杨烱的诗，郑义真说不及第一首好。杨烱深自惭愧。

盛唐诗如团花簇锦，更出现不少早慧诗人。如开元时的缪氏子，七岁能文，以神童应试。赋《新月》诗如下。

> 初月如弓未上弦，分明挂在碧霄边。
> 时人莫道蛾眉小，三五团圆照满天。

诗是咏物诗，由新月想到满月。初月用未上弦的弓、美人的眉为喻，用十五"团圆"形容月圆，此诗由蓬勃上长的儿童写出，令人玩味，它喻托表现新生事物由小到大不可抗拒的规律，是儿童心、儿童语、儿童之优秀思维。

李泌，字长源，京兆（陕西西安）人，望族出身，七岁知为文，玄宗与丞相张说极器重，玄宗召见他，命"喜延纳后进"的张说对李泌试以诗才。张说便立即用其时李泌正与他观棋的内容为题材，命咏

《方圆动静》诗。李泌说:"愿闻其状。"张说咏《方圆动静示李泌》"方如棋局,圆如棋子。动如棋生,静如棋死"。这是富有寓意的咏物诗。李泌听后应声而咏:

> 方如行义,圆如用智。
> 动如逞才,静如遂意。

"方",乃正直之意;"义",宜也,乃人之正当行为。此句寓人之言行应恪遵准则。"圆"与"方"对。乃圆通不固执,其句意则为灵活用智。《淮南子·主求训》有"智欲圆而行欲方"。上下句间巧寓对立统一法则。第三句指让才能充分发挥。结句"静"又与上句"动"相反,指心应宁,保持顺应事物之理,行事才遂心如意,对事才安心静意。这后两句又有辩证法则寓托其中。张说听李泌赋诗后,高兴极了,向玄宗称贺曰:"圣代嘉瑞也。"玄宗大悦,"赐果饵衣物及彩数十"。李泌童年就能咏出这首蕴含治国处世之道的诗作,后果至台辅,历仕玄宗、肃宗、代宗、德宗。

刘晏,字士安,曹州南华(山东菏泽境内)人,七岁举神童。玄宗封泰山时,晏八岁,便献颂泰山行在。玄宗命张说试晏才华,张说称其为"国瑞",即授太子正字。开元十二年,玄宗命御勤政楼大张众乐,罗列百伎。当时教坊王大娘戴百尺竿,竿上施木山,状若神山瀛洲、方丈。令小儿手持绛节出入其间,歌舞不停。时刘晏十岁。玄宗召晏至,杨贵妃将他抱于膝上,给他傅粉画眉,梳笓饰发,与头巾、化妆。杨贵妃令他复吟《王大娘戴竿》诗,晏应声吟成,因命赐牙笏及黄纹袍。其诗云:

> 楼前百戏竞争新,唯有长竿妙入神。
> 谁谓绮罗翻有力,犹自嫌轻更著人。

"百戏"乃杂技之总称,"竞争新"乃总体面的勾画,而面中取点则是王大娘戴竿杂技表演,戴百丈长竿,竿上有山有人,却轻快捷力,神乎其技!十岁儿童所咏杂技之诗,将当时勤政楼前表演盛况如实描绘。

林杰,中唐时最值得介绍之早慧诗人。林杰,字智周,侯官(福建闽侯)人。其父林肃为闽府大将,乐善,藏书,与名流交往,林杰饱受熏陶,秀异过人。五岁时,其父带他到王仙君霸坛,问他能诗否?他立即赋《王仙坛》诗,群亲惊异不止,传诵于时。诗云:

羽客已登仙路去,丹炉草木尽凋残。
不知千载归何日,空使时人扫旧坛。

前二句言王仙君已仙逝,而仙君丹炉已非旧时景象。草木荒残,千载沧桑,仙归何日?徒令今人打扫旧坛,岂非枉然?这后二句寄寓否定神仙之意。

他从此勤奋作诗,快速满轴。六岁时,将诗作献当时御史中丞唐扶。唐扶伸幅窥吟,耸肩骇叹,便命子弟延请林杰入学院。时当七夕,林杰赋《乞巧》诗。唐扶惊叹:"真神童耳!"诗云:

七夕今宵看碧霄,牵牛织女渡河桥。
家家乞巧望秋月,穿尽红丝几万条。

这首描写民间七夕乞巧盛况的名诗,起句即入题,把人的视线引入碧天如水的夜空。进一步再把视线凝在牛郎、织女相会的天河。然后又把视线回到人间千家万户望月的全景,视线最后的凝点是穿结红丝的镜头。小小孩童,竟能将人间—天上、天上—人间连成一片,构成开阔而充满诗情画意的场面。诗用儿童的联想,十分贴切地反映了儿童神奇的美的心灵世界。所谓"乞巧",向织女乞求一双巧手之意。

乞巧在唐代民间的形式就是对月穿针,如果线从针孔穿过,就叫得巧。所以诗人说"穿尽红丝几万条"。

林杰九岁,便去谒见名流卢贞大夫、黎直常侍,颇受嘉许。侍御李远、支使赵格都非常仰慕林杰,日夕相聚,片刻不离。他写了一首《和赵支使咏荔枝》,可惜仅存两句。

金盘摘下挂朱颗,红壳开时饮玉浆。

荔枝的形、色、味,被他描写得如此逼真诱人。他的诗才确实是很高的。

对林杰,时论以奇童目之。郑立之为他作《奇童传》,刘潼为《奇童传》作序。可惜林杰十七岁收拾诗书,将要西行,不幸夭逝。死后郑立之作《哭林杰》,诗云:

才高未及贾生年,何事孤魂逐逝川。
萤聚帐中人已去,鹤离台上月空圆。

首句以其才比贾谊,贾谊之早逝已足悲,林杰却比贾谊更早而逝,其悲怜之情令人逾常。第三句用晋车胤囊萤读书之典赞其勤学。第四句"鹤"本仙禽,传说学道者"羽化",即道成化仙鹤而去,所以人逝也称为"化鹤"。"台",指王仙君的霸坛,为林杰五岁作诗处。"月空圆",巧寓林杰六岁所咏《乞巧》牛郎、织女会聚之诗。诗触景生情,表达了对这位夭逝诗星的悲怜感情。

窦巩,出于扶风平陵窦氏,郡望金城(甘肃兰州),自幼聪慧。考中进士后,被元稹举荐为检校秘书少监兼御史中丞。他四个兄长窦常、窦牟、窦群、窦庠均有诗名,人们称誉弟兄五诗人为"五星"。他童年时,就写下一首《放鱼》诗。

黄金赎得免刀痕，闻道禽鱼亦感恩。
好去长江千万里，不须辛苦上龙门。

这时他几个兄长相继做了官，他年幼，还在家读书，便感慨地写下这首诗。题为放鱼，诗的每句都未离写鱼。但是，言在此而意在彼，写鱼而意非在鱼。他幼小年纪竟能托物寄意，借汉武帝禽鱼感恩故事，表述不慕功名，向往自由的心志。

崔铉，博州（山东聊城西北）人，幼即好学，才思敏捷，曾同中书门下平章事，后任淮南节度使，直言切谏，为武宗赞扬。幼时曾随父拜访晋国公韩滉，滉想考他的诗才，一指架上苍鹰，要他即刻作诗。他稍加考虑，便吟成《架上鹰》。

天边心胆架头身，欲拟飞腾未有因。
万里碧霄终一去，不知谁是解绦人。

此诗难写之处在于是架上鹰，不能飞，不能腾，不能搏；崔铉别出心裁，他不写鹰的外形，这不是一般人能想到的。他设身处地写架上鹰的心思、渴望、飞腾之志。韩滉听了大加赞叹，小小年纪，将来定如雄鹰一样，鹏程万里。

杨德麟，弘农（河南灵宝一带）人，工部尚书杨敬之小女，十三岁时写下《题奉慈寺》。

日月金轮动，旃檀碧树秋。
塔分鸿雁影，钟挂凤凰楼。

写个寺庙，诗短字少，必有主次。她选日月、檀香、寺塔、挂钟四个景物，反映了奉慈寺全貌，小诗布局很灵巧。写明月，连带了大地；写檀香，连带了秋色；写寺塔，连带飞檐；写挂钟，连带钟下庙楼。主次、上下、远近都能显出层次分明，布局有序。诗中对仗也工谨。

陈知玄，即释知玄，俗姓陈，字后觉，眉州（四川眉山）洪雅人，乃晚唐早慧诗人。他十三岁于蜀讲道，时号"陈菩萨"。五岁时写诗一首，叫《五岁咏花》。

　　　　花开满树红，花落万枝空。
　　　　唯余一朵在，明日定随风。

"花开""花落"，乃大自然之象，亦代谢之规律。他用准确的词语，一"红"一"空"，把荣衰之规律形象地写出。

何仲举，后唐早慧诗人，道州营道（湖南道县）人。十三岁时，去县输税，因家贫超逾纳税期而被下狱。县令李皋闻知何仲举会赋诗，便试以诗，他援笔立成。李皋不仅释放他，还以礼优之，后来终于捷登进士。他的《李皋试诗》云：

　　　　似玉来投狱，抛家去就枷。
　　　　可怜两片木，夹却一枝花。

此诗写实，记他投狱、就枷、上刑的过程。以"花""玉"遭摧折的比喻，来显示强烈的反抗精神。

杨收，晚唐同州冯翊（陕西大荔县）人，家居苏州（江苏苏州）。父遗直。他文思敏捷，少以神童称，里人多造门观赋诗，以至压坏藩篱。他博闻强记，十三岁便通经，会诗文。他家贫，七岁丧父，兄弟四人均以文名。后为丞相。他十三岁写有《咏蛙》。

　　　　兔边分玉树，龙底耀铜仪。
　　　　会当同鼓吹，不复问官私。

这首诗充分显示了小诗人丰富的联想。你看，他用虚写法，写与蛙有关的传说——月宫里的蛙、器物——地动仪底部之蛙、典故——晋惠帝问过的蛙，等等。就内容范围言，写了天上的蛙、地上的蛙、古代的蛙、当今的蛙。就蛙本体看，"分玉树"写了蛙的形态，"耀铜仪"写了蛙的神情，"同鼓吹"写了蛙的声音。在这二十字的小诗中，天地古今，声形神志，物事人情无不包列。十三岁的少年，思维如此丰富，构思如此奇巧，实不负神童称号。

黄巢，唐末曹州冤句（山东曹县）人，以贩私盐为业，应试不第而反唐。他五岁即能吟咏。在五岁那年秋天，外祖父和父亲赏菊吟诗，他随在身旁，外祖父诗未出口，他随口吟道："堪与百花为总首，自然天赐赭黄衣。"父亲怪他不懂礼貌逞能，外祖父却高兴地鼓励他再作。他便吟成一首《题菊花》。

飒飒西风满院栽，蕊寒香冷蝶难来。
他年我若为青帝，报与桃花一处开。

令人吃惊的是，他吟的是菊花，抒发的却是非凡的抱负。

路德延，唐末魏州冠氏（山东冠县）人，中进士后，曾为谏官。他童年即能为诗，诗还轰动一时，在京城长安传诵。诗是《咏芭蕉》。

一种灵苗异，天然体性虚。
叶如斜界纸，心似倒抽书。

它的独特之处是写"异"，从体、叶、心三点写芭蕉特异，斜界纸和倒抽书对叶与心的比喻，准确而形象。诗人晚年曾写《感旧诗》，特别提到咏芭蕉。诗云："初骑竹马咏芭蕉，尝忝名卿诵满朝。五字便容趋绛帐，一枝寻许折青霄。"从诗的美好回忆中令人信服，他对童年写下的这首《咏芭蕉》小诗相当满意，特别是卿相名流满朝争诵和被显贵接见，是一生难忘的。

　　李昪，南唐国主，也是早慧诗人。他字正伦，徐州人。原为吴王杨行密之养子，后为权臣徐温养子。初名徐知诰，代徐温执政。后废吴帝杨浦自称帝，国号唐，改名姓为李昪。他幼时于徐温家曾赋《咏灯》诗。徐温大奇，尝赞不已。诗云：

　　　　一点分明值万金，开时惟怕冷风侵。
　　　　主人若也勤挑拨，敢向尊前不尽心。

　　这也是一首很好的咏物诗。咏灯而不落一"灯"字。诗不写灯之形，只写灯之光，是从要害处落笔。结句"敢向尊前不尽心"，有寓托之深意。诗的构想是儿童思维，却有超常的认识能力。

　　李琪，五代陇西敦煌人，字台秀，唐昭宗时登进士，任后梁翰林学士、户部侍郎等职，末帝时任过丞相。题为《十岁作》（《闻诏作》）的诗，显然是早慧诗人所作。诗云：

　　　　飞骑经巴栈，鸿恩及夏台。
　　　　将从天上去，人自日边来。
　　　　此处金门远，何时玉辇回。
　　　　早平关右贼，莫待诏书催。

　　他十岁读通《六经》，写诗赋，刻苦得无油灯，便燃柴作灯攻读。其兄也聪慧过人，兄弟俩以文才齐名。滑州驻军统帅王铎闻其才，一次宴会，叫琪以《三杰（张良、萧何、韩信）赋》为题作文。琪即席赋成，提出了"得士则昌，非贤罔共。龙头之友斯贵，鼎足之臣可重"的人才观。王铎不由惊叹。又一天，李琪去见王铎，铎云"皇王诏书刚自蜀中来"，任夏州（陕西靖边县）的拓跋思恭为北京（山西太原市一带）的长官，兼军队指挥，叫李琪就此事写一首诗。李琪思索片刻,很得体地写下了记述此事的诗《闻诏作》。

徐锴（920—970）,字楚金,五代广陵（江苏扬州）人。四岁幼孤,自学成才,任过秘书省正字,内史舍人等职。精研文字,与其兄徐铉均为文字学家,合称"二徐"。徐锴诗思敏捷,才藻富丽,十岁时在宴席中即兴写了一首《秋词》。

> 井梧纷堕砌,塞雁远横空。
> 雨久莓苔紫,霜浓薛荔红。

诗很小,但他把握了富有特征的景物——井梧、寒雁、久雨、浓霜、紫莓苔、红薛荔,从状貌、颜色、动态等几方面着笔,勾画了秋天的景像,展现了一幅意境开阔、色彩缤纷、意象优美的秋色图。

从初唐至唐末五代,我算一一举到早慧诗人了。

问：除开头提到的骆宾王外,你所谈的早慧诗人,在唐代诗人中,声名都鲜为人知,也就是说,成就不算很大吧！那么,唐代著名诗人中,就没有早慧诗人吗？

答：有的,有的。如李冶是全唐女诗人中的佼佼者。据《全唐诗话·卷六》载,其父带她到庭园玩,见丛丛蔷薇开放,她便作诗《咏蔷薇》云："经时未架却,心绪乱纵横。"可惜已不见全诗。她父亲很生气,将"未架却"附会为"未嫁却",认定此女长大定为失行妇女,这是很可笑的。但可见她幼时的诗才。

女诗人薛涛幼时随父从长安入蜀,八九岁时,其父薛郧指着院中梧桐,先诵"庭除一古桐,耸干入云中"两句,叫她续诗。她应口便续成"枝迎南北鸟,叶送往来风",也属早慧诗人。

著名诗人李贺,七岁便名动京师,韩愈和皇甫湜亲自去考查,他当场作《高轩过》："殿前作赋声摩空,笔补造化天无功。"不愧为"神童"发唱。大诗人杜甫亦七岁即能作诗,他自云："七龄思即壮,开口咏凤凰。"

关于名诗人中的早慧诗人，胡震亨《唐音癸签》曾做过统计，有白居易，生七月即识"之""无"二字，他的成名诗《赋得古原草送别》写于十五六岁时。权德舆，三岁能辞章，四岁能赋诗。令狐楚，五岁能辞章。王勃，六岁善文辞，十四岁写的《滕王阁诗》名动天下。李贺，七岁以长短之制名动京师。王维，九岁知属词，他的《过秦王墓》写于十五岁。元稹，九岁工属文，十六岁写过一首《代曲江老人百韵》，竟长达二百句。

此外，佚名的诗人诗作尚不少。如一位范姓七岁童，竟有赠隐者诗云："扫叶随风便，浇花趁日期。"又作《夏日》诗云："闲云生不雨，病叶落非秋。"大诗人方干对他也极为赏识。

以上列论之早慧诗人可导出以下结论——在文学长河中，早慧诗人毕竟是很少的；早慧不等于成就；早慧而有成就者，尚在于个人之刻苦努力而后成功的。

关于韩、孟诗歌优劣之争

问：在元和诗坛，关于韩愈、孟郊两人的诗歌，人们肆意论其优劣，是吗？

答：是的。自唐以后，有人对韩愈褒多于贬，对孟郊贬多于褒。这种"扬韩抑孟"的议论，就像一桩未了的历史公案，至今也未能持平。倡此说者，最有影响的是宋代的苏轼。他从个人对"韩孟"诗歌风格的好恶出发，说孟郊"要当斗僧清，未足当韩豪"（《读孟郊诗·其一》），讥诮孟郊是"寒虫"。清人翁方纲说此"乃定评不可易"（《石洲诗话》），结论武断，令人难服。金朝元好问在《论诗绝句》中更露骨地说："东野穷愁死不休，高天厚地一诗囚。江山万古潮阳笔,合卧元龙百尺楼。"把孟郊讥为"诗囚"。明人俞弁则据此说,"推尊退之而鄙薄东野至矣,此诗断尽百年公案"(《逸老堂诗话》)。他们按个人喜好极力尊韩抑孟,带有极大的偏见。

问: 偏见如此,原因是什么?

答: 要正确评价韩孟诗歌在文学史上的地位,首先必须找出产生"扬韩抑孟"现象的原因。我认为,除了论者对韩孟诗歌风格好恶不同外,还有韩愈古文革新成就影响的迁移,相对过分推崇韩愈对宋诗的影响,以及不平等看待韩孟诗歌内容三种原因。

第一,"扬韩抑孟"出于韩愈对古文革新的影响。韩愈固然在诗文中实践了"陈言务去"的革新理论,对我国的诗歌创作是有贡献的,但他的主要成就是散文。清人叶燮把他的古文革新成就并移至其诗作上,在主观和客观上都起到了扬韩抑孟的作用。

第二,"扬韩抑孟"出于推崇韩愈对宋诗的影响。叶燮说,"唐诗为八代以来一大变,韩愈为唐诗一大变,其力大,其思雄,崛起特为鼻祖。宋之苏(舜钦)、梅(尧臣)、苏(轼)、王(安石)、黄(山谷)皆愈为之发其端,可谓极盛"(《原诗》)。苏轼说韩愈"文起八代之衰"(《韩潮州庙碑》),叶燮就说"诗起八代之衰",主观上过分突出韩愈对宋诗的影响,而忽视孟郊对宋诗的影响,事实上也是"扬韩抑孟"的一种议论。

第三,"扬韩抑孟"出于诗歌反映的内容有异。韩愈被认为是忧怀国事、积极用事的诗人,属于代表国家意志的诗人。如他的《永贞行》深度介入对永贞革新的批评揭露,虽善柳子厚,不为之讳而公议不掩。再如《龊龊》诗,写徐州太守以酒宴歌女款待他,韩愈看到老百姓因水灾而流离失所,忧念世事,希望太守推举他做谏官,可以向上进言,因此被后人称颂为"襟期宏远,气度辞严"(王元启《读韩记疑》)。而叶适读孟郊的诗,对孟郊大量反映人民疾苦的,如

《寒地百姓吟》《织妇辞》等诗却仿佛视而不见，断言："寒苦孤特，自鸣其私，刻深刺骨，何以继古人之统？"（《习学记言》）如果说王元启"扬韩"是正确的，那么，叶适"抑孟"难道是公允的吗？

问：看来"抑孟扬韩"确乎失当了。

答：是的，以下三点可见。

第一，韩、孟对扫荡中唐诗坛颓风都有贡献。韩孟诗歌，应当从紊乱衰败的中唐社会背景及诗坛状况来探索。时至大历年间，"十才子"诗歌风靡诗坛，从内容到形式讲求的是轻巧浮艳，情思冲淡，音律和谐。这种粉饰太平的歌声，虽有疗治安史之乱后人心的效果，但客观上也走着反现实主义的道路。李肇说，"大历之风尚浮，贞元之风尚荡"（《国史补》），真是一针见血切中了大历、贞元"浮泛靡荡"诗风的流弊。到了元和年间，白居易等诗人创作出大量反映人民疾苦、暴露政治弊端的新乐府诗，形成一股现实主义的诗歌潮流。与此同时，韩愈和孟郊也借"复古"的名义，为扫荡"浮泛靡荡"诗风进行了卓有成效的改革。诗坛状况有了新的发展，出现了异彩纷呈的"元和体"。这是盛唐后诗坛崛起的一个新高峰。李肇说，"元和以后，为文笔则学奇诡于韩愈，学苦涩于樊宗师，歌行则学流荡于张籍，诗章则学矫激于孟郊，学浅切于白居易，学淫靡于元稹，俱名为'元和体'"（《国史补》）。五代时张洎在《张司业集序》中又说，"元和中，公（张籍）及元丞相、白乐天、孟东野歌调，天下宗之，谓之'元和体'"。"元和体"的形成，是摧陷中唐诗坛颓风的伟大胜利，而胜利的取得是与韩、孟的贡献分不开的。我们还应看到，李肇把韩、孟同大诗人白居易并提，张洎又把孟郊和白居易并提，并指出他们的不同风格为"天下宗之"，这是唐人对韩孟地位并重的公允评价。

第二，韩、孟对宋诗都存在影响。

首先，谈谈韩愈对宋诗的影响。从总的倾向上看，他"以文为诗"，把诗歌引向了散文化，其主要表现手法有以下几种。

一是以散文式议论入诗，如《归彭城》《古风》《谢自然》等诗。

二是以散文句式破传统的句子。前人五七言有定式，五言为上二下三，七言为上四下三。而韩愈破五言为上三下二，如"有穷者孟郊"（《荐士》），"淮之水舒舒"（《此日可足惜一首赠张籍》）；或上一下四，如"时天晦大雪"（《南山诗》），"由腹有诗书""乃一龙一猪"（《符读书城南》）。

三是以赋的手法入诗。赋的特点是铺陈排比，不厌繁复，如《南山诗》铺陈四时之景。

四是以字书手法入诗。他写的《陆浑山火》，由名词、动词组成诗句，如"虎熊麋猪逮猴猿，水龙鼉龟鱼与鼋，鸦鸱雕鹰雉鹄鹇，燖炰煨爊孰飞奔"，表现诡异。

以上诸种手法无论创新还是翻新，渠道不同，目的为一，均以奇诡散文式入诗。韩愈追求诗的独特性和光怪陆离的诡异景象，好的一面是把新的古文语言、章法、技巧引入诗坛，创造出新颖的风格、新奇的语言，增强了诗的表现功能。

其次，孟郊诗对宋诗的影响也不能低估，像宋初以欧阳修为首的针对"西昆体"所进行的诗歌改革，大都以孟郊、韩愈、张籍的诗为宗。欧阳修甚至把他的诗友梅尧臣直接比成孟郊，如"郊死不为岛，圣俞发其藏。患世愈不出，孤吟夜号霜"（《读蟠桃诗》）。梅尧臣也以身比韩、孟为荣。稍后江西诗派中如黄庭坚、陈师道诸人的诗，那种"力盘硬语"的创作风格，也受孟郊诗风的强劲影响，都可以证明不可低估孟郊诗的作用。孟诗那种浸透感情"不平则鸣"的诗风、那种钩深入神的刻画，曾经使宋代许多诗人倾慕之至。宋人严羽《沧浪诗话》特标"孟东野体"。苏轼尽管主观上不喜欢孟诗的寒苦，但又忍不住称誉其"诗从肺腑出，出辄愁肺腑"的艺术感染力，并说，"我憎孟郊诗，复作孟郊语"（《读孟郊诗·其二》）。苏轼自己同样免不了受其影响。清人刘熙载说："孟郊诗好处，黄山谷得之，无一软熟句；梅圣俞得之，无一热俗句。"（《艺概》）更具体、更确切地说明孟郊对宋诗的积极影响。毋庸讳言，孟郊和韩愈一样，对宋诗的影响也有消极的一面，这里就不一一列举了。

第三，韩孟诗歌都能反映现实，抨击时弊。韩愈关心现实，忧念世事，这是毋庸置疑的。他的某些诗歌，真实反映了社会动乱、政治昏暗，对统治集团进行了一定的揭露和谴责，对民间疾苦表示了同情。他宦海浮沉，因受排挤、打击而产生的郁愤，在诗中也多有反映。韩愈反映民间疾苦的诗，首推《归彭城》，节选如下。

> 天下兵又动，太平竟何时。
> 訏谟者谁子，无乃失所宜。
> 前年关中旱，闾井多死饥。
> 去岁东郡水，生民为流尸。

由于战患、旱灾、水灾，造成"生民为流尸"，诗人谴责执政者失宜，为人民死饥号呼。次如《赴江陵途中寄赠王二十补阙、李十一拾遗、李二十六员外翰林三学士》，详细追忆了三年前关中旱饥。

> 是年京师旱，田亩少所收。
> 上怜民为食，征赋半已休。
> 有司恤经费，未免烦征求。
> 富者既云急，贫者固以流。
> 传闻闾里间，赤子弃渠沟。
> 持男易斗粟，掉臂莫肯酬。

我时出衢路，饿者何其稠！
亲逢道边死，伫立久咿嚘；
归舍不能食，有如鱼中钩。
适会除御史，诚当得言秋；
拜疏移阁门，为忠宁自谋。
上陈人疾苦，无令绝其喉；
下陈畿甸内，根本理宜优；
积雪验丰熟，幸宽待蚕麰。
天下恻然感，司空叹绸缪。
谓言即施设，乃返迁炎州。

贞元十九年（803）京师大旱，诗人实录了当时贫民弃子沟渠、持男易粟、死亡相枕的惨景；表达了他对民瘼的关切，对当政者在大灾年继续聚敛表示愤慨，也为自己因上疏《论天旱人饥状》求减赋而遭贬逐的遭遇鸣不平，具有深刻的社会内容和儒家情怀。

孟郊诗歌的思想内容，并不弱于韩愈。他反映民瘼之诗，同样举二首与之比较。

寒地百姓吟

无火炙地眠，半夜皆立号。
冷箭何处来，棘针风骚劳。
霜吹破四壁，苦痛不可逃。
高堂捶钟饮，到晓闻烹炮。
寒者愿为蛾，烧死彼华膏。
华膏隔仙罗，虚绕千万遭。
到头落地死，踏地为游遨。
游遨者是谁？君子为郁陶。

织妇辞

夫是田中郎，妾是田中女。
当年嫁得君，为君秉机杼。
筋力日已疲，不息窗下机。
如何织纨素？自著蓝缕衣。
官家榜村路，更索栽桑树。

韩愈能写出水、旱给人民带来的灾祸，诚然可贵；而孟郊则从灾祸中写出阶级对立，尤为难得。在孟郊《织妇辞》之后，杜荀鹤有"年年道我蚕辛苦，底事浑身著苎麻"(《蚕妇》)。张俞有"遍身罗绮者，不是养蚕人"(《蚕妇》)。于濆有"垅上扶犁儿，手种腹长饥。窗下织梭女，手织身无衣"(《苦辛吟》)。梅尧臣有"陶尽门前土，屋上无片瓦。十指不沾泥，鳞鳞居大厦"(《陶者》)。分别从蚕者、织者、陶者扩大揭示劳而无获与获而不劳的阶级关系，都是师承孟郊诗作，受其影响。孟郊在复古中找寻时代题材，看到了更广阔的社会生活，他的揭露社会贫富不均、苦乐悬殊的诗，绝非泛泛纪述民间疾苦者可比。杜甫之后，孟郊把现实主义诗歌推到一个新高度。闻一多说："从中国诗的整个发展过程来看，我认为最能结合自己生活实践继承发扬杜甫写实精神，为写实诗歌继续向前发展开出一条新路的，似乎应该是终生苦吟的孟东野。"(郑临川《笳吹弦诵传薪录》)

韩、孟诗歌的思想内容都能反映现实，抨击时弊。而抑孟者多以为孟郊气度窘促、号寒愁苦，不如韩愈恢宏豪放。须知"抑"的地方，正该是"扬"之所在。韩、孟经历不同，孟郊一贫彻骨，晚年微官薄宦，死时连安葬费都由友人资助。他大量诗歌通过对自身疾苦典型感受的抒写，事实上也就是底层人民的呼声。那深切得令韩愈"刿目怵心"的诗歌，正是他在狭窄题材天地里才能写出来的。这种狠咬不放的战斗精神，我们扬之不及，又有何由"抑"呢？当然，韩愈的气度，又是另种类型，如贞元十九年，上《论天旱人饥状》疏，反遭谗害，因言被贬，毫无惧色；再如永贞元年对王叔文集团，包括好友柳宗元、刘禹锡在内"八司马"窜逐，以《永贞行》支持拨乱反正，对扰乱朝纲的谋反者，愤愤之状如见，切齿之声可闻，毫不留情。这种大是大非的原则立场，为孟诗所未有，毕竟他是代表国家意志发声的诗人，是以弘扬古道抵抗中唐乱世的诗人，但我们也不能就此贬抑孟郊。

问：他们艺术上的高低如何？

答：诗歌艺术，韩、孟各具特色。李肇称韩愈诗文为"奇诡"，称孟郊诗为"矫激"，可谓谈言微中。

韩愈的诗，境界独辟，其艺术特色，突出表现为奇诡。他对奇伟壮丽的事物非常爱好，这源于他的国家意志；他梦寐以求那种巨刃摩天、乾坤摇荡、拔鲸牙、酹天浆的奇诡风格；他奇情异思，幻想驰骋，追求"百怪入我肠"（《调张籍》）。他说："少小尚奇伟，平生足悲咤。"（《县斋有怀》）例如写太行山瀑布"昔寻李愿向盘谷，正见高岩巨壑争开张，是时新晴天井溢，谁把长剑倚太行。冲风吹破落天外，飞雨白日洒洛阳"。大笔写来，瑰丽雄奇的景象，展现出一幅魅人的画卷。韩愈以奇诡为诗，与孟郊"矫激"风格不同。试以两人同一题材的诗歌再做比较。

《南山》是韩愈的代表作之一，他用雄奇的笔势、诡丽的笔触，铺张扬厉，尽写终南山山形险峻、四时变态，最有名的一段如下。

> 或连若相从，或蹙若相斗。
> 或妥若弭伏，或竦若惊雊。
> 或散若瓦解，或赴若辐凑。
> 或翩若船游，或决若马骤。

>或背若相恶，或向若相佑。
>或乱若抽笋，或嵲若注灸。
>或错若绘画，或缭若篆籀。
>或罗若星离，或蓊若云逗。
>或浮若波涛，或碎若锄耨。

一连串的繁复景色，层叠不穷，极写登山所见。其间连用五十一个"或"字，叠用"若""如"字，比物取象，写出南山的千姿百态，光怪陆离，奇诡已极。想象的丰富奇特，令人叹为观止。至于《陆浑山火》，更是一篇光怪陆离、奇诡得炫人眼目的诗。它写山火起时天动地摇：

>山狂谷狠相吐吞，风怒不休何轩轩。
>摆磨出火以自燔，有声夜中惊莫原。
>天跳地踔颠乾坤，赫赫上照穷崖垠。
>截然高周烧四垣，神焦鬼烂无逃门。

以下写林中猛兽、水中鱼鳖、树上飞禽，可谓鸟窜兽伏。火神祝融驾长车驰骤，所到之处，万物焦枯，成为它的食物。冬帝颛冥、水神玄冥派黑螭责问火神，也被烧得焦煳。黑螭向天帝诉说，天关悠悠，被阻于天门外。天帝用九河水洗去黑螭的眼泪，又叫天女恢复它的灵魂，并说火行于冬是自然规律，否则火神要饿死，水火还是结成婚姻为好。真是奇思异想，奇诡的构思、奇诡的行笔、荒诞诡谲的景色，就像一位画师，涂出一幅斑斓的画面，富于浪漫色彩，突出地表现了韩愈的奇诡风格。

孟郊的诗，别开生面，其艺术特色，突出地表现为"矫激"。他的诗不像韩愈设色于浓丽，而用常语发新意。这就必须以"矫"的手段追求一种不同凡响的创造，才能震慑人心。这个不平常的创造，是诗人再现现实的手段,它包含了诗人的个性和艺术修养。"激"是指思想内容而言,元稹谈白居易诗可以参证"夫以讽喻之诗长于激,闲适之诗长于遣,伤感之诗长于切"(《长庆集序》)。孟诗中充满个人的不幸、人民的痛苦、社会的不平、世风的浇薄,这类题材大量入诗,一改传统温柔敦厚的诗风,以"不平则鸣"的快意方式表现了激切讽喻的思想内容。李肇用"矫激"精要地概括了孟诗的思想和艺术。他传承杜甫现实主义道路,又有发展,即"不平则鸣"的直切批判的现实主义精神。以杜孟相比,杜甫维护贵族传统与社会秩序,反对乱臣贼子,一饭未敢忘君,是具有孔子"春秋"精神的"诗史"。乱世需要杜甫这份儒家责任感,如《越王楼歌》借绵州越王楼歌颂越王李贞尊崇礼乐、敦睦仁爱、谨守秩序的品性。杜甫时代需要这种人伦秩序修补乱世疮孔。孟郊处于安史之乱后,社会失序,杜甫那种美政理想远去,孟郊更多"春秋"中的直刺精神。杜甫也直刺,他刺的是乱臣贼子;孟郊之刺,多是对社会不平的直刺。杜甫身上更多忘私大义,为尊者讳,个人承担历史痛苦的忠厚;孟郊身上则是强烈的个人体验,故更多矫激冲动。

孟郊以矫激的思想艺术,使诗歌在客观上产生了惊铤怵目的效果。他对语言的锤炼十分着力,炼字用词很忌平易、散缓,形成了个人特具的诗风。例如《秋怀》《老恨》《游终南山》《寒溪》《借车》《落第》等诗,都是他最为矫激的力作。尤其《秋怀》是大型组诗,共有十五首,在孟诗中是独一无二的。如"秋至老更贫,破屋无门扉。一片月落床,四壁风入衣"(《秋怀》之四);"霜气入病骨,老人身生冰。衰毛暗相刺,冷痛不可胜。……瘦坐形欲折,腹饥心将崩"(《秋怀》之十三),真实地描绘出他贫病饥寒的窘迫生活。欧阳修曾评论说,"非其身备尝之,不能道此句也"(《六一诗话》)。又如"病骨可剸物,酸呻亦成文。瘦攒如此枯,壮落随西曛"(《秋怀》之五);"棘枝风哭酸，桐叶霜颜高。老虫乾铁鸣，惊兽孤玉咆。商气洗声瘦，晚阴驱景劳。……抽壮无一线，剪怀盈千刀"（《秋怀》之十二），分别写出了风有酸辣，声有肥瘦，笔力险峻、巉刻。在其他诗中，又如"惊飙杂碎号"（《寒溪》之五）更写出气体的风飙如同固体的物质那样"杂碎"，意新思苦，诗语独造。他的《老恨》一诗如下。

无子抄文字，老吟多飘零。
有时吐向床，枕席不解听。

一个"吐"字，诗语险刻，简直令人怀疑是和着胆汁吐出来的。接以枕席解听的拟人奇想，显示他感受深切得出奇，攒人肺腑，结人愁肠。他的许多诗好像搜尽人间苦语，寒号悲啼，给人以如剑在肢、如冰在肤的强刺激感。韩愈称其为"刿目鉥心，刃迎缕解，钩章棘句，掐擢胃肾，神施鬼设，间见层出"（《贞曜先生墓志铭》）。另一首《游终南山》也是与韩愈同题材之作。

南山塞天地，日月石上生。
高峰夜留景，深谷昼未明。
山中人自正，路险心亦平。
长风驱松柏，声拂万壑清。
到此悔读书，朝朝近浮名。

开端用两句概括一山。洪兴祖注韩愈《南山》诗时，曾说："才力小者，不可到也。"清人姚范则认为，才力小者固不能，但孟郊此诗仅十句，却能"奇出意表"（《援鹑堂笔记》）。洪亮吉在《北江诗话》中说："他若昌黎《南山》诗，可云奇警极矣。而东野以二语敌之曰：'南山塞天地，日月石上生。'宜昌黎一生低首也。"当然，话说得太过分，不能尊重各自的艺术特色而强为优劣，扬孟抑韩，也是我们不能接受的。就实而言，终南高大，也未塞满天地，"南山塞天地"，确是险语惊人，硬语盘空。因诗人身在终南，故能仰望山天相连，四顾众峰罗列，看不见山外任何空间，着一"塞"字，准确地表现了这一独特感受。韩愈说孟郊诗"横空盘硬语，妥帖力排奡"。"塞"因硬得险，也无比妥帖。"日月石上生"，朝日、晚月，都是从南山高处初露后渐渐上升，这就像从石上"生"，承上句而来，造语"险硬"而不奇。它当然不同于张九龄的"海上升明月"和杜甫的"四更山吐月"那样的意境情韵。七句"长风驱松柏"，"驱"字也险峻，山高风巨，长风过处，苍松古柏，全都一面倾斜，准确传神地描绘了这一景象。同"驱"字相应的是"声拂万壑清"的"拂"字，声来自风驱，拂后又带给人万壑清，是从可感的角度收笔。两句诗内，平中见险，融视、听、感于一体之中。显然，孟郊这首诗虽不像韩愈《南山》诗雄奇诡丽，但也有独至偏胜之处。他善于在狭窄天地里驰骋才华，抒发自己怀才不遇的感情。诗语因难见险，矫激惊铤。钱锺书说，"东野五古佳处，深语若平，巧语带朴，新语若古，幽语含淡，而心思巉刻，笔墨圭棱"（《谈艺录》），《游终南山》也正是如此。

韩愈奇诡、孟郊矫激的艺术风格，是异彩纷呈的元和诗苑中的两朵奇葩，不仅促进了"元和体"的繁荣局面，开了宋诗一代诗风；而且在今天也值得我们认真加以研究，以资借鉴。

孟郊与韩愈的友谊，尤其韩愈对他的激赏，主要是出于艺术上他们都能行古道，尚古好奇。孟郊诗多为句式短截的五言古体，用语刻琢，不尚华丽，擅长寓奇特于古拙，如韩愈说的"横空盘硬语，妥帖力排奡"（《荐士》）；而韩愈诗以七言古体最具特色，气势雄放，怪奇瑰丽。韩、孟的诗都很有力度，韩愈的力度源自奔放，孟郊的力度源自内敛。孟郊更多地吸纳了汉魏六朝五言古诗传统，正如李翱所言，"郊为五言诗，自汉李都尉（陵）、苏属国（武）及建安诸子、南朝二谢，郊能兼其体而有之"（《荐所知于徐州张仆射书》）。因此，大历贞元诗人中，孟郊最接近汉魏风骨。

孟郊的诗显示了大历、贞元诗歌所没有、在这以前也未曾有过的特点，即韩愈《贞曜先生墓志铭》说的"钩章棘句，掐擢胃肾"的险奇艰涩。这与他刻意求工、精思苦吟有关，与他的郁愤有关。在《夜感自遣》中，他说"夜学晓不休，苦吟鬼神愁。如何不自闲，心与身为仇"。苦苦地写诗，必然要道人所未道，刻意僻字，寻求生冷意象；而内心压抑不平，使他追求的尖新造语带有冷涩、枯槁的特征，刻画事物入骨惊耸。唐末张为《诗人主客图》以他为"清奇僻苦主"。苏轼《读孟郊诗》讥讽其为外壳坚硬、嚼之无味的"空螯"。孟诗的独创性是无可否认的，许顗《彦周诗话》说"能杀缚事实，与意义合，最难能之"，便是对他能以强大的语言表现力改造客观事物形态以表达自我感受的肯定。孟郊实为大境界、大格局的诗人，是盛唐士人昂奋精神风貌在中唐的另类体现，他以思深意远、造语新奇的创作，一扫大历贞元浮荡诗风。

问：由来已久的毁誉纷争，究以如何认识为妥？

答：最好借元和诗友及韩、孟公允持论，从当代朋辈的交往以及韩愈对孟郊的倾慕来看，这样我更不敢苟同"扬韩抑孟"之说。事实上，他们是最有发言权的。张籍称孟郊"才名振京园"，说他的诗是"谆意发高文，独有金石声"（《赠别孟郊》）。刘叉更为他潦倒困窘、针砭时弊的诗歌所感，写道："寒衣草木皮，饥饭葵藿根。不为孟夫子，岂识市井门？"（《与孟东野》）贾岛说："身死声名在，多应万古传……冢近登山道，诗随过海船。"（《哭孟郊》）孟郊诗歌当时已名专用在外，被誉为不朽诗人。李观说："郊之五言，其有高处，在古无上；其有平处，下顾两谢（灵运、朓）。"李翱也说："郊为五言诗，自前汉李都尉（陵）、苏属国（武）及建安诸子，南朝二谢，郊能兼其体而有之。"（均见计有功《唐诗纪事》）。他们都从孟诗的思想、艺术、影响全面推重了孟郊。尤其是韩愈倾慕孟郊，可以说是到了无以复加的程度。这不是韩愈有意恭维，而是孟诗本身值得称赞。为此，韩愈写过《荐士》《孟生诗》《醉留东野》《醉赠张秘书》《赠贾岛》等诗，还写了《送孟东野序》《贞曜先生墓志铭》等文，从思想到艺术，确切地评价孟郊，佩服孟郊。他作为名望特重的人，却垂青于潦倒困窘的诗人，曾引起后人讥议。如南宋魏庆之《诗人玉屑》引《隐居诗话》说："孟郊诗寒涩穷僻，琢削不暇，真苦吟而成……而退之荐其诗云：'荣华肖天秀，捷疾愈响报'，何也？"这有什么不可理解的呢？是由于他们的艺术宗旨投合，并且韩愈被孟郊的艺术力量所征服。韩愈倡导诗文的宗旨是"务去陈言"，孟郊诗歌可以概括为"务为深切"。他在大量寒、愁、病苦的题材中摒俗境、俗语、俗韵，心游万仞，苦搜冥索，写出"一动惊俗"不同凡响的诗歌。难怪韩愈说，"东野动惊俗，天花吐奇芬"（《醉赠张秘书》）。在《醉留东野》一诗中，韩愈把自己和孟郊与李白、杜甫并提，以"蹑踪"李杜自负。他还在这首诗中吐露了对孟郊的倾慕之情，如"低头拜东野，愿得终始如駏蛩""吾愿身为云，东野变为龙。四方上下逐东野，虽有离别无由逢"。清人刘熙载据此以为尊韩抑孟失当，他说，"昌黎《送孟东野序》称其诗以附于古之作者，《荐士》诗以'横空盘硬语，妥帖力排奡'目之。又《醉赠张秘书》云：'东野动惊俗，天花吐奇芳'，韩之推孟也至矣。后人尊韩抑孟，恐非韩意"（《艺概》）。韩愈作为一代文豪和孟郊的挚友，对孟郊的评价是具有权威性的，也是有说服力的。

　　孟郊没有像韩愈议论他的诗那样去全面议论韩愈，这是他们各自的生活处境不同之故。但是也有诗议论说："诗骨耸东野，诗涛涌退之。"（《戏赠无本》）劲拔的诗骨，泛散的诗涛，话不在多，仅此二句，已十分精警地道出他们不同的艺术风格。由此也可以看到孟郊对韩愈倾倒之至和友谊之笃。

　　对后代影响最大的苏轼以"寒虫"之讥，元好问以"诗囚"之诮，显然不符合孟诗的实际情况。纪昀在《四库全书总目提要》中指出："苏尚俊迈，元尚高华，门径不同，故是丹非素，究之郊诗品格，不以二人之论减价也。"力辟苏、元之说，是客观公允的。明人袁宏道《与张幼于》论诗，曾针对今人非议孟郊而发："见从己出，不曾依傍半个古人，所以他顶天立地。今人虽讥讪得，却是废他不得。"这说明了孟郊的当行本色。他的历史地位是不可动摇的。

　　通过上述各方面的分析比较，可以看出诗史上以"韩孟"并称，是名副其实的。他们各自的创作成就、贡献大小、社会影响、历史地位都相互颉颃，难分轩轾，我们不必再为"抑孟扬韩"之说所囿。

　　这里我再补说一点，香港一家文化机构曾举办"最受欢迎唐诗选举"活动，评出十首唐诗，名列榜首的便是孟郊《游子吟》，其后依次是杜牧《清明》、李白《静夜思》、王之涣《登鹳雀楼》、李商隐《登乐游原》、孟浩然《春晓》、白居易《赋得古原草送别》、李绅《悯农》、李白《早发白帝城》、贺知章《回乡偶书》。用现代人的眼光，为抑孟扬韩之说也可平议。

　　问：你的持论宏深，是令人信服的。

温庭筠"词客有灵应识我，霸才无主始怜君"之疑

　　问：随着贵族社会远去，咏史诗在晚唐如夕照回光，请谈谈温庭筠《过陈琳墓》。

　　答：安史之乱后，唐代社会发生了根本性变化，最先感知天下将变的当然是贵族群体。唐诗也发生着微妙变化，盛唐诗中那种直写现实、意气高发的诗变为观照历史、蕴藉沉雄的诗。在这场巨变中，杜

甫的咏史诗具有指路明灯的作用。晚唐大厦倾危，诗人更踵迹杜甫，咏史怀古，托情寄意。先看诗：

> 曾于青史见遗文，今日飘蓬过此坟。
> 词客有灵应识我，霸才无主始怜君。
> 石麟埋没藏春草，铜雀荒凉对暮云。
> 莫怪临风倍惆怅，欲将书剑学从军。

此诗作于咸通四年（863）春，时诗人东游江淮，徐州下邳（江苏邳州市）有陈琳墓。牛李党争后贵族彻底失势，平民新贵肆意操弄权柄，作为末世贵族的温庭筠深感社会巨变之痛，他备受排挤，承受着与李商隐一样的被污名化的痛苦。此诗便是在这种背景下写作的。杜甫抒怀、写景、点评结合的咏史模式，被视为唐律典范，此诗正有咏史七律特征，沉郁雄健。

问：晚唐诗人何以喜作咏史诗？

答：要从社会、个人与时代来看。一般来说，咏史诗写作的目的是表达对现实的不满，遥念前朝旧事。尤其在贵族式微的中晚唐，咏史更是贵族落寞时对现实无奈的抗拒。

唐王朝经历安史之乱、科举滥觞、牛李党争、黄巢之乱，已全面转向平民社会，传统贵族退出历史舞台，古老价值观流失，平和守序的古代世界远去，代之以个人利益为先的价值观，社会呈现无序竞争的态势。在现实面前，没落贵族必然会从历史中寻找安慰，于是咏史诗就在末世贵族中兴起，出现了李商隐、杜牧、温庭筠这样的咏史诗人。在另一端，则是另一种景象，经科举兴盛，平民进入上层社会，又经牛李党争战胜贵族，再经黄巢之乱，"华轩绣毂皆销散，甲第朱门无一半""内库烧为锦绣灰，天街踏尽公卿骨"（《秦妇吟》），彻底转向平民垄断的社会。于是出现了竞争环境下个人不得志、斤斤计较得失的平民诗歌，如皮日休、聂夷中、杜荀鹤以个人利益为先并及民生疾苦的诗歌。这是我对晚唐诗歌两种不同景象的认知。

晚唐乱象，实际为传统价值观、道德观倾覆的结果。以黄巢之乱为例，他出身盐商家庭，但传统社会歧视商人，商人地位甚至比平民还逊一等。要改变个人地位，唯一途径是科举。黄巢屡试不第，遂啸聚作乱。这实际是底层价值观与儒家价值观的对垒、平民与贵族的对垒。

南北朝以来，门阀世族势力已在下降，到武则天大兴科举，世家大族加速退出政治舞台。但门阀的影响并不是马上能够消除的，中唐社会仍崇尚门第出身，甚至竭力与门阀世家通婚。一边是名门望族的自傲，一边是贵族式微不可遏阻，在这种纠结中，咏史诗在贵族诗人中流行。直到晚唐，黄巢反唐，对贵族进行直接彻底的肉体消灭。及至朱温灭唐，把中国带进混乱的五代十国。

就个人而言，贵族式微，诗人最能感受索靖那种"知天下将乱"的预兆。李商隐受知于令狐楚，得益于王茂元，身陷平民贵族争斗的旋涡不能自主，只能借咏史申诉。杜牧出身显贵，遇牛李党争，他既与牛僧孺交好，又与李德裕为世交，李德裕为相被排挤外放，杜牧咏史怀古，背负贵族忧国忧民的壮怀伟抱，但贵族平民的争斗使他空负怀抱，在狎妓中麻痹自己，在咏史中观照现实。温庭筠为初唐宰相温彦博后人，世家子弟，却终生不遇，被全面掌控社会的平民新贵诬为"性浪荡，喜讥刺""多触忌讳，不检士行"，这一评价与李商隐几为相同，千古以来备受误解。纪唐夫《送温庭筠尉方城》云"何事明时泣玉频，长安不见杏园春。凤凰诏下虽沾命，鹦鹉才高却累身。且尽绿醽销积恨，莫辞黄绶拂行尘。方城若比长沙路，犹隔千山与万津"。晚唐裴庭裕《东观奏记》评"进士纪唐夫叹庭筠之冤"，以方城之谪比贾谊之长沙，可见牛李党争之后贵族处境及所受谗嫉。

北宋邵雍《渔樵向对》"天下将治，则人必尚义也；天下将乱，则人必尚利也"，这确乎显示了晚唐社会的两端。贵族尚义而作怀古咏史，历史是镜子，可以观照现实；平民尚利而不平则鸣，抱怨个人不遇、代言生民疾苦。晚唐是贵族最后的余响，咏史诗是贵族夕光中夺目的闪亮。

问：据知"词客有灵应识我，霸才无主始怜君"难以疏解，是吗？

答：是的。关于"霸才无主"，先看各家之解。

第一，指王霸之才的军阀——袁绍。沈德潜《唐诗别裁》"言袁绍非霸才，不堪为主也。有伤其生不逢时之意"。

第二，指霸才之君——曹操。方回《瀛奎律髓》"谓曹操有无君之志而后用此等人，甚妙"。吴乔《围炉诗话》"'霸才无主始怜君'，'怜'字诗中多作'羡'字解，因今日无霸才之君、大度容人之过如孟德者，是以深羡于君"。

第三，指称雄之才——诗人自比。纪昀《瀛奎律髓刊误》"词客指陈，霸才自谓。此一联有异代同心之感，实则彼此互文，'应'字极兀傲，'始'字极沉痛。通首以此二语为骨，纯是自感，非吊陈琳也。虚谷以'霸才'为曹操，谬甚"。当代《唐诗选》（文学研究所编注）赞同说"作者自命有经世之才而无所依托，所以对陈琳同情。陈琳先后依袁绍、曹操，也只是做一些文字工作，并非被重用，所以作者仍然觉得他可怜"。《唐诗鉴赏辞典》"'霸才'，犹盖世超群之才，是诗人自指"。

第四，指才能超拔的人——陈琳。明周珽《唐诗选脉会通评林·晚唐七律》："陈琳名列'邺中七子'，比贾生之于汉文，终屈长沙差殊，而飞卿犹以'霸才无主'为琳叹息。若祢衡不免杀戮之惨，怀才至此，时运之厄，不令人千载感吊乎？""君有霸佐之才，而东臣西仕，遇非其主，虽有才无用，岂不足怜哉？"施蛰存《唐诗百话》也说

"霸才""词客"，均指陈琳。

问：莫衷一是，你的辨析呢？

答：以上诸解既脱离陈琳经历又不知诗人真实遭遇，实际上温庭筠与李商隐一样，都受到平民新贵势力排挤。既不关联历史，又不晓贵族式微的实情，怎能得出真实认知？没有真知灼见，何以解诗？所以先从历史人物说起。陈琳字孔璋，建安七子之一，曹丕《典论·论文》称"琳瑀之章表书记，今之隽也"。早年为何进主簿，建言诛除宦党不纳，避祸冀州袁绍，讨伐曹操，草檄《为袁绍檄豫州》。袁绍覆灭后归附，曹操不计前嫌，军国书檄多出其手。下面从"霸才"两种义项入手疏解。

第一，"霸才"，雄霸天下的干才。袁绍、曹操确也担当得起。若联系"无主"就讲不通了。沈德潜将"无主"当作"非主""不堪为主"，"霸才无主"成了"曹操非主"，显然与"曹操为陈琳主人"的史实不合。另，"霸才无主"也不能像吴乔那样解成"无霸才之主"。

第二，"霸才"，才学俱佳、文采霸气的文人。刘勰《文心雕龙·事类》"是以属意立文，心与笔谋，才为盟主，学为辅佐，主佐合德，文采必霸"。此处能扣合霸才的文人是陈琳与温庭筠。今人基本采纳纪昀的讲法"诗人自谓"，如《唐诗选》，但将"怜"解作"同情"不妥，既然诗人是霸才无主，何能再去可怜陈琳？这一逻辑显然不通。在此要注意"怜"字，古汉语"怜"通常作怜惜、怜悯，但还可作怜爱、怜慕解。"始怜君"的"怜"，是怜慕、欣羡的意思。此句正确解释是，我亦文采雄霸，但在牛李党争、贵族处下风的时代，却不遇明主，飘零无托，今日有幸过君坟，羡慕君之得遇明主，霸才有托。而明人周珽解作"陈琳"，以"霸才无主"为琳叹息，于史实不符，当要排除。且前句"词客"已指陈琳，后句"霸才"又指陈琳，诗法大忌。"霸才""君"，皆为陈琳，一句之内失了错综之妙。

综上，袁绍、曹操都用不上"无主"。陈琳一联中又出现三次，也不对。排除后，当指诗人自己，自己有王霸之才却不遇明主，所以欣羡陈琳遇曹操。此句诗人自伤，遭遇诽谤，不能尽其才能。《旧唐书》说他"士行尘杂，不修边幅"，就是当时那些把持朝政的平民新贵对他的诬陷，这是他伤"霸才无主"的缘由。经历大中平民势力的胜利，咸通贵族全面被时代抛弃，这一点与李商隐境遇完全一样。同为贵族出身，遇牛李党争，贵族失势，平民势力必不容他们，可见温、李遭遇是一致的。过去文学史批评温诗丽浮，近体不逮李商隐，不知婉娈讽兴的说法，显然得纠正。

问：明白了，"诗人自指"唯一之解。我又发现写景联"石麟埋没藏春草，铜雀荒凉对暮云"也有争议，有人说写的不是陈琳墓，是曹操墓，对吗？

答：你的发现来自刘学锴的说法。2012年8月20日政协网登载他的《〈过陈琳墓〉的受推崇和被误解》，辨析此联。

> 第五句同样存在误解。由于题为《过陈琳墓》，解者便自然将这一句所描绘的景象理解为陈琳墓前所见。但按之古代墓葬礼制，石刻的麒麟、老虎等当为帝王陵墓前石刻群之物。韦庄《上元县》云："止竟霸图何物在，石麟无主卧秋风。"此类石刻当非文士陈琳墓前所应有。因此这一句当指想象中的曹操陵墓前的石麟，已经埋没于萋萋春草之中，以见陵墓之荒凉，参照第六句"铜雀荒凉对暮云"，其意益显。

但"石麟"是否一定单指墓前石雕？我觉得值得商榷。

石麟，古代称别人有文采的儿子，语出《南史·徐陵传》："年数岁，家人携以候沙门释宝志，宝志摩其顶曰：'天上石麒麟也。'"后用以称赞他人儿子颖慧出众，如《幼学琼林·鸟兽类》"天上石麟，夸小儿之迈众"。

所以我认为，石麟意象还是指陈琳，与下句"铜雀荒凉对暮云"，以铜雀意象写曹操，句意才相对仗。两句皆表面是景，景后是历史与人，这是基本诗法。刘学锴的解释犯了重复的毛病。

问： 谢谢，我已清楚。

答： 还没完，结句还有疑问。"欲将书剑学从军"，各选本均解释为温庭筠欲书剑从军学陈琳。《唐诗鉴赏辞典》《唐诗选》（文学研究所编注）等主此说，但还是浮泛之解。施蛰存《唐诗百话》提出，温庭筠在徐商、令狐绹幕中，已是"从军"，为何还要高呼学陈琳呢？我认为"学"的背后实际是希望"学陈琳遇明主"才是诗人本意。

大中十一年（857）徐商镇襄阳，辟温庭筠巡官。在襄阳他与段成式、周繇等交游酬唱，并未像陈琳那样尽其所长。咸通二年（861）朝廷诏征徐商赴阙，温庭筠返吴中旧乡。咸通三年（862）冬至淮南投令狐绹，但未得重用。这背后还是牛李党争，二人政治阵营不同。此时他诗名已著，无人辟用，因此推测咸通四年（863）春，离开淮南幕后，便以《过陈琳墓》发泄自己不遇明主的愤懑，故此诗是以陈琳、曹操事刺讥令狐绹。既然已有从军经历，"莫怪临风倍惆怅，欲将书剑学从军"便不能再作从军解。此联就有李商隐委婉惆怅、沉郁悲愤的风格，批评令狐绹以政见不能容纳他。他与令狐绹的政治关系，就如曹操最初与陈琳的政治关系，都是对立阵营，但曹操宽豁大度，不计前嫌，而令狐绹呢？这样疏解才是温诗本意，才能感受诗人的苦恼。结合温、李遭遇，令狐绹不容温庭筠，更不会容纳"叛徒"李商隐便可理解了，你以为呢？一切粗浅的解释均要放弃。

问： 太有道理了。罕见之恸，看来要循人解诗才能接近真相。温庭筠其他诗呢？

答：作为世家子弟，温庭筠与李商隐一样饱受平民新贵中伤，并被人记录于案，可见牛李党争酷烈余绪、所受谗毁之深。如《全唐诗话》"宣皇爱唱《菩萨蛮》词。丞相令狐绹假其修撰，密进之，戒令无泄。而遽言于人，由是疏之。温亦有言云，'中书堂内坐将军'，讥相国无学也"。《唐诗纪事·卷五十四》"士行玷缺，缙绅薄之"，宣宗微行，遇逆旅，他傲然顶撞，"谪为方城尉"，并附制词"孔门以德行为先，文章为末。尔既德行无取，文章何以补焉。徒负不羁之才，罕有适时之用"。他对科举持不屑的态度，与杜甫、李商隐一样，都认识到科举的弊端。

温庭筠的不幸与晚唐世风日下的社会有很深关系。平民社会崛起，很难容得下他这样的贵族子弟；礼教松弛，道德沦丧，反诬他人品。在贵族式微的那一时代，只有李商隐是他同类，《闻著明凶问哭寄飞卿》"昔叹谗销骨，今伤泪满膺。空余双玉剑，无复一壶冰。江势翻银砾，天文露玉绳。何因携庾信，同去哭徐陵"。卢献卿字著明，出身范阳卢氏，也是不容于时的贵族，司空图《注〈愍征赋〉后述》说他"卢君尚以谗摈，致愤于累千百言"。可见他们三人遭受平民新贵谗言及肆意诋毁之残酷。李商隐还有《有怀在蒙飞卿》"薄宦频移疾，当年久索居。哀同庾开府，瘦极沈尚书。城绿新阴远，江清返照虚。所思唯翰墨，从古待双鱼"。是该给温庭筠平反了。你以为呢？

问：如梦方醒，这样看他不白之冤已千余年矣。具体说说他的诗如何？

答：第一类闺阁艳诗，取自家乡江南齐梁乐府，如《春愁曲》。

> 红丝穿露珠帘冷，百尺哑哑下纤绠。
> 远翠愁山入卧屏，两重云母空烘影。
> 凉簪坠发春眠重，玉兔煴香柳如梦。

　　　　　锦叠空床委堕红，飔飔扫尾双金凤。
　　　　　蜂喧蝶驻俱悠扬，柳拂赤栏纤草长。
　　　　　觉后梨花委平绿，春风和雨吹池塘。

　　第二类行旅登览诗，山水清音，清新健拔，如《处士卢岵幽居》。

　　　　　西溪问樵客，遥识主人家。
　　　　　古树老连石，急泉清露沙。
　　　　　千峰随雨暗，一径入云斜。
　　　　　日暮飞鸦集，满山荞麦花。

　　几笔淡墨，顿成生趣。这类诗似孟浩然、刘长卿取材，多为五律，风格简淡。

　　第三类赠酬诗，多为七律，情辞茂美，如《赠蜀府将》。

　　　　　十年分散剑关秋，万事皆随锦水流。
　　　　　志气已曾明汉节，功名犹自滞吴钩。
　　　　　雕边认箭寒云重，马上听笳塞草愁。
　　　　　今日逢君倍惆怅，灌婴韩信尽封侯。

　　赠失意边将，便是赠自己。其他反映政治现实、贵族受压的诗，如《病中书怀呈友人》"适与群英集，将期善价沽"，却"有气干牛斗，无人辨辘轳"；儒家情怀、关心百姓的诗，如《烧歌》"谁知苍翠容，尽入官家税"；南朝乐府旧题的讽喻诗，如《春江花夜词》《太液池歌》《吴苑行》。

　　问：诗的题材很广泛。他的风格呢？
　　答：他诗歌风格可分为两种，绮艳与清拔。
　　第一，绮艳。一类是藻饰纤艳的齐梁小乐府。这种赋体诗，估计与他生长于江南吴中有关，受南朝宫体影响，被人称为侧辞艳曲。另一类是语词秾丽的七律。他的艳与李贺不同，李贺是冷艳，他是绮艳。咏史七律，则有杜律的沉挫雅正，并非全都艳发。

第二，清拔。主要为五律，淡远浅近，清秀脱俗，如《偶题》"细雨无妨烛，轻寒不隔帘"，《送淮阴县令之官》"鱼盐桥上市，灯火雨中船"，《旅次盱眙》"波上旅愁起，天边归路长"，这些佳句清新淡雅，天然成趣。

可惜五律后世并未见重，大概原因有五。第一，他的艳体太突出，掩盖了五律光华。第二，选评家受晚唐平民势力诬言的影响，对他存有偏见，将其打入"冷宫"，如高棅《唐诗品汇》把晚唐诗人列入"余响"，不予重视。《唐诗正声》甚至不选晚唐诗，认为晚唐无正声，这种轻视，使温庭筠及其他诗人不能获较高评价。第三，即便关注晚唐，他声名、人品也是低的，乾隆时陈明善编《唐八家诗抄·例言》："义山诗高华典丽，音韵缠绵，宜荆公叹其善学杜也。八叉同时，瞠乎后矣！"受传统对温庭筠的不实评价的影响，排斥是显见的。《红楼梦》四十九回"怎么是杜工部之沉郁，韦苏州之淡雅，又怎么是温八叉之绮靡，李义山之隐僻"。对温、李区别明显，又怎会去注意他的五律？第四，入宋后，西昆体受到欢迎，选家以李商隐浓艳诗为代表，选李便不选温成了惯例。第五，后世更重飞卿词人身份，对五律也就无暇顾及，客观上降低了对他五律成就的认知。

问：看来是时候为他平反了。

关于杜甫的为官生涯

问：请谈谈杜甫的为官生涯。

答：杜甫出身"奉儒守官"之家，家风即有"修身""齐家""治国"的传统，秉持儒家济世与贵族古老情怀，青年时期科举求仕，中年罢官放逐，晚年在成都再续为官生涯。总体上每段为官都精彩短暂，起伏沉浮均与王事有关。主要便是君臣矛盾，得罪皇帝导致失官及后来之流离。梳理诗人曲折经历，我们可以认识他的真实内心，体会其身为贵族对家国、君王、百姓的情怀。

重新认识杜甫，首须依据历史建立坐标，我给他的定位是一位末世贵族诗人。自夏禹结束禅让以来，草莽治理退出江湖，代之以家族治国。这对贵族阶层的形成至关重要。西周分封，培育了早期贵族。春秋礼坏乐崩，人心浮荡，弊象丛生，战国在权欲的激发下，对贵族群体全面冲击。秦汉之交野心家当道，楚汉战争，是庶族对贵族的胜利。魏晋九品中正制，再次按血统构建贵族阶层。隋文帝创立科举，为将来平民战胜贵族创造了机会。唐代科举兴盛，但前期由关陇集团和山东士族组成的社会仍重视门第血缘，良贱分明。禄山之乱，社会又如春秋乱世。唐王朝本就鲜卑色彩浓郁，科举泛滥、胡化现象及战乱不断，都对社会固有观念造成了巨大的冲击，也造成了传统秩序中贵族力量的衰落。中晚唐牛李党争半世纪，实质是科举制下，社会内部贵族与庶族的斗争，彻底改变了古代社会结构。晚唐面目与唐前期已大不相同，成了无主社会。至宋，科举彻底改变传统社会，迎来真正平民执掌政权的时代。可以说，唐代是贵族的最后时代，唐之衰，实为贵族之衰。唐诗盛衰亦是唐代贵族兴衰的照见，晚唐余响是贵族最后的夕阳哀鸣，虽美，却不能挽回一去不返的历史。相对应，文学转入话本、词曲、小说等庶民文化形态，诗歌的贵族血脉戛然而止，再未赓续。杜甫便生活于贵族末世，天下将乱，他内心哀感杂兴，无不是对那个时代即将消隐的心理反应。随那一时代的结束，中国社会再无贵族，再无杜甫，亦再无唐诗。当后人意识到那令人无比留恋的贵族社会再无可能重来时，杜甫就变得弥足珍贵，历代读杜不息，不仅是对诗人所处时代的祭奠与追忆，更是对诗人那颗贵族心灵的确认，对汉民族最优秀成分的确认。

问：你定位的末代贵族诗人，与我从文学史料获取的现实主义和人民性诗歌精神的诗人认知不同。

答：要认识杜甫，当还原其家族在贵族时代的社会地位。首先，我不认同以西方历史形态比附划分我国历史，中国社会历史实际就是两段，唐以前为贵族主宰的社会；唐以后为平民掌控的社会。其次，我认为古代中国一直是贵族与平民二元社会，从未改变。双方井水不犯河水，"二元两段结构"便是古代社会的历史构成。所谓贵族，亦不能简单判为剥削者，贵族实际是汉民族中的良族，他们一直掌控社会，直到唐代退出历史舞台。以后进入平民社会，直至今天。杜甫就处在贵族式微、庶族崛起的历史乾坤大挪移的坐标点上。所以不能简单用阶级分析的观点去认识杜甫，也不能简单定位他就是人民诗人。他内心更多的是一位末世贵族对传统的遵守，和贵族即将退出历史舞台的痛苦挣扎。历史将变，他已预知，其内心忧烦如乱世孔子。

自商周构建的社会就是贵族与平民二元结构的"贵族本位"社会，这种早期社会阶层体系，评价个人地位以学识为量，贵族掌握知识特权，地位即高。社会以学识为尚，即使乱世，孔子仍有弟子三千、七十二贤人。二元等级社会里，那些知识世家在"学而优则仕"的导向下，确保了他们处于社会上层，并固化为以血缘和知识递相传承的传统。杜甫便出身传统贵族世家，其内心更是认可儒家社会构建的传统体系。他是杜预十三世孙。杜预是太傅司马懿之婿，灭吴统一战争的指挥者。他博学多通，文武双全，《晋书》"号曰杜武库"，有《春秋左氏传集解》《春秋释例》等著述，由此奠定杜家的社会地位。隋唐结束南北分裂，实为汉民族的一次统一行为，抵制长期以来从未间断的外族入侵的壮举，虽不能阻遏胡汉通婚的民族融合大势，却再次奠定了贵族的主宰地位。杜甫曾祖杜依艺河南巩县令（今巩义市），父亲杜闲奉天令（陕西乾县），祖父杜审言文采非凡，"修文于中宗之朝，高视于藏书之府，天下学士到如今而师之"。杜甫的贵族情怀正来自家庭传统，奉儒守官，成了诗人一生的追求。

初唐科举虽立，受九品中正传统的影响，仍重门第血脉，尤以奠立隋唐基业的北方关陇集团为主。至武则天时期科举成为重要国策，大力延揽庶族以缓解贵族对社会的控制。开放考试，吸纳南方寒族进入政权，逐渐瓦解传递有序的门荫制。杜甫正处于这一固有的重门第、重礼制等级的贵族传统开始松动的阶段，杜家之没落，《进雕赋表》中尤可见到，"臣之近代陵夷，公侯之贵磨灭，鼎铭之勋不复炤耀于明时"，对他而言，荣光家世正衰落，非凡才能不被见用，冲击不可谓不大，内心苦忧不可谓不重，他得靠个人努力重振家声。这种社会激变和失序，在他去世后，还传导至中晚唐牛李党争，持续半个世纪，它实为贵族与庶族对社会掌控之争，直到平民彻底葬送贵族社会，进入五代乱世。贵族式微，除科举改变社会结构外，先秦以来外族入侵从未间断，虽有汉武帝抗击匈奴的壮举，仍不改外族汹汹来势，这极大地改变了汉民族社会的构成，通婚使得原有的贵族、平民简单二元社会变得复杂。鲜卑色彩浓郁的唐王朝又爆发安史之乱，诸多因素作用，贵族失去了对社会的掌控权，再加新旧势力内斗，争诈繁起，社会越加失序。杜甫便生活在世道浇暮、传统损毁、贵族即将退位的前夕。所以他是历史上最后的贵族诗人。

传统文化中汉民族有两股精神，一是汉武帝奋起的"神武"精神，一是传统贵族的儒家精神，两种精神不仅促成唐前半期的繁荣强盛，还汇合于杜甫身上，使他文武兼备，既能忠勇勤王，又具家国情怀。《进三大礼赋表》说"漱吮甘液，游泳和气，声韵寖广，卷轴斯存，抑亦古诗之流，希乎述者之意"。他自认成长于开元盛世，家庭泽被皇恩，自己禀赋出众，所作声壮韵广，尊崇古义，这正是他内心秉持的贵族情怀。通过考第后，《奉留赠集贤院崔于二学士》"儒术诚难起，家声庶已存。故山多药物，胜概忆桃源。欲整还乡斾，长怀禁掖垣"。从中可见，受"儒学传家"影响，他特别重视为官，以实现理想抱负。"故山多药物，胜概忆桃源"，他既有家传济世之方，又心存理想。开元二十九年（741）寒食作《祭远祖当阳君文》，刻石树碑，"论次昭穆，载扬显号"。又如《奉赠韦左丞丈二十二韵》：

> 甫昔少年日，早充观国宾。读书破万卷，下笔如有神。赋料扬雄敌，诗看子建亲。李邕求识面，王翰愿卜邻。自谓颇挺出，立登要路津。致君尧舜上，再使风俗淳。

诗中说自己出身不凡，读书作诗，直比扬雄曹植。表面看是自负，其实是心中由贵族情怀积淀的傲骨。"致君尧舜上，再使风俗淳"，便是杜家传承的济世情怀。"尧舜"，古代社会杰出人君，代指诗人想要建立太平世道；"风俗淳"，乃远古淳朴风俗传统。这些内容正是一位儒者的古典情怀。诗人处于科举制改变传统社会时期，这种刺痛，击中他的内心。盛唐以后贵族没落情绪弥漫，科举改俗迁风，又加速底层士人进入上层社会，其素质良莠不齐，拉低了社会品格。安史之乱后，世家大族遭受沉重打击，与前期社会截然不同，之前是贵族主宰的社会，之后为平民蜂起的乱世。中唐晚末，宦官专权，藩镇割据，牛李党争，黄巢反唐，西域失陷，内外交困，可以说唐王朝已不再是李家的。对于这一世道，杜甫在天下将乱时已预见。

问：确与文学史说法不同。他"致君尧舜上，再使风俗淳"的为官生涯如何？

答：杜甫一生为官经历曲折，三次科举，六次授官，一次外放，一次罢免流放。他百折不挠，贡举初试，应诏就选，投诗干谒，献赋制举，饱尝理想与现实矛盾的摧折，"主上顷见征，欻然欲求伸。青冥却垂翅，蹭蹬无纵鳞"，虽如此，仍笃定信念。授官后，犯颜抗谏，与肃宗矛盾尖锐，为官之路荆棘丛生，这一切，无疑对他的生活、思想和创作影响巨大。

杜甫为官生涯，要从献礼说起。

天宝九载（750）冬朝廷宣布，明年将举行三大祭祀，《旧唐书·玄宗本纪》"十载春正月乙酉朔。壬辰朝献太清宫。癸巳朝飨太庙。甲午有事于南郊合祭天地"。杜甫闻之，于天宝九载冬进献三大礼赋，《进三大礼赋表》。

> 臣谨稽首，投延恩匦，献纳上表。进明主《朝献太清宫》《朝享太庙》《有事于南郊》等三赋以闻。

帝王祭祀是非常重要的政治活动，《左传·成公十三年》"国之大事，在祀与戎"。天子主祭更是明礼制彰九鼎的特权。《史记·礼书》"上事天，下事地，尊先祖而隆君师，是礼之三本也"，贵族都要参与，极显隆盛。以杜甫门第看，他参加了大典，还积极献礼，可知在长安他并非"到处潜悲辛"。他在《祭远祖当阳君文》中说"不敢忘本，不敢违仁"，作为贵族他对举行祭献古礼十分赞同，《朝献太清宫赋》"冬十有一月，天子既纳处士之议，承汉继周，革弊用古，勒崇扬休。明年孟陬，将摅大礼以相籍，越彝伦而莫俦"。据《旧书》本纪，天宝九载冬十一月，玄宗改革祭献礼制，宣告天下，杜甫得到消息即献三赋。

这次献礼，他受到皇帝接见，"献纳纡皇眷，中间谒紫宸"，此即《新唐书》"帝奇之，使待制集贤院"，等候制举，接受中书门下考选。他献赋在天宝九载。所谓献礼，要在仪式之前，并非今人说的大典结束后天宝十载献赋。到天宝十载（751）祭礼结束，即行试文。

献"大礼赋"是诗人一生引以为荣的事。永泰元年（765）春，他以军功受到代宗征召。此次征召，在他内心如当年献赋受到玄宗召见一样的分量。至今学术界无人悟出，他一生有两大骄傲。一是"文"，献赋入朝为率府参军；一是"武"，凭军功返朝被授工部员外郎。因此在成都军幕作下《莫相疑行》，忆及当年献赋试文的情景。

> 忆献三赋蓬莱宫，自怪一日声烜赫。
> 集贤学士如堵墙，观我落笔中书堂。

献赋及第后，守选三年，正好到天宝十三载，吏部诠选，为防万一，作《奉赠鲜于京兆二十韵》，希望京兆尹鲜于仲通汲引，"交合丹青地，恩倾雨露辰。有儒愁饿死，早晚报平津"。夏末作下《赠陈二补阙》《赠献纳使起居田舍人澄》，托请他们呈献自己投匦的赋文，并附《进封西岳赋表》"顷岁，国家有事于郊庙，幸得奏赋。待制于集贤，委学官试文章，再降恩泽，乃猥以臣名实相副，送隶有司，参列选序"。从中可知，天宝十载制举他取得"上书及第"，递送吏部，须守选三年才能授官。故及第后他在《奉留赠集贤院崔于二学士》中说"儒术诚难起""谬称三赋在，难述二公恩"。从天宝十载主管集贤院的宰相主试及第，到十三载正好参加吏部十月冬集诠选，为受重视，他又给玄宗上《封西岳赋》，故得官当在天宝十三载冬。

等待授官期间，是增进社会了解的过程，他登第后，于秋天作下《同诸公登慈恩寺塔》。

> 高标跨苍穹，烈风无时休。
> 自非旷士怀，登兹翻百忧。
> 方知象教力，足可追冥搜。

仰穿龙蛇窟,始出枝撑幽。
七星在北户,河汉声西流。
羲和鞭白日,少昊行清秋。
秦山忽破碎,泾渭不可求。
俯视但一气,焉能辨皇州。
回首叫虞舜,苍梧云正愁。
惜哉瑶池饮,日晏昆仑丘。
黄鹄去不息,哀鸣何所投?
君看随阳雁,各有稻粱谋。

  慈恩塔是新第者题名地。秋天高适、岑参、薛据、储光羲陪他登长安东南慈恩寺塔赋诗抒怀,各人诗境都不相同,杜诗落在"忧"上。"俯视但一气,焉能辨皇州。回首叫虞舜,苍梧正晕愁。惜哉瑶池饮,日晏昆仑丘。"既然登塔如登天,自然可遥望虞舜南狩的苍梧,也可望见西王母宴乐的瑶池。但虞舜崩殂的苍梧一片愁云,周穆王饮乐的瑶池不分晨昏。两个隐喻均是上古神话,诗人看见两种世道。一是理想的圣贤世道;一是肆意淫乐的乱世,是杜甫对天宝以来社会失序的描画。在慈恩塔可以感觉到一个末世贵族的精神痛苦。对历史神话的沉思,对现实中贵族时代即将逝去的哀伤,对圣贤社会的追忆,他像李白的诗那样将人带入神话世界,但他不是"旷士",他就如孔子,观察世道,品评时事,自有标准,所用典故自然让人联想到初唐以来人人奋起的时代。诗人呼唤南巡的虞舜,不正是呼唤那渐次消逝的励精图治的开元盛世吗?那个迷恋西王母的穆天子,不也让人联想到天宝中声色犬马的玄宗吗?

  他是含蓄诗人,"黄鹄去不息,哀鸣何所投",黄鹄飞不休,哀鸣着投奔何处?"黄鹄",一飞千里的贤士。《韩诗外传》"夫黄鹄一举千里，止君园池，啄君稻粱，君犹贵之，以其从来远也。故臣将去君，黄鹄举矣"。不知奔往何处的黄鹄，正是对这一社会失去归属感的贵族象征。与之对比的是那些"随阳雁"，各怀自己的稻粱谋。显然讥讽为个人私利经营的所谓"人才"，包含了诗人对开国以来大兴科举的不满，大批底层士人进入上层社会，改变传统社会结构，令他忧愤。他对世道将变的敏感，通过用典点到为止，但弦外之音已然隐约显露出一位末世贵族赤胆忠肝、济拔颠危、挽救社会的意志。

天宝十三载（754）十月守选期满，授河西尉。河西县属同州（陕西渭南），为春秋时期游牧部落"大荔戎"进入洛水建立的戎国之地。诗人不愿去，不合观念，故未像一般考选出来的寒士那样去就职。再改右卫率府兵曹参军，《官定后戏赠》自注"时免河西尉，为右卫率府兵曹"。《新唐书》本传"胄曹参军"，误。

右卫率府兵曹，东宫属官，官阶不高，诗人并不嫌弃，毕竟王城之地。其内心官职要与家族门第匹配。《官定后戏赠》"不作河西尉，凄凉为折腰。老夫怕趋走，率府且逍遥"。三年守选，谈论了很多沉重话题之后，终于轻松下来，"耽酒须微禄，狂歌托圣朝。故山归兴尽，回首向风飙"。今人说此诗是无奈自嘲，我看到的是诗人的由衷欣慰，《围炉诗话》"略不见有介意处，胸次如何"。

在此我要订正一下，诗人天宝十载（751）春试及第，不是学者说的十一载（752）；他十三载（754）授官，不是学者认为的十四载（755）十月；得到右卫率府参军任命后，也非人们认为的立即赴奉先探亲，他在右卫率府任职一年，有十一首诗可证。

十四载十一月他离京赴奉先（陕西蒲城）探家。恰逢安禄山幽州起兵叛乱，但长安尚未知觉，《旧书》本纪"冬十月壬辰，幸华清宫"，玄宗还在华清宫享乐。诗人经骊山，积压于胸的危机意识和天下将乱的预感，由路途景象触发，遂写下《自京赴奉先县咏怀五百字》。

> 杜陵有布衣，老大意转拙。许身一何愚，窃比稷与契。居然成濩落，白首甘契阔。盖棺事则已，此志常觊豁。

做了一年官员，社会责任感提高。他以"稷契"自比理想抱负，却出以自嘲越老越拙的口气，可见他对社会现状的不满。

> 凌晨过骊山，御榻在嵽嵲。蚩尤塞寒空，蹴蹋崖谷滑。瑶池气郁律，羽林相摩戛。君臣留欢娱，乐动殷樛嶱。赐浴皆长缨，与宴非短褐。彤庭所分帛，本自寒女出。鞭挞其夫家，聚敛贡城阙。圣人筐篚恩，实欲邦国活。臣如忽至理，君岂弃此物。多士盈朝廷，仁者宜战栗。况闻内金盘，尽在卫霍室。中堂舞神仙，烟雾蒙玉质。煖客貂鼠裘，悲管逐清瑟。劝客驼蹄羹，霜橙压香橘。朱门酒肉臭，路有冻死骨。荣枯咫尺异，惆怅难再述。

诗中蕴含孟子"与民同乐"的思想，墙内墙外鲜明对比，一墙之隔，天壤之别。这是一位贵族对不仁社会的批判。社会对立触目惊心，诗人深深忧惧。在守持贵族古老传统的同时，他又以济世情怀关心生民，强调进贡的绢帛是官府以鞭挞手段强行索取的，一针见血地指出上层统治者的享乐建筑于掠夺底层民众基础上。作为贵族，他内心有良贱之分、等级意识，但又反对剥削，这是自孔子就有的观念，既不能犯上作乱，亦不能以强凌弱。在他笔下既有对"随阳雁""谋稻粱"的谴责，又有对"朱门酒肉臭，路有冻死骨"的忧虑。

这是诗人第一次授官，在率府兵曹任职一年。

问：他的儒家情怀、贵族精神在授官后集中爆发。第二段为官经历呢？

答：第二段是在肃宗身边任左拾遗，为自身坚守的价值观奋力抗争。天宝十四载（755）十一月安禄山叛乱，十二月陷东都，长安震恐。天宝十五载（756）六月九日哥舒翰失潼关，长安危殆；十二日凌晨玄宗秘密离京入蜀避难，马嵬兵变，太子北上；七月十三日，李亨在玄宗不知情下灵武（宁夏灵武）即位；八月，杜甫在鄜州，得悉肃宗消息，贵族的忠勇情怀及东宫职守使他即刻只身北上，行经延州，被叛军俘获，解送长安。

至德二载（757）四月再次冒险，从沦陷的长安脱逃，归凤翔行在，"麻鞋见天子"。他勤王的忠勇举动与长安变节官员相比，尤显英雄本色，得到肃宗怜爱。同年五月，授左拾遗。拾遗，据《唐六典·门下省》"皇朝所置。言国家有遗事，拾而论之，故以名官焉"。虽从八品之阶，却是皇帝近臣，与补阙（从七品）一起"掌供奉讽谏，扈从乘舆。凡发令举事有不便于时，不合于道，大则廷议，小则上封。若贤良之遗滞于下，忠孝之不闻于上，则条其事状而荐言之"。《述怀》"涕泪受拾遗，流离主恩厚"，对谏臣之职感激涕零。从至德二载五月授左拾遗到乾元元年（758）六月罢职，约一年时间。

诗人授左拾遗，即为房琯罢相犯颜直抗。肃宗震怒，诏三司杂问。据《旧唐书》本传。

>房琯布衣时与甫善，时琯为宰相，请自帅师讨贼，帝许之。其年（至德元载）十月，琯兵败于陈涛斜。明年（至德二载）春，琯罢相。甫上疏言琯有才，不宜罢免。肃宗怒，贬琯为刺史，出甫为华州司功参军。

关于"布衣交"，古今皆被忽略。这一重要细节关乎杜甫为何冒死疏救的大问题，并影响诗人仕途和跌宕坎坷的后半生，却无人探究。下面我就做一考证。房琯是武则天时期的宰相房融之子，房融与杜审言同僚，又都附从张易之兄弟，被流放岭南。共同遭遇使房、杜两家关系非同一般。房琯年长十五岁，与杜甫同属洛阳旧贵族，又是同乡，都住陆浑山，关系自然亲密。二人走的道路完全一样，或者说杜甫走了与房琯同样的为官之路。房琯早年受门荫成为弘文馆生，弘文馆生员皆选皇亲贵戚及高级京官子弟。开元十二年（724）玄宗泰山封禅，房琯进《封禅书》，受张说举荐开始为官生涯；天宝九载杜甫也效仿他，从献赋开启为官生涯。两人交情反映在三首诗中。房琯早在开元十二年（724）开启仕途，杜甫游历吴越，房琯正为睦州（杭州建德）司户参军，《房兵曹胡马诗》很可能便是写给"布衣交"的房琯；上元元年（760）房琯被贬为汉州（四川广汉）刺史，杜甫流放蜀中，作《得房公池鹅》"凤凰池上应回首，为报笼随王右军"，写两人在朝时的亲密关系及房琯对他疏救的感谢报答；广德二年（764）杜甫在阆州作《别房太尉墓》。所以杜甫授左拾遗必然疏救房琯，并非迂腐，是贵族情怀，对同为名门出身的房琯的同情，是见朝中大臣受排挤而不甘，同时也是捍卫价值观的壮举。他在秦州有春秋笔法的杂诗为房琯鸣不平，"唐尧真自圣，野老复何知"刺肃宗打击旧臣，"为报鸳行旧，鹓鹓在一枝"叹自己因疏救房琯而被放逐的经历。早在至德元载十月身陷长安，便为房琯陈陶兵败，作《悲陈陶》。

> 孟冬十郡良家子，血作陈陶泽中水。
> 野旷天清无战声，四万义军同日死。
> 群胡归来血洗箭，仍唱夷歌饮都市。
> 都人回面向北啼，日夜更望官军至。

诗没有记录大战的经过，只写结果，陈陶泽血流成河，天空死寂，旷野布满四万义军尸体。"同日死"，令他摧肝裂胆、痛彻心扉。所以《悲陈陶》就是"悲房琯"。而没有人性的群胡以血洗箭，狂歌滥饮，诗人此时困于长安，目睹都人（贵族）掩面悲啼的情状，内心震撼。诗不仅对时局关注，更为"十郡良家子"英勇牺牲痛惜。诗人身不在战场，作为世家子弟，心在战场。《悲青坂》"焉得附书与我军，忍待明年莫仓卒"，然而宦官监军督战，王师再败。

房琯罢相，杜甫以左拾遗职责，进言劝谏，本是忠君表现，却招来三司会审之祸，几至被戮。《唐六典·门下省》给事中条"凡国之大狱，三司详决"。《通典·职官六·御史台》"其事有大者，则诏下尚书刑部、御史台、大理寺同按之，亦谓此为三司推事"。《唐六典·御史台》"御史大夫之职，掌邦国刑宪典章之政令，以肃正朝列""若有制，使覆囚徒，则刑部尚书参择之"。是知，"诏三司杂问"是皇帝下制，刑部、御史台、大理寺会同审判，是唐代最高司法刑审。《册府元龟·宪官部十一·谴让》"韦陟，肃宗至德中为御史大夫，时左拾遗杜甫上表论'房琯有大臣度，真宰相器，圣朝不容'，词旨迂诞，帝令崔光远与陟及刑部尚书颜真卿同讯之"。

杜甫至德二载六月作《奉谢口敕放三司杂问状》。

> 右臣甫，智识浅昧，向所论事，涉近激讦，违忤圣旨，既下有司，具已举劾，甘从自弃，就戮为幸。今日巳时，中书侍郎平章事张镐，奉宣口敕，宜放推问，知臣愚戆，赦臣万死，曲居恩造，再赐骸骨。……陛下贷以仁慈，怜其恳到，不书狂狷之罪，复解网罗之急，是古之深容直臣，劝勉来者之意。天下幸甚，天下幸甚！岂小臣独蒙全躯就列，待罪而已。无任先惧后喜之至，谨诣阁门，进状奉谢以闻。

由是知，杜甫为房琯，也为自己的价值观，对肆意妄为的人主，做了玉石俱焚的抗争，以一己之力向迫害上皇旧臣的肃宗宣战。紧张情形从"就戮为幸""再赐骸骨"可鉴知。如广德元年（763）九月作《祭故相国清河房公文》"君何不闻，刑欲加矣"；乾元二年（759）作《寄岳州贾司马六丈巴州严八使君两阁老五十韵》"禁掖朋从

· 373 ·

改,微班性命全。青蒲甘受戮,白发竟谁怜"。"刑欲加""甘受戮"均可见当时君臣关系之危,且知肃宗下了杀心。

至德二载八月,凡保护杜甫的,肃宗皆疏之。张镐以平章事兼河南节度使;罢韦陟御史大夫,改吏部尚书。同年八月一日,墨制放归杜甫省家,省家实为驱逐借口,故意不让工作。在鄜州作《北征》吐诉心曲。

顾渐恩私被,诏许归蓬荜。拜辞诣阙下,怵惕久未出。虽乏谏诤姿,恐君有遗失。

身为左拾遗,履行职责却被还家。"怵惕久未出",恐惧肃宗恣意施行墨制,凌驾中书门下制度,对肃宗斥贤拒谏,委婉地提出严肃的批评。

靡靡逾阡陌,人烟眇萧瑟。所遇多被伤,呻吟更流血。回首凤翔县,旌旗晚明灭。前登寒山重,屡得饮马窟。邠郊入地底,泾水中荡潏。猛虎立我前,苍崖吼时裂。菊垂今秋花,石戴古车辙。青云动高兴,幽事亦可悦。山果多琐细,罗生杂橡栗。或红如丹砂,或黑如点漆。雨露之所濡,甘苦齐结实。

北征之路山川地貌变化、景色好恶不齐,从中我们看见一位背负沉重精神负担、跋涉寒山荒谷的斗士形象。诗人心情随景色不断变化。一路走来,耳听伤者呻吟,目睹人烟萧条。但在可怖的山崖后,忽然转出一片山野秋色,"菊垂今秋花""甘苦齐结实",心情顿然解开。是暗示诗人恐怖的经历吗?是相信天清云淡山花烂漫终有时吗?我想是的。虽然人间在流血,大自然却自有其节律,灿烂山菊花,如丹砂黑漆的山果,在雨露滋润下,益发繁茂。这些细小顽强的生命深深打动着诗人,鼓舞他,疗治他悲怆的心灵。诗人擅长将内心的跌宕起伏藏于景,"青云动高兴,幽事亦可悦"。

  胡命其能久，皇纲未宜绝。忆昔狼狈初，事与古先别。奸臣竟菹醢，同恶随荡析。不闻夏殷衰，中自诛褒妲。周汉获再兴，宣光果明哲。桓桓陈将军，仗钺奋忠烈。微尔人尽非，于今国犹活。凄凉大同殿，寂寞白兽闼。都人望翠华，佳气向金阙。园陵固有神，扫洒数不缺。煌煌太宗业，树立甚宏达。

"胡命其能久，皇纲未宜绝"，乐观指出唐祚未绝，宗庙仍在，中兴可待，表达了一个贵族战士坚信"煌煌太宗业，树立甚宏达"的信念。

虽名义探家，但他未尝稍有赋闲懈怠，时刻关注剿寇形势。《喜闻官军已临贼境二十韵》"胡虏潜京县，官军拥贼壕。鼎鱼犹假息，穴蚁欲何逃。帐殿罗玄冕，辕门照白袍。秦山当警跸，汉苑入旌旄。路失羊肠险，云横雉尾高"。战争势转，王师兵临城下，势在必克，"穴蚁之辈"无处可逃。天子仪仗雉扇像天一样高，祥云浮在上面。胜利日"家家卖钗钏，只待献春醪"迎接王师归来。《唐宋诗醇》"壮浪豪迈，写得'喜'字意出，可作讨贼檄文，亦可作报捷露布"。

果如诗人所料，不出两月，至德二载（757）九月光复长安，获悉后写《收京三首》，其二"生意甘衰白，天涯正寂寥。忽闻哀痛诏，又下圣明朝。羽翼怀商老，文思忆帝尧。叨逢罪己日，沾洒望青霄"。喜悦中透出忧思，诗人经历凤翔之难，已知肃宗为人，担忧未来朝廷纷争失序。钱谦益《钱注杜诗》"收京时，上皇在蜀，诰定行日，肃宗汲汲御丹凤楼下制。故曰'忽闻哀痛诏，又下圣明朝'。灵武诸臣争夸拥立之功，至有蜀郡、灵武功臣之目，故以商老羽翼刺之。明皇内禅，故目之曰帝尧。肃宗已即大位，而用商老故事，则仍以东朝目之也"。对玄肃二帝关系的思虑，虽墨制在家，仍不失臣子之义。是年十一月他回到长安，仍任左拾遗。

问：再回长安，看来君臣关系尚未彻底破裂。

答：回到长安，诗人兢兢业业，恪尽职守，曾参加早朝唱和活动，有多首描写工作的诗，如《宣政殿退朝晚出左掖》等。其中《春宿左省》"花隐掖垣暮，啾啾栖鸟过。星临万户动，月傍九霄多。不寝听金钥，因风想玉珂。明朝有封事，数问夜如何"，这是乾元元年（758）春他门下省值宿情景。墙边春花隐没暮色，偶有栖鸟飞过。宫中千门万户闭锁，星星在空中闪烁，上弦月已在九霄，而值夜的诗人长夜难眠，等待开宫门的钥匙。风吹动檐下的风铃，仿佛百官上朝时玉珂响动。明早要上封事，屡次询问夜到几更。封事只是为小事谏言，诗人都如此重视，可见平时对职务的认真态度。

乾元元年暮春在谏院，他还写有《逼仄行赠毕曜》。

> 逼仄何逼仄，我居巷南子巷北。可恨邻里间，十日不一见颜色。自从官马送还官，行路难行涩如棘。我贫无乘非无足，昔者相过今不得。实不是，爱微躯。又非关，足无力。徒步翻愁官长怒，此心炯炯君应识。晓来急雨春风颠，睡美不闻钟鼓传。东家蹇驴许借我，泥滑不敢骑朝天。已令请急会通籍，男儿信命绝可怜。焉能终日心拳拳，忆君诵诗神凛然。辛夷始花亦已落，况我与子非壮年。街头酒价常苦贵，方外酒徒稀醉眠。速宜相就饮一斗，恰有三百青铜钱。

感叹战后社会普遍困难，与邻居毕曜不能时常相见，"逼仄何逼仄，我居巷南子巷北。可恨邻里间，十日不一见颜色"。至德二载二月肃宗在凤翔，准备收京，征调马匹作战，所以诗人说，不是我不想看你，是没有车马，"况我与子非壮年"，担心泥滑跌伤。生活异常艰难，"焉能终日心拳拳"，不如"相就饮一斗"，显示了诗人在长安的交游及对朋友的忠厚情怀。

这是第二段为官经历，也是一年。

问：第三段就是出贬华州司功参军了吧？

答：是的。到乾元元年六月，终因房琯案被肃宗逐出朝廷。是年被清洗的还有中书舍人贾至（出汝州）、宰相张镐（出荆州）、太子少师房琯（出邠州）、国子监祭酒刘秩（出阆州）、京兆少尹严武（出巴州）、吏部侍郎韦陟（出绛州）。《至德二载甫自京金光门出间道归凤翔乾元初从左拾遗移华州掾与亲故别因出此门有悲往事》。

> 此道昔归顺，西郊胡正繁。
> 至今残破胆，应有未招魂。
> 近侍归京邑，移官岂至尊。
> 无才日衰老，驻马望千门。

此诗正作于离京赴华州之时，自此诗人再未回来。诗回顾昔年奔窜，伤今日驱逐，抚今追昔，感慨万千。"近侍归京邑，移官岂至尊"，去拾遗出华州，不敢归怨于君，悲怆于言外。

华州上辅之地，司功参军为相当于大都督府功曹参军，正七品下。左拾遗，从八品上。由从八品上调为正七品下，表面看不是贬谪，但京官外放，且左拾遗为敕授官，司功参军为旨授官，敕授官由中书门下除授，旨授官归吏部铨选。由敕授官调为旨授官，其中玄奥明升暗降。

杜甫被逐一事，两《唐书》均有记载。《旧书》本传：

> 出甫为华州司功参军。时关畿乱离，谷食踊贵，甫寓居成州同谷县，自负薪采梠，儿女饿殍者数人。

《新书》本传：

> 出为华州司功参军。关辅饥，辄弃官去。客秦州，负薪采橡

粟自给。

以上记载颇简略，必有隐情未记。《旧书》"出华州"后直接跳至"寓居成州同谷县"，记录不连贯。《新书》则加了一句"弃官去"。

问：这是杜甫人生最大的关节处，史书为何不清不楚？"弃官说"乃言杜甫主动，实情如何？

答：我推测来自高层压力，肃宗进一步追罚他。华州司功参军，在任仅一年，乾元二年（759）立秋日，无任何先兆，突然"弃官"西走秦州。这是宋人之说，殊不合诗人赤子之心和忠谨为人。经我查考，最早提出"弃官说"的是北宋王洙，他在宝元二年（1039）编纂《杜工部集·前记》中所言如下。

> 出甫为华州司功。属关辅饥乱，弃官之秦州。又居成州同谷，自负薪采梠，儲糒不给。

"避乱""逃荒""弃官"之说误导千年，至今未能动摇。《杜工部集·前记》这段话改自《旧唐书》。《旧书》只说"关畿乱离，谷食踊贵，甫寓居成州同谷县"，没有"弃官"二字。王洙加了一句"弃官之秦州"，从此便成"弃官逃荒"定说。

问：这太关键了，必须澄清。

答：是的。"弃官说"是宋人臆造，强加于杜，找不到丝毫旁证材料。但学者就不假思索地相信了，还煞有介事地探求其"弃官"原因。归纳起来，有三种。一是关辅饥乱逃荒。源自《杜工部集·记》《新唐书》，后世多承其说。二是政治绝望。萧涤非《杜甫研究》主此说，杜甫因对当时的政治和统治者感到"不可救药"而弃官。如《送樊二十三侍御赴汉中判官》"恨无匡复姿，聊欲从此逝"。邓小军《杜甫疏救房琯墨制放归鄜州考》也说"杜甫以廷争、弃官、不赴诏，回应唐室政治无道"。三是房琯同党。主此说者很多,冯至《杜甫传》说,肃宗灵武即位后,以李辅国为首拥戴肃宗的官僚集团,一方面挑拨肃宗和玄宗感情,加深父子矛盾;一方面攻击玄宗旧臣,制造激烈党争。房琯是玄宗旧臣,又一度被肃宗信任,更成为这个集团攻击的目标,故此他在凤翔、长安一再遭受打击。杜甫属琯党,随房琯失败,他在政治上也丧失了出路。他"弃官"虽然是主动的,但也存在着不得已的苦衷。

以上三说,均建立在认同"主动弃官说"基础上。学术界从未质疑始于宋代的"弃官说",若"弃官"是宋人无中生有,岂非三种论调都站不住脚?其实诗人倒是说了"罢官亦由人",为何后人视而不见?"罢官"才是实情,自然上面三种原因皆是一厢情愿,不值一驳。真相就一句话,肃宗追罚,华州罢官,流放陇蜀。所以君臣关系破裂遭到罢官,才无损一位贵族诗人光明磊落的行为。"弃官"于子美中伤已如此,以"逃荒"阴损诗人人格的曲解尤不可忍。

纵观他前半生,虽出身名门,在科举改变社会及阶层划分变化的现实下,官职得来相当不易。困守科举十六载,是对其贵族人格的摧残,"朝扣富儿门,暮随肥马尘。残杯与冷炙,到处潜悲辛"。在那一现实下,他要重振家风,光耀门楣,后来好不容易获得官职,又冒死北上灵武,奔赴凤翔勤王,授左拾遗。虽好景不长,出华州,但唐代贬谪是常事,谁没有被贬过?故他绝不会轻易"弃官"出走,与他"葵藿倾太阳,物性固莫夺"的儒家本性不合。

"罢官"与君臣关系有关。他冒死奔赴行在,投奔肃宗,"麻鞋见天子,衣袖露两肘",肃宗相当器重,毕竟杜甫出自东宫,是他的人,授左拾遗,留在身边。君臣生隙因房琯事件。此事经张镐、韦陟调停免死,但肃宗怀恨在心,秋后算账。在华州任上,他作《洗兵马》。

鹤禁通宵凤辇备,鸡鸣问寝龙楼晓。攀龙附凤势莫当,天下尽化为侯王。汝等岂知蒙帝力，时来不得夸身强。关中既留萧丞相，幕下复用张子房。

诗直刺肃宗不孝，上皇归来，看起来父子和睦如初，"鹤禁通宵凤辇备，鸡鸣问寝龙楼晓"，实际并非如此。玄宗自蜀还，一到凤翔便被下马威，收缴随驾甲兵，以三千精骑迎还，名为保驾，实是软禁。一系列事件，杜甫看在眼里，也看清了肃宗用人的心思，皆是灵武勋臣，"攀龙附凤势莫当，天下尽化为侯王"。与这批飞扬跋扈的新贵对比，他认为房琯被人谮害，并非浮薄之臣，还赞扬了被贬逐出朝的国之重臣张镐匡扶社稷、运筹帷幄的功绩。钱谦益《读杜二笺》云"《洗兵马》，刺肃宗也。刺其不尽子道，且不能信任父之贤臣，以致太平也"，说到了问题的关键，肃宗并非仁孝之君，"不孝"可能引发对宗法政权合法性的质疑，这是肃宗惧怕的，是其不能谅宥杜甫之核心原因。《洗兵马》直刺肃宗，显露昏君逆状，语气峭刻。"安得壮士挽天河"，由于诗人死不悔改，引发肃宗更强烈的打击报复——罢官流放。故"弃官说"不是真相！

这是第三段为官生涯，亦是一年。

问：第三次为官结束，君臣关系彻底破裂。我看《旧书·杜甫传》说"久之，召补京兆府功曹"，是第四次授官吧？

答：罢官后，流放秦州，没有俸禄，"负薪采橡栗自给"，居不逾月，再流成都，或为肃宗再度相逼，不允其留居长安近地。《旧书》"久之，召补京兆府功曹"，何时？肃宗在世断无可能将其召回，只能在代宗即位后方有可能。当联系举荐人严武看。至德初（756）肃宗挥师凤翔，严武杖节赴行在，房琯荐为给事中。收京，严武为京兆少尹。此时杜甫左拾遗，严武不可能再举荐"京兆府功曹"。乾元元年（758）严武出巴州刺史，迁东川节度使，此后一直在巴蜀，亦无条件举荐杜甫京兆功曹。上元二年（761）十二月上皇诰剑南两川合为一道，严武为成都尹兼御史大夫，充剑南节度使。此时二人俱在成都，日日交往，形影不离。宝应元年（762）四月玄宗、肃宗相继驾崩，代宗即位，严武被召调还朝，是年七月杜甫送严武回京，正值剑南兵马使徐知道叛乱、扼守要害，严武阻绵州不能进；直到同年八月徐知道被李忠厚所杀，严武才离开绵州。杜甫送严武至奉济驿而别。此处又现疑问，他何不一道返京？我认为不是留恋蜀中，此时他的身份仍属流放官员，没有朝廷征召不能回去。所以送至梓州奉济驿别。这更加证明我的考证，诗人被流放华州。可惜学者无人关心这些重要细节！比如送走严武后，这年冬他在梓州浪迹，有《通泉驿南去通泉县十五里山水作》"伤时愧孔父，去国同王粲。我生苦飘零，所历有嗟叹"，这即是流放中的心情。在古代，赦免是传统政治最高决策者调适君臣矛盾标示宽容的政治智慧，它是新皇登基调整先君与民意冲突及与天下和解，标志新政气象，或旧君让位显示落幕恩典的政治操作手段，可肃宗至死也恩不及杜甫，这便是不能随严武还京的原因。可"流放之身"却鲜有人知。

宝应二年（763）正月严武代刘晏迁京兆尹兼御史大夫，方有机会推荐杜甫。唐代奏荐制，多在冬春进行，严武身为京兆尹，即举荐杜甫京兆功曹参军（正七品下）。所以《旧书》"久之，召补京兆府功曹"当在宝应二年（763）春夏。但广德元年（763）七月吐蕃内犯；十月寇京，代宗出奔陕州，长安沦陷；十二月才还京。一系列变故阻碍，使他无法赴职。

这便是《旧书》所云"久之，召补京兆府功曹"。我细加查考杜集，他广德元年（763）九月去阆州，便是应长安之召。但阻于吐蕃扰川及代宗出逃，他在阆州等了三月，如《阆州东楼筵奉送十一舅往青城县》"是时秋冬交，节往颜色昏""岂伊山川间，回首盗贼繁"，如

《王命》"汉北豺狼满，巴西道路难"，确实无法出川。《征夫》"官军未通蜀，吾道竟如何"，更点明诗人忧心如焚，急迫北上应召。别家三月后，因"女病妻忧"折返梓州。在梓州决定改道出蜀，有《将适吴楚留别章使君留后兼幕府诸公》"中原消息断，黄屋今安否。终作适荆蛮，安排用庄叟。随云拜东皇，挂席上南斗。有使即寄书，无使长回首"，颇为埋怨蜀道难，耽误他佳期，诗里已暗示绕道荆楚，北上应京兆府之召。与道家云游思想不同，他说的南斗，道教《度人经》"北斗注死，南斗注生"，实际上是隐喻寻求回朝廷的"生门"，而不是去吴越做道士，那不合其儒家价值观。学界对此诗误解极深。诗人此行研杜者都弄错了。广德元年年底他携家眷自梓州回阆州，有《岁暮》为证；为来年开春绕道荆南做准备，有《奉寄马巴州》，并讲明"难随乌翼一相过"，到南国不是做江湖游。诗尾借马巴州强调"知君未爱春湖色，兴在骊驹白玉珂"，既是寄语又是其心愿。这首诗才露了峥嵘，诗人还特意自注"时甫除京兆功曹在东川"，解诗当围绕此。所以出蜀不是云游是应召。

这是第四次授官，流放亦随之解除，因无法出川，未能履职。时间约为一年。

问：看来你的分析才准确。几本"杜甫传"此处几忽略甚至误解诗人。《新书》说"不至"，诗人主动不就；《旧书》阙载"召补"后内容，均是在诗人生平关节处该详未详，以致后人解诗附会诗人想做"江湖游"的谬论。《杜甫传》作者该感到汗颜。第五段为官生涯呢？

答：广德二年（764）年初，严武以黄门侍郎、郑国公复拜成都尹，充剑南节度使，平定西川番乱。情势又发生改变，推测严武确定再度镇蜀后，即为他请了新职。"京兆功曹"已翻页，改奏"节度参谋"，这是第五次授官。此时羁留阆州，绕道荆门赴长安应召计划显然已失去意义。至于今人说的一并奏请检校尚书工部员外郎，赐绯鱼袋，又是讹错，信口胡说。无功不受禄，那是在成都军幕随严武讨平川西吐蕃之乱后的请功，此是后话，按下不表。广德二年春他得到严武消息，不再下荆楚，这倒更证明他不是今人以为的赴吴越做道家"逍遥游"。他《奉待严大夫》已巧妙表达"一生襟抱向谁开"，只有严武明白他内心的念想。可见了解杜甫真是太难了，被曲解真相后的今天就更难了。所以是年二月在阆州写《渡江》"春江不可渡，二月已风涛"，多么坚决，不下荆楚了，有更壮丽的事业要他去完成。回成都路上心情甚好，"仆夫穿竹语，稚子入云呼"，看什么都顺眼，他还特意作《别房太尉墓》，归途他心心念念忍不住连续给严武写了五首诗致意。

回到成都诗人很喜悦，《春归》《归来》可证。《草堂》回叙西川寇乱情形，当初亦有"贼子且奔走，三年望东吴"的解困之想，但今随严武镇蜀平乱，他由衷高兴，"国家法令在，此又足惊吁"，自己还有这样为国效力的机会。请见诗人心情：

> 入门四松在，步屟万竹疏。
> 旧犬喜我归，低徊入衣裾。
> 邻舍喜我归，酤酒携胡芦。
> 大官喜我来，遣骑问所须。
> 城郭喜我来，宾客隘村墟。
> 天下尚未宁，健儿胜腐儒。
> 飘飘风尘际，何地置老夫。
> 于时见疣赘，骨髓幸未枯。
> 饮啄愧残生，食薇不敢余。

高兴得忘形。诗尾发出"于时见疣赘"，平乱战争中我是多余的人吗？所幸"骨髓幸未枯"，不做"饮啄愧残生"的潦倒之徒，更不做"食薇"的清士。《诗经》"采薇"时节正是将士出征之时，故诗人说

"不敢余",他要上战场上前线。今人说他无奈接受"节度参谋"是完全错误的,是不解杜甫,未认真读诗。他壮心不已,他知道建立功勋还朝对他的重要性。

做节度参谋后,他有《扬旗》,自注"二年夏六月,成都尹严公置酒公堂,观骑士试新旗帜",随严武阅军出征坐实了,"公来练猛士,欲夺天边城"。检阅仪式上诗人誓言"吾徒且加餐,休适蛮与荆"。他参与平乱,有《军中醉饮寄沈八刘叟》为证。他还深入前线,作《寄董卿嘉荣十韵》。

闻道君牙帐,防秋近赤霄。
下临千雪岭,却背五绳桥。
海内久戎服,京师今晏朝。
犬羊曾烂熳,宫阙尚萧条。
猛将宜尝胆,龙泉必在腰。
黄图遭污辱,月窟可焚烧。
会取干戈利,无令斥候骄。
居然双捕虏,自是一嫖姚。
落日思轻骑,高天忆射雕。
云台画形像,皆为扫氛妖。

《旧唐书·严武传》"广德二年,破吐蕃七万余众,拔当狗城。十月,取盐川城",杜甫都随附在侧。严武有《军城早秋》"昨夜秋风入汉关,朔云边月满西山。更催飞将追骄虏,莫遣沙场匹马还"。杜甫有《奉和严大夫〈军城早秋〉》。

秋风袅袅动高旌,玉帐分弓射虏营。
已收滴博云间戍,次取蓬婆雪外城。

所以在成都诗人是有军功的。整个广德二年诗人都参与了幕府工作，有《立秋日雨院中有作》为证，"穷途愧知己，暮齿借前筹"可知他的工作就是为严武筹划。"礼宽心有适，节爽病微瘳"，节帅以礼待人，诗人心情舒畅，秋高气爽，病情也有所好转。他还有《院中晚晴怀西郭茅舍》《宿府》等在川西前线值班时所作的诗。广德二年十月，取盐川城后，他才告假回到草堂，享受与家人团聚与自然亲和的生活。是年他迎来送往皆官员，甚至得到长安来的太子府张舍人相赠丝织床褥，可见他受皇室怜爱。战争结束，处于冬日休假状态，有《初冬》"日有习池醉，愁来梁甫吟"，很不习惯无聊生活，"干戈未偃息，出处遂何心"。完全不是今人认为的厌倦幕府生活，认真读杜诗即知。庆功宴后，作《陪郑公秋晚北池临眺》"摇落关山思，淹留战伐功。……何补参卿事，欢娱到薄躬"。此时严武已告知他报请朝廷奖励军功，即是不久后的检校尚书工部员外郎赐绯鱼袋。可惜今人读书粗疏，若是如今人不分先后，认为任节度参谋时一并已授，则是无功受禄，殊不合情理，且平叛胜利之前杜诗无只言片语提及此誉。说一下，今人研杜偷懒，以前人年谱读诗，万一前人错误，诗岂不读错？正确之法，读杜诗悟真意，还会发现别人年谱的讹错。

冬季休兵，他更不适应这种清闲生活，有《至后》吐诉心情。

冬至至后日初长，远在剑南思洛阳。
青袍白马有何意，金谷铜驼非故乡。
梅花欲开不自觉，棣萼一别永相望。
愁极本凭诗遣兴，诗成吟咏转凄凉。

诗中抱怨在幕中无所事事的享乐日子，再次生出思念长安的烦忧。诗含蓄表达了等待长安消息的急迫，是等待天子嘉奖的佳音吗？当然！"棣萼一别永相望"，"棣萼"隐喻君臣关系，此句指华州罢官，君臣决裂。结合之前遭遇和眼前渴盼,转而生愁。整个冬天他都在幕府作诗寄送朋友,等待代宗皇帝的嘉奖褒授。

这是第五段为官经历,参与平乱,约为一年。

问:看来不读杜诗,不知真相。他是何时受检校工部员外郎,何时辞幕职的?

答:由上分析可知,广德二年,任参谋在年初,嘉奖在年终,一头一尾,不可混淆。

永泰元年(765)正月他再次回到草堂,作《正月三日归溪上有作简院内诸公》。

> 野外堂依竹,篱边水向城。
> 蚁浮仍腊味,鸥泛已春声。
> 药许邻人斸,书从稚子擎。
> 白头趋幕府,深觉负平生。

永泰元年正月初三,结束幕府生涯,归草堂,作诗告别简院诸公。何以知之?正月元日地方官员要向皇帝拜贺新年,即"朝正",故诗人回到家中已是初三。也就是说,广德二年十二月底朝廷表彰颁授制书已达成都,他参加完"朝正"活动即辞去幕职,为还朝受郎职做准备。何以用制书?因为获赐绯服、银鱼袋,属五品朝服,按就高不就低原则,检校工部员外郎虽为从六品上,亦按五品制授。一般三品册封,五品制授,六品敕授,七品及以下旨授。所以他在诗尾说"白头趋幕府,深觉负平生",骄傲宣称幕府非其志向。但这却成了研杜者认定他不满节度参谋的幕府工作的证据。不系统读杜诗,都会如此解诗。这首诗尽情表达了其好心情,并且把这份感受传达给简院同事。整个正月他在草堂心情充实,营屋、除草、农务,作诗十余首。此间他还寄给严武一首《弊庐遣兴奉寄严公》,"府中瞻暇日,江上忆词源"在浣花溪上回忆幕府唱酬生活;"迹忝朝廷旧,情依节制尊"自述与严武长久的情谊;"还思长者辙,恐避席为门"邀请严武重访草堂,表达缱绻之意。故哪有什么厌倦幕府生活之意?不认真领会诗歌,依年谱解诗,对诗人便会产生歧见。"迹忝朝廷旧",表达得到朝廷奖挹检校尚书工部员外郎、赐绯鱼袋的殊誉,即将还朝。这也就把年谱和今人夹杂不清的,把"改奏节度参谋""授检校工部员外郎""赐绯鱼袋"混为一谈,同时而授的错误,辨识清楚了。这个春天他在诗中尽情舒展,《春日江村》其二"藩篱颇无限,恣意买江天"多么欢愉的心境。其四"扶病垂朱绂,归休步紫苔。郊扉存晚计,幕府愧群材。……邻家送鱼鳖,问我数能来",邻居也来贺喜。他为何不即刻返朝?"扶病垂朱绂",可知此时他在病中。再看其三。

    种竹交加翠,栽桃烂熳红。
    经心石镜月,到面雪山风。
    赤管随王命,银章付老翁。
    岂知牙齿落,名玷荐贤中。

诗人心情好,种竹成竹,栽桃桃红,异方石镜,色白如月,照面如雪,皆因"赤管随王命,银章付老翁"。赤管,赤笔;银章,银印,皆皇帝赏赐。隋唐官不佩印,只有随身鱼袋。金银鱼袋谓之章服,亦简称银章。杜甫是检校工部员外郎,加赐绯鱼袋,即绯衣和鱼符带。唐制五品以上绯袍佩银鱼袋,六品以下绿袍无鱼袋。但他却谦虚"名玷荐贤中",可见此次授官是严武"荐贤表功",考评诗人平乱功著,实至名归,因人在成都幕中,故云"检校"。

这是第六次授官,亦是终官。

问:很清楚,因军功而检校工部,并获五品赏赐。

答:是的。从广德二年十月请功到永泰元年正月初一获授,时间正相合。不久得到朝廷来的信息，老友高适过世，到忠州写下《闻高常侍亡》。整个春季他都在成都，有《春远》为证，"数有关中乱，何曾剑外清。故园归不得，地入亚夫营"，诗中他再次确认要离去，蜀中吐蕃之乱已扫清；同时也非归故园赋闲，此去是还朝建一番事业，可见诗人雄心未已。但身体已不许，此后的事实可证。鉴于严武知遇之恩，及"迹忝朝廷旧，情依节制尊"，他在养疴中等待严武一起返朝。但不幸《旧书·严武传》"永泰元年四月，以疾终，时年四十"。

强调一下，诗人离蜀时间无法确考，究竟在严武去世前还是后，各有分歧，都无力证。我考证是严武过世后去蜀。一是他身体已极度衰弱，不宜长途跋涉，二是养病待严武一起返朝。严武突然过世对他打击很大，再无须淹留，即便在病中。暂代严武履职的杜济知军府事，是他同宗从孙，郭英乂也是其故旧，都未挽留他，知道他东下荆门是"为郎离蜀"。之前迟未动身，就是养病和等待朝廷召回严武。故当是严武去世后离蜀。他走时与成都军府关系融洽，没有今人说的那么可怜——无所依靠。这才是实情。

今杜集，有一首《去蜀》"五载客蜀郡，一年居梓州。如何关塞阻，转作潇湘游。世事已黄发，残生随白鸥。安危大臣在，不必泪长流"颇为可疑，不像杜甫手笔。他是入朝受郎职，怎会有诗中那种完全相反的意思呢？看懂诗人人生，便知是伪诗。

问：呀！名诗《去蜀》是伪诗？你这猜测太吓人了，我不信。

答：要看出《去蜀》是伪诗，确乎不易，不仅需要细致考察，还须研究者个人人生经验积累之上的领悟，对诗人一生既要全面认知，又要有一定高度方可得观。

下面我还原一下杜甫离蜀真相。归京还朝是杜甫在蜀时的最大愿望，作为贵族，他心之所系便是回到天子身边，发挥影响，实现"致君尧舜上，再使风俗淳"的理想。所以在幕府"深觉愧平生"。严武过世，蜀中再无牵挂，虽有杜济、郭英义在，但都只是同事旧交，比不上严武友情，不足以留他。走，是他一直以来的心愿。细察杜集，阻滞阆州有《愁坐》"葭萌氏种迥，左担犬戎存。终日忧奔走，归期未敢论"，去应召京兆功曹而不能；《将适吴楚留别章使君留后兼幕府诸公》"既无游方恋，行止复何有"，已暗示准备绕道归京；《将赴荆南寄别李剑州》"戎马相逢更何日，春风回首仲宣楼"，赴京取官，颇有王粲深得曹氏父子信赖的踌躇，春风得意。所以诗人赴荆楚，荆楚并非目的地；归，才是他未了情。《绝句二首·其二》"今春看又过，何日是归年"，《归雁》"肠断江城雁，高高正北飞"，就如当年"归至凤翔"般迫切。

问：广德二年春他刚回成都幕还有《绝句四首》"两个黄鹂鸣翠柳，一行白鹭上青天。窗含西岭千秋雪，门泊东吴万里船"，岂不已明确其因想念东吴而离蜀吗？

答：这倒是又一端倪，但我要否定你的说法，这组《绝句四首》绝非广德二年春之作，而是永泰元年四月之作。一共四首，孤立看自然不知作于哪年；系统看并联系诗人心境，便知作于永泰元年离蜀前。

第一，关于"门泊东吴万里船"的理解，我们把视野放开，在夔州有《壮游》"剡溪蕴秀异，欲罢不能忘"，不可否认吴越在其心中地位，但我认为，此时他已在做还朝准备，取道水路，故特别留意成都云集的"吴船"。说一下，诗人后期心中一直有两个梦想，"归京与东游"；所以也借"门泊东吴万里船"，勾起回忆，对青年时期壮游称美。江南是衣冠南渡后汉文化的中心地域，对他有深深的吸引与影响，早年游吴越他差点去了日本，"东下姑苏台，已具浮海航。到今有遗恨，不得穷扶桑"，连船具都备好了。确乎，江南他还未游够，但相比归京，这并非真因。归京与东游，是他后期的两个美梦，也在蜀中诗中交替出现，从而误导今人。知道这两个梦想后，解诗便通达无碍。当

"归京"与"东游"相遇，仍有轻重缓急，归京重于游吴越，更切合其襟期理想与赴朝接受郎职的实情；江南只是闲暇念想，或者不能归京时的寄托。而巴蜀、荆蛮之域远离"天子王城"绝非居地，所以蜀地终究是要离去的，这便是严武去世后诗人的去向。所以"东吴万里船"不是学术界错误解释的作吴越之游。

出蜀后，他的方向也指向长安。在云安《寄岑嘉州》"泊船秋夜经春草，伏枕青枫限玉除"，玉除，指朝廷。因病卧枕耽误了回京。在夔州有《夜雨》"通籍恨多病，为郎忝薄游"，可见离蜀得到了朝廷征召，是回郎署，取掉"检校"虚衔。但病体又不许他返京，"画省香炉违伏枕"（《秋兴八首》），他忧心如焚；"万事纠纷犹绝粒，一官羁绊实藏身"（《寄常征君》），茶饭不思。他"病隔君臣议，惭纡德泽私"（《夔府书怀》），"归朝跼病肺，叙旧思重陈"（《敬寄族弟唐十八使君》），他"时危思报主，衰谢不能休"（《江上》），直至荆湘依然如故，"蹉跎病江汉，不复谒承明。……肺肝若稍愈，亦上赤霄行"（《送覃二判官》）。

第二，关于这组《绝句四首》，连贯看，其一写条件制约暂时走不了，与剑外相知朱、阮交游；其二写岷江是年发大水不能走，自己这般逍遥自得于心不安；其三"一行白鹭上青天"，寄托返朝接受郎职的心愿；其四"药条药甲润青青"点明因病不能走，与带病离蜀后即病卧云安相合，"苗满空山惭取誉，根居隙地怯成形"自责有愧朝廷召唤。

所以离蜀真因是，朝廷召唤，实授郎职。

补充一下，诗人的病是消渴病（糖尿病），发病在广德二年秋随军川西征战中，由"节爽病微瘳"可知；永泰元年春转重，由"扶病垂朱绂"可知。滞留成都，由"两个黄鹂鸣翠柳"可知，一边养病，一边等严武返朝，"两个黄鹂"正是他与严武。故当在严武突然去世后，抱病离蜀。走到云安终于病倒，次年移夔州养病。所以迟迟未出蜀之

· 390 ·

因是病重，之后再未入长安也是此因。

问：想不到你将《绝句四首》解得如此跌宕起伏、惊心触目，完全纠正了国人的错误。插一句，你说青年杜甫要去日本？太震惊了。

答：是的，《壮游》写得明明白白。中日交流玄宗为盛，2004年西安发现日本遣唐使井真成墓碑实物。碑文"国号日本""开元二十二年"。此碑在日本巡展引起轰动，称找到日本的根了。国号为唐皇所赐，张守节《史记正义》"武后改倭国为日本国"，日本是古人看东岛日出的认知。张守节玄宗时人，离武则天不远。井真成死后诏赠尚衣奉御。自然日本也是诗人青年时想要探求的地方，他漫游吴越正是开元二十年（732）二十岁裘马清狂时，但开元二十三年他被家人召回故乡参加"乡贡"，所以《壮游》说"到今有遗恨，不得穷扶桑"。

问：谢谢，难怪有杨贵妃逃生日本的传说，原是交流繁盛啊！回到问题，结合你举的夔州诗看，你怀疑《去蜀》为伪诗是有道理的。

答：是的。这是一首伪诗。它把诗人行程勾画得天衣无缝，与出蜀后的经历严丝合缝。诗人怎会未卜先知？明明是入朝为官，充满期待，怎会"残生随白鸥"？明明是接受朝廷征召，如何"世事已黄发"？凡此种种，皆不合诗人所想，颇为突兀乖离。诗风呆滞也不像杜诗那么不事雕饰，笔墨自由，如出天成。布局也不舒展流畅，明显是后人一句一句斗出的。关键是作伪者却又未读懂杜甫。可疑的还有《登岳阳楼》，哀感可怜，失去了杜诗一贯的忠厚，完全不合诗人的尊贵身份和骄傲心境。"亲朋无一字，老病有孤舟"，完全与他同乱世做斗争的神勇精神相悖，这一联也极像后人似是而非读杜的概括。杜甫哪里这样不堪了？他忧伤身病有之，抱怨牢骚、怨天尤人则无，表达方式不似杜，与它前后两首岳阳楼诗对比，刻琢不自然，虽难挑毛病，却总觉不如另两首岳阳楼内涵深湛，显得很浮泛。大凡有旧体诗写作实践的人都能体会到，在此不做展开。《去蜀》在历代杜集中均系于离蜀之时,却与同时的《春远》内容极为不合,与诗人此阶段情怀极为相左,重要的是将它置于杜集任何地方皆不适宜。故为后人据杜甫以后行状伪造的。从"转作潇湘游"便可推知,诗人对以后变化不可能未卜先知。我又从他大历元年(766)作于夔州的《诸将·其五》中找到"西蜀地形天下险,安危须仗出群材",明显伪诗《去蜀》"安危大臣在,不必泪长流"抄自此处。作伪者读杜诗,又未读懂,必露马脚。可能是北宋皇祐年间眉州仁寿员安宇伪作。此诗出于他之手,王洙《杜工部集》不见收录,蔡梦弼才收入《杜工部草堂诗笺》)。

问:确实值得质疑。看来对他晚年悲辛的固有观念要改变。既如此,为何不北上?

答:不能北上,主要是身体垮了,不能行走。直至去世,他也未到长安受职,故再无新官衔。但这也改变了我们的看法,获得了真实信息,也就是除得罪肃宗罢官流放的短短四年外,他都是带官行走的,只是兵荒马乱有些官职未能实授,但很快朝廷又改授他职。同时也证实诗人身体因消渴病、风痹、病肺完全垮掉的情况,他不是不想还朝履职,而是无力还朝,最终连走路都困难,只能借助舟楫代行。这便是他最后人生不见陆行而以水路转迁的秘密。

问:经你梳理,诗人有六段为官经历。在成都为官,他既立有军功,又未倦幕府生活。完全纠正了固有的错误认识。

答:是的。他在成都两段生活,心境全然不同,诗歌也截然不同。前段生活(760—762),是被肃宗遣放蜀地,永离长安。诗人的贵族身份又使他万分忠君,君臣关系转恶,遭遇流放,是他不愿发生的。他万端忧愁,写下许多借旅游、借佛教解忧及借道家解厄困的诗歌。为尊者讳,更使他以古蜀神话暗示君臣修好的愿望。所谓诗史,最大特征便是这类切合孔子《春秋》法则的诗歌,微而显,志而晦,婉而成章，尽而不污，惩恶劝善，具有微言大义的精神。所以孟棨说"诗史"是在陇蜀形成的。即尊崇大义，深情绵邈，谆谆款曲，诉说君臣关系，符合《春秋》之旨的诗，很纯正，范围很仄小，绝非文学史说的现实主义记史。他在成都初段心情就是寄望君臣修好，借古蜀神话传说互通款曲。后段生活（764—765）肃宗已驾崩，君臣矛盾不复在，受代宗垂爱，结束流放，开启第四段为官生涯，心情舒畅，参与平乱，在剑南幕任职至永泰元年正月。心情开解，再无隐讳，虽有为农为圃之发抒，但看得出还是以大局为重的儒家思想占上风，诗歌风格为之明丽直截，再无"诗史"婉曲顿挫之意。

诗人官终，宣议郎守检校尚书工部员外郎，着绯服佩银鱼袋。世称"杜工部""杜员外"，这是第六次授官，也是终职。为官生涯至此清晰矣。你以为如何？

不管是东宫兵曹参军，还是肃宗侍臣左拾遗，抑或罢官再获官职，作为一位贵族，他始终坚守儒家传统，努力捍卫，从未放弃内心情怀。他经历三朝，玄宗垂爱他，肃宗怨恨他，代宗起用他。我据史建立的坐标，不同于传统阶级分析历史观，将他放在这样的坐标中考察分析，得出更趋真实的认识——末世贵族诗人。

强调一下，依我的考论和授官时间断限，他的古今年谱要重新调整，他的传记要大幅修改，文学史说法要纠正，绝大部分诗歌解读要重来。你以为呢？

杜甫《丽人行》"珠压腰衱稳称身"之疑

问：《丽人行》中"珠压""腰衱"存在多种解释吗？

答：是的，说法多歧，迄无定论。先看诗。

> 三月三日天气新，长安水边多丽人。
> 态浓意远淑且真，肌理细腻骨肉匀。
> 绣罗衣裳照暮春，蹙金孔雀银麒麟。
> 头上何所有？翠微匎叶垂鬓唇。
> 背后何所见？珠压腰衱稳称身。
> 就中云幕椒房亲，赐名大国虢与秦。
> 紫驼之峰出翠釜，水精之盘行素鳞。
> 犀箸厌饫久未下，鸾刀缕切空纷纶。
> 黄门飞鞚不动尘，御厨络绎送八珍。
> 箫鼓哀吟感鬼神，宾从杂沓实要津。
> 后来鞍马何逡巡，当轩下马入锦茵。
> 杨花雪落覆白苹，青鸟飞去衔红巾。
> 炙手可热势绝伦，慎莫近前丞相嗔！

"慎莫近前丞相嗔"，杨国忠天宝十一载（752）十一月为右相，故知诗作于十二载（753）季春，诗人献赋及第两年后，描写是年三月长安贵族曲江修禊的盛况，尤其是杨家这日的生活情景。

诗中"珠压"有两种解释。一是指"缀珠其上"，一是指"联珠纹"图案。"腰衱"解释则多达五种。第一，"裙腰"，郭知达《九家集注杜诗》"谓之腰衱，则裙腰耳。以珠缀之，故言珠压腰衱"；第二，"裙带"，仇兆鳌《杜诗详注》引"赵曰：腰衱，即今之裙带，缀珠其上，压而下垂也"；第三，"后裾"，《杜诗详注》引"吴注：《尔雅》：衱谓之裾。郭璞云：衣后裾也"；第四，"裙拖"，章燮注疏《唐诗三百首》；第五，"腰带"，金性尧、赵山林注评《唐诗三百首》。

以上各解均有一定的道理，但比对各种资料，个中"真意"还真值得考究。

问：那先解"珠压"吧！

答："珠压",郭知达《九家集注杜诗》"以珠缀之",镶嵌珠玉于织物上。《杜诗详注》亦从是说。由此许多注本将"珠压腰衱稳称身"译为"珠宝镶嵌的裙腰多稳当合身"。但"珠压"还可解为绣在丝织物上的"联珠纹",即外饰一圈联珠图纹,中间填充鸟兽图样的织锦工艺,叫珠压。相比而言,这一解释更合时代,隋唐"胡风东渐",很可能是流入中土的中亚织锦技术。

这种由大小相同圆圈连续排列而成的审美特征,我猜测,可能来自地中海文明,模仿海边浪花,流传于中亚西域,这种工艺不仅出现在建筑物上,织物上也不鲜见。唐代联珠纹图案,传自波斯萨珊王朝,经丝路进入中土;大约始于西汉,流行南北朝,唐代随大批波斯人迁入达到鼎盛,并与中土装饰纹样融合。由于人们不知它来自海洋文明图案,误认为珠子,称珠压。

唐王朝是一个具有鲜卑色彩的政权,"民族大融合"为其时代特征,当时贵族妇女服饰流行襦裙装、胡服和女着男装,其中胡服和女着男装属胡文化产物,反映了大唐兼收并蓄的文化气度。再如胡旋舞,《旧唐书·安禄山传》"(禄山)晚年益肥壮,腹垂过膝,重三百三十斤。每行以肩膀左右抬挽其身,方能移步。至玄宗前,作胡旋舞,疾如风焉"。白居易《胡旋女》"天宝季年时欲变,臣妾人人学圆转。中有太真外禄山,二人最道能胡旋"。写到杨贵妃对胡旋舞蹈的迷恋,可见唐人受胡文化影响之深。联珠纹织锦由波斯传入,据当时"胡服风气",没有理由不相信"珠压"就是波斯"联珠纹织物";《丽人行》女主杨家姊妹,擅长胡旋舞,热爱胡文化的她们,岂有不着"联珠纹织物"之理?此其一。

其二,从服饰看。唐人继承汉代服饰轻盈灵动、魏晋宽大飘逸的特征,故女子着衣,喜欢飘逸风格,突出婀娜体态。如周昉《簪花仕

· 395 ·

女图》，五位贵妇身着半露酥胸的襦裙装，外罩轻薄、透明对襟，配搭丝质帔巾，自然风流。所以"珠压腰衱"，无论"腰衱"为何物，都应具有飘逸之感，若"缀珠其上"，其坠重感有碍飘逸之美。对照《杜诗详注》"缀珠其上，压而下垂"，更是给人"垂重"感。故只有将"珠压"释为丝织品上的联珠纹才合理。

杜诗描写杨家姊妹服饰，是融汇中亚胡服装饰图案，以魏晋汉服为基础，属于唐代贵族女子的独特服饰，读诗切不可望文生义。

还可参证白居易"裙腰银线压"（《和梦游春诗一百韵》），元稹"纰软钿头裙"（《梦游春七十韵》），"银线压""钿头裙"均是以丝线绣制图纹的工艺。

问："珠压"是刺绣工艺。那"腰衱"呢？

答："腰衱"解释较多，要弄清楚，还得从服饰入手。襦裙装，上为短襦或衫，下着长裙，披帛加肩。襦裙颜色鲜艳，有红、黄、绿等色，红色为贵族女子喜好，色泽如石榴花，故称"石榴裙"，白居易《官宅》"移舟木兰棹，行酒石榴裙"。流行襦裙的原因有三。第一，襦裙分坦领大袖衫和大袖纱罗衫，前者低胸坦露，后者肌肤隐隐可见，这种大胆穿戴与唐以前的开放意识密不可分。第二，襦裙宽大华丽，女子以丰腴为美，"风流薄梳洗，时世宽妆束。袖软异文绫，裾轻单丝縠……带襭紫葡萄，裤花红石竹"（白居易《和梦游春诗一百韵》），这种服饰能更好地突出丰腴形态。第三，唐代丝绸业发达，为襦裙提供了优质材料。

了解唐人服饰流风后，再来解"腰衱"。"衱"字义有三。一是"衣裾"，二是古同"袷"，三是"裙带"。这些字义与前举"腰衱"五种解释基本重合。

问：看来没有探问必要了？

答：非也。"腰衱"或为一种"帔帛"装饰。它可能是贵族女子披在肩背的饰物，从后背（后腰以上）环披过去，搭于肘部，将女子的婀娜体态衬托出来。《释名·释衣服》"帔，披也。披之肩背，不及下也"。故"不及下"为"腰袱"。白居易《江南喜逢萧九彻因话长安旧游戏赠》"戴花红石竹，帔晕紫槟榔"特意提到帔巾。紫槟榔，果实长圆形或卵球形。帔子上这种图案正合"珠压"之解。唐代绘画为突出女子飘逸轻盈，一般都披着长长披帛，如《簪花仕女图》五位仕女襦裙装套薄如蝉翼，对襟外罩，搭上丝质帔巾，可见"帔巾"已是贵族妇女的重要饰物。《丽人行》中杨氏姊妹服饰正是当时的典型代表。

由"珠压腰袱稳称身"前句"背后何所见"，可知"珠压""腰袱"描写的是女子背后装饰，背后最突出的装饰便是"帔巾"。"帔巾"由丝帛裁制，品质轻软，只能绣制图案，不能缀挂珠子，与"珠压"解释为联珠纹图案相符。由此可确定"珠压腰袱"不能拆开，它就指一条印有联珠纹的丝织帔子。在腰以上，故言"腰袱"，不能再下了。所以杜诗描写是明确的，没有其他解释，就是从女子背后观察到的。帔子，历史悠久，宋人高承《事物纪原》引《二仪实录》"秦有披帛，以丝帛为之，汉即以罗"。可见这种披挂物一直由轻薄绫罗绸缎制作。南朝徐陵《走笔戏书应令》"片月窥花簟，轻寒入帔巾"，蒋防《霍小玉传》"容貌妍丽，宛若平生，着石榴裙，紫袚裆，红绿帔子"。这当然非百姓衣饰，北周甄鸾《笑道论》"其服黄帔，乃是古贤之衣"。

"霞帔"始于隋唐，文有霞彩。宋代规定，霞帔非恩赐不得服，从历史关联看，唐代亦是皇亲国戚才可享受。那杜诗"珠压"是否云霞图案？有可能。云纹是古代吉祥图案，其纹路本就近于"联珠纹"。另，杜甫不吝笔墨写杨家姊妹帔子，是有典故来源的，《说文》"弘农谓裙帔也"，杨家即弘农望族，故杜诗写杨氏自然联系"弘农裙帔"。

这是杜诗处处学问、曲折迷人的笔法。你或许会问：他如何知晓"弘农裙帔"？别忘了，他是弘农杨氏女婿。"弘农杨"不仅是地方望族，还是唐代一等贵族，李唐天下本取自隋朝杨氏，且武则天之母也出自弘农杨氏，《丽人行》要写好杨家，从《说文》取典，以"帔子"切入，事虽小，却暗含深意。这是弘农女子特有的"裙帔"吗？是那个贵族社会杨家的专有记号？

回到诗歌，从"帔帛"特征看，将"腰衱"释为"帔子"再合适不过，"披之肩不及下"就是"腰衱"，且须从背后看。所以诗中"腰衱"便是从后看杨氏"裙帔"。从《簪花仕女图》看，"腰衱"之腰，提醒我们，其披法是半绕腰背以上，搭于肩臂的形式。这就要求动作步态徐缓，自然从劳动妇女中分离出来，也才显出贵族女子的优雅。这样讲就通脱了。从背后看，"腰"是唯一值得强调的。故诗人观"腰"才能说"稳称身"。综合此句，印着连珠纹的帔巾悬于腰后，飘逸之态尽显腰身婀娜。我想，风摆杨柳或就是形容女人背后这种姿态。但此诗是"刺诗"，诗人用高妙的传统手法讥刺，不露痕迹。所以"腰衱"特指"帔子"，弘农杨氏的"裙帔"，这样讥刺对象才精准。表面看"腰衱"是女子人人尽可的衣饰，实际指向杨家，这样便合于诗旨，又不给杨家把柄，这即春秋笔法的孔子真传。诗人先祖杜预治《春秋左传》，"诗史"之法自是家传心法，可不是今人说的现实主义，当深察之。

问：所以无论从胡汉相融的大时代说，还是从唐代贵族女子服饰看，或者专指弘农杨氏裙帔，"珠压"解释为"联珠纹"（含云纹）图案，"腰衱"解释为"帔子""裙帔"，都是贴切的。"珠压腰衱"就是印了"联珠纹"的"霞帔"，"稳称身"乃是杨家专属特征。

答：正是。

问："杨花雪落覆白苹，青鸟飞去衔红巾"，似有隐情吧？

答：是的。句是应景，实含讽兴，事涉杨国忠。杜甫是非常尊崇传统伦理的诗人，天宝十一载（752）十一月杨国忠接任右相，杜甫次年春作此诗实有劝讽之意，告诫杨国忠自律。"杨花"巧妙引用北魏胡太后诗《杨白花》。

> 阳春二三月，杨柳齐作花。
> 春风一夜入闺闼，杨花飘荡落南家。
> 含情出户脚无力，拾得杨花泪沾臆。
> 秋去春还双燕子，愿衔杨花入窠里。

胡太后（？—528），北魏元恪妃子胡充华，聪慧多艺，安定临泾（甘肃镇原南）人。孝明帝元诩生母，两度临朝听政，后为权臣尔朱荣杀害。杨白花，北魏名将杨大眼之子，容貌瑰玮，与太后私通。父卒，白花惧祸，避南梁。太后追思作《杨白花歌》，使宫人昼夜连臂踏足而歌，音声凄婉。

这首失恋歌缠绵悱恻，失魂落魄。清张玉谷《古诗赏析》"用笔双关，饶有古趣"。前四句借鲍照《行路难》"中庭五株桃，一株先作花。阳春妖冶二三月，从风簸荡落西家"诗句，暗写恋情。"春风入闺闼"，比喻春心荡漾，萌生爱意；"杨花落南家"，暗示情人舍己而去，逃奔梁朝。后四句寄托相思。"脚无力"，为"含情"注脚，展现失恋女子娇慵之态；"拾得杨花泪沾臆"，睹物思人，情不自已。爱深思切，突发奇想，盼望春燕衔来杨花入爱巢。全诗比兴，杨花既是自然界物象，又是太后心上人。句句关杨花，处处合相思，钟惺《名媛诗归》"妙在音容声口全然不露，只似闻闲说耳"。

杜甫巧引此诗，以胡太后私通杨白花，影射杨国忠与从妹虢国夫人（嫁裴氏）的暧昧关系。"杨花雪落覆白蘋"，正合"愿衔杨花入窠里"秽亵之事。"杨花覆蘋"暗讽杨国忠兄妹苟且之事，见《旧书·

杨贵妃传》。

　　　　玄宗每年十月,幸华清宫,国忠姊妹五家扈从。每家为一队,着一色衣;五家合队,照映如百花之焕发。而遗钿坠舄,瑟瑟珠翠,璨瓓芳馥于路。而国忠私于虢国,而不避雄狐之刺;每入朝,或联镳方驾,不施帷幔。每三朝庆贺,五鼓待漏,靓妆盈巷,蜡炬如昼。

杜甫妻子亦为弘农杨氏,此诗即是对新宰相杨国忠的善意规劝。如果说"杨花雪落覆白苹"写景,"青鸟飞去衔红巾"则直指男女情事。"青鸟"本西王母使者,后用作情人信使。"红巾"指女子披帛,披帛又称"披红",照应了前面"腰衱"披子之解。再清楚不过,此诗是写给杨国忠看的。

再看全诗,一气呵成,先由长安丽人水边修禊,引出杨氏姊妹,可见"丽人"非等闲之辈。"态浓意远淑且真,肌理细腻骨肉匀",似有贵妃影子。是杨妃吗?我认为,杜甫是颇有伦理分寸的诗人,此诗是批评杨家兄妹,怎么牵连杨妃呢?牵涉杨妃,岂不又牵扯玄宗?这是诗人得体之处。再到曲江聚宴,引出杨国忠。这个大人物出场,声威煊赫,"箫鼓哀吟感鬼神,宾从杂沓实要津",无丝毫逡巡顾忌,径直走入锦茵。对杨国忠亵伦乱礼的私情,诗人含蓄,以景实之。当然杜诗并未止于此,于诗尾突发措辞,尖锐批评。新相声势熏灼,谁也不敢评说此事,杜甫却做了强烈指斥,《钱注杜诗》"富丽中特有清刚之气"。诗人颇为自得,"炙手可热势绝伦,慎莫近前丞相嗔",我杜甫就敢做到。

问:所论切实,意在讽诫。

答:最后说一下"三月三日天气新"。据宋人吴自牧《梦粱录》"三月三日上巳之辰……赐宴曲江,倾都禊饮、踏青"。"天气新"之新,乃是行祓禊之礼而新。《后汉书·礼仪上》"是月上巳,官民皆絜(洁)于东流水上,曰洗濯祓除去宿垢疢为大絜"。

再看"长安水边多丽人",也来自传统,《周礼·春官·女巫》"女巫掌岁时祓除衅浴"。祓禊洗礼由女性掌持,符合身份和社会分工。故开篇即是杨氏姊妹争奇斗艳、水边洗濯。

元稹《连昌宫词》创作时间及原因揭秘

问:请谈谈元稹《连昌宫词》。

答:先看诗。

连昌宫中满宫竹,岁久无人森似束。
又有墙头千叶桃,风动落花红蔌蔌。
宫边老翁为余泣,小年进食曾因入。
上皇正在望仙楼,太真同凭阑干立。
楼上楼前尽珠翠,炫转荧煌照天地。
归来如梦复如痴,何暇备言宫里事。
初过寒食一百六,店舍无烟宫树绿。
夜半月高弦索鸣,贺老琵琶定场屋。
力士传呼觅念奴,念奴潜伴诸郎宿。
须臾觅得又连催,特敕街中许燃烛。
春娇满眼睡红绡,掠削云鬟旋装束。
飞上九天歌一声,二十五郎吹管逐。
逡巡大遍凉州彻,色色龟兹轰录续。
李谟撼笛傍宫墙,偷得新翻数般曲。
平明大驾发行宫,万人歌舞涂路中。
百官队仗避岐薛,杨氏诸姨车斗风。
明年十月东都破,御路犹存禄山过。

驱令供顿不敢藏,万姓无声泪潜堕。
两京定后六七年,却寻家舍行宫前。
庄园烧尽有枯井,行宫门闭树宛然。
尔后相传六皇帝,不到离宫门久闭。
往来年少说长安,玄武楼成花萼废。
去年敕使因斫竹,偶值门开暂相逐。
荆榛栉比塞池塘,狐兔骄痴缘树木。
舞榭欹倾基尚在,文窗窈窕纱犹绿。
尘埋粉壁旧花钿,乌啄风筝碎珠玉。
上皇偏爱临砌花,依然御榻临阶斜。
蛇出燕巢盘斗栱,菌生香案正当衙。
寝殿相连端正楼,太真梳洗楼上头。
晨光未出帘影黑,至今反挂珊瑚钩。
指似傍人因恸哭,却出宫门泪相续。
自从此后还闭门,夜夜狐狸上门屋。
我闻此语心骨悲,太平谁致乱者谁。
翁言野父何分别,耳闻眼见为君说。
姚崇宋璟作相公,劝谏上皇言语切。
爕理阴阳禾黍丰,调和中外无兵戎。
长官清平太守好,拣选皆言由相公。
开元之末姚宋死,朝廷渐渐由妃子。
禄山宫里养作儿,虢国门前闹如市。
弄权宰相不记名,依稀忆得杨与李。
庙谟颠倒四海摇,五十年来作疮痏。
今皇神圣丞相明,诏书才下吴蜀平。
官军又取淮西贼,此贼亦除天下宁。

年年耕种官前道，今年不遣子孙耕。

老翁此意深望幸，努力庙谋休用兵。

《连昌宫词》是一首写玄宗天宝遗事的长篇政治叙事歌行。如此长诗必是深思熟虑、郑重其事有所指之诗。好友白居易写作《长恨歌》是在元和元年（806）冬，正好杨妃马嵬遇难五十周年，显然是纪念之作。应该说《长恨歌》在前，《连昌宫词》在后，是题材连贯之作。目前学术界《连昌宫词》创作时间多以陈寅恪《元白诗笺证稿》推论为准，作于元和十三年（818）通州，但我不以为然（后面再议）。

连昌宫，东都洛阳附近行宫，建于显庆三年（658），故址在寿安县（河南宜阳），这里也是李贺故乡。行宫在洛水、昌水汇流的三角洲上，地势平阔，桑竹掩映，北有汉山、凤翼山，松柏苍然；南有女几山，巍峨雄丽。宋人邵雍《故连昌宫》描绘"洛水来西南，昌水来西北。二水合流处，宫墙有遗壁。行人徒想象，往事皆陈迹。空余女几山，正对三乡驿"。如此胜地，自然是大唐帝王出巡的行宫。

长诗开篇便是"连昌宫中满宫竹，岁久无人森似束。又有墙头千叶桃，风动落花红蔌蔌"。连昌宫早已不复旧观，乱竹蓬生，落花凋零，由此也奠定了全诗哀婉叹惜的箴讽基调。从"宫边老翁为余泣"开始，叙述连昌宫君臣行乐，"平明大驾发行宫，万人歌舞涂路中"，玄宗回驾万人空巷，歌舞夹道。老人年少曾入宫进奉，目睹奢靡的盛大景象。但眼前连昌宫却荒凉败弊，"荆榛栉比塞池塘，狐兔骄痴缘树木。舞榭歌倾基尚在，文窗窈窕纱犹绿。尘埋粉壁旧花钿，乌啄风筝碎珠玉"。最后借老翁口总结开元天宝朝政治乱的缘由，表达"燮理阴阳禾黍丰，调和中外无兵戎""老翁此意深望幸，努力庙谟休用兵"的政治主张。

通过诗歌，我们可感知元稹对元和以来党派林立、争权夺利、尔虞我诈的现实不满，希望重建国家秩序；诗人选材，有借题警世之意，又有遥念盛世之想。当然这和诗人不党不群长期排斥在外有很深关系。

"我闻此语心骨悲，太平谁致乱者谁"，和众多襟抱宏远的诗人一样，元稹有家国天下的情怀，对国家兴盛深负责任感，以诗记史，以史为鉴，由是作了《连昌宫词》。这首感叹兴废的诗，有"监戒规讽""乞庙谋""休用兵"之旨（《容斋随笔》），是诗人休兵息民的政治理想阐述。认识被污名化的元稹，被历史遮蔽的元稹，为之正名，此诗是绕不过去的。鲜有人知，这是献给穆宗登基的诗，切合新君初登大位的施政意图。

问：惊人之语，这是一首政治献诗？何以见出？

答：后面再说。此诗历代许多苛责，"失体尤甚""宫闱丑事，播之诗歌"（《岘佣说诗》），殊不知这正是诗人试图创新之处，突破诗歌"哀而不愠""志而晦""微而婉"的传统，直陈其事，铺写详密，当时之事宛如画出。这是元稹分量很重的诗，长歌当哭承载诗人的贵族情怀，既有皇帝出行万人夹道的欢乐场景，又有盛景不在的冷清荒凉，《连昌宫词》有杜甫晚年《观公孙大娘弟子舞剑器行》的题旨，抒写了盛世没落的宏大主题，堪称唐代诗歌史上重要的大题材之作，不能因"念奴潜伴诸郎宿"被道学家责为"不知诗之体统"便予以否定。他还有一首哀婉盛世的《故行宫》。

寥落古行宫，宫花寂寞红。
白头宫女在，闲坐说玄宗。

元稹作《连昌宫词》不是偶然。首先，玄宗时代已过去半个世纪，社会层面出现反思这段历史的题材，如《长恨歌》。其次，元、白皆因不党不群被贬斥在外，共同经历使他们相互勉励、互相竞秀，《长恨歌》这种皇家题材元稹也必然旁及。再次，从艺术实践上看，一是元和年间元稹白居易有长篇次韵的"元和体"排律历练；二是元和元年白居易已完成《长恨歌》示范，并开创歌行"感伤"情调，让元稹孜孜念念，激发了他的创作；三是元、白新乐府倡导讽喻的观念，使他们把目光投向"天宝旧事"。这些因素累积，最终汇集到长篇七古歌行"长庆体"上，方才有鸿篇巨制《连昌宫词》。

问：你说《连昌宫词》是献新君登基之作，但元和十三年已写成，并非长庆初写作。

答：你的认识停在陈寅恪时限考证上，但未必。元稹元和十三年（818）代理山南西道通州（四川达州）刺史，岁末转虢州长史。虢州（河南灵宝）紧邻寿安连昌宫。元和十四年冬（819）宪宗召元稹回京，那么这首感慨行宫今昔的长诗当作于虢州任上或之后，而不可能无端作于通州任上（陈寅恪认为是"闭门伏案依题悬拟之作"）。也就是诗人任虢州长史时，实地考察寿安行宫后的感兴之作。

又《旧唐书·元稹传》"长庆初，潭峻归朝，出稹《连昌宫词》等百余篇奏御，穆宗大悦"，穆宗在东宫时便喜读稹诗，呼"元才子"。崔潭峻长庆初归朝，元稹也在朝廷，凭二人关系，潭峻见了元稹，受元稹托请转呈这篇作品，令穆宗读到大悦。故可推定此诗作于长庆元年（821）春夏，是特意为穆宗登基而作，这样才合诗句"尔后相传六皇帝"，肃、代、德、顺、宪、穆正好转到长庆初。故，陈寅恪考证当否定。

诗中元稹心系社稷，对平定江南李锜蜀中刘辟，又克淮西吴元济叛乱，大是赞颂；同时也激励新君奋起，将江山社稷放于首位，警示其勿要同玄宗晚年一样荒政误国。《连昌宫词》题旨在此。也符合他长庆初在"南宫散郎"的身份。凭这首用心之作，"即日转祠部郎中、知制诰"。更可确证诗作于长庆初。这便是元稹创作的拳拳之心及真实意图，诗中反复提到"姚崇宋璟作相公"，实际是告诉穆宗自己有姚宋之良才。但彼时朝廷各派妒忌新君重用元稹，对他各种诋毁、百般不屑。据《旧唐书》"朝廷以书命不由相府，甚鄙之"。这样的元稹延及后世还被人抹黑千年，真令人唏嘘遗憾。

感念穆宗知遇之恩，在他驾崩后，元稹有《题长庆四年历日尾》。

残历半张余十四，灰心雪鬓两悽然。
定知新岁御楼后，从此不名长庆年。

忠厚之情，君臣之谊，倾注笔端。这难道不是中唐的"杜甫"吗？

问：晚唐贵族彻底谢幕后，进入平民主宰的社会，有三位贵族诗人受到特别扭曲不公的评价——李商隐、温庭筠及元稹。陈寅恪对元稹评价也不好。

答：确实。安史之乱，科举滥泛，牛李党争，一系列事件对历史做了深刻改变，终结贵族社会，迎来平民时代，整个社会价值观出现颠覆性变化。唐末五代平民士人对贵族的仇视，亦可从刘昫《旧唐书》感知当时的社会风气，旧书对元稹、李商隐、温庭筠这些名门世家的评价，便是彼时的流行看法。元稹一生绝大部分时间被排逐在外，即使短暂回到朝廷，也可看出他是一位具有家国情怀的能臣，文学成就有目共睹，但饱受非议，确有必要还原真实元稹。先看陈寅恪《元白诗笺证稿》中的评价。

微之年十五以明经擢第，而其后复举制科，乃改正其由明经出身之途径。正如其弃寒族之双文，而婚高门之韦丛。于仕于婚，皆不惮改辙，以增高其政治社会之地位者也。抑更推言之，微之之贬江陵，实由忤触权贵阉宦。及其沦谪既久，忽尔变节，乃竟干谒近幸，致身通显。则其仕宦，亦与婚姻同一无节操之守。惟窥时趋势，以取利自肥耳。综其一生行迹，巧宦固不待言，而巧婚尤为可恶也。岂其多情哉，实多诈而已矣。

元稹仕婚狡诈多变。变节与巧婚，真如此吗？这要细看其生平事迹。能做出如此心系社稷的政治长诗《连昌宫词》，世衰之际，上书皇帝"望幸"民间，"努力庙谋休用兵"的诗人，是不该被误解的。纵览其一生，童年贫困，少年艰难求学，为振兴家业，十四岁科举，十五岁明经及第，中年坎坷仕途及情感经历，每一阶段他都真诚对待，立志宏大，但不幸处于派系争斗的时代。无数次陷害，他不党不群，坚持自己，不趋权附势，本可独善其身，偏要刚正不阿。他看见积弊丛生、危如累卵的社会危机，以此诗作为自己的政治宣言向新君表达辅佐社稷的意愿，所以《连昌宫词》是诗人投向新君的"投名状"，是诗人的政治自荐，哪有半点变节之实？

在派系林立的元和长庆，他力量孤危，遭遇迫害，始终乐观面对，如他的诗，一片天真，从不虚伪假饰，无畏人言便是他的生存哲学、斗争武器。像这样的人，浊世中难以立足，所以才有忧心如焚"哭"连昌。今人还能诋毁、诽谤、辱没他吗？

作为丈夫与父亲，他温柔慈爱，始终心怀感激和责任。韦丛新逝，请韩愈作墓志铭，孤夜难眠，作《夜闲》"感极都无梦，魂销转易惊。风帘半钩落，秋月满床明。怅望临阶坐，沉吟绕树行。孤琴在幽匣，时迸断弦声"。他以《离思》"曾经沧海难为水，除却巫山不是云"伤悼亡妻。庶妻安氏去世，有《葬安氏志》，情词恳切，满含歉疚。对裴淑，有《赠柔之》"穷冬到乡国，正岁别京华。自恨风尘眼，常看远地花。碧幢还照曜，红粉莫咨嗟。嫁得浮云婿，相随即是家"。两女一子相继去世，他伤痛，遣悲怀《哭小女降真》《哭女樊》《哭子十首》。

所以于公于私，他都应得到历史正视。唐代诗人中写到妻子子女，表达夫情父情的，除了杜甫，就是他了。

问：确乎，从稹诗情感深切来看，他是至情至性的人。仕途总是遭遇谗害，婚姻却是幸运的。

答：最后说一下被诟病抛弃的双文。是否有其人其事很难说，虽有写双文的《杂忆五首》《赠双文》，诗很纯粹，很难考实她的存在。技法上更像托名抒情。不可简单与《传奇》(《莺莺传》)挂钩，这是他人的故事，并非元稹自传，且不说是否有虚构性，在中晚唐科举泛滥的现实下，有此经历的举子太普遍。事例多了，成了社会现象，自然被元稹提炼为传奇。

我以为在初盛唐贵族社会严禁尊卑为婚的规定，很难出现这种现象；中晚唐科举滥觞，平民社会来临，平民士子再无顾忌，再无约束，他们来自底层，身处底层，方有机会做出这种始乱终弃的事。譬如中晚唐出现的《莺莺传》《霍小玉传》，折射出平民时代再无良贱不婚的观念。元稹作为传统贵族子弟，是否真能做出这般伤天害理的事，值得怀疑。"微之自叙说"，乃自宋人王铚《〈传奇〉辨证》、赵令畤《侯鲭录》捏合元稹诗实之。这亦是传统道德观塌陷后，按宋代平民社会的价值观揣度诗人。若元稹负心，京兆尹韦夏卿怎会不明察？名门闺秀韦丛又岂肯嫁他？当然，《莺莺传》中"红颜祸水"的观点，以今天的道德观来衡量，我们要深加批判。但当时社会实情却不一样，是士人对历史的认知与判断，许多诗人及唐传奇作者都有"妖姬祸国"的观念。

问：我知道，你近年已考出《莺莺传》中张生不是元稹，是另一位诗人张籍。

答：是的。元稹代人受过千年，此事可参看我的《元稹〈遣悲怀〉悼亡之疑》。

关于孟郊《游子吟》创作时间之疑

问：《游子吟》题下注"迎母溧上作"，是诗人居官溧阳之作吗？
答：确乎值得讨论。先看诗。

> 慈母手中线，游子身上衣。
> 临行密密缝，意恐迟迟归。
> 谁言寸草心，报得三春晖。

《游子吟》温柔敦厚，符合诗教传统，久负盛名，流传程度堪比《静夜思》《春晓》。

原诗下自注"迎母溧上作"。溧上（江苏溧阳），诗人居官之地。你的问题，要从他居官时间推起。

孟郊贞元七年（791）四十一岁在湖州举乡贡，赴京应试。贞元八年、九年，接连落第。贞元十二年（796）奉母命再搏科场，第三次终于登第。有《登科后》"昔日龌龊不足嗟，皇恩旷荡恩无涯。春风得意马蹄疾，一日看尽长安花"。而后东归告母。三年后五十岁选为溧阳尉。坎坷长久等待对晚第诗人来说，最该感谢的便是母亲，《小雅·蓼莪》"欲报之德，昊天罔极"，他把母亲迎来溧阳奉养。后世选本几认为《游子吟》作于此时。

问：但我看施蛰存《唐诗百话》对"迎母溧上作"是有所怀疑的。
答：确乎。单从内容看，应是第一次离家远游，才有如此鲜明突出的感受。长期习惯在外的游子，反倒难有这般新鲜感。

问：所以自注，不排除后人伪注？
答：有可能。先看施蛰存的怀疑，他在《唐诗百话》中说"这个注不很可信""分明是儿子出门旅游，临行时母亲为他缝制衣服，儿子有感而作",定于在官位上迎母作,不合诗意。但未进一步展开考论。

我倒找到了一些证据,可证是早年辞亲远游之作。

第一,最直接证据便是好友鲍溶的《将归旧山留别孟郊》,鲍溶特意取用"游子吟"诗意留别,且看诗。

> 择木无利刃,羡鱼无巧纶。
> 如何不量力,自取中路贫。
> 前者不厌耕,一日不离亲。
> 今来千里外,我心不在身。
> 悠悠慈母心,惟愿才如人。
> 蚕桑能几许,衣服常著新。
> 一饭吐尺丝,谁见此殷勤。
> 别君归耕去,持火烧车轮。

鲍溶,元和四年(809)进士,曾自叹"我生虽努力,荣途难自致"(《秋思》),性格特别像孟郊,落落寡合,后客死三川。他是中唐创作极为活跃的诗人,与李益、韩愈、孟郊等多有交谊,留诗一百九十多首。《唐才子传》称他"古诗乐府,可称独步",张为《诗人主客图》将其列为"博解宏拔主",其诗坛地位可见一斑。有个奇怪现象,今天文学史将其视为不重要的诗人,在彼时却有着重要影响力。

从诗歌内容看,两人都在外离亲远游。一般而言,留别对象有同样处境,也有同感,才会如此立意。故可推知"游子吟"在二人均未及第时已写成,因此最好的留别便是以友人的"游子吟"留别友人。"今来千里外,我心不在身。悠悠慈母心,惟愿才如人。蚕桑能几许,衣服常著新。一饭吐尺丝,谁见此殷勤。"均能照应"游子吟"中的诗意。如果说孟郊《游子吟》是"去",那么鲍溶诗则是"归",都围绕母亲而作。

从二诗关联性，再来看他们中第时间。孟郊贞元十二年（796）登第；鲍溶科举路走得更辛苦，元和四年（809）才登进士第。故可知《游子吟》在贞元十二年登第前便已流行。从鲍溶诗看他中断了求仕之路，故在元和四年（809）才登第。而孟郊元和九年过世，鲍溶元和十四年过世，故孟郊、鲍溶求仕交游当在贞元，二诗亦在贞元中。并可推知鲍溶约晚生于孟郊十余年。

二人在求仕路上，一人写下游子吟远行，一人以游子当归留别。孟郊贞元七年（791）在湖州已取得乡贡资格，故可知《游子吟》在贞元初便已流行于世。

贞元中鲍溶为求仕进，曾北游太原，献诗严绶。严绶，大历八年（773）进士，贞元十二年（796）为太原尹兼河东节度使。投书严绶告败后，就有了这首非常失意的留别孟郊的诗。故留别很可能发生在贞元十二年长安。是年孟郊登第，而鲍溶北上失败，准备归旧山，于是在贞元十二年写了这首留别诗，正好引用孟郊贞元初的《游子吟》诗意。

所以施蛰存质疑"迎母溧上作"是有道理的。

第二，从诗风看，孟郊贞元八年长安科举，与韩愈成为场屋战友，之后诗风矫激。《唐诗百话》说"韩愈的影响，恐怕也是酝酿成孟郊诗格的外来因素"。到后期，孟郊愈加精思苦练，古拙艰涩，韩愈《荐士》说"酸寒溧阳尉"，刘叉《答孟东野》说"酸寒孟夫子"，"酸寒"是对他诗风的概括。而《游子吟》淡古素雅，浅直自然，与其后期矫激酸寒诗风不相合。

所以综合看，不可自注"迎母溧上作"而简单判定为晚年溧阳任上作，极大可能是早年别母远游即兴之作。从二人诗风相互影响看，韩孟相识在贞元七年（791），时年孟郊四十一岁，已取乡贡资格，故《游子吟》风格应推至孟郊四十岁前。从那份稚气恋母看，应是第一次离家远游之作，故时间还可上推至大历五年（770）诗人二十岁左右。

第三，还有一种可能，若只有为科举的"远游"才算远游，那《游子吟》当可确定作于贞元七年他第一次赴长安科第。行前母亲密密缝衣，希望他早日高科还家；他也决心以寸草生机回报三春煦阳。这样此诗便是一首离家的科第诗，你以为呢？

问：我也觉得第三种可能性最大。古人盲目的远行随时在发生，只要与科举无关都不算远游。正如"下第与归山""远游与科举"在唐人心里是一体的。所以《游子吟》当为诗人第一次离家科举而作。这个逻辑若成立，贞元七年赴考的《游子吟》与贞元十二年及第的《登科后》便是一前一后、一忧一喜的关系。

答：你理解力很强。这个"自注"虽言之凿凿，来历却极为可疑。宋明以来的本子俱无此注，只在胡震亨《唐音统笺》笺订此诗时题下多了七字。胡氏所本又不明来历。结合宋明时人喜窜改唐人诗句的陋习，你对《游子吟》写作时间的怀疑是有道理的。

像《游子吟》这样简古的诗，正是它自然朴拙不加修饰的趣味，开启了元和诗歌创作的新变化、新特征。

问：所以"自注"可能是明人添补。据施蛰存说《游子吟》里藏有一段江南习俗？

答：是的。"临行密密缝，意恐迟迟归"，今人几译为游子远游，母亲缝衣，一针一线缝得特别密实，是怕游子迟归。这看似正确的翻译，施蛰存却给出了相反的答案。

他结合家乡松江风俗来解，别有新意，渗透人文历史知识。他解说如下。

第三、四句从来没有注解，但如果不知道这里隐藏着一种民间风俗，就不能解释得正确。家里有人出远门，母亲或妻子为出门人做衣服，必须做得针脚细密，要不然，出门人的归期就会延迟，在吴越乡间，老辈人还知道这种习俗。

"风俗密码"解释独到切题。孟郊生长于江南，湖州武康（浙江德清）人，出生在昆山。据韩愈《贞曜先生墓志铭》，孟庭玢官居昆山尉，生三子郊、酆、郢；孟郊为官溧阳尉，在宣州溧阳县（今江苏省溧阳市）。从籍贯、出生地、为官地看，他长期生活在以太湖为中心的吴越一带，这里离施蛰存家乡松江不远，均属太湖流域。从"风俗共有"而言，孟郊熟悉环太湖地区的传统风俗，如此，《游子吟》便极可能含有这一江南民俗，游子远行，家人缝制衣服，密缝不为在外穿着结实，而是托意尽早归来。这一风俗在笔者家乡川西平原也有，大奶（祖父长嫂）给我们孙辈纳鞋底、鞋垫，针脚特别密实，说这样就穿得久，我们就记得她，记得她便会早回。果然我读大学时她做的鞋垫很结实，在她去世后我还穿了许多年。

转而结合科举，母亲密密缝，更含有希望儿子一举高中，早日还家的美好祝愿。

江南这一风俗，还可参证他的《古乐府杂怨》"暗蛩有虚织，短线无长缝"，以线短不能密缝，反见其意，怨狂夫迟不归。《相和歌辞杂怨》"寄人莫剪衣，剪衣未必归"，剪衣，裁缝新衣，与归期有关，又合江南风俗，可等到的却是"游子不顾期"，看来孟郊是熟悉这一风俗的。

问：很有趣的解释。

答：最后补充一点，孟郊家庭在唐代属官宦之家，社会地位并不低。文学史把他描述得穷困潦倒，把其家庭看得过低都是错觉。想一下基数更为庞大的留不下名姓的底层群体即知。以坟茔为例，传统贵贱二元社会，也反映在坟茔文化上，大凡有碑石墓铭者都属社会上流，韩愈就为这些人作过许多谀墓文；底层贱民只有"乱坟岗"。辛亥革命前每个县城北郊都有一处乱坟岗，便是这一现象的持续。

孟郊家庭姓氏，在唐代算是上流。唐代孟氏也出过显宦，韩愈《贞曜先生墓志铭》提到孟简，孟郊与他"于世次为叔父"；父亲孟庭玢娶裴氏女居昆山尉，可知孟郊出身不差。母亲裴氏虽无考，但裴氏是唐代望族。

东汉中后期形成的门阀士族到魏晋南北朝仍然不衰。门第成了出身符号，只有世代为官，才录于士族阶层。士族等第，祖辈长期官居上品，称"右姓""茂姓"。如关中韦、裴、窦、薛、杨、杜；东吴朱、张、顾、陆；南渡的王、谢、袁、萧；山东崔、卢、李、郑；太原王氏，具是右姓巨族。其他姓氏只能算士流下一等次。这些士族保持着优越的社会地位。为保证血统，讲究门当户对，只与同等士族联姻。初唐有"本色匹配""良贱不婚"规定，中唐以后社会松动，望族女子，文士趋之若鹜，与"五姓女"婚配，即开启个人前途。关中右姓，裴氏在列，能与裴氏成婚，可见孟庭玢出身不低。到孟郊家道中落，韩愈《孟生》"谅非轩冕族"，也较切孟郊现状。但能娶裴女，孟郊家族也非寒族。

孟氏在唐代次于"右姓"，堂叔孟简官居刺史、节度使及户部侍郎加御史中丞；父亲孟庭玢昆山尉，从九品上。后迁洛阳，父卒，奉母居，家业衰败，就如李商隐早年家境，但并不影响其固有社会地位。

孟郊有《上常州卢使君书》"小子尝衣食宣武军司马陆大夫，道德仁义之矣。陆公既殁，又尝衣食此郡前守吏部侍郎韦公，道德仁义之矣。韦公既去，衣食亦去"。对这段经历，韩愈《与孟东野书》说"行古道，处当世；无田而衣食，事亲左右无违"，可见他道德修养与社会地位不低。他结束溧阳尉后居洛阳，河南尹郑馀庆闻之，亲往拜见孟母，经郑馀庆奏荐，孟郊任河南水陆转运从事。不久母去，辞官居丧五年，回应了自己的《游子吟》。

问：确乎，从《游子吟》到辞官守孝，他一生行古道，践仁孝，令人感动。

杜牧《江南春》"南朝四百八十寺"揭秘

问：杜牧《江南春》"南朝四百八十寺"，许多注本说是虚数，是这样吗？

答：《江南春》是一首写景咏史诗，而非纯写景诗，千百年来家传户诵。小小一首七绝，图景尺幅千里，画面层次丰富，展示了江南的广阔、深邃、迷离以及历史隆替。先看诗。

千里莺啼绿映红，水村山郭酒旗风。
南朝四百八十寺，多少楼台烟雨中。

大和七年（833）春，诗人奉江西团练府沈传师之命，由宣州经江宁前往扬州拜访淮南节度使牛僧孺途中写下此诗。南朝佛教昌盛，广修寺塔，寺院遍布江东，经历隋唐及中晚唐社会板荡，至杜牧时代大都毁于战乱。此诗便是诗人途经建康的见闻感受，诗末咏史，正是中晚唐贵族式微现实的写照。

南朝最为崇佛的帝王是梁武帝萧衍，他在位的四十八年，也是南朝一百多年里"文物之盛，独美于兹"的时期，称天监之治。可惜晚年颓废，荒怠政事，"好人佞己"，大肆建造佛寺。四次舍身为奴，勒逼朝廷耗资四亿钱将他"赎回"。太清二年（548）侯景之乱，梁帝囚死建康台城。

萧衍前明后昏，梁朝因之元气大伤，国土被北方政权蚕食吞噬。杜牧擅长咏史，"南朝四百八十寺"正观照此事。梁武帝之后，梁朝四分五裂名存实亡,巴蜀、荆襄、淮南大片疆土落入北方政权,萧梁亦被陈朝取代,只在江陵(荆州)留下一个北朝傀儡后梁。"多少楼台烟雨中",诗人为萧梁叹息,为式微的唐贵族唏嘘,不仅仅迷蒙春景。

问:明白了,确为咏史诗。诗人说"四百八十寺",清末刘世珩《南朝寺考·序》却说"梁世合寺二千八百四十六,而都下(金陵)乃有七百余寺"。为何如此悬殊?

答:确乎,江东"合寺二千八百四十六",金陵"七百余寺",皆高于"四百八十寺"。但这是清人数据,不可全信。据《南史·郭祖深传》:

> 时帝大弘释典,将以易俗,故祖深尤言其事,条以为都下(金陵)佛寺五百余所,穷极宏丽,僧尼十余万,资产丰沃,所在郡县,不可胜言。

这是与杜牧"四百八十寺"最接近的记载。刘世珩《南朝寺考》本自南京文人孙文川《金陵六朝古寺考》增编而来。孙文川考稽金陵佛寺手稿,经江宁陈作霖整理为《南朝佛寺志》两卷,凡南朝诸史、金陵类书及名家艺文,涉及佛寺,有见必录,考得金陵佛寺二百二十六寺。与杜牧数字相比,这"二百二十六寺"又离得太远。

可以肯定,孙文川考证不完全,经历一千四百年,大量经籍散失。他又是搜集诸书,得到金陵佛寺确切可稽者凡二百余所,其他失名、不见记载的则不计入。刘世珩《南朝寺考》增编而来,又夸大数字,亦不可信。故当排除。

问:三组数字,看来金陵佛寺数量成谜了。

答:未必。

首先须清楚诗人是绝句高手,"四百八十寺"却全是仄声,他何以不用平声数字协调?显然此处动不得,而非今人解说的"这里说四百八十寺,是虚数",既是随意的"虚数",杜牧何不讲究平仄?他一定是有所据,数字改不得,才这样用。

其次要参寻杜牧同时代的唐人,探究他们观念中南朝佛寺数字是多少。恰巧与他同时的李德裕有《梁武论》,提到南朝佛刹的数量。

> 世人疑梁武建佛刹三百余所,而国破家亡,残祸甚酷,以为释氏之力,不能拯其颠危。余以为不然也。释氏有六波罗蜜,檀波密罗是其一也。又曰:"难舍能舍,大者头目肢体,其次国城妻子,此所谓难舍也。"余尝深求此理,本不戒其不贪,能自微不有其宝,必不操人所宝,与老氏之无欲知足,司城之不贪为宝,其义一也。庸夫谓之作福,斯为妄矣。而梁武所建佛刹,未尝自损一毫,或出自有司,或厚敛氓俗。竭经国之费,破生人之产,劳役不止,杼柚其空,闰位偏方,不堪其弊,以此徼福,不其悖哉!此梁武所以不免也。

李德裕开篇提到"梁武建佛刹三百余所",不知所本,与杜牧"四百八十寺"出入很大。

李德裕用的是"疑",因此还须回到杜牧数据。据《南史》郭祖深传"条以为都下佛寺五百余所",所谓"条",条陈,古代条奏天子的呈文。显然这是郭祖深给梁武帝的奏折,不敢虚报数字,应最具权威。

"都下佛寺五百余所"便是梁武鼎盛时期建康佛寺数目,若除去"侯景之乱"毁于战火的佛刹,那杜牧"南朝四百八十寺"便是有所据且准确的了。

如今诗人过江南,"南朝四百八十寺"已成历史陈迹,是江南美景的组成部分,却勾起他观照现实的感兴,叹息"天监之治"已消弭在烟景里。这首咏史诗直指南朝政治,别有微旨,审美中不忘讥刺。

问：明白了，数字来自《南史》郭祖深奏章。此诗真有你讲的深微之旨？

答：关于诗歌主旨，中小学课文多讲成描绘江南春景，当然这脱离历史的审美，不可一取。将此诗作为咏史讽喻诗看待更恰当。大和二年（828）杜牧进士及第，开启了为官生涯。作为宰相杜佑裔孙，驾部员外郎杜从郁之子，京兆万年杜氏，一位有抱负的贵族诗人，在他生活的中晚唐，社会矛盾重重，传统贵族与平民新贵派系斗争中，贵族式微，道德崩毁。宪宗一心向佛，将佛舍利迎入宫中供养，群臣纷纷称是，这一情况与"天监之治"何其相似！历史教训引起有识之士警觉，韩愈因上书《谏迎佛骨表》被贬谪潮州。之后，除敬宗信道，武宗灭佛之外，继任皇帝都倡导佛教。因此中晚唐寺院、僧人急剧增加，寺院泛滥。

深入分析，我发现，牛李党争贵族势力占上风时认识到佛教势力的危害，以儒治国，要求抑制；平民新贵控制朝廷时，传统价值观崩溃，他们也需要寻找新的社会合力，便大肆兴佛。他们也可重建传统道德价值体系，但这又等于把社会掌控权还给了贵族。因此唐代佛教盛衰，实际照应的还是牛李党争、传统贵族与平民势力之争、儒家价值体系的兴与废。

杜牧经历了佛教兴盛，也经历了衰颓。武宗"会昌中兴"，启用贵族势力李德裕，推行灭佛政策，遣返僧尼，拆除寺庙，不许官府民间供养佛牙、佛骨，一系列措施致使佛教遭受毁灭性打击。作为没落贵族，杜牧很赞成这些做法，宣宗大中年间，他在《杭州新造南亭子记》中说"梁武帝明智勇武，创为梁国者，舍身为僧奴，至国灭饿死不闻悟"，高度肯定武宗厉禁之策。但武宗却听信道士，服食长生丹药，成了死于非命的又一位帝王。唐王朝经历这些劫难，元气再难修复，最终走向灭国。

所以，唐文宗时期，杜牧开启仕途，由宣州、江宁往扬州拜访牛僧孺，当经过江南，看到大量寺庙，想起当年萧衍虔诚崇佛，葬送江山，便借古讽今写下《江南春》，表达对佛道误国的忧虑。当然其深层次包含着牛李党争的复杂矛盾纠葛，所以并非单纯写景，而是深蕴诗人对社会政治的批判，是一首具有现实意义的咏史诗，切莫简单解读。此诗观照江南佛寺，含义幽微，有警示时代之意。

问：确如你所讲，此诗引用南朝佛寺兴废有观照现实的隐微之旨。

答：最后补充一下，诗人写作江南佛寺不是偶然，后来他还有《念昔游》。

> 十载飘然绳检外，樽前自献自为酬。
> 秋山春雨闲吟处，倚遍江南寺寺楼。

"倚遍江南寺寺楼"，可见诗人行迹江南，曾走遍寺庙，亦可参证寺院之多。

宋明以来，时人喜篡改唐诗，不单是做手脚问题，而是到了随心所欲的地步，给今人阅读造成雾障。如"千里莺啼绿映红"，"千里""十里"之争。杨慎《升庵诗话》如下。

> 唐诗绝句，今本多误字，试举一二。如杜牧之《江南春》云"十里莺啼绿映红"，今本误作"千里"，若依俗本，"千里莺啼"，谁人听得？"千里绿映红"，谁人见得？若作"十里"，则莺啼绿红之景，村郭、楼台、僧寺、酒旗皆在其中矣。

杨慎之见拘泥求实，抹杀诗人的创造力和想象力。下面串一下诗歌。"千里莺啼绿映红"，言江南方圆之广袤，春景之明媚，言外之意直比萧梁时期最大的疆域版图，追想南朝盛世；"水村山郭酒旗风"，诗人在方广千里的画轴里填图；"南朝四百八十寺"，目光收缩聚焦建康城,这样构成诗歌远近层次,也指向梁武崇佛灭国事;"多少楼台烟雨中",应景之笔,既是就景感叹,又是唏嘘历史兴废,把逝去的抽象历史,艺术形象化。"多少楼台"隐喻帝王建立的勋业,埋葬在历史烟云中,有警示当政者之意。这正合杜牧咏史绝句写历史兴替"劝讽"的特征。

杜牧七绝名重一时,唐人以"七绝诗小,诗小却好",这首诗"有神无迹",堪称名篇。可是诗却不止于"南朝四百八十寺"数字之疑,杨升庵亦非议:"千里莺啼"如何听得?"绿映红花"如何见得?或许正是它说不尽的魅力吧!

关于杜牧《清明》诗之疑

问:杜牧的名诗《清明》非常美,然而那"路上行人欲断魂"是一种什么景象呢?

答:你的问题有理,春光明丽,春雨纷纷,杏花牧童,好一幅美好的春景图,怎么行人会"断魂"呢?且看诗。

清明时节雨纷纷,路上行人欲断魂。
借问酒家何处有,牧童遥指杏花村。

据《千家诗》解释:"游人遇雨,巾履俱湿,行倦而兴败矣。神魂散乱,思入酒家歇息而未能也。"这是雨的关系吗?纷纷细雨,就如此败兴而"断魂"吗?这种解释显然分量不足。和许多的注家解释一样,他们没有联想到,这是中国传统文化背景下必然产生的一种心态。

问:不是蒙蒙细雨的原因?

答:雨不是主因。解这首诗,须了解我国古代的风习。据宋孟元老《东京梦华录·卷七》"清明节"云:"寒食第三日,即清明日矣,凡新坟皆用此日拜扫，都城人出郊。禁中前半月，发宫人车马朝陵，宗室南班近亲，亦分遣诣诸陵坟享祀……自此之日，皆出城上坟。"宋高菊卿《清明》诗云："南北山头多墓田，清明祭扫各纷然。纸灰飞着白蝴蝶，泪血染成红杜鹃。"也许你会质疑，这是宋人习俗，杜牧写的是唐代。

问：对，唐代也是这样的风习吗？

答：民间野祭早已有之，《孟子》有"东郭墦间之祭者"云。《左传》也云："见被发祭于野者。"到了唐代，风习依旧，已明确在寒食日。白居易诗云，"丘墟郭门外，寒食谁家哭？风吹旷野纸钱飞，古墓累累春草绿。棠梨花映白杨树，尽是死生离别处。冥寞重泉哭不闻，萧萧暮雨人归去"（《寒食野外吟》），直接描写了寒食祭扫的情景。王建《寒食行》云："寒食家家出古城，老人看屋少年行。丘垅年年无旧道，车踪散乱入衰草。牧童驱牛下冢头，畏有家人来洒扫。"再如僖宗时诗僧云表的《寒食日》："寒食悲看郭外春，野田无处不伤神。平原累累添新冢，半是去年来哭人。"野外景物都染上了特有的气氛。明人谢肇淛说，"北人重墓祭。余在山东，每遇寒食，郊外哭声相闻，至不忍闻。当时使有善歌者，歌白乐天《寒食行》，作变徵之声，坐客未有不堕泪者"（《五杂俎·卷三》）。

问：看来寒食这天有令人"断魂"的气氛，但不是清明呀！

答：且看我继续分析。传统习俗，以清明、七月半、十月朔为三大鬼节，春光明丽的清明时节，虽然伴有踏青、郊游、放风筝等游乐活动，但祭祖扫墓是突出的内容。清明前二日是"寒食"（纪念介子推），清明便与寒食联动，据明人刘侗《帝京景物略·卷二》云："三月清明日，男女扫墓，担提奠榼，轿马后挂楮钱，粲粲然满道也。拜者、酹者、哭者、为墓除草添土者，焚楮锭次，以纸钱置坟头……"它酝酿了一种凄凉哀愁的气氛，使郊外行旅见之也不禁心情沉重，心生感伤。行人见闻感受之后,在这杏花春雨清明日也一定"欲断魂"了。

问:啊,你从寒食讲到清明之俗,层次清楚。唐人寒食祭祖,宋人改为清明祭扫。那杜牧诗题"清明"便不妥。

答:是的,杜牧诗为何不用寒食,这是令人奇怪的,除非它是一首宋诗。细察唐人习惯,寒食祭祖没有问题,第三天便是清明出游,享受春日风光,一扫哀伤愁容,到了这日,寒食结束,可以开烟火。如孟浩然"丹灶初开火,仙桃正落花"(《清明日宴梅道士房》),祖咏"霁日园林好,清明烟火新"(《清明宴司勋刘郎中别业》),张继"试上吴门窥郡郭,清明几处有新烟"(《阊门即事》),戴叔伦"晓厨新出火,轻柳暗飞霜"(《清明日送邓芮二子还乡》),足够了,唐人寒食悲伤祭祖,清明已笑逐颜开,享受丽日春光,并于是日开始社会活动。

问:真是新颖之见,破译了千古忽略的问题。回到这首《清明》,他为何"欲断魂"呢?

答:杜牧的诗,藏情于景,以"断魂"二字传递心绪,那细雨纷纷,野祭青烟,融为烟雨凄迷,令人惆怅。杜牧诗,据张天健《唐诗答疑录》考证,写于池州(安徽贵池)刺史任中,牛李党争中,他十年梦觉扬州的落寞心情,衙事毕随步走到秋浦河边,春雨凄迷,为世人祭祖感应而"欲断魂",这"路上行人欲断魂",是指春郊行旅,也包括诗人。

问:这有理,可以用反问出之,他怎么体会到行人"欲断魂"呢?

答:诗人之所以"问酒",是酒浇愁怀的需要,是"欲断魂"感应的结果。杜牧有一首《寓言》诗自述"何事明朝独惆怅,杏花时节在江南"。以此作为解释《清明》诗的旁证,你以为如何?

问:明白了,他的惆怅、感应,全因仕途阻滞而起。他自己"欲断魂",故而眼中"路上行人"也欲断魂。

答：是的。"借问酒家何处有，牧童遥指杏花村"，逻辑上，诗人问酒，一定是见人祭扫感应伤怀，及自身"何事明朝独惆怅"，而不单是《千家诗》"雨引起惆怅情绪"的解释。此诗有雨，有祭祀之俗，有个人仕途"独惆怅"，三重含义，仅仅解释到前两层还不够，还应落到诗人"欲断魂"的心绪上，方可窥得杜牧写作的真诠。当时诗人受朝中李党势力排斥，在外任官，其内心丝丝缕缕的"惆怅"通过诗歌"有神无迹"地流露出来，投射于"路上行人欲断魂"而不张扬，不过分怨悱，甚至还有明媚的"杏花村"在前面等待诗人，颇合"温柔敦厚"的诗教之旨。杜牧"断魂"心事在此，还是因牛李党争而起。

问：三重含义，令人信服。

答：我还有补充。吊诡的是，这首名诗原本并非出自杜牧诗集，而是出自后世一本影响极大的蒙学课本《千家诗》。但南宋刘克庄《千家诗》并无《清明》，谢枋得《重订千家诗》（皆七言律诗）自然也没有。后来明清书坊，将谢枋得选、明清时人王相作注的《重订千家诗》与王相选注的《新镌五言千家诗》合刊而成通行本《千家诗》。由此我们追得《清明》诗，明清才流行于世。故是不是杜牧诗便难说了。虽然对于此诗归属，没有杜牧以外的诗人争夺著作权，但按宋明以来世人喜欢改窜唐人诗歌的习气，不排除诗是他人假手之作。诗确乎优秀，但少了杜牧诗中那种凝练的贵气，多了宋诗的世俗气。尤其乖戾的是，唐人祭祖不在清明。

问：难道《清明》还有真假之辩？

答：只要杜牧诗集没有刊载，便值得怀疑，更何况它还出自明清刻本。杜牧为官履历多次涉足江南，大和七年（833）入淮南牛僧孺幕，居扬州；开成二年（838）入宣徽观察使崔郸幕，居宣州；后又任池州、睦州、湖州刺史，他对江南特别钟情，作此诗有极大可能。

但是，唐人有行卷风气，江南诗僧皎然便曾投诗苏州刺史韦应物,杜牧长期在江南也就不排除士人投献。又或江南士子参加乡贡而觅举杜牧。优秀行卷诗唐人习惯垂挂示人,那么传抄中便极可能错记杜牧名下。自然杜牧亲自审订的《樊川文集》不见此诗。还有其他可能,此诗不完全像唐人诗,更像宋明时人的诗歌格调。唐诗气脉已断,所以更不排除后人伪托。刘长卿有一首《清明后登城眺望》如下。

风景清明后,云山睥睨前。
百花如旧日,万井出新烟。
草色无空地,江流合远天。
长安何处是,遥指夕阳边。

末联"长安何处是,遥指夕阳边",与《清明》"酒家何处有,遥指杏花村",句式完全一样。而且令人震惊的是,诗题都是"清明"。但需特别指出,刘长卿诗没有祭祖扫墓的内容,可见此日唐人不祭祖。大诗人杜牧自不会蹈袭刘长卿,也不排除明清时人读到刘长卿"清明诗",捏造成诗,附会杜牧。当然一切都是推测,尚待《清明》出处的资料发现,追溯王相辑《清明》诗来处。你以为呢?

问:经你推测分析,此诗归属还真有疑问,只要没有绝对的定论便值得怀疑,何况它还出现在明清时期。

关于李商隐的"无题"诗

问:李商隐的《无题》诗,读起来感染力很强,但理解内容怎么像"谜"一样?

答:是的。李商隐的《无题》诗是以难解著称的,千余年来聚讼不已。金代元好问《论诗绝句》说:"望帝春心托杜鹃,佳人锦瑟怨华年。诗家总爱'西昆'好，独恨无人作郑笺。"他道出了对李商隐《无题》诗的理解是文学史上争讼的难题之一。

李商隐以《无题》为题的诗十五首；仿效《诗经》，以首句二字为题的近三十首，都被称作《无题》诗。好像是故意撒下的迷雾，但诗人自己又透露了消息，他曾解释说："为芳草以怨王孙，借美人以喻君子。"（《谢河东公和诗启》）又说，"巧啭岂能本无意"（《流莺》），"楚雨含情皆有托"（《梓州罢吟寄同舍》）。因此，有人考证它为诗人秘密恋爱的心录，有人推测它为抒述政治怀抱的寓言，有人判定它为向人陈情干谒的自白，也有人干脆归之曰不可解。《无题》诗都典丽有余，明快不足，饶有余味而认真解释却很难。大体说来，其内容都疑为爱情诗和政治诗两说。

主《无题》诗是爱情诗的比例较大，其代表作如"相见时难别亦难，东风无力百花残。春蚕到死丝方尽，蜡炬成灰泪始干。晓镜但愁云鬓改，夜吟应觉月光寒。蓬山此去无多路，青鸟殷勤为探看"。普遍认为，它描写了执着的爱情在于濒于绝望之中显出了无比强烈的力量。诗人用"春蚕到死丝方尽，蜡炬成灰泪始干"这类创造性和感染力极强的形象来表达爱情的坚贞不渝、生死难分，已成为爱海情河的绝唱。《无题》诗另还有"身无彩凤双飞翼，心有灵犀一点通"；"春心莫共花争发，一寸相思一寸灰"，描写爱情也极为感人。另外，明显地为实写爱情的《无题》诗如"照梁初有情"一首，前人笺注认为其是李商隐二十六岁时赴京应博学宏词考试落选后寄新婚妻子王氏的。王氏似乎先有信来代为抱屈并慰问，诗人以此诗为答。诗颈联"锦长书郑重，眉眼恨分明"，引用了前秦将领窦滔的妻子苏蕙织锦传书的典故，证明考证可信，自然扩大了《无题》诗属爱情诗的影响范围，并认为其典型地表现了贵族士大夫隐秘难言的爱情生活。

主《无题》诗是政治诗的也理据充分，而《无题》诗里有一部分确属于有寄托。如"重帏深下莫愁堂"一首，借幽居未嫁之女倾诉相思的痛苦，抒吐诗人政治愿望难以实现的感慨。中间一联"风波不信菱枝弱，月露谁教桂叶香"，说自己姿质柔弱，而又遭风波摧抑，秉性芬芳，却得不到月露滋润，托喻身世十分明显。清人何焯评此诗说，"义山《无题》数首不过自伤不逢，无聊怨题。此篇乃直露本色"（《李义山诗集辑评》），政治主题十分显豁。其他像"八岁偷照镜"，以少年待嫁，表达自己急于用世而又为前途担忧的矛盾心理；"何处哀筝随急管"，写贫家女子不得配偶，比喻政治上的失意和社会贵贱对立，都属政治诗。但是，对"来是空言去绝踪，月斜楼上五更钟。梦为远别啼难唤，书被催成墨未浓。蜡照半笼金翡翠，麝熏微度绣芙蓉。刘郎已恨蓬山远，更隔蓬山一万重"这首诗，普遍认为它描写了诗人对爱情的要求得不到满足，因而对爱情产生了种种渴望和幻想。但冯浩却认为它是诗人怨恨令狐绹不了解自己心情的政治诗，他说："首章二句谓绹来相见，仅有空言，去则更绝踪矣。令狐为内职，故次句点入朝时也。'梦为远别'紧接次句，犹下云'隔万重'也。'书被催成'盖令狐促义山代书而携入朝，文集有《上绹启》，可类推也。五、六句言留宿，蓬山，唐人每以比翰林仙署，怨恨之至，故言更隔万重也。若误认艳体，则翡翠被中，芙蓉褥上，既已惠然肯来，岂尚有托空言而有梦别催书之情事哉？"冯浩是以"实有寄托者多，直作艳情者少"的观点看待李商隐的《无题》诗为政治诗的。对于"相见时难别亦难"这首颇具代表性的《无题》爱情诗，张采田《李义山诗辨正》亦辩正说："此篇为陈情情不省，留别令狐所作。"认为其写的是留别宰相令狐绹的诗。纪晓岚《李义山诗集辑评》亦云："此亦感遇之作也。"以为其写的是诗人宦途失意的伤感。何焯也认为是感遇诗，他说："东风无力，上无明主也。百花残，己且老至也。落句其屈子远游之思乎？"都归此诗为政治诗。朱鹤龄更把所有李商隐的爱情诗都说成是"美人香草"的"忠愤"所托。他曾说，因当时"阉人横暴""党祸蔓延"，诗人"厄塞当途，沉沦记室。其身危，则显言不可而曲言之；其思苦，则庄语不可而漫语之，计莫若瑶台璚宇、歌台舞榭之间，言之可以无罪，而闻之足以动情"。他以为《无题》诗表面写爱情，而实则为"寄遥情于婉娈，结深怨于蹇修"。

在主《无题》为爱情诗或政治诗之外，另有主不可一概而论者，称其寄托在有无之间。即如"相见时难别亦难"，相思缠绵，似无寄托痕迹，但细读之后，总感到蕴藉深沉，含蓄不尽，那悱恻苦痛的相思、浓重的悲凉意识、至死方休的向往以及明知希望邈远仍要执着追求的心境等，似乎又不仅限于男女之情所包括的隐痛，又何尝不能相通于他人生信念的表白？因而也有很多人认为它具有比单纯男女爱情更深广的概括性。清人屈复有一段议论颇引人注意："凡诗有所寄托，有可知者，有不可知者。如'月中霜里斗婵娟''终遣君王怒偃师'诸篇，寄托明白，且属泛论，此可知者。若《锦瑟》《无题》《玉山》诸篇，皆男女慕悦之词，知其有寄托而已，若必求其何事何人以实之则凿矣。今但就诗论诗，不敢附会牵扯。"此论符合诗人实情。李商隐《无题》诗非作于一时一地，取材和内容必是多样的，既有喻托政治的诗，也有哀艳的爱情诗，更有其他抒情诗，难以一概论定。但有人指出在难以一概而论定中须看到，它们之间也存在着一种共通性。即《无题》都以爱情生活的悲剧相思为主调，着重展示重重压抑下难以舒展而又割不断的情丝，这跟诗人一生的悲剧命运以及整个晚唐的悲剧气氛又密不可分。末世贵族李商隐属于正直有卓见的人，心中以深切的忧虑注视着唐王朝的危亡。他渴望"中兴"属于贵族的盛世，希望统治者觉醒，也强烈希望能为救危亡尽一份力。可是，在重重压力之下，他的忧患意识只是如梦幻相思。这是他个人的悲剧，也是时代的悲剧。这就必然使他的诗把爱情歌唱与人生感怀融为一体，从相思的苦痛曲折中透出时代苦闷的政治呼声，这可谓《无题》诗爱情说和政治说之外的又一说。

问：究竟依何说可靠呢？

答：我以为还得回到诗人时代。李商隐家世显赫，为李唐皇族远房宗室，幼年失怙，肩负光耀门楣的责任，移家洛阳，得到令狐楚器重，随侍左右，习练文墨，开成二年（837）二十四岁登第，算是少年春风。本已开启实现抱负的模式，却遭逢乱世。彼时党争正酣，他选择贵族阵营，站在李党一方，他的婚姻便是宣示。开成时期朝中权柄在平民势力手中，他因此备受排陷。虽授秘书省校书郎，但很快被调往弘农（河南灵宝）县尉，远离朝廷。武宗会昌中兴，贵族势力回归，是李德裕执政最辉煌的时期，也是唐贵族最后的辉煌，但他却因丧母丁忧错过时机。当他重返朝廷时，已是大中时期，宣宗扶植平民势力全面执政，打击贵族，他再无立锥之地，随桂管观察使郑亚远赴桂林。郑亚再遭清洗被贬循州后，李商隐失去了工作。他无法生存，再回长安，谋得盩厔（陕西周至）县尉。自开成二年登第授弘农尉，十年后还是一个相当职位的盩厔尉。徘徊不进，蹉跎了最好年华。他仕途虽艰涩，政治立场却异常鲜明，坚定站在贵族阵营，抱持古老价值观，坚守传统，将贵族情怀倾泻诗笔，试图改变龌龊世道。他与杜甫一样，对武后大兴科举造成的社会混乱无序甚为不满，杜甫在慈恩寺塔上看着失序的景象，忧心忡忡，将那班"朝为田舍郎，暮登天子堂"结党营私的新人斥为"随阳雁""稻粱谋"，疾呼"致君尧舜上，再使风俗淳"。李商隐时代比之杜甫更加不堪，那班平民新贵擅权谋私，排斥异己，李商隐痛斥"鸾皇期一举，燕雀不相饶"（《送从翁从东川弘农尚书幕》），对背离设计者初衷的科举极为不满。他试图以美好的诗句改变堕落的现实，以高洁的心灵影响那帮名利客，然而个人力量有限，他面对的是汹汹而来的平民势力，唯此他在晚唐才弥足珍贵，他是黑暗中的孤星。到此,也就不难理解他站在贵族阵营的行为,也不难理解他的恋君思想,也才能理解他"为芳草以怨王孙,借美人以喻君子"(《谢河东公和诗启》),"巧啭岂能本无意"(《流莺》),"楚雨含情皆有托"(《梓州罢吟寄同舍》)的苦心孤诣。他凄艳的《无题》,是贵族式微的绝唱。这些或许是《无题》诗背后藏着的钥匙。可惜历史未能按诗人想法前进,这场历时五十余年的党争,以贵族失败告终,历史交到平民手里,古老的传统价值观被抛弃,也留下了晚唐黑暗的一页,留下黄巢反唐、五代十国之乱,直到宋人以理学建立新的价值体系。所以牛李党争是关乎历史转关的又一重大历史事件,它也影响到末世贵族李商隐的个人命运。这是他《无题》诗给我的联想,你以为如何?

关于唐诗中"青门"在何处

问:唐代许多诗歌写到长安"青门",青门究竟在何处?

答:我先谈"青门"的出典。《文选·卷二十三》阮嗣宗《咏怀十七首之九》"昔闻东陵瓜,近在青门外"。唐李善注"《汉书》曰:霸城门,民间所谓青门也"。在汉代,长安城的东南门,本名霸城门,因门色青,故称"青门"。至唐代,在长安的青门有三处,即通化门、春明门、延兴门。

一说青门是通化门。

楼颖《东郊纳凉忆左威卫李录事收昆季太原崔参军三首并序》序中云:"仆三伏于通化门东北数里避暑之地,即故倖天官顾公之旧林,今贰宰君李公之别业,右抵禁籞,斜界沁园。"诗中说:"纳凉每选地,近得青门东。林与潦原接,池将沁水通。"

楼颖诗序说避暑地在通化门东北方向,诗中又说在青门之东,序与诗都提到近靠禁苑,紧邻公主园林。唐长安禁苑在龙首原上,东达浐河，北临渭河，南靠长安。龙首原绵延长安东北面。诗云"林与缭原接"，通化门为东面三门最北一座，在东北附近的避暑之地，一定是接缭原、近禁苑。故此指通化门为青门是明确的。

初唐许景先《折柳篇》"春色东来度渭桥，青门垂柳千百条"。渭桥，即东渭桥，距此桥最近的是通化门，故许诗说的青门也指通化门。

二说青门是春明门。

李洞《送人归觐河中》"青门冢前别"。唐长安有名的古迹为春明门外汉太子太傅萧望之墓，青门冢自然是指春明门。

陈洪祖《东城老父传》提到春明门外镇国寺："（贾昌）奉舍利塔于长安东门外镇国寺东偏……"既说镇国寺在春明门外，又说在东门外，显然春明门就是东门了。

司马札《东门晚望》"青门聊极望，何事久离群"。用东门的题，写青门，也可证春明门就是东门。

三说青门是延兴门。

张籍《过贾岛野居》："青门坊外住，引坐见南山。此地去人远，知君终日闲。"和另一首《赠贾岛》："篱落荒凉僮仆饥，乐游原上住多时。"又是青门坊，又是乐游原，乐游原大部分在长安城内升平坊东，绵延至升道、新昌、宣平诸坊间，那么贾岛是住城内吗？而诗题为何又作野居？其实野居并非城外郊野，乃借指出家人居处幽僻。"青门坊外住"，也不是长安城内里坊外之地，"坊外"用意与野居同。张籍又有《与贾岛闲游》"水北原南草色新，雪消风暖不生尘。城中车马应无数，能解闲行有几人"。水北原南，水指曲江池，原是乐游原，是京城管理疏僻之地；所谓"围外坊无禁"的区域，是与市内车马人流相对而言的清静之地，故有"坊外"之感。贾岛《青门里作》写自己"北岳修"住处"泉树一为别，依稀三十秋"，诗题明确说他住在青门里。从上归结，贾岛住青门里，乐游原上，里坊之内。乐游原距延兴门极近，可见青门又指延兴门。

李商隐《乐游原》"春梦乱不记，春原登已重。青门弄烟柳，紫阁舞云松"。乐游原与青门一起描写，这是相距很近的延兴门，故青门指延兴门也不错。

问：通化门、春明门、延兴门，究竟该指哪儿才对呢？

答：你稍一回想，自然明白。这三门不都在东门吗？实则是，青门就是东门的一般代称。当然它有个变化过程，在初唐特指通化门，到了中晚唐才泛指东门。

白居易有诗："青门走马趁心期，惆怅归来已较迟。应过唐昌玉蕊后，犹当崇敬牡丹时。"（《自城东至以诗代书戏招李六拾遗崔二十六先辈》）

罗隐："青门欲曙天，车马已喧闹。"（《寒食日早出城东》）

以城东为诗题，确指长安的东门。

从长安东去的道路也用青门代称，如张九龄《送韦城李少府》"别酒青门路，归轩白马津"。韦城在河南滑县东南，白马津在其附近，都在长安东北。再如李白《寓言·其三》"长安春色归，先入青门道"，郑嵎《津阳门诗》"青门紫陌多春风，风中数日残春遗"。当然，更有把东门称为青门大道的，这就不必一一列举了。

问：这就坐实了青门为东门的泛指，论证翔实可信。可是我想问，诗人如此厚爱青门，它有何重要意义？

答：它突出的意义是交通。青门包括长安东三门，是东去的起点，其中通化门距宫城延喜门很近，帝王就近到此为封疆重臣送行，如李吉甫充淮南节度使，李江颜出镇许州，裴度宣慰淮西。《旧唐书》的三人传记中都写到他们在此受到礼遇。公卿以下在通化门饯别就自不待言了，通化门以东就近长乐坡，白居易《长乐坡送人赋得愁》云："终日坡前恨别离，谩名长乐是长愁。"这里是友人愁情惜别的处所。坡下为浐河，浐桥也是送别之所，温庭筠《早春浐水送友人》："青门烟野外，渡浐送行人。"过浐桥，斜向东北通过灞桥，更是深情惜别之地，杨炯《送李庶子致仕还洛》："灞池一相送，流涕向烟霞。"刘沧《送友人下第东归》："漠漠杨花灞岸飞，几回倾酒话东归。"因浐、灞两桥在青门道上，也便称为青门桥，刘禹锡《别友人后得书因以诗赠》："前时送君去，挥手青门桥。"

从通化门上青门大道很便捷，但从春明门东去，也可上青门大道。如刘禹锡《和令狐相公别牡丹》："莫道两京非远别，春明门外即天涯"。从春明门斜向东北浐桥，较通化门稍远；从延兴到青门大道，同样道理，只是更远一点。灞桥是上青门大道的终点，离人都于此告别，过灞桥便分赴不同去向，或水程或陆路。

问：既如此，想必青门内外十分繁盛？

答：青门是东向大道的起讫点，送别迎归此区片人流辐凑。别离首先寄托于酒，酒家商肆林立。如岑参《送陈子归陆浑别业》："青门酒垆别，日暮东城鸦。"刘驾《送友人擢第东归》："青门一瓢空，分手去迟迟。"酒成了饯别的需要，酒家女自不可少，一些西域女子，也落脚于酒家接待行客。如李白《送裴十八图南归嵩山》："何处可为别，长安青绮门。胡姬招素手，延客醉金樽。"岑参《送宇文南金放后归太原寓居因呈太原郝主簿》："送客系马青门口，胡姬垆头劝君酒。"杨巨源《胡姬词》："妍艳曲江头，春风好客留。当垆知妾惯，送酒为郎羞。"其余的商业繁盛也可想而知，李频写东渭桥的繁华是"秦池有吴舟，千樯渭曲头"（《东渭桥晚眺》），概括相当准确。青门名气之响亮甚至被唐人编成曲子，如李贺《黄头郎》"玉瑟调《青门》，石云湿黄葛"，王琦汇解："《青门》疑是曲名。"姚文燮注："《青门》，曲名。"

青门内有兴庆宫，青门内外又近于大明宫，贵族官僚也喜于此地往来居留，又有浐灞流水，高宗时太平公主，玄宗时薛王、宁王、崔驸马都于此构筑园林,山川园林之美,更增加游人之兴。耿湋《晚春青门林亭宴集》"都门连骑出,东野柳如丝"。对延兴门内曲江游咏更多,林宽《曲江》:"曲江初碧草初青,万毂千蹄匝岸行。"章碣《曲江》:"只缘频燕蓬洲客,引得游人去似迷。"

这可以把青门内外的繁华景况说得差不多了吧?

问:是的,是的。对于唐诗人描写的青门地址在何处及其何以厚爱青门,以及描写青门的原因已谈得很清楚了。

关于唐诗人的名号异闻

问:唐诗人的名号很多,请介绍一下。

答:唐人很讲究出身门第,也重视个人名号。唐诗人的名号极为丰富,品目繁多。儒家是血缘文化,名字可以端本正源,北齐颜之推在《颜氏家训·风操》云:"古者,名以正体,字以表德。"古人规定,名与字不是一个称呼。但名与字常在命意上相关联,相得益彰。我想,你问的并非"名"与"字"的普通问题。

问:对,我请教的是除"名""字"之外的其他称号。

答:说到称号,有自称的号,即"自号""别号""称号";别人称的"绰号";死后赠的"谥号";等等。先说"自号"。清人史梦兰《异号类编·序》云:"别号之兴,大抵始于周秦之际,瑰奇之士,不得志于时,放浪形骸,兀罍自喜,假言托喻,用晦其名。然而其人既有著述以自见,则闻于当时,传诸后世,其名虽晦,其号亦彰。鬼谷、鹖冠之流,盖其著也。自是以后,通人慕之,竞相标尚。"对自取别号的性质和目的都说清楚了。今举唐诗人"自号"如下。

王绩,自号"东皋子"。绛州龙门望族,性简傲嗜酒。他很仰慕晋代隐逸诗人陶渊明,陶渊明《归去来辞》有"登东皋以舒啸,临清流而赋诗"。晚年王绩又定居于东皋，故取此号。

卢照邻，自号"幽忧子"。他是河北幽州人，范阳著姓，中年后患一种风痹病，常怀忧虑，故取此号，取其为幽州人，又怀殷忧之意。

贺知章，自号"四明狂客"。他狂放好饮，有"清谈风流"之誉，晚年辞朝回乡为道士，常以酒遣兴，又家住浙江宁波府四明山，故取此号。李白《对酒忆贺监》云，"四明有狂客，风流贺季真"。杜甫《饮中八仙歌》列他为首，"知章骑马似乘船，酒酣落井水底眠"。

李白，自号"青莲居士"。他少时生活于剑南道绵州彰明青莲乡（四川江油），常喜欢与采莲人一起交谈，所以取此号。他有"清水出芙蓉，天然去雕饰"，表明很喜爱莲花。青莲又是佛教圣物，居青、黄、赤、白四色莲花之首，可见诗人有信佛之意。

元结，自号"漫郎""浪士""漫叟"。他从小喜欢浪游各地，意为不忘爱好之故。

李端，出身赵郡名门，字正已，名与字意义同一，自号"衡岳幽人"。他辞官隐居衡山，爱其地清幽，和自己幽隐的志趣相同，便取为自号。晚唐郑谷《哭进士李洞》"李端终薄宦，贾岛得高名"。

朱湾，自号"沧洲子"。他大历时隐居，《唐才子传》称他"率真履素，潜辉不曜。逍遥云山琴酒之间，放浪形骸绳检之外"。

张志和，原名"龟龄"。祖上皆为官，十六岁举明经，向肃宗献策，颇受赏识，待召翰林，授金吾卫录事参军，赐名志和。后因事被贬南浦尉，遇赦还，不复仕，自号"烟波钓徒"。他隐居于江湖，性迈不受羁束。颜真卿撰《浪迹先生玄贞子张志和碑》说他"扁舟垂纶，浮三江，泛五湖，自谓烟波钓徒。……欲以大布为褐裘服，嫂徐氏闻之，手为织纩，一制十年，方暑不解。所居草堂，橡柱皮节皆存，而无斤斧之迹。……视轩裳如草芥，屏嗜欲若泥沙"，是一个旷放的诗人，撰《玄贞子》二卷，又自号"玄贞子"。

刘长卿，自号"随州钓徒"。出河间刘氏，宣城人，天宝进士，他累遭贬谪，晚岁任随州刺史，政余喜钓鱼平除心中积郁，故有此号。

秦系，自称"东海钓客"。他避难剡溪，是一个隐居并多写隐居生活的诗人。

白居易，晚年好佛，自号"香山居士"，又自称"醉吟先生"。

顾况，自号"华阳真逸"。他后来隐居茅山，自谓"无官一身轻"，晚年又号"悲翁"。

卢仝，初隐少室山，自号"玉川子"。河南济源人，郡望范阳，著录名《玉川子诗集》。

刘叉，自号"彭城子"。生平不详，有《自问》诗云，"自问彭城子，何人授汝颠"。彭城是江苏徐州，刘氏郡望堂号在此。彭城刘氏源出西汉皇族，被看作刘氏正宗。彭城刘氏支脉较多，影响较大。疑其以郡望地名自号。

司空图，自号"知非子""耐辱居士"。咸通十年登进士第，初为宣歙观察使王凝幕僚，召拜殿中侍御史，迟留百日，被弹劾，责授光禄寺主簿，分司东都。这或许是他故意自号"知非""耐辱"的因由。

韩偓，京兆万年人，父韩瞻与李商隐连襟。李商隐有"雏凤清于老凤声"送他。自号"玉山樵人"。他曾居留江西玉山县，因喜爱当地水秀山清，有弃官归隐、愿做樵夫之意。

皮日休，襄阳人，自号最多的诗人，自号有"鹿门子""间气布衣""醉吟先生""醉士"等。他曾经在鹿门耕种，性情傲诞。在《酒中十咏》并序中说："鹿门子性介而行独，于道无所全，于才无所全，于进无所全，于退无所全，岂天民之蠢者邪！"

陆龟蒙，也是自号很多的诗人，有"江湖散人""甫里先生""天随子"等。他幼年聪颖，有高致，通《春秋》，名振全吴，故有自号

"天随子"。他曾任湖苏二州从事,后隐居松江甫里,故有自号"甫里先生"。至于"江湖散人",他自己有《江湖散人歌》并序解释云:"散人者,散诞之人也。心散、意散、形散、神散,既无羁限,为时之怪民。束手礼乐者外之曰,此散人也。"

黄巢,称号"冲天大将军"。他乃是曹州冤句(山东菏泽)人,乾符二年(875)举兵应王仙芝反唐,仙芝败亡,他继领其事。

李涉,自号"清溪子",洛阳人,曾与弟渤偕隐庐山白鹿洞。清名甚著,诗也清新自然,可能因此以"清溪"自喻。曾夜过九江皖口遇盗,问何人,从者答:"李博士。"盗首曰:"若是李涉博士,不用剽夺,久闻诗名,愿题一篇足矣。"李涉欣然书一绝:"暮雨潇潇江上村,绿林豪客夜知闻。他时不用藏名姓,世上如今半是君。"豪首大喜。

唐彦谦,并州晋阳(山西太原)人,自号"鹿门先生"。

崔道融,荆州人,郡望博陵崔氏。唐末耻仕梁王朱温,避乱入闽,自号"东瓯散人"。

杜荀鹤,自号"九华山人"。他是安徽池州石埭(安徽石台)人,少时就隐于九华山读书,爱九华山风景。与之共隐的文士确有不少,他有诗记道:"十载同栖庐岳云,寒烧枯叶夜论文。"

罗隐,自号"江东生"。因他是余杭(浙江余杭)人,属江东之地,取地名为自号。

袁皓,自号"碧池处士"。他是宜春人,咸通进士,龙纪中为集贤殿图书使。

孙光宪,自号"葆光子",陵州贵平(四川仁寿)人。

有自号的诗人,不仅一般士庶阶层,一些诗僧也有,如下。

可朋,自号"醉髡"。四川丹棱人,好饮酒,又因贫无力偿酒债,时人多周济他。他取好饮酒为自号。

齐己,自号"衡岳沙门"。益阳(湖南)人,云游江海,遍历名山。曾居南岳，因爱其地，便取名自号。

取自号的诗人，大都用来寄情托意，或则见性知人。以上所举，仅是唐诗人中极少的例子，于此也可见一斑了。

问：在自号中，有一个倾向，何以许多诗人喜欢把"子"字加在自号中？

答：因为"子"在古代是男子的美称，这当然就是自美其号之意。好吧，我现在谈别人称的绰号。

王绩，时称"斗酒学士"。他因嗜酒被劾，乃还故里。唐武德初，以原官得召门下省，侍中陈叔达闻其嗜酒，特准日给一斗。因此有这雅号。

骆宾王，写诗喜欢用数字成对，时人给他雅谑的称号"算博士"。

苏味道，武周时期为丞相，但世人称他为"模棱手"。他处世圆滑，曾对人说："处事不欲决断明白，若有错误，必贻咎谴，但模棱以持两端可矣。"故人们以"苏模棱"嘲之。

陶岘，彭泽后人，开元末，泛江湖，自制三舟，与孟彦深、孟云卿、焦遂共载。吴越之士，时号为"水仙"。他到南海省亲，得一个名摩诃的昆仑奴，会泅水，行至西塞山下，泊舟吉祥佛寺，见江水深黑，以为有怪物，投剑命摩诃下水，很久，只见肢体磔裂浮水上（可能被鳄鱼类水兽咬死），岘流泪回棹，赋诗自述，不再游江湖了。诗云："匡庐旧业是谁主，吴越新居安此生。白发数茎归未得，青山一望计还成。鸦翻枫叶夕阳动，鹭立芦花秋水明。从此舍舟何所诣，酒旗歌扇正相迎。"

元结，虽有自号，因避安史之乱，举家南奔，入猗玗洞（湖北大冶），人称"猗玗子"。

苏涣，时称"白跖"，本不平者，往来剽盗，又善用白弩，巴蜀商人苦之，称他"白跖"，是蔑称。后来折节从学，他是广德二年

(764)进士。成名，湖南观察使崔瓘召为从事，大历四年在潭州（长沙）曾与杜甫友好，杜甫赞他"才力素壮，辞句动人"。诗质朴刚劲，有嫉恶感情。

胡令能，远近戏号为"胡钉铰"。他是贞元、元和间人，少时从事洗镜镀钉之业，因能吟咏，故以此号称之。他的诗浅显精巧，生趣盎然，如《小儿垂钓》"蓬头稚子学垂纶，侧坐莓苔草映身。路人借问遥招手，怕得鱼惊不应人"。

李绅，时号"短李"。他于会昌元年（841）入朝拜相，封赵国公。居相位四年，以疾辞位。复出任淮南节度使。他形体短小而精悍，故人们有此谑称。《唐诗纪事》称他"与李德裕、元稹同时，被号'三俊'"。

张又新，人称"张三头"。他是中唐不算显赫的诗人。《唐诗纪事》称他攀附李逢吉。"张三头"即进士状头、宏词教头、京兆解头。他曾做广陵从事，后罢职江南郡，致情于一位佐酒妓。二十年后，他再乘舟经广陵，适李绅镇淮南，又新曾构陷李绅，怕李绅记仇，同时又遇风漂没二子。李绅知其遭遇，心中怜悯，致信说："端溪不让之词，愚冈怀怨，荆浦沉沦之事，鄙实悯然。"还置酒宴厚待。其时，酒妓还在席，又新以指蘸酒，即席为诗曰："云雨分飞二十年，当时求梦不成眠。今来头白仍相见，还上襄阳玳瑁筵。"李绅命妓送酒唱歌以复。

方干，时号"方三拜""补唇先生"。《北梦琐言·卷六》载："诗人方干，亦吴人也。王龟大夫重之，既延入内，乃连下两拜。亚相安详以答之，未起间，方又致一拜。"这就是谑称"方三拜"的来由。方干诗名著于吴中，陆（龟蒙）未许之，一旦顿作诗五十首，装为方干新制，时辈吟赏降仰，陆谓曰："此乃下官效方干之作也。"方诗在模范中尔，句奇意新，识者亦然之。《唐诗纪事》还说他很质野，每见人

· 438 ·

就三拜,还说,礼数有三。所以人称"方三拜"。他又唇缺,年老时在镜湖才遇到医生补唇,时称"补唇先生"。

唐求,人称"唐山人""唐隐居"。这是个古怪的鲜为人知的隐逸诗人。他的籍贯有三说。一说是长安人,居味江(《舆地纪胜》);明人杨慎《升庵诗话·卷八》则说:"唐求,嘉州沫江人,所谓诗瓢唐山人也。"两说都不确。今据乾隆《崇庆州志·隐逸三十二》引宋人《茅亭客话·卷三》有味江山人一条,论及唐求之事。

> 唐求,唐末蜀州青城县味江山人,至性纯悫,笃好雅道,放旷疏逸,几乎方外之士也。每入市,骑一青牛,至暮,醺酣而归,非其类不与之交。或吟或咏,有所得则将稿捻为丸,纳于大瓢中,二十余年不知其数,亦不复吟咏。其赠送寄别之诗,布于人口,暮年因卧病索瓢置于江中曰:"斯文苟不沉没于水,后之人得者方知我苦心耳。"浮至新渠,江口有识者云:"唐山人诗瓢也。"探得之,已遭漂润损坏,十得其二三,凡三十余篇行于世。

我作为四川崇庆县(今崇州市)人,曾做过调查,崇庆州唐置称蜀州,又称唐安,另据《槐轩杂著》载:"唐安西北有味江,泉洌而甘,明藩以酿酒。"经查,味江发源于崇庆县(崇州市)和平乡大崩槽脑顶的山麓,经五马槽流入灌(县)境,至泰安寺又折东南流至代家桥折南流入崇庆街子乡,至此始出群山,流入平坝。关于唐求的居地,一九二五年在崇庆县(崇州市)街子乡发现清道光年间的"唐诗人唐求故里碑"(今存县文物管理所),亦证实唐求为蜀州人,其房地约在味江二十公里处。此地毗邻青城山,故求诗有"数里缘山不厌难"之句。

《舆地纪胜》所语显然不确;而杨慎则是把"味江"误为"沫江",沫江在嘉州(四川乐山),距崇庆甚远。《茅亭客话》的记载从

"放旷疏逸""非其类不与之交"可以看出唐求清高傲世不与世俗同流的个性；从"布于人口"可知道唐求诗流播于群众，受人喜爱；从诗瓢还可以知，他苦吟作诗不愿寂寞的一生，他不是尘念全消的人。

王仁裕，蜀人呼为"诗窖子"。《江北诗话·卷一》云："前蜀王仁裕生平作诗万首，蜀人呼曰'诗窖子'。"意为作诗之多。

在女诗人中，有绰号的也不乏其人。如下。

薛涛，"扫眉才子"。是诗人王建《寄蜀中薛涛女校书》称的："万里桥边女校书，枇杷花下闭门居。扫眉才子知多少，管领春风总不知。""扫眉"是指妇女画眉，其意是称她是女才子中的杰出女才子。

李冶，"诗豪"。她性格开朗，与诗人刘长卿交往，常随意开玩笑，刘长卿称她是女中诗豪。

在诗僧中，也有许多有绰号的。如下。

贯休，人称"得得来和尚"。姓姜，字德隐，婺州兰豁（浙江兰溪）人，七岁出家，好学，他啸傲王侯。乾宁初（894），谒吴越王钱镠，献诗，有"满堂花醉三千客，一剑霜寒十四州"之句，钱镠踞江南有称帝的野心，令改"十四州"为"四十州"，方肯接见，他答道"州亦难添，诗亦难改"，遂拂袖而去。天复中（901—904）入蜀，谒前蜀王建，献诗云："河北河南处处灾，惟闻全蜀少尘埃。一瓶一钵垂垂老，千水千山得得来。"所以获得这个称号。

齐己，时号"诗囊"。他幼孤，七岁放牛，常用竹枝画牛背作诗，为老僧赏识，剃度出家。他诗好，生性放逸，爱山水，懒谒王侯。又因颈上长个赘瘤，所以给他以"诗囊"的雅号。

别人取的绰号，一般具有谐谑的风趣，无论含尊敬意思或轻视意思，都不如自号庄重一些。

问：还有一种叫"谥号"的吧？

答：封建帝王把爵位赐封大臣，依其生前的事迹，死后给"谥"，用来指死者的善恶，但多数是歌功颂德的字。如韩愈死后谥"文"，而"经天纬地"才谥"文"，故世称"韩文公"，充满尊重敬仰之意。但我这里要说的是有的诗人名望很高，却无功名官爵，因帝王赏识而给以赐号。如诗僧贯休，前蜀王建优礼相加，便赐号"禅月大师"。死后，弟子昙域集其诗文为《禅月集》。还有一种是私人"谥号"，如诗人孟郊死后，韩愈私谥为"贞曜先生"，意思是赞扬他贫且益坚的性格，并写了《贞曜先生墓志铭》；诗人方干，曾学诗于徐凝，后隐镜湖以终，门人私谥为"玄英先生"，赞他是通玄入妙突出的人。

在别人取的称号中，还有一种极为普遍广泛的称号，那是按官位所在地取的称号，如下。

韦应物，韦苏州。

刘长卿，刘随州。

韩愈，韩潮州。

柳宗元，柳柳州。

岑参，岑嘉州。

他们都作过该州的刺史官。有一种纯粹以官位来叫的称号，如杜甫，安史乱起奔赴凤翔勤王，授左拾遗，世称"杜拾遗"；广德二年（764）春回成都，严武表为节度参谋，同年秋冬授检校工部员外郎，故又称"杜工部"。李白天宝（742）初应诏入京，供奉翰林，世称"李翰林"。晚唐郑谷，官至都官郎中，世称"郑都官"。高适称"高常侍"。贺知章称"贺秘监"。张籍称"张水部"。白居易称"白太傅"。其实，有的称法也不妥当，《北江诗话·卷二》云："若甫称工部，则剑南参幕日检校之官，李称翰林，则贺知章荐举时供奉之署，皆非实职。"

问：唐诗人名号听你讲后，可谓名目丰富，趣味多矣。

答：还有一类更有趣的称号，是以诗中佳句赢得声名者。如下。

赵嘏，楚州山阳（江苏淮安）人。会昌四年（844）进士。大中年间任渭南尉，世称"赵渭南"。但他还有个称号，是他在长安，和杜牧交往，杜牧非常赞赏他的诗情致佳美、笔力纵宕，不落浮艳繁缛。他的一首《长安秋望》，名重一时，诗句中有"长笛一声人倚楼"，为他赢来了"赵倚楼"的称号。原诗："云物凄凉拂曙流，汉家宫阙动高秋。残星数点雁横塞，长笛一声人倚楼。紫艳半开篱菊静，红衣落尽渚蓬愁。鲈鱼正美不归去，空戴南冠学楚囚。"诗借"长笛"传声，作收放过渡，却无痕迹。《唐诗纪事》"杜紫微览嘏诗云：'残星几点雁横塞，长笛一声人倚楼'。吟味不已，因目嘏为赵倚楼"。

　　郑谷，光启三年（887）进士，袁州宜春（江西）人。写诗勤奋，却都不出风云月露之思，他以《鹧鸪》诗著名，时称"郑鹧鸪"。其诗云："暖戏烟芜锦翼齐，品流应得近山鸡。雨昏青草湖边过，花落黄陵庙里啼。游子乍闻征袖湿，佳人才唱翠眉低。相呼相应湘江阔，苦竹丛深日向西。"此诗平常，不知如何赢得这样高的声誉。诗是咏物诗，就是描写鹧鸪，八句都用赋体，只是第二联好些。在郑谷所有诗中，这是极平常的一首。他还另有一首《侯家鹧鸪》，把歌妓筵席间唱的鹧鸪词比为被捕在笼中的鹧鸪，具有双重比兴，极有意思。比前首好得多，我怀疑"郑鹧鸪"之名应是这一首诗。郑谷真正的好诗，像绝句《淮上与友人别》，把正意"君向潇湘我向秦"倒用的做法，语浅情深，悬想无穷。应当说，"郑鹧鸪"之名反而掩盖了他的好诗。欧阳修《六一诗话》评郑谷诗："郑谷诗名盛于唐末。……其诗极有意思，亦多佳句，但其格不高。"

　　崔珏，清河崔氏，武城（山东武城）人。大中时登进士第，与李商隐交善，写诗颇受李商隐影响，胡震亨《唐音癸签·卷八》说他"分有义山余艳"。他以《鸳鸯》诗较能传诵人口，故时称"崔鸳鸯"。其诗云："翠鬣红毛舞落晖，水禽情似此禽稀。暂分烟岛犹回首，只渡寒塘亦并飞。映雾尽迷金殿瓦，逐梭齐上玉人机。采莲无限兰桡女，笑指中流羡尔归。"

许棠，宣州泾县（安徽泾县）人，久困名场，咸通十二年（871）才登进士，时已五十岁。一生潦倒，却颇负诗名。诗多为羁旅游览之作，以《过洞庭湖》最为著名，时号"许洞庭"。原诗："惊波常不定，半日鬓堪斑。四顾疑无地，中流忽有山。鸟飞应畏堕，帆远却如闲。渔夫时相引，行歌浩渺间。"据说时人许多取"四顾疑无地，中流忽有山"二句题扇，确实这一联是全诗警语，最形象地道出了洞庭湖的广阔和身临湖中的感受。清人沈德潜《唐诗别裁·卷十二》说他的诗都"高瞻阔步，可惜结法稍弱"。从这首诗也证明他确实有这样的诗病。

韦庄，出身京兆杜陵著姓。遇黄巢之乱，作《秦妇吟》。这首叙事诗之长，堪称唐诗不二之作，所以，时人称为"秦妇吟秀才"，名满天下。此诗我在《唐诗答疑录》"关于《秦妇吟》讳因之疑"中已有介绍，就不再征引了。

问：还有如李白、杜甫叫"诗仙""诗圣"的，其包含什么意思呢？

答：有几个著名诗人有这样的专称，有的是当时获得的，有的是后代人推尊的。其意思都是针对他们诗歌明显的倾向和风格而言。

诗仙：李白年轻时就才华横溢，他刚到长安时，老诗人贺知章曾到住处去看他，读到他写的《蜀道难》，连声赞叹，并送了他"谪仙"的称号，称誉他是天庭降落的仙才。李白的诗神奇、飘逸、豪放，富有积极的浪漫主义精神，他又喜欢纵酒高歌，杜甫《饮中八仙歌》记叙他醉后有"天子呼来不上船，自称臣是酒中仙"之事。因此，人们称他为"诗仙"，是李白性格和诗的浪漫主义风格的写照。

诗圣：杜甫的诗，以"春秋"笔法深刻地反映当时的社会现实，继承了古代诗歌的现实主义传统，转益多师，继承了前人的艺术成果。

如元稹《杜工部墓系铭》云："尽得古今之体势；而兼人人之所独专。"他善于通过对社会现象的艺术概括和对典型人物的塑造来表现重大主题，又擅长将宏大的布局与生动的细节结合起来描写，形成了沉郁顿挫的风格。他研练语言，考究声律，思想性与艺术性高度统一，登上了现实主义诗歌艺术的高峰，被后代人推尊为"诗圣"。

诗佛：王维，蒲州（山西永济）人，出于太原祁县著姓。王维在四十岁后，受原重用他的张九龄被罢相的影响，他开始过亦官亦隐的生活，渐渐向佛，吃斋诵禅。安史之乱时，缺少气节，被胁迫做伪官，肃宗还京后一度被贬。他曾经写过许多艺术成就特别高的田园诗，也写了许多对现实几乎无任何积极反映、充满佛家空无寂灭浓厚意味的诗篇，因而被后人称为"诗佛"。

诗豪：这是白居易给刘禹锡的称号。刘禹锡的诗，有通俗清新富于民歌特色的《竹枝词》，又有善用比兴寄托政治主张的怀古诗，律、绝的成就尤其高。白居易与刘禹锡酬答颇多，尝叙其诗曰："彭城刘梦得，诗豪者也。其锋森然，少敢犯者。"称为"诗豪"，当之无愧。

诗囚：孟郊的诗有独特的艺术风格，他专注于写穷、愁、老、病、痛苦人生。苏轼《读孟东野》诗说孟郊诗"诗从肺腑出，出则愁肺腑"。他并没有完全否定孟郊的诗，虽然喻之为"寒虫"号，却也有肯定。元好问也是这样，他的《论诗绝句》评孟郊："东野穷愁死不休，高天厚地一诗囚。江山万古潮阳笔，合卧元龙百尺楼。"他将孟郊与韩愈比，抑扬是不够持平的。但元好问诗中多次咏孟郊，如《别周卿弟》云，"苦心亦有孟东野，真赏谁如高蜀州"。《清明日改葬阿辛》云，"孟郊老作枯柴立，可待吟诗哭杏殇"。许多以孟郊自喻，足见其赞仰。"诗囚"，含有他作诗自我囹圄，题材狭窄之意。

问：在我读唐诗时，感到杜甫的名号特别多，请单独谈谈。

答：前面谈杜甫名号特别多，我正想单独谈谈。杜甫是唐代诗人中的巨星,他的名、字、行第、官职、郡望、自号、别号、绰号、谥号等,也一起显扬流传了下来。他的名、字、号有以下的称谓。

子美,杜甫的字。甫,古时是男子的美称。子,对男子的尊称。子美,就是甫字的注释。从名字的取定可以推想贵族世家的儒风。杜甫《同谷七歌》首句即称,"有客有客字子美",非常的自信。

杜二,首称杜二的是李白,他有一首《鲁郡东石门送杜二甫》;之后高适有《人日寄杜二拾遗》;严武有《寄题杜二》。从杜甫的诗反映,他只有"颖""观""丰""占"四个弟弟,另一个妹妹,杜二之称或许是依叔伯兄弟中的次序排定,行二。又说或许是杜甫早年有个夭折的哥哥,留下的称号,史缺旁证,疑说而已。

拾遗,是杜甫的官称。杜甫至德二载(757)四月,奔赴凤翔勤王,曾授左拾遗,按《旧唐书·职官志》:"门下省设左拾遗,谏官,从八品上,皇帝扈从。"这显然是一个等级低而地位高的职官。许多重臣由此迁升,杜甫在职一年,是他从政的顶峰,一个极重要的时期。

杜工部,这也属于官称,那是杜甫在成都的最后时期,做过检校工部员外郎。这是老友严武镇成都剑南节度使,表荐杜甫为节度使署中参谋,因参与西川平乱,朝廷以军功授检校工部员外郎,加赐绯鱼袋。这里"检校"二字表示非实职,只是相应级别,是正员以外待还朝实授的官,因杜甫在外,只能"检校"。赐绯鱼袋,五品以上绯色,这可是朝廷授予他的极大殊誉,超过了他从六品上的员外郎身份。工部,是管城市土木工程的。杜甫在幕近一年,在严武病逝后便离蜀还朝,因病扰乱了行程计划。

杜员外,杜甫被表为工部员外郎,故有此称。这是川西平乱朝廷特赐的荣誉称号。《宋本杜工部集》附录有几首别人的诗,韦迢的《潭州留别杜员外院长》《早发湘潭寄杜员外院长》、郭受的《杜员外兄垂示诗因作此寄上》等,都称"杜员外"。白居易《读李杜诗集因题卷后》有"翰林江左日,员外剑南时",分别以翰林和员外指称李白杜甫。

杜陵,杜诗中常有"杜陵有布衣,老大意转拙""杜陵野老吞声哭,春日潜行曲江曲"。他以"杜陵布衣""杜陵野老"以及"杜陵野客""杜陵诸生"自称。杜陵是杜甫的住地吗?其实不是,是他郡望的代称。杜陵是杜姓最早的居地。《汉书·地理志》说周成王八年灭唐,迁唐于杜,为杜伯国,称唐杜氏,秦改为杜县,后来汉宣帝葬此,再改为杜陵县。唐时代,杜家韦家都为望族,名贵显赫的人物多,唐时称"城南韦杜,离天尺五"。又因其远祖杜预为京兆杜陵(今陕西长安区东北)人,他遂以杜陵自称。唐代贵族有炫耀门第、标榜祖宗、以门风节操别分良贱的风习。其祖上虽早已从杜陵另迁襄阳,但深受儒家血缘文化濡染的杜甫仍慎终追远,笃行纯孝。苏东坡说:"谨终追远,仁也;显亲扬名,孝也。"(《母蒲氏王氏秦国太天人外制》)后人接过杜甫的称号,均只取杜陵,尊称其为"杜陵叟""杜陵老""杜陵子""杜陵老翁"等。

少陵,曾是杜甫居住之处,他在长安时一度住在城南少陵附近,即少陵原(今陕西长安区东南)。汉宣帝许后葬于此,陵比宣帝小,称小陵,少、小同义,后世改称少陵。杜甫尝称"少陵野老"。他的《曲江三章》有云"杜曲幸有桑麻田",杜曲在长安城南,杜氏世居之地。据《雍录》"樊川韦曲东有南杜、北杜,杜固谓之南杜,杜曲谓之北杜,皆名胜之地",杜甫居地在北杜。这是个因地名得来的称号,但有人妄说,以为杜甫是杜预之少子尹的后代,少陵即指尹之后,显然不确。

诗史,我已做过专题谈论,那是仅指杜诗而言,其实有两重含义,这里谈的称号是指他具有史官一样的笔触,以孔子著春秋为榜样,真实记录乱世现实,微言大义,为尊者讳,秉笔直书,让乱臣贼子惧。

晚唐孟棨《本事诗·高逸篇》云："杜逢禄山之难，流离陇蜀，毕陈于诗，推见至隐，殆无遗事，故当时称诗史。"因他的诗广泛而深刻地反映了安史之乱前后的现实生活和社会矛盾，与春秋的孔子同心，又皆处乱世，堪称唐代的孔子，被誉为"诗史"。

诗圣，这是明清诗评家给予的称号，杨慎云："李白神于诗，杜甫圣于诗。"清人王士禛云："李白飞仙语，杜甫圣语。"其实，明清之说源于宋，杨慎《升庵诗话·卷十一》引用了宋代诗人杨万里的话："李太白之诗，列子御风也。杜少陵之诗，灵均之乘桂舟驾玉车。无待者，神于诗者欤？有待而未尝有待者，圣于诗者欤？"但这都还不是明确的称谓。明末王嗣奭《杜臆》称梦中与杜甫在草堂论诗，他在《梦杜少陵作》诗中云："青莲号诗仙，我翁号诗圣。"在《浣花溪二首》中有："诗圣神交盖有年，到来追想一凄然。浮云转盼失苍狗，古帝游魂空杜鹃。背郭堂成辞郭去，惊人句好任人传。黄精未必生毛羽，名不刊时骨是仙。"这才是明确直呼之称。他是古典诗歌的全才、古今最伟大的诗人之一，一生抱持儒家思想，谨守贵族古老传统；他诸体兼擅，律切精深，沉郁顿挫，被世尊为"诗圣"最为切当。

老杜，唐人段成式《酉阳杂俎》云："李白集有《尧祠赠杜补阙》者，老杜也。"可见"老杜"之称始于唐代。但这种称谓，不同于今日之表现为"随便"之意的便称，它是"杜老"颠过来的尊称。

草堂先生，宋时，成都知府胡宗愈，著《成都新刻草堂先生诗碑序》云："草堂先生，谓子美也。"南宋末年，有一佚名者编杜甫诗集，题曰《草堂先生杜工部诗集》。后代也有人称"杜草堂"。

浣花老翁，这是杜甫自己的称号。他有诗《入奏行赠西山检察使窦侍御》云："江花未落还成都，肯访浣花老翁无。"他在成都的草堂，建在浣花溪畔。《方舆胜览》成都府载："浣花溪在城西五里，一名百花潭"。按吴中复《冀国夫人任氏碑记》云："夫人微时，以四月十九日见一僧坠污渠，为濯其衣，顷刻，百花满潭，因名曰百花潭"。这当然仅是传说，真正的浣花溪之名，是因"锦江濯锦，濯其中则鲜"。杜甫之后的一百三十七年，韦庄曾来浣花溪寻得草堂遗址，结茅重建，韦庄还署自己的诗集名"浣花"，表达其仰慕，韦蔼在序言中云："目之曰《浣花集》，亦杜陵所居之义也。"后世如洪亮吉《江北诗话·卷六》又称他"杜浣花"，还有称"浣花老"的。称韦庄"韦浣花"。

文贞公，这是个鲜为人知的称号。元代大将纽怜，攻陷成都后，武功已息。他大兴儒学，用自己的积蓄，在杜甫草堂建了书院，奏请元帝于至正二年（1342）为杜甫追封谥号，"文贞"即为谥号。明代人不茵于要杜甫接受这个谥号，从不提及。至清代才又提出。如高引有《杜文贞公祠》诗，河南偃师杜楼村的杜甫墓，乾隆五十五年墓碑上题"唐工部拾遗杜文贞墓"将官称与谥号一并提出。以上所谈，大概都提到了杜甫的常见称号。

问：哦，杜甫称号可谓多也！

关于唐诗分期

问：唐诗的"四唐"分期是怎么来的？

答：唐诗的"四唐"分期为世所公认。按初、盛、中、晚分成的四唐，主要是在时间上标定的发展阶段。所谓期者，时间也。然而"四唐"分期说是怎么来的呢？

四唐分期之说启端于南宋严羽《沧浪诗话》。他以"五体"为唐诗分期。

以时而论，则有……唐初体（唐初犹袭陈隋之体）、盛唐体（景云以后，开元、天宝诸公之诗）、大历体（大历十才子之诗）、

元和体（元白诸公）、晚唐体。(《沧浪诗话·诗体》)

他这样的分期，即所谓"以时为体"，认为不同时期的诗歌"直是气象不同""分明别是一副语言"，指出各个时期的时代精神和语言风格不尽相同，因此形成了诗歌体制特点各异。但这还不是四唐。

而今之论者，一般以元人杨士弘编选的《唐音》为四唐说之始基。《唐音》是一个唐诗选集，由"始音""正音""余响"三部分组成。正好观照唐代贵族社会的兴、盛、衰。他的根据是"审其音律之正变，而择其精粹"，认为音律的纯驳正变决定政治的兴衰，表现政治的荣衰兴亡，所以盛唐诗歌的音律最纯正。在"正音"部分，他根据唐代政治兴衰发展阶段将唐诗分为以下几个发展阶段。唐初、盛唐诗，自武德至天宝末；中唐诗，自天宝至元和间；晚唐诗，自元和至唐末，这就明确奠下了四唐分期说的根基。

问：这样说来，杨士弘是真正的四唐分期者，功不可没，他这样分的思想和方法有何优点呢？

答：我认为推尊他为四唐分期奠基者虽可，但绝不能过分。我先谈谈他这种分法的好处。一是明确用政治兴衰阶段划分诗歌发展阶段，把大历、元和合为中唐期；二是以唐诗为五、七言古律绝的诗歌体裁发展的完备阶段，并用诗歌各体的音律作为分析、比较、审定诗作高下、诗歌发展的依据；三是把传统的正变观点，运用到五、七言古律绝的诗歌发展演变，试图说明唐诗各阶段的特点和原因。也由于他编选了作品，通过阅读作品，可以印证其观点。所以，杨士弘的《唐音》获得后代的好评、传播，推动了四唐分期的承认和影响，功劳不小。

但是，我这里还要提到另外一个四唐分期说的草创人，即《瀛奎律髓》的作者方回。方回是继严羽之后，早于杨士弘阐发四唐分期说的人。由于他的意见散见于他的著作中，不够集中系统，所以易被人们忽略，从他留下的大量序文、题跋与对诗人诗作的品鉴中，可以找到他对唐诗分期的看法。如他在《仇仁近百诗序》文中所言如下。

  降及西都苏李，东都建安七子，晋宋陶谢，律体继兴，自盛唐、中唐、晚唐及宋代，……（《桐江续集·卷三十二》）

可见，方回认为，唐诗在"律体继兴"之后，经历了盛唐、中唐、晚唐不同的发展时期。对这一观点的时间划限，他还表述如下。

  予选诗以老杜为主，老杜同时人皆盛唐之作，亦皆取之；中唐则大历以后元和以前，亦多取之；晚唐诸人，贾岛开一别派，姚合继之，沿而下，亦非无作者，亦不容不取之。（许浑《春日题韦曲野老村舍》诗评语《瀛奎律髓·卷十》）

这就是说，方回以杜甫生活的时期为盛唐，大历后元和前为中唐，贾岛以后为晚唐。遗憾的是他没有提出初唐，他虽然没有提出初唐的名称，但谁都会看出，他实际是以杜甫前为初唐，或叫"唐律诗初盛"阶段。他评沈佺期《游少林寺》如下。

  唐律诗初盛，少变梁陈，而富丽之中稍加劲健，如此者是也。（《瀛奎律髓·卷四十七》）

他又指出唐初律诗体制特点。

  唐律诗之初，前六句叙景物，末后二句以情致缴之。（王勃《游梵宇三觉寺》诗评，《瀛奎律髓·卷十》）

由上看来，严羽将大历、元和分为二体，而方回将其合为"中唐"一期，这是提出"中唐"的首例。杨士弘的《唐音》成于元至正四年

（1344），方回的《瀛奎律髓》成于元至元二十年（1283），方早于杨五十余年，怎么能使"四唐"分期的肇基让杨士弘掠美于前呢？

问：这就是说，贡献的先后和大小不能是一人专美于前。但是我以为，严羽肇始之功同样不可抹杀吧？

答：是的，杨、方都是对严羽的承继和发展。严羽《沧浪诗话·诗辨》云，"论诗如论禅。汉魏晋与盛唐之诗，则第一义也；大历以还之诗，则小乘禅也，已落第二义矣；晚唐之诗，则声闻辟支果也"，事实是这已隐伏有四分的倾向，他未能提出"中唐"名称，正是他的不足。

问："四唐"分期是否即严、方、杨就论定了呢？

答：不。明人高棅洪武癸酉（1393）年间，编成《唐诗品汇》，是一部唐诗总集，书主要是因袭《唐音》之例而"稍变之"（《四库总目·唐诗品汇提要》），该书也受方回影响。卷首《引用书目》中，列有"方虚谷云"一目，证明是读了方回的著述。高棅的《唐诗品汇总序》，才是论定"四唐"说的主要文献依据。序云如下。

> 有唐三百年诗，众体备矣。……略而言之，则有初唐、盛唐、中唐、晚唐之不同。详而分之，贞观、永徽之时，……此初唐之始制也；神龙以还，洎开元初，……此初唐之渐盛也；开元、天宝间，……此盛之盛者也；大历、贞元中，……此中唐之再盛也。下暨元和之际，……此晚唐之变也；降而开成以后，……此晚唐变态之极，而遗风余韵犹有存者焉。

此说影响最大，历来为奉"四唐"说者所宗，是严、方、杨之后的集大成者。习惯认为，四唐分期起于宋严羽《沧浪诗话》，奠定于元杨士弘《唐音》，完成于明高棅《唐诗品汇》。

问：请谈谈《唐诗品汇》中的分期情况。

答：它标榜以"声律""兴象""文辞""理致"为品评诗作的依据，鉴定唐代各时期诗人诗作的艺术和风格特征，贯穿他辨别的唐代五、七言古近体的发展流变，如上所引在分期上提出了详、略两种实质统一的区划。"略而言之，则有初唐、盛唐、中唐、晚唐之不同。""详而分之"则以贞观永徽之时为"初唐之始制"，神龙至开元初为"初唐之渐盛"，开元天宝间为"盛唐之盛者"，大历、贞元为"中唐之再盛"；元和之际为"晚唐之变"，开成以后为"晚唐变态之极"。虽谈及六个时期，归纳仍是四说。总集按五、七言古近各体分类编选；各体中，又各立"正始""正宗""大家""名家""羽翼""接武""正变""余响""旁流"九目。

问：这种分法影响大，被世人接受，但是有缺憾吗？

答：有。高棅所分初唐自贞观起，未含高祖时代；所分中唐，又不含元和在内。由于诗人作品的成就未能与所属时期先后一致，因而只能以艺术成就为主，不依时间先后，诗人的隶属常有可议之处，为后世所讥。例如五古一体以初唐陈子昂、盛唐李白并列为正宗，又把中唐钱起、刘长卿、韦应物、柳宗元与盛唐高适、岑参并列为名家，打乱了流变世次。矛盾尴尬，是其不足。尽管如此，他以古近各体的流变、各时期诗人艺术成就高低、主要代表诗人风格特征等论列，使四唐分期自成体系，世所认同至于今日。

问：再没有以外的分法吗？

答：近见我国台湾吴经雄著《唐诗四季》，他指出，李、杜属于不同时代，不论指诗意或指环境而言，虽然他们先后差十二年，可以说李白的精华在安禄山叛乱前已出世，杜甫的杰作是事变后的作品。吴氏甚至以为李白的精神焕爽与兴高采烈是诗兴勃发，而杜甫的不朽是愁眉不展时种的根苗；李白像一只在天堂前歌咏的百灵鸟，而杜甫是一种骨鲠于喉泣血的夜莺。他以为唐诗可以分作四个时期——春、夏、秋、冬。春季包括初唐诗人，李白和王维；夏季包括杜甫和战时诗人；秋季有白居易、韩愈辈；冬季有李商隐、杜牧、温庭筠、韩偓及其他诸家。他发现唐诗有四个很自然的阶段，恰可以用春、夏、秋、冬作象征。春有蓬勃的生气、活泼的生机和海阔天空的逍遥自在，包括初唐诗人王梵志、杜审言、王勃、陈子昂、贺知章、张九龄、王昌龄、孟浩然、李白和王维等人。他奉李白为春季诗人中"浪漫精神最完美的代表"，称其为春季的重点人物。夏，充满了天地正气和英雄圣贤大无畏的精神，却也不乏清风解愠、时雨滋润的调剂，包括杜甫和一些战时诗人（王翰、岑参、李益、陈陶、曹松等）。其中，杜甫被认为是夏之灵魂人物。秋，一有无限的感伤，一有无限的智能，代表此季节的便有白居易、韩愈、孟郊、张籍、李贺、韦应物、张祜等辈，其中又以白居易为秋之灵魂。冬季则是有愁无泪，充满命运论的人生观之时节，当推李商隐、杜牧、温庭筠、韩偓及其他诸家属之，而又特以李商隐被奉为冬季之高峰。

问：那还是四期的分法。

答：是的，但传统的初、盛、中、晚四期，是以帝王或时间界分；而四季分类，有缺失严谨，吴经雄自述说："季候是互相贯通的，可是大体看来还是黑白分明的，我不准备为春夏秋冬划下界限。"他便提到"夏秋之插曲"，甚至让读者自行决定如严恽、罗隐是属于夏、秋哪个季候，这是他能圆融解释诗人诗风的优点。他提供这一新的分类，更替唐代诗人，给予读者其他不同角度切入思考与方向定位，这个分类新思路突破了传统，是以诗作为主，以个人生活他事为辅，概括验证四季的分类标准，可谓唐诗研究的一个新的出发点。

问：谢谢，四唐分期是无数代人的努力，从始创、发展、形成，我理解得全面了。

答：再补充一点，政治影响诗歌创作明显，初盛唐诗与中晚唐诗还是断然不同的，安史之乱是唐诗之变的分界线，从大方面看，这关乎唐诗气质、气韵、气数的改变。初盛期是正音，中晚期是乱声，盛衰荣枯分明。借用严羽"论诗如论禅"，初盛唐似"大乘教"，中晚唐如"小乘禅"。这是诗人群体结构改变的结果。唐前期是贵族天下，贵族是汉民族积淀形成的良族，前期诗中充满贵族精神，天下为公、忠君爱国、昂奋向上是时代主调，儒家责任感强烈，贵族谨守古老传统，维护社会秩序，歌颂圣朝，这是汉文化的上升期，如青阳、如朱明。唐前期诗歌当是"大乘教"之光明境界。唐后期，风格陡转，关注个体命运，计较个人得失，这是贵族式微、内乱纷起、传统社会秩序瓦解、道德下降、平民崛起掌持社会的结果，是科举大兴的必然，唐文化过了其盛期。如白藏、如玄英，故多了个人感伤、命运不偶的牢骚抱怨，蝉鸣虫吟、家国天下的情怀不见了，转而以个体为中心的诗歌当然是"小乘"境界。科举成了中晚唐士子的自渡之舟，而隐居不仕也是个人修行的另途，晚唐诗人不脱应举、隐居的诗歌，正与个人中心的"小乘教"相同。唐诗分期是否可从反映的社会内容变化分为前后两期？我以为可。前后分期在各期中诗歌各体又有初发、兴旺、鼎盛、斗折、激变、式微诸种情况。

第二辑　唐诗杂说

唐诗与初唐四杰

问：何谓"初唐四杰"？

答：初唐四杰，指的是初唐时期，即 7 世纪下半叶四个很有才华的诗人。他们是王勃、杨炯、卢照邻、骆宾王四人。

问：四杰的名称起于何时？

答：始见于宋之问《祭杜学士审言文》，后为杜甫引入《戏为六绝句》"王杨卢骆当时体"，但《旧唐书·杨炯传》有更详细记载。

炯与王勃、卢照邻、骆宾王以文辞齐名，海内称为王杨卢骆，亦号为四杰。炯闻之，谓人曰："吾愧在卢前，耻居王后。"当时议者，亦以为然。其后崔融、李峤、张说俱重四杰之文。崔融曰："王勃文章宏逸，有绝尘之迹。固非常流所及，炯与照邻可以企及。盈川之言信矣。"说曰："杨盈川文思如悬河注水，酌之不竭，既优于卢，亦不减王。耻居王后，信然，愧在卢前，谦也。"

《旧唐书》所载，则证明四杰之称，当时海内已大名振响。

问：请谈谈四杰的具体情况。

答： 四杰名声在初唐贵族中流传，杜甫从小生活在洛阳贵族圈子，高宗武后时期初唐贵族随附定居洛阳很多，洛阳的昌隆甚至不输初创时期的长安，自然他听说过"四杰"称号。初唐是一个全新的朝代，贞观之治的荣景，激发了唐人前所未有的文学创新热情；从乱离中走来，一统的气象激励着人们奋发图强，这是一个需要改变，且完成了改变的时代。六朝文学的绮丽已失去它的鲜度，文学亦需要改变，需要为统一的盛朝服务，需要与时代匹配的流丽；六朝文学的巧倩婉秀需要一场大气包容的文风改造。"四杰"激扬文字，担当时代使命，开启了激动人心的变革，回应了从分裂中走来的贵族的精神需求。他们无一例外都是李唐王室征辟的文学侍臣，个人名声显赫一时。

下面就顺次说吧。

王勃（650—676），字子安，绛州龙门（今山西河津市）人，出身太原王氏著姓，祖父为隋代著名学者王通，他又是初唐名诗人王绩侄孙。勃极聪明，六岁能文。高宗麟德年间（664），还不到二十岁就对策及第，授朝散郎，沛王（李贤）召署府修撰。后任虢州（河南灵宝）参军，犯杀逃奴罪被革职。高宗上元三年，勃渡海，往省左迁交趾令的父亲，不幸溺水，惊悸而卒，时年二十七岁，有《王子安集》。

杨炯（650—约693），华阴（陕西华阴）人，出身弘农杨氏显族。高宗显庆四年（659）举神童，上元三年（676）应制举及第，授校书郎。永隆二年，皇太子求豪俊，充崇文馆学士、太子詹事司直。武则天当政，贬为梓州司法参军。后为东吴盈川令，卒于官，有《盈川集》。

卢照邻（约635—约689），字升之，幽州范阳（北京大兴一带）人，范阳卢亦北方冠族。曾任邓王（李元裕）府典签，后调益州新都尉。因患风痹严重，便辞官寓居洛阳，后隐居长安太白山中，服丹中毒，脚挛，一手又废，后居阳翟具茨山（河南禹县），病久不堪折磨，便自投颍水而死。有《幽忧子集》。

骆宾王（约638—约684），婺州义乌（浙江义乌附近）人。七岁能诗。初为道王（李元庆）府属，历任武功、长安主簿，后官至侍御史。因多次上书言事得罪武后，被贬为临海县丞，怏怏不得志。不满武则天当政，随徐敬业起兵反武氏，骆宾王代徐作《讨武曌檄》，天下传诵。武后读至"一抔之土未干，六尺之孤安在"，惊叹不已，称为天下奇才。敬业兵败，骆宾王下落不明而终。有《骆临海全集》。

四人都是聪明过人的"早慧"作家，可惜都仕途艰难，才高而位卑，虽尽皆是文学天才，但不拘于礼的个性，以及魏晋风度的影响，不为统治者所容。他们的性格又都恃才傲世，悲剧一生也是必然的，他们寿数都不高，除杨炯外，三人都未得善终。

问：四杰在唐诗发展上有何重大贡献？

答：有两个方面的贡献是非常突出的。

第一，他们冲破了时行的"上官体"诗的流风，把诗歌的表现从狭窄的宫廷天地引到了广大的市井，从狭小的台阁推向了广阔的山川和边塞。开拓了诗歌的题材，丰富了诗歌的内容，赋予了诗歌新的生命，提高了诗歌的思想意义，从雕花饰草中展现了清新刚健的诗风。如果看杨炯所语，便能更深刻领会上述贡献。

杨炯在《王子安集序》中说："龙朔初年，文场变体，争构纤微，竞为雕刻，糅之金玉龙凤，乱之朱紫青蓝，影带以徇其功，假对以称其美，骨气都尽，刚健不闻。（王勃）思革其弊，用光志业。"说得何等清楚。王勃首先起来革初唐诗坛的颓风，接着杨、卢、骆也纷纷响应。

他们开拓的诗歌新境界，有以下内容。

一是抒发登临送别感慨，如王勃名作《送杜少府之任蜀州》。

城阙辅三秦，风烟望五津。

> 与君离别意，同是宦游人。
> 海内存知己，天涯若比邻。
> 无为在歧路，儿女共沾巾。

诗写景抒情，襟期宏远，一往情深。别情浓重而不衰飒。

骆宾王《于易水送人》。

> 此地别燕丹，壮士发冲冠。
> 昔时人已没，今日水犹寒。

此诗表现了悲壮、激烈、慷慨的情怀。

二是歌唱征人远戍，如杨炯《从军行》。

> 烽火照西京，心中自不平。
> 牙璋辞凤阙，铁骑绕龙城。
> 云暗雕旗画，风多杂鼓声。
> 宁为百夫长，胜作一书生。

表达了出塞立功，积极奋进扫尽一切凡庸的感情。卢照邻《战城南》、骆宾王《晚度天山有怀京邑》，都是写渴求进取、行军作战之作。

三是征夫闺妇的思念，如杨炯《折杨柳》。

> 边地遥无极，征人去不还。
> 秋容凋翠羽，别泪损红颜。
> 望断流星驿，心驰明月关。
> 藁砧何处在，杨柳自堪攀。

诗流露对征人思妇的同情。卢照邻《关山月》也是这类题材的诗作。

四是揭露社会现象。如卢照邻有名的《长安古意》，"玉辇纵横过主第，金鞭络绎向侯家""娼家日暮紫罗裙，清歌一啭口氛氲。北堂夜夜人如月，南陌朝朝骑似云"，对达官贵人骄奢淫侈的生活做了揭露和写照。

五是对不幸妇女的同情，如王勃《铜雀妓·其二》。

> 妾本深宫妓，层城闭九重。
> 君王欢爱尽，歌舞为谁容。
> 锦衾不复襞，罗衣谁再缝。
> 高台西北望，流涕向青松。

诗真切流露了深宫歌舞伎被弃的痛苦，也流露了诗人的同情。卢照邻《昭君怨》，骆宾王《艳情代郭氏答卢照邻》《代女道士王灵妃赠道士李荣》，都是同情不幸女子的诗作。

六是贤才失意的感慨，如骆宾王《在狱咏蝉》。

> 西陆蝉声唱，南冠客思深。
> 那堪玄鬓影，来对白头吟。
> 露重飞难进，风多响易沉。
> 无人信高洁，谁为表予心。

才志不伸，悲叹他们自己的失意。他们官卑职小的境遇，与他们贵族身份的反差，常成为他们诗歌的题材。

七是咏史咏物咏山水，如卢照邻《咏史四首》，借咏史事而抒发感情。第四首有"愿得斩马剑，先斩佞臣头。……名与日月悬，义与天壤俦。何必疲执戟，区区在封侯"。刚劲抒怀，可见肺腑。骆宾王《咏鹅》，鲜艳清新，是咏物的上品。至于山水诗，他们都注意在写景中注入强烈的悲喜之情，反对毫无生气的粉饰。如王勃

《滕王阁》。

> 滕王高阁临江渚，佩玉鸣鸾罢歌舞。
> 画栋朝飞南浦云，珠帘暮卷西山雨。
> 闲云潭影日悠悠，物华星移几度秋。
> 阁中帝子今何在，槛外长江空自流。

惆怅情深，于此可见一斑了。

如果把这些题材加起来，无异于一部汉魏以来的诗歌题材史，四杰的创作涵盖前人创作的一切题材，又注入了新的时代内涵。如果说唐人潜意识对汉朝的尊崇，体现于文学便是孜孜不倦的复古，唐代文学的巨大成就，一言以蔽之，"复古"。这复古从四杰即已全面展开，扮演了唐诗揭幕者的角色。唐诗不是无缘无故走向辉煌，复古是重要因素之一，此外还有复古之上的创新力量。

第二，四杰的另一重大贡献是，为五言律诗奠定了基础，使七言古诗发展成熟。

五律在"四杰"之前已具胎息。王绩写过一些，数量不多。到"四杰"的手里，五律才充分发挥，凝固在他们的诗里。杨炯的《从军行》和骆宾王的《在狱咏蝉》，可谓五律的双璧。他们以质高量多为这一形式的发展奠定了基础。"四杰"诗集中，五律多的约占一半，少的亦有四分之一。

五言古诗早在三国时已风行，不必论及；但七言古诗却在唐代才盛行，"四杰"中除杨炯无七言诗外，卢、骆、王又以大量七言古诗佳篇称名于世，促使七言古诗走向成熟，广为传诵而颇具代表性的有卢照邻《长安古意》。

> 长安大道连狭斜，青牛白马七香车。

玉辇纵横过主第，金鞭络绎向侯家。
龙衔宝盖承朝日，凤吐流苏带晚霞。
百丈游丝争绕树，一群娇鸟共啼花。
游蜂戏蝶千门侧，碧树银台万种色。
复道交窗作合欢，双阙连甍垂凤翼。
梁家画阁天中起，汉帝金茎云外直。
楼前相望不相知，陌上相逢讵相识。
借问吹箫向紫烟，曾经学舞度芳年。
得成比目何辞死，愿作鸳鸯不羡仙。
比目鸳鸯真可羡，双去双来君不见。
生憎帐额绣孤鸾，好取门帘贴双燕。
双燕双飞绕画梁，罗帷翠被郁金香。
片片行云着蝉鬓，纤纤初月上鸦黄。
鸦黄粉白车中出，含娇含态情非一。
妖童宝马铁连钱，娼妇盘龙金屈膝。
御史府中乌夜啼，廷尉门前雀欲栖。
隐隐朱城临玉道，遥遥翠幰没金堤。
挟弹飞鹰杜陵北，探丸借客渭桥西。
俱邀侠客芙蓉剑，共宿娼家桃李蹊。
娼家日暮紫罗裙，清歌一啭口氛氲。
北堂夜夜人如月，南陌朝朝骑似云。
南陌北堂连北里，五剧三条控三市。
弱柳青槐拂地垂，佳气红尘暗天起。
汉代金吾千骑来，翡翠屠苏鹦鹉杯。
罗襦宝带为君解，燕歌赵舞为君开。
别有豪华称将相，转日回天不相让。

意气由来排灌夫，专权判不容萧相。
专权意气本豪雄，青虬紫燕坐春风。
自言歌舞长千载，自谓骄奢凌五公。
节物风光不相待，桑田碧海须臾改。
昔时金阶白玉堂，即今唯见青松在。
寂寂寥寥杨子居，年年岁岁一床书。
独有南山桂花发，飞来飞去袭人裾。

此诗对荣衰兴替的感触良深，在《唐诗解密》中我有专题谈论。在都市繁华的背后，有人生短暂、稍纵即逝的悲观色彩，是现实预感的警钟。诗，繁华绮丽，富艳难踪，随荣衰的更替而更换其音节，换韵有时用顶针，承启流转，自然巧妙，实为七言古体佳作。

还有骆宾王的《帝京篇》。

山河千里国，城阙九重门。
不睹皇居壮，安知天子尊。
皇居帝里崤函谷，鹑野龙山侯甸服。
五纬连影集星躔，八水分流横地轴。
秦塞重关一百二，汉家离宫三十六。
桂殿嶔岑对玉楼，椒房窈窕连金屋。
三条九陌丽城隈，万户千门平旦开。
复道斜通鸂鹉观，交衢直指凤凰台。
剑履南宫入，簪缨北阙来。
声名冠寰宇，文物象昭回。
钩陈肃兰戺，壁沼浮槐市。
铜羽应风回，金茎承露起。
校文天禄阁，习战昆明水。

朱邸抗平台，黄扉通戚里。
平台戚里带崇墉，炊金馔玉待鸣钟。
小堂绮帐三千户，大楼青楼十二重。
宝盖雕鞍金络马，兰窗绣柱玉盘龙。
绣柱璇题粉壁映，锵金鸣玉王侯盛。
王侯贵人多近臣，朝游北里暮南邻。
陆贾分金将宴喜，陈遵投辖正留宾。

赵李经过密，萧朱交结亲。
丹凤朱城白日暮，青牛绀幰红尘度。
侠客珠弹垂杨道，娼妇银钩采桑路。
倡家桃李自芳菲，京华游侠盛轻肥。
延年女弟双凤入，罗敷使君千骑归。

同心结缕带，连理织成衣。
春朝桂尊尊百味，秋夜兰灯灯九微。
翠幌珠帘不独映，清歌宝瑟自相依。
且论三万六千是，宁知四十九年非。
古来荣利若浮云，人生倚伏信难分。
始见田窦相移夺，俄闻卫霍有功勋。

未厌金陵气，先开石椁文。
朱门无复张公子，灞亭谁畏李将军。
相顾百龄皆有待，居然万化咸应改。
桂枝芳气已销亡，柏梁高宴今何在。
春去春来若自驰，争名争利徒尔为。
久留郎署终难遇，空扫相门谁见知。
当时一旦擅豪华，自言千载长骄奢。
倏忽抟风生羽翼，须臾失浪委泥沙。

>　　黄雀徒巢桂，青门遂种瓜。
>
>　　黄金销铄素丝变，一贵一贱交情见。
>
>　　红颜宿昔白头新，脱粟布衣轻故人。
>
>　　故人有湮沦，新知无意气。
>
>　　灰死韩安国，罗伤翟廷尉。
>
>　　已矣哉，归去来。
>
>　　马卿辞蜀多文藻，杨雄仕汉乏良媒。
>
>　　三冬自矜诚足用，十年不调几遭回。
>
>　　汲黯薪逾积，孙弘阁未开。
>
>　　谁惜长沙傅，独负洛阳才。

　　此诗与卢照邻《长安古意》相映，所不同的是骆宾王以三、五、七言杂用，抒写长安繁华及都市中两种人生活对照——权臣骄奢，才人不遇，发挥玄理令人深思。

　　卢、骆二诗，如星月辉映，可谓七言古诗的双璧。

　　问：对他们的诗作成就已经了解，但想问一个问题，关于"四杰"，按排名次序分优劣，对吗？

　　答：杨炯对"四杰"的排列顺序颇有微词，言曰："吾愧在卢前，耻居王后。"后来张说曰："杨盈川文思如悬河注水，酌之不竭，既优于卢，亦不减王也。"应该说，强分优劣，未免多余。见仁见智，未为不可。但就各诗人的尺短寸长，倒不可以杨、张之说论定。

　　问：据说，一个明朝人评价"四杰"比较公允，是吗？

　　答：是的，他叫陆时雍。我们知道"四杰"虽齐名，且都对初唐诗风转变起了先驱作用，但创作则各有所长。就体裁言，王、杨多五言诗篇，卢、骆擅五、七言长篇；就风格言，陆时雍云："王勃高华，杨炯雄深，照邻清藻，宾王坦易。"

唐诗与吴中四士

问："何谓"吴中四士"？

答：吴中是现在江浙之地。初盛唐时该地区有几个名声特别响亮的诗人，他们是贺知章，越州永兴（浙江萧山）人；张若虚，扬州人；张旭，苏州人；包融，润州延陵（江苏丹阳）人，合称"吴中四士"。据《唐诗纪事》云："神龙中，知章与越州贺朝、万齐融，扬州张若虚、邢巨，湖州包融，俱以吴越文词俊秀，名闻上京。"《唐诗纪事》所云就占了三人，可见他们三人特别杰出，又加上张旭，才被合称为"吴中四杰"。说明这不单纯是地域诗人的合称，而是被时人认同拔萃而选出的四位诗人。这四人中，张若虚只任过兖州兵曹，张旭初任常孰尉，后任金吾长史。包融得张九龄知遇，历任怀州司户参军、集贤院学士、大理司直等职。但四士中最显贵的是贺知章。证圣元年（695）进士，授国子四门博士。开元十三年，迁礼部侍郎，加集贤院学士，又充皇太子侍读，官至太子宾客兼秘书监。

问：为何吴中四士能名闻上京？

答：究其原因，在于隋唐的再次统一，使得初唐文化呈现为南北文化大融合，两股文化尤以江浙文化占主导地位，相较于北方文化，江浙文化更多为晋室南渡后的文化积淀，虽然唐文化鲜卑色彩较浓，胡风较盛，但本质上对唐文化起主导作用的还是南渡汉文化的复兴。粗豪的北方文化需要南方精致文化的改造，胡文化与魏晋风度交会于长安，深刻影响长安，而江南文化则给帝都带来了复兴气象。在结束南北分裂的大一统时代，亟须寻找一种文化精神作为新王朝统一思想、弥合社会的工具，江南文化承担了这一历史使命。应该说初盛唐的一半在北朝政治家族手中，另一半则在江南的文化家族手中。唐王朝的繁荣主要是放纵权力之外的民间文化的自由滋长，北方朝廷与南方江湖的双向同构共同造就了唐文化的鼎盛。政治上北方关陇贵族集团与东山士族垄断着权力，而社会层面文化的革新又赖着江浙文化的注入，初唐那些南渡文化家族的北归，起着重要作用。经历三百年与江浙地域的融合，江浙文化已成为汉文化正宗，初盛唐的长安需要这股文化力量，因此初唐弥散的是北归的江南文化，在帝都出现吴中四士也就属必然。

问：请谈谈"吴中四士"的诗歌。

答：吴中四士中诗歌最好的当数张若虚和贺知章，张旭、包融次之。

张若虚，由于史料缺乏，对他的情况，一直所知甚少，事略见于《旧唐书·贺知章传》《新唐书·包佶传》、唐人郑处诲《明皇杂录》、南宋计有功《唐诗记事》、明人胡震亨《唐音癸签》、清代的《全唐诗》等，都仅有只言片语的点滴记载。合起来也不过如前所述，略知其为扬州人，生活于初盛唐之间，神龙中已名扬上京，但仅做过兖州（山东济宁）兵曹参军，属于"虽有文章盛名"却政治失意"流落不偶"的文士。他滞留长安，估计参加了科第，得过一任微官。作为江南文化名人入京，因长安达官贵族对江南文化的喜爱而受追捧，但因受深入骨髓的江南魏晋遗风影响，他在仕途上无所建树，也无升迁，兵曹秩满便归隐了。他的诗绝大部分已佚，《全唐诗》博收繁采，亦仅录二首，即《代答闺梦还》《春江花月夜》。从二诗推想，他受南朝宫体影响，擅长闺情诗和风景诗，七古《春江花月夜》脍炙人口，长盛不衰，曾被前人誉为"孤篇盖全唐"的不二之作。在"初唐四杰"之后，张若虚《春江花月夜》与刘希夷《代悲白头吟》并驾齐驱，共同以宇宙意识、时空观念与人生感悟撑起了唐诗的天空，张若虚、刘希夷现象，成了唐代初盛之交的一对亮眼"双壁"。

《春江花月夜》属江南乐府吴歌曲，创制者有说陈后主或隋炀帝，不论谁创作，均与江南脱不了干系。细加探寻，张若虚是有所皈依的，内容上仿抄杨广诗意，形式上借鉴卢照邻等人的七古创新成果。如杨广《春江花月夜》："暮江平不动，春花满正开。流波将月去，潮水带星来。""夜露含花气，春潭漾月晖。汉水逢游女，湘川值两妃。"横向看，与他同时代玄宗先天（712）进士张子容，也作有此题，子容诗有"林花发岸口，气色动江新。此夜江中月，流光花上春。分明石潭里，宜照浣纱人""交甫怜瑶佩，仙妃难重期。沉沉绿江晚，惆怅碧云姿。初逢花上月，言是弄珠时"。还有"特善闺帏之作，词情哀怨"的刘希夷《捣衣篇》。他们都处于同一时代，相互树立典范，同题竞写。所以《春江花月夜》不是孤立现象。

郑处诲《明皇杂录》说张若虚活到天宝中，那他在开元天宝何以流落不遇？寻绎其因，我估计一是魏晋遗风，恃才浮诞；二是时代进入盛唐，趣味已变，他仍恋旧题，与时不合，遂不为诗坛所重；三是政治原因，炀帝唱过的歌，触犯了玄宗之讳，遭厌弃，导致其在整个唐代几无地位；四是采用了南朝荒淫失国之君的《春江花月夜》，不祥，使人联想到亡国之音，大家避之如瘟疫时，张若虚却不避嫌，这种故意为之、不避忌讳，便落得举止轻浮、行为放诞、"恃才浮诞"之评，自然唐人选诗均不录。所幸郭茂倩《乐府诗集》将其收录，至胡应麟推扬，才使其从审美上得到追捧。诗人诗事至今仍未大白，为何这么重要的诗有唐一代不见传载？这一现象确实值得深思。引录如下。

> 春江潮水连海平，海上明月共潮生。
> 滟滟随波千万里，何处春江无月明？
> 江流宛转绕芳甸，月照花林皆似霰；

空里流霜不觉飞,汀上白沙看不见。
江天一色无纤尘,皎皎空中孤月轮。
江畔何人初见月,江月何年初照人?
人生代代无穷已,江月年年望相似;
不知江月待何人,但见长江送流水。
白云一片去悠悠,青枫浦上不胜愁。
谁家今夜扁舟子,何处相思明月楼?
可怜楼上月裴回,应照离人妆镜台。
玉户帘中卷不去,捣衣砧上拂还来。
此时相望不相闻,愿逐月华流照君。
鸿雁长飞光不度,鱼龙潜跃水成文。
昨夜闲潭梦落花,可怜春半不还家。
江水流春去欲尽,江潭落月复西斜。
斜月沉沉藏海雾,碣石潇湘无限路。
不知乘月几人归,落月摇情满江树。

闻一多给此诗以极高的评价,他在《唐诗杂论·宫体诗的自赎》中云:"这是诗中的诗,顶峰上的顶峰。""在这种诗面前,一切的赞叹是饶舌,几乎是亵渎。"所以我也就不再饶舌了。

贺知章,是际遇不错的诗人,与多数江南士人一样,他也经历了文化北归。虽然三十七岁中进士,但少小时便离开了家乡,一直在外,年过八十才告老还乡。李白《送贺监归四明应制》诗序云:"贺知章官秘书监,号'四明狂客'。天宝中请为道士还乡,诏许之。既行,帝赐诗,太子百官钱送,百官和之。"他身上也有江南名士的魏晋遗风,清鉴风流,天宝三载(744)上疏请为道士,求还乡里。玄宗许之,以其宅为千秋观,并赐镜湖剡川一曲。他还乡也足够体面风光。他的诗清新自然，传诵很广的是《回乡偶书》："少小离家老大回，乡音无改鬓毛衰。儿童相见不相识，笑问客从何处来。"他的写景诗也不错，善在短章七绝中写景，如《咏柳》。

> 碧玉妆成一树高，万条垂下绿丝绦。
> 不知细叶谁裁出，二月春风似剪刀。

张旭，虽然是诗人，但书法造诣更高。长安显贵都喜爱画一般的草书图。东晋时期，南渡的琅琊王氏避乱江南，王羲之将书法植入了江南士林，成了以后江南文化中最为显要的部分。吴县（1995年撤销）张旭深受江南书法文化之惠，精于草书；生平好酒，每大醉，便呼叫狂走，然后下笔；更奇是用头发濡墨而书，时人称为"张颠"，颇有魏晋风度。杜甫《饮中八仙歌》说："张旭三杯草圣传，脱帽露顶王公前，挥毫落纸如云烟。"看来这是真实的事。《新唐书·李白传》"文宗时，诏以李白歌诗，裴旻剑舞，张旭草书为'三绝'"。他的性格狂放，但写诗并不如此，他受到人们盛赞的名诗是《桃花溪》。

> 隐隐飞桥隔野烟，石矶西畔问渔船。
> 桃花尽日随流水，洞在清溪何处边？

包融，《全唐诗》仅录了他八首诗，他是丹阳（镇江丹阳）人，殷璠曾将他和储光羲等十八位丹阳诗人作品编为《丹阳集》，但已亡佚。殷璠在搜集当代优秀诗歌，包含举子行卷诗编辑《河岳英灵集》时，推测他在编选过程中，发现存在着一个丹阳诗人的行卷群体，故顺便也编辑了《丹阳集》。包融的八首诗估计与行卷有关，而行卷为诗都是有目的的，多数行卷者并不纯以诗为业，所以我们今天奇怪唐代许多诗人没有留下诗集，只有数首诗作，其实就是那时的实际情况。原因便是行卷，而非大量散佚之故。而这些留下的诗歌也是真相，本就无诗集，何以失传？他们兴趣不在诗而在仕途，诗歌只是求仕工具。包融留下的八首诗，估计就是来自殷璠编集已失传的《丹阳集》。他的诗不甚为今人所知著，较好的如《送国子张主簿》"湖岸缆初解，莺啼别离处。遥见舟中人，时时一回顾。坐悲芳岁晚，花落青轩树。春梦随我心，悠扬逐君去"。不过如此，由此就可见一斑了。

补充一点，芮挺章、殷璠编集，选诗极可能就包含了当世最优秀的行卷诗。从时间集中于开元天宝可推知，这段时间正是诗赋取士蓬勃时期，行卷风气昌炽，才有了唐人选唐诗的基础。选天下举子之诗，兼顾诗教与诗艺，为科举考试服务，做意识形态引导，亦为举子提供范例。今人编辑优秀作文选本便是这一传统。

"吴中四杰"，我只能谈这一些了。

唐诗与文章四友

问："何谓"文章四友"？

答：初唐一个时期，有四位作家在文坛相当活跃，他们是崔融、李峤、苏味道、杜审言，被人们称誉为"文章四友"。

四友的文学成就主要在诗歌。他们积极创作，采用日益为时人所重的近体诗形式写诗，他们的佳作壮大了近体诗发展的力量。他们又对近体诗格律、声病、对仗等要素进行研究探讨。他们与沈佺期、宋之问相为羽翼，特别利用他们在政坛、文坛的显赫地位，对近体诗格律形式的完成起了有力的推动作用。

格律是贵族发展到一定阶段后，自我约束、讲究雅言的一种心灵要求，使个人有所敬畏。这种严苛要求，便是对秩序的遵守，符合儒家之义。因此格律对于纪律的恪守，也反映出贵族的一种有意味的社会行为，有格范人心、防备动乱之意。人心浮动，天下将乱，因此近体诗体现出庄严性和神圣性。格律这种自我修为、自我塑造、训诫心性的崇高伟大性，若宗教般为人崇拜。在唐代诗人努力下，最终近体诗走向成熟。

问：呀，你对格律意义的解释，很有启发。请详细谈谈"文章四友"的诗歌。

答：就依次说吧！

崔融，《全唐诗》收录十八首诗，宋人陈舜俞《庐山记》尚存他佚诗一首。大部分为近体诗，格律很严整。佳篇为《留别杜审言并洛中旧游》。

> 斑鬓今为别，红颜昨共游。
> 年年春不待，处处酒相留。
> 驻马西桥上，回车南陌头。
> 故人从此隔，风月坐悠悠。

由此可见一斑。崔融另著有《唐朝新定诗体》一书，已亡佚。从《文镜秘府论》所引逸文看，该书继上官仪《笔札华梁》、元兢《诗脑髓》之后，对近体诗的对仗需求又提出切对、切侧对等九对，诗病则从形义角度提出相类、不调等六病，诗体区分上则列出了形似、气质等十体。这些对近体诗格律的成熟显然有益。

李峤，《全唐诗》收录其诗二百余首，共五卷，四友中算存诗最多的。诗五分之四为近体，其规模宏大的《杂咏诗》竟有 120 首，全系咏物，日月风云、山泉水石、走兽飞禽、章服器用，都一一描摹，力求贴切工致，对于托物寄兴，全不采用。《姜斋诗话》称其诗"剪裁整齐而生意索然"，可谓一语破的。但从另一角度看，如此规模宏大地写近体诗，则有力地展现了近体诗的表现力，其作用也绝不可低估。李峤为世人吟诵的好诗，当推七言歌行《汾阴行》，咏汉武帝祀汾阴后土并歌《秋风辞》事，抒发盛衰兴亡之感。诗的最后四句是。

> 山川满目泪沾衣，富贵荣华能几时？
> 不见只今汾水上，唯有年年秋雁飞。

据《次柳氏旧闻》记载，唐玄宗在安禄山乱时将离长安，登花萼楼而听歌者唱至此四句时，不禁潸然出涕，赞叹"李峤真才子也"。

苏味道，《全唐诗》收录他的诗仅15首，都是近体诗。其中以《正月十五夜》一诗最负盛名。

> 火树银花合，星桥铁锁开。
> 暗尘随马去，明月逐人来。
> 游妓皆秾李，行歌尽落梅。
> 金吾不禁夜，玉漏莫相催。

诗很美，良夜盛游，当时被推为绝唱。

杜审言，《全唐诗》录其诗四十三首，但成就在四友中属最高。陈子昂说他"有重名于天下，而独秀于朝端，合绝唱之音，人皆寡和"（《送吉州杜司户审言序》）。其诗以咏怀、写景、记游最多，浑厚刚健而又清新自然，尚格律辞采却少雕饰。五律如《和晋陵陆丞早春游望》。

> 独有宦游人，偏惊物候新。
> 云霞出海曙，梅柳渡江春。
> 淑气催黄鸟，晴光转绿苹。
> 忽闻歌古调，归思欲沾巾。

春景清美，山川如画。胡应麟《诗薮》推许此诗为初唐五言律

"第一"。七绝如《赠苏绾书记》。

> 知君书记本翩翩,为许从戎赴朔边。
> 红粉楼中应计日,燕支山下莫经年。

诗圆活流畅而不呆滞,堪称佳作。杜审言在格律形式上要求很严,不失准的。南宋陈振孙《直斋书录解题》载:"唐初沈宋以来,律诗始盛行,然未有以平侧失粘为忌。审言诗虽不多,句律极严,无一失粘者。"清人王夫之亦云,"近体梁陈已有,至杜审言而始叶于度"(《姜斋诗话》)。杜审言的诗以近体为多,近体中又以五律为多,其五言排律《和李大夫嗣真奉使存抚河东》,四十韵,格律充沛,属初唐近体第一长篇。七律如《春日京中有怀》,声律上已接近成熟。

对于杜审言的诗,杜甫云"吾祖诗冠古"(《赠蜀僧闾丘师兄》);"诗是吾家事"(《宗武生日》)。不只是对乃祖诗歌的赞誉,更主要是道出家传的影响,尽管青取于蓝而胜于蓝,但北宋王得臣《麈史》、南宋杨万里《杜必简诗集序》、明胡应麟《诗薮》中都曾举许多杜甫诗受乃祖影响之例,揭示"少陵家法"所自。诸如格律严整,音节嘹亮,气势沉雄,祖孙可谓方向一致,而"铺陈终始,排比声韵"的排律,杜甫更有辉煌的发展。

"文章四友"在政坛上,并无什么突出成就可言,一个奇怪现象,都是初唐头面人物,但他们的品格都受人诟病。如崔融依附张易之。苏味道任相数年,行事皆取苟且圆滑,竟以模棱两端而著名。李峤在来俊臣构陷狄仁杰时,颇能正言,显示骨气;可后来奔走张易之兄弟名下,诏事权奸,为时下所不齿。杜审言恃才高以傲世,后在武则天召见时,作《欢喜诗》蹈舞叩恩,又判若两人。四人在仕途都曾困滞,后来都为朝廷贵宰,也算富贵乡中人了。

问:为何四友评价如此差?

答：我推测原因有二。一是他们依附的人物被正史否定，而殃及他们。二是晚唐五代和宋进入平民社会，意识形态仇视，普遍对有门第、曾得势的贵族评价不高。

杜审言的诗在文章四友中，算是成就最高的。然而他性情恃傲，据晚唐笔记《谭宾录》记其事云"杜审言初举进士，恃才謇傲，甚为时辈所嫉。苏味道为天官侍郎，审言参选试判，后谓人曰：'苏味道必死'。人问其故，审言曰：'见吾判当即羞死矣！'"（《太平广记·卷二六五引》）。这显然是后人的诬言，事实上二人关系非常好，审言有《赠苏味道》对其表达钦慕之情。但毕竟被新旧《唐书》本传采摘，似乎成了铁的事实。《旧唐书》说"为时辈所嫉"，我估计有夸张成分，初唐贵族都自我感觉良好，家庭出身兼以才气，自然恃才傲物。胡璩《谭宾录》还载："又语人曰：'吾之文章合得屈宋作衙官，书迹合得王羲之北面。'其矜诞如此。"他确实恃傲，对象不只今人，还有古人。如此傲诞自负在初唐人物中不少见，以他们的地位，有傲慢的本钱。杜审言在武则天垂爱下也算洛阳城中一等一的贵族。《新唐书》载"审言病甚，宋之问、武平一等省候何如，答曰'甚为造化小儿相苦，尚何言？然吾在，久压公等，今且死，固大慰，但恨不见替人'云"。说明他恃傲的今人不仅是苏味道，同时也说明他临终有自悔自责意。但"造化小儿""恨不见替人"等又道出他自负的个性仍然未改。

但我以为这些记录有放大之嫌，对审言不公平，他贵族的自负狂傲有之，但尚不至于史载那么不堪、可憎。他是这样一个人，一个确有才气受人备极推崇的人，一个矜诞被人嫉恨最后也能自悔自责而未能自改的人。杜甫继承了乃祖自负的基因，但他的正直善良、持中守正，也令他人生吃尽苦头。

历史评价准确与否，值得研究，不能简单盖棺定论。毕竟传统贵族与平民势力党争之后，贵族失势退出历史舞台。晚唐五代已转入平民掌控的时代,出现仇视贵族及其价值观的社会思潮,细读晚唐五代诗话笔记对唐代贵族负面评价极多,肆意臧否人物,而其中否定评价又被两《唐书》采纳。对这种底层意识形态史观颠覆贵族传统的思潮,以及晚唐五代传统价值观崩塌的事实,我们也是要了然的。

王昌龄与七绝圣手

问:"七绝圣手"是谁?

答:七绝圣手,指盛唐时期以写七绝著称的诗人王昌龄。

王昌龄的七绝,被历代的诗评家都推尊到很高的地位。例如明人杨慎言绝句"擅场则王江宁,骖乘则李彰明,偏美则刘中山,遗响则杜樊川"(《升庵诗话·卷十一》)。王世贞云"余谓七言绝句,王江陵与太白争胜毫厘,俱是神品"(《艺苑卮言》)。清人王夫之则云:"七言绝句,唯王江宁能无疵颣。"当然,称誉至极,亦有异辞。清人沈德潜《说诗晬语·卷上》述及:"李沧溟推王昌龄'秦时明月'为压卷,王凤洲推王翰'蒲桃美酒'为压卷,本朝王阮亭则云:'必求压卷'王维之'渭城',李白之'白帝',王昌龄之'奉帚平明',王之涣之'黄河远上'其庶几乎?"似乎引起了一场"见仁见智"的争论,当然并不会因此就削弱了王昌龄七绝的地位。因为推尊他七绝地位的,还有如元人辛文房的"诗家天子王江宁"(《唐才子传》)。我们还是从"七绝圣手"之称来谈。胡应麟云"摩诘五言绝穷幽极玄,少伯七言绝超凡入圣,俱神品也"(《诗薮·内编卷六》),他还说:"七言绝,太白、江宁为最。"但如果李、王相比较,王昌龄着力更多,成就也更高。

"七绝圣手"之得名估计与他行卷投谒的行为有关。殷璠《河岳英灵集》中选诗多行卷名篇,而王昌龄入选数量最多。王昌龄的时代行卷诗最适合的形式便是绝句短章，所以王昌龄行卷、投献多为七绝，首首惊艳，被誉为"中兴高作"（《河岳英灵集》），自然每有投献人们都称"七绝圣手"。唐人诗歌发表形式——行卷和歌诗，都与科第有关。王昌龄诗歌发表也不例外。唐时行卷之轴主人习惯悬挂于厅室，向人炫耀，读者众多，众口交赞，方有"圣手"挂肩。

问：从王昌龄七绝诗看，对"七绝圣手"这一称号当之无愧吗？

答：可以说当之无愧。从诗的内容看，比较集中地表现两类主题。一是歌唱边塞征戍者的战斗豪情和乡思离愁，一是从不同角度描写妇女生活。艺术形式上多用乐府旧题和易于入乐的七绝。

《从军行》这组七绝是王昌龄反映边塞生活的代表作。他采用的是短制小篇的绝句而不是像高适、岑参的长篇七古，所以他的边塞诗不可能是对战争生活与边塞风光的铺陈描写，他转入了刻画征人的内心思想感情活动。请看他的《从军行》。

> 烽火城西百尺楼，黄昏独上海风秋。
> 更吹羌笛关山月，无那金闺万里愁。
>
> 琵琶起舞换新声，总是关山旧别情。
> 撩乱边愁听不尽，高高秋月照长城。
>
> 青海长云暗雪山，孤城遥望玉门关。
> 黄沙百战穿金甲，不破楼兰终不还。
>
> 大漠风尘日色昏，红旗半卷出辕门。
> 前军夜战洮河北，已报生擒吐谷浑。

又如《出塞·其一》。

> 秦时明月汉时关，万里长征人未还。
> 但使龙城飞将在，不教胡马度阴山。

诗如"青海长云暗雪山""大漠风尘日色昏"，写征人奋勇杀敌、英雄慷慨。同时，又更多地描写征人久戍不还的离恨乡愁，如"烽火城西百尺楼""琵琶起舞换新声"，都写由听乐而引动离别相思之情，前者由景生情，后者由情入景，相互辉映，都达到了情景交融的境界。诗中写"边愁"却意境雄浑，情词悲凉却无衰飒意象，诗中主"气"，这是其他诗人很难企及的。

问：是否仅以边塞七绝就代表"七绝圣手"？他其余的七绝呢？

答：当然边塞七绝是属于他最出色、最主要的，也是世人易知的。其实前面提到的另一类描写妇女生活的闺怨、宫怨诗，也是极好的，甚至被人誉为七绝压卷之作，如《长信秋词·其三》。

> 奉帚平明金殿开，且将团扇暂徘徊。
> 玉颜不及寒鸦色，犹带昭阳日影来。

又如《闺怨》。

> 闺中少妇不知愁，春日凝妆上翠楼。
> 忽见陌头杨柳色，悔教夫婿觅封侯。

诗以哀怨的笔调写出宫女和思妇的暗恨幽愁和对青春美好时光的珍惜，刻画了她们的心理感应曲折宛转、细致入微，无怪也为历代诗评家所称道。

我以为，"七绝圣手"殆非虚语，除上述外，还可从其他方面证明。首先，王昌龄存诗中七言绝句占七十五首，其比例之高足可证明其在盛唐诗人中用力最专、成就最高。其次，他的绝句往往工于发端，十分奇警。"起句当如爆竹，骤响易彻"（谢榛《四溟诗话》）。的确，他的边塞七绝首句大都骤响易彻，如"青海长云暗雪山""大漠风尘日色昏""秦时明月汉时关"，都破句就力重千钧，着力渲染典型的环境气氛，眼界空阔，意境高远。诗人又善于猎取富于启发性的刹那间感触，准确地揭示人物的内心世界。如"更吹羌笛关山月，无那金闺万里愁""忽见陌头杨柳色，悔教夫婿觅封侯""玉颜不及寒鸦色，犹带昭阳日影来"，等等，都是通过妇女日常生活的细节或外界事物的触动，细致刻画出人物感情复杂矛盾的变化过程。另外，昌龄绝句语言蕴藉醇厚，情真意永，音节谐和圆转，气格天然，如"青山一道同云雨，明月何曾是两乡"（《送柴侍御》）。许多诗写出当即被谱成曲辞，流播远近。

刘长卿与五言长城

问：刘长卿是怎么叫"五言长城"的？

答：唐诗人刘长卿，是在盛衰之际，名噪中唐诗坛的著名诗人。辛文房《唐才子传》称他"以诗驰名上元、宝应间"。关于"五言长城"称誉的由来，比较原始的材料，是《新唐书·秦系传》载："（秦系）与刘长卿善，以诗相赠答。权德舆曰：'长卿自以为五言长城，系用偏师攻之，虽老益壮。'"这是据权德舆在《秦征君校书与刘随州唱和诗序》中所语。

这"自以为五言长城"，可以认为"五言长城"是自称，姑且不论称谓恰当与否，但考究文意，刘长卿颇有自负之意是肯定的。其实唐代士人群体很多并不专于诗业，而他不像那些士人只是行卷投谒作诗，数量不多，他潜心专诗，有《刘随州集》十一卷，诗510首。相比他人，内心自是孤高自负。

循此查考，刘长卿有两个材料值得注意。第一，长卿的诗在当时颇负盛名，例如皇甫湜曾说"诗未有刘长卿一句，已呼宋玉为老兵矣。语未有骆宾王一字，已骂宋玉为罪人矣"（《全唐诗话》），其为时人看重如此。第二，刘长卿确有自负表现。例如当时有"前有沈、宋、王、杜，后有钱、郎、刘、李"之说，刘长卿对此十分不满。范摅《云溪友议》记他愤愤反诘："李嘉佑、郎士元焉得与余齐称耶？"依此材料参证"自以为五言长城"的"自称"说，是可信的。

问："五言长城"的含意如何？刘长卿据此称谓恰当吗？

答："五言长城"中"长城"为比喻义，乃壁垒牢不可破之意。这里有两点值得研究。

第一，长城前的限制语为五言，刘长卿《刘随州集》有诗十卷，五、六、七、杂言均有所作，然独尊五言，是知五言特为其所长。确实，总随州存诗510首，五言共374首，竟占70%；在五言诗中，五言律为217首，又占五言的58%。因此，从数量说五言，其特指义当在五言律诗，是不乏因由的。另就唐人高仲武《中兴间气集》选随州9首，五言占7首，也是推尊五言之据。安史之乱后社会各方面亟待中兴，他后来被贬睦州（杭州建德）司马的五绝名作《逢雪宿芙蓉山主人》"日暮苍山远，天寒白屋贫。柴门闻犬吠，风雪夜归人"作为中兴间气集成员，已接近盛唐水平，只是"较王、韦稍浅，其清妙自不可废"（施补华《岘佣说诗》）。

第二，"五言长城"乃长卿自诩，推知其意是必以为此前五言并不完善，尚有薄弱可攻之处，这是从历史角度的纵向考察。再从同时代横向对比看，如："李嘉佑、郎士元焉得与余齐称耶？"又清人施愚山《蠖斋诗话》云："（刘长卿）每题诗不著姓，但著长卿而已，以海内合知之耳。"个人之见重，确可为其自诩"长城"的有力一据。

五言长城的含义离不开五言诗。我们若从历史的纵深角度考察五言诗，五言并无大的变革，谈不上用"长城"来强调。唯有五言近体经历了一个成形、发展、完备、定型的过程。且不说"四子"（王、杨、卢、骆）、"沈宋"的五言诗，初盛唐律诗虽基本成熟，但名家如崔颢的《黄鹤楼》、李白的《塞下曲》《夜泊牛渚怀古》，对仗都不工；杜甫的《望岳》《白帝城最高楼》等，还在用古体的音节作律诗，证明近体在他们手中虽成熟却未定型。当然，从横的一面刘长卿自认为其五言水平高于诸如大历才子等同辈的诗，这也是毋庸论证的客观事实。

　　五言古体诗有一定的句式、音节、韵律，但写法比较自由，不受严格的格律约束。而近体是在古体基础上发展起来的，对句式多少、格律的方位则有森严的限制，特别格律是构成律诗的生命。所以，从韵脚、句式、平仄、对仗、粘对等方面严格要求律诗，是律诗定型的标志。这样，通过律诗的发展、定型来理解"五言长城"的具体含义，这是一致的，没有矛盾。

　　当然，首先应该说，刘长卿承受"五言长城"的称誉是恰当的，这无论"自称"或"他称"似都无可非议。胡应麟《诗薮》曾把刘长卿与十才子中的郎士元做过比较："刘文房'东风吴草绿，古木刬山深''野雪空斋掩，山风古殿开'，色相清空，中唐独步。郎君胄'春色临关尽，黄云出塞多''河源飞鸟外，雪岭大荒西'，句格雄丽，天宝余音。然刘集佳制甚多，郎二韵外，无可录者。"

　　刘长卿对五言律诗的创作，确有独到之处，他能用严格的律诗来写景抒情、叙事言物，绝无雕琢修饰之痕，达到凝练自然、造语工秀的较高艺术境界。他的一些名篇佳作，确乎能够中唐独步。

　　刘长卿在律诗中，对于律对的讲究、工谨，以及数量的不寻常，也是认识他作为"五言长城"的证据。试以他的《至德三年春正月时谬蒙差摄海盐令闻王师收二京因书事寄上浙西节度李侍郎中丞行营五十韵》为例。这是一首五言排律，诗云：

天上胡星孛，人间反气横。
风尘生汗马，河洛纵长鲸。
本谓才非据，谁知祸已萌。
食参将可待，诛错辄为名。
万里兵锋接，三时羽檄惊。
负恩殊鸟兽，流毒遍黎氓。
朝市成芜没，干戈起战争。
人心悬反覆，天道暂虚盈。
略地侵中土，传烽到上京。
王师陷魑魅，帝座逼欃枪。
渭水嘶胡马，秦山泣汉兵。
关原驰万骑，烟火乱千甍。
凤驾瞻西幸，龙楼议北征。
自将行破竹，谁学去吹笙。
白日重轮庆，玄穹再造荣。
鬼神潜释愤，夷狄远输诚。
海内戎衣卷，关中贼垒平。
山川随转战，草木困横行。
区宇神功立，讴歌帝业成。
天回万象庆，龙见五云迎。
小苑春犹在，长安日更明。
星辰归正位，雷雨发残生。
文物登前古，箫韶下太清。
未央新柳色，长乐旧钟声。
八使推邦彦，中司案国程。
苍生属伊吕，明主仗韩彭。

凶丑将除蔓，奸豪已负荆。
世危看柱石，时难识忠贞。
薄伐征貔虎，长驱拥旆旌。
吴山依重镇，江月带行营。
金石悬词律，烟云动笔精。
运筹初减灶，调鼎未知羹。
北虏传初解，东人望已倾。
池塘催谢客，花木待春卿。
昔忝登龙首，能伤困骥鸣。
艰难悲伏剑，提握喜悬衡。
巴曲谁堪听，秦台自有情。
遂令辞短褐，仍欲请长缨。
久客田园废，初官印绶轻。
榛芜上国路，苔藓北山楹。
懒慢羞趋府，驱驰忆退耕。
榴花无暇醉，蓬发带愁紫。
地僻方言异，身微俗虑并。
家怜双鲤断，才愧小鳞烹。
沧海今犹滞，青阳岁又更。
洲香生杜若，溪暖戏鹨鹁。
烟水宜春候，襄关值晚晴。
潮声来万井，山色映孤城。
旅梦亲乔木，归心乱早莺。
倘无知已在，今已访蓬瀛。

这样长的五言诗少，五言排律就更少，除结尾一韵不律对外，四十九韵每韵律对，全诗又一韵到底，刘长卿真像是在用"律对"砌一道坚实的"长城"。即从这个意义上称他为"五言长城"，也是合适的。

唐诗与大历十才子

问：最早提出"大历十才子"之说的是谁？

答：大历十才子，最早见于姚合《极玄集》，姚合是后于十才子不久的诗人，他在《极玄集》中李端名下注云："（端）大历五年（771）进士，与卢纶、吉中孚、韩翃、钱起、司空曙、苗发、崔峒、耿湋、夏侯审唱和，号十才子。"被姚合称为"此皆诗家射雕手也"（《极玄集序》）。《极玄集》未选录全部十才子，只选了六家。显然十才子在姚合的眼光中是有等次的。以后，北宋欧阳修、宋祁等撰《新唐书·卢纶传》承袭姚合十才子之说，列十人名字一致，并云"皆能诗齐名"。

问："大历十才子"有多种歧异吗？

答：是的，歧异纷繁。应该说在姚合之前已存在这一群体称号，姚合才言"号"。号，公开宣称，著称。"大历十才子"所圈属的诗人，是指唐代宗大历年间（766—779）涌现的一批诗人。然而，自姚合录下时人"十才子之说"后，倒是纷争未出，至宋则有不同了。宋人江休复《嘉佑杂志》所云十才子，与姚合不同的是更换了三人，去了韩翃、崔峒、夏侯审，添了郎士元、李益、李嘉佑。计有功的《唐诗纪事·卷三十》李益条下又有不同："大历十才子……卢纶、钱起、郎士元、司空曙、李端、李益、苗发、皇甫曾、耿湋、李嘉佑。又云：吉顼、夏侯审亦是。或云：钱起、卢纶、司空曙、皇甫曾、李嘉佑、吉中孚、苗发、郎士元、李益、耿湋、李端。"这绝不是计有功的糊涂和把握不定,那几个"又云""或云"证明他十分审慎,客观地记载了当时即有多种说法出现。他这里又多了吉顼和皇甫曾。洪迈《容斋随笔》则云"李益、卢纶,皆大历十才子之杰者"。元人吴师道《吴礼部诗话》亦云"卢纶与李益中表,唱酬交赞,在大历十才子中号为翘楚"。清人李慈铭《越缦堂读书记》亦云"若论绝句,则李十郎益雄深高奇,不特冠冕十子,即太白、龙标,亦当退让"。一个问题值得深思,众说都推李益为十才子之长,但何以首倡十才子之说的姚合,却没有提及李益的名字?

宋人严羽《沧浪诗话·诗体》中列"大历体",将冷朝阳列入"十才子"中。明人胡震亨《唐音癸签》云:"大历才子及接开、宝诸公相倡和者,未可缕指。钱起、司空曙之于王维,戎昱之于杜甫,尤其著者。"又新加了戎昱。清人翁方纲《石洲诗话》云:"大历十才子:卢纶、司空曙、耿湋、李端诸公一调。韩君平风雅翩翩,尚觉右丞以来格调去人不远,皇甫兄弟其流亚也。郎君胄亦平雅,独钱仲文当在十子之上。"这里又添上了一个皇甫冉。若再据清人管世铭《读雪山房唐诗钞》记载,则有刘长卿、郎士元、皇甫冉、李嘉佑、李益,而无吉中孚、苗发、崔峒、耿湋、夏侯审。这又拉进来一个刘长卿。看来,谁也说不准大历十才子的庐山真面目了。

问:可以把大历十才子的说法规划为几种吗?

答:当然可以。就上所述,已把大历十才子各说大体包罗尽了,从中可归纳为四种。

第一,姚合《极玄集》之说,卢纶、吉中孚、韩翃、钱起、司空曙、苗发、崔峒、耿湋、夏侯审、李端。

第二,江邻几《杂志》、计有功《唐诗纪事》之说,卢纶、钱起、郎士元、司空曙、李益、李端、李嘉佑、皇甫曾、耿湋、苗发、吉中孚、吉顼,则有十二人。

第三，严羽《沧浪诗话》之说，不具列十才子姓名，只从中列举冷朝阳一人。

第四，管世铭《读雪山房唐诗钞》之说，刘长卿、钱起、郎士元、皇甫曾、李嘉佑、司空曙、韩翃、卢纶、李端、李益。

歧异纷繁，说法不一，倒使为识十才子庐山真面的人深感困惑。王士禛《分甘余话》慨叹说："唐大历十才子，传闻不一。……或又云有夏侯审。按（苗）发、（夏侯）审诗名不甚著，未可与诸子颉颃，且皇甫兄弟齐名，不应有曾而无冉。又韩翃同时盛名而亦不之及，皆不可解。"

但我认为十才子成员构成变来变去，主要还是后世选家界定的个人好恶造成的混乱，标准基本统一于"理致中和"，再参考《中兴间气集》《极玄集》，根据个人认识水平组合，甚至两集之外的冷朝阳也被列入。所以综合来看，姚合最初的名单就是当时社会流行的名单。

问：十才子的歧义已谈得很清了，那么，造成歧义的原因是什么呢？

答：哦，原因还很难断定，歧义多，时间长，自然就复杂，尚须多做研究。但有些迹象可以证实是造成歧义的原因，例如当时骈称很盛，李益、李端合称"二李"，钱起、郎士元称"钱郎"，"钱郎"又与刘长卿、李嘉佑共称"钱郎刘李"。皇甫兄弟被比为张氏景阳、孟阳。这些连称的关系，很可能就被互相拉扯入十才子圈内，因此造成歧义多见。又如李益，诗风雄浑深婉，与十才子诗风有很大差异，被列入十才子，令人可疑。但因他与卢纶为中表之亲，酬唱交往颇深，宋元人多将他与卢纶相并，被拉入十才子之列，也是很自然的了。

问：依你所见，怎么理解"大历十才子"方为妥当呢？

答：我是从两个角度去理解认识大历十才子的。

其一，对于大历十才子，闻一多曾指出，"应着重于活动在大历年间诗坛上的一群作风相似而又表现了这个时代特点的诗人……指出他们创作的特殊成就和在诗歌发展上的影响，不必受'十才子'这个传统数目字的局限。这样，评价他们的得失，也比较容易公平、合理"（郑临川述评《闻一多论古典文学》）。对了，看来这"十"字就应认真研究，查清人汪中《释三九》云："实数可稽也，虚数不可执也。……三者虚数也，……九者虚数也。推之十、百、千、万，固亦如此。故学古者通其语言，则不胶其文字矣。"据此，"十才子"之"十"，当亦不可执为不变之实数。那么，总计前人具列到的"十才子"，有李端、卢纶、吉中孚、韩翃、钱起、司空曙、苗发、崔峒、耿湋、夏侯审、郎士元、吉顼、李益、李嘉祐、皇甫曾、皇甫冉、冷朝阳、戎昱、刘长卿共十九人。但是，未具列到的，应还有张继、包何、包佶、戴叔伦、柳中庸等，如再扩大到大历中有诗名世者，更多达几十人。

这种见解有道理，似又失之于泛滥、笼统，反而失去十才子的概念。

其二，可据皎然所语，对十才子做认识研究。皎然《诗式·卷四》云："大历中，词人多在江外，皇甫冉、严维、张继、刘长卿、李嘉祐、朱放，窃占青山白云，春风芳草，以为己有。"可见，大历时期江南曾荟萃了许多诗人，实际上形成了一个诗派。如果再扩大眼观，肃、代时期的诗坛，除李白、杜甫、高适、岑参、元结少数杰出诗人外，所余可从地域归为二类。一是以长安、洛阳为中心的钱起、卢纶、韩翃等大历十才子诗人；二是以江东吴越为中心，那就是刘长卿、李嘉祐、严维等人。前者以应酬官贵之作为主，后者魏晋风度的诗歌多以山水风光见长。当然，二者也有交错，如卢纶、司空曙也写南方山水，皇甫冉、严维也在洛阳为官。皎然列江外诗人，对这一现象颇有认识，为我们从诗风倾向理解大历十才子提供了帮助，但是，对于大历十才子的名属，仍然很难准确具列。

另外，大历正在安史之乱后，社会正处于"中兴"时期，亟须平复战争创伤，疗治人心，相应地就要求诗歌音律平和中正，去除戾气，高仲武还特意选了《中兴间气集》，标准是"体状风雅，理致清新"，所选正好是肃代两宗时期26位诗人作品，以清逸幽远、省净纤巧为旨趣。虽不全是十才子，亦包含了部分大历十才子诗名。这说明"大历十才子"与《中兴间气集》在诗观上有相合之处，只是《中兴集》所采选多为朝廷之外诗人，以江东、西蜀为主，观风俗之变。而"大历十才子"要涵盖更广，包含庙堂与江湖之诗人，所以《中兴集》"风流正声""大雅君子""反正中兴"均可用于考察、确定十才子之选。

问：对"大历十才子"已谈了许多有益之见，请具体谈谈"大历十才子"的诗歌有何特点。

答：好的。我们如果从历史纵向对十才子诗歌进行观照，认识其特点是非常鲜明的。《四库全书总目·钱仲文集》云："大历以还，诗格初变。开宝浑厚之气，渐远渐漓，风调相高，稍趋浮响。升降之关，十才子实为之职志。（钱）起与郎士元，其称首也。然温秀蕴藉，不失风人之旨，前辈典型，犹有存焉。"这就指出他们的诗歌对前辈名家有所继承，有中兴之意，但更重要的是气格不如盛唐。他们的诗歌表现有以下特点。

第一，陶情山水吟咏自然。十才子的诗歌，风格大多与王维的诗相似，吟山水，咏自然，诗画相依。如郎士元《柏林寺南望》。

溪上遥闻精舍钟，泊舟微径度深松。
青山霁后云犹在，画出西南四五峰。

吟读令人直有身临其境之感。又如司空曙《江村即事》。

钓罢归来不系船，江村月落正堪眠。
纵然一夜风吹去，只在芦花浅水边。

清新、幽美、宁静，自由自在，与世无缘，继承了王维禅味山水诗的神髓。

第二，格律工细，字句精美。这是十才子诗歌最突出的特点。他们作诗认真，态度严肃，在体裁上多选用音律谐和的近体格律，吟诵在口只觉风调圆美。如司空曙《云阳馆与韩绅宿别》。

故人江海别，几度隔山川。
乍见翻疑梦，相悲各问年。
孤灯寒照雨，深竹暗浮烟。
更有明朝恨，离杯惜共传。

字句精美，并把乍见又别之情表达得异常深重。颔联"乍见翻疑梦，相悲各问年"已被传为诗林千古名句。又如钱起的《省试湘灵鼓瑟》。

善鼓云和瑟，常闻帝子灵。
冯夷空自舞，楚客不堪听。
苦调凄金石，清音入杳冥。
苍梧来怨慕，白芷动芳馨。
流水传湘浦，悲风过洞庭。
曲终人不见，江上数峰青。

全诗律对精细，那"曲终人不见，江上数峰青"的结句，异常精警。据传："起从乡荐，居江湖客舍，闻吟于庭中曰：曲终人不见，江上数峰青。视之，无所见矣。明年，崔曙试《湘灵鼓瑟》诗，起即用为末句，人以为鬼谣。"(《唐诗纪事》）简直传为神来之笔的名句子。由十才子锦心绣口写成诗歌的名联警句，举不胜举，如钱起"竹怜新雨后，山爱夕阳时"（《谷口书斋寄杨补阙》），卢纶"贾客昼眠知浪静，舟人夜语觉潮生"（《晚次鄂州》），韩翃"星河秋一雁，砧杵夜千家"（《酬程延秋夜即事见赠》），司空曙"雨中黄叶树，灯下白头人"（《喜外弟卢纶见宿》），等等。证明他们都艺术修养较深，在规范工谨的格律诗中时出惊人之笔，闪耀才思。自然，相应地有时失之雕琢，虽有名句而整篇欠佳，好像是时代风气造成的。胡应麟《诗薮》曾云"盛唐前，语虽平易，而气象雍容；中唐后，语新精工，而气象迫促"，道及十才子诗歌此一特点，也道出了他们的通病。

第三，情细思永，华美典雅。十才子的诗歌大都感情细致，诗风典雅。人们一般只谈晚唐诗风绮丽，其实十才子的诗歌已见"绮丽"端倪，只是还不浓郁柔弱而已。如李端《听筝》。

鸣筝金粟柱，素手玉房前。
欲得周郎顾，时时误拂弦。

华美典雅，但还未入绮丽一流。又如他的《闺情》。

月落星稀天欲明，孤灯未灭梦难成。
披衣更向门前望，不忿朝来鹊喜声。

把一个少女的情思，刻画得既丰富细腻，又生动传神。卢纶有《送李端》。

故关衰草遍，离别正堪悲。
路出寒云外，人归暮雪时。
少孤为客早，多难识君迟。

>掩泣立相向，风尘何所期。

感情真挚，诗语诚恳。钱起有《赠阙下裴舍人》。

>二月黄鹂飞上林，春城紫禁晓阴阴。
>长乐钟声花外尽，龙池柳色雨中深。
>阳和不散穷途恨，霄汉长悬捧日心。
>献赋十年犹未遇，羞将白发对华簪。

这虽是一首投赠诗，但感情凝重，把不遇的感怀含蓄地表达出来，情深意永，颔联"长乐钟声花外尽，龙池柳色雨中深"，被称誉为"特出意表，标准古今"（《唐诗纪事·卷三十》）。

问：哦，很清楚了。最后还想问问，怎样评价十才子及其诗呢？

答：在大历前一年的永泰元年（765），诗人元结作《刘侍御月夜宴会诗序》时深深慨叹："于戏！文章道丧盖久矣。时之作者，烦杂过多，歌儿舞女，且相喜爱，系之风雅，谁道是邪？"这显然包括指向大历十才子的诗歌。十才子的诗歌确有不少游离现实、点缀升平的软质作品，但是，这又并不足以概括十才子诗歌。这毕竟已是安史乱后的动荡年代，他们虽不在底层生活，可是战争的离乱、民间的疾苦不可避免地要给他们以冲击和影响，所以在他们的诗歌中也有或浓或淡的体现。如卢纶的《逢病军人》。

>行多有病住无粮，万里还乡未到乡。
>蓬鬓哀吟长城下，不堪秋气入金疮。

耿湋有《代园中老人》。

>佣赁难堪一老身，皤皤力役在青春。

> 林园手种唯吾事，桃李成阴归别人。

耿湋还有《路旁老人》。

> 老人独坐倚官树，欲语潸然泪便垂。
> 陌上归心无产业，城边战骨有亲知。
> 余生尚在艰难日，长路多逢轻薄儿。
> 绿水青山虽似旧，如今贫后复何为？

内容上，或写伤兵的痛苦，或写老农的贫穷，或写孤老的处境，都是严酷现实的真实反映。就以韩翃典雅华美的《寒食》诗来看。

> 春城无处不飞花，寒食东风御柳斜。
> 日暮汉宫传蜡烛，轻烟散入五侯家。

这是十才子诗歌的范品，然而借古讽今，在高华的艺术美中融入思想性，不失风人之旨。

全面地看，"大历十才子"的诗歌可毁可誉，得失相参，对其人其诗都不宜做偏执一端的评价。他们的诗是那一乱离后特定时期的作品，多少显示了一些社会使命感，有少许的抚慰世道人心的积极作用。

问：谢谢，所见客观公允。

唐诗与芳林十哲

问：何谓"芳林十哲"？

答：又叫咸通十哲，在唐懿宗咸通至昭宗乾宁、光化年间，约三十年时间，活跃在诗坛的著名诗人有郑谷，在这个时期，他像一个盟主；他和较有名气的许棠、任涛、张蠙、李栖远、张乔、喻坦之、周篨、温宪、李昌符等为同时代人,被时人誉为"芳林十哲"。芳林,春日之树木,徐坚《初学记·卷三》引南朝梁元帝《纂要》"春曰青阳,……木曰华木,华树,芳林,芳树"。后代人因其在咸通时期,又称其为"咸通十哲"。他们多是未取功名的寒士,为应举行卷投谒,留下了一些诗名;春闱结束,滞留长安,又互动唱和。据《唐诗记事·卷七十》还有剧燕、吴宰共十二人。如果说,唐诗领域有"大历十才子"辉映于中唐在先,那么,"芳林十哲"亦可称次后闪照于晚唐,不过,余光夕照,比之于十才子,却逊色多矣。

问:什么原因形成了这一诗群?

答:第一,"咸通十哲"诗群的形成还是有迹可循的,以贾岛的诗风即可概括他们。因行卷投谒,都极重视诗歌锤炼,字句斟酌,务去陈言,故他们的诗基本可以做到清新雅致。求仕的艰辛,锻炼了他们的心志,反映于诗歌行为是对荒僻意象进行精选、锤炼,他们的诗清冷淡雅,与他们的生活状态一样。如周繇《送宇文虡》"野店寒无客,风巢动有禽",许棠《过湍沟》"栈底鸣流水,林端敛夕阳",张乔《题友人林斋》"簟冷窗中月,茶香竹里泉"。这些共通之处是形成十哲的基础。

第二,纵向来看,德宗以来,举子之间结派成风,相互标榜,或聚于文坛盟主下寻求庇护,如《唐诗纪事》司空图避居中条山"士人多往依之,互相推奖,由是声名藉甚"。《旧唐书·高郢传》"时应进士举者,多务朋游,驰逐声名"。科举几为权门把持,形成所谓"崔郑世界"(《金华子杂编》上),不参与朋游、不寻求权豪保护,很难及第。这种风气的刺激是"芳林十哲"形成的外因。他们出于应试目的,以诗投献,展示才学,又由于长期滞留不归,科第之余相互唱酬。早在贞元时期已露端倪,至元和更侈游成习。朋游是中后期士人的日常生活方式。但他们并非政治朋党,只是松散的以应考为目的滞守京城的诗人群体。中晚唐社会风气喜分门别派，故统称他们为"芳林十哲"。

第三，十哲形成还与前辈诗人李频、薛能的揄扬有关。李频早年受姚合推举成名，对寒门士子颇多同情，特别看重十哲，他主持京兆解试曾使十哲一同登榜。正因为这次登榜，这批诗风接近的寒士才一举成名。后来李频与十哲关系极好，他去世时，十哲中张蠙、张乔、郑谷都有《哭（吊）建州李员外（频）》诗。薛能"以诗道为己任"（《北梦琐言》），对行卷举子多有指点，十哲多人受知于他。所以薛李的延誉，对十哲名声的传扬有莫大关系。

下面先说张乔，池州人，诗名甚著。他与郑谷交好，郑谷有一首《题乔延兴门外所居》云："平生苦节同，旦夕会原东。掩卷斜阳里，看山落木中。星霜人欲老，江海业全空。近日文场里，因君起古风。"此诗不仅看到他们的友谊，末二句，是指张乔在咸通中京兆府解试中所作《试月中桂》诗，该诗压卷擅场。这是一首试贴诗。乔诗云："与月转洪蒙，扶疏万古同。根非生下土，叶不坠秋风。每以圆时足，还随缺处空。影空群木外，香满一轮中。未种丹宵日，应虚白兔宫。如何当羽化，细得问神功。"这也说不上太好，却因此引起时下欣喜，被引为"十哲"之冠。倒是张乔的《河湟旧卒》堪称一首好诗。

少年随将讨河湟，头白时清返故乡。
十万汉军零落尽，独吹边曲向残阳。

通篇行间字里，流露出深沉的哀伤。那"独吹边曲向残阳"结句的意象，是晚唐日薄西山的暗示和投影。那位头白归来的河湟戍卒，令人想起"十五从军征"的古诗内容，而家园零落的变化，诗的字面无须点明，全在诗情的潜意识流动之中。深得绝句涵括一切，笼罩万有之法。

任涛，豫章筠川人，虽诗名早著，几次举试，却都功败垂成。他的诗小巧，如"露团沙鹤起，人卧钓鱼船"之句。影响并不很大，能列"芳林十哲"，是李频主京兆解试，与许棠、张乔等俱得之，时人将十二人称为"十哲"。

张蠙，清河人，乾宁二年（895）进士第。唐末曾为栎阳尉，后避乱入蜀。王蜀时，任金堂县令。他早年游塞外，写边塞诗较多，如他的《登单于台》。

> 边兵春尽回，独上单于台。
> 白日地中出，黄河天外来。
> 沙翻痕似浪，风急响疑雷。
> 欲向阴关度，阴关晓不开。

诗写边塞风光，语句浑朴，意象阔大，虽出于晚唐末诗人之手，却很有些"盛唐气象"。此诗尤以"白日地中出，黄河天外来"脍炙人口，苍茫壮阔，白日出于地中而非山顶，黄河来自天外而非天上，景物都在视平线下，准确写出人在高台身临荒漠大野之感。咸通中，与张乔、许棠齐名，为"十哲"。在"十哲"中是不群的诗人。

许棠，宣州泾县人，咸通十二年进士第，初就任泾县尉，时与郑谷友好，郑谷送诗云："白头新作尉，县在故山中。高第能卑宦，前贤尚此风。"白头新尉，高第卑官，人才是这样的际遇，诗友除了劝慰外，还不忘鼓励"篇章莫废功"。他的《过洞庭》诗很好，为他赢来了"许洞庭"的美誉。其余的诗，拈出《言怀》，可见其诗情与心志。

> 万事不关心，终朝但苦吟。
> 久贫惭负债，渐老爱山深。
> 日月销天外，帆樯亲海阴。

> 荣枯应已定，无复系浮沉。

温宪，乃温庭筠之子，《唐诗记事·卷七十》载温宪就试，因其父文多刺时，傲毁朝廷，便受牵累，抑而不录。后来悲愤题一绝句于崇庆寺壁，荥阳公郑綮见后悯然动容，次年昭宗龙纪元年赵崇主持文事，在郑綮帮助下便起用他，得以成名。以下为《题崇庆寺壁》。

> 十口沟隍待一身，半年千里绝音尘。
> 鬓毛如雪心如死，犹作长安下第人。

他光启中为山南从事，以此仕终。温宪虽被列为"十哲"之一，但在诗坛影响并不很大。

李昌符，咸通四年进士第，历尚书郎。有诗名却久不登第，与郑谷友好，郑谷有诗《寄膳部李郎中昌符》云："夜夜冥搜苦，那能鬓不摧。"受贾岛影响，苦吟劲头很足，他的诗有情致，也是小家规模，如《送琴客》。

> 楚客抱离思，蜀琴留恨声。
> 坐来新月上，听久觉秋生。
> 夜静骚人语，天高别鹤鸣。
> 因君兴一叹，竟夕亦难平。

喻坦之，也是"十哲"之一，《全唐诗》有诗一卷，共十余首，都是五言，最好的也不过是《商于逢友人》。

> 行役何时了，年年骨肉分。
> 春风来汉棹，雪路入商云。
> 水险溪难定，林寒鸟异群。

相逢聊坐石，啼狖语中闻。

"芳林十哲"的诗人，所余都不足道了。

问：哦，那还有郑谷呢？

答：这倒是个重要的诗人，他是袁州宜春（江西宜春）人，应进士试十六年，至光启三年（887）才及第，授官京兆鄠县尉，迁右拾遗补阙。乾宁四年（897）为都官郎中。他的诗以咏鹧鸪负盛名，时人誉称为"郑鹧鸪"。其实，鹧鸪诗虽好，却还有比鹧鸪诗更加脍炙人口的，如《淮上与友人别》。

扬子江头杨柳春，杨花愁杀渡江人。
数声风笛离亭晚，君向潇湘我向秦。

晚唐诗自杜牧、李商隐后，议论之风渐炽，郑谷此诗仍迥出时流，保持抒情、形象、风韵的特征。宋宗元《网师园唐诗笺》评曰："笔意仿佛青莲，可谓晚唐中之空谷足音矣。"此诗写扬子江分手之地，杨柳春分手之时，杨花既点暮春又暗寓行人漂泊。诗本忌重字，三"杨"字重复，"江"字又两用，重复犯忌，反而使诗的意象绵密，音响连珠。而诗之情韵，尤在结句，如王鏊《震泽长语》云："'君向潇湘我向秦'，不言怅别，而怅别之意溢于言外。"沈德潜《唐诗别裁》云："落句不言离情，却从言外领取。"此句又不避重字，在"君"与"我"对应中，"向"字重叠，将临歧分别的黯然神伤、各向天涯的无尽愁绪、南北异途的羁思系念，都在这无言的两"向"字中充分传出。前人还评析此诗是倒句、妙句，结句原应起句的，谢榛《四溟诗话》云："予易为起句，足成一绝云：'君向潇湘我向秦，杨花愁杀渡江人。数声长笛离亭晚，落日空江不见春。'"诗人当然不是赞同这样。也如贺贻孙《诗筏》云："'君向潇湘我向秦'七字而已，若开头便说，则

· 496 ·

浅直无味，此却倒用作结，悠然情深，令读者低回流连，觉尚有数十句在后未竟者，唐人倒句之妙，往往如此。"

问：听你讲来，真还不错。然而这"芳林十哲"是否作为一个诗派理解呢？

答："十哲"不同于元和时期的"新乐府"诗派，有明确的理论主张。他们只是咸通时期闻名诗坛的一批诗人，诗的风格也不完全相同，但倾向又大体相近，都不可避免带着一点寂寞的哀伤，情致清切，是晚唐社会风貌的折射，或者说，是晚唐的余光穿透诗人心胸的感应吧！

唐诗与三罗

问：晚唐的"三罗"指谁？

答：是指诗人罗隐、罗虬、罗邺三人。

"三罗"是余杭（浙江余杭）人，又是同宗族之亲，咸通、乾符中，诗名颇著，也称"江东三罗"。王定保《唐摭言·海叙不遇》有"罗虬辞藻富赡，与宗人隐、邺齐名。咸通乾符中，时号三罗"。

先说罗邺，其父罗则为盐铁小吏，罗邺于咸通中累试进士不第，后来便从军边塞，但为幕吏所阻，不久俯就督邮，郁郁而终。他长于七言诗，七绝深婉有致，与罗隐相比，隐才雄而粗，邺才清而绵致。如他的《公子行》。

> 金鞍玉勒照花明，过后香风特地生。
> 半醉五侯门里出，月高犹在禁街行。

用笔清灵，活脱脱刻画出权贵子弟的形象，丝毫未著贬词而讽意自见，深婉有致。

次说罗虬，他辞藻富赡，但也是屡试不第，广明乱后，去从鄜州李孝恭为鄜州从事。有杜红儿，善歌，为副戎属意所爱，副戎聘邻道，罗虬请红儿歌，并赠缯采。李孝恭因其为副戎所聘，不令受。虬怒，拂衣起，诘旦，手刃红儿，不久思悔，便作绝句百篇，追念其冤。因此便留下了《比红诗》百首。《比红诗》从各个角度运用历史典故，取古代姿艳才德美女，各种比喻赞美红儿，不愧才思富丽。他最后一首如下。

花落尘中玉堕泥，香魂应上窈娘堤。
欲知此恨无穷处，长倩城乌夜夜啼。

他内心的悔愧和沉痛已可窥见。

最后说罗隐，他本名横，曾经十上不中第，才更名隐。光启中，曾做过钱塘令，后依附镇海军节度使钱镠。他早岁即负诗名，但有一个笑话，他的诗名曾为唐丞相郑畋、李蔚所知。郑畋的女儿览罗隐诗，讽诵不停。但罗隐容貌丑陋，畋女有一天在帘下窥觑了罗隐后，从此便绝不再咏罗隐的诗了。罗隐生性恃才傲物，好讥议公卿，自然留下了不少讥刺时政之诗。诗风也清浅自然，深得时流喜爱。《唐诗记事·卷六十九》说邺都有叫罗绍威的人，专学罗隐的诗，因罗隐自号"江东生"，他便为自己的文集取名为《偷江东集》。而青川有叫王师范的，为求罗隐一诗，还专门派人带上礼币请给。后代选家们常选他的《蜂》诗："不论平地与山尖，无限风光尽被占。采得百花成蜜后，为谁辛苦为谁甜。"理致深婉，在晚唐末，此讥横行乡里，聚敛凶暴，或谓为农民不平鸣。可是看他的《感弄猴人赐朱绂》更为大胆尖锐。

十二三年就试期，五湖烟月奈相违。
何如学取孙供奉，一笑君王便著绯。

据《幕府燕闲录》："唐昭宗播迁，（乾宁三年，李茂贞陷长安，昭宗奔华州），随驾伎艺人止有弄猴者，猴颇驯，能随班起居，昭宗赐以绯袍，号孙供奉，故罗隐有诗云云。"罗隐此诗又因怀才十试不第，便借弄猴人赐朱绂事表示愤慨。诗可见人才之被弃置及帝王之昏朽，但深婉寓慨，极明白却又在诗的言外见之。

问：你对"三罗"的高下优劣看法如何？

答：本来尺短寸长，不必强分高下，既曰"三罗"，就无先后姓氏排列标志，世人看法好像是平列的。但杨慎《升庵诗话·卷十》却有异议云："江东'三罗'，罗隐、罗虬、罗邺也，皆有集行世。当以邺为首。如《闺怨》云：'梦断南窗啼晓乌，新霜昨夜下庭梧。不知帘外如钩月，还照边庭到晓无。'《南行》云：'腊晴红暖鹧鸪飞，梅雪香黏越女衣，鱼市酒村相识遍，短船歌月醉方归。'此二诗，隐与虬皆不及也。"我以为，杨慎所举确为好诗，但以此就卷压二罗，是失之偏执。或许这是出于杨慎的偏爱。三罗之诗，以罗隐影响最大，他思锐才清、理致尖新就比邺、虬高出一筹，罗隐的诗语又平易通俗，如《自遣》"得即高歌失即休，多愁多恨亦悠悠。今朝有酒今朝醉，明日愁来明日愁"，趣味已很世俗，在晚唐通俗诗派中，影响也深远，在一定程度上显示了向宋诗理趣的过渡。按隐、邺、虬的次序衡定"三罗"，是较为公允的。

上官仪与"上官体"

问：何谓"上官体"？

答：上官体是初唐诗人上官仪倡导并广泛流行的一种诗体。为了说清这个问题，须得稍说远一些。在 7 世纪中期的几十年里，宫廷诗复活了。虽然看不到复古的宣言，但是上官仪（608—664）的诗歌是这一时期宫廷诗的代表。他存诗二十首，完全继承了南朝宫廷的传统内容，写作上骈俪对仗，异常精巧华美，他的诗歌为许多诗人仿效，蔚为时尚。太宗还依靠他帮助润饰自己粗糙的诗歌，其影响于此可见。这也使他死后赢得了唐代第一个以诗人姓氏命名的诗歌风格称号——上官体。

上官仪始任弘文馆直学士，据其生年推测，他进入弘文馆不会早于630年，他于贞观中擢进士第，召授弘文馆学士。弘文馆是文学馆，他的诗歌便是在这个时期走向宫廷的。他任太宗朝迁秘书郎，高宗朝迁秘书少监。他经常受召参加宫廷私宴。宫廷诗的主要功能是歌颂，为太宗赏识。上官仪的诗作与学士许敬宗的诗作非常相似，但上官仪的是赞美，许敬宗的是谄媚。上官仪才气出众，许敬宗则次之。二人虽同朝却分属于高宗和武后。上官仪的结局是被武后处死。

上官体的核心是讲究对偶的技巧，属对工切，要求音义词性对称。这也是上官仪才能最集中体现的，他提出了诗歌写作的"六对""八对"之说，其实是总结了前人作诗的经验，而加以归纳成的。

他的"六对"如下。

一是正名对：天地　对　日月

二是同类对：花叶　对　草芽

三是连珠对：萧萧　对　赫赫

四是双声对：黄槐　对　绿柳

五是叠韵对：彷徨　对　放旷

六是双拟对：春树　对　秋池

他的"八对"如下。

一是地名对：送酒东南去　对　迎琴西北来

二是异类对：风织池间树　对　虫穿草上衣

三是双声对：秋露香佳菊　对　春风馥丽兰

四是叠韵对：放荡千般意　对　迁延一介心

五是联绵对：残荷若带　对　初月如眉

六是双拟对：议月眉欺月　对　论花颊胜花

七是回文对：情新因意得　对　意得逐情新

八是隔句对：相思复相忆，夜夜泪沾衣　对　空叹复空位，朝朝君未归

以上均载宋人魏庆之《诗人玉屑》。这自然是继承了齐梁时期沈约的"四声八病"之说和刘勰《文心雕龙·丽辞》的"言对、事对、正对、反对"之说，然后归纳补充的。

问：请具体介绍一首上官仪的"上官体"诗。

答：上官仪工于五言，存诗二十首，《全唐诗》编为一卷。绝大部分为应制、应诏、园林、赠答诗等。他最具有代表性的是《酬薛舍人万年宫晚景寓直怀友》，全诗如下。

奕奕九成台，窈窕绝尘埃。

苍苍万年树，玲珑下冥雾。

池色摇晚空，岩花敛余煦。

清切丹禁静，浩荡文河注。

留连穷胜托，凤期睽善谑。

东望安仁省，西临子云阁。

长啸披烟霞，高步寻兰若。

金秋掩通门，雕鞍归骑喧。

燕姝对明月，荆绝促芳尊。

别有青山路，策杖访王孙。

此诗所用对句，占他"八对"之六，只是回文、双拟没有用上。作为上官仪代表作的，其实是《早春桂林殿应诏》，这也是宫廷宴会诗

精雅的代表。全诗如下。

> 步辇出披香，清歌临太液。
> 晓树流莺满，春堤芳草积。
> 风光翻露文，雪华上空碧。
> 花蝶来未已，山光暖将夕。

上官仪的诗绮错婉媚，对景物细节和直观视像非常敏感，他虽能观察描写它们，但他无法像盛唐诗人那样创造深远的意境，他们是通过创造形式的美去掩盖内容贫弱的诗人。

尽管如此，"上官体"不是没有意义的。他的"六对""八对"之说及诗体的风行，长远地看，与律诗的形成和发展，有不可分割的嬗递关系。就当时看，对时行宫廷中应制、应诏诗的优劣衡定，和以后以诗取士的评定标准，定了一个具体的尺度。从历史角度归结，"上官体"当然是应时尚的需要，自然而产生的诗体格式。

中唐"元和体"

问：何谓"元和体"？

答："元和体"在唐代诗坛影响很大，但概念易于模糊，究其原因，应从李肇谈起。

李肇《国史补·卷下》所云如下。

> 元和以后，为文笔，则学奇诡于韩愈，学苦涩于樊宗师；歌行则学流荡于张籍；诗章则学矫激于孟郊，学浅切于白居易，学淫靡于元稹，俱名为元和体。大抵天宝之风尚党，大历之风尚浮，贞元之风尚荡，元和之风尚怪也。

这种提法，把"文笔""歌行""诗章"统在"俱名元和体"内，既有文，又有诗，显得笼统，歌行与诗章界分，似又模糊。但是从诗而论，他却又道出一个争奇逐异、追变求新的诗坛现实。

其实，以诗歌而论，《旧唐书·元稹传》说："稹聪警绝人，并少有才名，与太原白居易友善。工为诗，善状咏风态物色。当时言诗者，称元白焉。自衣冠士子，至闾阎下俚，悉传讽之。号为元和体。"从"元和体"已经规范在元、白诗范围内来谈，《旧唐书》的论述是有根据的，若从元稹的自述来看，便最为清楚。元和十四年（819）冬，元稹回到朝中为膳部郎中，献诗于丞相令狐楚，写了一篇诗启。

> 稹自御史府谪官，于今十余年矣。闲诞无事，遂专力于诗章，日益月滋，有诗句千余首。其间感物寓意，可备朦胧之讽者有之，词直气粗，罪尤是惧，固不敢陈露于人。唯杯酒光景间，屡为小碎篇章，常欲得思深语近，韵律调新，属对无差，而风情宛然，而病未能也。江湖间多新进小生，不知天下文有宗主，妄相仿效，而又从失之，遂至于支离褊浅之词，皆目为元和诗体。

元稹又云如下。

> 稹与同门生白居易友善，居易雅能为诗，就中爱驱驾文字，穷极声韵，或为五百言律诗，以相投寄。小生自审不能以过之，往往戏排旧韵，别创新词，名为次韵相酬，盖欲以难相挑耳！江湖间为诗者，复相仿效，力或不足，则至于颠倒语言，重复首尾，韵同意等，不异前篇，亦自谓元和诗体。

两段文字把"元和诗体"道明了。据此，元和体诗可分两类。一是千言或五百言排律诗，即次韵相酬的长篇排律，像白居易的《代书诗一百韵寄微之》、元稹的《酬翰林白学士代书一百韵》等。他们

"驱驾文字，穷极声韵"（《旧唐书·元稹传》）。二是杯酒光景间的"小碎篇章"，也就是短诗，但这种短诗要做到"思深语近，韵律调新，属对无差，而风情宛然"。

　　自然，白居易对"元和诗体"也有解释。长庆三年（823）冬，元稹任浙东观察使，驻节会稽。白居易任杭州刺史时，有诗寄元稹云"诗到元和体变新"（《余思未尽加为六韵重寄微之》），句下，白居易自注云"众称元白为千字律诗，或号元和格"，这是白居易对"元和诗体"在形式上所下的定义。而元稹当即回诗一首，题曰《酬乐天余思不尽加为六韵之作》，有句云"次韵千年曾报答"，元稹于句下自注："乐天曾寄余千字律诗数首，余皆次用本韵酬和，后来遂以成风耳。"这还道出了风行之始和影响之大。由此可知，千字律诗白居易倡导于前，元稹次韵于后，于是社会流传，复相仿效，形成了"元和诗体"。

　　问：这样看来，"元和诗体"不外就是诗体形式的创新吗？

　　答：这样理解虽有道理，但认识并不全面。"元和诗体"之所以风行于时，更重要的还是诗歌所表现的内容。且看元稹在《白氏长庆集序》中说的一段话。

> 予始与乐天同校秘书之名，多以诗章相酬答。会予遣掾江陵，乐天犹在翰林，寄予百韵律诗及杂体，前后数十章。是后各佐江、通，复相酬寄。巴蜀江楚间洎长安中少年，递相仿效，竞作新词，自谓为元和诗体。而乐天《秦中吟》《贺雨》，讽谕等篇，时人罕能知者。

　　引人注意的是，他说明时誉的"元和诗体"，并不包含白居易的讽谕诗，只是"数十章"的"百韵律诗及杂体"而已。而元稹此说又并非无稽，白居易在《与元九书》中，以自己的感受说得更确切。他所言如下。

> 今仆之诗，人所爱者，悉不过杂律诗与《长恨歌》已下耳。时之所重，仆之所轻。至于讽谕者，意激而言质；闲适者，思淡而词迂，以质合迂，宜人之不爱也。

白居易说的"杂律诗"，他分类为"五言、七言、长句、绝句，自一百韵至两韵者四百余首"。值得深思的倒是时人（特别是少年）何以如此喜爱"杂律体"，何以如此竞相仿效"百韵律诗"呢？而诗人白居易又何以不重视此诗呢？

现存于元、白两人《长庆集》中的"长篇排律"并不算多，主要有白居易《代书诗一百韵寄微之》《渭村退居寄礼部崔侍郎钱舍人一百韵》《游悟真寺》（一百三十韵）、《和梦游春诗一百韵》《东南行一百韵》等五篇；元稹有《酬翰林白学士代书一百韵》《酬乐天东南行一百韵》《梦游春七十韵》、《代曲江老人百韵》四篇。若从元、白两人的"百韵排律"看，其中却有描写放荡冶游的细节，"长安风俗，自贞元侈于游宴"（李肇《国史补·卷下》），这一类近于淫靡的描写，迎合了"长安少年"的心理和兴趣，"竞相仿效，相习成风"。举诗为证。

> 征伶皆绝艺，选伎悉名姬。
> 铅黛凝春态，金细耀水嬉。
> 风流夸堕髻，时世斗啼眉。
> 　　　　　　贞元末，城中复为堕马髻啼眉妆也。
> 密坐随欢促，华樽逐胜移。
> 香飘歌袂动，翠落舞钗遗。
> 筹插红螺碗，觥飞白玉卮。

打嫌调笑易，饮讶卷波迟。
　　　　　　　抛打曲有调笑令，饮酒曲有卷白波
残夜喧哗散，归鞍酩酊骑。
酡颜乌帽侧，醉袖玉鞭垂。
　　　　（白居易《代书诗一百韵寄微之》节选）

又如。

莺声爱娇小，燕翼玩逶迤。
辔为逢车缓，鞭缘趁伴施。
密携长上乐，偷宿静坊姬。
僻性慵朝起，新晴助晚嬉。
相欢常满目，别处鲜开眉。
翰墨题名尽，光阴听话移。
乐天每与予游从，无不书名屋壁。
又尝于新昌宅说"一枝花"话，自寅至巳，犹未毕词也。
绿袍因醉典，乌帽逆风遗。
　　　　　……
逃席冲门出，归倡借马骑。
狂歌繁节乱，醉舞半衫垂。
散漫纷长薄，邀遮守隘歧。
几遭朝士笑，兼任巷童随。
　　　　（元稹《酬翰林白学士代书一百韵》节选）

唱酬翔实记述了长安放荡游冶、夜宿娼家的生活，反映了长安佟游的现实。谱写这样的生活，过去在这样的诗歌形式中确实没有，无怪"长安少年"十分欣赏。再看元稹记述"艳遇""艳情"的诗，就更使"长安少年"倾倒了。如元稹《梦游春七十韵》，白居易《和梦游春诗一百韵》，写幽会都大胆露骨，均写实了当时士人的生活状态。这些"长安少年"并非全是贵族子弟，还有大量落第滞留的举子，为次年科第准备，暂处空闲期，有大量时间毫无顾忌地恣意游乐。"元和体"这类反映时风的诗，甚至就是他们生活的缩影。所以结束初盛唐以来贵族主掌的社会，中唐便迎来平民的狂欢，责任感消失，以个人利益为中心的价值观确立，一个堕落的时代拉开序幕，且不可逆转。"元和体"诗真实反映了那一社会。

问：很有收获。那"元和体"的"小碎篇章"的部分呢？

答：至于"元和诗体"的小诗，以元稹为最。如《会真诗三十韵》情色描绘赤裸裸，比"百韵长律"更无顾忌。沈德潜《说诗晬语》说"奈何阐扬其体，以教当世耶"。这样的"元和诗体"流向社会，入人心骨，元稹、白居易都曾受到舆论指责。元稹并不隐讳：

> 而司文者考变雅之由，往往归咎于稹。尝以为雕虫小事，不足以自明……

可见彼时就指责者汹汹，当然背后中唐朝廷政斗因素也不可不察。元稹也不文过饰非，淡然待之，看作"雕虫小事"。他为何如此？我不为元稹辩护，确乎，文学与政治，胶合着贵族与平民的党争。且看《唐语林·卷二》"文宗欲置诗学士"条下。

> 李珏奏曰：臣闻宪宗为诗，格合前古，当时轻薄之徒，摘章绘句，聱牙崛奇，讥讽时事。尔后鼓扇名声，谓之元和体，实非圣意好尚如此。今陛下更置诗学士，臣深虑轻薄小人，竞如嘲咏之词，属意于云山草木，亦不谓之开成体呼？沾黯王化，实非小事。

· 507 ·

李珏所指的元和体，显然包括两类。那"摘章绘句"的一类"轻薄之徒"，正是指向元稹。更晚一些的杜牧借李戡之口，也指责"元和诗体"有伤风化，而且更加严厉。如下。

> 尝痛自元和以来有元、白诗者，纤艳不逞，非庄士雅人，多为其所破坏。流于民间，书于屏壁，子父女母，交口相授，淫言媟语，冬寒夏热，入人肌骨，不可除去。吾无位，不得用法以治之。（《唐故平卢军节度巡官陇西李府君墓志铭》）

问：这样说来，对"元和体"以及元稹、白居易的看法就完全否定无疑了吗？

答：哦，不能。舆论指责有其政治原因，元和时期二人均受朝中势力排挤、迫害，在此不展开讨论。就从文学来说，不能据此完全否定元、白在诗坛的成就与贡献。每当有文学新风出现，总让旧的文学观念恐惧，似乎这些不合道统、礼崩乐坏的"淫邪"之作，具有原罪。他们已感知到"元和体"对旧文学的摧毁力量，"自衣冠士子，至闾阎下俚，悉传讽之"。陈寅恪《元白诗笺证稿》就跳出政治，盛赞说"微之以绝代之才华，抒写男女生死离别之感情，其哀艳缠绵不仅在唐人诗中不多见，而影响及于后来之文学者尤巨"。所以不同时期人们对同一件事有不同角度的认识，元稹时代遭受的排挤更多源于政治因素。

元、白以具有生命力的"元和体"横扫诗坛，即便算"淫言媟语"，不论"千言排律"或是"小碎篇章"，也不过是他们诗作的一小部分，这样以偏概全是不科学的，于元、白不公；更何况，元、白之间尚有区别差异。另外，"元和体"的理解范围不能狭窄地限制在元、白之间，后面还要谈到。

单就元、白唱酬的"元和诗体"，在诗歌形式的发展、创新上，是应当肯定的。他们"铺陈终始,排比声韵,大或千言,次犹数百",承杜甫长体的余绪,大大发扬了这淋漓酣畅的风调,让诗人纵横豪宕的才气能借助这一形式得到充分发挥。

再就"元和诗体"反映的思想内容看,不健康之处有之,但现实主义的精神又不能否定,他们对游冶放荡生活的直笔描写,对充满欣赏的感情过分渲染,是应该受到批评的缺点,但其中鲜活的生命力亦得感知。其中的矛盾,正是李珏、杜牧、李戡等人对"元和诗体"指责的原因。

元、白二人写艳体艳情诗,欣赏艳体艳情诗,但不能等量齐观。白居易说过:"如今年春游城南时,与足下马上相戏,因各诵新艳小律,不杂他篇,自皇子陂归昭国里,迭吟递唱,不绝声者二十里余。"可是这新艳小律在《白氏长庆集》里见不到了,没有被保留下来,也许是"时之所重,仆之所轻"的自辩吧!白居易妥协了,在这一点上元稹很勇敢,对舆论指责不屑一辩,认为是"雕虫小事"。所以,李肇《国史补》云"学浅切于白居易,学淫靡于元稹",是准确的注解。

问: 这就弄清了对"元和诗体"和对元、白的评价。那么,"元和体"还不能狭窄地限制在元、白之间理解是什么意思呢?

答: 这个问题其实在开头引李肇《国史补·卷下》的一段话中就已言明,李肇也是元和时期人,可见当时对"元和体"的理解还包括更广的范围。除元、白外,还有韩、樊、张、孟。晚唐李珏指责"元和诗体"除"轻薄之徒,摘章绘句"一类外,尚有"聱牙崛奇,讥讽时事"一类,这就是指韩愈、孟郊等诗人。这就把"元和体"从狭义的理解引向了广义的认识。

明人许学夷有一段准确的分析论断:

  大历以后,五、七言古律之诗流于委靡。元和间,韩愈、孟郊、贾岛、李贺、卢仝、刘叉、张籍、王建、白居易、元稹诸公群起而力振之，恶同喜异，其派各出，而唐人古律之诗至此而大变矣。(《诗源辨体·卷二十四》)

这段话道出了"元和体"产生于一个群雄并起、流派纷呈的时代；也道出了"元和体"诗风"恶同喜异"的特质。总的来说，求变求新。在唐代诗歌的发展史上，"元和体"丰富了唐诗的色彩，它"讥讽时事"的积极思想内容、怪变新奇的艺术风格和形式，建立了不可低估的丰功伟绩。

中唐"新乐府"

问：何谓"新乐府"？

答：简言之，"新乐府"是指一种"用新题写时事"的乐府式的诗，所以，它又名"新题乐府"。它是与"古题乐府"相对而称的。从"古题乐府"到"新题乐府"是一个演进。萧涤非曾在《关于乐府》中对演进做了标画："缘事而发（汉乐府）→'籍古题写时事'（建安曹氏父子）→'因事命题，无所依傍'（杜甫）→'歌诗合为事而作'（白居易）。"这就可以看出，建安诗人学习运用汉乐府旧调、旧题写时事，开了演变的先河。但因沿用旧题，仍存在题目与内容不相协之弊。下至初唐，个别诗人如刘希夷、长孙无忌能另立新题，可是题虽新创，内容却不关时事。延至杜甫手中，才开始既用新题，又写时事，如他的《哀江头》《兵车行》《丽人行》"三吏""三别"等，用乐府诗体制歌吟时事，具备了"因事命题，无所依傍"的特征，并为元结、顾况等人所承。到了白居易、元稹、李绅时，又师承杜甫，并从理论上确定了"因事立题"的纲领，明确了"新乐府"的名称。

问：从乐府的演进可以证实白居易、元稹、李绅等是"新乐府"的创始人，那么，"新乐府"可以从形态上归纳出它的特点吗？

答："新乐府"的形态特点有三。一是用新题。建安以来，文人乐府也有写时事的，但都"寓意古题"，是文不对题的做法。诗反映现实的内容狭窄，且损害主题的鲜明，没有新乐府根据内容需要自创新题的自由。二是写时事。白居易的"时事"，及"文章合为时而著，歌诗合为事而作"，明确要求反映社会现实。三是突破音乐限制。不以入乐与否为衡量标准。

问：好，很清楚了。那么，首创"新乐府"之说的是何人？

答："新乐府"首创者，是李绅。

李绅是湖州乌程县（浙江湖州）人，贞元十八年（802）长安应试，与元稹、白居易同年而相识，下第返回江南。元和元年（806）举进士。元和三年末，从浙东来长安应选。元和四年春任秘书省校书郎。其时元稹为监察御史，白居易是翰林学士。李绅作了《乐府新题》二十首诗给元稹，可能便是元和四年春前写的。元稹和诗序如下。

> 予友李公垂，贶予《乐府新题》二十首，雅有所谓不虚为文。予取其病时之尤急者，列而和之，盖十二而已。（《和李校书新题乐府十二首》序）

李绅的二十首《新题乐府》，已亡佚。元稹的十二首和诗，收于《元氏长庆集·卷二十四》中。白居易所作《新乐府》题下自注云："元和四年（809），为左拾遗时作。"据三人友好往来的关系可以断定，李绅写给元稹的《新题乐府》，白居易看过；元稹写给李绅的和诗，白居易也看过；白居易就是在李绅、元稹《乐府新题》三十二首的影响下，才写出了《新乐府》五十首的。

问："新乐府"的出现，是偶然的，还是有原因呢？

答： 从诗歌的演进的历史看，任何一种新诗体的出现，一个新流派的形成，既不是偶然产生的，也不是孤立存在的。"新乐府"的产生，现实的、历史的、客观的、主观的种种原因都孕育着这个新生的诗胎。

"新乐府"起于贞元、元和年间，其时，安史乱后危机带来了社会矛盾的不断激化，积弊增多。在朝廷，宦官专权、朋党交争矛盾尖锐；在地方，藩镇叛乱，官僚、豪贵、大商兼并土地，百姓日甚一日陷于水深火热之中。所以，给"为歌生民病"的诗歌提供了既深且广的表现内容和范围。此外，诗坛现状不佳，大历、贞元年间，形式主义诗风泛滥，"风调相高，稍趋浮响"。自大历以来，不少诗人的作品脱离现实，有的官场酬唱，粉饰太平；有的不耻干谒，阿谀权贵，诗歌呈现一片衰竭现象。而来自江南的部分大历十才子诗人又受地域影响，魏晋风度，青山白云，吟风诵月，浮泛苍白，带上了南朝文化色彩，文学正远离现实，没有起到它"补察时政""泄导人情"的作用。因而激起一批诗人矫弊的热切愿望。如果再从历史的传承关系洞观，"新乐府"无论从形式与内容看，受盛唐诗歌的影响，最直接的便是杜甫的作品。关于这一点，元稹所言如下。

> 近代唯歌人杜甫《悲陈陶》《哀江头》《兵车》《丽人》等，凡所歌行，率皆即事名篇，无复依傍。予少时与友人乐天、李公垂辈，谓是为当，遂不复拟赋古题。（《乐府古题序》）

这是非常明确地写出"新乐府"就是继承、学习杜甫而产生的新诗歌。可以说，新乐府的出现，客观上反映了社会政治经济的腐败激化矛盾和诗歌创作日益衰颓的现实，唤醒了白居易等一批诗人的主观动因，促使其用改革诗风去疗救时弊、抨击黑暗、为民请命。他们既不能对困苦百姓的饥寒无动于衷，也不愿见大唐帝国江河日下。诚如白居易所语，又"常痛诗道崩坏，忽忽愤发……欲起抉之"（《与元九书》）。为歌生民病，愿达天子知，"新乐府"诗派就是在上述客观社会背景和主观诗人动因下出现的。

问："新乐府"诗派的理论纲领是很鲜明的吗？

答：是的。在上述的有关元稹、白居易的引文中已提到了一些，不过，这个问题还应谈得具体一些。新乐府诗派的理论宗旨，是逐步鲜明的。首创此说者是李绅，他对新乐府的主张已无法得知。元稹只提到"予取其病时之尤急者"这一句话，可以算是从侧面了解到其意在"针砭时弊"，批判现实。只在白居易的《新乐府》的序文中，才说得清楚明确。

> 序曰：凡九千二百五十二言，断为五十篇；篇无定句，句无定字，系于意，不系于文。首句标其目，卒章显其志，诗三百之意也。其辞质而径，欲见之者易喻也。其言直而切，欲闻之者深诫也。其事核而实，使采之者传信也。其体顺而肆，可以播于乐章歌曲也。总而言之：为君、为臣、为民、为物、为事而作，不为文而作也。

序文宣明了创作《新乐府》的目的，并对《新乐府》的内容和形式，以及创作方法都做了理论的规定。如要根据内容决定篇幅的长短，所以"篇无定句，句无定字"；要以意为主，所以"系于意，不系于文"；要篇章结构完整，所以"首句标其目，卒章显其志"，其深刻用心更在于把意图明快地告诉读者，收讽喻之效；语言要做到质、径、直、切，即朴实明快、坦诚亲切；要真实，所以"其事核而实"；要全诗优美和谐，便于谱曲演奏或歌唱，以利关上通下，也有利于普及创作新乐府，其理论真是够细致、够全面的了。新乐府运动能蓬勃开展，就在于有正确理论的指导。其中，最宝贵的是指出了诗歌必须积极反映现实，揭露时弊，为人民疾苦号呼。白居易提出的"文章合为时而著，歌诗合为事而作"的鲜明主张，便是新乐府运动的总纲。"惟歌生民病，愿得天子知"（《寄唐生诗》），"欲开壅蔽达人情，先向歌诗求讽刺"（《采诗官》）。他把诗歌理论指导的诗歌创作，作为影响政治的有力手段。他还明确"不为文而作"，否定了大历以来空泛的中庸诗风。

问：如此看来，白居易对新乐府诗歌的理论建树，简直是诗歌史上的一座丰碑。那么，新乐府诗派中的几员主将李、元、白在创作实践上的比较又如何呢？

答：李、元、白三人所写的《新乐府》，大都是"即事名篇"，但反映的"事"，未必是当前的"事"。如以李、元的《乐府新题》看，最早是天宝年间的"事"，最近的是元和二年的事。白居易五十首《新乐府》，包括的时间更远一些，是从唐初至元和。但他们的借讽意义并不是妨碍反映现实的主张，恰恰是侧面表现现实的手法。他们的创作目标相同，但成就有异。现以《上阳白发人》为例，他们三人都写过，李绅的已见不到了，元、白的尚存。

元稹《上阳白发人》如下。

　　天宝年中花鸟使，撩花狎鸟含春思。
　　满怀墨诏求嫔御，走上高楼半酣醉。
　　醉酣直入卿士家，闺闱不得偷回避。
　　良人顾妾心死别，小女呼爷血垂泪。
　　十中有一得更衣，永配深宫作宫婢。
　　御马南奔胡马蹙，宫女三千合宫弃。
　　宫门一闭不复开，上阳花草青苔地。
　　月夜闲闻洛水声，秋池暗度风荷气。

日日长看提众门，终身不见门前事。
近年又送数人来，自言兴庆南宫至。
我悲此曲将彻骨，更想深冤复酸鼻。
此辈贱嫔何足言，帝子天孙古称贵。
诸王在閤四十年，七宅六宫门户閟。
隋炀枝条袭封邑，肃宗血胤无官位。
王无妃媵主无婿，阳亢阴淫结灾累。
何如决壅顺众流，女遣从夫男作吏。

白居易《上阳白发人》如下。

上阳人，上阳人，红颜暗老白发新。
绿衣监使守宫门，一闭上阳多少春。
玄宗末岁初送入，入时十六今六十。
同时采择百余人，零落年深残此身。
忆昔吞悲别亲族，扶入车中不教哭。
皆云入内便承恩，脸似芙蓉胸似玉。
未容君王得见面，已被杨妃遥侧目。
妒令潜配上阳宫，一生遂向空房宿。
宿空房，秋夜长。夜长无寐天不明。
耿耿残灯照背影。萧萧暗雨打窗声。
春日迟，日迟独坐天难暮。
宫莺百啭愁厌闻，梁燕双栖老休妒。
莺归燕去长悄然，春往秋来不记年。
唯向深宫望明月，东西四五百回圆。
今日宫中年最老，大家遥赐尚书号。
小头鞵履窄衣裳，青黛点眉眉细长。

>外人不见见应笑,天宝末年时世妆。
>上阳人,苦最多,少亦苦,老亦苦。
>少苦老苦两如何?
>君不见昔时吕向《美人赋》,
>又不见今日上阳白发歌。

元、白选用的题材一样。元诗开始,谈到花鸟使为宫中访求美艳女,写了宫女被强选入宫的情形,"我悲此曲将彻骨,更想深冤复酸鼻",反映了他对宫女的深切同情。然后借无耻统治者的口吻,以在他们看来合理的"此辈贱嫔何足言,帝子天孙古称贵",强烈对比,尖刻讽刺封建帝王的惨无人道。诗的结句主张"女遣从夫男作吏",结束违背人性的禁欲制度。诗歌情感何其激愤。如果说元稹揭露的是入宫前的不幸,那么白居易则写了宫中幽闭的生活,诗人自云"悯怨旷也"。怨旷,专指女子无夫。两诗相比,艺术上白居易更生动感人。诗具体写一个十六岁入宫今已六十的白发宫人,一生凄凉寂寞的境遇,通过深刻的艺术形象塑造感染读者。两人选用题材一样,表现却不相同,元稹诗偏重叙说,白居易诗却偏重形象,更感人至深。至于李绅写的《上阳白发人》,原诗虽不可见,但毋庸置疑,通观李诗全部诗作,思想性三人一致,艺术修养李绅要超过元稹颇困难,当然就更不如白了。

所以,在新乐府诗派的李、元、白三位主将中,不论是创作理论,还是创作实践,论成就最高、贡献最大者,当首推大诗人白居易。

当然,你可能还想问,白居易的《新乐府》诗为什么写得好呢?

问:是的,正想问。

答:白居易《新乐府》之所以写得好,除了个人的禀赋、艺术修养积累外,我看,很重要的一点是他付出了艰苦的劳动。明正德间严震刊《白氏讽谏集》新乐府序末有一行字:"元和壬辰冬长至日,左拾遗兼翰林学士白居易序。"元和壬辰是元和七年，白居易因丁忧退居渭村，已辞官不应再署官衔。而元和五年他已改官。即使要署也须署改官的京兆府户曹参军兼翰林学士。可是，元和七年他在渭村还在修改《新乐府》诗。是年他写有《效陶潜体诗十六首》之六，如下。

> 我有乐府诗，成来人未闻。
> 今宵醉有兴，狂咏惊四邻。
> 独赏犹复尔，何况有交亲。

从诗中的"成来人未闻"来看，除了李、元、白三人和成外，他元和四年作成的新乐府，尚在修改而世人未闻。可以资证白居易《新乐府》诗的创作是异常认真和严肃的，起码修改三年以上。

问：看来，你的回答令人加深了对《新乐府》的了解。但还想问问，新乐府诗派还有哪些诗人？

答：说起来是一个诗派，其实，据白居易《与元九书》所语，诗人并不多。

> 其不非我者，举世不过三两人。有邓鲂者，见仆诗而喜，无何而鲂死。有唐衢者，见仆诗而泣，未几而衢死。其余则足下，足下又十年来困踬若此。

唐衢、邓鲂能与元白相关，唐、邓作为诗人，显然其诗歌主张、倾向志同道合。邓鲂死于元和十年前，白居易有《读邓鲂诗》，节选如下。

> 诗人多蹇厄，近日诚有之。
> 京兆杜子美，犹得一拾遗。

>　　襄阳孟浩然，亦闻鬓成丝。
>　　嗟君两不如，三十在布衣。
>　　擢第禄不及，新婚妻未归。
>　　少年无疾患，溘死于路歧。
>　　天不与爵寿，唯与好文词。
>　　此理勿复道，巧历不能推。

邓鲂死于刚过三十的英年，中进士而未受爵禄，订了婚而未迎娶，上天什么也没有给他，他留下的诗集却是"好文词"。能被白居易称为"好文词"，且作者本人又异常喜爱新乐府诗的，推知他必是新乐府诗派中的人物。

唐衢是易动感情善哭的人，也死于元和十年前。白居易有《伤唐衢二首》，其一如下。

>　　怜君儒家子，不得读书力。
>　　五十着青衫，试官无禄食。
>　　遗文仅千首，六义无差忒。
>　　散在京华间，何人为收列。

唐衢诗没有流传下来，但白居易一定看过，不仅能用约数概括他散落京华的诗有千首，还能给予具体的评价"六义无差忒"，与《诗经》可以媲美。如果排除夸誉的谀辞，和邓鲂一样倾爱新乐府诗的唐衢，推断他不少诗是新乐府一流，也是在情理之中的。

还应当看到，当时与元、白往还的诗人还很多，白居易却没有像对邓鲂、唐衢那样，引为感情一致。他们是深刻理解新乐府的同路人，他们曾想编一部题名为"元白往还集"的诗集。其中包括张籍、李绅、卢拱、杨巨源、窦巩、元宗简等人。但这必须审慎看待了。李绅自不必说，但所余诗人，除张籍外，其诗作都不可能划入新乐府诗派一流。因此，着重谈谈张籍很有必要。白居易有《读张籍诗集》。

> 张公何为者？业文三十春。
> 尤工乐府词，举代少其伦。

白居易的称赞是有原因的。张籍留下的诗共有三百九十三首，其中，属于"歌行曲吟"的乐府诗共七十首，白居易特别称赞并认为举代少其伦的是"乐府诗"。白居易在这里没有特指"新乐府"，但张籍符合新乐府诗派特点的诗，在乐府诗中为数不少，称赞本身就已包括了它，更何况末句的"举代少其伦"，不幸而言中当时写新乐府诗的人极少，当然就"少其伦"。这也是白居易诗赞的虽是"乐府词"，却有专指新乐府之意。

张籍写的属于"新乐府"的诗，试举《行路难》为证。《行路难》本为古题，是《杂曲歌辞》，按《乐府解题》曰："《行路难》，备言世路艰难及离别悲伤之意，多以君不见，床头黄金尽。"张籍的《行路难》却与乐府古题大不相同。

> 湘东行人长叹息，十年离家归未得。
> 弊裘羸马苦难行，僮仆饥寒少筋力。
> 君不见，床头黄金尽，壮士无颜色。
> 龙蟠泥中未有云，不能生彼升天翼。

诗的内容写功名进取而落拓的人，充满未遇明时人生冷落之意，与古题比已另有新意。张籍与王建均作乐府诗，称"张王乐府"。但为不使新乐府滥觞，不必以壮大阵营强拉诗人入派。

问："新乐府"的成就很大，它的影响一定不小吧？

答：“新乐府”诗的成就虽大，但在当时却不很受欢迎。上面谈到的白居易慨叹仅邓鲂、唐衢二三知音而已。又据白居易《与元九书》云：“自武德讫元和，因事立题，题为新乐府者，共一百五十首，谓之讽谕诗。……今仆之诗，人所贵者，悉不过杂律诗与长恨歌以下耳。时之所重，仆之所轻，至于讽谕诗，意激而言质……以质合迂，宜人之不受也。”确证"新乐府"在当时并未为世人理解，当然，这并不因此而使新乐府诗减价。它在晚唐诗坛产生了巨大影响。

晚唐后期，社会阶层矛盾已达异常尖锐的程度，刘允章《直谏书》云："天下百姓，哀号于道路，逃窜于山泽，夫妻不相活，父子不相救。"劳动者在重重压迫之下"冻无衣，饥无食""病不得医，死不得葬"。灾难深重的时代使一些直面人生的平民诗人自觉地继承和发扬新乐府的精神，其中，皮日休、聂夷中、杜荀鹤便是杰出代表。

皮、聂、杜的生活及经历均寒苦，对底层人民的痛苦有切身体验，他们的文学主张及创作实践都受到白居易的影响。

皮日休宣称他的写作动机是"上剥远非，下补近失"，不尚"空言"（《文薮序》）。"非有所讽，则抑而不发"（《桃花赋序》）。他认为真正的诗歌必须写出"国之利病，民之休戚"（《正乐府十篇小序》）。

杜荀鹤宣称他的诗歌宗旨是"诗旨未能忘救物，世情奈值不容真"（《自叙》），又说要做到"言论关时务，篇篇见国风"（《秋日山中》）。

他们的诗歌理论与"新乐府"宗旨如出一辙，是"新乐府"精神的发扬，也是"新乐府"理论的继承和发展。

和"新乐府"一样，他们以反映生民疾苦、控诉贪暴官吏残酷剥削、揭露和批判社会黑暗为主要内容，作品广泛而敏锐地表现了时代的灾难、人民的痛苦。如皮日休《橡媪叹》，借橡媪的形象控诉地主、贪官的高利贷盘剥和公开掠夺。聂夷中的《田家》《伤田家》，用对比写农民父子的艰辛劳动和官府贪吏的无厌剥削，用"绮罗筵"和"逃亡屋"对比，鲜明地突出了两个阶层的尖锐对立。杜荀鹤的《山中寡妇》《乱后逢村叟》《题所居村舍》《再经胡城县》，一方面深刻地描绘出统治阶级对劳动者的残酷掠夺、压迫，已遍及社会任何一个最小角落，甚至使居住在"鸡犬星散"荒残村落里的八十衰翁和"深山最深处"的寡妇也难以幸免；另一方面又怀着极大愤慨揭露贪官酷吏"杀民邀勋"，以生灵鲜血染红朱绂的虎狼行径。

当然，他们在艺术表现上和"新乐府"比较也别无二致。皮、聂、杜都以"不务文字奇"为宗旨，语言"平实""通俗""浅易"。然而在语浅深衷的描写中，深切地显露出尖锐的批判锋芒。

皮、聂、杜的才力若与中唐"新乐府"大家相比，除白居易以外，是差可比肩索笑的。而他们的价值，更在于能在晚唐诗歌滥觞中，维护诗歌的现实主义传统，使之未能中断。所以，在诗歌的发展史上，其功绩也是不可磨灭的。

中唐"长庆体"

问：关于"长庆体"向来界说模糊，请谈谈该怎么认识。

答：这确实是个各说不一的问题。元和之后的长庆，都是代表帝王的年号，以元和名体的诗人，和以长庆名体的诗人，绝不是可以等同理解的概念。关于"元和体"，前面已谈得够清楚了，它如李肇所论及的，是元和年间包括众多流派崛起的新诗人在内的宽泛的概念。"长庆体"则不同，它是长庆年间专指元稹、白居易诗歌的狭窄概念。我这样说，还需要补充，因为元、白的诗歌本身又属于元和体，为避免混同，所以，还得仔细鉴别元、白的诗歌方能看到"长庆体"的庐山真面目。

　　元、白之诗，相牵连的称号有"元白体""元和体""长庆体"三种。第一种以人名体，指为浅切明白的诗歌风格。第二种以时代名体，如李肇所指，乃泛指元和新体诗文之一，按元、白自云，则为次韵相酬的长篇排律和包括艳体在内的"杯酒光景间小碎篇章"。第三种以时代名体，是否指元、白以长庆年号编次名集的诗歌呢？这是值得探讨的。

　　对目前种种看法统观之后，可以着重两种不同看法。修订本《辞海》的"长庆体"释云如下。

> 指唐诗元稹、白居易的诗风。两人是好友，诗歌风格亦相近，其作品皆于穆宗长庆年间编集，元稹有《元氏长庆集》，白居易有《白氏长庆集》，故有此称。

　　这种解释指"长庆体"是概括元、白的诗歌风格，与"元白体"的含义等同，而且，"长庆体"亦即《长庆集》体。我是不能接受这种混淆性解释的，但持这样解释的并不鲜见。

　　另一种看法是朱自清的《唐诗三百首指导大概》。

> 元稹、白居易创出一种七古新调，全篇都用平仄调协的律句，但押韵随时转换，平仄相间，各句安排也不像七律有一定规矩，这种叫"长庆体"。长庆是穆宗的年号，也是元、白的集名，本书白居易的《长恨歌》《琵琶行》都是的。

　　当然，这还包括元稹的《连昌宫词》。据此，"长庆体"则为元、白诗中具有代表性的七言长篇叙事歌行体诗歌。这就是说，"长庆体"不是元、白所有的诗歌，它专指元、白总体诗中某一个体式，这与"元白体"的总体风格的指称是有区别的。

问：照此说来，你是赞同后一种说法了？

答：我是赞同后一种说法的，但不是轻率地判断，我是充分考辨而后抉择的。以"长庆"作为诗体名称的，最早是南宋后期诗人戴复古的词，以及刘克庄的《后村诗话》。戴复古续宋谦父《望江南》四首之三上阕云："壶山好，文字满胸中。律诗变成长庆体。歌词渐有稼轩风，最会说穷通。"刘克庄《后村诗话》在比较杜甫的《观公孙大娘弟子舞剑器行》与白居易的《琵琶行》后有云："此篇与《琵琶行》，一为战士轩昂赴战场，一为儿女恩怨相尔汝。杜有建安、黄初气骨，白未脱长庆体尔。"

戴复古的词以"长庆体"对应"稼轩风"，其内涵较宽泛、模糊，而刘克庄《后村诗话》则明确点出《琵琶行》是"长庆体"。细心考辨，还会发现《后村诗话》有意将杜甫另一首《客至》诗称为"若戏效元白体者"，这当然不可能是在先的杜甫，去学根本不知的后来的元、白，刘克庄是故做比较。因《客至》"舍南舍北皆春水，但见群鸥日日来"，不过是浅易明白之语，很像元、白的诗风而已。但这里用的是"戏效元白体"而不是"长庆体"，足证他心目中认为二者是不同的。"长庆体"的《琵琶行》，属于"儿女恩怨相尔汝"，概念是很明确的。但是"长庆体"的诗歌影响并不很大。

明代对"长庆体"的称呼仍然不多，有贺贻孙《诗筏》云"长庆长篇，如白乐天《长恨歌》《琵琶行》，元微之《连昌宫词》才调风致，自是才人之冠"，是用"长庆长篇"代称"长庆体"包括的元、白《长恨》《琵琶》《连昌》一类诗。周珽《唐诗选脉会通平林》引李维桢云："长庆、西昆、玉台能为体以自标异，而无能使人尽为其体。"可见"长庆体"之诗，在明代影响也不是很大。

清初以后，诗人吴梅村用这种体式写下了许多诗歌，"长庆体"从名称到创作都光大不少，靳荣藩《吴诗集览》引陆次云《圆圆传》

云："梅村效琵琶、长恨体，作《圆圆曲》。"查为仁《莲坡诗话》云："梅村最工歌行，若《永和宫词》《萧史青门曲》《圆圆曲》，皆可方驾元白。"赵翼《瓯北诗话》云："梅村古诗胜于律诗，而古诗擅长处，尤妙在转韵，一转韵，则通篇筋脉，倍觉灵活，如《永和宫词》方叙田妃薨逝，忽云：'头白宫娥暗擎虀，庸知朝露非为福。宫草明年战血腥，当时莫向西陵哭。'……此等处，关捩一转，别有往复回旋之妙。其秘诀实从《长庆集》得来。"上举论述，都证明吴梅村七古长篇乃承继《长恨歌》等诗作而来。"琵琶体""长恨体"也就是"长庆体"。吴梅村自己有诗云"八斗君堪夸建安，一编我尚惭长庆"（《秋日锡山谒家伯成明府临别酬赠》）。可见他对"长庆体"的专诚。

　　清人无论是对"长庆体"形式和实质的论述，还是承"长庆体"的制作，都超越了前人。袁枚《随园诗话·卷四》引王载阳赞《读梅村诗》云："百首琳琅长庆体。"林昌彝《射鹰楼诗话》云："七言古学长庆体，而出以博丽，本朝首推梅村。"并与初唐七言古做比较："初唐四杰七言古与长庆体不同，二者均是丽体，四杰以浓丽胜，长庆以清丽胜，须分别观之。"对其形式和实质都做了肯定的揭示。当然，持非议者亦有，如施补华《岘佣说诗》云："香山七古，所谓长庆体，然终是平弱漫漶。"

　　问：请谈谈你对"长庆体"最后的持论。

　　答：从横向辨其当时模糊的不同称号，从纵向考其源流影响。"长庆体"自中唐元、白以《长恨歌》《琵琶行》《连昌宫词》开创，它是一种形式上出于七古体制，内容上着重于叙事的新体制诗歌；晚唐有郑嵎作《津阳门诗》、韦庄作《秦妇吟》诗，是受其影响的继承和发展。此后消歇于历史长流，再难见到成功的力作，清初的吴梅村又起而振之，稍有不泯之作。由于此体乃渊起于元、白，所以用与元白有关的称谓定其名也是恰切的，但是，前已有用人名的"元白体"，也有用时代称的"元和体",各有确定的内容;那么,以"长庆"名体,便是极自然之事。它既有别于"元白""元和"的称谓,又显示出不同的内涵。可见,不少书著把三者称谓混同,是万万不能同意的。

谈到这里,还得补充说明,"长庆体"从出现以来,其义界并非完全确定,它始终有一个过程而后为世所公认。所以,流行中有不同的见解也未足为怪。如纪昀《瀛奎律髓刊误》曾批白居易七律《杭州》云:"此所谓长庆体也,学之易入浅滑。"错把七律当成"长庆体"。《四库总目·石湖集提要》云:"如《西江有单鹄行》《河豚叹》,则杂长庆之体。"又错把五古视为"长庆体"。同书《栖云阁诗提要》还云:"其诗多率意而成,故往往近元白《长庆集》体。"这就足以表明,纪昀判断"长庆体",是从"浅滑""率意"等风格来确认其内涵的;又把"长庆体"同于"《长庆集》体",也就等同于"元白体"。这与后世所公认的"长庆体"含义是不相同的。

问:"长庆体"的含义基本清楚了,特别从辨体上认识"长庆体"获益不少,但我希望谈谈"长庆体"诗的特点。

答:有关特点的内容其实都谈到了,现在进一步归纳如下。

第一,形式特点——七古长篇。但要明白,虽属古体,却半律半古,讲求多用律句,间用对偶,常常是或四句,或六句,或八句自由地一转韵;又常平仄韵间用,类同歌行,音调讲究协调圆转而抑扬变化,声情摇曳给人以感染。

第二,内容特点——"长庆体"始终有一个故事内核,这是它不同于初盛唐的七言古体长篇抒情之处。选材上取具有典型意义的人和事,用儿女恩怨之情和悲欢离合之笔交织写成具有时代和社会意义的诗歌,大可写家国动乱,小可述个人悲欢。它常具有一定叙委婉故事的内容特点。"长庆体"的叙事特征,也正是外在环境在中唐兴盛于诗上的反映,后来将"长庆体"这一特点发扬光大的则是清代吴梅村及南方弹词。

第三，笔法特点——语言取铺叙之笔，传感伤之情。铺叙淋漓，用语宛丽缠绵。笔法的基调是叙事与抒情相结合。袁枚有诗赞"长庆体"云"生逢天宝离乱年，妙咏香山长庆篇。就使吴儿心木石，也应一读一缠绵"（《仿元遗山论诗》）。

对于"长庆体"的特点，你能理解了吧？

问：谢谢，完全理解，谈得很清楚了。

李贺与"长吉体"

问：何谓"长吉体"？

答：长吉是中唐著名诗人李贺的字，"长吉体"就是因为李贺的诗歌具有独特的艺术风格，才被这样称呼的。

李贺（790—816），昌谷（河南宜阳）人。短促一生，仅活了二十七岁，但留下的诗篇却千载传诵。他生活的元和年间是诗人竞相争鸣、诗体争奇斗艳的时代。李贺正是在这样诗坛开放的现实环境下，独创了自己的诗歌写作风格，创造了从未有过的、有别于日常生活图景的艺术世界。他学古体、乐府，近体竟无一首七律存诗。"长吉体"是怎样一种诗呢？严羽《沧浪诗话》曾用"瑰诡"来形容李贺诗的风格特点。其实杜牧对其诗已比喻得很形象，他说："云烟连绵，不足为其态也；水之沼迢，不足为其情也；春之盎然，不足为其和也；秋之明洁，不足为其格也；风樯阵马，不足为其勇也；瓦棺篆鼎，不足为其古也；时花美女，不足为其色也；荒园侈殿，梗莽丘垅，不足为其怨恨悲愁也；鲸吸鳌掷，牛鬼蛇神，不足为其虚荒诞幻也。"（《李长吉歌诗叙》）。瑰奇诡异，确实是"长吉体"的基本特征。他既注重题材和语言的新异，又突出意境与构思的恢奇。

李贺诗歌的题材喜欢采选神话传说和历史故事，想象飞驰，建构出波谲云诡、迷离倘恍的艺术境界。如名诗《金铜仙人辞汉歌》借铜像落泪的神奇传说抒写内心的感愤。月色凄冷，马声添愁，秋风渭水，关塞萧索，车声隆隆，载着铜人远去，咸阳古道，衰兰摇曳。这正是"荒园侈殿，梗莽丘垄"的写照。又如《梦天》，他异想天国神游，见月光冷清，黑影迷离，如老兔寒蟾在哭，玉轮滚动，鸾佩叮当，天上云路，桂花飘香。俯瞰尘寰，"黄尘清水三山下，更变千年如走马。遥望齐州九点烟，一泓海水杯中泻"。景情神貌，都可以显示他选材奇诡的特征，又凭想象给人提供了俯视神州的观感。

如果避开题材的选采，诗人即以日常生活中的事物作为表现对象，也要用不平凡的联想和夸张，造成一种神异、不同凡响的感染力。

如描写酷热，《罗浮山人与葛篇》："蛇毒浓吁洞堂湿，江鱼不食衔沙立。"

如写寒冷，《北中寒》："三尺木皮断文理，百石强车上河水。"

如写马的瘦骏，《马诗二十三首》："向前敲瘦骨，犹自带铜声。"

他写盛夏骄阳，用"炎炎红镜东方开""啾啾赤帝骑龙来"（《河南府试十二月乐词》）；写深秋田野，用"冷红泣露娇啼色""鬼灯如漆点松花"（《南山回中行》）；写青花紫石砚，用"踏尺磨刀割紫云""暗洒苌弘冷血痕"（《杨生青花紫石砚歌》）；写宴乐豪兴，用"洞庭雨脚来吹笙，酒酣喝月便倒行"（《秦王饮酒》）；写豪贵挥霍，用"开门烂用水衡钱，卷起黄河向身泻"（《秦宫诗》）。处处都在展示他不平凡的联想和夸张。

问：那么，"长吉体"就是生、新、怪、异的选材和联想夸张吗？

答：不，还不止于此，李贺在意境的追求上也不落常套，举一首《李凭箜篌行》来谈。

> 吴丝蜀桐张高秋，空山凝云颓不流。
> 江娥啼竹素女愁，李凭中国弹箜篌。
> 昆山玉碎凤凰叫，芙蓉泣露香兰笑。
> 十二门前融冷光，二十三丝动紫皇。
> 女娲炼石补天处，石破天惊逗秋雨。
> 梦入神山教神妪，老鱼跳波瘦蛟舞。
> 吴质不眠倚桂树，露脚斜飞湿寒兔。

此诗被推誉为"摹写声音至文"。不必说他极力烘托渲染箜篌声神奇美妙的魅力，单说从第七句起，都是写音乐的效果。先从眼前长安冷气寒光的消融着笔，箜篌声之能消融长安环境中的冷光，其妙处是引人陶醉于温暖如春的弦歌里；承句为"动紫皇"，紫皇是天帝和皇帝的双关，把诗歌音乐艺术的意境由人间扩展到天庭。表面看来，诗人以下便凭借想象的翅翼，使女娲也听得入迷，忘了职守而石破天惊。其实仔细推敲，"女娲炼石补天处，石破天惊逗秋雨"，有着精心炼意之妙。且看他先是从乐声联想到淅淅沥沥洒下的秋雨，这是构意的第一层；接着想象为乐声把秋雨"逗引"下来，这是第二层；再联想秋雨降落实被乐声震裂了天空，这是第三层；天空竟能轻易震裂，那是在薄弱的炼石所补之处，于是产生了"石破天惊"的奇想，这是第四层；这样，炼石的女娲许是听乐声的疏失，竟让秋雨淅沥了，这是第五层。经过这样层层的转折运思，终于推出了这曲折见意的名句。如此看来，李长吉诗歌诡异的意境，虽然有赖于他形象思维的夸张联想，却不能忽视他思维炼意的转折深入，这是"长吉体"命意的奥秘。

虚幻、荒诞、幽怨、悲愁，着眼于意奇而不止于语奇，使他的许多诗歌在追奇求异的同时，又充满诗情画意。故杜牧称赞他的诗乃

"骚之苗裔",这是对的。诗是相通的,在元和诗坛中,李贺诗较韩、孟险怪更要明显些,而学元、白浅直几无。

"长吉体",用越出寻常命笔的深曲构想,来采选神奇的和生活的材料,并驱遣新奇不凡的语言,以造成奇诡瑰丽的艺术境界。以此来概括"长吉体"的特点,才是切中肯綮的。但需要指出,"长吉体"的奇诡,也使其创作的内容狭隘贫乏,表现形式上的过分也使诗歌失去其纯自然之美。王世贞说"奇过则凡,老过则稚"(《艺苑卮言》)。对"长吉体"弊端的批评,这也是切中肯綮的。

问:何以李贺要走这条路?

答:"长吉体"以古体、乐府为宗尚,在中唐文界、诗界复古风潮下,他尊古而不泥古,独辟蹊径,在古风形式下尚以瑰奇冷艳,运以"鬼仙之词",奇诡绝伦,意新语险。这有他唐室王孙身份背景的孤芳自赏,而落寞贵族的心境又使他"视唐人诸调,几欲夷然不屑"(《春酒堂诗话》)。他大量写作古风,古典主义与他的王孙贵族身份碰合,使他的诗风流丽诡奇;而他唐室支系的寂冷体验,又使他的诗风呈现冷艳诡异的特征。协律郎(一说奉礼郎)身份,使他的乐府诸篇皆合弦管,称歌诗。从文化传统的贯通性,我们又看见《离骚》驰骋想象、编织幻想的境界及《山海经》恢怪不经的神话与"以己度物"的思维特征;他还在复古潮流中找到了魏晋玄学背景下文学自觉的那种创造性与玄味,故"长吉体"是古体与诡异合为一璧的创新,"玄之又玄,众妙之门",其玄幻色彩或来自此。李贺借两晋玄学思想,摆脱了"诸王孙"身份的烦恼,也使他的文学获得了自由。"长吉体"给了文学一个新的探路。

韩偓与"香奁体"

问:何谓"香奁体"?

答：香奁体，其名盖出于晚唐诗人韩偓的《香奁集》。

韩偓（842—923），字致尧，小字冬郎，京兆万年（西安附近）人。昭宗龙纪元年（889）进士登第，历翰林学士承旨、中书舍人、兵户二部侍郎等职。昭宗屡欲拜相，皆辞让。天复三年，以不附朱全忠，累贬邓州司马。天祐二年，召复原官，偓不敢入朝，举家入闽依王审知而终。他幼极聪俊，父亲韩瞻与李商隐同年，又是连襟，算是名门出身。韩偓孩提时曾即席赋诗，举座惊异，李商隐因赠诗云："十岁裁诗走马成，冷灰残烛动离情。桐花万里丹山路，雏凤清于老凤声。"

《四部丛刊》影钞韩偓的诗后附有其自序，略谓如下。

> 余溺章句，信有年矣，诚知非丈夫所为，不能忘情，天所赋也。自庚辰辛巳之际，迄己亥庚子之间，所著诗歌不啻千首，其间以绮丽得意，亦数百篇，往往在士大夫之口，或乐工配入声律，粉墙椒壁，斜行小字，窃咏者不可胜计。大盗入关，缃帙都坠，迁徙不常厥居，求生草莽之中，岂复以吟讽为意。或天涯逢旧识，或避地遇故人，醉咏之暇，时及拙唱，自尔鸠辑，复得百篇，不忍弃捐，随时编录。

可见其创作的经历、着意经营的内容倾向和艺术追求。《香奁集》多游戏之笔，大抵为前期所作，作品有较高的艺术性，技巧娴熟。如《已凉》。

> 碧阑干外绣帘垂，猩色屏风画折枝。
> 八尺龙须方锦褥，已凉天气未寒时。

这是描写闺阁生活的诗，写富贵人家闺阁外垂绣帘，内置屏风，自外而内，描写了一个精美华丽的香闺。此诗妙在写景不露情思，而情愈深远。

另一首《深院》如下。

> 鹅儿唼喋栀黄觜，凤子轻盈腻粉腰。
> 深院下帘人昼寝，红蔷薇架碧芭蕉。

写一个静的庭院，却以动显静。在一片春景中，充分显示他声色调选和锻炼字句的工夫。

再如《寒食夜》。

> 恻恻轻寒翦翦风，小梅飘雪杏花红。
> 夜深斜搭秋千索，楼阁朦胧烟雨中。

这是一幅嫩寒烟雨春景图，诗情曲折含蓄，凄迷的烟雨将诗人的绵绵情思极形象地表达了出来。

又如《偶见》。

> 秋千打困解罗裙，指点醍醐索一尊。
> 见客入来含笑走，手搓梅子映中门。

这首诗像高明的摄影师，捕捉到一个精彩镜头，极准确地揿动快门，一下摄入了镜头。诗一句一个动态，一个动态连续一个动态，构成一个整体动态，推出一个形象鲜明、活泼娇羞的少女。

"香奁体"便是这样以闺阁闺情为题材，在狭小的天地里用精细的眼光看闺阁，或者用闺阁的眼光精细地观景察物。如上述诗作，很难说有什么思想性可言，但都是"香奁体"的代表作。

《香奁集》中，另有《效崔国辅体四首》。

　　　　淡月照中庭，海棠花自落。
　　　　独立俯闲阶，风动秋千索。

　　　　酒力滋睡眸，卤莽闻街鼓。
　　　　欲明天更寒，东风打窗雨。

　　　　雨后碧苔院，霜来红叶楼。
　　　　闲阶上斜日，鹦鹉伴人愁。

　　　　罗幕生春寒，绣窗愁未眠。
　　　　南湖一夜雨，应湿采莲船。

　　此组诗画面明朗，诗情自由，在写闺情大都不离"怨"中别出新意，显然有乐府民歌影响的痕迹。即便如此，思想意义也颇难道出。诗题"崔国辅体"，开元时期一种吴地小巧清新的江南吴歌体民歌，崔国辅以它创作了二十多首诗，殷璠《河岳英灵集》评崔国辅体："国辅诗婉娈清楚，深宜讽味。乐府数章，古人不及也。"乔亿《剑溪说诗》："（五绝）唯崔国辅自齐梁乐府中来。"管世铭《读雪山房唐诗钞·凡例》："专工五言小诗，自崔国辅始，篇篇有乐府遗意。"

　　问：那么，我们对"香奁体"和韩偓这样的"香奁体"的代表诗人该怎么看呢？

　　答："香奁体"本是指以晚唐韩偓《香奁集》为代表的一种诗风。严羽《沧浪诗话·诗体》列为一体，说韩偓《香奁体》之诗，"皆裙裾脂粉之语"。后人便将这类专门以妇女身边琐事为题材的作品通称为"香奁体"，或名"艳体"。

　　"香奁体"不是无缘无故产生的，在诗歌史上，它继承自南朝宫体。对"香奁体"的认识，可借辛文房所述晚唐诗坛："观唐至此间（晚唐），弊亦极矣。独奈何国运将弛，士气日丧，文不能不如之。嘲云戏月，刻翠粘红，不见补于采风，无少补于化育；徒务巧于一联，或善伐于只字，悦心快口，何异秋蝉乱鸣也。"联系晚唐的社会状况，分析真是切中肯綮，"香奁体"就是在这样的环境下形成的。然而作为一体存在，其艺术感染力也为人们提供了借鉴，不必因噎废之。

至于韩偓其人，他于昭宗龙纪元年（889）擢进士第，召拜左拾遗，累翰林学士、中书舍人、兵部侍郎等职。因忤朱全忠，被贬濮州司马，再贬荣懿尉，徙邓州司马。他是一个重气节操守的人，他入朝为官，信守忠直，内预密谋，外争国是，屡撄逆臣之锋；在晚唐人心不古、道德崩溃的现实下，被誉为"死生患难，百折不渝"的"完人"。他在贬徙中，看到许多战争疮痍和民间疾苦，并将其反映到他后期的作品中。如《自沙县抵龙溪县，值泉州军过后，村落皆空，因有一绝》。

水自潺潺日自斜，尽无鸡犬有鸣鸦。
千村万落如寒食，不见人烟空见花。

一片凄凉悲惨的景象，写出了唐王朝覆灭后军阀混战、战乱频仍带给黎民的灾难。千村万落、人烟空绝，地处福建边远的沙县龙溪已经如此，其余内地可想而知。又如《故都》。

故都遥想草萋萋，上帝深疑亦自迷。
塞雁已侵池籞宿，宫鸦犹恋女墙啼。
天涯烈士空垂涕，地下强魂必噬脐。
掩鼻计成终不觉，冯驩无路学鸣鸡。

诗为唐王朝唱挽歌之作。朱温天佑元年（904）迁唐都于洛。《通鉴·卷二六五》载："毁长安宫室百司及民间庐舍，取其材，浮渭沿河而下，长安自此丘墟矣。"韩偓抒写了忠于朝廷的悲愤心情，反映了统治阶级内部斗争给社会带来空前灾难的历史事实。他将想象中故都的凄迷景色与内心汹涌的哀痛之情融合，而以"天涯烈士空垂涕"句为中心运调全篇，逆笔回互，动荡起伏，有兴亡切身之痛，有长歌当哭之感。这绝不能以"香奁体"来看待的。

公正地说，韩偓确是"香奁体"的代表作家，但他也有不少其他题材并具有一定思想意义的诗歌，"香奁体"诗只是他全部诗作中的一部分。所以，对韩偓其人要有持平之论。

问：谢谢，所论客观公允。

答：当然，"香奁体"这种现象还可置于整个宏观的唐诗史中观照。我在我的《唐诗夜航》中，曾做过一番探讨。中晚唐，末代贵族诗人李商隐、李贺、温庭筠、杜牧、韩偓等，不约而同，诗歌多写贵族生活，声色最华，词彩香艳，体似南朝宫体。唐代诗坛之纷纭，风格之百般，实际原因是一直存在着一条复古的暗线，世人多以为复古便是复兴汉魏风骨，实为一知半解，浅薄之见。唐人的复古，分为两线，一线为北方汉魏文学，一线为南方齐梁遗风。李商隐便是后一线索的复古与创新的代表人物，可惜齐梁文学被人一杆子打死了。须知南朝精致正宗的文化，也是不可或缺的汉文化的一部分，它经历了内部南北分裂的特殊成长，我要为之正一正名。没有南朝文学的精致华丽，便没有李商隐。汉文化需要那种打磨，脱离质野变得优雅，否定六朝文学就是否定南渡后守护汉文化的江南文化。

创立"香奁体"的韩偓是李商隐的外甥，他的绮罗脂粉、闺阁题材、辞采诡丽，与李商隐一脉相承。是挽贵族之落寞幽冷，是追怀色彩缤纷的正宗皇汉文化，抑或是承楚国贵族屈原的香草美人的品位？个中苦心，颇堪留意。

唐代的"试帖诗"

问：何谓"试帖诗"？

答："试帖诗"是诗体的名称，也称"赋得体"，它起源于唐代。唐代科举名目甚繁，但为时所重唯明经、进士二科。高宗后，明经科渐趋削弱，士子便唯进士一途趋逐。

试帖诗与省试相关，省试为中央级考试，由地方州郡荐举之乡贡，于每年孟春，会集京师就尚书省所辖之礼部应试。主试之官为礼部侍郎。所考科目，除策问外，加试诗赋。原考试经生的经义，有所谓"帖经"（用纸条粘糊所试经的上下文，用以考察经生的熟悉情况）的办法；进士生加试诗赋，有所谓"帖诗"。

这种试帖诗专为科举考试采用，规矩颇严，必得用五言排律形式，一般须写够六韵十二句（或八韵十六句）。所谓五言六韵，便是指此。同时，以古人诗句或成语为题，冠以"赋得"二字，并限韵脚。

问：何以要规定为"五言六韵"呢？

答：为什么要用五言？我以为，五言诗比较庄重严肃，适合表现隆重典雅的内容。为什么定要写够六韵或八韵？最初之时，对应试者举场所作诗赋的韵数，并未严格规定，可以少至三韵，亦可多至十几韵、数十韵等。后来可能感到六韵或八韵相当于两首近体律诗之长短，足可看出应试者的才智，逐渐便沿袭而固定了下来。

问：还可以看到唐代最早的"试帖诗"吗？

答：可以。据《文苑英华·卷一百八十一·〈省试〉二》，有张子容应试诗现存两首，《璧月望秋池》和《长安早春》。如按《登科记考·凡例》云"正月乃就礼部试"的惯例，姑定《长安早春》为开元元年正月之作（其中有"咸歌太平日，共乐建寅春"之句），那么，

《璧月望秋池》至少应作于开元前一年了（或于州试、府试时作）。另外，《文苑英华·卷一百八十·〈省试〉一》有苏颋的《御箭连中双兔》，清人沈德潜《唐诗别裁集·卷十七》也把他与张子容《长安早春》同注为"试帖"。据晁公武《郡斋读书志·卷四上》《别货集》，苏颋为"调露二年进士"，则此诗至迟作于刘思立奏请加试杂文的那一年；再据《旧唐书·苏颋传》记他开元"十五年卒，年五十八"及"弱冠进士"等推算，他中进士之年乃永昌元年（689）前后，则此诗所作时间的下限，比调露二年后推九年，但比开元仍提早二十五年。现录二人诗于后。

张子容有《璧月望秋池》。

　　　　凉夜窥清沼，池空水月秋。
　　　　满轮沈玉镜，半魄落银钩。
　　　　蟾影摇轻浪，菱花渡浅流。
　　　　漏移光渐洁，云敛色偏浮。
　　　　似璧悲三献，疑珠怯再投。
　　　　能持千里意，来照楚乡愁。

他又有《长安早春》。

　　　　开国维东井，城池起北辰。
　　　　咸歌太平日，共乐建寅春。
　　　　雪尽黄山树，冰开黑水津。
　　　　草迎金埒马，花伴玉楼人。
　　　　鸿渐看无数，莺歌听欲频。
　　　　何当桂枝擢，还及柳条新。

苏颋诗是《御箭连中双兔》。

宸游经上苑，羽猎向闲田。
狡兔初迷窟，纤骊讵著鞭。
三驱仍百步，一发遂双连。
影射含霜草，魂消向月弦。
欢声动寒木，喜气满晴天。
那似陈王意，空随乐府篇。

这就是"试帖诗"。试帖诗是命题作诗，题由礼部侍郎拟定，或奏请皇帝御拟。命题的内容范围，多不出三途。一是即景即事命题，二是摘取史籍典实，三是截录经史百家书中成语。三途中以最后一种最为常见。就试帖诗看，所命之诗赋题目，大都浮泛空疏、生僻费解，不易写好。而应试之士求官心切，离不了歌功颂德、粉饰升平之象；或为阿腴上司、祈求收录之语。即使为即景即事之题，也得矫情为诗；因文造情，很难写出好诗。试举德宗贞元十六年（800）春闱进士科省试为例，是年进士科的主试人乃中书侍郎高郢。诗赋命题为《玉水记方流》，取《淮南子》"水之方折者有玉，园折者有珠"句意。发榜结果，及第十九人。著名丞相杜如晦之裔孙杜元颖第一，后来名冠诗坛的白居易第四。同科及第者尚有郑俞、吴丹、王鉴、陈昌言等。上举诸人就此诗题所作之试帖诗均流传下来，但诗作无一可观，就是白居易所作也平庸至极，所以说"试帖诗"中难有好诗，就是诗坛高手也为其所难。这自然不须责怪诗人，我想以此诗题反考考官，他也不可能写出好诗。

问："试帖诗"真就不能写出好诗吗？

答：自然不必持如此绝对的观点。王世贞在《艺苑卮言》曾批评"试帖诗"没有好诗。他说："凡省试诗，鲜美佳者。"他在唐人众多的试帖诗中，仅选了两篇。一是天宝十载进士钱起所作《湘灵鼓瑟》，二是开成二年进士李肱所作《霓裳羽衣曲》。其实李肱所作也十分平庸，无甚可谈，唯有钱起的《湘灵鼓瑟》堪称试帖诗之佼佼者。

《湘灵鼓瑟》诗题，乃取《楚辞·远游》"使湘灵鼓瑟兮，令海若舞冯夷"句意，这也是很难捉摸、措手的。钱起所作如下。

善鼓云和瑟，常闻帝子灵。
冯夷空自舞，楚客不堪听。
苦调凄金石，清音入杳冥。
苍梧来怨慕，白芷动芳馨。
流水传潇浦，悲风过洞庭。
曲终人不见，江上数峰青。

钱起诗的前十句，造语清俊，声情并美，但其意终不过为《远游》原文上下句和舜二妃典实之铺衍，还不算有特别过人之处。但是尾联"曲终人不见，江上数峰青"，逼入空灵，诗突然跳脱一种境界，造成空山遗响。这两句对全诗来说，有"化工"之妙，其意蕴无穷，历来被称誉为"神来之笔"和"绝唱"。

王世贞别具慧眼从"试帖诗"中挑此诗作，誉为"亿中之一"，他认为好的试帖诗不多确实正确，但若仅以《湘灵鼓瑟》和《霓裳羽衣曲》来论定就失之全面观。例如开元十二年进士祖咏所写《望终南残雪》也是上佳之作，抄录如下。

终南阴岭秀，积雪浮云端。
林表明霁色，城中增暮寒。

此为即景试题的试帖诗，祖咏此作又是一首极例外之作，诗虽为五言，却只写了四句两韵。据《唐诗纪事》述及，主试官见祖咏试卷未成六韵，曾问及祖咏，他简洁地回答："意尽而止。"祖咏不愿墨守成规，而留下此作，堪列诗林名篇。

试帖诗中佳作不多，并不足惜，在唐诗的繁荣发展中，可以认为有一定的作用；但从试帖诗的存在比较来看，又是唐诗的糟粕，作为聊备一体，也是好的。

唐代的"应制诗"

问：何谓"应制诗"？

答：应制诗，是朝廷臣僚奉皇帝之命所作、所和之诗，其功能为颂圣歌德。

从传统角度看，"诗可以群"，应制文学可溯至汉代，武帝时就有零星的应制活动。到了汉末建安文学集团，围绕曹氏父子出现了许多应制诗文。曹魏时曹髦好文，尝"幸华林，赐群臣酒，酒酣，上援笔赋诗，群臣以次作"。延至西晋宫廷应制频繁，晋武帝常与群臣游宴赋诗，有三月三游园之习。据明人冯惟讷《诗纪》"《洛阳图经》曰：华林园在城内东北隅。魏明帝起名芳林园，齐王芳改为华林。干宝《晋纪》曰：泰始四年二月，上幸芳林园与群臣宴，赋诗观志，散骑常侍应贞诗最美"。东晋应制活动落潮，诸帝极少举行文会。至南朝则又转盛，结束东晋百年萧条，朝廷文会空前繁荣，梁武帝萧衍、太子萧统、简文帝萧纲、元帝萧绎均有各自文学集团，使应制诗达到鼎盛。陈后主雅好文学，让人旦夕陪侍应诏赋诗。据《南史·陈本纪下》后主"常使张贵妃、孔贵人等八人夹坐，江总、孔范等十人预宴，号曰狎客。先令八妇人襞采笺，制五言诗，十客一时继和，迟则罚酒。君臣酣饮，从夕达旦，以此为常"。隋唐并沿此风。

从诗歌史来看，封建帝王多雅好诗歌，应制文学是贵族文学，属宫廷文学体式。

　　唐初，诗事大开，应制诗创作成员除帝王外，便是朝阁重臣和翰林学士。如唐玄宗作了一首《途经华岳》，大臣张说、张九龄、苏颋等人就各写一首《奉和途经华岳应制》，这就是应制诗。唐诗中此类作品诗题都有"应制"或"应诏"之字，如魏征《奉和正日临朝应诏》、许敬宗《奉和秋暮言志应制》。唐代许多文学侍臣，都写下不少应制诗。应制诗如能获得帝王的欣赏，作者便会受到器重，或升迁或受赏赐。唐人刘餗《隋唐嘉话》就记有一段佳话："武后游龙门，命群臣赋诗，先成者赐以锦袍。左史东方虬诗成，拜赐，坐未安，宋之问诗后成，文理兼美，左右莫不称善，乃就夺锦袍衣之。"可见，应制诗写好，可名利双收，所以凡应制之诗，莫不为博得帝王欣赏而刻意献媚取宠，内容当然不敢非议朝政、抨击弊端，大多为歌功颂德、粉饰升平的谀美之词。

　　问：你上面提到东晋百年应制断裂，是何原因？

　　答：第一，以西晋"春禊"为例，帝王与贵族歌功颂德的应制活动很频繁；但及至东晋王羲之主持兰亭修禊，已转为文人士大夫的闲适趣味，再无颂圣内容；南渡后士人心境改变，应制诗失去了土壤。第二，从魏晋风度看，"玄学""清谈"占据上风，诗教沦落。第三，偏安江左东晋之君受门阀势力及地方豪强压制，门阀政治挟持皇权，使宫廷应制活动无人应和。应制应诏诗本是皇权衍生出来的特殊文学形式，但因帝王权力下降而消歇了。兼以东晋皇室几无功业可矜骄，连组织文会的热情也没了。因此各种朝会、嘉祥、寿诞、册封、释奠、游宴、祖饯、出征、凯旋等，均未吟咏。据《晋书·元帝纪》："乃备百官，立宗庙社稷于建康。时四方竞上符瑞，帝曰：'孤负四海之责，未能思愆，何徵祥之有？'"这或代表东晋诸帝心声，皇权萎靡，使得门阀世家也失去了颂圣热情。

问：应制诗是毫不足取、毫无意义之作？

答：虽不能完全这么说，但应制诗大多数感染力不强，文学价值不高，鲁迅称它是"廊庙文学"（《集外集拾遗·帮忙文学与帮闲文学》）。"廊庙文学"的性质决定了它的历史地位。在封建社会，士大夫也并不很看重它。清人昭梿《啸亭杂录·卷十》记叙了一个故事，有个官员不会作诗，却自视甚高，"自以为善"，他又最喜爱拟和应制诗，人们笑他，他却浑然不觉。后来一位叫铁保的文士与他戏说："老兄的诗超过了杜甫。"他听了很高兴，还表示谦谢。铁保又说："不过杜甫写应制诗没你那么多罢了。"这个雅谑可见应制诗在封建社会的状况。为鉴赏应制诗的尊容，将宋之问夺锦袍的应制诗抄录如下。

宿雨霁氛埃，流云度城阙。
河堤柳新翠，苑树花初发。
洛阳花柳此时浓，山水楼台映几重。
群公拂雾朝翔凤，天子乘春幸凿龙。
凿龙近出王城外，羽从琳琅拥轩盖。
云罕才临御水桥，天衣已入香山会。
云壁崭岩断复连，清流澄澈俯伊川。
雁塔遥遥绿波上，星龛奕奕翠微边。
层峦旧长千寻木，远壑初飞百丈泉。
采仗蜺旌绕香阁，下辇登高望河洛。
东城宫阙拟昭回，南陌沟塍殊绮错。
林下天香七宝台，山中春酒万年杯。
微风一起样花落，仙乐初鸣瑞鸟来。
鸟来花落纷无已，称觞献寿烟霞里。
歌舞淹留影欲斜，石间犹驻五云车。

>　　乌旗翼翼留芳草，龙骑骎骎映晚花。
>　　千乘万骑銮舆出，水静山空严警跸。
>　　郊外喧喧引看人，倾城南望属车尘。
>　　嚣声引飏闻黄道，正气周回入紫宸。
>　　先王定鼎三河固，宝命乘周万物新。
>　　吾皇不事瑶池乐，时雨来观农扈春。

　　这就是所谓夺锦袍的应制诗，篇幅这样长，无非称颂武则天在洛阳游龙门一路隆盛景况，景物都腴得祥瑞已极。所以，应制诗都是铺锦叠绣之作。当然，应制诗中也有极少的有规诫、期望之意的较好作品，但如凤毛麟角。如王维的《奉和圣制从蓬莱向兴庆阁道中留春雨中春望之作应制》。

>　　渭水自萦秦塞曲，黄山旧绕汉宫斜。
>　　銮舆迥出千门柳，阁道回看上苑花。
>　　云里帝城双凤阙，雨中春树万人家。
>　　为乘阳气行时令，不是宸游玩物华。

　　这是唐玄宗发起的一次春游，王维和诗，后世好评如潮。刘辰翁《王孟诗评》说"春容典重，用字深厚，不见工力，结归之正，足见襟度"。清朱之荆《增订唐诗摘钞》"风格秀整，气象清明。一脱初唐板滞之习。盛唐何尝不应制？应制诗何尝不妙？初唐逊此者，正是才情不能运其气格耳"。《唐诗别裁》更推为"结意寓规于颂，臣子立言，方为得体。应制诗应以此篇为第一"。

　　清人程涒结合历史周期律，概括帝王不同阶段应制诗内容变化："人主宠幸词臣，流连觞咏，大概有四端焉。开创之君，气笼万世，盛意怜才。中兴之主，熙洽右文，赏鉴光景。偏安之君，逸豫自安，饰为盛事。亡国之君,盘乐怠惰,的为惑基。"(《千一疏》卷八《文苑编》)归纳应制诗四阶段内容,算一家之言吧!

强调一下,应制诗主要意义还在于,推动整个社会对诗歌的重视,这或许是一个积极影响。

唐代"边塞诗"辨疑

问:"边塞诗"是唐诗研究和争论的热点,对于"边塞诗"的概念,似乎还见仁见智并非统一,该怎么理解边塞诗?

答:确实,边塞诗是近代以来兴起的概念,民族主义背景下出现的称谓。古人并无边塞诗一说。我认为,对"边塞诗"的概念应当在歧异中求一个大体一致的看法。究竟什么是"边塞诗"?要给它下一个明确的定义是困难的,但对它的内容给以较确切的范围,还是可以做到的。长期以来是是非非,各依所见,难免以偏概全,意见难于一致。自然,也得承认,边塞诗自身的复杂性也是原因。

从历史角度看,对先唐时期和唐以后,对于涉及边塞内容的诗篇,一般都不作为边塞诗看待。这就是说,边塞诗是中国文学史上产生于特定历史条件下的文学现象。边塞诗乃是指产生于唐初,极盛于开、天年间,流响于中唐晚末的反映边塞生活的作品。显然,这个"史"的时间范围是被人们接受的。

问:何以先唐时期和唐以后边塞内容的诗不称边塞诗呢?

答:如我所说,边塞诗有"史"的规定性,只是从历史发展的宏观角度所建立的一种认识。自然,不说其他时代有边塞诗,是注重整体而忽略个别或部分,这是边塞诗含义"不确定性"的一方面,也是受"约定俗成"的强大作用钳制。所以,它不像其他诗歌体式具有明确性和可模仿性,比如,唐时的"竹枝词"体式的诗歌,即如今日我们也可效竹枝体。然而，却不会有人承认有效边塞诗之作。当然，这还是由于这类诗在当时就未明确为一种体式，是后代治唐诗的人们总结形成的。

问：唐代诗歌哪些内容才算边塞诗？

答：用确定的含义固定它仍然是困难的，我们自然可以说，边塞诗就是写边塞战争的诗，边塞诗是写民族矛盾斗争的诗，诗人在边塞所写的诗是边塞诗，写边塞风物的诗是边塞诗。以上种种，似乎都是确定无疑的。但是唐代的边塞战争牵动了全社会，涉及的方面很复杂。例如，反映民族斗争的诗不一定是边塞诗；边塞诗也并一定要写于边塞；其中又有许多难以确定的因素。由于"边塞"内容的复杂性，诗人创作动机又各不相同，表现手法相异，形成了直写战争的、单纯抒怀的、写景的、咏物的、咏史的、叙事的、饯别的、赠答的、虚写的、实写的。假如我们换一个视角，又可以得出另外一种结论来，如将其中一些诗作称为风景诗、咏物诗、咏史诗、怀古诗、应制诗、闺怨诗、宫怨诗等。可见，边塞诗与其他性质的诗有交叉，故其含义自有相对性、不确定性。可是，我们又不能这样笼统地看待边塞诗，它作为一个独立的系统，又要求内容上有"质"的规定性。这就是说，内容的复杂多方面性与要求"质"的规定性，使我们在建立边塞诗的认识上，不可过于模糊笼统，也不可过于单纯片面，执一而定。

问：这样看来，边塞诗不等于战争诗，不等于爱国诗、民族诗，不等于写边塞的诗。

答：是的。但你所谈的诸方面可以构成边塞诗的内容因素，而作为边塞诗则应具有系统的整体性质。

边塞诗不等于战争诗，因"写战争"三字不足以概括边塞诗的丰富内容。在唐代边塞诗中，有许多描写边关形胜、人文地理、风景习俗的诗篇，无法归入战争诗；又因唐朝与边塞少数民族或四邻国家友好交往、商旅往来，直接反映和平交往之诗，也难归于战争诗之列；更有从边塞战争、民族问题直接引起的一系列现象，如抒从军报国之志，叙赴边送别之情，议朝廷边策之得失，论战守之历史经验，如单纯写边塞之苦，念征人、怨久戍、思故土的感情流露，严格划分，也不合于写战争的。张籍的《凉州词·边塞暮雨雁飞低》，写丝绸古道的商旅情景；王维的《凉州赛神》，写塞上民俗；戴叔伦的《边城曲》，不过写景抒情。更有许多诗人写"征人怨""征妇怨"，揭露帝王寡恩，功高不赏、不恤士卒等，追其事虽由边塞战争所致，而立意并不在于写战争，能说是"写战争"吗？岑参可谓首席边塞诗人，他写边塞的古迹、天险、奇变气候、高山大漠、古道奇花异草，或实写见闻，或言志抒怀，或呈献应酬，毫无一字涉及战事，也难以划入"写战争"之诗。这位首席边塞诗人的大量边塞诗中直接写到战争的是极少数，反而由于他所写的边塞生活的各个方面，为边塞诗赢得了更多的读者，具有更深广的意义和价值。所以，把边塞诗只看成写战争的诗，或只从战争问题衡量其成就得失，都是不恰当的。

边塞诗与"爱国主义""民族主义"，在反映这方面内容时，许多诗人是站在以汉民族为主体的大唐帝国的立场。这样的诗，其基调既是爱国主义的，也是民族主义的，二者统一，笼统地说也不为错，但这里又存在两方面的问题。

第一，一览唐代的边塞诗，以对待战争、民族斗争的态度看，诗人们的认识并不相同，赞成—反对—歌颂—诅咒，截然相反者比比皆是。涉及具体战争事件，情况又更加复杂，只从爱国主义、民族主义评论得失，是不易说清的，比如中外关系、和战问题。试举几首诗以见。

一类如下。

忘身辞凤阙，报国取龙庭。（王维《送赵都督》）

愿将腰下剑，直为斩楼兰。（李白《塞下曲》）

汉家旌帜满阴山，不遣胡儿匹马还。
愿得此身长报国，何需生入玉门关。（戴叔伦《塞下曲》）

朔雪飘飘开雁门，平沙历乱卷蓬根。
功名耻计擒生数，直斩楼兰报国恩。（王涯《塞下曲》）

另一类如下。

更欲奏屯田，不必勒燕然。
古人薄军旅，千载谨边关。（王勃《陇西行》）
闻道玉门犹被遮，应将性命逐轻车。
年年战骨埋荒外，空见蒲桃入汉家。（李颀《古从军行》）
近传天子尊武臣，强兵直欲静胡尘。
安边自合有长策，何必流离中国人。（张渭《代北州老翁答》）
辛勤几出黄花戍，迢递初随细柳营。
塞晚每愁残月苦，边秋更逐断蓬惊。（王涯《塞下曲》）

在战争面前完全相反的两种态度，我特别在最后对应举到像王涯又支持又反对的两首，一个诗人尚且如此，能简单地论定谁是谁非吗？能以今日的标准判断何者符合爱国主义，或何者为狭隘民族主义吗？

以一场具体的战争事件看，诗人也常有不同的评说。

例如王昌龄的《从军行》：

青海长云暗雪山，孤城遥望玉门关。

黄沙百战穿金甲，不破楼兰终不还。

杜甫的《兵车行》：

君不见，青海头，古来白骨无人收。
新鬼烦冤旧鬼哭，天阴雨湿声啾啾。

前者歌颂守边将士的报国壮志，肯定青海战争，称为爱国主义诗篇，我看并无异议；后者对青海战争则持相反态度，虽然诗中未说不爱国，但要说成是爱国主义诗篇，绝对是格格不入的。这就说明，对待边塞战争、民族矛盾，不宜简单地以爱国主义、民族主义划分，评价得失。

所以，从总体上观照，唐代边塞诗中，既有相当数量表现爱国忠君、守土捍边、誓扫胡尘的豪迈壮歌，更有力主民族和融、谴责朝廷穷兵黩武的反战诗篇，而且后者的总量大大超过前者。这些诗揭露战争对生产的破坏，揭露朝廷战争政策的残酷征敛；描写边关士兵的痛苦，征夫闺妇的怨责，以及基于上述种种而产生的对战争的诅咒；等等，都无法直接归入表现民族主义精神或保卫国家的爱国主义范畴。故对边塞诗的评论集中于是否表现爱国主义、民族主义精神，不够恰当。

第二，认识国家、民族概念应有历史范畴的眼光，也就是说，它有着具体的历史内容。封建时代的爱国主义表现为忠于君国，而这个"国"，则是以汉民族为主体的中央王朝，这种爱国与今日中华民族大家庭和基于此而产生的新时代爱国主义截然不同。所以，不用历史的眼光审视和界分，笼统地用爱国诗来界定唐代边塞诗，则会是非混淆；用今天所理解的爱国主义精神去看待边塞诗的美学价值，诗人们的诗篇都将得到否定的结论。同样，民族主义或民族精神，其复杂情况更要做具体分析。爱国主义在我国有两种来源。一种是来自屈原、杜甫的与人民融汇的家国情怀的爱国主义传统；另一种是近代西方民族主义、激进主义思潮下的西方爱国主义思想，它更加具有强烈的排他性。所以，不宜过分强调唐代边塞诗的民族精神，把边塞诗的主要内容只看成是汉族与少数民族间的民族战争，也是不妥当的。在两种迥别的爱国主义中，我倾向于前者，所以将边塞诗作为抒发个人家国情怀的载体看待更为妥帖。

综上所述，爱国主义、民族主义，可以有统一的时候，更有不一致的方面。唐代的边塞诗，不只有爱国诗、民族诗。

你还提到边塞诗不等于写于边塞的诗。这就是能否以创作地点判定诗篇是否属于边塞诗的问题。其实，文学史的现状已告诉人们，在唐代边塞诗的繁荣期，许多没有从征出塞的诗人，也曾写作边塞诗；许多优秀的边塞诗人，写作的边塞诗无法考定出塞的经历与行踪。例如王昌龄的边塞诗，也无法确认他何时出塞，路途经历。所以，许多名篇，谁能断定一定写于塞上呢？其实还有许多行卷诗，行卷有投其所好的功能。盛唐最重要的政策是边防政策，从此也可看出唐诗热点题材和权门显贵的精神喜好、趣味追求，符合从分裂到统一的唐人心境，这些诗当然未履边土。再如唐太宗的《饮马长城窟行》，写到交河阴山，写到玉塞龙堆，他是绝对没有到过这些地方的。关于边塞诗中边塞地域的概念，不少诗篇是借地名以泛咏，如骆宾王《从军中行路难》"君不见，玉关尘色暗边庭，铜鞮杂虏寇长城……阴山苦雾埋高垒，交河孤月照连营。……阵云朝结晦天山，寒沙夕涨迷疏勒。龙鳞水上开鱼贯，马首山前振雕翼"，显然是借地名做排比，地名只有借用以喻指之意，不具有地理实体的意义，这就更不能作为诗人纪实之作了。

边塞诗人的范围，也绝不能按"创作地点是否边塞"的狭窄要求来判定，边塞战争对社会生活的影响，已渗透到生活的一切领域，从帝王将相到士庶阶层、宫女乐妓、释道九流，都关心边事，为边事牵涉，他们对边塞问题抒感慨，议得失，并不身历塞土，却都有边塞之作，甚至写出了边塞诗名篇。所以，把边塞诗的含义局限在写于边塞的诗，同样并不恰当。

问：好，对于边塞诗具体内容范围的确定，请谈谈你的看法。

答：必须对唐代边塞诗建立全面的认识，如果深入细致梳理，可以建立系统性观点。也就是说，不可把它的范围限制得过于狭窄。基于此，凡从军出塞、守土捍边、民族交往、塞上风光；或抒报国壮志，或为反战呐喊，或咏史寄意，或言事纪实；上至军事、政治、经济、文化，下及朋友之情、夫妻之爱、生离之痛、死别之悲，凡与边塞生活相关之诗，都可归为边塞诗。既有金戈铁马豪壮的军歌，又有陇头流水苍凉的低吟；既有瑰丽的边塞风光，也有奇风异俗的描画；既有塞上的铁血烽火，也有内地花前月下的幽怨。抒情诗、山水诗、咏物诗、应制诗等，无所不纳。这是特别时代（唐）大量出现的以与边疆军旅生活相关的人事为题材创作的诗。它是特定时代的文学现象，但又不排斥其他时代有性质相类的诗歌，尽管我们不从体式上称它为"边塞体诗"。它是边疆战争的产物，却并非民族矛盾所能概括的，它反映的是文人从军、将士赴边的生活内容、情感体验，却与全社会发生牵连。如果以总体而论，它的内容是同一的、确定的；如果分析局部而论，则又是复杂多样的，有许多不确定因素。所以，需要从全面观照，建立整体性和综合性的认识，才可能对唐代边塞诗有科学认识。

问：边塞题材大量集中涌现于唐是不争事实，请总结一下原因。

答：第一，实际上前面已涉及，若要专门谈，我以为，心理层面因素不可忽视，秦汉统一又分裂，汉民族内部纷争削弱了安全统一的基础，外族的侵略成了民族心中不能言诉的痛，隋唐再度统一，恢复汉代神武精神，开启了以保境安民为目的的对外征战；而刚从分裂中走出的人们心态处于强势，为颂圣朝盛世，自然令人气壮的边塞诗便应运而生。还须说，唐前期的强盛，给了传统贵族自信自豪与精神欢愉，对外开放的心态与儒家文化的吸摄力，取得了空前的民族团结。所以在前人那里，边塞诗基本指向唐朝而非其他朝代。

第二，后世把边塞诗称谓给予唐朝，还在于唐代文治武功的边防政策。历史上在边防方面卓有建树的朝代，唐以前是汉朝，其他朝代几处于分裂和内斗，无暇顾及边境。汉代自汉武帝推行强硬边防，涌现了许多英雄人物事迹，如霍去病、卫青等名将。然诗并未走向成熟，实际未能形成边塞诗作。至于唐朝，累经数百年分裂战乱，五胡乱华，晋室南渡，激发了人们的边防意识，最终诗人的大规模参与是边塞诗异军突起的关键力量，形成了宏大壮观的边塞诗群体。相比先唐和唐以后，都未有此等规模现象，在历史洪波中看，它是边塞诗歌史中最显耀的一段。唐王朝极盛极弱，无不反映于边塞诗。所以边塞诗是专指唐而言的。

问： 最后想问一问，边塞诗或古代战争类诗出现频率较高的意象有哪些？

答： 好的，有人粗略统计过，常见的大约有下面几个意象语词。一是投笔。《后汉书·班超传》班超家境贫寒，靠为官府抄写文书生活。他曾投笔感叹，要效法傅介子、张骞立功边境，取爵封侯。后来"投笔"就指弃文从武。如骆宾王《宿温城望军营》"投笔怀班业，临戎想顾勋"，沈佺期《塞北》"何言投笔去，终作勒铭回"。二是长城。据《南史·檀道济传》载，檀道济是南朝刘宋大将，权力很大，受到君臣猜忌。后来宋文帝借机杀他，檀道济大怒道："乃坏汝万里长城！"很显然是指宋文帝杀害将领，瓦解自己的军队。后来就用"万里长城"

指守边将领。如刘禹锡《经檀道济故垒》"万里长城坏，荒营野草秋"，皎然《奉送袁高使君诏徵赴行在》"国难倚长城，庙谋资大贤"。三是楼兰。据《汉书》载，楼兰国王贪财，多次杀害前往西域的汉使。后来傅介子出使西域，计斩楼兰王。以后便用"楼兰"代指边境之敌，用"破（斩）楼兰"指建功立业。如王昌龄《从军行》"青海长云暗雪山，疆域遥望玉门关。黄沙百战穿金甲，不破楼兰终不还"。孟郊《猛将吟》"拟脍楼兰肉，蓄怒时未扬"。四是柳营。据《史记·绛侯周勃世家》载，汉文帝时，汉军分扎霸上、棘门、细柳以备匈奴，细柳营主将周亚夫军纪严明，军容整齐，连文帝及随从也得经他许可才可入营，文帝极为赞赏周亚夫治军有方。后代便以"柳营"称纪律严明的军营。如薛逢《重送徐州李从事商隐》"莲府望高秦御史，柳营官重汉尚书"，施肩吾《赠边将》"犹恐犬戎临虏塞，柳营时把阵图看"。五是请缨。汉武帝派年轻的近臣终军到南越劝说南越王朝。终军说："请给一根长缨，我一定把南越王抓来。"后以喻杀敌报国。如魏徵《述怀》"请缨系南粤，凭轼下东藩"，杜甫《岁暮》"天地日流血，朝廷谁请缨"。六是羌笛。边塞诗中经常提到羌笛，如王之涣《凉州曲》"羌笛何须怨杨柳，春光不度玉门关"，岑参《白雪歌送武判官归京》"中军置酒宴归客，胡琴琵琶与羌笛"。羌笛凄切之音，常让征夫怆然泪下。当然，还得明白边塞诗的意象语词远不止这些。

唐代的"寓言诗"

问：唐诗品类中，有"寓言诗"吗？

答：有。为了论述这个问题，必须对寓言之本质特征先有了解。《释文》"寓，寄也。以人不信己，故托之他人，十言而九见信也"。文学层面，我认为，寓言必须具备两个基本条件。一是有故事情节，多为人与动物或动物之间的故事；二是有比喻寄托。散文如是，诗也如是。总之，寓言是寄托了劝谕或讽刺意义的各种故事。它借此喻彼，借远喻近，借古喻今，借物喻人，使抽象深奥的事理从具体浅易的故事中体现出来。但要特别指出哲理诗、咏物诗不是寓言诗，这须明白。

寓言诗先秦已零星有之，如诗经《鸱鸮》《硕鼠》；汉乐府有《乌生》《枯鱼过河泣》；再后魏晋南北朝曹植、鲍照偶有为之。寓言诗到唐代随叙事诗的圆熟，才真正成熟。杜甫、柳宗元、白居易、韩愈、刘禹锡、元稹都有诗作。尤其安史之乱后朝政弊坏，朋党交争，使诗人们以寓言诗形式曲折警世，寄托不满。如柳宗元初贬永州的寓言诗《跂乌词》《笼鹰词》，表现了他遭遇贬谪的内心世界。除此之外，唐代寓言诗之出现，还与佛教关系至为密切，佛经寓言故事的后面往往有一首诗偈点明寓意或加以评论，这就启示人们用诗体写寓言。初唐诗僧王梵志用俗语、方言写诗宣传佛理。《全唐诗》未收他的作品，近人从敦煌卷本发现了他写的三百多首诗，用隐喻手法寄意，有寓言诗的雏形，如"他人骑大马，我独跨驴子。回顾担柴汉，心下较些子"，用骑马者、跨驴者、担柴者三种人物对比，寄托了一种随遇而安的人生哲学。但他还不算寓言诗人，真正的寓言诗人是寒山，他的诗全部无题，举一个根据"狗争骨"的故事写的诗。

> 我见百十狗，个个毛鬙鬙。
> 卧者渠自卧，行者渠自行。
> 投之一块骨，相与啀喍争。
> 良由为骨少，狗多分不平。

此诗借狗争骨的关系比喻封建社会中人与人的关系。它情节完整，寓意清楚。后来的伟大诗人杜甫、白居易也写了许多寓言诗，用乐府"缘事而发"的手法,如杜甫写的《义鹘行》《朱凤行》等。举《义鹘行》。

> 阴崖二苍鹰,养子黑柏颠。
> 白蛇登其巢,吞噬恣朝餐。
> 雄飞远求食,雌者鸣辛酸。
> 力强不可制,黄口无半存。
> 其父从西归,翻身入长烟。
> 斯须领健鹘,痛愤寄所宣。
> 斗上捩孤影,噭哮来九天。
> 修鳞脱远枝,巨颡折老拳。
> 高空得蹭蹬,短草辞蜿蜒。
> 折尾能一掉,饱肠皆已穿。
> 生虽灭众雏,死亦垂千年。
> 物情有报复,快意贵目前。
> 兹实鸷鸟最,急难心炯然。
> 功成失所在,用舍何其贤。
> 远经潏水湄,此事樵夫传。
> 飘萧觉素发,凛欲冲儒冠。
> 人生许与分,亦在顾盼间。
> 聊为义鹘行,用激壮士肝。

此诗借义鹘为苍鹰报仇,击杀白蛇的故事,寄托了惩恶扬善、除暴安良的侠义精神。前人评曰"子美平生要借奇事以警世,故每每说得精透如此。诗说老鹘仁慈义勇,所以感动人情。而其慷慨激昂正欲使毒心人敛威夺魂"(《杜少陵集详注》)。这首作于至德二载凤翔行在的寓言诗,由于疏忽杜甫参与的政治斗争对诗人人生的重大影响，今人多做泛解，鲜有人知晓此诗是诗人反对唐肃宗迫害父亲旧臣，舍身疏救房琯的义举及惊心动魄几至被杀的经历。不知人论诗，是发现不了诗中真谛的。所以《义鹘行》是一首参与疏救房琯的政治寓言诗。白居易最有名的寓言诗是《燕诗示刘叟》。

  梁上有双燕，翩翩雄与雌。
  衔泥两椽间，一巢生四儿。
  四儿日夜长，索食声孜孜。
  青虫不易捕，黄口无饱期。
  觜爪虽欲敝，心力不知疲。
  须臾十来往，犹恐巢中饥。
  辛勤三十日，母瘦雏渐肥。
  喃喃教言语，一一刷毛衣。
  一旦羽翼成，引上庭树枝。
  举翅不回顾，随风四散飞。
  雌雄空中鸣，声尽呼不归。
  却入空巢里，啁啾终夜悲。
  燕燕尔勿悲，尔当返自思。
  思尔为雏日，高飞背母时。
  当时父母念，今日尔应知。

  白居易此诗的意图，作者曾有自注："叟有爱子，背叟逃去。叟甚念之。叟少年时亦尝如是。故作燕诗以谕之。"可见不是一般的咏物诗，而是劝诫世人的寓言诗。

  问：有些以寓言命名的诗反而不是寓言诗，是吗？

  答：是的。诗僧齐己有一首以《寓言》为题的诗，内容是"造化安能保，山川凿欲翻。精华销地底，珠玉聚侯门。始作骄奢本，终为祸乱根。亡家与亡国，云此更何言"。对"寓言"的概念失之过宽，将凡有寓意的诗都包括在内，显然是不对的。

唐代的"咏物诗"

问：唐诗人中，专注于写"咏物诗"并写得最多的是谁？

答：是初唐时期的李峤。他写有"咏物诗"一百余首。据《旧唐书》本传载《李峤集》五十卷，《新唐书·艺文志》于五十卷外又别出《杂咏诗》十二卷。而晁公武《郡斋读书志·卷四》则著录《李峤集》一卷，云："集本六十卷，今所录一百二十咏而已。或题曰'单题诗'。有张方注。今其诗犹存，惟张注不传。"

这一百二十咏就是"咏物诗"。在《全唐诗》卷五十七至六十一录李峤诗五卷，其中卷五十九至六十都是咏物之作，共一百二十首，也就是晁公武著录的"单题诗"，盖因诗题均取单字为题，故有此总称。

问：那提到的《杂咏诗》是什么意思？还有"单提诗"，又是什么意思呢？

答：你问得很仔细。是的，辛文房《唐才子传·李峤传》也称李峤有《杂咏诗》十二卷，还说《单提诗》一百二十首。其实辛文房"单提"乃"单题"之误；而"单题"也就是"杂咏"。《新唐书·艺文志》称为"杂咏"，是针对诗的内容而言；晁公武《郡斋读书志》称为"单题"，是针对标题的特点而言。至于有的说"十二卷"，有的说"一百二十咏"，它们也不矛盾，因为十咏为一卷，那"一百二十咏"不就恰好是"十二卷"吗？

问：经这么一分辨就清楚了。那李峤的《咏物诗》究竟咏了些什么呢？

答：风云月露、市井楼台、章服器用等，"杂"得无所不包。约分如下。

咏景物：日、月、星、雨、山、海等。

咏建筑：城、市、井、宅、楼、桥等。

咏文具：经、史、诗、赋、笔、砚等。

咏武器：刀、箭、弹、弩、旗、旌等。

咏乐器：琴、瑟、琵琶等。

咏宝物：金、银、珠、玉等。

咏用具：舟、车、床、席、扇、烛等。

咏花草：兰、菊、茅等。

咏鸟虫：凤、鹤、龙、马等。

问：就上所举例，咏的物确可谓多，咏物诗真数李峤了。可是诗的水平如何呢？其人又如何呢？

答：李峤的咏物"单题"诗，都为五言律诗，乃"试帖"范本，诗在于描绘形体，以隶事状物为工，缺乏个性，缺乏感情，并无兴寄可言。正如王夫之《夕堂永日绪论》称其为"裁剪整齐，而生意索然"，真是肯綮之见。

诗的艺术价值并不高，但他能写得多而且广，具备一格，在他所处的初唐时期，证明五言律诗被广泛运用，在新体诗的发展上也还可以提到一笔。至于李峤这个人，文才还不错，计有功《唐诗纪事》说他"十五通五经，二十擢进士第，与骆宾王、刘光业齐名"，又说"峤有三戾：性好荣迁，憎人升进；性好文章，憎人才华；性好贪浊，憎人受赂"，是一个胸襟狭小、嫉妒特深的人。

问：李峤写有"咏物诗"一百余首，算写得最多了，那么唐代咏物诗的普遍情况如何呢？

答：唐代诗人很喜欢咏物，据统计《全唐诗》存有咏物诗六千余首，初唐五百余首，盛唐七百多首，中唐一千四百多首，晚唐则有三千五百多首。咏物诗的内容，因经历遭际、情趣爱好、对事物的观察认识不一，对同一事物便会有不同感受，生发出不同的感情。摹写歌咏要有自我，寄托自我，刘熙载《艺概》"咏物隐然只是咏怀，盖个中有我也"。如同为咏蝉，被诬入狱的骆宾王作有《在狱咏蝉》。

> 西陆蝉声唱，南冠客思侵。
> 那堪玄鬓影，来对白头吟。
> 露重飞难进，风多响易沉。
> 无人信高洁，谁为表予心？

仕途蹇滞的李商隐作有《蝉》。

> 本以高难饱，徒劳恨费声。
> 五更疏欲断，一树碧无情。
> 薄宦梗犹泛，故园芜已平。
> 烦君最相警，我亦举家清。

身居高位的虞世南作有《蝉》。

> 垂緌饮清露，流响出疏桐。
> 居高声自远，端不藉秋风。

他们都抓住了蝉鸣高远的特点，却都杂糅了自己的不同感受，表达了自己独特的感情。施补华《岘佣说诗》评曰："同一咏蝉，虞世南'居高声自远，端不藉秋风'是清华人语；骆宾王'露重飞难进，风多响易沉'是患难人语；李商隐'本以高难饱，徒劳恨费声'是牢骚人语。比兴不同如此。"

问：还有其他内容的吗？

答：咏物诗的对象无所不包，兹再举几例。

黄巢《题菊花》:

>飒飒西风满院栽,蕊寒香冷蝶难来。
>他年我若为青帝,报与桃花一处开。

李贺《马诗·其五》:

>大漠沙如雪,燕山月似钩。
>何当金络脑,快走踏清秋。

贺知章《咏柳》:

>碧玉妆成一树高,万条垂下绿丝绦。
>不知细叶谁裁出,二月春风似剪刀。

杜甫《严郑公宅同咏竹》:

>绿竹半含箨,新梢才出墙。
>色侵书帙晚,阴过酒樽凉。
>雨洗娟娟净,风吹细细香。
>但令无剪伐,会见拂云长。

咏物诗的描写技巧,通常在于侧面烘托。如陆龟蒙《白莲》:"素花多蒙别艳欺,此花端合在瑶池。无情有恨何人觉,月晓风清欲堕时。"用"月晓风清"的背景,表现了白莲独特的气质神韵。

唐代的"咏史诗"和"怀古诗"

问:"咏史诗"与"怀古诗"真难分,是吗?

答：有不同，是两个不同的概念。两者创作的触发点不同。

首先，怀古诗是对历史遗迹，或某地点、地域，间接歌咏与之有关的古人古事；咏史诗则是直接以古人古事之有关材料发端来歌咏的。其次，怀古诗受空间地点的限制（因不免写景），咏史诗则不受限制。我试举两首做区别认识。

李商隐《题汉祖庙》：

> 乘运应须宅八荒，男儿安在恋池湟。
> 君王自起新丰后，项羽何曾在故乡。

这是以汉高祖的庙宇咏刘邦之事，为怀古之作。

于季子《咏汉高祖》：

> 百战方夷项，三章且代秦。
> 功归萧相国，气尽戚夫人。

这是直咏刘邦之事，于地无关，是为咏史之诗。

问：诗歌中，是"咏史诗"早，还是"怀古诗"早？

答：从诗题考察，咏史与怀古的出现有先后不同。古诗最早标以咏史题目的，乃东汉班固的五古《咏史》，内容为咏西汉少女缇萦代父请罪，感动汉文帝废除肉刑之事。本事见《史记·孝文帝纪》《汉书·刑法志》，萧梁时钟嵘作《诗品》已提及"班固《咏史》，质木无文"。而同一时期萧统编《文选》，所收之诗专门列有"咏史"一项，内有咏史诗作者九人，作品二十一首。咏史诗作为一个诗歌独立类别，证明已经确立无疑。自然，从确立到完善定型为社会公认及被采用尚有一个过程。如西晋左思之《咏史八首》、刘宋鲍照《咏史》等，就内容看，一些篇章仅涉及历史典故，并未专咏古人古事，足见其尚未定型。尽管如此，谁也不可否认，唐以前咏史诗已经确立，而怀古诗尚无名目出现。

诗题标"怀古"之目,最早见于初唐陈子昂,他有《白帝城怀古》《岘山怀古》可证。他又有《蓟丘览古赠卢居士藏用七首并序》,"览古"与"怀古"意义基本相同,诗激愤而有追求,悲凉而不消沉。其序"云:丁酉岁,吾北征,出自蓟门,历观燕之旧都,其城池霸业,迹已芜没矣。因登蓟丘,作七诗以志之。寄终南卢居士。亦有轩辕之遗迹也"。由此观之,他的《登幽州台歌》,也是同类之作。此外,唐诗人刘希夷此时期亦有《巫山怀古》《蜀城怀古》《洛川怀古》等明标"怀古"之目的诗。可见在唐代,怀古诗才正式标目。在唐诗人的心目中,咏史与怀古是两个不同的概念。

据此,从时间上把咏史诗看作产生于东汉,怀古诗产生于唐初;从写作方法上看,以二者之触发点受不受空间地点之限,区分咏史诗和怀古诗,是适当的,也是合理的。

问:可见唐诗人写"怀古诗"的很多,有堪为"怀古诗"的代表佳作吗?

答:有。我以为堪为"怀古诗"之代表佳作,可推刘禹锡的《西塞山怀古》。据《唐诗纪事》云:"长庆中,元微之、梦得、韦楚客同会(白)乐天舍,论南朝兴废,各赋《金陵怀古》诗。刘满引一杯,饮已即成,曰:'王濬楼船……'白公览诗,曰:'四人采骊龙,子先获珠,所余鳞爪何用耶?'于是罢唱。"刘禹锡此诗能使诸家大诗人罢唱,确为上佳之作。诗如下。

    王濬楼船下益州,金陵王气黯然收。
    千寻铁锁沉江底,一片降幡出石头。
    人世几回伤往事,山形依旧枕寒流。
    今逢四海为家日,故垒萧萧芦荻秋。

诗借金陵咏晋吴兴亡之事,慨叹地险之不足恃,历史割据终归统一。诗为中唐藩镇割据提出教训，寓托有现实意义。

此诗佳处更在于艺术，将历史的兴亡与哲理的沉思，熔铸进苍茫雄阔的景象中，体格上表现出中唐七律，内容上注意理念提炼之一流，格律上倾向于圆转流荡的时代特征。方观丞曰："前半专叙孙吴，五句以七字总括东晋、宋、齐、梁、陈五代，局阵开拓，乃不紧迫。六句始落到西塞山，'依旧'二字有高峰堕石之捷速。七句落到怀古，'今逢'二字有居安思危之遥深。八句'芦荻'是即时景，仍用'故垒'，终不脱题。此挦结一片之法也，至于前半一气呵成，具有山川形势，制胜谋略，因前验后，兴废皆然，下只以'几回'二字轻轻兜满，何其神妙。"（方世举《兰丛诗话》引）

另如刘禹锡《乌衣巷》，也是一首有名的怀古诗。

> 朱雀桥边野草花，乌衣巷口夕阳斜，
> 旧时王谢堂前燕，飞入寻常百姓家。

它是《金陵五题》的第二首。乌衣巷地处金陵南门朱雀桥附近，据志书记载，其名源于三国，当时孙权的兵士都是穿黑衣，驻军之地便称为乌衣营。旧址后为东晋开国元勋王导、淝水之战指挥谢安等世家巨族三百年聚居地。不仅王导、谢安居于此，"书圣"王羲之，山水诗人谢灵运、谢朓也曾住在这里，故有"王家书法谢家诗"的美称。诗的前二句以桥名、巷名为妙对，朱雀桥横跨南京秦淮河上，是由市中心通往乌衣巷的必经之路。桥同河南岸的乌衣巷，不仅地点相邻，历史上也有瓜葛，旧时桥上装饰有两只铜雀的重楼，就是谢安所建。诗用朱雀桥来串联乌衣巷，既符合地理真实，又造成对仗美感，还可唤起有关历史联想。诗人还不露痕迹地融入夕阳暮气，野花荒草，反讽世事变迁，暗示曾经繁华盖世的乌衣巷口，本应衣冠来往、车马喧嚣，而今却剩下荒径衰景。诗人灵犀一通，又借一只燕子阅尽世事沧桑。晋代傅咸《燕赋序》云："有言燕今年巢此，明年故复来者。其将逝，剪爪识之。其后果至焉。"诗中正是抓住燕子有辨认和复归旧巢的本能，从有理中写出无理，从无理中隐含深理。四百年前王谢堂前的旧燕，不可能那么长寿，也不可能代代相续地飞回来。但诗凝缩了时间，使不可能成为可能，奇思独具地以一只燕子的飞翔，把王谢巨族聚居地，与唐代已变成寻常百姓杂居的巷陌，进行了双时空的叠印，从而对那些名门望族的烟消云散发出了充满命运感和废墟感的深长叹息。由此写成的诗是千古名诗，由此写出的燕子也是极有历史深度的千古名燕。据《江南通志》载，后人在乌衣巷被认为是王谢故居的厅堂匾额前题上了"来燕"二字。施补华《岘佣说诗》评这首诗的第三、四句时说："若作燕子他去，便呆。盖燕子仍入此堂，王谢零落，已化作寻常百姓矣。如此则感慨无穷，用笔极曲。"这首诗以燕栖旧巢唤起人们的想象，含而不露；以"野草花""夕阳斜"涂抹背景，美而不俗。语虽极浅，味却无限，照见了唐贵族没落的现实，据说博得了白居易"掉头苦吟，叹赏良久"。

刘禹锡写作此诗的深意，还因在朝廷党争中，他站平民新贵立场，对传统贵族进行了尖锐的嘲讽，洞见贵族消亡的命运，预示了后来牛党战胜李党，贵族退出历史舞台的必然。

王建与《宫词》

问："宫词"是诗还是词？是始于王建吗？

答："宫词"是诗不是词，是用七言绝句形式写成的。"宫词"是王建的创造但又不能说始于王建。齐梁以来，有许多诗人以宫女的生活和思想为题材写诗，王昌龄有《长信秋词》五首，《西宫春怨》《西宫秋怨》各一首；韩翊有《汉宫曲》四首，内容都是代宫妃述说失宠和伤怨的感情。崔国辅有《魏宫词》一首,首次出现了"宫词"这个名称。但诗写的却是古代宫女,咏古事,虽有托古喻今的影射,其内容却未离"宫怨"的主题。

王建的宫词是全新的、创造性的,从形式上看,他是写一首用一首七言绝句,共写了一百首,蔚为大观;从内容上看,他一首七言绝句写一件事,全是当代宫廷中种种生活琐事,诸如饮酒、看花、跳舞、打马、谈情……他不假托古事,把皇帝后宫眼花缭乱的生活明白写出。帝宫本为禁地,后宫生活在人们眼里被珍为秘闻,所以王建《宫词》相当有影响力。欧阳修《六一诗话》云:"王建《宫词》一百首,多言唐宫禁事,皆史传小说所不载者,往往见于其诗。"魏庆之《诗人玉屑》引《唐王建宫词旧跋》:"《宫词》凡百首,天下传播。"

王建宫词之所以流传,不怕犯禁,《唐诗纪事》还详细记述了事情的因由。王建做渭南尉时,认识了太监王枢密,即王守澄,二人认为本家。王建作宫词后,有一天又和王枢密宴饮,席间王建谈起汉代恒、灵二帝由于宠信太监,引起了迫害知识分子的党锢之祸。王枢密听了心里很不愉快,以为王建在讥刺自己,便说:"老弟你写的宫词,天下的人都在传诵。但是皇宫是深禁之地,诗中所述的内容,你凭什么得来的?"意思在威慑王建,不怕皇帝降罪吗?王建听了,一时语塞,心中转念更怕王枢密给自己罗织罪名,他过一二天,即作一首诗赠送王枢密,如下。

先朝行坐镇相随,今上春宫见小时。
脱下御衣先赐著,进来龙马每教骑。
长承密旨还家少,独对边情出殿迟。
自是姓同亲向说,九重争遣外人知。

诗意为,前朝皇帝时或行或坐你都紧相随从,今日皇帝还是太子时你看见他成长。皇帝脱换的御衣唯有你能得着，贡来的骏马常常由你教皇帝试骑。你还因接受秘密旨意，很少回家，有时一人被留殿里或听或报边塞军情而出殿很迟。这一切宫中事情，若不是本家老兄你多次讲述，那森禁之地内宫发生的事情，怎么让外边人知道的呢？王枢密一看此诗，哑默无言，生怕被牵累，哪里还敢有告密之意？施蛰存在《唐诗百话》中论证此事认为，事情可能是有的，但情况未必如此。王枢密是宦官王守澄，宪宗元和末年，他还是一个普通宦官。元和十五年正月十七日夜，宪宗被宦官陈弘庆等杀害，年四十三。王守澄和中尉马进潭、梁守谦等人册立太子即皇帝位，因此擢升枢密使。这位皇帝庙号穆宗，年号长庆，在位四年就中风死了。以后，文宗即位，王守澄为骠骑大将军，充右军中尉。大和九年九月戊辰，迁左右神策观军容使，兼十二卫统军。十月辛巳，为李训诬陷，文宗使内侍李好古赐以毒酒，逼令自杀。根据此段史传，可知王守澄为枢密使是在长庆元年至大和元年之间。长庆共四年，以下还有敬宗皇帝宝历二年。他这枢密使共任六年。王建这首诗所谓"先朝"，是指宪宗皇帝；所谓"今上"，是指穆宗皇帝。"宫词"第九首云"少年天子重边功"，可知也是指穆宗。因为穆宗死时才三十岁。由此推测，百首宫词所反映的宫廷生活，都是长庆年间的事。但是，渭南尉是王建举进士后第一任官职，总在大历十二三年之间。王守澄为枢密使还在四十年之后，那时，王建已从陕州司马任上退休了。因此，说王建做渭南尉时认识了王守澄，这是可能的；但如果说认识了王枢密，则不可能了。

问：看来关于王建与王守澄的故事，《唐诗纪事》记载有误。请举一首王建《宫词》谈谈。

答：举"罗衫叶叶"来谈。

罗衫叶叶绣重重，金凤银鹅各一丛。

每遍舞时分两向，太平万岁字当中。

这是咏宫廷舞蹈的诗，而且舞是摆字舞。黄叔灿《唐诗笺注》云："上二句舞者之装束，下二句舞时之结象。'太平万岁字当中'大约令舞者变现结采，团成四字。"又《乐府杂录》云："舞有健舞、软舞、字舞、花舞。字舞者，以舞人亚身于地，布成字也。"这二十八字，写舞者之装束、姿态、场面，清楚形象，用笔自然而灵巧。王士禛《池北偶谈》云："'每遍舞时分两向，太平万岁字当中'，今外国犹传其制。"郑麟趾《高丽史》："教坊女子奏《王母队歌舞》，一队五十五人，舞成四字，或'君王万岁'或'天下太平'，此真遗意也。"证明摆字舞一直流传下来，影响广远，传于域外。这种舞法就在今天，也还是存在的。

问：王建《宫词》的意义和影响如何？

答：王建的《宫词》，有很高的史料价值，它是生活实录，又是秘而罕知的宫廷生活。虽然从时间上看，它仅止于元和、长庆年间的宫廷生活，但对于我们全面认识时代，研究帝王，却是一份珍贵的生活史料。

王建《宫词》若从影响来衡定它的意义，我认为包括两点。一是它作为独立的诗体形式固定下来，成了唐诗体裁的一个新品类。王建之后，五代时，后蜀的花蕊夫人也作了一百首宫词，记录了后蜀主孟昶宫中的情事；北宋时王珪也作过宫词一百首，又有杨太后宫词；往后此体不绝，但渐失其真貌，其内容渐非宫中传出，而是抄弄文献，拼组成诗，其史料意义大减矣。二是利用宫词的形式，也就是用七言绝句写一百首诗，一首一幅小景，合之聚为一堂大景画面。如晚唐诗人胡曾作《咏史诗一百首》，评赞一百个历史人物；诗人罗虬作《比红儿诗一百首》，每首一咏比红儿一个生活画面，合成百首追悼亡妓红儿。以后宋代出现了一种全新题材的"地志文学",也是学习宫词百咏形式,如宋人许尚有《华亭百咏》,歌咏华亭(上海松江)之风土、人情、古迹。这类诗,都可属宫词之滥觞。

新乐府下的《竹枝词》与《杨柳枝词》

问:何谓《竹枝词》?

答:《竹枝词》乃流行于巴、渝一带的民歌歌词。据《太平寰宇记·卷一三七》记巴渠县风俗:"此县是当夷獠之边界。其民俗聚会则击鼓踏木牙,唱竹枝歌为乐。"此外又据明正德年间《夔州府志》记,此处"渔樵耕牧,好唱竹枝歌"。这就再清楚不过地说明,竹枝歌当时广泛在群众中口头流传,是渔、樵、耕、牧时都喜唱的歌,统治者称其为"杂曲",即正典之外的新声歌曲。可以推想,它是古代巴族人创作流传下来的民歌。又由于它在中原官方正统文化圈之外,属于"四方之歌",即使采诗也未必得到统治者的特别重视,它在乡野,只属"下里巴人"。

民歌《竹枝词》由于是劳动者创作的,其词未入高雅的文林,故乡土的民歌《竹枝词》未能流传下来,今人已无法看见巴渝乡人的原创歌词了。但唐代贞元、元和以来,新乐府运动背景下,有的诗人模仿乐府诗,有的诗人模仿南朝吴歌,而巴渝地方民歌《竹枝词》也渐被一些诗人重视,并进行了模仿创作。宋顾乐《唐人万首绝句选》评:"《竹枝词》本始自刘郎(梦得)因巴渝之旧调而易以新词,自成绝调。"当然,我这里谈的《竹枝词》,不是那失传的民歌,而是诗人依调制的新词,而它的首创人,乃著名诗人刘禹锡。因此,从这个意义上说,刘禹锡是被历史记录漏掉的新乐府诗人。鲁迅《且介亭杂文·门外文谈》云:"唐朝的《竹枝词》和《柳枝词》之类,原都是无名氏的创作，经文人的采录和润色以后，流传下来的。"鲁迅所指的，主要就是刘禹锡以及白居易、元稹、顾况等写《竹枝词》的诗文。在新乐府运动中，刘禹锡、皇甫松、白居易还创作了许多《浪淘沙》，这也是唐代杂曲，歌词为七言绝句。比如刘禹锡的"九曲黄河万里沙，浪淘风簸自天涯。如今直上银河去，同到牵牛织女家"；皇甫松的"蛮歌豆蔻北人愁，松雨蒲风野艇秋。浪起鵁鶄眠不得，寒沙细细入江流"；更被前人评为"作此题者应推此首为第一绝唱，只写本意，情味无穷"。

问：呀，刘禹锡属新乐府诗人？我还从未听过这种说法呢！看来，《竹枝词》也属新乐府词，在这方面最有成就的诗人当推刘禹锡了。《竹枝词》也经历了从"下里巴人"到"阳春白雪"的过程。

答：是的。刘禹锡诗集中有《竹枝词九首》，又有《竹枝词二首》，还有《堤上行三首》，等等，都属于民歌风格的七言绝句，属于《竹枝词》。我们先欣赏他的《竹枝词九首》。

白帝城头春草生，白盐山下蜀江清。
南人上来歌一曲，北人莫上动乡情。

山桃红花满上头，蜀江春水拍山流。
花红易衰似郎意，水流无限似侬愁。

江上朱楼新雨晴，瀼西春水縠纹生。
桥东桥西好杨柳，人来人去唱歌行。

日出三竿春雾消，江头蜀客驻兰桡。
凭寄狂夫书一纸，信在成都万里桥。

两岸山花似雪开，家家春酒满银杯。

昭君坊中多女伴，永安宫外踏青来。

城西门前滟滪堆，年年波浪不能摧。
懊恼人心不如石，少时东去复西来。

瞿塘嘈嘈十二滩，此中道路古来难。
长恨人心不如水，等闲平地起波澜。

巫峡苍苍烟雨时，清猿啼在最高枝。
个里愁人肠自断，由来不是此声悲。

山上层层桃李花，云间烟火是人家。
银钏金钗来负水，长刀短笠去烧畲。

　　这是刘禹锡最早作的《竹枝词》，是什么原因引起他作的？《竹枝词》究竟怎么唱？他有一段诗前序引说得极为详备。引录如下。

　　　四方之歌，异音而同乐，岁正月，余来建平，里中儿联歌《竹枝》，吹短笛，击鼓以赴节，歌者扬袂睢舞，以曲多为贤。聆其音，中黄钟之羽，卒章激讦如吴声，虽伧儜不可分，而含思宛转，有淇澳之艳音。昔屈原居湘沅间，其民迎神，词多鄙俚，乃写为《九歌》，到于今荆楚歌舞之，故余亦作《竹枝》九篇，俾善歌者飏之，附于末。后之聆巴歈，知变风之自焉。

　　这可见，刘禹锡被贬谪荆楚巴渝，始知《竹枝》，开始作《竹枝词》九首，是有意模仿继承屈原《九歌》，从其政治遭遇看颇有借事抱屈之意。以后他又写二首，题为《竹枝词二首》。此外他还写过题为《堤上行三首》《踏歌行四首》的两组诗，因诗中都提到竹枝，其实也是《竹枝词》。

· 568 ·

至于《竹枝词》的唱法，是他在建平（旧郡名，时称归州，今秭归）听里中少年唱的。序引中说得很清楚，是一种联唱形式的歌曲，有人吹短笛伴唱，击鼓应节拍，唱歌者还扬袂起舞，以比赛的形式进行，唱得多的为胜。刘禹锡还谈到他听歌的感受。黄钟是正宫音乐，音调是平缓中正的，而羽声是激越慷慨之音。"黄钟之羽"是平缓中带有激越的音调。激越是在歌的最后部分，有如苏州的山歌，但又难分哪里是吴声，哪里是楚声。"伧"是对吴人的鄙称。"伫"即"狞"，唐诗中常表示猛烈、激越，这里指楚声。整体来谈，歌曲表现的思想感情是宛转的，像《诗经·卫风》中那些艳情的诗。

刘禹锡何以领会得如此深刻？我认为这是和他喜欢音乐分不开的。王灼《碧鸡漫志》载："古人善歌得名，不择男女，唐时男有李龟年、米嘉荣、何戡、田顺郎。女有穆氏、念奴、张红红、张好好。"刘禹锡与同时代的歌唱家米嘉荣、穆氏、何戡都有旧交，专有诗歌写给他们。而诗人刘禹锡也极善唱歌。白居易诗《忆梦得》题下注："梦得能唱《竹枝》，听者愁绝。"所以他序引中所述《竹枝词》唱法，是翔实可信的行家所语。

穆宗长庆二年，刘禹锡在朗州、连州度过十多年的谪臣生活，又被调任夔州刺史，他深深爱上了流行于巴夔的《竹枝词》，进一步知道《竹枝》形式"变风"的重要性。他注意听取，认真学唱，还刻意把诗歌的七绝形式和民歌《竹枝词》结合，自制了文人创作的《竹枝词》。

问：《竹枝词》有哪些显著特色？

答：我不妨先引进一些前人的看法。

清人王士禛《带经堂诗话》云："《竹枝》咏风土，琐细诙谐皆可入，大抵以风趣为主，与绝句迥别。"

清人乔亿《剑溪说诗》云："《竹枝词》与七绝音韵各殊，大率似谣似谚,有连臂踏歌之致。"

清人郭兆麒《梅崖诗话》云:"《竹枝词》,《风》之变也,质而不俚,斯为本色。"

清人杨标昌《国朝诗话》云:"《竹枝》体宜拗中顺,浅中深,俚中雅,太刻画者失之,入科浑更谬矣。"

我们据诗人写的《竹枝词》和前人的看法,可以归纳出以下一些特色。

第一,具有风土人情的地方色彩。我们一读《竹枝词》,恍若置身巴山蜀水间,那所咏到的白帝城、白盐山、瀼溪、昭君坊、永安宫、瞿塘峡中十二滩、巫峡、山水古迹,斑斑可证。那烧荒种田的耕种习俗,妇女背水、男人戴笠握长刀的劳动场面,构成了一幅明丽的风俗画。

第二,具有拗体绝句的特征。《竹枝》毕竟是口头歌词,不是诗,故诗人不用绝句正格写《竹枝词》,虽七言四句,却不讲严格的平仄粘缀,吸取民歌的自由。七言四句的民歌往往用拗体,显示在第三句。拗体绝句下半首音调较急促,这也是民歌的普遍特征。

第三,具有鲜明的对比、比兴、双关等手法。如第二首用"花红易衰"比男子的薄情,用"水流无限"比女子的愁情,就景取喻、对比。第六首以"波浪不能摧"滟滪堆滩石,判比情人不定之心。第七首用瞿塘峡中危险的水道对比"平地起波澜"的人心。

但是,刘禹锡最为脍炙人口和最有代表性的《竹枝词》还不是这九首,而是另一首《杨柳青青江水平》,

> 杨柳青青江水平,闻郎江上唱歌声。
> 东边日出西边雨,道是无晴却有晴。

这是运用汉语同音假借,恰当地表现双关隐语,"东边日出西边

· 570 ·

雨"，是晴天，又不是晴天。一个女子听到郎君在江船上唱歌，弄不定歌声的谐逗，这里就用了"晴"借作"情"，而且用双关的意思传给了对方，表达出明确而又含蓄微妙的思想感情。俞陛云《诗境浅说续编》评曰："此首起二句，以风韵摇曳见长。后二句言东西晴雨不同，以'晴'字借作'情'字，无情而有情。言郎踏歌之情，费人猜疑，双关巧语，妙手偶得之。"这首诗完全可列《竹枝词》之压卷。谢榛《四溟诗话》曾指出此诗"酷似六朝"。六朝民歌确有用谐音双关表达恋情的习惯。如《七日夜女歌》"婉娈不终夕，一别周年期。桑蚕不作茧，昼夜长悬丝"，"悬丝"与"悬思"双关。民歌中的双关，多含蓄而不晦涩，意与象双关，但都不如刘禹锡的更妙，他是以"晴"喻"情"，采的是眼前景，自然随意，无造作之痕，暗指的又是此时人物的思想感情。表面说天，内里说人，有生活情、醇浓意、优美景，情、意、景和谐统一。至于这首《竹枝词》的深意，牵涉诗人政治遭遇、朝廷党争、贬谪经历，这里我就不展开了。

问：《竹枝词》的影响如何？

答：要谈影响，先略谈前人的一些评价。黄庭坚《山谷题跋》云："刘梦得《竹枝》九章，词意高妙，元和间诚可独步。道风俗而不俚，追古昔而不愧。比之子美《夔州歌》，所谓同工异曲也。"又曰："刘梦得《竹枝》九篇，盖诗人中工道人意中事者也。使白居易、张藉为之，未必能也。"这里推重刘禹锡，并非仅他一人能写，在同时的诗人中，也有许多写《竹枝词》的，如新乐府运动的主倡者元稹便写过《竹枝词》，有白居易的诗可证："江畔谁人唱竹枝，前声断咽后声迟。怪来调苦缘词苦，多得通州司马诗。"元和十年元稹被贬川东，任通州司马，可惜没有诗作流传下来。如此，则元稹创作《竹枝歌》，或比刘禹锡任夔州刺史时，在建平（秭归）听里中少年联唱而创作的《竹枝词》要更早，自然这也符合元稹新乐府诗人的身份。

现在所能见到的《竹枝词》，有白居易四首、顾况一首、李涉四首，晚唐五代有皇甫松六首、孙光宪二首。白居易的《竹枝词》，写得也不错，试举一首。

> 瞿塘峡口水烟低，白帝城头月向西。
> 唱到竹枝声咽处，寒猿暗鸟一时啼。

这是用吟咏记录《竹枝词》之声。俞陛云《诗境浅说续编》云："《竹枝词》者用其词之格调也，此诗乃专咏《竹枝词》之声。首句唱《竹枝》之地，次句唱《竹枝》之时，后二句言唱至最凄咽处，峡口之寒猿暗鸟，同时惊起而啼。异类皆为感动，极言其音调之悲。"来自民间的歌，原来就受群众喜爱，再经诗人们创造性的艺术加工提炼，更扩大了在群众中的流传，广泛地传播开了。白居易诗《哭刘尚书梦得》云"四海齐名白与刘"，可见其影响之大。像刘禹锡创作之《竹枝词》，回应了当时的新乐府运动，很快便传扬长安、洛阳，给诗坛也带来很大冲击。孟郊有《教坊歌儿》诗述其实。

> 去年西京寺，众伶集讲筵。
> 能嘶竹枝词，供养绳床禅。
> 能诗不如歌，怅望三百篇。

佛寺讲经，伶人唱《竹枝词》以娱乐，受到丰厚供养，他慨叹诗不如歌，又作《自惜》。

> 倾尽眼中力，抄诗过与人。
> 自悲风雅老，恐被巴竹嗔。

他是很矛盾的，想扩大自己诗的影响，又怕抵不过巴渝的《竹枝词》。《竹枝词》这股新风,客观上明晰了诗人创作的走向。

当时影响如此,至后代影响也不衰。据宋人邵博《河南邵氏闻见后录·卷十九》记载:"夔州营妓,为喻迪孺扣铜盘,歌刘尚书《竹枝词》九解,尚有当时念思婉转之艳,他妓者,皆不能也。……妓家夔州,其先必事刘尚书者,故独能传当时之声也。"南宋胡仔《苕溪渔隐丛话》则说:"舟行苕溪,夜间舟人唱吴歌,歌中有此后两句(指'东边日出西边雨,道是无情却有情')。余皆杂以俚语,岂非梦得之歌自巴渝流传至此尔?"影响广远,长久不衰。

《竹枝词》自开此体后,后代相习未绝,管世铭《读雪山房唐诗钞凡例》认为,《竹枝》始于刘梦得,"后人仿为之者,总无能掩出其上也"。其说符合实际。

对于《竹枝词》,想来是说清楚了。

问:好的。很明白了,刘禹锡和白居易都在夔州忠州为官,竹枝歌几可定为三峡中这两地的民歌了。可我现在连带要问,那和《竹枝》相近的《杨柳枝》又是怎样的呢?

答:《杨柳枝》又称《折杨柳》《折柳枝》,《乐府诗集》卷二十二引《唐书·乐志》云"梁乐府有鼓吹歌云:'上马不捉鞭,反拗杨柳枝。下马吹横笛,愁杀行客儿。'此歌辞源出北国,即鼓角横吹曲《折杨柳枝》是也"。又引《宋书·五行志》"晋太康末,京洛为折杨柳之歌,其曲有兵革苦辛之辞"。可见这是西晋、南朝流传下来的,与巴渝《竹枝歌》时地皆不同,当要区别分清。唐时,在新乐府潮流之下,咏《杨柳枝》的诗人很多,已有固定的表现内容,王士禛《带经堂诗话》云:"《柳枝》专咏柳,《竹枝》泛咏风土。"刘永济《唐人绝句精华》云:"《杨柳枝词》盖即古《横吹曲》之《折杨柳》。其词托意杨柳以写离情,或感叹盛衰。"他又叫人不可将其当作单纯的咏物诗看。这就已经很清楚了,《杨柳枝词》是离不开写柳的,要托柳以见意。但我想，要进一步了解《杨柳枝词》，当引清人郎廷槐《师友诗传录》联系绝句、《竹枝》以问答形式做的比较。引录如下。

问："《竹枝》《柳枝》自与绝句不同，而《竹枝》《柳枝》亦有分别，请问其详。"

阮亭答："《竹枝》泛咏风土，《柳枝》专咏杨柳，此其异也。……"

厉友答："《竹枝》本出巴、渝。唐贞元中，刘梦得在沅、湘，以其地俚歌鄙陋，乃作新词九章，教里中儿歌之。其词稍以文语缘诸俚俗，若太加文藻，则非本色矣。世所传'白帝城头'以下九章是也。嗣后擅其长者，有杨廉夫焉。后人一切谱风土者，皆沿其体。若《柳枝词》，始于白香山《杨柳枝》一曲，盖本六朝之《折杨柳》歌辞也。其声情之儇利轻隽，与《竹枝》大同小异，与七绝微分，亦歌谣之一体也。……"

萧亭答："《竹枝》《柳枝》，其语度与绝句无异，但于句末随加《竹枝》《柳枝》等语，因即其语以名其词、音节无分别也。"

这就可以看出，《杨柳枝》虽不如《竹枝》民歌味浓郁，但也属歌谣一体，所不同者，是它已入了乐府。唱时二者声调大同小异，唐时，《杨柳枝》已变革为七言，和《竹枝》一样，是七绝诗的七言四句，与七绝又有微小差异（指的近体七绝），也不重粘缀，而它最鲜明的特点莫过于咏杨柳以托物寄意。

问：《杨柳词》的流行如何？

答：唐代诗人杨巨源、白居易、刘禹锡、薛能、韩琮、温庭筠、孙光宪等，沿用这一旧题、旧谱，写了大量新诗，即新的歌词。白居易《杨柳枝词》八首其一云："六幺水调家家唱，白雪梅花处处吹。古歌旧曲君休听，听唱新翻杨柳枝。"刘禹锡《杨柳枝词》九首其一：

"塞北梅花羌笛吹，淮南桂树小山词。请君莫奏前朝曲，听唱新翻杨柳枝。"薛能在所写《折杨柳》十首前序中云："此曲盛传，为词者甚众。文人才子，各炫其能。"他在《柳枝词》五首中又说："乾符五年，许州刺史薛能于郡阁与幕中谈宾酣饮醑酣，因令部妓少女作《杨柳枝》健舞，复歌其词，无可听者，自以五绝（指所作五首绝句）为杨柳新声。"都表明同一首谱，不断更新歌词的情况。诗人们所写新词，也迅速流布各地。范摅《云溪友议》载歌妓刘采春之女周德华，善唱《杨柳枝》，"采春难及"。长安、洛阳"豪门女弟子从其学者众矣"。歌榭舞场，茶楼酒馆，豪门宴饮，都盛唱《杨柳枝》。又《乐府诗集·近代曲辞》引《本事诗》说，白居易在洛阳写一首新词云："一树春风万万枝，嫩于金黄饮于丝。永丰西角荒园里，尽日无人属阿谁？"传说唐宣宗（宣宗时白居易已去世，当为唐武宗）听乐工演唱此歌，便问永丰在何处，并命移取两株永丰柳植于皇宫。白居易因此又作一首《杨柳枝》云："一树衰残委泥土，双枝荣耀植天庭。定知玄象今春后，柳宿光中添两星。"河南尹卢贞对此也感慨云："一树依依在永丰，两枝飞去杳无踪。玉皇曾采人间曲，应逐歌声入九重。"《杨柳枝词》的流行和影响，于此可见。

问：《杨柳枝词》要求涉及杨柳，过多岂非重复？

答：尽管许多诗人写同一题目，并与折柳相关，但都能各出心裁，各运匠心，并不雷同。我列举一些诗人写的为例。

白居易：

> 人言柳叶似愁眉，更有愁肠似柳丝。
> 柳丝挽断肠牵断，彼此应无续得期。

刘禹锡：

城外春风满酒旗，行人挥袂日西时。
长安陌上无穷树，唯有垂杨管别离。

李商隐：

含烟惹雾每依依，万绪千条拂落晖。
为报行人休折尽，半留相送半迎归。

施肩吾：

伤见路旁杨柳春，一枝折尽一重新。
今年还折去年处，不送去年离别人。

温庭筠：

馆娃宫外邺城西，远映征帆近拂堤。
系得王孙归意切，不关春草绿萋萋。

孙鲂：

暖傍离亭静拂桥，人流穿槛绿摇摇。
不知落日谁相送，魂断千条与万条。

和凝：

软碧摇烟似送人，映花时把翠眉颦。
青青自是风流主，漫飐金丝待洛神。

上举诗歌都是写折柳送行惜别，但诗人们各取角度，或用典，或白描，在同一歌曲题目下结合客观条件，刻意求新，各逞其能，客观上也为唐诗的繁荣起到了推动作用。

唐诗与曲子《忆江南》

问：请谈谈唐代曲子《忆江南》。

答：《忆江南》是一首地域色彩浓郁的曲子，我们并不陌生。倡导和实践新乐府的白居易《忆江南》便是依曲拍而成。先看诗。

其一
江南好，风景旧曾谙。日出江花红胜火，春来江水绿如蓝，能不忆江南。

其二
江南忆，最忆是杭州。山寺月中寻桂子，郡亭枕上看潮头，何日更重游。

其三
江南忆，其次忆吴宫。吴酒一杯春竹叶，吴娃双舞醉芙蓉，早晚复相逢。

这是白居易五十五岁之后的诗作。这组《忆江南》，很美很纯，让人徜徉在历史与现实交融的"江南"中。由诗的节奏看，中唐已出现诗的词化现象，或词化的诗。诗题来自音乐史上的名曲《望江南》。唐代音乐与诗关联密切，依题作诗叫乐府诗，依曲填词便是《忆江南》。在白居易之前，殷尧藩便以《忆江南》节拍填写歌词了。白居易有《见殷尧藩侍御〈忆江南〉诗三十首，诗中多叙苏杭盛事，余尝典二郡，因继和之》。

> 江南名郡数苏杭，写在殷家三十章。
> 君是旅人犹苦忆，我为刺史更难忘。
> 境牵吟咏真诗国，兴入笙歌好醉乡。
> 为念旧游终一去，扁舟直拟到沧浪。

殷尧藩嘉兴人，性简静，好山水，曾说"一日不见山水，便觉胸次尘土堆积,急须以酒浇之",有魏晋风度。再由诗题看,是白居易离开苏州刺史后回忆苏杭胜概,约为唐文宗大和开成之作。也就是说,大和时期已有人模仿《忆江南》节拍写诗了。"江南名郡数苏杭,写在殷家三十章",讲的就是殷尧藩三十首《忆江南》。殷家三十章今已不复存。白居易《忆江南》便是仿殷尧藩依曲填词的和诗。以此看,白居易这组诗,便是留存最早的、已定型的《忆江南》节奏形式。后面我们可探一探江南流行此曲的萍踪。

问:唐人还有哪些依据《忆江南》曲拍写作的诗歌?

答:这个曲子在唐代流传很广,名称很多,如《望江南》《谢秋娘》《江南好》《望江楼》《望江梅》等皆是。温庭筠曾依曲作过《望江南》二首。

其一
千万恨,恨极在天涯。山月不知心里事,水风空落眼前花,摇曳碧云斜。

其二
梳洗罢,独倚望江楼。过尽千帆皆不是,斜晖脉脉水悠悠。肠断白苹洲。

由于温庭筠的词人身份,被后人错为"小令",实际就是唐诗。擅长《竹枝歌》的刘禹锡对民间曲子情有独钟,也有《忆江南》,自注"和乐天春词,依《忆江南》曲拍为名"。

其一
春去也,多谢洛城人。弱柳从风疑举袂,丛兰裛露似沾巾,独坐亦含颦。

其二
春去也,共惜艳阳年。犹有桃花流水上,无辞竹叶醉尊前,惟待见青天。

清初沈雄《古今词话》有"'春去也'云云,刘宾客词也。一时传唱,乃名为《春去也》曲",可见中晚唐诗人据曲写作较为普遍。曲拍不变，曲名可据诗意而变，刘禹锡诗又名《春去也》。其他晚唐诗人如皇甫松、牛峤也作有《梦江南》，不予引述。

　　降至五代，曲词愈来愈世俗化，如敦煌密室发现的《望江南》"莫攀我，攀我大心偏。我是曲江临池柳，者人折折那人攀，恩爱一时间"。可见《望江南》曲子的普及情况。

　　南唐后主李煜又把《忆江南》提升到文人诗高度。如其一"多少恨，昨夜梦魂中。还似旧时游上苑，车如流水马如龙，花月正春风"；其三"闲梦远，南国正芳春。船上管弦江面绿，满城飞絮混轻尘，愁杀看花人"。

　　问：由白居易《忆江南》观照，唐人江南情结是很深的。

　　答：是的。江南乃环太湖富庶之地，文化上又是南渡后的衣冠之地，杜甫成年首游便是吴越，李白被辞退后也主要活动在江南。苏杭二州最为江南代表，据白居易诗，殷尧藩有《忆江南》三十章，"多叙苏杭胜事"。尧藩诗已失传，他如何描绘苏杭美景不得而知，但至少可知江南在诗人心中的地位。白居易晚年有怀念江南的《咏怀》"苏杭自昔称名郡，牧守当今当好官。两地江山蹋得遍，五年风月咏将残。几时酒盏曾抛却，何处花枝不把看。白发满头归得也，诗情酒兴渐阑珊"，亦可印证这一点。再如江南池州人杜荀鹤，《送人游吴》写"苏州之美"，"君到姑苏见，人家尽枕河。古宫闲地少，水港小桥多。夜市卖菱藕，春船载绮罗。遥知未眠月，乡思在渔歌"。一派水乡景象。白居易《杭州春望》写"杭州之美"，"望海楼明照曙霞，护江堤白蹋晴沙。涛声夜入伍员庙，柳色春藏苏小家。红袖织绫夸柿蒂，青旗沽酒趁梨花。谁开湖寺西南路，草绿裙腰一道斜"。足见"江南题材"对于唐诗是何等重要，"江南之美"成就了唐诗的多彩多姿。

　　问：曲子《忆江南》与唐诗关联已清楚。我又发现宋人辨识曲子及曲名多夹杂不清。你能否梳理一下？

答：实际唐宋以来，曲名便混乱不清，有必要追溯其源。先看王灼《碧鸡漫志》。

> 《乐府杂录》云："李卫公为亡妓谢秋娘撰《望江南》，亦名《梦江南》。"白乐天作《忆江南》三首，第一《江南好》，第二第三《江南忆》。自注云："此曲亦名《谢秋娘》，每首五句。"予考此曲，自唐至今，皆南吕宫，字句亦同，止是今曲两段，盖近世曲子无单遍者。然卫公为谢秋娘作此曲，已出两名。乐天又名以《忆江南》，又名以《谢秋娘》。近世又取乐天首句名以《江南好》。予尝叹世间有改易错乱误人者，是也。

王灼引段安节《乐府杂录》云此曲为李德裕为亡妓谢秋娘所制，目光局限于中晚唐，显然是片面的。《碧鸡漫志》最有价值的部分在于把曲子形式告诉我们，唐人曲子单遍五句，宋人一曲两段。

那白居易《忆江南》为何三叠联章呢？再看杨慎《词品》。

> 《望江南》，即唐法曲《献仙音》也。但法曲凡三叠，《望江南》止两叠尔。白乐天改法曲为《忆江南》。其词曰："江南好，风景旧曾谙。"二叠云："江南忆，最忆是杭州。"三叠云："江南忆，其次忆吴宫。"

"法曲"为隋代称法。这里先须说明唐代音乐机构，分朝廷和皇家宫廷两个系统。属于朝廷的是太常寺，监管雅乐和俗乐，大乐署与鼓吹署皆隶太常寺；属于宫廷的是教坊和梨园。开元二年（714）玄宗在内苑置"内教坊"，为宫廷燕乐表演培养音乐人才。玄宗酷爱法曲，又在"梨园"调教乐器演奏人员，学习法曲。法曲声音清雅，以"丝竹"为主，故称清雅大曲。陈旸《乐书》"法曲兴于唐，其声始出清商部，比正律差四律，有铙、钹、钟、磬之音。《献仙音》其一也"。《望江南》便在其中，"其声始出清商部"，当属南朝优雅的清乐系统。清商曲本汉魏以来中原旧调相和歌，因晋室播迁，流于江左，与南朝民歌"吴声""西曲"结合而成的曲子。既然法曲出自南朝清乐，那曲子就非《碧鸡漫志》说的"卫公为谢秋娘作此曲"。按杨慎说法，《望江南》最初两叠，传入宫廷教坊称《献仙音》凡三叠，所以白居易诗《忆江南》是依开元教坊法曲三叠进行创作的。将《忆江南》置于唐诗发展中看，它就是依教坊法曲创作的江南题材的文人诗。

至此已知，王灼考证的《望江南》唐以前便有了，它出于南朝江南民间清乐。

问：请梳理一下江南清商曲《望江南》的流变。

答：对今人来说，《望江南》就是"词牌"名称，对它的起源、流变疏于了解。可分阶段来谈。

第一，隋朝江南。据刘斧《青锁高议》后集卷五《隋炀帝海山记》"帝多泛东湖，因制湖上曲《望江南》八阕云：'湖上月，偏照列仙家。水浸寒光铺枕簟，浪摇晴影走金蛇，偏称泛灵槎。光景好，轻彩望中斜。清露冷侵银兔影，西风吹落桂枝花，开宴思无涯。'……帝常游湖上，多令宫中美人歌此曲"。

从节拍看，隋炀帝《望江南》与白居易《忆江南》节拍完全一致。但也有人质疑此曲由炀帝创制。一是隋代不可能出现双片体制。王灼《碧鸡漫志》、万树《词律》皆以《望江南》在唐五代多为单调，不分片。二是从隋唐曲子发展看，"曲子"是歌者口头传唱，最初都在民间流行，开元以后才自民间采入宫廷，因此一代帝王杨广创制湖上曲的可能性极小。

我认为，作为南朝民间清商乐，炀帝填写歌词，说得过去。这个曲子是江南地方曲，结合隋炀帝最后的经历，退居扬州江都，修治建康丹阳宫，后被令狐行达缢弑。他曾三次驻跸扬州，在江都度过最后的时光。这里有南朝繁盛的音乐与歌女，离建康不远，《望江南》题意是否为在扬州隔江相望取的曲名，这使我产生了想象和推测。从他频繁到江南，对江南的贪恋，推测他以江南地方曲填制《望江南》也不是不可能。

第二，开元教坊。王国维《唐写本〈春秋后语〉背记跋》云"德裕镇浙西在长庆四年，至太和三年入朝，凡六年……世所传小说《炀帝海山记》已有炀帝所作《望江南》八首（略）。《海山记》伪书固不足信……唐宋说部所谓某调创于某时某人者尤多附会。考崔令钦《教坊记》所载教坊曲三百六十五中有《望江南》《菩萨蛮》二调。令钦时代虽不可考，然《唐书·宰相世系表》中有国子司业崔令钦，乃隋恒农太守宣度之五世孙。唐高祖至玄宗五世，宣度与高祖同时，则其五世孙令钦当在玄、肃二宗之世。其书纪事迄于开元，亦足略推其时代。据此，则《望江南》《菩萨蛮》二词（调）开元教坊固已有之"。

他否定炀帝制作八阕《望江南》，认可崔令钦开元才有的记载。教坊是内宫仿效两汉官府采集民间音乐传统设立的机构。开元二年玄宗设左右教坊，教习清乐和俗乐，荟萃了大量民间音乐，《教坊记》所列调名多采自民间音乐。据此推，教坊集有来自南朝江南地方的曲子，故《望江南》开元以教坊法曲（清乐）流行是有可能的。别忘了，初唐的诗坛全来自江南，六朝诗歌笼罩着大一统的新王朝；江南的乐曲亦然，也流行于长安、宫廷。白居易便是通过长安教坊得到《望江南》曲调，才依曲拍以江南为题创作这类诗歌的。

第三，李德裕创作《谢秋娘》。晚唐段安节《乐府杂录》"《望江南》始自朱崖李太尉镇浙西日，为亡妓谢秋娘所撰。本名《谢秋娘》，后改此名。亦曰《梦江南》"。支持此说的还有明人胡震亨《唐音癸签》。清人沈雄《古今词话·词辩》也说"《古今词谱》曰：大石调曲，朱崖李太尉为亡妓谢秋娘作'望江南'。白居易思吴宫、钱塘之盛，作'江南忆'。刘禹锡作'春去也'，李后主作'望江梅'，冯延巳作'忆江南'"。

李德裕一生三次出镇浙西，在江南共历八年，对当地曲子必有掌握；宝历元年（825）李德裕有《霜夜对月听小童吹觱篥歌》，今只余残句，元稹、白居易、刘禹锡曾酬和之，可知他特爱音乐；他蓄养声妓，为心爱亡妓撰《谢秋娘》可能性大。他在江南听闻此曲，也可能便是谢秋娘常唱的曲调。至此或已清楚，李德裕《谢秋娘》取自江南，是他在为官之地吸收民间曲子，依曲拍填制而成的。故也可推知，此曲在江南地方流传有序，南朝以来从未消亡。

综上，《望江南》起源与传播如下。最初为南朝地方民间吴歌曲调，即汉族传统清商乐；炀帝获得此曲，取名文雅的《望江南》；降至开元，内教坊搜集民间曲子，由热爱清乐的玄宗取名《献仙音》法曲；殷尧藩、白居易依法曲填制《忆江南》；中晚唐时李德裕在江南觅得曲子，取名《谢秋娘》。隋唐每阶段都从江南采集曲子，所以从未间断的民间曲子才是《望江南》曲调的不竭之源。白居易依其曲拍，填制《忆江南》三叠，但这不同于宋人的三遍音乐。顺便说一下，从未断裂的南朝江南清商曲也直接诞育了后来的宋词。

问：曲子《望江南》的流传伴随着炀帝、玄宗、李德裕等的传说，其实也非传说，它观照了各时期吸收利用民间曲子的实况。《望江南》既出江南，自然有江南地域色彩与文化个性，和婉的清乐决定了白居易、温庭筠、刘禹锡、李煜此类题材的风格。

唐诗中的"问答诗"

问：唐诗中有许多"问答诗"吗？

答：是的。形式还很丰富呢！引问答入诗，作为诗歌艺术的表现形式，并不是开启于唐代，诗、骚之中即有此种形式了。如《诗经·郑风·溱洧》中有这样的几句话：

女曰观乎？
（姑娘："一道出去游玩，看看热闹好吗？"）
士曰既且。
（青年："我已经去看过了。"）
——且往观乎。
（青年："——但乐意陪伴你再去看看。"）
伊其相谑。
（于是俩人并肩说笑而去。）
赠以芍药。
（而且还彼此赠送香草。）

西周有严格的媒婚制，但在春季有例外，允许男女一年一次私会野合，突破官府限制。此诗便是写一对在春天野合的青年。诗中问答把青年男女的感情表达得十分细腻。在屈原的作品中，更有《天问》，诗人提了近一百七十个问题，充分表达了奇思异想，被评为"创格奇，设问奇，穷幽极渺奇，不伦不类奇，不经不典奇……奇气纵横，独步千古"（《屈骚心印》）。到了辉煌的唐诗之中，问答入诗更是形式大备。列举如下。

第一，有问有答。

崔颢《长干曲》：

其一

君家何处住？妾住在横塘。
停舟暂借问，或恐是同乡。

其二

家临九江水，来去九江侧。
同是长干人，生小不相识。

这两首诗完全是直陈问答，然而水上风情，不言自见；双方身家，不言可知；至于女方主动之情，男方乐爱之意，不言可会。全诗质朴、清新、自然，是问答入诗的名篇绝唱。

第二，自问自答。

刘禹锡《淮阴行》五首之四：

何物令侬羡，羡郎船尾燕。
衔泥趁樯竿，宿食长相见。

此诗写春天里，一位少妇送丈夫远行，深情不舍，万语千言又无从说起。诗人把缠绵不舍之语，化成了自问自答的形式，让女主人公自露心态，胜过那吐露相思的万千语句。

第三，问而不答。

李白《山中答俗人问》：

问余何意栖碧山，笑而不答心自闲。
桃花流水窅然去，别有天地非人间。

白居易《问刘十九》：

绿蚁新醅酒，红泥小火炉。
晚来天欲雪，能饮一杯无？

李白不愿答俗人的俗问，引问却不答，表现了他不愿与俗同流、清高淡远的品格。特别诗题点到的"俗人"，如果回答就随俗同流了。

问而不答在这里突出了诗人品格的高洁。

白居易向刘十九一问,把朋友间相知亲密的感情表达得十分细腻,无须作答,诗境已经完美。此处的问而不答,有无声胜有声的含蓄效果。

第四,问中有答。

罗隐《蜜蜂》:

不论平地与山尖,无限风光尽被沾。
采得百花成蜜后,为谁辛苦为谁甜?

此诗结句用"设问"形式,诗中答案,无须道出,已自明了。至于设疑欲答,但又并非必答之诗,在问答诗中更为普遍。

张旭《桃花溪》:

隐隐飞桥隔野烟,石矶西畔问渔船。
桃花尽日随流水,洞在清溪何处边。

朱庆余《近试上张水部》:

洞房昨夜停红烛,待晓堂前拜舅姑。
妆罢低声问夫婿,画眉深浅入时无。

杜牧《寄扬州韩绰判官》:

青山隐隐水迢迢,秋尽江南草未凋。
二十四桥明月夜,玉人何处教吹箫。

真正的有疑欲答也有通过诗歌来表现的,如韦承庆《雨中咏雁》。

> 万里人南去，三春雁北飞。
> 不知何岁月，得与尔同归？

王维《杂诗》被王文濡《唐诗评注读本》评曰："通首都是询问口吻，而游子思乡之念，昭然若揭。"其诗如下。

> 君自故乡来，应知故乡事。
> 来日绮窗前，寒梅著花未？

作为一种艺术表现手法，设疑欲答而又并非必答之诗，唐诗中用得极为广泛。这一类诗，大多用于绝句，绝句诗小、短、精，便于留出艺术空白，让读者用联想思维去填补，造成余韵无穷的境界。

此外，还有一种很特殊的问话诗，选语奇特，全诗句子都由问话组成，自然潇洒，表达一个完整的意思。以下是皇甫冉的《同李二司直所居云山》。

> 门外水流何处？天边树绕谁家？
> 山色东西多少？朝朝几度云遮？

这种形式的诗，写的人就更稀少了。

唐诗中的"叠字诗"

问：请谈谈唐代诗人中谁最喜用"叠字诗"。

答：叠字诗是诗句或整体都用叠字的诗，叠字现象又叫重言，故也称"重言诗"。它除了造成双声叠韵的音乐美之外，字的重叠又附加了意义，也可增强诗人情感表达的效果。徐师曾《诗体时辨》说"按古诗《青青河畔草》凡十句，而前六句皆用叠字，《迢迢牵牛星》亦十句，而首四句、尾二句皆用叠字，然末有以叠字成篇者。后人仿之，始有此体"。喜用叠字比较突出的唐代诗人是诗僧寒山。请先读他一首《杳杳寒山道》。

杳杳寒山道，落落冷涧滨。
啾啾常有鸟，寂寂更无人。
淅淅风吹面，纷纷雪积身。
朝朝不见日，岁岁不知春。

这八句诗，每句的首二字都是叠字，用得够多。他的写景诗很喜欢用叠字，常常是或前或后，或连缀或间隔采用叠字。而这首通篇很规范地用叠字，却十分少见。《诗经》、乐府诗等善用叠字，也不过有一二句为之。如果作为一种艺术表现手法，寒山此诗可算继承传统而又有所创新。明人顾炎武在《日知录》中说："诗用叠字最难，《卫风·硕人》……在四言诗中连用六叠字，可谓复而不厌，赜而不乱矣。"他提出了用叠字的准则，即复而不厌，赜而不乱。自然，其意是用叠字要贴切善变。此诗第一句"杳杳"，具有苍茫高远感；第二句"落落"，呈现萧疏空近感；第三句"啾啾"，是有声感；第四句"寂寂"，是无声感；第五句"淅淅"，有动态感；第六句"纷纷"，有飘飞感；第七句和第八句"朝朝""岁岁"，都指时间，是漫长感。叠字的运用各有归附——或山，或水，或鸟，或人，或风，或雪，或情。这些个别的事物被诗人统一组成一幅整体画，意象鲜明，我们读来，只觉寒意浸浸。他用景物写出气氛，衬托心情，寒山景、寒山人、寒山心都在其中。就所用叠字而论，除各有归附、具其情状外，词性有形容词、副词、象声词、名词，各种变化，字虽重叠而不厌，繁赜而不乱。

再看寒山另一首叠字写景诗《独坐常忽忽》。

独坐常忽忽，情怀何悠悠。
山腰云缦缦，谷口风飕飕。
猿来树袅袅，鸟入林啾啾。
时催鬓飒飒，岁尽老惆惆。

这就不能不说是寒山有意通过叠字创造一种新路。和第一首不同的是八句叠字全运用在句末。此诗中间四句写寒山地域的景物，开始的第一、二句用"忽忽""悠悠"与最后的第七、八句用"飒飒""惆惆"形成一条内隐的时间线索，前后呼应，其意象尤其让人看清了"寒山人""寒山心"以及"寒山的性情"。

叠字的整饬，已经从外在形式上显示出结构工巧，而内在的结构工巧尤有特色。以第一首而论，那首"寒山图"是直观的，选取了山、水、鸟、人、风、雪等物；首二句是从视觉角度写寒山，有山有水，山水相间又远近配合。"杳杳"言寒山高远，"落落"写近处寒涧空旷；第三、四句是从听觉角度写寒山，"啾啾"和"寂寂"相应，动静相关，"有鸟"与"无人"对衬，是以有声的鸟衬托无人的静，两句用了以实衬虚的手法；第五、六句是从感觉角度写寒山，写寒山风雪，从动态落笔，虚写寒山的静。上述的意象组合，视、听、感层次分明，虚实相生、动静相关，可谓匠心工巧。最后第七、八两句尤妙，"朝朝""岁岁"同是时间，但在叠字使用上同中有异，"朝朝"是收束寒山之景，"岁岁"是点破寒山之心。"朝朝""岁岁"一经叠用，在诗中便显出时间的无限延长和心情的执着、守一，诗的幽寒就更清深。寒山此诗叠字的运用和层次的分明，充分显示了从形式到内容的结构美，叠字还造成音韵的和谐美，叠字又大大增强了表现感情的浓度。那脍炙人口的名句如刘希夷《代悲白头翁》的"年年岁岁花相似，岁岁年年人不同"，上下句之间，那回环往复的叠字，使结构形态和音韵都达到双美的境界。

问：听你谈来，这"叠字诗"真有一些意思了。那么，还有其他突出地用叠字的诗和诗人吗？

答：有，那是晚唐大中时期的一个名叫刘驾的诗人。他有几首被陆莹《问花楼诗话》称为"意新调别"的叠字诗，颇有独创意识，现在抄录如下，可见他运用叠字对诗的新形式的追求。

《春夜二首》：

其一

一别杜陵归未期，只凭魂梦接亲知。
近来欲睡兼难睡，夜夜夜深闻子规。

其二

几岁干戈阻路岐，忆山心切与心违。
时难何处披衷抱，日日日斜空醉归。

《邺中感怀》：

顷年曾住此中来，今日重游事可哀。
忆得几家欢宴处，家家家业尽成灰。

《晓登成都迎春阁》：

未栉凭栏眺锦城，烟笼万井二江明。
香风满阁花满树，树树树梢啼晓莺。

《望月》：

清秋新霁与君同，江上高楼倚碧空。
酒尽露零宾客散，更更更漏月明中。

五首七绝诗，每首第四句都重叠三字，《晓登迎春阁》一首连上句末共叠四字。这绝非偶然，他显然有意在尝试、创造一种新格。但切莫以为诗人在玩弄叠字技巧，刘永济《唐人绝句精华》专就叠字最多的《晓登成都迎春阁》评曰："此诗写出城市晓景，如在目前，人但能赏其能用叠字，未免皮相。"

刘驾创此叠字格的诗，后人也有仿效采用。如宋人司马槱《无题二首》："春愁满纸无多句，句句句中多为君。""频见樽前浑不语，心心心在阿谁边？"虽未形成大流，但我们不能不承认这是唐诗中的一种新路。

最后补充一点，叠字诗并不是刻意的技巧，优秀的诗都是水到渠成的艺术。如李白《秋浦歌》其十"千千石楠树，万万女贞林。山山白鹭满，涧涧白猿吟。君莫向秋浦，猿声碎客心"，一气呵成，不见刻琢痕迹；王建《宛转词》"宛宛转转胜上纱，红红绿绿苑中花。纷纷泊泊夜飞鸦，寂寂寞寞离人家"，比李白一字单叠的诗句多了一重叠字，成了双叠，诗中造景逗趣、别出机枢。唐人之后，叠字体影响宋、元词曲甚多。

唐代的"行卷诗"

问：行卷诗是唐代普遍的诗歌现象吗？

答：行卷诗与行卷之风密切相关，它是唐代科举文化现象。科举作为人才制度的创新，虽立于隋，却在唐代才开花结果，实现其价值，为朝廷输送了大量人才。这一贯穿唐代的制度，衍生了盛行两百余年的行卷风气，并与文学发生了千丝万缕的联系，行卷诗更大放异彩。唐代科举注重考察士子的文辞水平，诗赋最能显示个人才华，故高质量的行卷诗为唐诗繁荣做出了巨大贡献。

科举是"学而优则仕"制度,"学"主要体现在文章水平上。但初唐很长时间内,进士考试与诗赋文章无关。科考项目,几经更易才固定下来。据《通典·选举三》"其初止试策,贞观八年诏加进士试读经史一部。至调露二年,考功员外郎刘思立始奏二科(进士、明经)并加帖经,其后又加《老子》《孝经》,使兼通之"。到武则天,才由试策文一场,改为试帖经、杂文、策文三场,并逐渐成为定制。

清楚考试规定,对认识行卷文体非常必要。最初杂文涵盖广泛,含诗赋、骈文、散文等,相应地行卷文体也无限制。后来进士科渐重文辞,杂文便只试诗赋。考试内容变动影响行卷文体,考生用于表现个人才华的行卷作品就以诗歌为主了。

问:何为行卷?
答:关于唐人行卷,见计有功《唐诗纪事·裴说》。

唐举子先投所业于公卿之门,谓之行卷。

宋人程大昌《演繁露》记载如下。

唐人举进士,必行卷者,为缄轴录其所著文以献主司也。其式见李义山集《新书·序》云:"治纸工率一幅以墨边准(今俗呼解行也),用十六行式(言一幅解为墨边十六行也)。"率一行不过十一字。

从程大昌的材料看,后世书画装裱格式的形成,可能就始于唐人行卷形式,它促进了一个传统行业的繁荣,可见有唐一代裱褙制作"卷子"影响之深远。

明人胡震亨《唐音癸签·进士科故实》也对行卷详述如下。

举子麻衣通刺,称乡贡。由户部关礼部,各投公卷,亦投行卷于诸公卿间。旧尝投今复投者曰温卷。礼部例得采名望收录。凡造请权要,谓之关节。激声扬价,谓之往返。士成名多以此。

但并非每位举子都会得到回应,那些"戴破帽,骑蹇驴"的举子,一无背景,二无举荐,投卷如石沉大海,便要向被行卷的公卿温卷。温卷,是再行卷,以引起投赞对象关注。

举子可随意选择行卷对象,属"私卷"行为。"公卷"则是官方规定每位举子必须上交的文卷,考前向礼部交纳。见元结《文编序》。

> 天宝十二年,漫叟以进士获荐,名在礼部,会有司考校旧文,作《文编》纳于有司……侍郎杨公见《文编》,叹曰:"以上第污元子耳,有司得元子是赖。"……明年,有司于都堂策问群士,叟竟在上第。

这是元结交纳省卷得到赏识的例子。与"公卷"相比,不受约束的"私卷"数量巨大,它们是后世唐诗总集的基础材料来源。

问:唐人行卷算通关系、走后门吗?

答:行卷在今天看来似乎是不正之风,但在唐代不算。行卷的好处在于让考官全面了解考生才学。应试举子之所以向王公大臣行卷,是因为这些人最接近省试官员。正是所有举子均要行卷,不仅行公卷,还行私卷,故也就不算走后门。仅凭一首考场省题诗,被录取概率极低,所以唐代没有不行卷的举子。

问:行卷对象都是何人?

答:举子要提高及第率,行卷对象极为考究,要全面了解对方的身份地位、政治派系与出身。首先,达官贵人是首选,有话语权,推荐有分量。其次,社会名流,能掌控舆论导向,尤其是有一定影响力的文坛盟主。见《玉泉子》。

李德裕为以己非由科第，恒嫉进士举者。及居相位，权要束手，德裕尝为藩府从事日，同院李评事以词科进，适与德裕官同。时有举子投文轴，误与德裕。举子既误，复请之曰："其文轴当与及第李评事，非与公也。"由是，德裕志在排斥。

李德裕中唐名相，按理举子会踏破铁鞋，争先恐后行卷。但作为传统贵族，他与杜甫、李商隐一样，对科第颇为不满，极其反感平民新贵势力，这亦是牛李党争的逻辑，自然不会有举子向他行卷，他更不会向知贡举推荐。

行卷对象还有主司。《太平广记·李固言》引《蒲录记传》，记载如下。

　　是岁元和七年，许孟容以兵部侍郎知举。固言访中表间人在场屋之近事者，问以求知游谒之所。斯人且以固言文章，甚有声称，必取甲科。因绐之曰："吾子须首谒主文，仍要求见。"固言不知其误之，则以所业径谒孟容。孟容见其著述甚丽，乃密令从者延之，谓曰："举人不合相见，必有嫉才者。"使诘之，固言遂以实对。孟容许第固言于榜首，而落其教者姓名。

元和七年，李固言遭人误导，投献知贡举许孟容。举子与主司不能私会。但献纳的文章，颇受赞赏，还许以榜首。

问：行卷作品有哪些形式？

答：凡行卷，作品内容形式尤为重要。当场省试的作品，受到束缚，过于死板，历来为人诟病。行卷则不然，举子投出的卷轴是最得意之作，没有限制，有足够时间精力创作最优作品。

行卷文体没有要求，百花齐放，对诗歌、传奇、古文等的发展具有推动作用。如唐中后期传奇的兴盛，据南宋赵彦卫《云麓漫钞》载：

唐之举人，先藉当世显人以姓名达之主司，然后以所业投献。逾数日又投，谓之温卷。如《幽怪录》《传奇》等皆是也。盖此等文备众体，可以见史才、诗笔、议论。至于进士则多以诗为贽，今有唐诗数百种行于世者，是也。

可见唐人行卷种类颇丰，诗、赋、文乃至传奇均可。依举子擅长，给了宽阔选择。皮日休以《皮子文薮》行卷，不但涵盖文学诸体，还旁及经学、史学等方面。

问：请谈谈唐人行卷之风的由来。

答：举子行卷之风起于何时，并无记载，但基本可知玄宗时期便已流行。这与进士科渐重文辞，及地位提升有关。行卷之风，与考选形式分不开。

第一，不糊名的规定。唐代科试不糊名，公开透明，避免暗箱操作。糊名，不公开，反容易串通作弊。既然不糊名，主司取舍便要参考举子平时表现。开考前，举子须向礼部交纳省卷。为求一第，举子便会想方设法冀求延誉，向达官贵人投递私卷，展现试场里不能尽展的才学，自然促进行卷之风大流行。行卷不仅给了举子机会，也让主司评判简便准确，避免讥议。

第二，通榜惯例。与主司关系密切的人可"通榜"，即直接推荐。他们的言行会影响主考决断，左右及第名单和名次。如贞元八年（792）陆贽知贡举，"梁补阙肃、王郎中础佐之。梁举八人无有失者，其余则王皆与谋焉"，崔元翰亦向他"推荐艺实之士"（《唐会要·缘举杂录》）。如此大环境，激发了唐人竞相行卷之风。

问：行卷何以长盛不衰？

答：确乎，这一科举制产物，何以兴旺两百年，值得探析。

第一，行卷与科举各科中出路最好、含金量最高的进士科紧密联系。唐承隋制，科举作为选拔人才的制度，在贞观年间，基本原则和实施办法才大体确立。

科举，分科举人。《新唐书·选举制》"其天子自诏者曰制举"，制科由皇帝临时下制诏行，随意性大。因此，制科更像是为世家子弟准备的，并非多数平民举子的途径。

常科，"常贡之科"，有秀才、明经、进士、明法、明算和明书等科目。最初进士科不受重视，秀才科才是最高等第，但要求过高，录取太少，应者寥寥，永徽初年停选。明法、明算、明书科，为少数专才而设，明书、明算不能高升，只有明法出身可做到高级官员，士子对这几科兴致索然。到武则天时，科举取士便只有进士、明经两科了。

明经与进士并列，但及第难易程度及地位却不同。从录取人数看，每年参加进士和明经考试者有千人。进士及第百分之二三，约二三十人；明经及第百分之一二十，录取一百到两百人之多。从考试内容看，二科各有侧重。明经，以经义为主，只需通二经。除此之外，明五经、童子科，中晚唐设立的三礼、三史、三传等科，都算明经。进士科以诗赋取士，应试者须有广博知识和相当的才华，所以唐诗繁荣与此不无关系。

行卷之所以与进士科而不与明经科关联，一方面明经及第容易，无须在行卷这种劳心费神的外闱活动上下功夫；另一方面明经在于经书熟悉程度，而这种熟悉是无从通过行卷来展示的。《唐摭言》记载：

> 进士科始于隋大业中，盛于贞观、永徽之际。缙绅虽位极人臣，不由进士者，终不为美，以致岁贡常不减八九百人。其推重谓之"白衣公卿"，又曰"一品白衫"，其艰难谓之"三十老明经，五十少进士"。

"三十老明经，五十少进士"形象地道出唐人心目中二者的不同含金量。

第二，行卷是外闱诗歌活动，与取士重诗赋紧密关联。及第关键在考生文辞的优劣。进士科到玄宗时期才逐渐定型，诗赋为主，策问次之。以后进士便始终以文辞为中心，从未中断，因此表现举子文学才能的行卷之风也未曾中断，直至入宋。

就举子水平而言，一场考试定终身，往往不能准确反映其才学。《旧唐书·韦陟传》：

> 曩者，有司取与，皆以一场之善登其科目，不尽其才。陟先责旧文，仍令举人自通所工诗笔，先试一月，知其所长，然后依常式考核。片善无遗，美声盈路。

主考官员也知"以一场之善登其科目，不尽其才"之弊，天宝元年（742）韦陟设立纳卷制。考生试前"自通所工诗笔"，向主考呈献作品，再"依常式考核"。纳省卷使主司多了一种了解举子才能的手段。然而随着应试人数的持续增加，省卷成千累百积压在主司案头，就算有心考察，也无力对卷轴进行严肃核查。因此，主考决定录取名单时，社会评价是重要依据。故举子所重，仍在向达官贵人行私卷这一面。

行卷是举子之间的竞争，自然对自己作品要求高。李肇《国史补·叙进士科举》：

> 退而肄业，谓之过夏；执业而出，谓之夏课。

落第举子要"夏课"，重新准备，更新作品，这有助于个人创作水平的提高。因此行卷受到社会接受，最能客观反映举子的文学才能，行卷风靡也就必然。

问：该谈行卷诗了吧？

答：对行卷者来说，行卷诗均是呕心沥血、精心结撰之作，反复考量，不断淘汰，可谓精品中的精品，名作颇多。据说《唐百家诗选》便是一部行卷诗选集，为王安石搜集编纂，估计宋代朝廷还有大量保留。

第一，行卷诗的特点。

一是选材自由。省题诗受现场各种限制，佳作甚少。钱起"曲终人不见，江上数峰青"（《湘灵鼓瑟》），祖咏"终南阴岭秀，积雪浮云端。林表明霁色，城中增暮寒"（《终南山望余雪》），便是佼佼者，但放到整个唐诗中又算不得上乘。这些诗，基本只有名句，未出名篇。而行卷诗来自举子平常积累，题材自由，有感而发。有的投献，不一定为科第，挑选好诗示人，也必是最得意、最能表现个人才学的诗。如崔颢《黄鹤楼》。

> 昔人已乘黄鹤去，此地空余黄鹤楼。
> 黄鹤一去不复返，白云千载空悠悠。
> 晴川历历汉阳树，芳草萋萋鹦鹉洲。
> 日暮乡关何处是，烟波江上使人愁。

这是一首怀乡题材的行卷诗，题黄鹤楼，抒发乡愁。诗看似前后两截，实则一气转折，一贯到底。《唐才子传》说李白登楼赋诗，为之敛手，"眼前有景道不得，崔颢题诗在上头"。传说或为附会，倒说明行卷诗被人悬挂、昭示天下的事实。而以制作卷轴方式行卷，又促进了古代书画装裱业的发展，从中可以看出行卷之风对书画行业发展的贡献，这是行卷衍生的文化现象。古代书房除文房四宝，通常还有一个大缸盛放卷轴。

二是内容新奇。每年行卷人数众多，求新求奇，特别突出，方可促使投赞对象向主司举荐。王谠《唐语林·文学》引刘禹锡：

> 牛丞相奇章公初为诗，务奇特之语，至有"地瘦草丛短"之句。明年秋，卷成，呈之，乃有"求人气色沮，凭酒意乃伸。"益加能矣。明年乃上第。

标新立异，对诗艺进步是有益的。杜甫迷恋佳句"语不惊人死不休"，《南部新书》乙卷有以下记载。

> 长安举子，自六月以后，落第者不出京，谓之过夏。多借静坊、庙院及闲宅居住，作新文章，谓之夏课。……七月后，投献新课。……人为语曰："槐花黄，举子忙。"

行卷作品每年更新，有利于举子在创作中不断吸收新题材，不断更新也为唐诗数量繁荣打下基础。新颖题材，如张籍《送海客归旧岛》。

> 海上去应远，蛮家云岛孤。
> 竹船来桂浦，山市卖鱼须。
> 入国自献宝，逢人多赠珠。
> 却归春洞口，斩象祭天吴。

方回《瀛奎律髓》评"唐以诗赋试进士，先以诗为行卷。如此等话，或本无其人，姑为是题，以写殊异之景，故皆新怪可观，如送流人、寄边将之类，皆是也"。"新怪"，即刻意为之的新奇之作。这类殊异题材，虽非举子亲身体验，但也有一定的社会基础，是对现实生活的感应。诗不仅有浪漫想象，也有浓厚的地域色彩，便能得到公卿回应。

第二，行卷诗贡献。

行卷风行两百多年，比如行卷时，举子挑选得意之作装裱成卷轴，向达官贵人投赠,这种以卷轴行卷的形式,就对古代书画裱褙业的发展做了贡献。传统诗书画都以卷轴形式保存,从中可窥见行卷波及之广泛。但贡献最大的是文学。

一是行卷为后世留下了大量优秀的诗歌。作为仕途敲门砖,行卷诗都是平生得意、精益求精之作,留给后世许多传世诗歌。据傅璇琮《唐代科举与文学》记载,唐代进士行卷诗是《唐百家诗选》的主要来源,含有七十多位进士作品。

白居易《赋得古原草送别》就是行卷顾况,得到推重。张固《幽闲鼓吹》有以下记载。

> 白尚书应举,初至京,以诗谒顾著作。顾睹姓名,熟视白公,曰:"米价方贵,'居'亦弗'易'。"乃披卷,首篇曰:"咸阳原上草,一岁一枯荣。野火烧不尽,春风吹又生。"即嗟赏曰:"道得个语,'居'即'易'矣。"因为之延誉,声名大振。

诗题送别,以野草生生不息的生命力,寄托对即将远行友人的勉励。"远芳侵古道,晴翠接荒城。又送王孙去,萋萋满别情。"积极向上的立意,一洗缠绵悲伤。

二是行卷诗数量庞大,必然提升唐诗质量。唐代历近三百载,行卷风流两百年,留下的行卷诗数量浩繁。

进士常科每年一取,各地赴京应试,落第滞留再考,有千人之数。按投一卷至两卷,数量便达一两千卷。为增加及第概率,举子不止向一人行卷,也不会只投两卷。如皮日休《文薮》有两百多篇,杜牧行卷的诗也有一百五十首之多。见微知著,若不计流失,积两百余年产生的唐诗,为后世诗歌编纂提供了丰富素材,堪称唐诗总集的主要来源。不过分地说,没有行卷就无唐诗的繁荣。《全唐诗》除去个人诗集,百分之八十都是行卷诗。

行卷名篇,如李贺《雁门太守行》、卢伦《和张仆射塞下曲》、王昌龄《出塞》、李颀《古从军行》,脍炙人口、芳名代传,他们行卷的故事都在《唐摭言》《幽闲鼓吹》《北梦琐言》《唐诗纪事》中留了下来。

三是行卷诗的传播方式,有利于诗歌的传承保护。作为一代文学标志,行卷诗在应试举子、达官显贵、士人、文坛领袖中传播,随他们履迹、社交与声望,以不可思议的方式散布,对唐诗普及起到积极作用。文化长河中优秀作品的最大敌人就是在流传中失传,这种例子太多了。可以说,后世保存如此巨量,行卷传播是主因。比如一些优秀的行卷诗,流入名家之手,不易消失,便于收集。在媒介不发达的时代,这种广泛流播的更大价值在于传承保护,许多诗人的诗歌就是通过行卷而获得强大生命力。

唐代每年产生的行卷诗,积二百年之久,刨除流失,仍有巨量,编纂诗集,选家无须太费心神便能选出个中佳作。今天保留下来的唐诗大部分是行卷留下的,为编辑唐诗总集奠定了基础。同时我还发现,在没有行卷风气的初唐,诗歌数量不多,主要是宫廷应制诗、六朝宫体余绪。中晚唐留诗最多,皆行卷之功。若仅是个人自编集,家庭秘传,限于传播掣肘,不能广播人口,一旦遭遇天灾,毁失便是必然。唐代文献一千多年大量损毁便是天灾人祸,所以未经行卷传播,反而易于消亡。一部《全唐诗》个人诗集占比不高,绝大多数为行卷诗,它们散落于民间,广泛流传,降低了失传的风险。自天宝元年规定交纳的省卷,堆积如山,也是编集宝库。如唐人选唐诗《河岳英灵集》《中兴间气集》等即是以公卷为基础并及私卷编辑的本子,姚合所称的"射雕手"(《极玄集》)就是指科场行卷人。所以《全唐诗》编集,行卷诗贡献卓著。你也许要问,唐诗总集何以分辨不出行卷诗的影子呢?这便是宋以后,时人喜窜改前人诗题的问题了。但我们还须明白,行卷诗一千多年来不可逆转散佚的事实，不夸张地说，今天见到的全唐诗，可能是总体的几十分之一。

四是创作行卷诗提高了个人文学修养，形成全民尚诗的风气。闻一多称"诗唐"，诗歌高度繁荣成了朝代代名词。它是整个社会集体作用、良性循环的结果。朝廷会考，诗赋取士，诗文是丈量个人能力的尺度，是立身资本，是向上实践理想抱负的阶石。优秀作品一旦获得赏识，一举登第，便平步青云。行卷还改变了士人的日常习惯，彼此相见，首先便以诗示人，这样的较技，不仅有利于举子自我提升，对文人社交、诗歌发展也很重要。杜甫是比较早编辑个人诗集的诗人；到中晚唐时已成风气，比如《元白长庆集》；许多诗人将平生所作按类编辑，请人抄写，或交后人保管，或交国家图书馆收藏，或藏于佛道寺观。优秀行卷诗对平民阶层也产生影响，既提高了民族素养，使中华民族成为诗意民族；又使诗歌成为交际工具，交往是以诗会友。这种时代气质与唐人行卷分不开。王昌龄、孟浩然、白居易等许多因行卷时有佳作传出、名动文坛的诗人，都成了诗坛名家。

问：所以行卷作为科举衍生物，在唐代极度盛行，它不仅增加了应举士子及第概率，对朝廷选拔真才实学人才具有积极作用。从行卷活动中士子展现的作品和社会风尚，也可见出唐人精神风貌。

答：是的。

唐诗中的"示儿诗"

问："示儿诗"，古人诗歌分类为何没有这一品类？

答：确乎，分类未列出，不代表没有。唐以前这一题材诗作数量不多，难以立类。宋末元初方回《瀛奎律髓·卷四十一》列有"子息类"，但不算以教育为目的的、严格意义上的示儿诗。

"示儿"是家庭内部长辈对晚辈的教育，以父传子受的方式进行。示儿诗并不全是写给子女的，有时"示儿"又概指家族"后辈"，子、女、弟、侄、甥、孙皆可囊入。

　　示儿诗与古代社会重家风的教育有直接关系。西周贵族社会的形成正是依赖良好的家风、家教，并逐渐凝结为后世的"家训文化"。这种教育由上而下，由内及外。如周公与成王，在内是家族长辈与晚辈的叔侄关系，在外是臣与君的关系，周公训导成王既是家教又是国教，《尚书》中《无逸》《立政》便是周公对成王的"指教"。

　　问：从文化长河看，以诗教子，是很文艺的现象，它产生的原因呢？

　　答：确乎有必要将示儿诗放到历史长河中考察。上古"五帝"禅让和家学世传的现象，已种下家教文化的种子。到了西周，文王教武王，武王教成王，成王教子弟，开启了家学文化的传承。周公吸取殷商教训，在家教中注入王室（宗庙）隆替的内容，使家教上升到家国情怀的国教高度。家学兴盛，又促进了世家大族的出现。降至汉，独尊儒术，儒家思想成为社会的主导文化，并借助家教平台，在贵族中得到贯彻，如"咏世德之骏烈，诵先人之清芬"（陆机《文赋》）。再到三国，曹操、刘备帝王家训，韦贤父子、司马谈父子、杨震父子德业家训，诸葛亮、陆逊、嵇康、阮籍名臣家训，家教文化于这一时期继续发展。魏晋南北朝及隋唐，出现了仕宦家训教材《颜氏家训》；汉代察举及魏晋九品中正制巩固了流传有序的贵族之家的社会地位，这一时期成了中华家学文化的成熟期。下至宋代，以科举建立文官官僚体系举措，培育了大量读书之家。平民社会本相实是官本主义社会，自然"万般皆下品，唯有读书高"。由此宋代家学文化臻于鼎盛，并影响后世家学文化的发展。

　　最初家教文化是以语录体形式反映的。对家族子弟教育多是口头训诫，经后人追记流传，如《尚书》《论语》《孟子》《荀子》《左传》

《国语》《战国策》均蕴藏丰富的家教内容。汉代以后，出现书信文体或面呈文稿形式进行传承教育的"戒子书"，如西汉孔藏《戒子琳书》、刘向《戒子歆书》，东汉马援《戒兄子严、敦书》、郑玄《戒子益恩书》，三国诸葛亮《戒子书》，南朝刘宋王僧虔《戒子书》。而自成体系的家训著作，则以由北周入隋的颜之推《颜氏家训》为始。

以诗歌形式进行家教，更是诗教传统。示儿诗在西周初已出现。朱熹认为《大雅》中的《文王》《大明》便是周公诫成王所作。《诗集传》解《大雅·文王》"周公追述文王之德，明周家所以受命而代商者，皆由于此，以戒成王"。余培林《诗经正诂》说"观诗中文字，恳切叮咛，谆谆告诫……至此诗之旨，四字可以尽之，曰'敬天法祖'"。再如《大雅·荡》托文王以"靡不有初，鲜克有终"告诫子孙立身处世要善始善终。《小雅·小宛》长兄"夙兴夜寐"告诫兄弟传承祖德，弘扬家风。到西汉韦玄成、东方朔，东汉刘桢都有家训诗，如韦玄成《戒子孙诗》，祖述先德，规诫子孙昭续家风"以蕃汉室"。韦玄成教育思想，与周公"周虽旧邦，其命惟新"的家教一脉相承，为兴邦定国的家国情怀。汉乐府《长歌行》"少壮不努力，老大徒伤悲"，也属教子诗。

> 青青园中葵，朝露待日晞。
> 阳春布德泽，万物生光辉。
> 常恐秋节至，焜黄华叶衰。
> 百川东到海，何时复西归。
> 少壮不努力，老大徒伤悲。

再到西晋，潘岳《家风诗》、左思《娇女诗》家教中贯注了浓厚的亲情。这一阶段"家教诗"为《诗经》四言形式，诗旨不再宏大，从"传家兴邦"转为"家道颖颖，岂敢荒宁"。从《诗经》至汉初再到西晋，诗旨由大到小，是"示儿诗"早期发展中内容的微妙变化。转至东晋，陶渊明有《命子》《责子》等家训诗。南北朝时期家教文化的发展与兴盛，对世家大族的保持和凝聚至关重要。到了唐代，杜甫、韩愈、白居易、李商隐都有示儿诗。至此，传统家教文化表现形态的"示儿诗"真正成熟。入宋以后"读书之家"的出现，更将它发扬光大。

问：示儿诗在唐代的创作情况怎样？

答：进入唐代，太宗偃武修文，开文教之风。《旧唐书·文苑传》"爰及我朝，挺生贤俊，文皇帝解戎衣而开学校，饰贲帛而礼儒生"。文教之策促进家教发展，当然也离不开王公贵族的重视。唐代是历史上最后的贵族社会，前期传承有序的世家大族掌控社会，重门第，重家风传承，以儒学教育子弟。如太宗时"以儒学多门，章句繁杂，诏国子祭酒孔颖达与诸儒撰定《五经》义疏，凡一百七十卷，名曰《五经正义》，令天下传习""学生能通一大经已上，咸得署吏"（《旧唐书·儒学传》），形成唐前期尊儒重教的社会共识。

随唐诗成熟，重门第、述家风的"示儿诗"，逐渐摆脱枯燥说理，有了浓郁家庭亲情元素。如杜甫《元日示宗武》《熟食日示宗文宗武》《示侄佐》《示从孙济》、韩愈《示儿》《符读书城南》《赠族侄》《示爽》、白居易《新构亭台示诸弟侄》《狂言示诸侄》、元稹《寒食日毛空路示侄晦及从简》、李商隐《骄儿诗》等，亲情浓烈，不再拘泥于单纯说教。

杜甫要求儿子精研诗书文章，弘扬圣贤绝学，传承"奉儒守官"家风。大历三年（768）元日在夔州，宗武十五岁，作"示儿诗"《元日示宗武》《又示宗武》。两诗意味深长，不仅有一般知识教育，更有对性情、人格、志向的培养。比如《又示宗武》。

觅句新知律，摊书解满床。

  试吟青玉案,莫羡紫罗囊。
  假日从时饮,明年共我长。
  应须饱经术,已似爱文章。
  十五男儿志,三千弟子行。
  曾参与游夏,达者得升堂。

  诗中引用了"紫罗囊"典故。东晋谢玄少好佩紫罗囊,叔叔谢安看见,觉得是不好习气,便将香囊烧了。杜甫以此教育宗武"应须饱经术,已似爱文章",读书进学,修身养德。"诗是吾家事",他的"示儿诗"境界,唐代无人可及。

  孟浩然一生未仕,以处士终结。他出生于传统家庭,或为东晋孟怀玉后人。有《送莫甥兼诸昆弟从韩司马入西军》"念尔习诗礼,未曾违户庭",外甥投笔从戎,诗人寄语,"壮志吞鸿鹄,遥心伴鹡鸰""所从文且武,不战自应宁"。中华文化有两条河,一条是孔子总结的儒家贵族精神,一条是汉代形成的"威加海内兮归故乡,安得猛士兮守四方"的"神武"精神。文武双全,成了家庭教育的重要内容。

  白居易家教充满亲情,三十八岁得女金銮,三岁病折;四十二岁再得阿罗。他将精力倾注于女儿教育上。阿罗二十岁嫁谈姓人家,生育一女。白居易高兴地为外孙女起名"引珠",满月时,亲赴谈家贺喜,有《小岁日喜谈氏外孙女孩满月》,把挚爱浓缩成哲理诗句,在生男生女问题上,"怀中有可抱,何必是男儿",这种观念,在那一时代确乎不多见。

  韩愈有两首示儿诗,一是元和十年(815)的《示儿》,一是次年的《符读书城南》。《示儿》"始我来京师,止携一束书。辛勤三十年,以有此屋庐",这种教育很实在,"诗以示儿曹,其无迷厥初",不忘过去。《符读书城南》是写给在城南别墅读书的儿子韩符的，诗既指出读书之重要，又强调勤读之可贵。对于韩愈示儿诗的立意，后世批评颇多，苏轼说"退之示儿云云，所示皆利禄事也"。北宋邓肃"用玉带金鱼之说以激之，爱子之情至矣，而导子之志则陋也"。支持也多，如朱彝尊评《示儿》"率意自述，语语皆实，亦淋漓可喜"；黄震称《符读书城南》"亦人情诱小儿读书之常，愈于后世之伪饰者"。

李商隐《骄儿诗》，于大中三年（849）春写给其子。是年诗人年近四十，"憔悴欲四十，无肉畏蚤虱"，自开成二年（837）登第，四年（839）释褐以来，党争牵累，事业不进，困踬沉沦。对比爱子无忧无虑的年华，不禁担忧他的未来。李商隐在牛李党争中深感贵族遭受的排挤，他忧心这场旷世的平民新贵与传统贵族的斗争波及儿子，这是示儿诗与政治结合最为深刻的诗作。他不希望儿子衮师走自己的路，要求他读兵书，学万人敌，做"帝王师"。从其示儿诗，可看出一个被牛党迫害、郁郁寡欢的贵族形象。

《题弟侄书堂》是晚唐诗人杜荀鹤劝勉侄儿的诗，情意恳直。"寸功"极小，"终身事"大，极大却正是极小日积月累的结果。

    何事居穷道不穷，乱时还与静时同。
    家山虽在干戈地，弟侄常修礼乐风。
    窗竹影摇书案上，野泉声入砚池中。
    少年辛苦终身事，莫向光阴堕寸功。

诗人叙弟侄虽未入仕却能在乱世中谨守礼乐，勤奋修业。对书堂主人风采，赞美有加。他信守儒家传统，修身立德，"虽在干戈地""常修礼乐风"。尾联勉励弟侄，"少年辛苦终身事，莫向光阴堕寸功"。

问：已了解唐代示儿诗概貌。能否总结它们与前代示儿诗有哪些变化，对宋人影响又是如何？

答：唐以前示儿诗形式为四言，内容以说教为主，几无文学性。由当时社会阶层构成所决定，作者多为门阀世家，属贵族文学，祖述家风，显耀门庭，以儒家家国天下教育子弟。南北分裂后，衣冠之家自我发展，示儿诗治国兴邦内容渐被传承家风取代。

延至唐代，诗体成熟，示儿诗以杜诗最为称著，亲情浓烈，熔铸诗人一片苦心，这是先唐示儿诗不多见的。从唐人示儿诗题材看，所示内容有圣贤事业、经世治国情怀、求取功名利禄等。所示对象含儿女、子侄、孙辈、外甥，可以是直系也可以是旁系。

唐人示儿诗取得的艺术经验，为迎接宋代示儿诗的全盛做了准备。可以说，没有唐人示儿诗探路，便不会有宋人示儿诗的繁荣。而宋人示儿诗对唐人的超越，又有赖于科举普及对社会结构构成的再分配。贵族阶层的消亡、像眉州三苏这样的读书人家的崛起、新书香门第的诞育，均为宋代示儿诗的兴盛提供了土壤。而理学的出现，又对示儿教子诗有所促进。

"示儿诗"是传承汉文化的载体，它的思想意义大于艺术价值，即以唐代示儿诗而论，完篇佳作甚少。但作为一个诗歌品类，对于历史文化价值的考察，它又有独特的价值取向。

关于陈子昂的风骨、兴寄与意气

问：初唐是南北文化交融的重要时期，这个过程中北方关陇政治集团深深迷恋南方士族文化，整个长安流行六朝余风。虽晋人南渡，江南成了皇汉文化的庇护地，但汉文化也走上了精神孱弱、形式华丽的道路，丢失了刚健魂魄。陈子昂矫拔时弊，扭转乾坤，对初唐诗风的重大转变做出了杰出贡献。请谈谈他的诗歌革新和创作情况。

答：实际上初唐诗坛受到三股力量的影响。第一股力量来自江南的六朝余风。第二股力量来自北方文学,但北方文学粗粝质野的简单风格并不为初唐贵族接受,何况还夹杂佛文化内容,他们更迷恋精致的南方宫廷文学。历史上北朝上层统治者本就爱好模仿南方文学。北方文学又不及南方发达,所以初唐诗坛仍以六朝文学为重。第三股力量来自巴蜀文学,受到以陈子昂、李白为代表的古风影响。陈子昂的复古革新理论,给文学指明了方向,继后李白的古风创作对旧形式产生的冲击,令长安贵族大开眼界,彻底解放了诗歌。

陈子昂是初唐诗变开路者,他在《修竹篇书》中声讨齐梁文学靡丽之风,强调风骨兴寄,一反初唐六朝浮艳诗风,实践真情实感、朴实刚健的诗歌,为唐诗铺开了一条新兴健康的发展道路。陈子昂诗歌主张的提出,有以下方面原因可探寻。

第一,是时代需要,呼唤新风。

《修竹篇书》是陈子昂见到好友东方虬咏《孤桐篇》,心中感悟,于次日写下的《与东方左史虬修竹篇》的书札。书札指出"采丽竞繁而兴寄都绝"是齐梁诗文的最大问题,号召诗人发扬"汉魏风骨",把"骨气端翔,因情顿挫,光英朗练,有金石声"贯彻到诗歌中去,创作不同流俗、有鲜明时代特征的作品。这封书札,不仅是革新宣言书,更是唐诗发展进入新时期的里程碑。

高宗以来天下太平,统一安定的社会造就了贵族从容的心态,在宫廷中,这种心态对文学影响显著。彼时朝廷多是深受齐梁诗风影响的旧臣,喜爱淫靡浮艳、形式华丽的诗歌,并不追求写实,诗成了娱乐消遣的工具。龙朔三年(663)许敬宗、上官仪奉命编写《瑶山玉采》,此书在一定程度上反映了当时宫廷文人趋尚。在这前后,许敬宗、许圉师、上官仪、元兢等辑录诗林秀句,又编成《芳林要览》三百卷。再后元兢从《芳林要览》中选取,编为《古今诗人秀句》二卷。这些都是彼时宫廷诗人重华美的佐证。虽然南朝汉文化转向江南,但也走上了柔弱、婉丽的道路,晋室南渡将汉魏刚健自信、昂奋向上的文化性格丢失殆尽,以致初唐六朝余风笼罩。新的王朝亟须与之匹配的新风,于是陈子昂标举汉魏风骨,以雄健的文学扫荡宫体的颓风。

　　针对诗坛弊风,陈子昂总结了两点。一是"汉魏风骨,晋宋莫传",二是"彩丽竞繁,兴寄都绝"。前一点批评了晋宋之后没有了汉魏诗歌丰富而充实的内容;后一点指出了齐梁文学追求艳辞丽藻,失去真切的情感寄托。两点批评击中了六朝诗歌的弊窦。

　　第二,是个人经历与历史周期律影响了他的选择。

　　陈子昂家境殷富,"世为豪族",父亲"以豪侠闻",二十二岁乡贡明经擢第,拜文林郎。子昂"始以豪家子,驰侠使气",后慨然立志,发愤攻书,"经史百家,罔不该览,尤善属文,雅有相如子云之风骨"(卢藏用《陈氏别传》)。贞观之治,令他向往;家学渊源,应天顺人,激发他志向宏伟。他少怀大志,曾说:"窃少好三皇五帝霸王之经,历观丘坟,旁览代史,原其政理,察其兴亡。……臣每在山谷,有愿朝廷,常恐没代而不得见也。"(《谏政理书》)二十四岁对策高第,二十六岁诣阙上书,获武后"地籍英灵,文称伟曜"的赞赏,拜麟台正字。他纵横捭阖,立朝论政,写下《谏政理书》《答制问事》《上军国机要事》《谏刑书》《谏用刑书》《谏雅州讨生羌书》《上蜀川安危事》《为乔补阙论突厥表》等篇章。他的政论文,论朝政历数弊端,痛陈利害;论天人关系,建议兴明堂、太学,为武周陈万代之策;论王霸大略,睿智明达,慷慨雄放。可知,致君尧舜,兼善天下,建功立业是他释褐后的政治追求。他生长于巴蜀,了解底层社会实情,最能体会中下阶层苦况。《上蜀川军事》说:"臣在蜀时,见相传云,闻松、潘等州屯军数不逾万,计粮给饷,年则不过七万余石可盈足。边郡主将,不审支度,乃每岁向役十六万夫,夫担粮轮送,一斗之米,价钱四百。使百姓老弱,未得其所。比年以来,多以逃亡。"青少年时期养成的思考社会问题的习惯，对他革新诗歌有一定推动作用，为他风骨刚健、内容充实的诗歌风格奠定了基础。

陈子昂的追求并非偶然，而是其父遗愿，他在《我府君有周居士文林郎陈公墓志铭》中说："谓其嗣子子昂曰：'吾幽观大运，贤圣生有萌芽，时发逦茂，不可以智力图也。气同万里而合，不同造膝而悖，古之合者，百无一焉。呜呼！昔尧与舜合，舜与禹合，天下得之四百余年；汤与伊尹合，天下归之五百年；文王与太公合，天下顺之四百年。幽、厉板荡，天纪乱也，贤圣不相逢；老聃、仲尼，沦溺涸世，不能自昌。故有国者享年不永，弥四百余年。战国如糜，至于赤龙。赤龙之兴四百年，天纪复乱，夷胡奔突，贤圣沦亡，至于今四百年矣，天意其将周复乎？于戏！吾老矣，汝其志之。'"父亲的历史循环周期律深刻影响子昂，他由此而产生复古意识。此段文字可以看出他将要在文学上扮演的角色，自汉魏到初唐，其间恰好四百余年。他在幽州台高歌："前不见古人，后不见来者。念天地之悠悠，独怆然而涕下。"这一诗旨前人都解释错误，它暗含诗人的历史变局观，"前不见古人"指前四百年的先人已逝，"后不见来者"指在这历史转型期却没有与时代并进的后人。这首诗正反映了一个历史周期的循环更迭，也是父亲历史观对他的影响。"念天地之悠悠，独怆然而涕下"更是诗人对历史的感悟，透露着历史大局观。《感遇》其一"太极生天地，三元更废兴。至精谅斯在，三五谁能征"。三统循环，此兴彼废；天道长存，三正五行，循环不已。诗歌发展也应如此——有规律地循环，初唐该恢复汉魏传统了。《感遇》其十七"幽居观天运，悠悠念群生""大运自古来，旅人胡叹哉"。其实孟子《公孙丑下》早有阐述："彼一时，此一时也。五百年必有王者兴，其间必有名世者。"巴蜀民间至今还有"三百年一小兴，五百年一大运"之说。汉魏"风骨"经历六朝湮沦，在初唐得到子昂大力推扬，父子都认为初唐正好处于一个需要革新和循环到汉魏的时代。《修竹篇书》说"文章道弊,五百年矣,汉魏风骨,晋宋莫传",是对初唐诗风变革的历史必然要求。

第三,蜀地的环境和风气决定他的选择。

生活于闭塞环境,陈子昂自然受蜀地文风熏染。蜀中地势险要,素称"蜀道难",汉末以来长期受割据势力控制,民风剽悍刚勇。南北朝地区分裂对峙,南朝绮靡文风并未传染到蜀中。政权分割,南北分治,文化风气不同,蜀地更多体现了北朝刚健之风。巴蜀地接羌汶,蜀地文学在儒家文化之外又多了些蛮性。初唐由于南朝艳薄诗风浸染,中原深受"陈隋之遗",绮艳的宫廷文学缺少气韵生动的雄豪。虽有"初唐四杰",但未脱梁陈之染,尚不足以引动风气之变。陈子昂独处蜀地,地域偏僻,文化保守,古风犹存。且看出蜀诗《晚次乐乡县》。

> 故乡杳无际,日暮且孤征。
> 川原迷旧国,道路入边城。
> 野戍荒烟断,深山古木平。
> 如何此时恨,嗷嗷夜猿鸣。

这是诗人出蜀之作,方回说虽为律体,却"全篇浑雄整齐,有古味",明显带有蜀中古风痕迹。所以今人说西汉而下,蜀地文学传统,特别是诗歌,在南朝有一个断层,陈子昂的诗学传统是隔开南朝而上承汉魏的。

陈子昂的崛起,是盛唐诗歌的前奏,摧毁了晋宋以来轻薄浮靡之风,整个大唐风气随之改变。卢藏用《陈拾遗文集序》说:"崛起江汉,虎视函夏,卓立千古,横制颓波,天下翕然,质文一变。非夫岷、峨之精,巫、庐之灵,则何以生此?"子昂诗风异于长安,打上了蜀风烙印,刚健遒劲,质朴无华,意气苍凉,没有华丽辞藻铺陈,保留着蜀地风貌。他遍读帝王经,方有"念天地之悠悠,独怆然而涕下"苍劲的"意气"襟怀。对的,"意气",初唐诗坛最缺的便是"意气"。他以古朴形式,广远胸怀,注"意气"于其中,成就了千古地位。

第四,家庭决定他的刚强豪爽性格。

陈子昂从小便养成一身侠义之气,自称"本为贵公子",《新唐书》说"子昂十八未知书,以富家子,尚气决,弋博自如"。蜀地风气蛮勇,家庭熏陶,培养了他不羁的意气和胆识,为人率真,这些是他创作和革新的内在动力。卢藏用《陈氏别传》所言如下。

> 年二十一始东入咸京,……以进士对策高第。属唐高宗大帝崩于洛阳宫,灵驾将西归,子昂乃献书阙下。时皇上以太后居摄,览其书而壮之,召见问状。子昂貌寝寡援,然言王霸大略,君臣之际,甚慷慨焉。上壮其言而未深知也,乃敕曰:"梓州人陈子昂,地籍英灵,文称伟曜,拜麟台正字。"

"貌寝寡援",并不影响男子汉气概,他相貌与才气是相反的,他崇尚慷慨的文辞风采,又有经国之能。唐人赵儋评述如下。

> 陈文林散粟万斛,以赈乡人,得非司城子罕贷而不书乎?拾遗之文,四海之内,家藏一本,得非臧文仲立没而不朽乎?于戏,陈君!道可以济天下,而命不通于天下;才可以致尧舜,而运不合于尧舜。(《大唐剑南东川节度观察处置等使户部尚书兼御史大夫梓州刺史鲜于公为故拾遗陈公建旌德之碑》)

他年少驰侠使气,"少好三皇五帝霸王之经",遍读帝王经术,自是不甘寂寞,父亲看到历史机遇:"赤龙之兴四百年,天纪复乱,夷胡奔突,贤圣沦亡,至于今四百年矣,天意其将周复乎?"子昂相时而动,这便是他出蜀的动机。有怀揣天下心胸、意气风发的子昂,饱含家国忧思、缱绻关切之意,对政事直谏不讳,带动了诸如杜甫这样家国情怀、忧国忧民的诗人,这是六朝以来文学所未有的。他的改革,不仅是形式复古,更含政治革新愿望,这是"遍读王霸之学"及历史循环大局观所决定的。所以他的诗文革新与政治改革理想,逻辑一致,赵儋说他"诗可以讽,笔可以削",如此,其革新意义便不可小视。

最后,唐代科举面向民间开放,子昂这样的士人便有了进入上层社会的机会。他们来自长安之外,有着丰富的人生阅历和现实体验,宫中盛行的华丽风格与他们的理想相悖,他们需要朴实却不失张力的诗歌形式来表达政治见解与个人情思。而子昂正是这一群体的缩影,他善于调查与思考,更能体会社会实况,认识宫廷奢靡之风。这对他提出"兴寄"有直接关系。

综上,陈子昂之所以能独标汉魏,与家庭因素从小养成的豪族子弟侠义的刚健性格有关;蜀地闭塞,古风犹存,使出蜀的子昂在文学风范上保持着与长安的疏离,有别于统治中原的六朝时风,故能从传统中找到医治诗坛痼弊的良方,一洗颓靡不振的习尚,为迎接盛唐做了准备。

问: 分析充分。他的诗歌理论主张具体包含哪些内容?

答: 其诗歌主张体现在写给东方虬的一封书信中。

> 东方公足下:文章道弊,五百年矣。汉魏风骨,晋宋莫传,然而文献有可征者。仆尝暇时观齐梁间诗,采丽竞繁,而兴寄都绝,每以永叹,思古人,尝恐逦逶颓靡,风雅不作,以耿耿也。一昨于解三处,见明公咏《孤桐篇》,骨气端翔,因情顿挫。光英朗练,有金石声,遂用洗心饰视,发挥幽郁,不图正始之音复睹于兹。可使建安作者,相视而笑。解君云:"张茂先、何敬祖、东方生与其比肩。"仆亦以为知言也。故感叹雅制,作《修竹诗》一首,当有知音已传示之。(《与东方左史虬修竹篇并书》)

这封随诗书札,直指齐梁"采丽竞繁而兴寄都绝",认为诗应继承"汉魏风骨",发扬"正始之音""风雅之作"传统。"风骨"强调诗歌刚健豪迈的情怀,"兴寄"要求诗歌内容充实,情感饱满。这些都是初唐贵族文学所不具备的,他把革新方向对准宫廷诗歌文辞华丽的现象,批判宫体诗"逦逶颓靡""风雅不作",这种一针见血的眼力胆识难能可贵。

可要倡导革新却异常艰难,会遇到旧势力重重阻力,我找到一则史料,可证阻力之强大。天宝年间刘𫗧《隋唐嘉话》有以下记载。

> 武后游龙门,命群官赋诗,先成者赏锦袍。左史东方虬既拜赐,坐未安,宋之问诗复成,文理兼美,左右莫不称善。乃就夺袍衣之。

刘𫗧,武则天史官刘知几次子,时间切近,此事必真。东方虬武周时期官至左史、礼部员外郎,《孤桐篇》得到子昂称重,以《修竹篇》相和。宋之问"夺锦袍"的诗,唱颂太平,如"先王定鼎山河固,宝命乘周万物新。吾皇不事瑶池乐,时雨来观农扈春",初唐诗坛流行的正是这种萎靡不振的时代病,干瘪得叫人难受。但这则史事中,东方虬却像是时运不济的配角,没人意识到他力矫时弊的价值、改造浮靡诗风的努力。败于宋之问,便知旧习之强大、矫弊枉正之艰、树新风之难。《孤桐篇》已灭失,但他有《春雪》:"春雪满空来,触处似花开。不知园里树,若个是真梅。"自然拈来,已占盛唐之先。

下面谈下陈子昂的诗歌理论。

第一,"汉魏风骨",钟嵘《诗品》又称"建安风力",风力即风格与骨力,是时代动荡背景下积极的豪迈情怀与朴实的诗文风格,以生动明朗的笔调抒情言志,表达渴望进取、成就鸿志的强烈愿望,以及感叹时光易老、世事离纷的伤感之情。刘勰《文心雕龙》说建安诗歌"慷慨以任气,磊落以使才""不求纤密之巧""唯取昭晰之能"。陈子昂称《咏孤桐》"骨气端翔,因情顿挫",便是说其思想健康,言辞端正,感情抑扬起伏,恰好体现了"风骨"内涵。

第二,"正始之音",我以为有二解。一是从年号"正始"认知,指这一阶段的"正始文学"、魏晋清谈风气,以个人心灵为中心,谈玄析理,反映于文学则是放达不羁,抒发幽愤情感,以阮籍、嵇康为代表,风格清俊幽深,言近旨远。之后为不痛不痒、设色艳丽的齐梁宫体取代,初唐宫廷文学沿袭这种流风,缺乏个人意气,皆是歌功颂德的应制诗。二是"正始之音",儒家传统音乐,即纯正乐声,以钟发声,以磬收乐,集众音之大成,金声玉振,便是正始。如《晋书·卫玠传》"昔王辅嗣(王弼)吐金声于中朝,此子(卫玠)复玉振于江表"。我认为陈子昂赞美孤桐,感叹"雅制"之"雅",乃夏也。夏后氏身材高大、精神俊朗,故称夏,也同于雅,雅夏一字,周代发展为礼仪之大,为"夏"。所以陈子昂以"光英朗练,有金石声"称赞东方虬《孤桐篇》为华夏"正始之音",正是从音律来谈的,音调规律和谐有张力,便是雅音,相反则为乱声,所以他欢呼"不图正始之音复睹于兹"。子昂恢复正始之音的努力,不仅强调个人心灵在诗中的展现,更强调音律的金石之声,以反对初唐靡靡之音。

东方虬《孤桐篇》虽已佚失,陈子昂"感叹雅制,作《修竹诗》"却还在。

龙种生南岳,孤翠郁亭亭。
峰岭上崇崒,烟雨下微冥。
夜闻鼯鼠叫,昼聒泉壑声。
春风正淡荡,白露已清泠。
哀响激金奏,密色滋玉英。

岁寒霜雪苦，含彩独青青。

岂不厌凝冽，羞比春木荣。

春木有荣歇，此节无凋零。

始愿与金石，终古保坚贞。

不意伶伦子，吹之学凤鸣。

遂偶云和瑟，张乐奏天庭。

妙曲方千变，箫韶亦九成。

信蒙雕斫美，常愿事仙灵。

驱驰翠虬驾，伊郁紫鸾笙。

结交嬴台女，吟弄升天行。

携手登白日，远游戏赤城。

低昂玄鹤舞，断续彩云生。

永随众仙逝，三山游玉京。

此诗无疑是另版《孤桐篇》，既有骨气，又沾音律。明人顾麟《批点唐音》称赞《修竹篇》"君子出处之心，数语而足"。

第三，"风雅兴寄"，《毛诗序》："上以风化下，下以风刺上，主文而谲谏，言之者无罪，闻之者足以戒，故曰风。""雅者，正也，言王政之所由废兴也。"风雅，要求文学反映生活，教化讽喻，用深隐文辞委婉谏劝，文学要言王事，为政治服务；兴寄，作品寄托思想感情，不正言直述。《修竹篇书》盛赞东方虬述作"可使建安作者，相视而笑"。可知，《孤桐篇》是他心中"风雅"之作。而"骨气端翔，因情顿挫，光英朗练，有金石声"便是"风雅兴寄"的结果，即诗应像汉魏诗歌那般，有骨气，有寄托，给人生动有力、端正刚健之感；音律节奏，铿锵和谐，不能出现乱声，让人感受到情感起伏在节奏上的顿挫变化。这便是孔孟倡导的音韵响亮和谐之"正始之音"，以钟发声，以磬收韵，奏乐从始至终。《孟子·万章下》"金声而玉振之也，金声也者，始条理也；玉振之也者，终条理也"。由此我们看到，陈子昂倡导"风雅兴寄"是对传统的发展与补充，是吸收《诗经》比兴、"汉魏风骨"和孔孟"正始之音"而来的。在其心中淫靡之风便是乱声，非正始之音。如"文章道弊""汉魏风骨，晋宋莫传""齐梁间诗，采丽竞繁而兴寄都绝"都是乱声，面对这些，他出于使命感和责任感，倡导风雅兴寄，发扬汉魏文学精神，批判宫廷政治弊病和流行的时文时风，迫切希望初唐诗实现大胆反映现实的转变。

问：你从音律角度解读"正始之音"，真是醒人之见，这才是诗人本意。他的创作如何？

答：他存诗129首，影响最大的是《感遇》三十八首、《蓟丘览古赠卢居士藏用》七首。"感遇"可指感激他人知遇，也可指对自己命运和所遇事物的感慨，还可指感应遇合。他的诗是平生所遇的感发，《感遇诗》便是感慨遭遇的现实主义之作。可分为书写自然，融情于景；书写史政，倾诉愁思；书写心志，独善其身。这些诗都寄寓了对现实的深刻认识与思考，表达了内心的忧思与愤懑。

第一，融情于景，寄托感慨。

齐梁诗歌传到初唐，竞相追逐辞藻，体物绘形，却不见明朗刚健、铿锵有力、托物感怀、寄慨遥深的情感；陈子昂则相反，在诗歌中大肆感遇寄兴。

如《感遇》其三："苍苍丁零塞，今古缅荒途。亭堠何摧兀，暴骨无全躯。黄沙漠南起，白日隐西隅。汉甲三十万，曾以事匈奴。但见沙场死，谁怜塞上孤。"景象壮美，诗以"汉甲三十万"分前后两部分。前一部分体现乍见古战场的内心战栗。"今古缅荒途"，开篇便将情感代入景色。"亭堠何摧兀，暴骨无全躯"，聚焦景象，突出诗人震慑。后一部分发思古幽情，"但见沙场死，谁怜塞上孤"，回应前面曝尸荒野的累累白骨。

又如《感遇》其三十："可惜瑶台树，灼灼佳人姿。碧华映朱实，攀折青春时。岂不盛光宠，荣君白玉墀。但恨红芳歇，凋伤感所思。"以"灼灼佳人姿""碧华映朱实"描绘"可惜瑶台树"。结尾托情"但恨红芳歇，凋伤感所思"，颇有哲思，借"红芳歇"，抒人生之感，伤叹情系天下不为世用。瑶台树实为写自己，"岂不盛光宠，荣君白玉墀"，他诣阙上书，武后召见，授麟台正字，"洛中传写其书，市肆间巷，吟讽相属，乃至转相货鬻，飞驰远迩"（《陈氏别传》），但昙花一现，便遭弃置。

《感遇诗》借景借物，抒个人思绪，充实的"兴寄"，既能说不便的话，也能表达无法直述的感情。

第二，批评政治，抒发悲愤。

陈子昂家国情怀，积极求进，思想健康，这使他的诗常怀慷慨之气，具有建安特征。

如蓟丘览古，想起隐居终南山的卢藏用，便寄赠一组诗，《乐生》："王道已沦昧，战国竞贪兵。乐生何感激，仗义下齐城。雄图竟中夭，遗叹寄阿衡。"感乐毅被谗陷，雄图大略夭折，寄壮志未酬之慨。《田光先生》："自古皆有死，徇义良独稀。奈何燕丹子，尚使田生疑。伏剑诚已矣，感我涕沾衣。"借田光"徇义"事迹，抒发不得赏识的苦闷。这些现实主义诗，缅怀前贤，凭吊古迹，借古讽今，抒发胸中块垒。

又如《感遇》其二："兰若生春夏，芊蔚何青青。幽独空林色，朱蕤冒紫茎。迟迟白日晚，袅袅秋风生。岁华尽摇落，芳意竟何成。"兰若，指香兰与杜若，皆为香草。古人所谓"兰"，属菊科，茎、叶、花都有香气，非今人说的兰花。此诗题材与风调都颇似汉魏诗歌，如曹植《美女篇》"顾盼遗光彩，长啸气若兰"，借香兰比喻女子气息，可惜她"盛年处房室，中夜起长叹"，以美女不嫁，抒发苦闷。再如魏晋《古诗五首》其五"兰若生春阳，涉冬犹盛滋。愿言追昔爱，情款感四时。美人在云端，天路隔无期。夜光照玄阴，长叹念所思。谁谓我无忧，积念发狂痴"，写女子怀人，兰若生阳春之季，虽历寒冬，情意如旧，后六句言所思已远，相见无由，忧思成疾。子昂这首"兰若生春夏"，感怀身世，伤叹不遇，正是建安文学主题。"幽独空林色，朱蕤冒紫茎"，托物寄兴，以具有美好品质的兰若，比喻忧国忧民之心。可朝廷不采用他的意见，武攸宜不接受他的军事建议。"岁华尽摇落，芳意竟何成"，结合诗人政治失败，抱负成空，咏兰若的深沉哀怨便清晰了然。既然要摧折它，又何必降生它，让它具备美好才华？这便是现实，在人才不得其用的社会，在节奏缓慢的农耕时代，这是许多志士普遍的困境，此诗就具有了直面现实的哲理。

再如《感遇》其三十四。

朔风吹海树，萧条边已秋。
亭上谁家子，哀哀明月楼。
自言幽燕客，结发事远游。
赤丸杀公吏，白日报私仇。
避仇至海上，被役此边州。
故乡三千里，辽水复悠悠。
每愤胡兵入，常为汉国羞。
何知七十战，白首未封侯。

万岁通天元年（697）诗人随武攸宜东征，诗塑造了塞外一位怀才不遇的英雄，此即子昂从军"感遇"写照。顾麟《批点唐音》"功名难立，浩荡生愁"。

问：感觉他有一种理想主义的轩昂"意气"。"意气"是古典美学概念，班固《咏史》、建安诗歌、王勃《送杜少府之任蜀州》"海内存知己，天涯若比邻"都有"意气"。从地域看，巴蜀壅闭，前朝古风遗留影响了他，作为蜀人，他具有豪爽性格，初入长安"买琴碎琴"的侠气，使他身上的蜀地民间气质与中原士人形成鲜明对照。初唐诗风改变是大势所趋、历史选择，但改变风气的人并不多，陈子昂受父亲历史循环观影响，当此大任；他坚持以复古革除齐梁弊风，傲立初唐。能否从意气角度谈谈子昂诗歌中的"意气"？

答：确乎，陈子昂诗歌中的"意气"，对认识初唐文学转型有一定意义。透过他的诗可以发现巴蜀文学与中原文学在气质上的差异，他的"意气之作"为羸弱的中原诗坛注入了一种民间质野、朴拙、浑厚的新鲜血液。在巴蜀改变中原、民间改变宫廷方面，他的意气值得探究。

陈子昂的诗歌主张和意气之作，对初唐文学有着引导、指示作用。他博采众长，以进步、充实的思想内容及质朴的言辞风格，扭转乾坤，凭的便是一股意气。他仰慕曹魏诗人的意气，反对缺乏感兴的空疏文风；他不同时流的追求，与初唐贵族文学格格不入。唐宣宗时刘蜕以"意气高于顶，冰霜冷人腹"概括他，"意气"可扫荡六朝余风，"冰霜"可针对宫廷婉媚诗风。如刘蜕《览陈拾遗文集》。

郢中好事人，家藏君十轴。
馀来多暇日，借得昼夜读。
意气高于头，冰霜冷人腹。
就中大雅篇，日日吟不足。
生遇明皇帝，君臣竟不识。
沉湮死下位，我辈更莫卜。
射洪客来说，露碑今已踣。
剜刓存灭半，势欲入沟渎。

　　　　　寓书托宰君，请为试摩挲。
　　　　　树之四达地，覆碑高作屋。
　　　　　愤君死后名，再依泥沙辱。
　　　　　世路重富贵，婉娩好眉目。
　　　　　文学如君辈，安得足衣食。
　　　　　不死横路渠，为幸已多福。
　　　　　我有平生心，摧残不局促。
　　　　　揖君盛年名，万钟何足禄。
　　　　　量长复校短，凫胫不愿续。
　　　　　悲君泪垂颐，云山空蜀国。

　　"意气"词义，可指志向与气概，如刘宋袁淑《效曹子建〈白马篇〉》"意气深自负，肯事郡邑权"，魏征《述怀》"人生感意气，功名谁复论"；也可指志趣，如杜甫《赠王二十四侍御契四十韵》"由来意气合，直取性情真"。在文学上，"意气"又可指"气势"。

　　陈子昂展现的"意气"，相对于初唐那些没有灵魂的宫廷诗人，表现为芳洁的理想、豪迈的气概与对事业的执着，也表现为诗歌形式的"气势"。胡震亨《唐音癸签》卷五引《吟谱》"其诗以理胜情，以气胜辞"。他的诗体现的"意"是古意，即汉魏风骨，风雅传统，还含有对他所生活的蜀地存留的"古意"的发扬和散播；他诗歌的"气"是"真气"、瘦劲古朴的"骨气"，刚健豪迈又气韵生动。

　　同属巴蜀的李白，也有一股意气，强调"兴寄深微"，声称"梁陈以来，艳薄斯极，沈休文又尚以声律，将复古道，非我而谁与"（《本事诗·高逸》）。"意气"是他们不满现实的改革决心。沈德潜《唐诗别裁》说"唐初五言古，渐趋于律，风格未遒，陈正字起衰而诗品始正"。以什么来"起衰振靡"，开一代正声？那便是"意气"。

再从文学层面看，魏晋时"气"受曹丕推崇，为建安风力之本，《典论·论文》"文以气为主"；北齐颜之推《颜氏家训》说"意"为心膂，"气"为筋骨。

> 文章当以理致为心膂，气调为筋骨，事义为皮肤，华丽为冠冕。今世相承，趋末弃本，率多浮艳，辞与理竞，辞胜而理伏；事与才争，事繁而才损。放逸者流宕而忘归，穿凿者补缀而不足。时俗如此，安能独违，但务去泰去甚耳。必有盛才重誉，改革体裁者，实吾所希。

果如颜之推所愿，文学长河顺流而下，到陈子昂继承汉魏，以"意气之作"，革除诗歌"无意气"之弊。

《修竹篇书》未提"意气"，但蕴含强烈认同，风骨是里，意气是表。如《感遇》其十五："贵人难得意，赏爱在须臾。莫以心如玉，探他明月珠。"诗讽刺武后对臣子时而信任时而杀戮的作风。这种言之有物的诗，在宫廷诗流行的初唐，"意气"是多么轩昂！又如《感遇》其三十五："本为贵公子，平生实爱才。感时思报国，拔剑起蒿莱。西驰丁零塞，北上单于台。登山见千里，怀古心悠哉。谁言未忘祸，磨灭成尘埃。"直陈出身志向，自负才学，"感时思报国，拔剑起蒿莱"正是匡时济世的"意气"。蒿莱，阮籍《咏怀》其六十"贤者处蒿莱"。但子昂不以"贤者"在野自居，积极求进，展示了慷慨奋发、欲展宏图的意志，可结局是，谁还记得那些卫国战争？英雄史已磨灭成尘埃，抒发了他悲愤的意气。

再如《送著作佐郎崔融等从梁王东征并序》。

> 金天方肃杀，白露始专征。
> 王师非乐战，之子慎佳兵。

海气侵南部,边风扫北平。

莫卖卢龙塞,归邀麟阁名。

诗序云"思长风以破浪,恐白日之蹉跎,酒中乐酣,拔剑起舞,则以气横辽碣,志扫獯戎",可见他对"意气"的独到运思。

问:初唐余风陈习扰乱诗坛,请谈谈"四杰"如何影响陈子昂。

答:上举诗例,简古而具气势,简直与建安诗歌无二。魏晋之后"文学自觉"走上专于形式、摘藻雕章的道路,丢失了风雅兴寄。萧子显说:"自宋大明以来,声伎所尚,多郑卫淫俗,雅乐正声,鲜有好者。"(《萧惠基传》)个人生活逼仄,文学脱离社会现实,如萧纲《咏内人昼眠》"北窗聊就枕,南檐日未斜。攀钩落绮障,插捩举琵琶。梦笑开娇靥,眠鬟压落花。簟文生玉腕,香汗浸红纱。夫婿恒相伴,莫误是倡家"。历史惯力行至初唐,贞观以后社会稳定,贪慕享乐,御用文人更助长了浮艳绮靡之风,"绮错婉媚"的"上官体"便是沿袭梁陈余绪。如上官仪《早春桂林殿应诏》"步辇出披香,清歌临太液。晓树流莺满,春堤芳草积。风色翻露文,雪华上空碧。花蝶来未已,山光暧将夕"。

面对文坛积习,初唐四杰激浊扬清,革弊立新,也为陈子昂"追建安之风骨,变齐梁之绮靡"的改革拉开了序幕。如王勃《上吏部裴侍郎启》。

夫文章之道,自古称难……自微言既绝,斯文不振,屈、宋导浇源于前,枚、马张淫风于后。谈人主者,以宫室苑囿为雄;叙名流者,以沉酗骄奢为达。故魏文用之而中国衰,宋武贵之而江东乱。虽沈、谢争骛,适先兆齐、梁之危;徐、庾并驰,不能止周、陈之祸。

初唐政坛、文坛弥漫一股骄奢之气，"微言既绝，斯文不振"，文学失去批判现实的精神，描绘宫室苑囿，热衷个人享乐。"文章经国大业"，王勃看到了这种轻浮风气引起的国本动摇。故陈子昂转向关注现实，对积习已久的政坛、文坛弊风做了扫荡。如《感遇》其三十一"朅来豪游子，势利祸之门。如何兰膏叹，感激自生冤。众趋明所避，时弃道犹存。云渊既已失，罗网与谁论。箕山有高节，湘水有清源。唯应白鸥鸟，可与洗心言"。众人驰逐权势，子昂避而远之，他仰慕古人气节，"唯应白鸥鸟，可与洗心言"，这般"风骨"正是初唐淫靡之风不具有的。

四杰不仅痛斥六朝旧习，还反对高宗龙朔时风，如杨炯《王勃集序》。

> 尝以龙朔初载，文场变体，争构纤微，竞为雕琢。揉之金玉龙凤，乱之朱紫青黄，影带以徇功，假对以称其美，骨气都尽，刚健不闻，思革其弊，用光志业，……长风一振，众萌自偃，遂使繁综浅术，无藩篱之固；纷绘小才，失金汤之险。积年绮碎，一朝清廓，瀚苑豁如，词林增峻。反诸宏博，君子力焉。

胸怀变革，四杰意气风发，"思革其弊，用光志业"，但毕竟理论上和创作上尚不够成熟，陆时雍《诗镜总论》说"调入初唐，时带六朝锦色"。

杨炯明确文风不振之因"骨气都尽，刚健不闻"，成了初唐改革的核心，也为盛唐"意气骏爽，文风清焉"打下基础。陈子昂继四杰，以风骨为宗，摒弃脱离现实的绮靡文风；以个人实践，清剿诗坛歪风。他的诗简约古朴、刚健浑厚，《感遇》其二"岁华尽摇落，芳意竟何成"，这样褪尽铅华、理想破灭的怅惘是享乐的宫廷诗没有的。

综上，陈子昂继四杰倡导革新，他的诗表现出向现实的转变，对阳刚之气的回归；他偏好五言，音调铿锵，明人张颐《陈伯玉文集序》说他"首唱平淡清雅之音，袭骚雅之风，力排雕镂凡近之气。其学博，其才高，其音节冲和，其辞旨幽远，超轶前古，尽扫六朝弊习，譬犹砥柱屹立于万顷颓波之中，阳气勃起于重泉积阴之下，旧习为之一变，万汇为之改观"。

问：陈子昂敏锐地对当时历史环境和历史发展做出反应，复古主张与政治追求一致，他以文学改造来建设理想社会，将诗歌理论内涵提到一个新高度，为文学现实主义道路指明了方向。请概括陈子昂对诗文革新的贡献。

答：第一，力扫弊风。以汉魏反映现实，抒发真情实感，反对齐梁脱离社会、雕章琢句的错误道路。力主"风雅兴寄""汉魏风骨"，所谓"兴寄"，就是要求诗歌比兴寄托真切的情感。所谓"风骨"，就是要求作品具有豪迈的意气、刚健有力的思想。卢藏用《陈伯玉文集序》盛赞"道丧五百岁而得陈君"。自此后，赞誉不绝于耳。刘克庄《后村诗话》说"唐初王、杨、沈、宋擅名，然不脱齐梁之体，独陈拾遗首唱高雅冲淡之音，一扫六朝之纤弱，趋于黄初、建安矣"。高棅《唐诗品汇》说"继往开来，中流砥柱，上遏贞观之微波，下决开元之正派"。

第二，开辟新境。以"骨气端翔，因情顿挫，光英朗练，有金石声"为诗歌新境界。"骨气端翔"，即诗要端正。"端翔"，刚直高贵的思想；"骨气"，秀拔清朗的节操。像建安文学那样，与政治理想结合，反映广阔的社会生活。"因情顿挫"，情感要一以贯之、曲折有致、顿挫有序。"光英朗练"，用词要精准、简练，给人生动开朗之感。"金石有声"，要把握韵律，有正始之音，即合乎礼仪法度的音律。

实际上，对宋齐诗风的批判，南北朝便已萌发，如刘勰的"风骨"，钟嵘的"风力"。但在唐代二人著作几无影响，对创作没有任何作用。他们见诸史籍介绍是明代的事，五四之后才被今人奉为至宝。

初唐魏征提出南北文学合流，设想刚柔相济的文学。"江左宫商发越，贵于清绮；河朔词义贞刚，重乎气质。""若能掇彼清音，简兹累句，各去所短，合其两长，则文质彬彬，尽善尽美矣。"北方文学刚健质朴，是"汉魏风骨"的具体表现；南方文学"采丽竞繁"，强调韵律藻绘。南北合流是诗歌内容美与形式美的结合，但未能切入齐梁文学弊害，故无大影响。而陈子昂出以巴蜀古风，引导文学转向现实。所以三股势力南、北、巴蜀合力，才真正铺垫了盛唐。

问：作为一位诗人、政治家，他开创了诗文干预政治的新格局，为后世效仿，其革新主张不仅是一个时代的转折，也是文学的一次质变。他立意古蜀，继承汉魏，气绝华夏，风雅诗坛。他气节高雅，意气轩昂，改写初唐，革新诗坛，是历史的必然促成了他，得到"不薄今人爱古人"的杜甫、李白等人揄扬。请谈谈他是如何影响杜甫的。

答：确乎，唐人中折服子昂的极多。如白居易《初授拾遗》"杜甫陈子昂，才名括天地"；韩愈《荐士》"国朝盛文章，子昂始高蹈"；李白《赠僧行融》"梁有汤惠休，常从鲍照游。峨眉史怀一，独映陈公出。卓绝二道人，结交凤与麟"。可见他非凡的影响力。我认为他受到追捧，是因为说出了他们心中所想，即古代士人从未消退的入世情怀"达则兼善天下""学而优则仕"，并将这种理想贯注到文学中，将文学与政治和现实结合，找到了发泄内心的渠道。这些人的诗，哪个又不这样呢？这便是子昂启后的巨大意义。

杜甫《陈拾遗故宅》称他"位下曷足伤，所贵者圣贤。有才继骚雅，哲匠不比肩。公生扬马后，名与日月悬。……终古立忠义，感遇有遗编"。《冬到金华山观因得故拾遗陈公学堂遗迹》称他"陈公读书堂，石柱仄青苔。悲风为我起，激烈伤雄才"。从杜甫经历看，他借子昂写自己。陈子昂人生坎坷波折，虽得武则天赏识，却未受重用，与杜甫遭遇极似。杜甫的文学成就，便是对子昂诗观的接受和更深层次的发展。如杜甫早期未成名的《登兖州城楼》"孤嶂秦碑在，荒城鲁殿馀。从来多古意，临眺独踌躇"，颇似子昂风格，诗中"古意"是指伤古、怀古。以"孤""荒"讥秦王好大喜功、鲁恭王好宫室，俯仰感慨，不正是陈子昂充满忧思的历史意绪吗？再看子昂《岘山怀古》"野树苍烟断，津楼晚气孤。谁知万里客，怀古正踌躅"，野树苍烟，津楼晚气，后汉苏伯阿曾于此"望气"，见白水光武宅有郁郁葱葱佳气。"苍烟断""晚气孤"意指忧虑国事，慨叹中兴之气已断。

对比二诗，子昂诗歌内容、风格都感染了杜诗。杜甫送朋友过射洪，作《送梓州李使君之任》"遇害陈公殒，于今蜀道怜。君行射洪县，为我一潸然"。

问：谢谢，谈得综合而深刻。汉魏与六朝之别，核心在于现实主义与反现实主义，子昂革新抓住了要领。

关于韩愈的诗歌艺术

问：韩愈诗歌不如散文高。后人评韩诗又为何存在分歧？

答：韩愈散文，雄视千古，文林独步，没有不颂扬推崇至极的。而他的诗，遭遇则不相同。肯定并盛誉韩诗者，如苏轼以为"诗之美者，莫如韩退之"（《苕溪渔隐丛话前集》）；欧阳修《六一诗话》说韩诗"资谈笑，助谐谑，叙人情，状物态都能曲尽其妙"，方东树《昭昧詹言》称赞"精神兀傲，气韵沉酣，笔势驰骤，波澜老成，意象旷达，句字奇警，独步千古"。而否定并疵责韩诗者，亦大有人在，如陈师道《后山诗话》认为"退之于诗，本无解处，以才高而好尔"；惠洪《冷斋夜话》引沈括语说"退之诗，押韵之文耳，虽健美富赡，然终不是诗"；明人王世贞《艺苑卮言》说韩诗"宋人呼为大家，直是势利他语"。这两种极端的褒贬，反差强烈，在历史径流中喋喋不休，各持偏执,他们都围绕韩诗审美感受而发。而不失偏颇的则是宋人张戒,《岁寒堂诗话》云:"韩退之诗,爱憎相半:爱者以为虽杜子美亦不及,不爱者以为退之于诗本无所得。……自陈无己辈,皆有此论,然二家之论俱过矣。"

问:该怎样认识韩愈诗歌?

答:韩愈是唐代诗坛大家,诗界高手,在诗歌上他又虚怀若谷,最广于师法,无论从历史的纵深和当代的横向,都能找到他善于师学别人、博采众长自成大家的轨迹。如何认识,就从诗歌艺术说起吧!

韩诗随仕宦经历的沉浮而展示的艺术可分为三期。初期是韩愈中进士前的贞元八年(792),二十多岁的青年时期,诗歌不多,艺术不够成熟,有浓重的仿汉魏古朴风谣的痕迹。中期从贞元八年到元和五年(810),是他仕途坎坷、宦海沉浮不定的时期,也是创作丰硕期,多样的艺术风格日趋成熟。晚期从元和六年到长庆四年(824)逝世,是他入京任职方员外郎又被贬潮州的晚年,雄奇的诗风渐褪,归于老健、古朴、沉深。韩诗的艺术,论者常以为与孟郊同属元和时期一个诗派,独树一帜。我不否认这种看法有正确的一面,但也不能不看到它缺乏全面观照而造成的片面观。从总体观照剖视,韩愈是一位善于师法又广于师法,形成艺术风格相当多样的诗人。我持此观点是从韩诗脍炙人口的名篇得到验证的。

第一,清丽。且看他的《山石》《雉带箭》。

山石

山石荦确行径微,黄昏到寺蝙蝠飞。
升堂坐阶新雨足,芭蕉叶大栀子肥。
僧言古壁佛画好,以火来照所见稀。

铺床拂席置羹饭，疏粝亦足饱我肌。
夜深静卧百虫绝，清月出岭光入扉。
天明独去无道路，出入高下穷烟霏。
山红涧碧纷烂漫，时见松枥皆十围。
当流赤足踏涧石，水声激激风吹衣。
人生如此自可乐，岂必局束为人鞿。
嗟哉吾党二三子，安得至老不更归！

雉带箭

原头火烧静兀兀，野雉畏鹰出复没。
将军欲以巧伏人，盘马弯弓惜不发。
地形渐窄观者多，雉惊弓满劲箭加。
冲人决起百馀尺，红翎白镞随倾斜。
将军仰笑军吏贺，五色离披马前堕。

两诗向为选家们首选之作，《山石》取首二字为题，却非写山石而是写山游。从"黄昏到寺""夜深静卧""天明独去"的所见、所闻、所感，写境界多变、景色明丽；诗以时之推移述环境变幻，以光线变异绘景色明丽，"黄昏""夜深""天明"各紧扣景物。蝙蝠乱飞，芭蕉栀子显黄昏暮色；百虫无声，月出山岭显更深夜静；烟雾弥漫，山红涧碧显晨光日出。随时移景变，写游历经过，从经过中览自然之美，是彩丽的风景画，也是美的写意画，每一场景都带着浓厚的色彩与光感，很像彩色影片移动。元好问《论诗绝句》说"拈出退之山石句，始知渠是女郎诗"，"渠"指宋诗人秦观，说秦诗"有情芍药含春泪，无力蔷薇卧晚枝"之类，是一种婀娜作态的美、阴柔的美，不及韩诗"山石荦确"刚健清新的美、男性的美。韩愈完全陶醉于远离尘嚣的清丽"自乐"之中，最后他还想到仕与隐这个永恒的令人困惑的问题。此时他进士及第已快十年，仕途蹭蹬，途经洛阳，游山遣兴，清丽的自然与自由固然好，但求仕之心始终未放下，才有"安得至老不更归"的感叹和疑问。再看名诗《雉带箭》不是游观景物，韩愈《县斋有怀》"大梁从相公，彭城赴仆射。弓箭围狐兔，丝竹罗酒炙"，可见诗写于徐州建封幕。彼时他三十二岁，在徐州节度使张建封幕下做推官，诗美张建封射猎，十句诗艺术地描绘了"盘马弯弓惜不发"射技的高超，那箭在弦上、待机而发的生动神态，展示了将军的美姿与心理素质，而最是雉鸡被"红翎白镞"的箭射中，五色缤纷地飞堕在将军马前，直为一个彩丽的镜头特写。诗人的裁取定格在人们的审美感受中，明丽鲜妍，生动难忘。苏轼曾将此诗大字书之，以为绝妙。清人汪琬《批韩诗》赞叹"短幅中有龙跳虎卧之观"。这"清丽"的风格，清，当然指清新，还指诗的线索，还是时间转移、空间转换，还是抒情、叙事、议论的接榫，都清晰明白；丽，指色彩，无论明与暗的描写还是丹红翠碧的涂绘、气氛的渲染都十分着力。在清丽中偏于"清新"的名诗，则是《早春》，是长庆三年（823）春写给张籍的。

　　天街小雨润如酥，草色遥看近却无。
　　最是一年春好处，绝胜烟柳满皇都。

　　用极平易流畅的语言，透过"小雨""草色"描绘出早春京都清丽的风景，诗写了一种感觉，很不易写却又精细写出的感觉。黄叔灿《唐诗笺注》说"'草色遥看近却无'写照工甚，如画家设色，在有意无意之间"。稍早的诗人杨巨源写过《城东早春》，有"绿柳才黄半未匀"之句。韩愈虽师法同代诗人，但艺术高低大异，韩愈充分显示他的艺术感受力、表现力，诗清新得令人醉，捕到了早春的魂。刘埙《隐居通议·半山绝句悟机》云"'天街小雨'云云，此韩诗也。荆公早年悟其机轴，平生绝句实得于此。虽殊欠骨力，而流丽闲婉，自成一家。宜乎足以名世"。

第二，雄放。且看《次潼关先寄张十二阁老使君》。

> 荆山已去华山来，日出潼关四扇开。
> 刺史莫辞迎候远，相公亲破蔡州回。

诗是韩愈随丞相裴度破淮蔡叛军吴元济返回京师途中所作，是一支王师凯旋歌。胜利是快人心的，诗人亲赴戎机的喜悦溢于言表，诗陡起直放而下，语语踊跃，凯旋声势劲足。向来诗评家极看重此诗，查慎行《十二种诗评》云"气象开阔，所谓卷波涛入小诗者"。施补华《岘佣说诗》说"七绝忌用刚笔，刚则不韵。退之'荆山已去华山来'一绝，是刚笔之最佳者"。刚笔带来的阳刚雄放之美，今吟诵仍令人心动。韩愈大手笔，在禁忌中骋才，无施不可，诗而能推波涌浪、大开大合、从容自如，使其具有波澜壮阔的雄伟气势，故沈德潜《唐诗别裁》云"没石饮羽之技，不必以寻常绝句法求之"。雄放的诗风，若以为是战争生活题材本身的提供与迫使，那另看题材不同的名诗《八月十五夜赠张功曹》。

> 纤云四卷天无河，清风吹空月舒波。沙平水息声影绝，一杯相属君当歌。君歌声酸词且苦，不能听终泪如雨：……君歌且休听我歌，我歌今与君殊科："一年明月今宵多，人生由命非由他，有酒不饮奈明何！"

诗是写给友人张署的（省略未引的是张署诗的句子），韩诗写在中秋夜饮时，给声酸词苦、生计艰虞的张署以慰藉。这开头的清风月夜，写得清壮可观，与诗的结尾呼应的句子"一年明月今宵多，人生由命非由他，有酒不饮奈明何"，用"三平调"句式，开放直下，是无可奈何的劝慰解脱，而阳刚雄放之美流溢诗中，韩诗风格与前一变。

前举"清丽"《山石》诗，构思雄放。初盛唐七古，喜用对偶，韩愈却不用，诗依次叙来，自然而然，"以文为诗"，颇为雄放。看似漫不经心却处处照应，不散漫，如"出入高下"照应"山石荦确"，"无道路"照应"行径微"，"当流赤足"照应"新雨足"，"黄昏"照应"天明"，"无所见"照应"时见"，诗在有意无意间，对照呼应。何焯《义门读书记》说"直书即目，无意求工，而文自至"，由诗的构思，也颇可领会韩诗的雄放伟奇。

第三，幽隐。幽微显隐之作，在韩诗中亦不少，名诗如《晚春》《和李司勋过连昌宫》等都是。

晚春

草树知春不久归，百般红紫斗芳菲。
杨花榆荚无才思，惟解漫天作雪飞。

和李司勋过连昌宫

夹道疏槐出老根，高薨巨桷压山原。
宫前遗老来相问，今是开元几叶孙。

《晚春》是写景诗，艺术上用拟人的幽默笔法，幽微蕴含哲理。由于诗中有"无才思"三字，便幽意纷歧。《唐诗鉴赏辞典》说："有人认为那是劝人珍惜光阴，抓紧学习，以免如'杨花榆荚'白首无成；有的从中看到谐趣，以为是故意嘲弄'杨花榆荚'没有红紫美艳的花，一如人之无才华，写不出有文采的文章。"刘永济《唐人绝句精华》则存疑说："玩三、四两句，诗人似有所讽，但不知究作何指？"歧见证明了诗的幽隐。我以为，颇能说明是从韩诗自找内证，他有《池上絮》："池上无风有落晖，杨花晴后自飞飞。为将纤质凌清镜，湿却无穷不得归。"证明"无才思"三字，确有幽隐透露

· 633 ·

嘲讽之意。之前他就写过《晚春》："谁收春色将归去，慢绿妖红半不存。榆荚只能随柳絮，等闲撩乱走空园。"从"只能""等闲""撩乱"中，显然对榆荚有贬责之意，此意回证"杨花榆荚无才思，惟解漫天作雪飞"，可见幽隐意在借景嘲讽趋炎附势或逐浪随波之流辈，有深邃的哲思。

　　刘永济《唐人绝句精华》说"似有所讽，但不知究作何指"，我来给他回答，中唐派系斗争，韩愈站在传统贵族立场，以"慢绿妖红"红红绿绿绝丽的花草"半不存"，以"走空园"的疾趋貌，嘲讽那帮平民新贵被风吹跑了。刘永济脱离历史，自然不知这类诗。

　　《和李司勋过连昌宫》是典型的幽隐深婉的艺术风格，且看前人怎么评的。朱彝尊《批韩诗》说"'白头宫女在，闲坐说玄宗'，昔人已谓妙矣，此乃因今帝致问，尤有婉致"。陈景云《韩集点勘》说"诗意盖谓昔年父老，幸值元和中兴，皆欣欣复见太平之盛，惟安乐而思终始，克绍开元之治，免蹈天宝之覆辙耳"。朱评此诗未言其旨，一般地只认为师法元稹诗而更深婉；陈评是发微劝诫免蹈天宝覆辙，是牵强地未立本而流入枝蔓。韩愈此诗是中唐后平淮蔡归途所作，平淮蔡是宪宗重要的政绩，他次第削平巨患，声威大振，史誉中兴。这首诗托借野老之口，以并美开元寄望于宪宗，幽隐地表露深婉的寓意，极富内涵。俞陛云《诗境浅说续篇》才切中肯綮云"诗至中唐，才力渐落，昌黎为之起衰，虽绝句而有劲朴之气。首二句咏前朝遗构，低处见者夹道古槐，老根四出；高处见者，分崖绝壑，甍桷巍然。不事饰句，而能确写离宫残状。后二句言白头野老闻长安棋局更新，问今之当阳者为开元几叶之孙？野老身经离乱，追念故君，兼怀盛世，皆于一问中见之，其寄慨深矣"。韩诗风格又一大变。

　　第四，奇险。韩诗中常为人毁誉不一的是这类诗，习常又将韩诗定格为韩派艺术特色的也是这一类诗。这类诗很多，如《南山诗》《荐士》《送无本师归范阳》等。《南山诗》他用奇异的笔触，铺张扬厉，尽写终南山山形险峻，四时变态，最有名的一段如下。

或连若相从，或蹙若相斗。
或妥若弭伏，或竦若惊雊。
或散若瓦解，或赴若辐凑。
或翩若船游，或决若马骤。
或背若相恶，或向若相佑。
或乱若抽笋，或嵲若注灸。
或错若绘画，或缭若篆籀。
或罗若星离，或蓊若云逗。
或浮若波涛，或碎若锄耨。

一连串的繁复景色，层叠不穷，极写登山所见，其间连用五十一个"或"字，叠用"若""如"字，比物取象，写出南山的千姿百态，想象的奇异，叹为观止。而典型的诗作如《陆浑山火》。

时当玄冬泽乾源。山狂谷很相吐吞，风怒不休何轩轩。摆磨出火以自燔，有声夜中惊莫原。天跳地踔颠乾坤，赫赫上照穷崖垠。截然高周烧四垣，神焦鬼烂无逃门。三光弛骤不复曜，虎熊麋猪逮猴猿。水龙鼍龟鱼与鼋，鸦鸱雕鹰雉鹄鹍。燖炰煨爊孰飞奔……

此诗以河南嵩县东北陆浑山火为题材，上引是开头写山火起时天摇地动，写林中猛兽、水中鱼鳖、树上飞禽，鸟飞兽突。诗的以后是写火神祝融驾长车驰骤，所到之处，万物枯焦，成为它的食物。冬帝项冥、水神玄冥派黑螭责问火神，也被烧得焦煳；黑螭向天帝诉说，天关悠悠，被阻于天门外。天帝用九河水洗去黑螭的眼泪，又叫天女恢复它的灵魂，并说火行于冬是自然规律，否则火神要饿死，水火还是结成婚姻为好。奇诡的构思、险怪的行笔，荒诞奇险，读来如随诗人巡行于天庭地府，遨游于四野八荒，语言夸饰，如一位画师，涂出一幅奇诡险怪的斑斓画面。清人程学恂《韩诗臆说·卷一》云"《清龙寺》诗是小奇观，《陆浑山火》诗是大奇观"。诗的艺术内涵丰富，可以远溯汉代的字书，字书在汉代有四言七言韵语，此为司马相如、扬雄、史游等治小学，编为口诀记忆；韩愈极崇扬雄，对字书研治甚深，曾说"心为文词，宜略识字"，可证明韩愈此诗以字入诗之因由。汉代字书《仓颉篇》四言已亡；《凡将篇》七言已佚；只有史游《急就篇》句法是七言，全用名词成句。柏梁古诗，已有学《凡将》《急就》之意；韩愈此诗就有意师学《急就篇》句法炫奇险。诗中"鸦鸱雕鹰雉鹄鹞"，全句用禽类名词组构；"燖炰煨燻孰飞奔"几乎全用动词组合；而"彤幢绛旗紫蕶幡，炎官热属朱冠裈"，则是形容词与名词间用，险怪独特，这是以字书入诗的奇险。以辞赋入诗也是韩诗奇险的内涵，汉赋自司马相如起，极重铺陈，名赋《子虚》《上林》历叙东西南北草木虫鱼，韩愈《南山诗》就师学熔铸此法。韩诗的奇险风格还表现为散句入诗。唐代诗人在五、七言诗句子的组构上，有一定的规式。五言为上二下三节奏，如杜甫"国破山河在，城春草木深"；七言为上四下三节奏，如杜甫"江间波浪兼天涌，塞上风云接地阴"。但韩愈破碎规式，变成上三下二节奏，如"有穷者孟郊"(《荐士》)，"淮之水悠悠"(《此日足可惜一首赠张籍》)；或上一下四节奏，如"乃一猪一龙"(《符读书城南》)、"时天晦大雪"(《南山诗》)。七言则上三下四节奏，如"溺厥邑囚之昆仑""虽欲悔舌不可扪"(《陆浑山火》)都是。诗的节奏破碎成散句，形成奇拗险怪，像这类奇险风格的诗，摧破历来诗法规律，宗之者以为"谢朝华于已披，启夕秀于未振"(陆机《文赋》)；但它给韩诗带来声誉的同时，也招来更多的非议,并且掩蔽了韩诗斑斓多彩的光环。于此,见韩诗风格又一奇变。

第五,沉郁。韩诗中虽有摧破唐诗规则、追求不平常创造、苍劲奇险风格的诗;同时又有严守近体规则的诗,传诵人口的五言近体名句有"江作青罗带,山如碧玉簪"(《送桂州严大夫》)。他最有名的近体诗是《左迁至蓝关示侄孙湘》。

> 一封朝奏九重天,夕贬潮州路八千。
> 欲为圣朝除弊事,肯将衰朽惜残年!
> 云横秦岭家何在?雪拥蓝关马不前。
> 知汝远来应有意,好收吾骨瘴江边。

元和十四年(819)因《论佛骨表》之谏触怒宪宗,由刑部侍郎被贬潮州刺史,至蓝田关,侄孙韩湘赶来相见,写了此诗。"朝奏""夕贬"点明事出意外,致祸之速。次联说已忠而获罪之冤和非罪远贬之愤。第三联是脍炙人口的名句,云、雪有形,抒无尽愁绪,上句寓迁贬之悲,下句藏恋阙之感。宋曾季狸《艇斋诗话》"韩退之'雪拥蓝关','马不前'三字,出古乐府《饮马长城窟行》(见《乐府诗集》卷三八《相如歌辞》)","驱马涉阴山,山高马不前",疑用屈原《离骚》"仆夫悲余马怀兮,蜷局顾而不行"。尾联沉痛凄楚,吐难言之愤。诗风格沉郁,转折顿挫,酷似杜甫诗风,诗的叙事、写景、抒情熔铸一体,韩诗风格可见又有一变。故何焯评其诗格为"沉郁顿挫"。

问:怎样看待韩愈的诗歌成就?

答:从韩诗斑斓多彩的艺术总体观照,我们对这样的诗坛大家,一不能因他的文名特重而忽视或贬抑他的诗名,二不能偏执于一种艺术风格来论定其诗。一般诗论家都以为韩诗创奇险一派,拥有众多韩门弟子,而"韩门弟子"是文名误移于诗的称谓。可是,没有人论列到诗歌上韩愈是虚怀若谷、最广于师法的大家,从历史的纵深和当代的横向，都能找到他善于师学别人、博采众长的轨迹。从历史的纵深如字书、辞赋沿洄而下入诗的师事；到初期汉魏古风的模仿；再到服膺同代诗人中在前的李白、杜甫，他说"李杜文章在，光焰万丈长"（《调张籍》）。他的《忽忽》如太白；《古意》以诞事诞语结构，类太白；《杂诗》的后半，何焯《义门读书记》说"体源太白"。韩愈师学杜甫则更多，如悲壮的格局、琐细入情的描绘、炼字的功夫都从杜甫处得力，他写景的奇险也从杜诗《青阳峡》《积草岭》等诗学来。至于与之同时的寒苦诗人孟郊，韩愈对其倾慕和师学更到了无以复加的程度，他为孟郊写过《荐士》《孟生诗》《醉留东野》《赠贾岛》等诗，写了《送孟东野序》《贞曜先生墓志铭》等文。他以一个名望特重的人垂青于潦倒苦吟的诗人，曾引起南宋魏庆之在《诗人玉屑》中引《隐居诗话》不解的疑思。其实，这是韩愈虚怀若谷、广于也善于师学艺术的结果，他曾说"低头拜东野，愿得终始如駏蛩""我愿身为云，东野变为龙。四方上下逐东野，虽有离别何由逢"（《醉留东野》）。他宽容地接待各类风格的诗人，称张籍"张籍学古淡，轩鹤避鸡群"（《醉赠张秘书》）。诗人王建称韩愈"不以雄名殊野贱"（《寄上韩愈侍郎》），历代诗评家常把韩诗与柳宗元诗作比，与孟郊骈称，也是对他善于也广于师学各种艺术的写照。至此，回到对诗艺术风格的归结，我仍信从张戒《岁寒堂诗话》"退之诗，大抵才气有余，故能擒能纵，颠倒崛奇，无施不可。放之则为长江大河，澜翻波涌，滚滚不穷；收之则藏形匿影，乍出乍没，姿态横生，变怪百出。可喜可愕，可畏可服也"。这正是他异彩纷呈多种风格的说明，但要诠释的一点是"才气"，乃是他师学今古、海纳百川以熔铸滋养的结果。当然，又还得指明他虚怀若谷的师学不是被动的，是有所因必有所革。在韩诗的多种风格中，奇险雄放是他的主流风格，在他成熟的艺术框架中，起主导作用，且影响后学，故不失为唐代诗坛一大宗师。

关于白居易评韦应物五言诗"高雅闲淡"

问：怎么认识韦应物五言诗艺术？

答：韦应物存诗十卷，560 首，号《韦苏州集》。关于他，前人议论几乎递相祖述，一般都以陶（渊明）韦并称，或王（维）韦、韦孟（浩然）、韦柳（宗元）并列。宋人葛立方《韵语阳秋》"韦应物诗拟陶渊明，而作者甚多，然终不近也"。司空图《与王驾评诗书》"右丞苏州趣味澄琼，若清风之出岫"。王士禛《戏仿元遗山论诗绝句》"风怀澄淡推韦柳"。

前人从比较中发微，虽有启示，但不鲜明。疏传的《韦苏州集》，嘉庆二年编《天禄琳琅》后编，记录了一个宋本，前有嘉祐元年王钦臣序，后有拾遗一卷，标熙宁、绍兴、乾道等校本的添补，并云书末有墨迹跋二，录如下。

> 韦应物居官自愧，闵闵有恤人之心，其诗如深山采药，饮泉坐石，日晏忘归。孟浩然如访梅问柳，偏入幽寺。二人意趣相似，然入处不同，韦诗润处如石，孟诗如雪，虽淡无采色，不免有轻盈之意。德祐初获二集并记须溪。

> 韦苏州诗易读不易学，比陶之自然，有异趣，须溪评犹仿佛可见。不用意不能似，用意又不复似，是以为难尔。至正丁酉九月十五日天全叟题。

须溪，宋末元初刘辰翁号；天全叟无考，当为元朝人，都从艺术上将韦诗与陶诗、孟浩然的诗做了比较。《天禄琳琅》还清楚地说《韦集》沈明远补传后有刘辰翁识语云"或谓公诗不琢句、不用事、不炼字。不知公之所以为大家者，或谓此也。晴窗点检，遂为之叹"。

问：看来他们都力图从艺术上道出韦诗特征，但说的都是大致印象。白居易《与元九书》提到"高雅闲淡"，这能确切概括他的特色吗？

答：首先我们须明白韦应物的诗绝大部分是五言诗，从五言诗切入是可以认识韦诗艺术的。我认为白居易评语很堪重视。其一，白居易后于韦应物不远。他元和十年（815）在江州致元稹的信中曾提及韦诗传播情况，其时韦应物已身故，但故世年份不久，他从社会传播上了解到对韦诗的好评，当然，白评就可能有一定群众基础和社会基础；其二，白居易是诗人，又对诗歌理论有建树，他的评语比较全面，兼及思想和艺术，特别是对韦诗艺术的评语，具有较全面的概括力和代表性。如《与元九书》。

> 如近岁韦苏州歌行，才丽之外，颇近讽兴。其五言诗又高雅闲淡，自成一家之体，今之秉笔者谁能及之。

确实，韦应物歌行，无论从抨击时弊，还是揭露权豪来看，思想意义应都无愧于好作品之列。五言诗也有社会意义很强的，如《山耕叟》《杂体》等；但五言诗更主要具有"自成一家之体"的艺术特色，"高雅闲淡"。

问：怎样理解他五言诗的"高雅闲淡"？

答：对"高雅闲淡"白居易没有做进一步说明，后世诗评家也未做具体诠释，故理解韦应物五言诗终如镜花水月。下面我分别释之。

首先，"高"是指韦应物遣词用韵的艺术。对此，宋人张戒颇有领会，他多从与其他诗人比较来谈，《岁寒堂诗话》云"韦苏州诗，韵高而气清，王右丞诗格老而味长，虽皆五言宗匠，然互有得失，不无优劣。以标韵观之，右丞远不逮苏州"；又云"随州诗，韵度不能如苏州之高简"。诗是熔视、听、意于一炉的综合艺术，从听觉角度要讲求声音，或低，或昂，或亮朗，或沉滞，根据需要以娱于耳，这从标韵中特别明显；从视觉角度看诗，自唐以来，更要讲求律度、格致，或严饬，或疏朗，或明针，或暗线。要讲求辞采，或秾纤，或古淡，根据需要以娱于目；自然，更需要讲求意境，或深沉，或隽永，或直露，或含蓄，根据需要以娱于意。而此数者，往往又相互关联，相得益彰。大凡名重诗林者，莫不深合讲究、出类拔萃。对讲求音声标韵，袁枚《续诗品》专有谈及"择韵"者，而在《随园诗话》中就谈得更清楚，"诗题洁，用韵响，便是半个诗人"；又说"欲作佳诗，先选好韵，凡其音涉哑滞者、晦涩者，便宜舍弃"；还说"诗有音节清脆，如雪竹冰丝，非人间凡响，皆由天性使然，非关学问"。他从标韵到选辞，都提出了准则，要亮朗清脆。再回到张戒评韦诗"韵高气清"来谈，"韵高"，指标韵、音声而言；"气清"，指达意而言，概括了韦诗"声"与"意"的和谐统一。也就是说，韦诗标韵主亮朗之声，立意达萧疏清逸之气。

  标韵亮朗，自然就局限于少数韵目，这又是张戒评韦所云的"高简"。细查韦集五言诗，会发现他标韵讲究。以三、四卷为例，第三卷有诗六十四首，七言诗十一首，五言诗五十三首，又除五言仄声韵十首外，平韵诗四十三首；第四卷有诗六十八首，其中七言诗九首，五言诗五十九首，又除五言仄韵诗六首，平韵诗五十三首。我专就两卷诗的平韵五言诗的标韵做了统计，两卷合计，用上平声韵六十一首，下平声韵三十五首，上平声几为下平声的两倍。统计证明，他偏重标用上平声韵。上平声韵响朗，比下平声韵清亮。上平声韵中，四"支"韵宽，两卷共有十二首；下平韵七"阳"最宽，却只得二首。原因是上平四支韵亮，变化少，故不避多用；下平七阳韵沉滑，变化易，虽宽，却避其多用。自然，韦应物用韵"高简"，不是独僻仄径，以巧押险韵为工。他结撰一诗，但求声清意朗，声与意和谐，高韵古色，简古而不流易，亮朗而不沉滑，独能树帜名家。

其次，"雅"。雅者，正也。刘勰《文心雕龙·定势》云"旧练之才，必执正以驭奇"。"奇"与"正"是对立面，他是叫人们不必专务新奇而失去正道。他所谓的"正"，一是明白晓畅，《定势》篇说"正文明白，而常务反言者，适俗故也"；二是诗文应具典雅风格，《体性》篇就把典雅和新奇作为对立风格而赞成典雅。

韦应物循雅正，不务奇，但诗歌作为组象艺术，在成象过程中，诗人要展示自己的才华，用独特的功夫创造它，而又出以不务奇，应该说是很难的；更有五言诗，往往在有限的字句中，从不务奇里树帜名家尤难。韦应物深研诗格，在工雅上下功夫，如名诗《秋夜寄丘二十二员外》。

怀君属秋夜，散步咏凉天。
山空松子落，幽人应未眠。

首二句怀友又当秋夜，离愁难遣，夜凉难眠。这是从自己着笔。第三、四句松子落空山，幽人当是丘员外丹，夜静之时，进一步想到幽人也如己难以成眠吧！这首诗妙在将双方对思的离怀，写得十分工雅，浑然一体，无迹可求。所以司空图《与李生评诗书》说"王右丞韦苏州澄澹精致，格在其中"。又如《听江笛送陆侍御》。

远听江上笛，临觞一送君。
迎愁独宿夜，更向郡斋闻。

首句景中寓情，笛声断肠，江上远听，其音尤哀。次句临杯觞而别，听江笛更助哀伤了。三句暗笔宕开，别后独宿还有愁者。四句那江笛更声声向郡斋传来，今日离人不堪肠断而断肠了。诗用明针暗线法，以江笛穿透现实和未来，情韵深长。这样的诗，如若表面求之，仿佛无所得；深其纹理，则格致工雅不凡。再如他的五言咏物之作。

  秋荷一滴露，清夜坠玄天，将来玉盘上，不定始知圆。（《咏露珠》）
  有色同寒冰，无物隔纤尘。象筵看不见，堪将对玉人。（《咏琉璃》）
  万物自生听，太空恒寂寥。还从静中起，却向静中消。（《咏声》）
  军中始吹角，城上河初落。深沉犹隐帷，晃朗光分阁。（《咏晓》）

诗小而巧，举言一物，摹写精雅，不同流俗。自然，精雅之诗，不特摹状写物，还常道人所难道之处。黄彻《䂫溪诗话》"应物《听嘉陵江声》云：'水性自云静，石中本无声。如何两相激，雷转空山鸣。'《赠能吟李儋诗》云：'丝桐本异质，音响合自然。吾观造化意，二物相因缘。'……此皆穷本探源，超出准绳外，不特写景状物也"。

韦应物诗格的"雅"，还同于司空图力主"味外味"之说，我可引清人许印芳语证之。

  表圣论诗，味在酸咸之外。因举右丞、苏州以示准的，此是诗家高格，不善学之，易落空套。唐人中王、孟、韦、柳四家诗格相近，其诗皆从苦吟而得，人但见其澄澹精致，而不知其几经淘洗而后得澄澹，几经熔炼而得精致……然欲淘洗熔炼……贵其善写情状……情状不同，换步移形，中有真意……运以精心，出以果力，眼光所注之处，吐糟粕而吸精华，略形貌而取神骨，此淘洗之功也。……露者易之以浑融，此熔炼之功也。功候深时，精义内含，淡语亦浓；宝光外溢，朴语亦华，既臻斯境，韵外之致，可得而言，而其妙处皆自现前实境得来。表圣所云"直致所得，以格自奇也"。(《诗法萃编》)

这可谓道出了韦应物诗格澄澹精雅之处，也道出了韦诗的难为之处。

再次，"闲"，是指韦应物意兴闲远，思想萧散。他留在诗作里的感情，大都没有强烈的冲欲，他的思想总是在追求一种闲逸之情，并以这种感情来平息心中各种忧扰。从韦应物经历看，他本世家子弟，世乱离散使他忧扰，他说"岁暮兵戈乱京国，帛书间道访存亡。还信忽从天上降，唯知彼此泪千行"(《寄诸弟》)；民瘼疾苦使他忧扰，他说"邻家孀妇抱儿泣，我独辗转何时明"(《子规啼》)；壮志难酬使他忧扰，他说"平生有壮志，不觉泪沾裳"(《宴别幼遐与君贶兄弟》)；宿疾烦疴使他忧扰，他说"对此嘉树林，独有戚戚颜，抱瘵知旷职，淹旬非等闲"(《移疾会诗客元生与释子法朗因贻诸祠曹》)；妻亡孤寂使他忧扰，他说"存殁阔已永，悲多欢自疏。高秩非为美，阑干泪盈裾"(《忽想京师旧居追怀昔年》)。对百端忧扰，他希望能从抽象的精神和具体的生活中都得到解脱，于是，通过诗来反映他这种要求，这种要求又从两点做了示象。

一是把思想感情和高山流水、田园劳作相联系。他有效陶潜诗多首，如《与友生野饮效陶体》。

携酒花林下，前有千载坟。
于时不共酌，奈此泉下人。
始自玩芳物，行当念徂春。
聊舒远世踪，坐望还山云。
且遂一欢笑，焉知贱与贫。

对于一生从宦的诗人来说，不关切贫贱未必，而强颜欢笑是真，"聊舒"与"坐望"，把心里的投闲化成了形象。另一首《效陶彭泽》如下。

霜露悴百草，时菊独妍华。
物性有如此，寒暑其奈何。
掇英泛浊醪，日入会田家。
尽醉茅檐下，一生岂在多。

前四句以大自然不可抗逆的物喻，引述出诗人无可奈何的投闲，顺应自然。自然，他的思想就与陶潜相通了，鲁迅评陶"并非浑身是静穆"，韦应物也不是"浑身静穆"，他的投闲，是因为心中百端忧扰。

二是努力从诗歌组象中组出一幅幅冷画面、静环境。这类诗，韦集中佳篇不少，如《怀琅琊深标二释子》。

白云埋大壑，阴崖滴夜泉。
应居西石室，月照山苍然。

诗是一幅冷寂静极的山水画。阴崖滴夜泉，以有声写无声的静。月照山苍然，娴静中透出无穷韵味。诗题一个"怀"字，点明想念，而铺设的环境，此时、此地、此景，让我们从娴静中更领悟诗人沉浮的心境。

他的诗是娴静画面，而许多地方更直言写闲、喜闲。如"闲居寥落生高兴"（《闲居寄端及重阳》），"闲阁寡喧讼，端居结幽情"（《朝请后还邑寄诸友生》）。求闲、爱闲、写闲，但切莫误以为韦应物心意枯淡，他"闲"中有"意"，是感受现实的通权达变，是不满现实的曲线抗争。杨慎从他写闲静的名诗《滁州西涧》中就有独特看法，

"'春潮带雨晚来急,野渡无人舟自横'此本于《诗》'泛彼柏舟'一句,其疏云:'舟载渡物者,今不用而与众物泛泛然俱流水中,喻仁人之不见用'"(《升庵诗话》)。他一幅幅的冷画面、静环境,有时竟直接奔突着激烈的诗心,如《对残灯》。

> 独照碧窗久,欲随寒烬灭。
> 幽人将遽眠,解带翻成结。

这是慕闲的幽人吗?他内心的忧煎何其激烈,分明解带反而成结。是什么忧煎?诗人未说,也不必说,展示了广阔的艺术空间,寓激烈诗心于娴静,撰百端忧怀于末句。

最后,"淡"。韦应物诗,不为绮语,不作丽辞。他的诗思想上有闲的个性,语言上有淡的特色。艺术的语言是构成诗的物质材料,是诗人用以表情达意的手段,为诗人的思想需要所制约。陆机《文斌》云"思风发于胸臆,言泉流于唇齿"。唐开诗事,对语言的精练提出了更高要求。六朝余风,雕章琢句,"竞一韵之奇,争一字之巧",卑弱浮华,凡为大家,莫不为扫荡这一文风做出贡献。韦应物的五言诗语言,有很重要的两个特色——自然和冷语。

自然,是指韦应物用语真率,不矫饰,但真率不流于直露。他以实涵虚,用语常在于不着力处。故前人认为韦诗易读不易学。司空图《诗品》列"自然"为"俯拾即是,不取诸邻。俱道适往,着手成春。如逢花开,如瞻岁新。真予不夺,强得易贫"。韦诗用语自然到俯拾即是,这不是平常语句吗?然而正是这自然的常语组象成诗,便着手成春了。如《初发扬子寄元大校书》。

> 凄凄去亲爱,泛泛入烟雾。
> 归棹洛阳人,残钟广陵树。

今朝此为别，何处还相遇。

世事波上舟，沿洄安得住。

首二句"凄凄"与"泛泛"，不疾不徐，自然写来，淡淡用语，已透出惜别之情。第三、四句"归棹洛阳人，残钟广陵树"，远树残钟，淡得无色的自然景物，承上句"入烟雾"自然写来。后四句诗笔荡开，情思淡淡。这是一首以自然之笔、写自然之景、言自然之情的诗。陆时雍评曰"盈盈秋水，淡淡春山，将韦诗陈对其间，自觉形神无间"（《诗镜总论》），用形象比喻道出了韦诗自然之境。

冷语，韦应物五言诗，许多脍炙人口的佳作都情思高远，形神萧散，与他使用冷语密切相关。何谓冷语？颜色素淡、情景清深之词。遍览韦诗，他的名篇佳作都爱用"静""闲""孤""寂""冷""独""幽"等字词。他用冷语写春晚之景"绿荫生昼静，孤花表春余"（《游开元精舍》），《艇斋诗话》称"最有思致"。他《宿永阳寄璨律师》冷语冷境，"遥知郡斋夜，冻雪封松竹。时有山僧来，悬灯独自宿"。《碧溪诗话》赞誉"尝谓暑月读之，亦有霜气"。一幅幅素淡冷寂的画面，频频展现。他最具代表性的冷语诗是《寄全椒山中道士》。

今朝郡斋冷，忽念山中客。

涧底束荆薪，归来煮白石。

欲持一瓢酒，远慰风雨夕。

落叶满空山，何处寻行迹？

以"冷"字统摄全诗。首句"郡斋冷"，既是节候寒冷，更有心境清冷。由此想到山中道士，"束荆薪""煮白石"，用想象之笔，写山中生活之萧寂。再想到送酒安慰，风雨之夕，落叶空山，冷物冷境却不见人迹。虽酒未送出，不可否认冷景之下包裹着一颗滚烫的诗心。诗人寄全椒道士，冷语造境，淡得刿心怵目，无愧绝唱之称。翁方纲《石洲诗话》说"其妙处全在淡字"。细品诗歌，还可感受到诗人对宦情的冷淡和对隐逸的钦慕。

韦诗冷语，用"独""静"等字最多，举例如下。

> 寒花独经雨，山禽时到州。（《郡中西斋》）
> 秋斋独卧病，谁与覆寒衣。（《郡斋卧疾》）
> 空堂岁已晏，密室独安眠。（《雪中》）
> 空林无宿火，独夜汲寒泉。（《上方僧》）
> 还忆郊园日，独向涧中闻。（《始闻夏蝉》）

我随意抽取韦集卷八做了统计，共七十五首诗，其中用"独"字的诗有二十一首，占四分之一多，但这不能说明诗人用语贫乏，而是其善用冷语的根据。他仿佛喜欢在狭窄的冷语天地驰骋才华，正是这样，才使他在名家中同中出异、独树一帜。

综上，韵高而不流易、格雅而不浅俗、情闲而意清远、语淡而味真纯，这就是韦应物五言诗"自成一家之体"的艺术内涵。继白居易之后，评韦诗者不乏慧见，有趣的是，苏轼很可能就是承认"高雅闲淡"，反以之与尚"浅俗流易"的白居易诗做比较，讥刺说"乐天长短三千首，却逊韦郎五字诗"（《效韦苏州》）。

关于唐诗变体

问：唐诗变体是怎么一回事？

答：这是唐以后，民间流传的改窜唐诗的现象。清代著有《阅微草堂笔记》的大学士纪昀，有一次奉诏为乾隆题写扇面，书王之涣

《凉州词》:"黄河远上白云间,一片孤城万仞山。羌笛何须怨杨柳,春光不度玉门关。"他笔走龙蛇,一时疏忽,竟漏写一个"间"字。这下惹怒了乾隆,以为纪昀分明欺骗他无学识,便要把纪昀问成死罪。纪昀大骇,急中生智,忙回禀道:"圣皇息怒,我是借用王之涣的诗意填的词。"说毕,立即重新断句标点。

  黄河远上,白云一片,孤城万仞山。
  羌笛何须怨?杨柳春风,不度玉门关。

  乾隆听罢,无言以对,转而赐酒压惊。这是民间流传的趣闻故事。纪昀算巧妙过了关。但是,一首七绝肢解为长短句,虽意义未大变,但诗的意境已失。原诗气势沉雄,意兴苍凉中有奋发气概;变为长短句体,上口吟诵,已觉情调低沉,充满了哀怨。

  另外,杜牧的《清明》诗,也有变体吟诵,变为长短句云:"清明时节雨,纷纷路上行人,欲断魂。借问酒家何处?有牧童,遥指杏花村。"原诗如画,改作长短句,意虽未变,画境全失,削弱了形象思维的感染力。例如"路上行人"前用"纷纷"修饰,如大街市井,乡村风味顿失。所谓的变体,除了以趣味媚俗,别无可取。

  还有一种改法,七绝改五绝。改诗者以为第一句"清明时节雨"即可,因为雨自然是"纷纷"。但细细一想,淅淅沥沥之雨,如注之雨、滴答之雨能叫纷纷吗?所以"纷纷"贴切清明节候,是绝不可少的。尤其"纷纷"二字还将行旅远道的人因赶着回家扫墓而团聚急切、纷乱如麻的心情相应传出,雨纷纷,情纷纷,情深深,雨蒙蒙。而妄改者改得毫无诗味。第二句妄改者只取"行人欲断魂",因为行人必然是在"路上"。这也不对,缺少"路上",便失去了距离感,对于相见的行人,就模糊了远行离乡者的指谓。第三句妄改者只取"酒家何处有",认为"何处有"本意已有问了。但这也模糊了"自问"或"他问"，有了"借问"则明示"他问"，是询问别人，而且传出行人在春寒料峭中急切希望酒暖心怀的愁情。第四句妄改者只取"遥指杏花村"，因为谁指都可以，何必要确指"牧童"？妄改者不明白"牧童"的用意，它对时、地的点染至关重要。"牧童"令人想到春天回暖，青草芊芊，正是放牛羊的好时光；牧童又显示了行人是在乡村田野，并不是任何人的"遥指"都能起到这样的效果。结果妄改者将诗改成"清明时节雨，行人欲断魂。酒家何处有，遥指杏花村"。

问：这一改真不是味了。

答：是的，妄改者只从精炼成字出发，将二十八字减为二十个字，通顺清楚，不失原意。这位愚蠢的改诗者自以为是，觉得一改，有点铁成金之功，其实是点金成铁之错，殊不知凡读诗、写诗、删诗、改诗都要有标准，即艺术赏鉴，诗并非把问题说清楚便是好诗。诗讲求情景交融，考虑所处的具体环境。当然诗也需要精练，但精练并非字数愈少愈好。艺术表现中的渲染、铺张，为了造成一种审美效果，特别需要淋漓酣畅；一言不足，长言之；等等。这在妄改者的眼中，都要斩杀勿论了。

问：我有一疑问，《清明》这首诗，家传户诵，都以为是晚唐杜牧的传世名诗，可是他的诗集中并不曾刊载。

答：是的。到了南宋，刘克庄《千家诗》中也没有。诗出现在传为谢枋得编的《千家诗》中，这个版本叫《重订千家诗》，王相注。据查《辞海》，王相其人，乃明清间人，编选庸陋，注解肤浅，时有谬说，题谢枋得编辑当是王相伪托。对于这首名诗归属，并无杜牧之外的作者纷争。《千家诗》影响太大，归于杜牧并无异议，也无人敢质疑辩驳。

问：那么这首诗当出自杜牧之手？

答：从诗的风格看，与杜牧所有传世绝句相同，不排除就是他的。

但这种风格浅致的诗,宋、明时人也擅长,是后人附会吗?说不清,也未出现有人争冠名权的史料证据。唐五代李中倒是有《海上和柴军使清明书事》"清明时节好烟光……当春何惜醉昫阳……却是旅人悽屑甚,夜来魂梦到家乡",颇合《清明》诗意,若是王相有意拼合伪造,自不会有著作权之争。

还有一种可能,士子觅举行卷。是否杜牧守池州,某个士子向他觅举,留于杜牧处,被后世误作杜牧诗?另,唐人诗题多反映人际交往情况,行卷一般有对投献对象的敬语,如杜甫长安投献的诗题。但宋人有改动唐诗的陋习,许多行卷诗在流传中被人重置诗题。是否别人的行卷诗改成了杜牧的《清明》?不得而知。到谢枋得那里才进入《重订千家诗》,成了杜牧传世绝句。问题是所谓"谢枋得重订本",也是在明末清初才出现在王相注本中的。王相才是关键人物。当然,上述种种均是推测,尚待材料发掘以去伪存真。

关于唐代歌诗

问:请谈谈唐代的歌诗。

答:有唐一代,音乐发达,许多乐工伶人把享誉诗坛的七绝名篇配乐歌唱,另外,许多诗人也积极为音乐的配合谱写七绝诗篇。歌与诗的结缘有许多记载。天宝年间,《国秀集》选者芮挺章在序中说:"自开元以来,继天宝三载,谴谪芜秽,登纳菁英,可被管弦者,都为一卷。"证明选诗已可配管弦歌唱,很遗憾,配唱的曲调一个也没有留下来。但从唐诗人的作品中、记事中,仍可领略到诗被于弦歌传唱的情况。如白居易的诗说:"席上争飞使君酒,歌中多唱舍人诗。"元稹的诗说:"休遣玲珑唱我诗,我诗都是别君辞。"唐宣宗在白居易死后悼念的诗说:"童子解吟长恨曲,胡儿能唱琵琶篇。"传唱之广远,是普及性的。韩翃有诗说："孺子也知名下士，乐人争唱卷中诗。"陈陶的诗说："歌是伊州第三遍，唱着右丞征戍词。"特别是七绝被于弦歌更盛。董文焕在《声调四谱图说》中论及七绝至唐而盛云："当世名家率多以此擅长，或一篇出，即传诵人口，上之流播宫廷，下之转述妇孺，由是声名大起，遂为终身之荣，实因唐人乐章全用当世士人之诗，皆绝句也。"对此论须补充的是，以七绝作歌词配乐歌唱，乃始自盛唐。薛用弱《集异说》谈开元时，旗亭歌伎唱歌，王昌龄、高适、王之涣三诗人正会集旗亭，三人的七绝都广为流传，便暗里赌说，歌伎开口必唱谁的七绝，果如其言，留下了一段"旗亭"佳话，也证明歌诗类同于唱流行歌曲了。李贺曾即席写诗，一个叫申胡子的人，将衣质酒，与李贺合饮。申胡子对李贺说，你只能长调，不会五言歌诗。贺在他激励之下，"以五字断句，歌成，左右人合噪相唱"（《申胡子觱篥歌》序），胡客大喜，命花娘出幕，挥管配声。李益的诗，"每一篇成，乐工争以赂求得之，被之声歌"（《新唐书·李益传》）。全唐诗中约有一千二百多首在当时是被歌唱的。李贺有《李长吉歌诗》专集。

  问：歌诗与音乐关系如此密切，是唐代才有的吗？

  答："歌诗"一词唐以前便有，但"唐代歌诗"有特定的意义。唐代音乐继承自隋代又有所发展，唐初完全继承隋之《九部乐》，随社会安定、发展及民族文化的交流，又融入了外来胡乐，形成一种以燕乐为主的音乐体系。长安太常寺之大乐署有众多乐工，内教坊和左右教坊更有不少，唐玄宗的禁苑梨园乐工有三百余人，天下乐工有数万之众。诗人也多精通音乐，如王维善琵琶；李贺曾任协律郎；唐玄宗则是一个通晓音律，喜羯鼓、玉笛的音乐家。唐代歌诗就是在这样的背景下，继六朝乐府诗歌而兴盛于唐的文艺形式，以新的丰富多彩的曲调歌唱当时的近体诗，主要是七绝。如唐玄宗令乐工李龟年唱李白的《清平调》，李龟年手执檀板歌唱，明皇倚玉笛相和。《清平调》三首都是七绝。白居易"最忆《阳关》唱,珍珠一串歌",是王维有名的七绝《渭城曲》。当然,唐代歌诗也有七律(如《龙池乐》)、五绝(如《相思子》)和其他不同句数的五、七言诗。因歌诗主要是唱近体诗,故有平仄、拗体的规则讲究。

唐代诗歌在诗词与曲的配合上有三种。一是依诗谱曲,诗体同而曲调异。如七绝体,曲词唱法便有用《竹枝词》《清平词》《杨柳枝》《浪淘沙》等。二是依曲写诗,形成一个曲调唱不同诗歌。女乐妓刘采春《罗唝曲》唱一百二十首不同人的诗篇。三是选诗配曲,选名人诗,以现在曲调相配。教坊乐工多用此,如求取李益的诗唱。

歌诗演唱的地方多在筵席上,由歌伎乐工歌唱;民间"歌场"上也有歌唱。唱法上有叠句、泛声词、和声辞等表现手法。《阳关三叠》是反复迭唱,也有多首联章唱,如刘禹锡的九首《竹枝》。

歌诗是声情并茂的,李商隐听《阳关曲》的感受是"断肠声中唱阳关";崔仲容的感受是"渭南朝雨休重唱,满眼阳关客未归"。艺术感染之深可以想见。白居易说:"梦得能唱《竹枝》,听者愁绝。"刘禹锡算是一位能歌能诗堪称"双绝"的艺术家。

问:这是从音乐关系上看。"歌诗"繁荣,还有其他因素促进吗?

答:可做深入探究。何以"被于弦管至盛唐而盛"?这就得与当时科举现象联系考察。玄宗时期科举选士以文辞取胜,促进了社会层面投谒、行卷之风滥觞。行卷多是为科第博取名声。投卷前要精心挑选得意之作,精心装裱成卷子。我国书画装裱于此得到大发展。但行卷尺幅过大,到了中唐薛涛特意进行改造,制作"薛涛笺"。北宋苏易简《文房四谱》记其事:"元和之初,薛涛尚斯色,而好制小诗,惜其幅大,不欲长,乃命匠人狭小为之。蜀中才子既以为便,后裁诸笺亦如是,特名曰薛涛焉。"从中可知"薛涛笺"是最适合小诗的小幅笺纸。这就可反证,当时唐人行卷以七绝、五绝精练小诗为主。薛涛的小尺幅诗笺,大受欢迎,李商隐有《送崔珏往西川》"浣花笺纸桃花色,好好题诗咏玉钩"。又,薛涛"命匠人狭小为之"已包含诗歌交流是要装裱的事实。士人行卷后,投献的权贵会悬挂厅堂,垂示子弟或显扬世人。这便是后世垂挂书画的传统。如韩愈就曾在官署高悬李贺投谒的《雁门太守行》。但为确保名播文林,行卷举子还会请乐人传唱,这就是清人董文焕说的"唐人乐章全用当世士人之诗"的原因,且绝句更便于记忆,被于管弦迭唱,如王维《渭城曲》"阳关三叠"。所有一切,全围绕科举,都有明确的功利目的,但也使歌诗得以盛行。诗与乐结合,流行程度已远超行卷效果了。其影响力相当于今天的流行音乐坛,大约"七绝圣手"王昌龄就是流行乐坛的诗歌高手。唐诗能保留下来,很大原因与"歌诗"行为相关。可以说,唐人"歌诗"是行卷的补充。

关于"诗史"正义

问:杜甫的诗,怎么又称为"诗史"呢?"诗史"就代表现实主义吗?

答:诗史,是对杜甫诗的称誉。关于它的含义,向来遵从宋人之说。据《新唐书·杜甫传》云:"甫又善陈时事,律切精深,至千言不少衰,世号诗史。"

这"善陈时事""千言不少衰",成了享誉"诗史"的重要特征。《蔡宽夫诗话》云"子美诗善叙事,故号诗史"。这也是你问题中提到的许多人的观点,诗史就是现实主义精神的体现,"实录时事"。关于"时事"的内容,概言之,自然是指他生活的唐代由盛转衰的安史之乱时期——"时",腐朽现实下人民的疾苦——"事"。这表现的"时事"内容有三个方面。

第一，用深切的同情描写人民疾苦，达到了前人和当代诗人未有的深广度。杜甫"穷年忧黎元，叹息肠内热"（《赴奉先咏怀》）。所以，在他的诗里，士兵、老农、老妇、负薪女、新嫁娘、寡妇等，形成一系列下层人民的形象。他极其深刻地表达了人民的感情和愿望。如"三吏""三别"集中反映残酷兵役带给人民的苦难；如《悲陈陶》《诸将》《岁晏行》等，揭露统治者御敌无能，害民有术；如《茅屋为秋风所破歌》《遭田父泥饮》《又呈吴郎》等，表现诗人关切人民的亲切感情和博大胸怀。更为可贵的是，他描写人民的疾苦能深刻追本溯源，写出"朱门酒肉臭，路有冻死骨"（《赴奉先咏怀》），把握时代的本质特征。

第二，对祖国的深沉热爱，为人民忧虑，为人民感奋。杜甫的诗充分融入爱国的赤诚。如"国破山河在，城春草木深"（《春望》）的沉痛，"却看妻子愁何在，漫卷诗书喜欲狂"（《闻官军收河南河北》）的喜乐，都鲜明而深刻地反映了诗人的忧乐意识系于国家形势的安危。如"三吏""三别"，交织的矛盾有封建王朝、安史乱军、人民群众，本质上仍是反映人民爱国思想的诗歌，诗人主战和反战都能从国家利益和人民愿望出发。诗人后期写下的忧国伤时的诗歌，如《宿府》《旅夜书怀》《登高》等，也都充满深沉的家国情怀。

第三，对种种罪恶社会现象痛切诛伐。杜甫讽喻时事，直面现实，统治阶级中各色人物的罪恶，他都写入诗中。如《兵车行》谴责上层统治者热衷于开疆扩土，悲怆人民流血于边土，白骨无人收。《丽人行》则暴露杨氏兄妹的奢侈衣食和骄纵神态，用虚伪赞赏托深切讽刺。《赴奉先咏怀》更是直接揭露以玄宗为首的贵族官僚侈宴乐于骊山，置荣枯咫尺于不顾。他痛切写出"赐浴皆长缨，与宴非短褐。彤庭所分帛，本自寒女出。鞭挞其夫家，聚敛贡城阙"。对地方军阀的专横暴虐，他便写《三绝句》《岁晏行》加以抨击。他痛切诛伐的范围很广，程度很深。还有一些借物寓言的政治讽刺诗，也表现了他深切嫉恶的思想感情。

问："这对"善陈时事"的"诗史"的重要特征解释得比较具体了。那对"千言不少衰"的理解呢？

答："千言不少衰"不用谈，你会清楚的，只需诵读《赴奉先咏怀》《北征》二诗，那鸿篇巨制的规模，几十韵的长诗，便是极好的例证。

对"善陈时事"，我要补充一点，杜甫诗歌的写作题材，是异常广泛的。除上述"善陈时事"的主体内容外，他还有不少写景咏物的诗歌，祖国的山川、自然界的风雨，都浸透诗人热爱祖国、热爱生活、热爱人民的深厚感情。他还用诗同朋友唱酬，用诗评论诗歌、音乐、绘画、书法、舞蹈、技艺等。如果用一句总说，他的诗形象具体地反映了8世纪中叶半个世纪的唐代各方面的历史。从这个意义上理解"诗史"的意义，也是恰当而令人信服的。

以上是我对宋人"诗史"的疏解。

问："诗史"就以宋人之说为准？还有早于宋人的解释吧？

答：这正是我要深入的，须知"诗史"不是宋人提出的。对"诗史"的理解，我还想补充谈谈。"五四"以来的《文学史》皆承袭宋人说法，以杜诗反映唐王朝由盛及衰一系列重大事件，号为"诗史"。这实际上是十分偏颇的，并不能准确概括诗史之义，还得回到本义。见孟棨《本事诗·高逸三》。

　　杜逢禄山之难，流离陇蜀，毕陈于诗，推见至隐，殆无遗事，故当时号为诗史。

孟棨，晚唐人，他对"诗史"的见解明显有别于宋人及今人的理解。

首先,"诗史"是孟棨提出的。宋人对其概念内涵加以改动发挥,偏离了孟棨本意。细绎孟棨之说,恍然有醍醐灌顶的醒悟。他原是拿杜甫与孔子作比,以杜诗与《春秋》对照而提出的一个概念;"诗史"是将杜甫看成唐代的孔子,而建立的"诗史"观点。那么就涉及标准的问题,孟棨是明确的。

其次,孟棨对"诗史"有明确限定,不是所有杜诗,而是固定于流徙陇蜀之后的诗歌。也就是说,是杜甫被肃宗华州罢官放逐后,以流放身份写的一批诗歌。这是关联诗人遭遇再提出的"诗史"概念。因此,宋人之说过于宽泛,将"善陈时事"视为诗史内涵,并未认识到"诗史"本义。实际此时的杜甫既是唐代的屈子,又是唐代的孔子,这双重身份下用春秋笔法创作的诗,才堪称"诗史"。

再次,"毕陈于诗,推见至隐,殆无遗事",是诗史的核心内涵。如何理解?"毕陈于诗",斑斑记录于案,是孔子治史的态度,秉笔直书,不隐恶,不虚美,不矫饰,不诈伪。这是许多诗人都能做到的,是"诗史"的基本要求。关键是"推见至隐",它出自《史记·司马相如列传》"《春秋》推见至隐,《易》本隐之以显"。所以要理解它就要结合《春秋》,孔子《春秋》原则是兴王道,揭乱源,明是非,讲人伦,尊先王,惩恶劝善警来者,尤其警示君王诸侯,但又微言大义为尊者讳,目的是补敝起废,维护秩序。《春秋》"言王事",字字针砭,特别憎恶"乱臣贼子",有"春秋笔法"之称。杜甫人生关节就是为房琯忤犯肃宗,得罪皇帝而被罢官流放陇蜀,永不启用。这是遭遇屈原放逐流离之难,作为"致君尧舜上,再使风俗淳"的世家子,这等于抽去他的精神支柱,其痛苦与眷思是多么深重;但又不能直诉个人委屈,他得为尊者讳,所以他以春秋笔法写自己与朝廷的关系、与肃宗的君臣关系。从这一意义上讲,孟棨称"诗史"是深悟诗人的。诗史不是任何人可作的。杜甫遇到两重转关,一重是个人的,一重是社会的。社会转关就是贵族渐失社会掌控，转向中唐以后的平民社会，社会结构巨变，再无初盛唐那种充满理想主义与责任感的贵族社会。两重转关都向坏的方向发展，所以他以"推见至隐"的写作手法来达到"春秋之教"的目。作为末世贵族，他那种痛苦不是什么诗人都具有的，"百年多病独登台"那份孤独包含了他对早年盛世繁华的无限眷恋不舍；"百年歌自苦，未见有知音"，这就有点像孔子"知我者其惟《春秋》乎，罪我者其惟《春秋》乎"。"多病"指社会病、君臣病、个人病；"歌苦"指瞻恋朝廷君王的苦歌，如屈子"香草美人"表达忠贞，忧愁幽思而赋《离骚》；"知音"指期待君臣鱼水之欢，就如司马迁《史记·屈原列传》"屈原虽流放，眷顾楚国，系心怀王，不忘欲反，冀幸君之一悟，俗之一改也。其存君兴国而欲反复之，一篇之中，三致志焉"，而杜甫"存君兴国"又岂止"三致志焉"？所以诗史是有严苛条件的，不单是写现实主义诗歌便可成为诗史。杜甫又是儒者，自然深谙春秋"乱臣贼子惧"的笔意；他批评肃宗而遭遇流放，自然孟棨要将"诗史"圈定在流陇蜀之后。而《春秋》的"微言大义""为尊者讳"，又让他在蜀中形成了不同于中原时期的委婉深曲、缱绻伤怀、情意缠绵的诗风，这也是"诗史"在陇蜀最为显著的特征。有话不能直说，所以孟棨说他"推见至隐"与春秋笔法丝丝入扣，不谋而合。更深层意义，"诗史"是针对君臣关系而发的，这是诗人一生"大节"。杜甫抓住"春秋笔法"中"推见至隐"这一本质特征，奠定了"诗史"的地位。至于"殆无遗事"自然也是《春秋》传统，即不漏一事；"事"，指"言王事"。但"殆无遗事"却被梁启超讥为"流水账簿"，在20世纪初激进主义思潮下，未能深解杜甫，就浮泛地反传统显然过分。但凡关涉重大事件、道德是非、人伦秩序，杜甫一律斑斑记录于诗，且要反复说；事关诗人价值观，既让不尊人伦的肃宗不快，又让乱臣贼子胆寒，自然要"殆无遗事"。这一点梁启超显然不懂。

所以我说杜甫是唐代孔子、屈子,历代士人深谙其中奥义,可惜如今失传了。应该说近代以后失掉了这一传统忠君之义,因此需要回归、正义。

问:依你对"诗史"的解释,那在巴蜀所作《观公孙大娘弟子舞剑器行》算诗史之作吗?

答:"诗史"不仅"推见至隐",还继承"寓含褒贬"的社会功能。《幼学琼林》云"荣于华衮,乃《春秋》一字之褒;严于斧钺,乃《春秋》一字之贬"。此诗是诗人大历二年在夔州对往事的描述,先看诗。

序:大历二年十月十九日,夔府别驾元持宅,见临颍李十二娘舞剑器,壮其蔚跂,问其所师,曰:"余公孙大娘弟子也。"开元三载,余尚童稚,记于郾城观公孙氏,舞剑器浑脱,浏漓顿挫,独出冠时,自高头宜春梨园二伎坊内人,洎外供奉,晓是舞者,圣文神武皇帝初,公孙一人而已。玉貌锦衣,况余白首,今兹弟子,亦非盛颜。既辨其由来,知波澜莫二,抚事慷慨,聊为《剑器行》。昔者吴人张旭,善草书帖,数常于邺县见公孙大娘舞西河剑器,自此草书长进,豪荡感激,即公孙可知矣。

昔有佳人公孙氏,一舞剑器动四方。观者如山色沮丧,天地为之久低昂。

霍如羿射九日落,矫如群帝骖龙翔。来如雷霆收震怒,罢如江海凝清光。

绛唇珠袖两寂寞,晚有弟子传芬芳。临颍美人在白帝,妙舞此曲神扬扬。

与余问答既有以,感时抚事增惋伤。先帝侍女八千人,公孙剑器初第一。

五十年间似反掌，风尘澒洞昏王室。梨园弟子散如烟，女乐余姿映寒日。

　　金粟堆前木已拱，瞿唐石城草萧瑟。玳筵急管曲复终，乐极哀来月东出。

　　老夫不知其所往，足茧荒山转愁疾。

小序为诗人三篇诗序中的一篇，可见郑重，另两篇为《同元使君舂陵行》《苏大侍御访江浦赋八韵记异》。陈年往事早已尘封，一时的触景生情，再现眼前，借公孙大娘赞扬开元盛世，令人感慨唏嘘。儿时记忆的公孙大娘已不复在，连李十二娘也非青年，再想想自己，已由当年坐大人肩膀观戏的贵族小孩变成白发老翁。一挥间，五十年，盛世不在，这怎能不让诗人"抚事慷慨"呢？"梨园弟子散如烟，女乐余姿映寒日"，微言，言虽细而婉；大义，却令乱臣贼子惊惧。"风尘倾动昏王室"指向安史之乱。杜诗前后分期明显，中原时期直述其事为主，题旨鲜明；陇蜀后以春秋笔法为宗，沉郁顿挫。故你的问题，此诗也可姑且归入诗史之列，但非纯正"诗史"之作。

我要说的是，最能显示"诗史"成就、最严格意义的"诗史"特征的诗歌，不是上面的诗，而是他大量以巴蜀古史与神话传说为寄托的诗，这些诗歌完全暗合他在诉说君臣关系时为尊者讳的婉曲笔法。譬如《杜鹃行》，他在批评君王时从巴蜀古史中发现微言大义，警示肃宗。他还能在旅游中，从巴蜀名胜古迹中发现大义，如《蜀相》是他向肃宗委婉致以心曲的具有现实意义之作，他自比诸葛亮，"老臣心"就是"致君尧舜"之心，所以《蜀相》是写自己，也是一封上书。《石镜》是以蜀王古史比玄宗、贵妃爱情，记录玄宗情史。《琴台》借卓文君、司马相如爱情向肃宗通款曲，修君臣之好。《越王楼》借楼赞美忠孝仁义的越王李贞，暗示和谐与秩序在于本分。他发现名胜古迹中深寓现实政治伦理关系，皆合微言大义；这些符合春秋旨意的政治寄托，委婉曲折的春秋笔法，不正是诗史之义吗？借巴蜀古史神话传说阐发幽意，寓含褒贬、讽喻的意图，既是《诗经》《春秋》传统，又是诗史本义。

问：我还有一疑，何以有人批评"诗史"提法呢？

答：你谈的是明清时期杨慎、王夫之等人的批评。杨慎《升庵诗话·卷十一》有一则题为《诗史》，开头便说："宋人以杜子美能以韵语纪时事，谓之诗史。鄙者宋人之见，不足以论诗也。"他有个重大疏漏，"诗史"之称并不始于宋人，唐人孟棨《本事诗》已提出，宋人只不过按自己逻辑做了发挥而已。杨慎批评宋人"以韵语纪时事"的偏颇认识，认为那不是诗史精义。那么杨慎算是解人吧？非也，他的诗论也如宋人片面，经不住推敲。

杨慎反对宋人揄扬的"直陈时事"，以为"类于讪讦"。其所举之例，今人看来本是杜诗中精华，他却认为"乃其下乘末脚"。杨慎认可的是杜诗"含蓄蕴藉"的一面，其实也未能看懂"诗史"；他的偏见在于只强调"兴比"，而未看到"赋"。

诗有"兴比"，固能使人获得美感，但"赋"也是诗的重要表现方法。《丽人行》末句"慎莫近前丞相嗔"，揭露权贵炙手可热，不可一世，全诗又不失含蓄高妙；"三吏""三别"、《咏怀》《北征》，都是得"赋"之手法而成名篇。如说这是"类于讪讦"，进行非议，杜甫也就无法成为伟大的现实主义诗人了。王世贞《艺苑卮言》引《诗经》驳杨慎。

夫诗国有赋，以述情切事为快，不仅含蓄也。语荒而曰"周余黎民，靡有孑遗"；劝乐而曰"宛其死矣，他人入室"；讥失政而曰"人而无礼，胡不遄死"；刺听谗而曰"豺虎不受，投畀有北"。若出少陵口，用修（杨慎）不知如何砭驳矣。

这是对只强调含蓄蕴藉的诗论家的反驳。含蕴是必要的，但不能如杨慎訾责杜甫，把六义中的"赋"排斥掉；这样，不仅杜甫，连《诗经》的价值也排斥了。杨慎还说："撰出诗史二字，以误后人，如诗可兼史，则《尚书》《春秋》可以并省……"其意说诗应与《尚书》《春秋》截然分家。这实在是一种片面的观点，他不知后来有个章学诚，说到"六经皆史"。而杨慎所言"撰出诗史，以误后人"，在历史发展中也没有证明它误了后人，杨慎诋毁"诗史"是徒劳的。

问：对于杨慎讥论"诗史"，正其非是必要的。

答：是的。宋人之说固然不是"诗史"真义，对杨慎非议否定"诗史"也是要认清的。他把"诗"与"史"的功能绝对地对立了起来，而他又过于强调"诗"的文学性，无视"诗"的刻录"史"的功能。

问：对于唐人、宋人、明人，关于"诗史"的认识，你的看法如何？

答：从杜甫经历，与肃宗不可调和的君臣矛盾，遭遇华州罢官流放，我赞同孟棨之见，他读懂了杜甫。认识"诗史"必须认识"华州罢官""陇蜀流放"，这是迫害升级，诗人命运转关，不这样，读不懂罢官之后称"诗史"的那些诗。

对杨慎之见，要一分为二看待。

第一，他反对宋人之见，是宋人聚焦于直陈时事；他提出"含蓄蕴藉"认识杜诗。这与前面我以《春秋》解"诗史"及孟棨的观点，有部分相通之处。"含蓄"乃春秋笔法，"蕴藉"微言大义。"含蓄"是表，婉曲；"蕴藉"是里，大义。杨慎批评宋人，也有历史原因，宋诗委婉含蓄不足；杨慎借批宋人的"善陈时事"，表达他不满宋人丢掉诗歌传统的做法，对诗歌发展道路的纠正还是值得肯定的。

第二，他对杜诗叙事诗歌、批判实录精神的否定，我是不赞成的。

确乎，中原时期杜甫未蒙政治之难的诗歌，直陈其事，少有春秋笔法，在孟棨圈定的"诗史"时间范围之外。又确乎，杜甫华州之难，流放陇蜀，令他巴蜀时期的诗风转入曲折含蓄、微言大义。这种前后期的诗歌确实迥乎不同，但我仍要批评杨慎这武断浅陋的一面。诗歌天生的纪实功能，不能因他说"如诗可兼史，则《尚书》《春秋》可并省"而否定。

可以说，"诗史"之称起于《本事诗》，经后世不断认识深化，丰富发展；不断纠偏，回复初义，已成为特指的诗学观念。

以孟棨"诗史"来看杜诗，总体可分两段。一是中原时期未受政治打击时的诗歌，以直叙其事，正道直行，一吐为快为主；二是陇蜀时期政治流放的诗歌，以委婉缱绻，忠义昭烈，不改初心为主。直到去世仍瞻恋北顾，眷思无限。杜甫的遭遇、沉浮，真像屈原！

问：你以《春秋》解"诗史"，拨云见日，驱散雾霾，是给诗史正义。他把"诗"与"史"的功能绝对地对立了起来，而他又过于强调"诗"的文学性，无视"诗"的刻录"史"的功能。

答：但我仍要批评今人对"诗史"的浅薄理解，即"诗史"等于"现实主义"叙事，等于真实记录了安史之乱唐代社会的真实情况，等于具有"人民性"特征的诗歌。我要说是时候该为"诗史"正非、正义了。

关于杜诗与天府文化的相互阐述

问：五载蜀中生活，使杜甫与天府文化结下不解之缘。可否谈谈"天府文化"？

答：从地域角度看，天府文化是华夏文明中最为独特的文化，没有同一，只有唯一。天府腹心成都是十分独特的城市，特殊的地理环境使它有别于其他城市，它位处中原文化辐射区与川西边缘文化区的交界地带，华夏大地只有这座城市由两种文化基因构成。一半来自川西山区的古羌人徙入平原形成的蜀文化，另一半来自中原文化哺育，两种基因交汇于此，组成独一无二的天府文化。它蛮夷豪爽，它儒雅谦恭，这便是天府文化的特征。成都历史悠久，战国后期秦灭蜀，张仪筑城，开启了它的城市史。而其他城市在其文化形成中几是单一文化基因，即由中原儒家文化构成，只有天府文化独具两种基因。

问：哦，"天府文化"由古羌文化与中原文化构成。从未有人悟出过啊！

答：这一文化源远流长，郭沫若20世纪40年代从考古学角度提出，汉民族是起源于川西高原的古羌人，再播迁川西平原，随水道徙入中原和长江中下游，诞育了灿烂的周秦文明，再"反哺"巴蜀。虽如此，作为中华上游文明重要发源地的"江源文明"（川西平原），仍保持延续着固有的文化形态，表现出与中华其他区域不同的特质。秦汉以来，巴蜀腹心天府文化在区域文化中的地位，一直被扮演官方正宗文化角色的中原视为边缘"西南夷"，受这一传统认知影响，杜甫《得广州张判官叔卿书》形容蜀地"乡关胡骑远，宇宙蜀城偏"，在《成都府》写下"忽在天一方""但逢新人民"的新鲜印象。

问：你解读"天府文化"很独到。那杜甫与天府文化是怎样发生联系的？

答：这就须提到"诗史"概念了。孟棨说："杜逢禄山之难，流离陇蜀，毕陈于诗，推见至隐，殆无遗事，故当时号为'诗史'。"（《本事诗·高逸》）说明杜甫流离陇蜀后的诗特别婉曲，推见至隐，殆无遗事，"诗史"是在天府之国最终成就的。其中流落蜀中的诗又深受天府文化滋养，表现了天府文化的丰富内涵，或可说杜甫以其诗史笔法的诗歌组成了天府文化的优秀部分。宋人胡宗愈《成都草堂诗碑序》云"凡出处去就、动息劳佚、悲欢忧乐、忠愤感激、好贤恶恶，一见于诗，读之可以知其世，学士大夫谓之'诗史'"。这个诗碑亦成了杜诗融入天府文化的物证。杜甫流放蜀中,像屈原放逐沅湘那样,以诗篇记述自然风貌、历史神话、风俗民情、先贤名流,留下了天府之国宝贵的地理历史文化资源。乾元三年(760)初到成都,便在"厚禄故人"高适等故旧资助下,在城西浣花溪营建草堂,又在裴冕、严武等要员帮助下开始了蜀中生活。从那时起,他与"草堂"在历史沉淀下,一步步融入天府文化,并成为天府文化的一个重要部分。

  问:哦,"诗史"是在天府之国成就的。杜甫虽客居天府之地,但他以主人身份体认天府文化,故他既是天府文化的展现者,又是天府文化的贡献者。这样理解对吗?

  答:是的。诗人在西川五年,居住浣花溪畔近四载,远离朝廷人事纠纷、君臣矛盾,天府文化的包容抚慰了他的心灵,使他过上安定的生活。此间,他与屈原流放一样,对天府之国山川、古迹都做了深入的游历考察,并化为诗歌,因此他的诗也成了天府文化灿烂的一部分。

  问:既然诗人与天府文化有如此深的渊源,那他为何到成都这一问题便需探明。你提出"流放"新说,据我所知,人们对他入蜀的认识几集中在逃避中原战乱。

  答:确如你说,对于诗人入蜀,人们多看成躲避战乱。但这很表面,也非主因。经我考证,杜甫是被流放成都的。深层原因是君臣矛盾,一是疏救房琯,反对儿子处罚父亲旧臣;二是同情玄宗,批评肃宗不孝。这两件大事,使君臣结怨,以致所有"琯党"皆可平反,唯独杜甫不能平反,不仅不平反,还进一步报复,罢免他华州职务,流放"西南夷"。但因两《唐书》为尊者讳,不予客观记载,皆说诗人因饥荒"弃官","逃荒说"也为学术界接受,以讹传讹,断为自动"去官"。多种因素,入蜀原因被屏蔽。而诗人作为贵族也为尊者讳,只能以隐晦手法曲折反映,一腔忧愤只能借蜀中神话传说、历史掌故、名胜古迹以春秋笔法出之,所以"诗史"是在蜀中形成的,"尊者讳"与"诗史"是因与果的逻辑关系。

与今人看法不同,我认为入蜀不是主动选择,是被肃宗流放。我对杜诗做了细密考察,在《杜甫华州是弃官还是流放》中提出"罢官流放说",这是学术界主流未有之见。因中原饥灾便弃官逃荒,辱没了具有"致君尧舜上,再使风俗淳"理想的诗人,不合实情。"罢官"真相,是杜甫人生重要关节,他日后的颠沛流离皆滋于此,这样那些隐讳晦涩、深文奥义的诗歌也就通脱可解了。应该说,杜甫遭逢"罢官流放"是带着不能说的委屈来到蜀中的,天府以它的包容友善接纳了流放的诗人。

问:"罢官流放"重大提法,等于重建坐标,还原真实的杜甫。对于他的传记及他此后的诗歌都要重新解读?

答:是的。诗人天府诗篇不论咏史还是写景,都婉曲深致地反映了君臣矛盾,不仔细揣摩还真难看出。这些合乎《春秋》旨意和笔法的诗,才是构成"诗史"的秘辛。"诗史"之名是在天府之国成就的。所以要关联他遭遇流放的厄运去解读,才能读出诗中真谛。遗憾的是,许多人,包括我身边教古代文学的教师也说"三吏""三别"之类的现实主义就是"诗史",把"诗史"简单化、浅薄化。现实主义诗歌多矣,岂非都是"诗史"?这样讲就是既误人子弟又曲解杜诗。

问:你对"诗史"见解确与多数人不同。既然一再提到"诗史"是在蜀中形成的,是否有诗为证?

答:好的。天府神话与历史传说中包含的微言大义最能印证"诗史说"。

第一,对"杜鹃"神话的发微。

天府流传着杜鹃传说,杜甫在巴蜀期间有感于长安时政,肃宗对父亲的不孝和迫害,借蜀地神话传说,以微言大义的春秋笔法写下三首杜鹃诗。

杜鹃行

君不见昔日蜀天子，化作杜鹃似老乌。寄巢生子不自啄，群鸟至今与哺雏。虽同君臣有旧礼，骨肉满眼身羁孤。业工窜伏深树里，四月五月偏号呼。其声哀痛口流血，所诉何事常区区。尔岂摧残始发愤，羞带羽翮伤形愚。苍天变化谁料得，万事反覆何所无。万事反覆何所无，岂忆当殿群臣趋。

杜鹃行

古时杜宇称望帝，魂作杜鹃何微细。跳枝窜叶树木中，抢佯瞥挾雌随雄。毛衣惨黑貌憔悴，众鸟安肯相尊崇。隳形不敢栖华屋，短翮唯愿巢深丛。穿皮啄朽觜欲秃，苦饥始得食一虫。谁言养雏不自哺，此语亦足为愚蒙。声音咽咽如有谓，号啼略与婴儿同。口干垂血转迫促，似欲上诉于苍穹。蜀人闻之皆起立，至今敩学效遗风，乃知变化不可穷。岂知昔日居深宫，嫔嫱左右如花红。

杜　鹃

西川有杜鹃，东川无杜鹃。涪万无杜鹃，云安有杜鹃。我昔游锦城，结庐锦水边。有竹一顷馀，乔木上参天。杜鹃暮春至，哀哀叫其间。我见常再拜，重是古帝魂。生子百鸟巢，百鸟不敢嗔。仍为喂其子，礼若奉至尊。鸿雁及羔羊，有礼太古前。行飞与跪乳，识序如知恩。圣贤古法则，付与后世传。君看禽鸟情，犹解事杜鹃。今忽暮春间，值我病经年。身病不能拜，泪下如迸泉。

杜鹃，取自蜀中神话。《华阳国志·蜀志》："后有王曰杜宇，教民务农，一号杜主。时朱提有梁氏女利，游江源，宇悦之，纳以为妃。移治郫邑，或治瞿上。巴国称王，杜宇称帝。号曰望帝，更名蒲卑。

自以功德高诸王。乃以褒斜为前门，熊耳、灵关为后户，玉垒、峨眉为城郭，江、潜、绵、洛为池泽；以汶山为畜牧，南中为园苑。会有水灾，其相开明，决玉垒山以除水害。帝遂委以政事，法尧舜禅授之义，禅位于开明。帝升西山隐焉。时适二月，子鹃鸟鸣。故蜀人悲子鹃鸟鸣也。巴亦化其教而力农务。迄今巴蜀民农时先祀杜主君。"

诗人借杜宇禅让而受迫害隐西山化为杜鹃悲啼的神话，寄托自己对玄宗禅位遭遇的深切同情。将这一神话采入诗，无疑是他受天府文化滋养的结果，是他在这一文化系统中的独到发现，以杜宇遭遇暗示玄宗冤情，这是"春秋史笔"，也是他被尊为"诗史"的证据。其中《杜鹃行》"古时杜宇称望帝，魂作杜鹃何微细"，又作司空曙诗，误，他贞元四年（788）才在剑南西川节度使韦皋幕中，天宝政治风云早已消散，况"大历十才子"诗风平和雅淡，不疾不徐，语近性情，司空曙不可能作如此烈性的诗。从三首杜鹃诗意的逻辑连贯性及他与肃宗的矛盾和对肃宗的批评看，都应是杜甫的诗。他作为中原古老贵族，固守古礼，以"杜鹃悲啼"刺肃宗不孝行为，颇具风人之旨。在蜀期间他始终痛惜肃宗违背纲纪伦常之事，这非小事，是对肃宗政权合法性的质疑，肃宗行为甚至是社会失序之乱源，所以他念念不忘，不能释怀。运用杜鹃传说，深文奥义指斥当世，体现了他与天府文化的深度融合。而第三首《杜鹃》则作于云安，彼时肃宗已去世，代宗接位，拨乱反正，平反冤案，杜甫亦获召回长安工部员外郎，他又以杜鹃神话，歌颂代宗，"行飞与跪乳，识序如知恩"，彼时诗人返京途中因消渴病阻滞夔州，不能侍奉身侧，"身病不能拜，泪下如迸泉"。在云安他还有《子规》"终日子规啼""客愁那听此，故作傍人低"亦同样心情，归心似箭而身体不许。应该说，这一时期诗人以蜀中神话委婉表达真实思想，开启了"诗史"之旅。我还可给出一个他人没有发现的结论，缺失天府历史文化与神话传说就无法形成"诗史"！"诗史"不是他人误认的真实叙述唐王朝历史那么简单。"诗史"之誉关合孔子《春秋》，《春秋》"言王事"，杜诗能称"诗史"的部分亦是"言王事"，这才是"诗史"真相，国内诸家解释皆误。子美"言王事"是在进"三礼赋"，达于天庭后，才开始他与君王的纠葛；他批评肃宗不孝，反对肃宗罢黜大臣，遭遇迫害流蜀。所以中原时期子美尚不能称"诗史"，来到蜀地借天府神话微言大义"言王事"，方有"诗史"美誉，也就是说天府文化奠定和成就了一代"诗史"地位。

第二，对"蜀王"传说的阐释。

"蜀王"可以追溯到古蜀时期江源文明（岷江出山在川西平原形成华夏最早的农耕文明）起源时的"王"。杜甫游成都北郊武担山，曾作《石镜》。

蜀王将此镜，送死置空山。
冥寞怜香骨，提携近玉颜。
众妃无复叹，千骑亦虚还。
独有伤心石，埋轮月宇间。

这是一首长期被忽略的咏史诗。此诗传统解读，皆是讥蜀王好色，再无别意。据《华阳国志·蜀志》"武都有一丈夫，化为女子，美而艳，盖山精也。蜀王纳为妃，不习水土，欲去，王必留之，乃为《东平》之歌以乐之。无几，亡故。蜀王哀之，乃遣五丁之武都，担土作冢，盖地数亩，高七丈，上有石镜表其门，今成都北角武担是也。后王悲悼，作《臾邪》之歌《龙归》之曲"。

但我认为该诗不简单，又是诗人运用了"春秋笔法"，暗指玄宗、贵妃生死情缘。杨妃生长蜀西崇州，杜诗正好应合，"冥寞怜香骨，提携近玉颜"，乃杨贵妃之死；"众妃无复叹，千骑亦虚还"，乃玄宗还京；"独有伤心石，埋轮月宇间"，独留杨妃于天府葬地。此诗巧借蜀王石镜传说，当是披露了一件千古迷离的大事，即贵妃归葬故乡蜀州。（贵妃在马嵬之变后安葬何处，历史一直有争议。我在《唐诗解密》已考为归葬蜀州，原因有三。一是杨妃生长蜀州，归葬为古制；二是马嵬事变后玄宗去向在蜀；三是玄宗眷思杨妃，曾暗遣中使迁坟。由于杨氏谋逆事大，史亦不载。）他不愧为"诗史"，以婉曲诗笔补史之阙如，诗中哪句又不是指向玄宗伤心呢？"独有伤心石，埋轮月宇间"，伤心石，杨妃在蜀州的墓碑。玄宗晚景凄凉，诗人知道。作为贵族，他深具儒家忠厚情怀，不忘天宝十载玄宗识才提携之恩，在蜀地以蜀王传说巧妙记述玄宗安葬贵妃大事，这是玄宗给亡人的交代。葬，古制中的大事，若是如史载，玄宗不管不问，这又怎是一个盛世君王的作为呢？可惜历代对此诗解读都简单化，未能阐发诗中隐含的"诗史言王事"之意。"月宇"，指寺宇，诗人甚至暗示贵妃葬于佛寺。他以"春秋笔法"补写了一段关涉玄宗的、历史不该缺漏的大事。这又是天府历史传说对"诗史"的贡献，所以没有天府之行，中国历史上就少了一位"诗史"诗人！今人错误认识太深，我再申明一下，"诗史"不全是直叙其事的现实主义，而是"言王事"时婉曲的微言大义，又为尊者讳，这才是"诗史"的要义。

第三，对"神仙"传说的感兴。

蜀中是仙道文化发祥地。杜甫刚到成都，便游蜀州青城县遣怀，作《丈人山》。

> 自为青城客，不唾青城地。
> 为爱丈人山，丹梯近幽意。
> 丈人祠西佳气浓，缘云拟住最高峰。
> 扫除白发黄精在，君看他时冰雪容。

清彭洵辑《青城山记》"昔甯封先生，栖于北岩之上，黄帝筑坛，拜为五岳丈人，晋代置观"。这是丈人观由来的传说。诗中"扫除白发黄精在"是说神仙王烈服黄精后，老而更少。历来此诗解读止步于此。是诗人本意吗？

我的解读，杜甫置身青城丈人峰神仙福地，伤感自己的冤情。此时刚到成都不久，想到去年此时尚在华州司功参军任上，今已遭受肃宗疏远、放逐西蜀，站在荒僻青城山，生出强烈落差感；此情此景，不如退隐山林，修仙学道，换一种活法。当然并非真修，而是诗人自励，要像服丹的王烈那样，老而更少，老而弥坚，从被天子抛弃的痛苦中解脱。他与肃宗的矛盾，致其解官流放，但又得为尊者讳，不能道，只能曲笔出之。"君看他时冰雪容"，由神仙不老传说，表现了身为贵族的坚贞个性。诗的主旨在此。由于走不出流放的痛苦，促使他赴道教名山蜀州青城遣闷。此诗可参证他在华州不是去官而是罢官，不是逃荒而是流放的事实。"缘云拟住最高峰"，这又与他的现实情况结合了，重返朝廷、回到皇帝身边才是诗人一生不变的追求。所以入蜀不是本愿，是被迫，可惜国内学者还懵懂无知呢！

问：将"诗史"与"微而显，志而晦，婉而曲"的"春秋笔法"联系起来，让我看到像孔子一样的杜甫，其述作让乱臣贼子惧，批评天子又为尊者讳。你的解读很精彩，已站在学界解杜诗的顶端，不但对"诗史"进行了诠释，还新解了《石镜》《丈人山》诸诗。杜甫以天府神话传说作为诗歌素材，推见至隐，关联现实，不愧"诗史"之誉。联系华州罢官真相，重新解诂杜诗，还原诗歌本意，无疑对探讨诗史与天府文化的关系锦上添花。

答：下面我继续沿着新解杜诗之路，走近"杜甫与天府文化"。

上元二年（761）诗人两游蜀州新津县东南五里修觉山修觉寺。前游作《游修觉寺》"禅枝宿众鸟，漂转暮归愁"，再游作《后游》。

>　　寺忆曾游处，桥怜再渡时。
>　　江山如有待，花柳自无私。
>　　野润烟光薄，沙暄日色迟。
>　　客愁全为减，舍此复何之？

两首诗，前人均作旅游诗看，未做深解，忽略了"诗史"笔法。如《后游》"客愁全为减，舍此复何之"，透露诗人遭受肃宗迫害流放之"愁"，但蜀州的自然美景又让他释怀，"舍此复何之"。子美流落蜀中，如屈原蒙怀王放逐之难。主因是肃宗对"琯党"的迫害，一年后又都平反复职，唯有子美不予平反。加以干戈不息，民生多艰，满腔愁愤无由排解，徜徉蜀州山水，虽得以"减愁"，但益增其哀。二诗表面豁达，实则沉郁，他因批评肃宗迫害玄宗旧臣而引起华州罢官事件，才有"漂泊西南天地间"的经历。想来肃宗惩罚他至秦州，仍觉不解恨，最好的遣放之地就是"西南夷"蜀地了。《本事诗》"杜逢禄山之难，流离陇蜀"只说到表面，更重要的是他实际遭逢了屈原流放之难。与肃宗微妙的关系，诗人亦终身不能向外人道。皇权社会，个人再大冤屈也须为尊者讳，因此诗人只能以顿挫委曲之笔出之。正因如此，杜诗感人尤深。以此解读其蜀中诗才通脱，才不负春秋笔法的"诗史"之尊。

　　问：据你分析，我们可以揭秘，子美诗"沉郁顿挫"不仅是声律，更是其内心写照，是被肃宗逼迫形成的；而天府文化熔铸诗中，成为暗示诗人不幸遭遇的重要素材。听说你就是蜀州人？

　　答：是的。他不仅有对笔者故乡蜀州名胜的寻访，还有对"琴台"故迹的幽情。成都有司马相如卓文君琴台遗址，因此他写了《琴台》。

>　　茂陵多病后，尚爱卓文君。
>　　酒肆人间世，琴台日暮云。
>　　野花留宝靥，蔓草见罗裙。

归凤求凰意，寥寥不复闻。

这也是长期被简单化为凭吊爱情的咏史诗。我以为子美琴台凭吊，又用曲笔，不单赞颂了千古真情至爱，诗中还暗含对肃宗的期许。"茂陵多病后，尚爱卓文君"，企盼修复君臣关系；"归凤求凰意，寥寥不复闻"，有屈原离骚之忧，但肃宗至死都未给他机会。天府文化教会诗人包容友善平和，诗人是多么聪明，巧借琴台抒发心迹，"诗史"之名正是一点一滴在蜀中铸就的。可惜传统解诗多背离诗人冤情，停留于赞美爱情层面。

再如对"大石"遗迹的关注。据《华阳国志·蜀志》"时蜀有五丁力士，能移山，举万钧。每王薨，辄立大石，长三丈，重千钧，为墓志。今石笋是也，号曰笋里"。他来到古老富于传统的成都，在出游中思接千载，如《石笋行》。

君不见益州城西门，陌上石笋双高蹲。古来相传是海眼，苔藓蚀尽波涛痕。雨多往往得瑟瑟，此事恍惚难明。恐是昔时卿相墓，立石为表今仍存。惜哉俗态好蒙蔽，亦如小臣媚至尊。政化错迕失大体，坐看倾危受厚恩。嗟尔石笋擅虚名，后来未识犹骏奔。安得壮士掷天外，使人不疑见本根。

此诗又含春秋笔法，表面写石笋，实际关联朝廷现实。"恐是昔时卿相墓"借考证石笋，指出它欺世盗名，"古来相传是海眼，苔藓蚀尽波涛痕。雨多往往得瑟瑟，此事恍惚难明论"，是肃宗吗？"政化错迕失大体，坐看倾危受厚恩"，受玄宗传位厚恩，却政化失体。"惜哉俗态好蒙蔽，亦如小臣媚至尊"，《杜诗详注》评"讽奸臣之蒙蔽也"，显然仇兆鳌没有读懂此句，它实际暗示肃宗蒙蔽玄宗获取神器，却忤逆不孝，历史已证明如此。"嗟尔石笋擅虚名，后来未识犹骏奔"，刺其虚伪，叹息世人不能看清真面目。句句都指向朝政，刺向肃宗。诗人已看透肃宗险诈，接受皇位又不孝于父，最后强烈呼吁"安得壮士掷天外，使人不疑见本根"。"本根"，本性；"壮士"，明君之喻，寄望明时明君廓清迷雾。诗人的战斗性多么强烈！

除西川"蜀地"外，诗人还对东川"巴地"名胜考察。宝应元年（762）夏秋至绵州，成都徐知道反，阻迹绵州，游越王楼作《越王楼歌》。

> 绵州州府何磊落，显庆年中越王作。
> 孤城西北起高楼，碧瓦朱甍照城郭。
> 楼下长江百丈清，山头落日半轮明。
> 君王旧迹今人赏，转见千秋万古情。

这亦是不受重视、罕有解读的诗。越王李贞为太宗第八子，才华出众，因非嫡出，不作非分之想，谨守人伦纲常，先后受封汉王、越王。垂拱二年（686）反对武则天代唐当政，失败自尽。"转见千秋万古情"，以李贞事迹刺乱臣贼子徐知道。诗人游名胜不忘关联现实，实因心中有伦常尊卑之序。越王楼是秩序象征，诗人歌越王事，抒发遵守古礼法度的磊落情怀。《绵州图经》"越王台，在州城外西北。有台高百尺，上有楼，下瞰州城。唐高宗显庆中，太宗子越王贞为绵州刺史作"。让"乱臣贼子惧"的主题正切春秋笔法。

广德元年（763）诗人游梓州兜率寺，作《上兜率寺》。

> 兜率知名寺，真如会法堂。
> 江山有巴蜀，栋宇自齐梁。
> 庾信哀虽久，何颙好不忘。
> 白牛车远近，且欲上慈航。

不独子美，李商隐在梓州幕，也常游佛寺，何以如此？我认为他们都是欲借佛学摆脱遭遇政治迫害的烦恼，"白牛车远近，且欲上慈航"就是这种心境的反映。杜甫在中原也游寺，但绝无借佛教解除烦恼之意。当得知兜率寺是齐梁庙宇时，便又想到"庾信哀虽久，何颙好不忘"，触景生情，烦恼未除，又添新愁，"诗史"沉郁之气多么厚重！

问：听你解读，真有趣味，与众不同，收获颇丰。

答：今天诗人已是天府文化的一个重要组成部分，最直接的表现便是清代以来人日（正月初七）游草堂习俗。他流放蜀中，高适为彭蜀二州刺史，常接济被剥去俸禄的子美。上元二年（761）高适蜀州作《人日寄杜二拾遗》"人日题诗寄草堂，遥怜故人思故乡"；大历五年（770）高适早已去世，子美重读此诗，潸然泪下，作《追酬故高蜀州人日见寄》"自蒙蜀州人日作，不意清诗久零落。今晨散帙眼忽开，迸泪幽吟事如昨"。为死去的人写诗，实在罕见，蜀人感念二人深情厚谊，每至人日云集草堂，吟诗纪念。人日游草堂遂成成都士民风雅传统。杜甫已不是外来者，而是天府文化的创造者、贡献者。

五载客居，蜀中山水古迹、神话传说、历史人物无不入诗；他守持正义的"诗史之作"已成为宝贵的巴蜀史料。

关于唐代"歌行体"

问：请谈谈"歌行体"。

答："歌行"是古代诗歌的一体。汉魏以下乐府诗，题名为"歌"与"行"的很多，二者名虽不同，实则无大区别。据胡震亨《唐音癸签·体凡》，"歌"是曲的总名，"行"是歌的一种，"衍其事而歌之曰行"，意为因事而起，是叙事性的歌。在诗歌广义的包容下，"歌"与"行"是一致的，所以又曰"歌行"。它们都起于汉，始见于乐府诗中。如《长歌行》《短歌行》《怨歌行》《悲歌行》《艳歌行》《燕歌行》等，单称如《东门行》《孤儿行》《秋月行》《陇西行》《折杨柳行》《饮马长城窟行》等。由歌行与乐府的关系，人们以"乐府歌行"连称。

歌行初时形式自由多样，并非为七言杂言独占。如曹操《短歌行》"对酒当歌，人生几何"为四言，《蒿里行》"关东有义士，兴兵讨群凶"为五言，还有三言、六言的。

而唐代的歌行则是另外的诗体概念。

问：啊，歌行有两个概念，乐府歌行与唐代歌行。先问第一个问题，胡震亨说"衍其事而歌之曰行"，"行"就是叙事的歌吗？

答：将"行"解释为歌，实际"行"并无"曲"义。《尔雅·释诂下》"话、猷、载、行、讹，言也"，郑樵《尔雅注》"行即譁，瞋语也"，可见"行"是言辞。所以乐府诗中《长歌行》《东门行》，就是指歌辞。譁，直也。故"行"是一种直陈其事不加隐瞒的"直言"。再举一例，《史记·司马相如列传》。

> 酒酣，临邛令前奏琴曰："窃闻长卿好之，愿以自娱。"相如辞谢，为鼓一再行。是时卓王孙有女文君新寡，好音，故相如缪与令相重，而以琴心挑之。

这是琴挑卓文君的故事。司马贞《史记索隐》"行者，曲也。此言'鼓一再行'，谓一两曲"。但司马贞将"行"作"乐曲"解，未关联语境。相如鼓琴，挑拨文君，"一再行"，便是两次大胆直言挑逗。所以"行"是相如鼓琴的唱词，而非乐曲。

还有玄机，郭璞《尔雅注》"今江东通谓'语'为'行'"，可知"行"是江东方言。江南一带称"言语"为"行"，这倒说明汉乐府诗题"行""歌行"来自江南话。推翻秦王朝的势力便来自江东，所以汉代乐府称歌词，叫"行"，而非指乐曲。曲长的歌词，就是"长歌行"；曲短的歌词，便是"短歌行"；陇西歌词，就叫"陇西行"；唱孤儿的歌词，即"孤儿行"；等等。

问：明白了，胡震亨认为"行"有叙事之义是对的；但认为"行"是可歌的"曲"，则是错的。乐府诗题"行""歌行"本义是歌词。第二个问题，那唐代的"歌行体"呢？

答：汉代"歌行"一词，作乐府题目时，是强调与音乐歌舞相配的"歌词"，其义十分清楚。因此既然只是歌词，汉乐府也就无所谓五言、七言、杂言，都可使用。

真正文体意义的"歌行"，作为一种新的具有时代特征的诗体名称，则是初唐出现的七言古体长调。

问：那请谈谈这种具有大唐时代气息的歌行情况。

答：至唐代，歌行概念已完全不同。因近体（律诗、绝句）兴起，诗歌形式丰富复杂，歌行不但只限于称古体，就连五言古体也不再称歌行。可是近体诗中，仍有诗题称"歌"和"行"的，也不论其是否为乐府题，都不再叫"歌行"了。如李白《秋浦歌》称为五言绝句，《峨眉山月歌》称为七绝，杨炯《从军行》是五律，王昌龄《从军行》、王维《少年行》等是七绝。可见已不能因诗题有"歌""行"字样而称为"歌行"。这样，歌行就另成了包括杂言在内的七言古体的代称。所以"歌行体"根据外观，前人又分"齐言七言"与"七言杂古"两种。

歌行虽是一种古体诗，但在唐代并不称它为古体，胡震亨《唐音癸签·体凡》所言如下。

> 今考唐人集，录所标体名，凡效汉魏以下诗，声律未叶者，名"往体"（按，即古体）；其所诗体，则声律之叶者，不论长

句、绝句，概名为"律诗"，为"近体"（按，又称今体）；而七言古诗，于往体外，另为一目，又或名"歌行"。举其大凡，不过此三者为之区分而已。

这是唐代诗人对诗歌形式发展后带来的变化，何以被命名为"歌行"的七言古诗，却要"于往体外，另为一目"呢？因为在民间乐府中虽早已存在长短句的杂言诗，但在唐以前一般诗人是很少写的。从旧题苏武、李陵、班婕妤诗到魏晋南北朝诗人的创作，除了寥寥可数的几位诗人偶尔写几首七言杂言的乐府歌行外，几乎都是只写五言诗的（间有骚体和四言）。如晋代陶、谢集中并无七言诗，仅元嘉诗人鲍照七言乐府组诗《拟行路难》等诗歌才有所创新，算开唐之先。到了唐代，七杂言才发展成为诗人创作的一种普遍的体裁形式。所以七古不同于五古，五古才是地道的古体，而七古实际上是"又古又今"的诗体。从起于乐府说，是古；从被诗人普遍采用说，是今。将它归入古体或近体都不恰当，所以才"另为一目"。

问：哦，这我就弄清楚了，"歌行"是源远流长又充满时代感的诗体。那么唐代歌行的特点呢？

答："歌行"的特点，为其体裁决定，胡震亨曰"七言古体裁磊落"，又曰"七言古错综开合，顿挫抑扬，古风之变始极"。的确，歌行各种体裁，它表现最自由，变化最多，容量盛载最大，任何题材都可表现，尤为适合表现壮观场面，铺写动人的故事和畅抒热烈的感情。它句式字数多，表现力强，堪为古代自由体，充分满足了诗人表达的需求。

歌行在表现手法上，诗论家的见解很多，且所见略同，较有代表性的如明人杨仲弘归纳歌行要"如江海之波，一波未平，一波复起；又如岳家之阵，方以为正，又复为奇，方以为奇，忽复是正，出入变化，不可纪极"，比喻十分形象。总体说，歌行除短章外，词句上宜铺陈叠张，章法上要有转折开合，文意应能波澜起伏，音节应抑扬顿挫，情调宜淋漓酣畅。具体说，包括以下几点。第一，篇幅长短、句数不限。如岑参《白雪歌送武判官归京》十八句；杜甫《茅屋为秋风所破歌》二十四句，《兵车行》三十七句；白居易《琵琶行》八十八句，《长恨歌》一百二十句。第二，可生动地将记人物、记言行、发议论、抒感情汇为一炉，自由发挥。如《兵车行》，既有"行人"出征记叙，又有"道旁过者"与"行人"问答，还有"信知生男恶，反是生女好"催人肝肠的感喟。《茅屋为秋风所破歌》，既有风卷茅屋的记述，也有"归来倚杖"的叹息，更有"安得广厦千万间，……吾庐独破受冻死亦足"佛陀舍身饲虎的愿念。第三，不拘平仄，自由换韵，放情长言。如《茅屋为秋风所破歌》二十四句换三次韵。第四，句式灵活，既可七言，也可插入三、五、九等杂言。《茅屋为秋风所破歌》以七言为主，兼以二言（"呜呼"）、九言（"何时眼前突兀见此屋，吾庐独破受冻死亦足"）。

在唐诗中，歌行外的各体诗歌，均有较稳定的格局、模式；只有歌行一体，最纵横散漫，也最适合于才气横溢者，骋才自如。胡应麟以歌行体的成就作为衡量诗人高下才力的标准，他说："李杜之才，不尽于古诗而尽于歌行。孟襄阳辈才短，故歌行无复佳者。"从一个方面看，话不无道理，事实确也如此。唐代诗坛巨星，无一不是在歌行体上尽骋才情、获得巨大成就的。初唐的卢、骆，盛唐的李、杜，中唐的元、白，晚唐的韦庄，有唐一代，煌煌诗星都在"歌行体"上熠辉闪耀。

问：我看到歌行又分"常调""别调"？

答：是前人总结。初唐歌行方兴未艾，卢照邻《长安古意》、刘希夷《代悲白头翁》、张若虚《春江花月夜》、骆宾王《帝京篇》、王勃《滕王阁》已具有律化特征，"殆近似歌行中律体矣"（《诗薮》），称"常调"。

盛唐歌行出现非律化、句子长短不齐、自由转韵的情况，极具时代特色，称"别调"，充分显示了自由体特征。如李白"乐府旧题别调"《蜀道难》《行路难》《梁甫吟》《将进酒》《长相思》《猛虎行》，"非乐府别调"《襄阳歌》《答王十二》《代寄情》《梁园吟》《江夏行》《鸣皋歌》《梦游》；杜甫的"长句"《乐游原歌》《醉时歌》《茅屋歌》《观公孙大娘弟子舞剑器行》《丹青引赠曹将军霸》；及高适、岑参、王维、李颀均有大量"别调"歌行，美不胜收。

《四库总目提要》说歌行常调、别调，"终唐之世，两派并行"。

问：最后一问，歌行作为诗体术语，是何时出现的？

答：是在中唐由元稹《乐府古题序》中提出的。受盛唐七言古体诗繁荣的影响，中唐新乐府均是七言古体。元稹说新乐府源头在杜甫，《悲陈陶》《哀江头》《兵车行》《丽人行》既是七古歌行，也是新乐府。所以中晚唐有了"歌行"称呼，把新乐府、七言古体笼统称为歌行。

关于《秦妇吟》的歌行写作艺术

问：《秦妇吟》问世后名动诗坛，震惊朝野，以不容抹杀的历史真实性和深刻感人的艺术性强烈震撼时人心灵，以致韦庄立即饮誉天下，被称为"《秦妇吟》秀才"。请谈谈其写作艺术。

答：这首长诗命运多舛。其一被公卿谤议讳隐于作者生前；其二坠简流沙亡佚于作者身后，诗海沉沦；其三复出于敦煌石窟，却辗转流离于域外；其四虽算回归中土，却因政治原因屡遭非议、酷评，长期不见容于今世。

石窟打开前，唯一见于传世文献的记载，即五代孙光宪《北梦琐言》。

蜀相韦庄应举时，遇黄"寇"犯阙，著《秦妇吟》一篇，内一联云："内库烧为锦绣灰，天街踏尽公卿骨。"尔后公卿亦多垂讶，庄乃讳之。时人号称"秦妇吟秀才"。他日撰家戒，内不许垂《秦妇吟》障子，以此止谤，亦无及也。

据前人记载和今人发掘可证此诗魅力极强，流传民间，人们制为"秦妇吟障子"，边陲的寺僧、文人手抄笔录，藏之石室，乃至以"秦妇吟"代称诗人名字。

《秦妇吟》共二百三十八句，一千六百六十六字，其字数之多冠绝全唐。诗以叙唐僖宗广明元年（880）黄巢攻入长安为题材，以一位薄命的如花女子口述和诗人做背景叙述相结合的结构方式，客观地叙写了黄巢兵陷皇都的史实。诗的前十六句是引子，用第一人称手法写作者遇见秦妇，增强了真实感；接着转为秦妇第一人称，从"前年庚子腊月五"至"天街踏尽公卿骨"自述见闻。后半部诗笔宕开，叙写黄巢军兵扫荡长安的行动，是诗的主体。这部分人称是第一、三人称口吻灵活交用。全诗结构组合别开生面，第一、三人称适时而自由地转换，使诗人主观抒见与客观记事结合起来，艺术和真实相得益彰。

《秦妇吟》的出现绝非偶然，它继承了杜甫"三吏""三别"铺陈描写丧乱漂泊的艺术，元白开创的"感伤"情调、长篇故事歌行，受郑嵎《津阳门诗》构思及唐传奇谋篇布局的影响。

问：所以《秦妇吟》写作艺术，真是万端熔铸一诗收。

答：确乎。《秦妇吟》运笔极为丰富，诗人丰赡多彩的才情得到充分展示，驾驭史实的能力得到充分发挥。兹分述如下。

第一，委曲纡徐的细笔。

诗人起笔并不直写攻陷皇都事件，而是用一漂泊女子别写作引，无论秦妇是真有其人还是为作者之伪托，这一设计都别具匠心。先从自我着笔，不独增强真实感，且远远着笔，徐徐道来，形成纡徐之势。

    中和癸卯春三月，洛阳城外花如雪。
    东西南北路人绝，绿杨悄悄香尘灭。
    路旁忽见如花人，独向绿杨阴下歇。
    凤侧鸾敧鬓脚斜，红攒黛敛眉心折。
    借问女郎何处来，含颦欲语声先咽。
    回头敛袂谢行人，丧乱漂沦何堪说！
    三年陷贼留秦地，依稀记得秦中事。
    君能为妾解金鞍，妾亦与君停玉趾。

  起四句描景一折，接四句画入再折，后八句问答三折，这番千呼万唤，几经周折，才细笔委曲露出诗意来。又如"东邻有女眉新画"至"梁上悬尸已作灰"也是细笔徐下，从容铺排，反复描述，把黄巢军攻陷长安后对妇女的非妄举动，从不同的角度详尽描述，六辔在手，游刃有余。后面秦妇"陷贼经三载"的见闻，不直接写黄巢军队作为，却用特笔安排细写路逢乞浆一翁的经过，不吝笔墨写典型。从用笔的工细看，有问有答，有老翁支颐痛哭的细微近写与官军罄室倾囊的概括远写，有写老翁自己隐身蓬荻与山中他人夜宿霜中的横写，有自己今日面带苔藓色与一家昔日的户税三千万纵写，可谓竭尽迂徐委曲之能事。前人云，歌行起步高唱，"以下随手波折，随步换形，苍苍莽莽中，自有灰线蛇踪，蛛丝马迹，使人眩其奇变，仍服其精警"（《说诗晬语》）。

  第二，淋漓酣畅的大笔。

  诗人对黄巢冲陷皇都的描写，极为真实，因为这是一场革命风暴，是一种冲决之力。为真实展现这一过程，诗人运用淋漓酣畅的大笔，从两个方面进行描写。

写黄巢军的声威：

> 轰轰昆昆乾坤动，万马雷声从地涌。
> 火迸金星上九天，十二官街烟烘焖。

二十八字，绘声绘色，气充力足，读来惊魂动魄。

写城中秩序土崩瓦解：

> 须臾主父乘奔至，下马入门痴似醉。
> 适逢紫盖去蒙尘，已见白旗来匝地。
> 扶羸携幼竞相呼，上屋缘墙不知次。
> 南邻走入北邻藏，东邻走向西邻避。

帝王在外蒙受风尘，大臣惊悸躲藏，男主人慌忙逃窜，可悲可叹，大笔描写。写到洛中师旅的官兵则如下所述。

> 自从洛下屯师旅，日夜巡兵入村坞。
> 匣中秋水拔青蛇，旗上高风吹白虎。
> 入门下马若旋风，罄室倾囊如卷土。

乘乱诛剥生灵的官军，如此凶悍，见黄巢军却如此鼠窜逃亡。这种淋漓大笔，起笔快，容不得半点从容，字数不多，须做高度概括，不求细致展开。

第三，喻托影射的曲笔。

《秦妇吟》中写秦妇离秦地出长安，流离道途，见田园荒芜，万户空房。诗人用曲笔写出一段路旁试问金天神的诗句。

> 一从狂寇陷中国，天地晦冥风雨黑。
> 案前神水咒不成，壁上阴兵驱不得。

闲日徒歆莫飨思，危时不助神通力。
我今愧恧拙为神，且向山中深避匿。
寰中箫管不曾闻，筵上牺牲无处觅。
旋教魇鬼傍乡村，诛剥生灵过朝夕。

金天神即西岳大帝，全系虚拟之词。在全盘的写实中插写这一段，绝非偶然，作为特笔看待，有必要研究运用此段的前因后果。前面如上述极写长安城外荒凉景色，百万无一户，百姓逃了，应当抵抗而未能抵抗的官军也逃了。而试问金天神后写的"陕州主帅忠且贞，不动干戈唯守城"，抑逃而褒守，这不是十分明白吗？金天神确为曲笔虚写，喻托影射，揭露深刻，必有所指，它和陕州主帅虚实参用，且以虚明实。据《旧唐书·黄巢传》："时京畿百姓皆寨于山谷，累年废耕耘，贼坐空城，赋输无入，谷食腾踊，米斗三十千，官军皆执山寨百姓，鬻于贼，人获数十万。"这不是诗人愤慨指斥"我今愧恧拙为神，且向山中深避匿""旋教魇鬼傍乡村，诛剥生灵过朝夕"的绝好佐证吗？此段曲笔特写，借华岳山神谴责唐朝拥兵的山东藩镇，用陕州主帅忠贞反证之，用笔含蓄而寓意深刻。

第四，书事陈情的直笔。

此诗书事陈情，严守直笔。直笔反映了两个方面的内容。

一是写黄巢军队纵杀。"家家流血如泉沸，处处冤声声动地"，证之史实，韦庄并未冤枉黄巢。《新书·逆臣下》载："贼酋阅甲第以处，争取人妻女乱之，捕得官吏悉斩之，火庐舍不可赀，宗室侯王屠之无类矣。"《资治通鉴》："居数日，各出大掠，焚市肆，杀人满街，巢不能禁，尤憎官吏，得者皆杀之。"黄巢陷皇都纵杀的结果，致使次年，唐朝义武军节度使王处存从黄巢手里夺回长安。据《旧书·王处存》"京师故人见处存，遮道恸哭，欢呼塞路，军人皆释兵，争据宅第……

翌日，贼侦知，自灞上复袭京师，市人以为王师，欢呼迎之。处存为贼所迫，收军还营。贼怒，召集两市丁壮七八万，并杀之，血流成渠"。《旧书·本纪第十九下》"黄巢怒百姓欢迎处存，凡丁壮皆杀之，坊市为之流血"。《旧书·黄巢传》"贼怒坊市百姓迎王师，乃下令洗城，丈夫丁壮，杀戮殆尽，流血成渠"。反映了黄巢军入城后纪律废弛。史书又载，黄巢曾想禁杀，但禁止不住。《新书·逆臣下》他曾"下令军中禁妄杀人，悉输兵于官，然其下本盗贼，皆不从"。

二是写官军腐败凶残更胜于黄巢军队。"千间仓兮万斯箱，黄巢过后犹残半"，而洛中师旅则"入门下马若旋风，罄室倾囊如卷土"，所谓"寇过如梳，兵过如篦"。至于官僚，唯知狼狈逃窜耳。那平时高爵厚禄理应尽忠节于皇朝的，结果却"内库烧为锦绣灰，天街踏尽公卿骨"。所以后来韦庄家戒内不许垂《秦妇吟》障子，因为"公卿垂讶，谤议横生"。这是从诗的影响反证韦庄直笔的力量。

第五，声偕语俪的情笔。

《秦妇吟》即是以诗的艺术言史事之篇，它毕竟不回避个人的感情倾向。此诗名曰"吟"，前人云"载始末曰引，体如行书曰行，放情曰歌，兼之曰歌行，怨如蛩螀曰吟，通乎俚俗曰谣，委曲尽情曰曲"（姜白石《诗说》）；张表臣曰："吁嗟慨叹，悲忧深思谓之吟"（《珊瑚钩诗话》），都确切地道出了"吟"，乃传悲感之情思。刘勰《文心雕龙·情采》云"繁采寡情，味之必厌"。情笔，是上乘佳作必不可少的条件。毋庸讳言，韦庄主观上站在没落贵族立场，感念家国沦丧，十分哀伤，借以抒发故家零落之情。许多诗句，都融入了这种感情。艺术上，则选用声偕语俪的词句组装这支情笔。试读《秦》诗，自然流走，没有滞涩感，每一诗句中，节奏的处理多顺承而不拗折。如"中和/癸卯/春三月，洛阳/城外/花如雪"充分体现了音情感应、清畅无碍之美。此外，韦庄又大量采用律诗的对偶，音偕语俪、着笔生情。

如写纵杀"舞伎歌姬尽暗捐,婴儿稚女皆生弃""六军门外倚僵尸,七架营中填饿殍",写乱后荒凉"采樵斫尽杏园花,修寨诛残御沟柳""含元殿上狐兔行,花萼楼前荆棘满",写乞浆逢老翁"苍苍面带苔藓色,隐隐身藏蓬荻中";等等。全诗对偶俪语近三十处,它是深受格律化影响的七言歌行,大大丰富了前人的诗歌创作。声偕语俪,又是互为促发的统一体,刘勰《文心雕龙·章表》云"唇吻不滞,则中律矣"。

问:所论深切,确为写作艺术超卓的优秀长诗。

答:总的说来,《秦妇吟》继承自白居易"长庆体"歌行,但无论内容与形式都有极大的丰富和发展。内容上,它不是像《长恨歌》开展以人物悲欢离合为中心的狭小故事的叙述,它扩大了歌行的表现内容,绘制了一幅复杂罕见的反唐革命战争席卷帝都的画卷。诗从许多角度、层次表现了对这场风暴的感应,所以,很难以习惯表现的一个中心内容来概括它。至少有四个方面。第一,描写了黄巢革命惊天动地的声威;第二,描写了唐都土崩瓦解的现实;第三,写了动乱中人民的痛苦遭遇;第四,写了仇视黄巢革命的心态。艺术上,诗人功力不凡,举凡写场面、写典型,正面写、侧面写、虚写、实写都有上乘表现,很切合胡震亨《唐音癸签》所说"七言古体裁磊落"。至于歌行的表现手法,明人杨仲弘说,歌行"如江海之波,一波未平一波复起;如兵家之阵,方以为正又复为奇,方以为奇忽复是正,出入变化不可究极"。其意可概括为,结构上须斩折开合,词句宜铺陈渲染,音声应抑扬顿挫,情调则尽为酣畅。细检《秦妇吟》诗,犹不止于此,它还多方转益,如从古乐府民歌中借得笔法,写黄巢攻陷长安,从"东""西""南""北"四个方面着笔;叙述老翁遭遇则有"小姑惯织褐绝袍,中妇能炊红黍饭"分叙合写,渲染铺陈,都是乐府习常用法。当然,更不必说诗中民歌式的问答了。可见这首文人长诗散发出新鲜的民间气息,这是元白长庆歌行中没有的。

问：确乎，韦庄此诗熔铸万端，度越前贤，想来不为过分。

答：唐代诗坛巨子，无一不在歌行中驰骋才华，《秦妇吟》诗一出，天下均呼"《秦妇吟》秀才"，这是高度估评的力证。《秦妇吟》出现在唐末诗坛，又当是唐诗一个品类的总结。

关于皮日休陆龟蒙的"杂体诗"

问：唐诗有一种"杂体诗"吗？

答：有的，它是晚唐诗人皮日休、陆龟蒙因喜欢标新立异而创作的。皮日休苏州从事，陆龟蒙苏州人，二人相识后，时相唱和，有一年多时间，留下大量诗歌；由陆龟蒙纂结为皮陆唱和集《松陵集》，有杂体一卷，凡八十六首。这是文学史上一次规模较大的杂体诗创作活动，有明确的理论探索和文体创新意识。松陵唱和，纤巧冷僻，意趣险怪，有的诗作拼凑对偶，长达五百字、一千字。清黄子云《野鸿诗的》批评"皮陆如吃蒙汗药，瞢腾而作呓语"。二人还作过一些名为"吴体"的拗律，造语诘屈。皮陆"杂体诗"追求体式的变化和新颖，具体说来，包括杂言诗、齐梁诗、回文诗、四声诗、双声叠韵诗、离合诗、古人名诗、六言诗、问答诗等。举例如下。

第一，回文诗。一首诗顺读倒读都成诗，最早由西晋的傅咸写过两首。以后六朝诗中也有写回文的。但诗短，如五言易作，而回文诗句愈长便愈难作。皮日休的《奉和鲁望晓起回文》是一首七律。

孤烟晓起初原曲，碎树微分半浪中。
湖后钓筒移夜雨，竹傍眠几侧晨风。
图梅带润轻沾墨，画藓经蒸半失红。
无事有杯持永日，共君惟好隐墙东。

回文：

> 东墙隐好惟君共，日永持杯有事无。
> 红失半蒸经藓画，墨沾轻润带梅图。
> 风晨侧几眠傍竹，雨夜移筒钓后湖。
> 中浪半分微树碎，曲原初起晓烟孤。

第二，离合诗。顾名思义，是分合的意思，此种形式起于汉末孔融。离合的形式有两种，一是拆字离合，二是名物离合。

皮日休有《奉和鲁望闲居杂题五首》，是五言绝句，为拆字离合，每首诗题三字，举第一首《晚秋吟》为例。

> 东皋烟雨归耕日，免去玄冠手刈禾。
> 火满酒炉诗在口，今人无计奈侬何。

诗的首句最末一字"日"，与第二句首字"免"合并，即为"晚"字；第二句末的"禾"字，与第三句首的"火"字合并为"秋"字；第三句末的"口"字，与第四句首的"今"字合并为"吟"字。离合的三字正组成诗题《晚秋吟》，他的五首绝句共离合十五字。

另一种是名物离合，皮日休有《奉和鲁望药名离合夏月即事三首》，诗题已点明是"药名"的离合，举第二首为例。

> 数曲急溪冲细竹，叶舟来往尽能通。
> 草香石冷无辞远，志在天台一遇中。

离合方式仍是上句末字与下句首字合并，此诗便合成三味药名，即竹叶、通草、远志。

还有以县名组成的离合诗。如陆龟蒙有《和袭美怀鹿门县名离合二首》，是专门和皮日休的同题之作。举第一首。

　　　　　云容覆枕无非白，水色侵矶直是蓝。
　　　　　田种紫芝餐可寿，春来何事恋江南。

　　此诗离合成三个县名，白水、蓝田、寿春。
　　第三，四声诗。由四首组成，均为五言律诗，第一首平声，通篇都用平声字。第二首平上声，创作手法是一、三、五、七句为上句，仍用平声；二、四、六、八句为下句，全用上声字。第三首平去声，创作手法与第二首相同，一、三、五、七上句平声不变，只是将二、四、六、八下句改为全用去声字。第四首平入声，创作手法与二、三首相同，仍是一、三、五、七上句平声不变，只是将二、四、六、八下句全改为用入声字。以皮日休《奉酬鲁望夏日四声四首》第四首"平入声"为例。

　　　　　先生何违时，一室习寂历。
　　　　　松声将飘堂，岳色欲压席。
　　　　　弹琴奔玄云，劚药折白石。
　　　　　如教题君诗，若得扎玉册。

　　第四，双声叠韵诗。此前的古诗，梁武帝、沈约诗作均有采双声、叠韵成诗的。皮日休有《奉和鲁望叠韵双声二首》，是五言绝句二首。一首用叠韵字，一首用双声字。且看《叠韵山中吟》。

　　　　　穿烟泉潺湲，触竹犊觳觫。
　　　　　荒篁香墙匡，熟鹿伏屋曲。

　　此诗第一、三句是平声韵，第二、四句用入声韵，每句的五字都属同一韵部。

　　第五，人名诗。是以七言绝句形式写成的，皮日休有《奉和鲁望寒日古人名一绝》，诗如下。

　　　　北顾欢游悲沈宋，南徐陵寝叹齐梁。
　　　　水边韶景无穷柳，寒被江淹一半黄。

　　诗中巧寓了"沈宋""徐陵""江淹"几个古人名字、姓氏。

　　此四种外，杂言诗是篇无定句、句无定字之诗，易于理解。齐梁诗皮日休有《奉和鲁望齐梁怨别次韵》，是七言诗，拟齐梁风韵，诗云"芙蓉泣恨红铅落，一朵别时烟似幕。鸳鸯刚解恼离心，夜夜飞来棹边泊"。六言诗，每句六言。问答诗是皮日休与陆龟蒙夜会问答十首。

　　问：这"杂体诗"真是花样新奇，是皮日休独有的吗？

　　答：前面已谈到，"杂体诗"是他和陆龟蒙标新立异的成果。上举例诗都是"奉和鲁望……"这"鲁望"是陆龟蒙的字，这就是说，凡皮日休所写的这类诗，都是陆龟蒙先写过的形式，所以就没有必要再引陆龟蒙之诗了。但他们确乎喜欢标新立异，例如陆龟蒙有《渔具诗》十五首，全是五言律诗，诗题有《网》《罩》《罶》《钓筒》《钓车》《鱼梁》《叉鱼》《射鱼》《鸣桹》《箄（吴人今谓簖）》《篓（吴人今谓丛）》《种鱼》《药鱼》《舴艋》《笭箵》。渔具诗写给皮日休后，皮日休便以五首奉和，题为《添渔具诗》。陆龟蒙又反和五首，题为《奉和袭美添渔具五篇》，这样争奇赌胜各炫其才，仿佛想蔚为新体。

　　问：皮、陆的"杂体诗"意义如何？

　　答：回答这个问题，我想借陆龟蒙标新立异的《〈渔具诗〉并序》，有以下文字"矢鱼之具，莫不穷极其趣"。"趣味"是他追求的宗旨。清赵执信《谈龙录》云"以笔墨相娱乐"。现在还是回到他们看重并列为一卷的"杂体诗"谈谈。皮日休《〈杂体诗〉并序》，有很长的序文，我摘引一段如下。

　　案《汉武集》：元封三年，作柏梁台，诏群臣二千石，有能为七言诗者乃得上坐。帝曰："日月星辰和四时。"梁王曰："骖驾驷马从梁来。"由是联句兴焉。孔融诗曰："渔夫屈节水，潜匿方作郡。"姓名字离合也，由是离合兴焉。晋傅咸有回文反覆诗二首云"反覆其文者，以示忧心辗转也""悠悠远迈独茕茕"是也，由是反覆兴焉。晋温峤有回文虚言诗云："宁神静泊，损有崇亡。"由是回文兴焉。梁武帝云："后牖有朽柳。"沈约云："偏眠船舷边。"由是叠韵兴焉。《诗》云："蟏蛸在东。"又曰："鸳鸯在梁。"由是双声兴焉。《诗》云："维南有箕，不以可簸扬。维北有斗，不可以挹酒浆。"近乎戏也，古诗或为之，盖风俗之言也。古有采诗官，命之曰"风人"。"围棋烧败袄，看子故依然。"由是风人之作兴焉。《梁书》云："昭明善赋短韵，吴均善压强韵。"今亦效而为之，存于编中。陆生与余，各有是为，凡八十六首。至如四声诗、三字离合、全篇双声叠韵之作，悉陆生所为，又足见其多能也。案齐竟陵王《郡县》诗曰："追芳承荔浦，揖道信云丘。"县名由是兴焉。案梁元《药名》诗曰："戍客恒山下，当思衣锦归。"药名由是兴焉。陆与予亦有是作。至如鲍昭之《建除》，沈炯之《六甲》《十二属》，梁简文之《卦名》，陆惠晓之《百姓》，梁元帝之《鸟名》《龟兆》，蔡黄门之《口字》，古《两头纤纤》《藁砧》《五杂组》已降，非不能也，皆鄙而不为。噫！由古至律，由律至杂，诗之道尽乎此也。近代作杂体，唯刘宾客集中有回文、离合、双声、叠韵；如联句则莫若孟东野与韩文公之多。他集罕见，足知为之之难也。陆与予窃慕其为人，遂合己作，为杂体一卷。

这篇序文说明了这些诗的渊源。大多在六朝时已有。在唐代，刘禹锡更早就作过回文、离合、双声叠韵等诗。现在的陆龟蒙、皮日休加以发挥、新变、归类，给它们注入了新的生命力。然而这类诗体，终归是从趣味出发流入形式主义的文字游戏，当然不能当作唐诗的发展。在后代，也只是成了诗朋酒后争胜、文友在诗社斗奇添雅兴的工具。从唐诗发展看，它是晚唐诗坛在中唐诗后一种求变无力的形式突破的尝试而已。但我仍然要引严羽《沧浪诗话》论"杂体诗"云："……盘中、回文、反复、离合，虽不关诗道之重轻，其体制亦古。"它虽从形式上流入文字游戏，而"杂体诗"的出现，却踵事增华，反应由正求变的躁动，为人们提供了认识特定时代文学的信息和走向。它的历史意义，更出于审美价值之上。

选才机制、诗歌演进及"唐诗之变"

问：自汉代以来选才机制经察举到科举之变，对诗歌演进及唐诗繁荣也有影响吧？

答：古代诗歌演进确可从选官制度演变角度切入讨论。诗歌发展史几是对选才机制的反映，诗歌之荣兴随附选才机制变化而变化。如九品中正制，门阀世族垄断，六朝诗歌体现为个人寄兴，以山水诗田园诗适意为主；唐代科举竞争，释放社会活力，使诗歌不同于六朝观照山水田园，多了一份责任使命；玄宗时期科举渐盛，在一定程度上诗歌全盛与之关系莫大。与前朝诗歌相比，一言以蔽之，"唐诗之变"客观存在。因此，可通过比较选官制变化、诗人与科举的关系，认识选拔制度对唐诗的影响。首先须梳理选官制度变迁史，认识"唐诗之变"的社会宏观背景；再从士人在其中的角色反应，考察诗歌内容在反映社会生活方面的调整。

在选官制度变迁下，讨论唐诗之变，可知这种变化对诗歌发展所产生的影响和意义。诗歌演进，唐代达到鼎沸，这一时期诗歌注入了社会生活新内容，与过往已有很大不同，选才制度比前代与诗歌联系更紧密。科举与士人命运在诗中得到反映，导致诗歌与诗人命运关联的主题书写。

你提出这一问题，是想对"唐诗之变"进行溯源吧？

问：我想对这一问题做历史考察是必要的，为何六朝诗不太关心社会人生，更多山水田园抒写，到了隋唐这一切都发生了突变？

答：先看唐以前选才机制的发展。选官制度肇端于先秦，逐渐形成一套选贤举能的机制。《礼记·礼运》"大道之行也，天下为公，选贤与能，讲信修睦"。"选贤与能"概括了选拔条件。

远古社会，生产水平低下，采用公有制，即"公天下"时代，实行禅让。夏、商、周转入"家天下"时代，嫡长子继承制取代选贤举能制，官吏选拔机制为"世禄世官"世袭制。社会固化，形成贵族阶层。降至战国，军功和养士又成了选用官吏的两条途径。这是早期家天下和诸侯争霸的用人制。

秦汉统一，大一统体制须储备庞大官员。数量众多的官员仅靠世家大族爵位继承是不够的，如何挑选合格官员？于是产生了察举制。先秦"荐举"贤能的思想，是诞生察举制的基础。汉武帝时确立了察举制，那么察举是何种机制呢？它不同于先秦世官制，主要由郡县等官吏在辖区内随时考察、选取人才推荐给上级或中央，经试用考核再任命。这一制度下，世家大族仕进，也须考核。秀才与孝廉为岁举之科，是察举制的典型形式。孝廉科最被时人看好，孝指在家孝敬父母，考察士人家庭表现；廉则是士人官场品行。它是忠孝两方面的要求，是个人品行所应达到的标准。不得不说，汉代君臣治国思想是跨时空的先进。察举制有一重要环节"考试"，被举荐者须考试，保证量才录用。在这种机制下，形成对个人"德""勤"的考核、对乡里举才的表彰；后世还形成许多风俗，比如个人传记、碑铭，必须填注籍贯、出身、家庭、郡望。人才被察举，不仅是个人荣显，更是一个家族、一个乡里的荣耀。这充分说明察举制已形成一种风习，渗透到社会生活细胞里了。

汉末，曹操宽泛选才，施行"唯才是举"的方针。曹丕登基，制定九品官人法。九品中正制上承察举制，下启隋唐科举制。要注意的是，魏晋时期九品中正制对世家大族的形成有着重要作用。中正官负责品评同籍士人，包括本州和散居其他各郡士人。中正根据士人世籍和行状，列出"辈目"（相当于层次），再给乡品，上上、上中、上下、中上、中中、中下、下上、下中、下下九等。九品中正制设立之初，起到了选举作用，但在世家大族相互竞争下，成为世族把持权柄的工具，出现"上品无寒门，下品无势族""公门有公，卿门有卿"现象。社会风气互称郡望，男女婚嫁讲求门第，如著名的王、谢、袁、萧四大衣冠文化家族。豪门士族控制地方和中央选举，官爵卑微或不居官的地方士族逐渐衰落。新兴的盘踞朝廷的官僚，形成官本主义门阀。九品中正制不仅是世家巨族垄断政治的工具，也是门阀制的重要内容；可以说，没有九品中正制，门阀现象便不会顺利形成。九品中正制缺点明显，排斥底层优秀人才，但确保了门阀制度传承有序，形成了新的贵族阶层。这不意味着魏晋之前没有贵族，而是这之前的贵族是以地方望族或王孙公侯为主。九品中正制培育了另一体系的权豪贵族，到隋朝创科举的百年间，一直是这些门阀世家把持朝廷，寒门几无出路。

晋室建武初（317）播迁建康，衣冠南渡，世家大族失去中原根基，江南地方豪强实力强大，迫切需要权力，不满门阀士族垄断选官，提出唯才是举，重在得人。新的选才机制在孕育。开皇三年（583）隋文帝终止州郡中正官评定士人乡品。开皇十八年，诏令京官五品以上及总督、刺史，以"志行修谨""清平干济"二科选人，德才举人改变了魏晋以来重出身门第的局面，开科举之先。大业二年（606）隋炀帝变革选举法，设立"进士科"。延至初唐，门阀士族和豪强巨室掌控社会。高宗时在统治集团占主导地位、为唐王朝立下汗马功劳的"关陇集团"开始转衰，新兴的关东士庶阶层地位上升。武则天为巩固统治，打击李唐王室势力，大兴科举。这一时期科举出身的诗人有杨炯、宋之问、陈子昂等。载初元年（689）改周，在洛城殿亲策天下贡士，各地精英云集，有上万之巨，连考几天。这次殿试给世人留下了深刻的印象，可以看出武则天的政治倾向。玄宗时期诗赋成为进士科考内容，对文学繁荣起到促进作用。故可以说科举对"唐诗之变"至为重要，它为诗歌注入了新内容，也促进了诗艺的长足提高，这即是"唐诗之变"的内涵与动力。陈寅恪《唐代政治史述论稿》"科举制之崇重，起于武后，成于玄宗""其局势遂成凝定，迄于后代，因为不改"。玄宗时，京兆、同、华等州举子竞相投卷，请托成风。所谓请托，是没有关系的举子，不为人知，奔走权门，上启陈诗，冀求赏识，向礼部推荐。行卷促进了唐诗数量，丰富了唐诗内容，提高了唐诗艺术，这是前代诗歌未有之"变局"。

问：具体如何认识"唐诗之变"？

答：作为朝代象征的唐诗，与六朝诗歌有很大不同。诗歌变局，与选才机制有着千丝万缕的联系。魏晋以来门阀把持权柄，具有真才实学的贤才远离庙堂，寄情山水田园，成就了山水诗、田园诗。而唐代为之一变，平民士人有了科举入仕的机会。科举激发了士人参政的热情，唐诗与个人志向、政治斗争发生了深刻的联系，这是六朝诗歌不具有的深厚内容。诗赋取士，诗艺高超便能获得赏识，促使唐人对诗歌技巧钻研、创新，诗歌体式臻于完备。举子分生徒与乡贡，贡士须经乡试和进士试，这些考试不在同一地点，给了士人游历机会，社会感受加深，对唐诗内容的丰富起着积极作用。登第与宦游，为士人提供了领略大好河山和社会实践的机会，自然比六朝诗歌多了生活感慨和人生体悟。科举制，一是带来唐诗内容的深广变化，突破前代世袭制造成的诗歌内容单一贫乏；二是诗赋取士，使诗艺获得长足进步，唐诗艺术手段、诗体之丰富都远超前代，这是科举带来的"唐诗之变"。科举是唐代最根本的人才选拔制度，社会影响最深，因此唐诗繁荣与这一制度有着不绝其缕的关系。

问：选官制度变化导致"唐诗之变"，在唐人诗中是怎样反映的？

答：为说明你的问题，我选择不同时期的三位诗人——杜审言、杜甫、孟郊诗歌为例，探讨选才机制之变对诗歌的影响。

第一，杜审言：初唐科举的积极参与者。

杜审言（645—708）字必简，西晋杜预之后，在贵族垄断的初唐算得上有传统门风的世家。他为官并非通过门荫而是科举，咸亨元年（670）登进士第，任隰城县尉。武周时期在洛阳任著作郎、修文馆学士。杜审言才华极高，被杜甫夸为"吾祖诗冠古"。

杜审言时代，科举制处于发展阶段，世家大族还"死而不僵"，作为世族子弟，遇上选才机制变化的他通过了科举。杜审言诗，写到科举的并不多，说明初唐选才机制的变化，并未在他的诗中引起反应，社会还是原来那个社会，科第对社会的变革在当时的贵族中并未引起警觉，体会远没有中晚唐士人那么深刻。

杜审言反映科举对士人生活产生影响的诗，如《和晋陵陆丞早春游望》。此诗与科举的关联便是描述登第后的宦游。"独有宦游人，偏惊物候新。云霞出海曙，梅柳渡江春。淑气催黄鸟，晴光转绿苹。忽闻歌古调，归思欲沾巾。"作为贵族子弟，杜审言过着优渥的生活，一生建树不多。及第十五年，仍是县丞、县尉类微官。垂拱元年

（685）武则天临朝称制，此时他诗名甚高，但仍在宦游，"偏惊物候新"，新的时代，更激发了思归的急切。"游望"，望什么？望洛阳的征召，望武则天垂爱，以及那在洛阳举行的二月春闱选才盛会。"独有宦游人"，是科举给了他宦游生涯。也只有"宦游人"才如此在意时令变化，每一次大自然周而复始，都是远离故土的见证。可在外宦游的人何时能得到洛阳召唤？科举初兴，贵族子弟齐聚参与的景象，正是诗人心中的"古调"，它无疑给洛阳添了春色。这是诗人所要"望"的景象，但何时才能置身其间，明年自己又将身在何处？前途未卜，这怡人春景令人徒增愁思。突起的"古调"是诗眼，当然是指古老传统，由贵族构建的传统秩序；思归而不能归，是游宦改变了他的人生。诗人借春望，写的是武则天称制与科举选士，他与陆丞唱和，谈的自然不是风月，而是当下社会热点与即将举行的"春闱"考试。"游望""古调""思归"前呼后应，正是一位贵族的古老情怀。这样深厚的宦游见闻，独特的人生体验，是六朝诗歌所不见的，这便是"唐诗之变"的注脚。没有科举就没有这样的宦游体验，这正是科举对唐诗题材的独特贡献。所以我有不同于他人之见，此诗是反映现实、关联科第的诗。须知武则天称制，他与陆丞在早春中期盼朝廷征召，遥望即将到来的一年一度的"春试"。单纯地视为写江南春景，是离开历史、不切实情之解。如果没有科举，没有宦游，也就写不出这首关心国事的名诗。可以说，科举拓宽了诗人的生活范围，丰富了诗人的人生体验，这是魏晋南北朝社会固化下士人没有的经历。

再如作于神龙之变前的《春日京中有怀》"今年游寓独游秦，愁思看春不当春。上林苑里花徒发，细柳营前叶漫新。公子南桥应尽兴，将军西第几留宾。寄语洛城风日道，明年春色倍还人"。这是他随驾西京的经历，长安元年（701）十月至长安三年（703）十月武则天幸京师，诗当作于长安二年（702）春。科举时代最动人心的"春日"便是"春试",洛阳子弟在考试,而长安公子哥儿们在做什么呢?所以首联自然景物与诗人感情发生了冲突,愁思自己是春景局外人,愁思眼前醉生梦死的五陵年少。颔联需要人才的上林苑、细柳营"花徒发""叶漫新",面对大自然春光无限,诗人闷闷不乐;春闱也在这大好时节举行,但诗人在长安却体会不到这种氛围,他多么希望目睹这人间盛事。颈联诗人目睹的是五陵年少在南桥玩得很尽兴,将军府里宾客盈门。此时诗人虽随武则天车驾在侧,想的却是洛阳春景。尾联"凤日道"正是有抱负的贵族子弟的春闱时节,这便是诗人"寄语""有怀"的秘密,对比眼前长安纨绔子弟,诗人寄语搏战文场的举子春闱成功。"春色倍还人",激励的壮语,以"春色"比拟"春试成功",诗人忧国忧民的情怀深藏其中。全诗实际借两种春色——长安的与洛阳的,长安子弟的奢享与洛阳子弟的奋进,寄语洛阳子弟,明年待我回来,一定要以加倍的春景迎接"我"啊!杜审言是科举的支持者。

  杜审言作为有着传统门风的世家子弟,在未获门荫庇护的情况下,走上科举之路,他自视甚高,进士及第宦游十五年。被召还洛阳,只是闲职,他心中不平,在朝廷傲诞诸公。所以他的宦游诗,才泄露了他真实的内心世界——落寞、惆怅、忧愤。作为初唐科举参与者,不管怎么说,科举赐予了他丰富的人生体验,深厚了他诗歌的内容。

  第二,杜甫:为实现王政理想的科举参与者。

  杜甫(712—770),杜审言裔孙,京兆杜陵望族,《进封西岳赋表》"臣本杜陵诸生也",曾祖杜依艺为巩县(今巩义市)令,遂迁巩县。他自命不凡,少怀壮志,七岁作诗便以凤凰自比,"七龄思即壮,开口咏凤凰"。受儒家思想影响极深,渴望辅佐王政,但科举生涯充满坎坷。开元二十二年(734)由东南漫游回巩县举乡贡,二十三年挂籍京兆府贡士,在洛阳应试落第,出游齐赵。《新唐书·卓行传·阳城》:"凡学者,所以学为忠与孝也。诸生有久不省亲者乎?"

按唐人习惯，他此行为探亲之旅。玄宗强化科举举措，是双刃剑，世家大族受到抑制，杜甫也不再有门荫照拂，若要施展抱负，只有科举一途。

天宝六载（747）进士无人及第，玄宗诏"通一经以上皆诣京师"，他再搏科场，但遇李林甫严选，无人入选。这便是"野无遗贤"事件，杜甫、高适均铩羽而归。二次落第，他暂回偃师陆浑庄，寄书河南尹韦济。很快天宝九载又回长安继续求仕，此时韦济已为尚书左丞，他有《奉赠韦左丞丈二十二韵》自陈科第苦情："纨绔不饿死，儒冠多误身。丈人试静听，贱子请具陈。甫昔少年日，早充观国宾。读书破万卷，下笔如有神。赋料扬雄敌，诗看子建亲。李邕求识面，王翰愿卜邻。自谓颇挺出，立登要路津。致君尧舜上，再使风俗淳。此意竟萧条，行歌非隐沦。骑驴十三载，旅食京华春。朝扣富儿门，暮随肥马尘。残杯与冷炙，到处潜悲辛。主上顷见征，欻然欲求伸。青冥却垂翅，蹭蹬无纵鳞。甚愧丈人厚，甚知丈人真。每于百僚上，猥诵佳句新。窃效贡公喜，难甘原宪贫。焉能心怏怏，只是走踆踆。今欲东入海，即将西去秦。尚怜终南山，回首清渭滨。常拟报一饭，况怀辞大臣。白鸥没浩荡，万里谁能驯？"这是他最早、最明确自述平生理想的诗。诗的前两句，有力地概括了那个社会贤愚倒置的现实，"儒冠多误身"实际就是科举害人，是他对科举制的批判。少年时"自谓颇挺出"，漫漫功名路却一事无成，发出"科举误身"的感慨。在长安，他向达官显贵投献，"有儒愁饿死，早晚报平津"。他以杜预后人自诩，本为望族，但选才机制变化后，世家贵族、名门子弟，均逃不过科举考选。"骑驴十三载，旅食京华春"，自开元二十二年（734）二十二岁取乡贡，到天宝六载（747）二考不第，正好"十三载"，"京华春"正是长安春闱。这是对他科举经历的全面总结。

天宝九载冬献《三大礼赋》，在集贤苑等待制举；天宝十载春通过恩试，进入吏部选序。候选时，他看到长安繁华下衮衮诸公骄奢淫逸，作为新进，他和高适等人登慈恩塔题名，有《同诸公登慈恩寺塔》，此诗是他对科举弊端的总批判，是对科举泛滥的焦虑。"高标跨苍天，烈风无时休。自非旷士怀，登兹翻百忧。方知象教力，足可追冥搜。仰穿龙蛇窟，始出枝撑幽。七星在北户，河汉声西流。羲和鞭白日，少昊行清秋。秦山忽破碎，泾渭不可求。俯视但一气，焉能辨皇州。回首叫虞舜，苍梧云正愁。惜哉瑶池饮，日晏昆仑丘。黄鹄去不息，哀鸣何所投。君看随阳雁，各有稻粱谋。"诗是他对现实潜伏危机的忧虑。"秦山忽破碎，泾渭不可求。俯视但一气，焉能辨皇州。"从武则天大兴科举，给予平民士子进身机会以来，已执行几十年，弊端渐显，大批素质不高者涌入庙堂；所以远眺终南诸山忽若破碎成块，泾渭之水清浊难分，这正是科举乱象的写照。诗人登高，从上往下俯视，一片迷蒙，皇州失色，哪还能清晰辨识？长安笼罩在小人的燕声笑语中；而帝君呢，也沉浸在"瑶池饮"的淫乐中；人才不为用，哀鸣着纷纷离去。这样的国家有什么前途？虞舜在哪里？科场本是杰出人才出人头地的地方，被小人霸据，何等悲哀？大兴科举之策违背了良好初衷。那些及第的新贵只是素质不高的"随阳雁""稻粱谋"。这是一位经历科场，看够社会乱象的伟大诗人对科举弊端的清醒认识，也是安史之乱前的现实。

　　天宝十三载吏部注授他河西尉，与理想不合，杜审言、杜闲之鉴在前，他拒绝了，"不做河西尉，凄凉为折腰"，再改太子兵曹参军。他前半生为科举所累，后半生为君臣关系所忧。他的诗，受科举制影响极大，毕竟唐人一生都与科举相伴。

　　天宝十四载（755）他在率府工作一年，告假赴奉先探亲，《自京赴奉先县咏怀》是他对一年朝廷生活的小结，一年为官经历改变很大，与他的政治理想越去越远；同时他也对自己执着科举的行为报以嘲笑，

"杜陵有布衣，老大意转拙"，越发觉得自己的古老情怀不合时宜，与到处是"随阳雁""稻粱谋"的时代格格不入；也明白了追求的科第早已不是最初设计的那个科举，科举破坏了他心中的贵族社会。但他仍以契稷自励，古道热肠，忧心黎元，奈何这世道不是他的理想社会；"朱门酒肉臭，路有冻死骨"，有的只是"彤庭所分帛，本自寒女出。鞭挞其夫家，聚敛贡城阙"的残酷事实。此诗忠于朝廷、忠于君王，没有脱离"己溺己饥"思想，他希望民间休养生息，减轻赋税，实现"仁政""王道"，所以批评他"愚忠"是不妥的，这是古老贵族的传统。安史之乱中，他将家自奉先安置鄜州羌村，灵武勤王，半路被俘，在长安目睹沦陷的王都，缱绻伤怀，写了许多反暴乱的诗；他关心国家命运、同情人民疾苦的沉痛感情，可以"沉郁顿挫"注脚。囚困长安，冬日一片死寂，他在"战哭多新鬼，愁吟独老翁"中，等来的是"数州消息断，愁坐正书空"（《对雪》）。

他所等的，也是天下百姓所盼的，是唐王朝春天的消息。诗人在春天到来之际，写下《春望》"国破山河在，城春草木深。感时花溅泪，恨别鸟惊心。烽火连三月，家书抵万金。白头搔更短，浑欲不胜簪"。花鸟是自然之物，本不通人意，但在诗里却可以花儿为之溅泪，鸟儿为之惊心。补充一点，有人考证这两句，来自初唐贵族墓葬铭文，最初出现于总章二年（669）《李夫人墓志铭》"看花落泪，听鸟心惊"。杜甫时代洛阳贵族墓地分布在偃师、邙山，故诗人应当见过，方能化出。此诗短短四十字反映了他的家国情怀——国破城摧，城摧家亡，动乱岁月，没有谁可幸免。说他的诗高于一切唐人的诗并不为过。此诗看似和科举无关，但通过这些诗我们可以大约读出他参加科举的原因，不为个人名利，而是以一颗"家国天下"的心参加科举，这就使他的动机与那些为个人私利应考的举子有了本质不同。

以华州去官为界，前半生主要是科举，实现王政理想。所以他早期诗歌几围绕科举写作。

他参加科举并不为己,而是贵族的理想抱负、家国情怀使然,唐前期许多诗人都如此。与中晚唐诗人计较个人得失的小碎情味大异。他渴望"致君尧舜上,再使风俗淳",从开元二十三年(735)到天宝十载(751),十六年"骑驴"终于成功。科举激发了诗人的忧患意识,"唐诗之变"在内容上比前代诗歌更为深广,这是我要强调的。

第三,孟郊:龌龊社会下的科举批评者。

孟郊(751—814),字东野,湖州武康(浙江德清)人。他的时代科举举才机制已朽坏。科举道路他走通了,也醒悟了,他自嘲"昔日龌龊不足嗟,皇恩旷荡思无涯",反讽"春风得意马蹄疾,一日看尽长安花",在中晚唐利己主义价值观下,又有几人如他通脱?这种情绪和思想伴随其后半生,使他成了科举玩世者、批判者。

他出生官吏家庭,但世衰之际,要出人头地,只有科举一途。和杜甫一样,他奋斗到四十六岁才进士及第。贞元七年(791)四十一岁在湖州举乡贡,赴京应试,但不幸贞元八年落第。《下第东南行》书愤"越风东南清,楚日潇湘明。试逐伯鸾去,还作灵均行"。他不同流合污,"湘弦少知音,孤响空踟蹰"。科举让他认识社会,对人才的弃置,加深了他内心的愤懑,世风浇薄,"我愿分众泉,清浊各异渠。我愿分众巢,枭鸾相远居"。韩愈《送孟东野序》说"大凡物不得其平则鸣"。

早年受家乡江南"魏晋风度"影响,称处士,但他的重要诗作都与科第相关。唐代许多士人的悲剧是从科举求仕开始的。唐后期科举成了折磨人才的残酷制度,所有人才只有一条路——千军万马过独木桥。这刺激他以险怪复古的诗风对抗浊世,试图闯出一条路。科举让他备尝辛酸,也激发了他的诗情。

说到这里,我想说一下一些现象,唐人诗歌可分为两类,科举诗与非科举诗。一是比如皎然、李季兰这样的江南诗人，在科举社会中不参加科第，他们的诗是性情诗人的诗。细想，只有魏晋遗风的江南才会出这样的诗人。当然他们的诗又与南朝山水田园诗传统在江南有关。二是更大的群体，便是那些举子，许多是被科举制逼成诗人的，行卷须写诗，须提升诗艺。但许多人一旦及第，便不再写诗。比如那些只留下三两诗篇者，留下的几乎都是行卷诗，写诗是谋取科第的手段。由是可见选才机制变迁对"唐诗之变"影响之巨，作用之大。

贞元十二年（796）孟郊四十六岁，第三次应试登第。贞元十六年（800）吏部铨选，授溧阳尉，贞元二十年秩满去职。元和初，任河南水陆转运从事，定居洛阳。元和九年（814）应山南西道节度使郑馀庆奏请，赴任中暴亡阌乡（河南灵宝）。"才饱身自贵"，他不与时俗为伍，试图"补风教""证兴亡"，第一次应试便落第，在《失意归吴因寄东台刘复侍卿》中吐诉"离娄岂不明，子野岂不聪"。第二次科第再被拒，他不平则鸣，"两度长安陌，空将泪见花"。去时踌躇满志，归时失望痛苦。《古兴》"楚血未干衣，荆虹尚埋辉。痛玉不痛身，抱璞求所归"，为怀才不遇、科第失败者鸣不平。他最善行古道，诗多比兴，如《卧病》"贫病诚可羞，故床无新裘。春色烧肌肤，时飧苦咽喉。倦寝意蒙昧，强言声幽柔。承颜自俯仰，有泪不敢流。默默寸心中，朝愁续暮愁"。"贫病诚可羞""朝愁续暮愁"，何等悲哀！

为求惊人，他苦心孤诣，以险怪诗风开派，韩愈说"东野动惊俗，天葩吐奇芬"。如科举诗《送远吟》"河水昏复晨，河边相送频。离杯有泪饮，别枝无枝春。一笑忽然敛，万愁俄已新。东坡与西日，不惜远行人"。离别和泪饮，折枝枝无春，"春"，春闱。"有"和"无"对照统一，将下第别情写得无限动人；"一笑"才敛，"万愁"已新。

"有"和"无","一"与"万","笑"与"愁"是生活常用字眼,经苦吟,别有沉重滋味。再如《寒溪九首》之八"溪老哭甚寒,涕泗冰珊珊。飞死走死形,雪裂纷心肝"。哭寒,涕冰,涩苦之味油然而生。选才机制之变造就"唐诗之变",诗赋取士迫使诗人苦练诗艺,孟郊苦吟不能不说是科举逼出的;他苦吟诗歌,险怪惊人,所以他的苦吟与科举高度关联。

孟郊孜孜以求诗艺,得益于诗赋取士的促进;科举竞争机制促使唐诗艺术行进到巅峰,所以科举制下的"唐诗之变"既包含内容的,也包含诗艺的。与前代诗歌不同,"唐诗之变"使题材、主题、艺术技巧全面超越前面一切朝代,选才机制调整为诗赋取士居功自伟,可以说没有科举制便没有诗歌史顶峰上的唐诗。

问：明白了,选才机制在唐代向士人开放,对唐诗内容丰富、诗艺提高,起到根本性的作用,它一直伴随唐诗的繁荣发展。

答：是的,从察举制到九品中正制再到科举制,选才机制迁变,对诗歌及诗人的影响客观存在。但从察举到九品中正制均为权门把控,并未向中下阶层开放,甚至形成更加保守的权贵阶层"门荫"制,是武则天开启面向所有人——无论世族子弟还是平民阶层的较为公平的科举制。以杜审言、杜甫、孟郊三人为例发现,在科举制尚不完善的初唐,世家大族势力还存在,杜审言并不以为意,参与科第,也未受任何影响。杜甫则不然,武则天以科举压制上层势力与传统贵族,平民皆可参与竞争。杜甫具有儒家仁政理想,肩负匡扶社稷的使命,却为科举所累,三次科第才成功。但也因跨越十六年的科第人生及坎坷的为官经历,让他阅尽世间百态,体认苍生痛苦,增加社会认知,预知即将转入中唐的贵族与平民的残酷斗争,从而写出更多深刻而有社会意义的篇章。这说明科举已改变世家子弟的生活,使他们看到社会真相,这是一代"唐诗之变"最不同于过往诗歌的一面;东晋谢灵运等人便没有这种机遇，世袭制下他们的诗单纯，缺乏人生失败与成功况味，诗歌题材局限于山水田园，而没有杜甫那样的家国情怀。生活在中唐的孟郊更加时运不济，贵族式微，社会朽坏，在求取功名的途中，陷入苦吟写作以求惊人以致更加痛苦的循环中，他与种种精神痛苦斗争，以行古道来抗拒堕落的社会。不得不说，是诗赋科举成就了孟郊，没有这一险途，他便不会刻琢求诗，不会写出那些刿目怵心、璀璨夺目的诗歌。

　　选才机制之变，对一个时代的士人都会产生影响，身份地位心境不同，影响也是不同的。但不可忽视，科举制下"唐诗之变"，是过去诗歌所没有的环境；唐诗成就之巨，科举取士是基础制度，是根本原因。唐诗之所以高于前朝诗歌，皆因科举改变社会，使诗人比前代一切诗人感受更深刻；而魏晋以后固化的社会，使诗人不问世事，寄迹山林，藏情山水，没有唐人那般复杂的涵泳生命体验的经历和机会，这是"唐诗之变"的内在逻辑。

后 记

  在浩如烟海的文学经典中，唐诗是一个独特的门类，它相比于其他文学形式，能够为更多层面的群众所接受。《唐诗解密》出版后，读者留言"对唐诗重要疑案进行了解答，颇见考证功力"；《文化评论》登载了何世进先生的评论《寓妙悟于广涉博览，究学理于严密论证——评〈唐诗解密〉》、黄守宇女士的《读〈唐诗解密〉有感》。2021年4月，全国杜甫年会在成都召开，得识安徽大学陈广忠教授，陈先生校点《九家集注杜诗》，素昧平生，购买了《唐诗解密》，阅后特意撰文相赠："父唐诗子唐诗父子唐诗，父学问子学问父子学问。"社会各界肯定，让我感奋，是我前行的动力。

  《唐诗解密》共有一百二十余题，限于出版规模，只用了七十题。为弥补遗憾，余题经刮垢磨光，提要钩玄，再谱旧章；又爬梳剔抉，增扩选题，撰结新篇。焚膏继晷，岁月忽忽，四十五万字书稿已成。部分选题，由学生参与完成，他们是王晶《杜甫的为官生涯》，周桃梦《杜甫〈饮中八仙歌〉"逃禅"之疑》《岑参〈白雪歌送武判官归京〉"瀚海"之疑》《杜甫〈不见〉"匡山读书处"在哪里》，韩伊璇《选才机制、诗歌演进及"唐诗之变"》，卢欢、沙马尔哈《关于杜甫的科举人生》，杜霜《唐代的"行卷诗"》，黄守宇《唐诗与曲子〈忆江南〉》《杜甫〈丽人行〉"珠压腰衱稳称身"之疑》，贺莉结《张继〈枫桥夜泊〉"夜半钟声到客船"时间之疑》，罗缙荔《元稹〈连昌宫词〉创作时间及原因揭秘》，杨雅钰《陈子昂的风骨、兴寄与意气》。他们做了大量文献查阅，并在前人基础上潜心揣摩，奋其独见。

《唐诗疑难详解》在诗人生平、作品真伪、文本还原、事实阐述等方面，突破传统评点唐诗的局限，综合注释、笺证、考订、品藻、述事、论说、圈点等方法，广采博收，汇考证、调查、搜奇、品鉴、佚文于一体，或揭秘，或破解，或存疑，层层探问，步步展开，将解疑过程交与受众，使人从中得到启发、深思、获解。

近年党中央号召全面复兴优秀传统文化，喜讯如"剑外忽传收蓟北"，失地之复，寸土之得，足以"漫卷诗书喜欲狂"。传统文化有凝聚人心、鼓舞士气的精神力量，是实现中华民族伟大复兴的大事。愿此书有补于世，有补于时，有补于史。

秋风渐起，鲈鱼堪脍，是该回归奉父母居了。尤要感谢成都大学领导开创的优良学术风气，使我自由呼吸，方有此著；还要鸣谢赠赐墨宝的流沙河、马识途、孙琴安、刘益明先生，为拙作添花织锦，题字增华。

张　起

2021年9月于成都龙泉驿青龙湖畔

成都大学文明互鉴与"一带一路"研究中心学术丛书

书目（第一辑共七卷）

一、《天府文化概论》，杨玉华 等著

二、《唐诗疑难详解》，张起、张天健 著

三、《阿恩海姆早期美学思想研究》，李天鹏 著

四、《雪山下的公园城市——大邑历史文化研究》，杨玉华 主编

五、《中国广播电视国际传播能力建设研究》，车南林 著

六、《龙泉驿古驿道历史文化研究》，杨玉华 主编

七、《韩国汉语会话书词类研究（1910—1945）》，张程 著